Jusqu'à la fin du monde

Jusqu'à la fin du monde

Sarah Lyons Fleming

Jusqu'à la fin du monde

Livre 1

Podium

Jusqu' à la fin du monde - Livre 1

Traduit par Marie Le Men

Titre Original *Until the End of the World*

Language Originale: Anglais

Copyright © 2013, 2022 Sarah Lyons Fleming et SAGA Egmont

Tous droits réservés

ISBN: 978-1-0394-6082-9

1ère édition

www.podiumentertainment.com

Pour Sadie et Silas.
Avec tout mon amour, jusqu'à la fin du monde et au-delà.

Jusqu'à la fin du monde

Jusqu'à la fin du monde

CHAPITRE 1

Ce genre de journée de printemps m'a toujours donné l'impression que tout était possible. Que tout finissait par s'arranger. Le genre de journée que j'adorais. Bien sûr tout ça, c'était avant que je me mette à éviter le printemps.

Ce n'est pas simple d'éviter une saison entière, en particulier une saison si belle. Mais ces trois dernières années j'y suis parvenue. Je ferme les volets, je reste dans un coin ombragé, en solitaire, et j'essaie de garder à distance mes souvenirs de ce terrible premier printemps.

Mais cette année tout me semble si différent. Je ne peux pas m'empêcher de savourer la brise qui annonce l'arrivée de l'été. C'est le genre de journée qui donne du ressort à nos pas, qui nous fait entrevoir un flot continu d'espoir.

J'ai rêvé d'Adrian la nuit dernière. Ce n'était pas le rêve habituel, celui où je me réveille en larmes avec cette sensation pesante au fond de l'estomac. Nous étions assis sur l'escalier du porche de la cabane de mes parents, les jambes tendues devant nous, les pieds posés au sol. Je gigotais les orteils. Tout était calme. Les abeilles bourdonnaient parmi les fleurs et les arbres murmuraient au vent, mais c'était tout. Un calme complet régnait, qui semblait non pas accompagner Adrian mais plutôt émaner de sa personne. À mon réveil, ce sentiment était toujours en moi, et j'ai commencé à penser que peut-être, j'arriverais cette fois à le conserver.

Les couettes brunes de mon amie Penny se balancent tandis que nous longeons les hautes façades de briques des appartements cossus de notre quartier de Brooklyn, sur notre chemin quotidien vers le bureau. Je ne lui ai pas parlé de ce sentiment étrange, même si, en temps normal, je lui raconte presque tout. Je suis comme un écureuil avec sa noix, je cherche toujours une cachette pour revenir la retourner et l'examiner sous toutes les coutures.

Kenny regarde mes pieds. « Ah, tu as mis tes nouvelles chaussures. »

J'acquiesce. Il fait encore trop froid, mais ça ne m'empêche pas de porter mes sandales de paille tressée. Je me disais ce matin qu'elles m'aideraient à me sentir féminine et confiante. À accepter et à accueillir l'arrivée du printemps. Placer toutes ces attentes sur une paire de chaussures est un peu bête, certes, mais tout espoir est bon à prendre.

Penny lève la tête vers le soleil et soupire de bonheur. Elle est venue de Porto Rico à l'âge de dix ans, après la mort de son père. Même après toutes ces années, elle considère toujours l'hiver comme un affront personnel à son équilibre.

« Ma mère a été appelée à l'hôpital la nuit dernière, à cause du virus LX, je crois », me dit Penny, remontant du doigt ses lunettes vintage au sommet de son nez. « Elle dit qu'il y a maintenant beaucoup de cas à New York. »

Le Bornavirus LX s'est répandu dans le monde entier en quelques jours à peine. Pour l'instant, il n'a été détecté que dans le Midwest et l'Ouest des États-Unis. J'y ai prêté peu d'attention, je dois dire qu'au printemps je trouve souvent mieux à faire que suivre l'actu.

« Elle t'a dit combien de cas il y avait ? »

« Non. Mais elle est convaincue que cette quarantaine à Saint-Louis laisse présager le pire. »

« Il y a une quarantaine à Saint-Louis ? » Je suis scotchée d'apprendre à quel point la situation a dégénéré.

« Oui, ils ont décidé ça tard dans la nuit. Et à Chicago aussi. Sans compter que le trafic aérien en provenance de l'Ouest est interrompu jusqu'à nouvel ordre. » On s'arrête devant la porte d'entrée du centre communautaire de Sunset Park, où nous travaillons toutes les deux. « Mais comment se fait-il que tu ne sois pas au courant ? En temps normal c'est toi qui m'informes de ce genre de choses. »

« J'ai été un peu distraite, dis-je. Je n'ai pas écouté les infos ce matin. »

J'aimerais lui en dire plus mais je ne sais pas trop par où commencer. Après tout, il s'agit juste d'une sorte de changement de perspective. Si cela ne débouche sur rien, je n'aurais aucune envie d'expliquer un nouvel échec. Penny promène son regard autour de nous, la bouche en cœur.

« James m'a embrassée hier soir », confie-t-elle au béton.

« James t'a quoi ? » je hurle. Elle me fait signe de baisser la voix et je chuchote. « On a fait tout ce chemin jusqu'ici et c'est maintenant que tu me dis ça ? Au bur… » Je regarde l'heure à l'écran de mon téléphone. « Mince, il y a la réunion, je dois y aller. »

Penny a un sourire narquois. Elle l'a fait exprès pour que je ne l'embête pas trop sur le chemin.

« J'en étais sûre ! » dis-je en plissant les yeux, réprimant en vain un grand sourire. « On a 28 ans et tu me caches toujours quand quelqu'un te plaît ! Avec Nelly, on n'attend que ça. Tu as intérêt à tout me raconter plus tard ! »

« Il faut que j'y aille », lance-t-elle d'une voix chantante tandis que je monte les escaliers.

Chapitre 2

Je suis assise à mon bureau, sur le point de défoncer l'écran de mon ordinateur peu coopératif à l'aide de mon agrafeuse quand j'entends une voix familière.

« Pst, Cassie. » La tête de Nelly apparaît au-dessus de notre bureau partagé. « On se retrouve au bar toute à l'heure. »

J'ouvre la bouche pour refuser l'invitation, mais il secoue la tête j'envoie un sourire étincelant de blancheur. « Ne songe même pas à dire non », me lance-t-il d'une voix traînante, avant de disparaître derrière la paroi.

Je soupire et j'enfile mes sandales pour aller défendre mon cas. Je suis sûre que pour une fois Nelly sera soulagé de me voir changer d'avis. Je m'assieds juste devant Nelly en balançant le pied.

« T'as des nouvelles chaussures ! » note-t-il.

Les propriétés magiques dont je les ai investies ce matin ne se sont pas matérialisées. Pour l'instant la seule chose que j'ai réussi à faire a été de créer une sorte de future ampoule douteuse qui me démange à différents endroits. Mes doigts de pieds sont glacés. Je me rends compte que mon vernis à ongles s'écaille, comme d'habitude.

« Elles te plaisent ? »

« Oui, oui, elles sont super. Et depuis quand ça m'intéresse, tes pompes ? » Il glisse une main dans ses mèches blondes et désordonnées en cherchant à se donner une contenance mais sans y parvenir.

« Bon tu es là pour me dire que tu ne viens pas boire un coup avec moi. »

Nelly est grand, carré d'épaules, et d'une santé d'athlète. Il est clair qu'il a été élevé dans une famille où l'on mange du bœuf et l'on boit du lait entier, où l'on passe du temps dans la nature et au soleil. Sans ce sourire indécrochable, son visage pourrait paraître de pierre. Une expression qu'il a perfectionnée durant ses années dans l'équipe de foot de son lycée texan, où il est crucial d'adopter le masque combattif requis, en particulier lorsqu'on on est gay.

Je soupire. « En toute honnêteté, je préférerais sortir. Mais ce soir je vais essayer de me séparer de Peter. »

Il sautille de joie à la manière texane. Maintenant que j'en ai parlé à Nelly, je ne peux pas me défiler de ma mission à la dernière minute sans m'exposer à de lourds reproches. Déjà je regrette.

« Il ne s'agit pas juste d'essayer, poule mouillée ! » Il frappe violemment un crayon contre le bureau avant de le pointer vers moi. Tu vas le faire, cette fois-ci ! Et d'abord, nous allons boire un coup pour te donner du courage. »

Je rigole en comprenant qu'une fois de plus il est parvenu à ses fins.

Ses yeux bleus reflètent un sérieux inébranlable. « Cette fois, il vous faut une rupture franche. Si tu n'y arrives pas, je le ferai pour toi. Je te jure que je vais m'en occuper, cette fois. »

J'abandonne. Tout compte fait, je vais vraiment avoir besoin d'un verre. D'ailleurs, je le descendrais bien tout de suite.

« D'accord. »

Il a l'air de douter de ma bonne foi.

« Oui, je vais le faire. C'est promis. » Je pose la tête sur son bureau en gémissant. « Je déteste ce genre de situation. Pourquoi est-ce à moi de m'y coller ? »

Il me tapote la tête. « Eh bien, mon chou, c'est parce que tu choisis les mauvaises personnes. »

Je lui tire la langue juste au moment où James, notre collègue au service informatique, passe la tête dans l'ouverture de la cloison. Ses pommettes angulaires rougissent d'excitation.

« Hé, les gars, venez voir ça », dit-il. « Le virus a débarqué à New York. »

Je le suis le long du couloir jusqu'à la salle de réunion. Je me retiens tant bien que mal de lui demander ce qu'il se trame entre lui et Penny. Nul doute qu'elle me tuerait. Mais cela me démange.

Nos collègues sont perchés sur leurs chaises, autour d'une longue table, les yeux rivés sur l'écran.

« Des cas des Bornavirus LX ont été détectés dans les cinq arrondissements depuis hier. Le virus est apparu à Long Xuyen au Vietnam la semaine dernière, et s'est depuis propagé dans le reste du monde. Depuis la nuit dernière, des métropoles du centre et de l'ouest des États-Unis, notamment, Denver, Chicago et Saint-Louis ont été mises en quarantaine, et les gouverneurs ont déjà imposé des couvre-feux obligatoires. Ce virus à propagation rapide s'attaque au cerveau, et rend les personnes contaminées dangereuses et agressives, propageant le virus autour d'elles par leurs fluides corporels. »

« Selon les autorités le virus est sous contrôle. Les individus sujets à de fortes fièvres et à des douleurs musculaires sont priés de consulter leur médecin immédiatement ou de se rendre aux urgences. Ne cherchez pas à soigner vous-même un proche infecté. L'agence de protection et le ministère de la santé n'ont pas dévoilé leurs estimations du nombre de cas d'infections. Nous vous tiendrons informés de l'évolution de la situation dans les prochaines heures. »

James hausse un sourcil et lâche un long soupir, avant de retourner à son bureau. Ses doigts se remettent à pianoter à toute allure sur le clavier. Je ne lui demande pas ce qu'il est en train de faire, je sais qu'il viendra me rejoindre dès qu'il aura fini.

Nous repartons lentement avec Nelly dans le couloir. En temps normal, j'aurais tendance à éplucher les gros titres sur le net pour tout savoir sur ce virus, mais l'info est déjà ressortie par l'autre oreille au moment où je retrouve mon fauteuil. La seule chose qui me préoccupe, c'est de savoir comment je vais réussir à larguer Peter. Comment éviter les incontournables "Restons amis" et "ça n'a rien à voir avec toi"… Et comment diable ai-je pu être bête au point de sortir avec ce type et de faire traîner cette relation aussi longtemps. Je me tourne vers Nelly :

« Hé, que dis-tu de ça : "Peter, je suis une idiote. Et je ne peux pas rester plus longtemps avec toi car je suis une idiote". »

« Tu galères vraiment, en fait. » Il passe un bras autour de mes épaules pour calmer mes nerfs. J'ai une légère tremblote. Ce genre de situations ne me réussit pas du tout. « Je vais te coacher autour de quelques verres. Tu verras, quand tu seras devant lui tu n'auras plus qu'à lui réciter tes répliques. Ça va aller ? »

J'approuve par un hochement lourd. « Dis, Nelly, pourquoi est-ce que je ne peux pas t'épouser toi ? »

« Mon chou, on sait bien tous les deux qui tu dois épouser. Il te suffirait sans doute de retourner toquer à la porte pour qu'elle s'ouvre. »

C'est à Adrian qu'il fait allusion. Nous étions fiancés, à une époque pas si lointaine, et puis j'ai tout gâché.

« Je crois que j'ai loupé le coche, Nelly. » Je n'arrive même plus à prononcer le prénom d'Adrian sans me mettre à pleurnicher. « Ça fait deux ans que j'ai loupé le coche. »

« Il se trouve quelque part au nord-est, Cass. Je pourrais le retrouver, tu sais. Si tu me laissais faire. »

Mon visage est brûlant. Il n'y a pas tant de choses dont j'ai honte, de crimes infligés à d'autres que je cherche à dissimuler, mais ce que j'ai fait à Adrian surpasse tout le reste.

Faut-il voir un signe dans le fait que Nelly ait mis le sujet sur la table aujourd'hui entre tous les jours ? Faut-il que je lui réponde *"Vas-y, retrouve-le"* ? Je ne suis pas convaincue qu'Adrian saute au plafond à l'idée d'entendre parler de moi. Mais ce sentiment, ce vestige du rêve de la nuit dernière, traîne encore au fond de moi, et je veux le garder. Je veux qu'il grandisse, qu'il dure, et pour cela, je suis même prête à prendre le risque de savoir. J'ouvre la bouche, je tente de trouver les mots, quand mon téléphone se met à sonner. Nelly hausse les sourcils, comme s'il attendait une réponse de ma part, avant de décamper. Je décroche.

« Allo, Cassandra », crie Peter par-dessus un boucan de moteurs.

« Bon sang, mais tu m'appelles d'où ? D'une piste de décollage ? »

« Oui, c'est exactement ça. On est à l'aéroport privé de Washington, on attend notre jet pour New York. Le vol a été retardé. On nous a expliqué qu'on était classé "faible priorité". Il y a dix sénateurs et leurs familles au sommet de la liste. »

« Philip Morris doit offrir des voyages à ceux qui votent pour la légalisation du tabac chez les jeunes », je lui lance, pas peu fière de ma plaisanterie.

« Oui sûrement. » Pas un ricanement de sa part. Il rame parfois un peu côté humour. « En tout cas, ce soir, ça risque de ne pas être possible. Je rentre tard, mais je peux peut-être passer chez toi et je te verrai demain matin. Tu me manques. »

« Oui, très bien. Faisons comme ça. Tu as ma clé », dis-je d'une voix grinçante, douloureusement consciente du fait qu'il ne manque pas le moins du monde. « On se voit demain matin alors. »

« À demain. » L'appel prend fin tout seul.

J'ai la vision nette de Peter, planté au milieu de la piste, glissant son portable dans la poche de son tailleur d'une marque sophistiquée dont je n'ai jamais entendu parler, puis passant une main dans ses cheveux sombres. Il se dirigera ensuite vers la personne qu'il identifie comme la plus importante de l'aéroport, et tentera de la convaincre que son vol est prioritaire sur celui de l'Air Force One.

Ma boule dans l'estomac a disparu maintenant que la séparation a été remise à plus tard. Quand je rentrerai ce soir je n'aurais qu'à prétendre que je suis très fatiguée et que j'ai trop bu. Je suis bien consciente que je n'ai aucune volonté, mais je n'aime pas faire de la peine aux gens, même quand je ne les porte pas spécialement dans mon cœur. Et même ceux qui prétendent n'avoir aucun sentiment, comme Peter. Mais plus globalement, je crois que je suis une poule mouillée.

J'ai passé toute l'année à me répéter que Peter n'était pas aussi superficiel qu'il ne le paraissait, mais maintenant ces prétextes ne passent plus. J'avouerais honnêtement qu'au départ, j'aimais à quel point il était facile d'être avec lui. Il ne tenait pas absolument à ce que je lui parle de mes sentiments. Il ne m'a jamais comparée à la femme avec qui il était deux ans plus tôt. Quand je l'ai rencontré, je sortais d'une sorte de brouillard qui avait duré deux longues années. Maintenant que j'y vois plus clair, et que je me suis un peu retrouvée, je me rends compte que tout ce qu'il m'apportait, c'était l'illusion d'une relation solide.

Mon côté passif-agressif m'a incitée à attendre tranquillement qu'il prenne tout seul l'initiative d'en finir avec notre histoire. Et à laisser s'installer la distance, et croître une irritation de moins en moins dissimulée à son égard. Il est clair que cette approche n'a pas fonctionné. Pour rester motivée, il va falloir que j'imagine la suite, et non pas le moment de la rupture tant redoutée. Et il va falloir le faire vite.

La voix de Nelly au-dessus de la cloison. « Il faut l'arracher comme un vieux pansement. »

« Tu lis dans mes pensées ou quoi ? C'est glaçant ! »

« J'ai cru comprendre que tu avais un peu plus de temps devant toi. C'est bien, tu vas pouvoir réfléchir. Ou plutôt t'entraîner. »

James entre dans le bureau, son iPad et une cigarette non allumée à la main. On dirait une mante religieuse : tout en longueur, des jambes et des bras interminables. Il passe son temps recroquevillé sur son ordinateur ou sa tablette, à fumer comme un pompier. Je ne peux m'empêcher de l'imaginer en train de faire ses avances à Penny, et je souris en coin.

« Salut », dis-je.

Il plonge vers moi et me tend son iPad, ouvert à une page de blog. « Regarde ça, Cass. C'est à propos du Bornavirus LX. Ça m'a l'air plus grave que ce qu'ils veulent nous faire croire. »

Dans ma famille au dîner, on débattait avec enthousiasme de Roswell, de Peak Oil, et du nouvel ordre mondial. Je retrouve le même état d'esprit chez James. Il adore tout autant que moi se monter le bourrichon.

Je lis à voix haute. « Le virus LX, à mesure qu'il se propage, semble muter. Les derniers rapports reçus laissent penser qu'entre l'infection et la phase terminale, seules quelques heures s'écoulent. »

« En phase terminale, la personne devient folle », interrompt James, plaquant ses cheveux châtains mi longs derrière une oreille.

« Enfin, la personne contaminée attaque, et infecte ainsi un grand nombre de personnes. Par la salive et le sang. Sur un site il est dit que la même vidéo de Chicago passe en boucle depuis 24 heures car la ville est devenue un vrai champ de bataille. Je connais deux blogueurs sur place dont les sites ne fonctionnent plus depuis hier. »

Selon un graphique, cinquante mille habitants de New York vont être infectés d'ici midi aujourd'hui.

« C'est complètement dingue », dis-je. « Cinquante mille ? Ils ne vont jamais réussir à cacher autant de malades ici. Et ils persistent à nous dire qu'ils ont la situation bien en main ? »

Il tripote sa cigarette. « Je sais. Du foutage de gueule. Ils ne mettraient pas toutes ces grandes villes en quarantaine si ce n'était pas la crise. Les hôpitaux se remplissent à vitesse grand V. »

Je pense à la mère de Penny, Maria, qui est infirmière. Elle doit savoir ce qui se trame vraiment.

« C'est vrai que cela ne me surprendrait pas que le gouvernement ait décidé de ne rien révéler jusqu'à ce qu'on soit dans la merde jusqu'au cou. » Je soupire. « Il faut que je finisse cette lettre d'actus. Mon ordi me rend dingue aujourd'hui. »

Le sujet a le don de mettre James dans tous ses états. Il me pousse sur le côté et commence à trafiquer avec mon ordinateur.

Il secoue la tête. « Non mais regarde-moi cet écran d'accueil. Tu es sûre que tu n'as pas besoin d'un raccourci de plus ? »

Je ne mentionne pas le fait que j'ai tout récemment nettoyé mon écran d'accueil et que je le trouvais plutôt net. Décidant d'ignorer ses remarques désobligeantes sur ma personnalité, je soulève lentement une mèche de ses cheveux et je regarde par en-dessous. « Tu viens avec nous ce soir ? »

« Ah oui, ce soir. » Il se fend d'un grand sourire. « Pour ton coaching pré-rupture ? »

« Nelly, ça t'arrive de revenir ta langue ? » Je sais qu'il m'écoute, de l'autre côté du mur. « Non le spectacle est reporté à plus tard, en fin de compte. Ce soir c'est juste une soirée fun, à l'ancienne. »

La voix de Nelly perce au-dessus de la cloison. « Mais on va quand même réfléchir à la tactique de rupture de Cassie, James. Tu peux nous aider. Cass a choisi le mauvais mec, comme nous le savons tous. »

« Tu peux essayer ça : "Tu passes tout ton temps devant ton écran et j'en ai ma claque". C'est celle que je connais par cœur », houspille James avec une grimace.

« Et pourquoi pas : "Tu t'intéresses plus à tes burritos qu'à moi !" » lance Nelly.

James éclate de rire et termine sa mystérieuse opération de sauvetage sur mon PC. « Les femmes causent trop d'ennuis pour que ça en vaille la peine. Mais j'aimerais bien un burrito. Ça fait des années que j'en rêve. »

« Penny se joint à nous ce soir ! » dis-je d'un air innocent. Son visage disparaît derrière le rideau de ses cheveux. « Et toi Nelson, dis-je en pointant un doigt menaçant vers le mur qui nous sépare, tu n'as pas de leçons à me donner en matière d'hommes… Tu me rappelles la liste de tes mecs, depuis qu'on se connaît ? »

Aucune réponse. Je souris triomphalement. James est déjà absorbé par son iPad.

« Waouh, Il faut que j'aille voir ça tout de suite », marmonne t-il avant de s'éloigner.

CHAPITRE 3

QUELQUES INSTANTS PLUS tard, je passe la tête par-dessus la cloison et chuchote à Nelly. « J'ai des ragots juteux. Ha ha. »

« Ramène ta fraise ici tout de suite », m'ordonne-t-il.

« Non, je suis occupée. »

« Foutaises. Tu travailles à peine. Tu fais de la mise en page de lettres d'actus et tu organises des trucs pseudo-artistiques pour la communauté. »

Je souris. « Et toi, tout ce que tu fais c'est prendre un ton charmant avec les gens pour obtenir des dons. Et… »

« Et c'est grâce à moi que tu as un salaire, mon chou. Alors cesse de blablater et ramène-toi avant que je ne me mette en grève exprès pour que tu perdes ton job. »

Je m'esclaffe et me dirige vers son bureau, où il m'attend avec un grand sourire satisfait. « Eh bien voilà la nouvelle, James et Penny se sont embrassés hier soir. »

Il se frotte les mains avec délectation et je lui renvoie un rictus jubilant. « Quand on est tous sortis la semaine dernière, j'ai remarqué qu'ils avaient passé la soirée à discuter tous les deux », dit-il. « J'ai cru détecter une étincelle. J'avais oublié ce détail parce qu'on avait un peu abandonné l'idée qu'ils pourraient se mettre ensemble. »

« Eh bien, on dirait qu'une nouvelle mission nous attend. James dit qu'il ne veut pas de copine, mais… »

« Mais quoi ? » demande James, appuyé contre le chambranle du bureau, avec un sourire en coin.

« Mais j'imagine qu'il y a certaines personnes que tu n'embrasserais pas si tu n'étais pas intéressé par elles, sur le long terme, quoi », dis-je en tirant sur la manche de son T-shirt. James n'a pas vraiment le don de savoir s'habiller pour aller au travail.

« Ta phrase n'a presque aucun sens », lance-t-il pour dézinguer mon accusation, mais ses joues écarlates le trahissent.

Je sautille de haut en bas comme une gamine de trois ans mais je veux éviter qu'il se braque davantage, donc je change de sujet. « Hé, il y a du nouveau sur le Bornavirus ? »

Nelly secoue la tête avec lassitude. « Vous et vos théories du complot… Et maintenant, à votre avis, ce virus, c'est une création du gouvernement pour reprendre le contrôle de la société et établir un nouvel ordre mondial ? »

James roule des yeux. « Tu es à côté de la plaque, mon gars. C'est plutôt une arme de destruction échappée d'un labo. En tout cas, ce truc a envahi la planète. Ils nous disent de filer aux urgences si on l'a chopé, mais rien ne nous dit qu'ils savent le traiter. Et personne ne connait quelqu'un qui l'a eu et s'en est sorti, pas vrai ? Dans certaines villes de Chine, ils ont déjà instauré la loi martiale. Ils tirent à vue sur les gens. »

« Quoi ? Tu rigoles ? » dis-je.

« Ils fusillent tout le temps la population en Chine, mes amis, dit Nelly. C'est un régime oppresseur, vous savez ça, quand même ? »

Nelly est notre chapeau d'aluminium contre la conviction que quelqu'un, quelque part, complote des actes obscurs et diaboliques contre l'espèce humaine. Sans lui pour nous ramener régulièrement à la réalité, James et moi aurions déjà fait dix fois nos préparatifs pour l'apocalypse.

« Pas faux, admet James. Mais regardez cette vidéo d'une ville en Allemagne. Ça remonte à quelques heures à peine. »

James nous tend son iPad. On y voit des soldats maintenir la foule en arrière tandis qu'ils tirent sur un groupe de silhouettes s'avançant vers eux. Elles tombent par terre sous les cris des observateurs, mais l'image est sombre et floue, et de ce fait Nelly semble rester de marbre.

« Voyons ce qu'ils racontent aux actus », suggère Nelly en lâchant un soupir. Il nous dirige vers la salle de conférence. « Ma seule chance de réussir à me mettre au boulot aujourd'hui c'est de vous stopper dans votre élan. Sinon Cassie va réussir à nous convaincre d'aller nous barricader dans son bunker jusqu'à ce que la situation se soit décantée. »

« Hé, je te prierais de ne pas te moquer de mon bunker ! » je lui rétorque.

« Ah, comme ça tu as un bunker, toi ? On m'a caché ce détail ? »

« On parle juste de la baraque et mes parents dans le Nord. Elle est pleine à craquer de provisions et de toutes sortes de choses. Il y a là de quoi survivre une année en petit groupe. »

James émet un sifflement admiratif. Il est au courant que mes parents avaient une maison de campagne pour le weekend, où ils entassaient des tas de provisions. Mais j'imagine que j'ai passé sous silence les quantités qui s'y trouvent encore.

Depuis mon rêve de la nuit dernière, cette vieille baraque en bois me manque. Elle est si isolée que mes parents disaient toujours, sur le ton de la plaisanterie, que c'était la cachette parfaite en cas d'Apocalypse. C'était un lieu où je pouvais bouquiner tranquillement pendant des heures dans mon hamac sous les arbres, me faire une salade avec les fruits du jardin cinq minutes avant le dîner, et passer tout l'hiver à jouer avec mon petit frère Éric et les gamins du voisinage.

C'est aussi l'endroit où Adrian et moi étions assis à attendre avec appréhension l'arrivée de mes parents, un vendredi soir d'avril, il y a 3 ans. Ils ne sont jamais arrivés. Ils n'ont jamais su qu'Adrian m'avait demandé en mariage la veille. La nouvelle les aurait rendus fous de joie. Ils adoraient Adrian presque autant que moi.

Nous étions recroquevillés dans le canapé, baignant dans la chaleur douce du poêle à bois. Adrian était adossé bien droit, occupé à feuilleter l'un des catalogues d'installations solaires que collectionnait mon père. Mes pieds étaient glacés après une chute dans une crique lors de notre randonnée cet après-midi là, et je les avais blottis sur ses genoux.

« Hello chéri », avais-je dit en remuant les orteils pour obtenir un massage de pieds.

J'ai vu sa fossette se creuser. Je trouvais que ça lui donnait une expression de petit garçon, même derrière l'ombre légère de la barbe du soir.

« Je ne sais pas… » a dit Adrian pour reprendre le fil de notre conversation matrimoniale entamée plus tôt, « Je pense qu'au fond j'aime assez le côté obligatoire des vœux. »

J'ai roulé des yeux, évitant toutefois de relancer le débat.

« Je t'obéis déjà. » Il a souri et a pris mon pied dans sa main comme pour illustrer son argument. « Il est temps que tu en fasses de même. Et que tu m'écoutes quand je te dis de ne pas sauter d'une pierre à l'autre quand ça glisse. J'essaie juste de te maintenir au sec. »

Il faisait référence à tout à l'heure, quand j'avais refusé la main qu'il me tendait alors que nous traversions la crique. J'étais tout à fait capable de sauter jusqu'au prochain rocher, avais-je dit, juste avant de tomber à l'eau.

« Tu savais que Laura Ingalls a dit à Almanzo Wilder qu'elle bannissait catégoriquement le mot "obéissance" de ses vœux de mariage ? Elle pensait qu'elle ne pourrait jamais obéir à quelqu'un contre son gré. J'ai lu ça quand j'étais une petite fille et ça m'a fait une sacrée impression. »

« Ton héroïne. Le problème, c'est que tu as mal évalué ces rochers. Et surtout tes capacités athlétiques. »

Ses lèvres se recourbèrent. C'était l'une des rares personnes au monde à trouver un certain charme à ma maladresse.

« Moi ? Je suis la grâce incarnée. » Je remuai mes doigts de pieds pour le rappeler à sa mission. « Hé, qui t'a dit de t'arrêter ? »

Il reprit mon pied et l'embrassa avant d'acquiescer poliment de la tête et de m'obéir.

Quand la lumière des phares apparut enfin derrière les rideaux du salon, je sautai du canapé. Mes parents étaient certes des hippies farouchement haineux des téléphones portables, mais ils ne manquaient jamais de passer un coup de fil. J'étais suffisamment inquiète pour avoir préparé un petit sermon, histoire de les recadrer.

En arrivant sur le porche de l'entrée, je fus surprise de voir Sam, le shérif. Il retira son chapeau d'une main tremblante. Les rayons crus de l'éclairage automatique derrière lui laissaient son visage dans la pénombre complète. La vue d'un shérif à la porte n'est jamais bon signe, surtout lorsqu'il enlève son chapeau. Cela ne m'était jamais arrivé personnellement, mais je savais décoder le message. Je fis un mouvement de recul derrière l'encadrement de la porte comme pour échapper à ce qu'il allait me dire.

« Cassie ? Cassie, ta mère et ton père ont eu un accident de l'autre côté de la ville. »

Sam s'est approché de moi, les mains tendues dans un mouvement de prière. Son visage hagard, apparut soudain dans le rectangle de lumière crue qui s'échappait de la porte ouverte. C'était comme si la gravité laissait peser un poids immense sur ses joues et les coins de ses yeux. Je m'agrippais à la porte. Adrian avait posé la main sur mon épaule.

« Comment vont-ils, Sam ? a-t-il demandé. Où sont-ils ? »

Sam a secoué la tête et a cligné des yeux. « Je suis vraiment désolé, Cassie. Je suis vraiment désolé. » Ses mains étaient crispées sur son chapeau au point que ses phalanges étaient exsangues. « Ils sont tous les deux morts dans l'accident. Il semblerait qu'ils aient glissé sur une flaque de boue. La voiture a percuté un arbre. »

« D'accord », ai-je bredouillé, avant de retourner à l'intérieur d'un pas flageolant.

Je me suis assise sur le canapé. Adrian s'est posé à côté de moi et m'a pris la main. Je me suis rendue compte qu'il pleurait, en essayant de me serrer dans ses bras. Je suis restée assise là, comme une statue, à me demander ce que j'étais censée dire ou faire ensuite. C'était comme si j'avais oublié comment être une personne. Je ne me souvenais plus de ce que les gens faisaient dans ce genre de situations.

« Ok », ai-je répété, ahurie. « Sam, qu'est-ce que je dois faire, maintenant ? »

Je me demandais si Sam me trouvait froide parce que je ne pleurais pas. C'était un ami de mes parents. Ils passaient des heures ensemble sous le porche à discuter de jardinage et de chasse en buvant de la bière maison.

Quand cette nuit-là j'ai levé le regard vers son visage, je n'y ai vu que de la pitié. Ce n'était pas la première fois qu'il apportait ce genre de nouvelles, et je me suis soudain dit que si j'étais la seule personne qui se montrait indifférente à ce point, il ne se montrerait sans doute pas aussi compatissant que de coutume. Et puis je me suis demandée pourquoi j'avais ces pensées ridicules, au lieu de ressentir les choses comme tout le monde.

« Il va falloir que tu m'accompagnes à l'hôpital, Cassie. Je suis désolé. Tu peux prendre ton temps. »

Je me suis levé tout de suite parce que je ne savais pas trop quoi faire d'autre, j'ai marché jusqu'à la porte d'entrée, accompagnée par Adrian qui avait passé le bras autour de moi. Depuis cette nuit-là, je n'y suis retournée qu'une seule fois, pour répandre leurs cendres sur ce terrain qu'ils aimaient tant, où ils souhaitaient finir leurs jours, et que je n'ai jamais revu.

Le journal télévisé résonne à plein volume dans la salle de réunion.

« … de ne surtout pas céder à la panique. Des fausses informations circulent actuellement sur Internet et il est conseillé de consulter le site officiel de la CDC pour obtenir des informations fiables concernant le Bornavirus LX. À l'heure actuelle, quelques milliers de cas seulement ont été recensés dans la ville de New York, selon le CDC. »

« Si vous êtes sujet à de fortes fièvres ou à des douleurs musculaires, ou que vous avez été en contact avec une personne que vous pensez être infectée, veuillez vous rendre à l'hôpital le plus proche. Selon les médecins, les antiviraux doivent être administrés immédiatement pour être efficaces. »

Je regarde James en haussant un sourcil.

« Tiens, ça c'est une première », dit-il.

« Nous vous tiendrons informé des prochaines évolutions du Bornavirus LX sur New York one, restez à l'écoute. Une déclaration en direct du Ministère de la Santé est attendue dans l'heure. »

Nelly se tourne vers nous. « Ah, vous voyez ? Quelques milliers de cas, ce n'est pas si mal. On va juste veiller à rester à distance des détraqués et à partager quelques verres bien mérités. »

« Moi je pense qu'on ne devrait peut-être pas sortir. » J'ai un mauvais pressentiment. « Même si tout n'est pas aussi catastrophique qu'il n'y paraît, je suis sûr que c'est plus grave que ce que les autorités veulent nous faire croire. On devrait peut-être aller chez moi. »

« Ah non, alors ! grimace Nelly. On ne va pas gâcher notre vendredi soir ! »

Je lui envoie un coup de poing. « Et bien merci. Je n'avais pas réalisé que mon appartement était un tel trou à rats. »

« Tu sais ce que je veux dire. On n'a qu'à passer la soirée au Paddy's, et puis on peut toujours rentrer chez toi en cas de besoin. Ce qui m'étonnerait. »

« Moi ça me va, dit James. Ça m'étonnerait que la situation soit si mauvaise qu'on ne puisse même plus sortir de chez soi. Et puis rendons-nous à l'évidence, la seule chose susceptible d'empêcher Nell de sortir un vendredi soir serait une détonation de bombe nucléaire. »

Nelly hoche la tête avec emphase.

« D'accord, tu as gagné, je capitule. Peut-être que je suis juste une petite nature. »

L'écart entre les infos officielles et les infos officieuses est bien trop flagrant pour ne pas inquiéter. Il y a une différence entre cinquante mille cas et plusieurs milliers. Soit quelqu'un a fait une grosse erreur quelque part, soit on nous ment.

Chapitre 4

En montant à la cuisine, je croise Penny qui termine sa pause à la maternelle, où est l'enseignante principale.

« Alors, cette fois, tu vas vraiment rompre avec Peter ? » demande-t-elle avec une joie mal dissimulée.

Je grimace. Nelly a dû envoyer des messages ou des emails à tout le monde.

« Je vais le tuer celui-là ! Je te l'aurais dit, de toute façon. J'ai pris la décision ce matin. À ce rythme, plus besoin de rompre, il aura eu vent de la nouvelle avant que je vienne le voir. » *Ah, si seulement.* « Oui, je vais le faire, mais pas ce soir. Il est bloqué à Washington. »

Penny me serre la main. Elle sait à quel point je redoute l'heure de cette rupture. « Qui d'autre vient boire un coup ce soir ? » demande-t-elle en inspectant nonchalamment le contenu du réfrigérateur.

« Eh bien, James. Je viens de le croiser. D'ailleurs, il m'a dit que tu embrassais bien. »

Ses joues dorées s'empourprent. « Non, tu ne lui as rien dit. » Elle se fige soudain et ses grands yeux de noisette s'écarquillent. « Tu lui as dit ? »

« Mais bien sûr que non, enfin ! » Elle fait mine de me balancer sa bouteille d'eau à la figure et j'esquive. « Je t'embête juste un peu parce que tu ne m'as pas raconté tout de suite. Méchante. » Je m'assieds et tapote sur le séant du siège à côté du mien. « Alors ? Raconte ! »

Cette fois c'est son cou qui vire au rose. « Bon, bon, OK. Je ne sais pas, moi. La nuit dernière il m'a demandé si je voulais prendre un café avec lui. On y est allés et c'est après qu'on s'est embrassés. Je crois que je l'aimais bien depuis un moment. C'est un peu bizarre, quand même, on est amis depuis si longtemps. »

« Il t'aime bien lui au-ssiiii », je chantonne en lui caressant l'épaule.

Elle se penche en avant, avide : « Ah bon tu crois ? »

« Absolument. Il a rougi quand j'ai… »

Penny secoue vivement la tête et je me tais en voyant James passer derrière nous en direction du réfrigérateur. Elle fixe mes pieds et change de sujet.

« Comment tu arrives à marcher normalement du haut de ces talons ? » me lance-t-elle en pouffant, sachant pertinemment que je n'y arrive pas.

« C'est toute la difficulté, dis-je en remuant les doigts de pied. Je collectionne les ampoules. D'ailleurs, sortir en sandales en avril était carrément optimiste pour ne pas dire stupide. Mes orteils sont des stalactites. »

« Joli vernis, cela dit. » Je me venge en la pinçant.

James reluque Penny sous le rideau de ses longues mèches, et sourit. « Salut. »

« Salut. » répond Penny.

« Tu viens ce soir ? » demande-t-il en se penchant dans le frigo.

« Ouais. »

Il se redresse et ouvre une canette de soda.

« Ah, tu as abandonné ton burrito ? » fais-je. Il s'esclaffe. Penny nous observe d'un air confus.

« J'ai opté pour l'alternative. » dit-il en transférant son regard vers Penny.

Ils se sourient timidement. D'un mouvement du pied, fais tomber mes sandales et me relève en les emportant. Ces deux-là préféreraient sans doute continuer leur conversation en tête à tête.

« Je vais attendre les prochaines infos dans la salle de réunion », dis-je. En passant la porte, je me retourne : il a déjà pris ma place dans le fauteuil.

Une journaliste blonde se dresse devant un hôpital.

« De nombreux hôpitaux sont déjà débordés. La police dispatche les malades vers d'autres hôpitaux de la ville. Les infirmières et les médecins travaillent actuellement en dehors de leurs services réguliers pour faire face aux urgences. »

Penny sort son téléphone en fronce les sourcils. Sa mère doit être de retour sur le champ de guerre.

« L'allocution du délégué à la Santé de la ville de New York va avoir lieu dans un instant. »

Un homme aux cheveux grisonnants et lesté d'un lourd embonpoint se tient derrière le micro. Il a l'air lessivé. Il se frotte le menton avant de prendre la parole.

« Bonjour. Je suis Michael D'Angelo, délégué à la santé de la ville de New York. Comme vous le savez tous, nous faisons face actuellement à une épidémie de Bornavirus LX dans la ville de New York. C'est un virus grave, et nous tenons à ce que personne ne cédé à la panique en réaction à des informations incorrectes. »

« Le CDC se fournit des traitements à ceux et celles qui ont contracté le virus. Nous avons mis en place des zones de soins d'urgence dans toute la ville. Il est crucial que vous receviez ce traitement si vous pensez avoir été exposé au virus. Ne tentez pas de soigner vous-même une personne infectée. Le risque de transmission est particulièrement élevé, en raison de la nature du virus. »

« C'est-à-dire ? Qu'entendez-vous par *nature du virus* ? » lui hurle un journaliste.

D'Angelo lève la main. « Le Bornavirus LX entraîne un comportement agressif dans les dernières phases de l'infection. Ceci conduit à une transmission du virus par le biais des contacts corporels, car il faut savoir que les patients n'hésitent pas à mordre et à griffer leur entourage. »

« Un système des transports a été mis en place dans les hôpitaux locaux pour amener les malades vers les nouveaux centre de soins. Le temps nous est compté. À l'heure actuelle, nous estimons que plus de vingt mille personnes ont été infectées à New York. »

Les journalistes, et tous les collègues présents dans notre salle de réunion en ont le souffle coupé. D'Angelo hoche la tête.

« Je sais bien que ces nouvelles ont de quoi impressionner. Mais pour relativiser, sachez que cela équivaut à la population que peut contenir Madison Square Garden. Et nous pouvons empêcher ces chiffres de croître si les New-Yorkais acceptent de suivre nos directives. Nous conseillons donc aux personnes de ne sortir de chez elles que si cela leur est absolument indispensable. Nous allons consacrer ce weekend à soigner les personnes infectées et à éliminer tous les nouveaux cas. »

« Nous vous prions donc de consulter le site officiel de votre CDC local pour lire les informations relatives au centre de traitement. Les chaînes d'information locales vous communiqueront ces lieux. Nous savons tous que les New-Yorkais donnent le meilleur d'eux-mêmes en situation de pression, et nous allons parvenir à éliminer le Bornavirus avant lundi. Pour cela, nous avons besoin de l'aide de tous, pour que chacun puisse effectuer son travail dans les meilleures conditions. Je vous remercie pour votre attention. »

Il essuie ses sourcils avec un mouchoir, puis descend de l'estrade, ignorant le déferlement de questions hurlées par les reporters.

Tout le monde parle en même temps. Julio, notre patron, a recours à sa voix la plus grave pour attirer notre attention. « Écoutez-moi. Nous allons finir la journée plus tôt aujourd'hui. Je ne veux pas que vous circuliez plus tard que nécessaire dans les rues. Je vais appeler les parents des enfants de la crèche pour qu'ils viennent chercher leurs enfants plus tôt. Le programme des études du soir va devoir continuer comme prévu, mais pour tous les autres, je veux que vous rentriez chez vous. »

Tout le monde applaudit et Julio laisse échapper un petit sourire satisfait sous sa fine moustache. Il lève les bras pour rétablir le silence. « D'accord. Et quand je dis chez vous, ça veut surtout dire *PAS DEHORS*, compris ? »

Il braque le regard sur Nelly, qui se retourne vers une personne imaginaire. Tout le monde éclate de rire. « Sérieusement… Attention tout le monde. Faites très attention à vous. Je vous retrouve lundi. »

Une ambiance de vacances règne maintenant dans la pièce tandis que tout le monde s'affaire à ranger ses affaires pour rentrer chez soi. Penny range son portable et me regarde d'un air inquiet, les sourcils levés. « J'ai laissé un message à ma mère. Il faut que je redescende en classe. On se voit plus tard, j'imagine ? »

« Je suis sûre qu'elle va bien », dis-je. « Je vais t'attendre. Pas question de te laisser rentrer toute seule. On y va dès que les enfants seront partis. »

« Ca marche pour moi, dit Nelly. Et ensuite on ira prendre un verre. »

Je me tourne vers lui, les mains sur les hanches. « Tu parles sérieusement ? Tu n'as pas entendu ce que vient de dire Julio ? »

Il hausse les épaules, indifférent à nos regards.

« Mon pote, dit James, on va dire qu'il y a eu une attaque nucléaire de virus. Allons juste chez Cassie. »

« Bon, d'accord, soupire-t-il. Mais on ne part pas sans toi, Pen. Remonte vite quand tu as terminé. »

CHAPITRE 5

NELLY ET MOI écoutons James nous lire les brèves d'actualités les plus croustillantes en attendant le retour de Penny à notre bureau. Mon portable vibre. J'entends la voix de mon frère avant même d'avoir porté le téléphone à mon oreille.

« Cass ? Tu m'entends ? » Il a l'air inquiet.

« Allo Eric ! »

« Tu vas bien ? »

« Ca va. Bien. Pourquoi ? »

« C'est juste que c'est la huitième fois que j'appelle sans succès. On dit que le virus fait des ravages à New York. Un chiffre fou, autour de cent mille personnes contaminées. »

« Ils nous racontent ici qu'il n'y a que vingt mille cas, et qu'ils sont en train de les expédier dans les centres de traitement. D'où sors-tu ce chiffre ? »

Je pense à l'estimation de toute à l'heure : cinquante mille cas d'ici à midi. Il est presque trois heures de l'après-midi.

« J'ai vu ça il y a cinq minutes sur CNN. C'est le chiffre estimé par leurs reporters à partir des images prises par hélicoptère. Et juste après l'annonce, l'écran est passé au noir. »

« Vraiment ? Et tu es sûr qu'ils ont coupé CNN ? »

Nelly et James se tournent vers moi.

« C'est ce que j'ai cru comprendre. Cass, tu dois rentrer à ton appartement tout de suite. Tu as les provisions de papa, si jamais tu ne peux pas sortir avant un moment. »

« On y va après le boulot. Julio nous laisse rentrer plus tôt, mais on attend Penny. »

Il y a du matériel de camping et des boîtes de conserve dans le sous-sol de l'appartement où nous avons grandi. Notre proprio a insisté pour que j'y emménage après le décès de mes parents.

« Et toi, comment ça va ? Ca se passe comment en Pennsylvanie ? » Eric semble toujours si confiant que j'oublie parfois de m'inquiéter pour lui.

« Apparemment nous avons des cas ici aussi. Mais bon, tu sais, c'est la campagne chez nous. Rachel et moi on va rester bien planqués ici tout le weekend. Tu me connais. J'ai quelques boîtes de conserves supplémentaires en stock », ajoute-t-il en ricanant.

Je ris. Il a toujours été prévoyant, comme notre père.

« Cass, le frère de Rachel nous a appelés. Il nous a dit qu'il était bloqué dans son appart à Philadelphie. »

« Comment ça, *bloqué* ? »

« Il y a trop de gens infectés dans les rues. Il ne peut pas sortir du tout. Les gens se font attaquer, et la police est introuvable. Je me demande si tu ne devrais pas juste te rendre direct à la maison de campagne, au cas où ça s'envenime. C'est ce que je vais faire, je pense. On peut se retrouver là-bas si on n'arrive pas à se joindre avant. Tu me promets de venir, Cassie ? »

Eric sait que je tiens toujours mes promesses.

« Eric, dis-je avec prudence. Je ne peux rien te promettre. On sera en paix à l'appartement, j'en suis sûre. Et puis comment veux-tu que j'y aille en ce moment ? Par le métro F ? » J'essaie d'alléger la conversation en lui rappelant que je n'ai pas de voiture. Comme tous mes amis, d'ailleurs.

« Je suis sérieux, Cassie ! » s'énerve-t-il.

Il a vraiment l'air terrorisé. Eric n'a jamais peur. C'est cette note acide dans sa voix qui m'oblige à l'écouter poursuivre.

« Tu sais ce qu'il te reste à faire maintenant. Tu es débrouillarde, hein. Ne laisse pas ton cerveau prendre le dessus sur tes tripes. Tu sais Cass, cette fois j'ai un très mauvais pressentiment. »

Je garde le silence. J'ai tendance à trop réfléchir. Mon père nous disait toujours que rien n'était plus dangereux dans la vie que d'ignorer son instinct. Cent mille personnes. C'est cinq fois Madison Square Garden. Cinq Madison Square Garden remplis de malades hagards, clairement enragés.

« Je te promets, Eric, que je ficherai le camp si la situation devient intenable. »

Je l'entends expirer une longue bouffée d'air. « Ok. Je suis avec toi, Cass. Jusqu'à la fin du monde. »

« Et au-delà. Je t'aime aussi. On se rappelle plus tard, d'accord ? »

Je raconte ce qu'il m'a dit à Nelly et James et nous filons vers la télévision. Mais au lieu de CNN, on a droit à un message de la chaîne Time Warner Cable s'excusant des difficultés techniques qu'elle rencontre. James met NY1 News. Celle-là fonctionne, au moins. Apparemment, la situation est en cours de résolution dans l'ouest des États-Unis. Le virus devrait avoir été éliminé d'ici lundi dans tout le pays.

« Décidément ils tiennent à nous abreuver de conneries », siffle James.

« Quelles conneries ? » demande Penny en arrivant, son sac sous le bras.

« Le virus aura disparu lundi. La bonne blague. Et voilà qu'ils coupent CNN. » répond James.

« C'est troublant, en effet. » Penny fronce les sourcils et montre la télé du doigt. « En tout cas ils n'ont pas tout coupé. »

« Non, seulement les chaînes qui disent la vérité », dis-je, ce qui capte l'attention de Nelly.

« J'ai discuté avec Eric. Il dit qu'il y a bien plus de cas chez nous qu'on ne le croit. Il m'a fait promettre d'aller à la maison de campagne en cas d'urgence. »

Penny promène le regard autour d'elle en hochant la tête. Puis elle regarde son portable et semble se souvenir d'un détail important.

« J'ai laissé un autre message à ma mère pour lui dire qu'on allait chez toi, mais il faut d'abord que je rentre chez moi. Ana m'a laissé un message sur mon répondeur. Mon téléphone n'a même pas sonné. Elle a dit qu'elle rentrait à la maison après le travail mais qu'elle avait oublié ses clés. Je n'arrive pas à lui dire de venir chez toi à la place. »

Ana, c'est sa petite sœur. Elle oublie toujours ses clés, même si elle a maintenant vingt-cinq ans. Et elle espère toujours qu'il y aura quelqu'un à la maison pour lui ouvrir la porte. Sauf qu'aujourd'hui c'est différent.

« Et bien, on n'a qu'à passer chez toi d'abord », dis-je, comme si ce n'était qu'une formalité. Mais je nous imagine déjà dans une rue de Philadelphie, où il est impossible de sortir, et je tressaille.

Chapitre 6

J'inspire profondément l'air printanier tandis qu'on fait nos premiers pas vers l'avenue. J'ai grandi dans ce quartier que j'adore, qui est un melting pot de familles irlandaises et portoricaines.

Les rangées de vieilles dames aux visages alignés, leurs teints ivoire ou basanés, qui nous regardent passer assises dans leurs chaises pliantes d'aluminium, plongées dans leurs potins hivernaux. Les airs de salsa débordent des fenêtres. On allume des barbecues, les enfants font la course. Quand je rentre du travail tous les soirs, je me félicite toujours d'être revenue vivre dans ce quartier.

Nelly observe ces festivités de rue et s'exclame avec une moue : « Vous voyez, le reste du monde s'amuse bien. Et nous, on nous demande de rester cloîtrés entre quatre murs. »

« Arrête de faire l'enfant », dis-je.

Il rit. Je vois bien ce qu'il veut dire. Les choses n'ont pas l'air si grave, à en croire l'ambiance qui règne dans le quartier. Tout le monde profite de la vie. Peu importe ce qu'il se passe dans le reste du monde.

« Je ne comprends pas pourquoi personne n'a l'air de prêter attention à ce qu'il se passe en ce moment », fait James en secouant la tête.

« Ce qu'il se passe, c'est que tout va bien, à en croire les infos, réplique Penny. Les gens n'ont pas le temps de disserter sur ce qui se dit dans les médias ou de passer des heures sur Internet. Attention, je ne dis pas qu'il faut faire comme si de rien n'était, mais on dirait que personne d'autre ne prend la situation au sérieux. »

Chaque pas que je fais dans ces sandales est maintenant une torture. Voilà ce qui se passe quand on fait passer la vanité devant le confort. Je n'arrive même pas à marcher en chaussures à plateforme sans flageoler comme une gamine de huit ans sur des échasses.

J'aurais dû rester en bottines. Je songe maintenant à retirer les sandales, mais le trottoir est recouvert d'un film inhabituel, qui ressemble à une substance grasse solidifiée.

Nous attendons au coin le passage de voitures. Je donne un coup de coude à Nelly et dirige le regard vers les mains entrelacées de James et Penny. Il me fait un clin d'œil et je vois alors un homme émerger de derrière une benne à ordure. Il s'y est sans doute soulagé et je regarde ailleurs pour ne pas créer de gêne entre nous.

Une exhalation rauque me fait pivoter à nouveau. Un vieillard aux cheveux sombres et emmêlés s'avance vers moi, il me tend une main sale. Je me dis qu'il fait la manche, avant de remarquer sa peau grisâtre et sa bouche pantelante. Il semble lui manquer la moitié de son cou, comme si un chien enragé la lui avait arrachée. Ça doit être un cas. La blessure est cernée de noir et emplie de sang coagulé, de petits bouts pendouillent, que je ne tiens pas à identifier. Une puanteur de pourriture me parvient soudain.

« Barrons-nous ! » hurle James, en attrapant la main de Penny.

À l'instant où je me retourne pour décamper, ma cheville se tord et je pousse un gémissement de douleur. Il faut que je me débarrasse de ces chaussures pourries. Nelly me soutient le coude tandis que je jette les sandales et que nous filons à toute allure vers l'autre bout de la rue. Demi-cou nous emboîte le pas. Quand on arrive devant l'immeuble de Nelly, il est à mi-chemin. Penny peine à faire entrer sa clé dans la serrure du portail. Peut-être qu'on devrait continuer à courir.

« Allez ! » implore Penny.

Sa main tremblote mais elle arrive enfin à glisser la clé. On trébuche dans le minuscule vestibule tandis qu'elle affronte une nouvelle serrure. Demi-cou fait son apparition et étale les mains sur la porte. Des sortes d'écailles brunes se déposent sur la vitre. Une pellicule huileuse couvre ses globes oculaires. Il sniffe l'air avec un gémissement rauque et tâtonne à la porte.

« Alleeeezzz ! Avant qu'il ne brise la vitre », gémit Penny.

Nous passons enfin la deuxième porte. Une fois réfugiés dans l'appartement du deuxième étage, la porte verrouillée derrière nous, je m'effondre sur le canapé. James court à la fenêtre.

« Oh bon sang », fait Penny. Elle porte la main à son cou, comme pour tenter de retenir un hurlement. « C'était quoi cette… chose ? »

Nous restons tous silencieux, les yeux écarquillés, nos poitrines se soulèvent, sonnés par ce qui vient de se passer. Ce n'est pas vraiment comme ça que j'imaginais les personnes contaminées. Il n'avait pas l'air malade. Il avait juste l'air de ces monstres qu'on voit dans les films d'horreurs. Et il nous a coursés. J'ai des frissons quand je pense qu'il est en train d'en poursuivre d'autres en ce moment même.

« J'appelle les secours. » Ma voix me semble lointaine tandis que je compose les chiffres 911 sur le combiné. Une voix automatique m'informe que les secours sont trop saturés pour me répondre. « Ils ne décrochent pas. » C'est mauvais signe. On est à New York. « Ils sont saturés. »

Nelly regarde par la fenêtre. « Il est toujours là. Quand est-ce qu'elle rentre, ta sœur ? »

Penny sur le téléphone et appuie encore et encore sur la touche de rappel. « Ana ! » hurle-t-elle, quand elle réussit enfin à la joindre. « Où es-tu ? Écoute-moi. Il y a un type devant chez nous qui essaie d'attaquer les passants. Passe par la porte de service. Je reste au bout du fil. James et Nelly vont ouvrir et tu pourras rentrer directement. Surtout, ne passe pas par l'entrée principale ! » À l'autre bout du fil une voix aiguë lui répond. « Ana, s'il te plaît. Fais juste ce que je te demande ! » Elle se tourne vers Nelly et James. « Elle arrive dans cinq minutes. Tu pourrais aller vérifier que tout est OK en bas ? Et si ce n'est pas le cas, l'un de vous peut revenir me prévenir. » Ils acquiescent et sortent.

« Ils sont en train de descendre les escaliers », crie-t-elle dans le combiné. Quelques minutes passent dans un silence tendu. « La porte est ouverte ? Allez-y. Je vous vois là-haut. »

Dès qu'Ana pénètre dans l'appartement, Penny se jette sur elle pour la serrer dans ses bras. Ana lui donne une brève tape réconfortante dans le dos avant de s'écarter d'elle, en lissant sa longue chevelure. Sa crinière est plus vaporeuse que celle de Penny, avec des éclats dorés. Elle porte des bottes de daim marron qui lui arrivent jusqu'aux genoux et un pull long qui tombe sur ses leggings. Ce pull à lui seul a dû coûter davantage que mon budget vêtements de l'année, en incluant les sandales que j'ai abandonnées au coin de la rue. Elle ressemble un peu à Nelly avec ses yeux sombres et son petit nez, bien qu'elle n'ait pas les courbes douces de sa sœur.

« Alors c'est quoi cette histoire ? C'est qui ce type en bas, un admirateur ? » Ana se dirige vers la fenêtre pour observer. Le type est toujours assis en bas appuyé contre la vitre de la porte. Il ne bouge pas. J'espère qu'il est mort.

« Il a essayé de nous attaquer sur le chemin, explique James à Ana. C'est ce que font tous les gens infectés. Ils transmettent le virus par le biais de leurs fluides corporels. »

Ana s'éloigne de la fenêtre et hausse les épaules. « Donc, c'est un peu comme la fièvre porcine ou un truc du même genre ? Je ne vois pas pourquoi les gens se mettent dans tous leurs états avec cette histoire ! Le bar où on allait a dû fermer plus tôt que prévu. Et maintenant il va falloir que je passe mon vendredi soir enfermée ici. Génial. »

Maintenant qu'on l'a mise en sécurité, je n'ai qu'une envie, la remettre dehors. « Ana, dis-je d'une voix de maîtresse autoritaire mais patiente. Désolée que ton vendredi soir soit foutu. Mais tu n'as pas bien entendu ce qu'a dit James, apparemment. Ce type en bas voulait notre peau, et ce n'est pas une figure de style. Ta mère est bloquée à l'hôpital avec des gens comme lui. Il y a peut-être une centaine de milliers de personnes infectées à New York. Et non, ce n'est pas la fièvre porcine. »

Ana me fait une moue adolescente. « Ouais, si vous le dites. »

Elle reprend son sac posé par terre et se traîne jusqu'à sa chambre. J'ai une affection mitigée pour Ana, celle qu'on a pour une petite sœur qu'il nous arrive parfois de haïr puissamment. La gentille fillette qu'elle était se cache peut-être encore là quelque part. Un été, dans la maison de campagne de mes parents, elle avait trouvé un lapin blessé et l'avait soigné elle-même, refusant de laisser quiconque s'en occuper. Quand elle et mon père avaient relâché le lapin dans la nature, elle avait pleuré à chaudes larmes et avait passé le reste de la semaine à se chercher d'autres animaux à bichonner.

« Si on le dit, en effet. Au moins elle est en sécurité maintenant », soupira Penny en levant les yeux au ciel.

Nelly décapsule nos quatre bouteilles de bière. James allume la télé et met une chaîne d'infos régionale. CNN est toujours hors antenne. J'écoute d'une oreille en réessayant de contacter les secours, vainement.

« Les bus sont remplis à pleine capacité de personnes contaminées. On demande aux familles d'épingler une fiche d'informations aux vêtements de leurs proches infectés et de quitter les lieux. Elles sont assurées de recevoir des mises à jour sur l'état du patient. La police a expliqué qu'il s'agissait de mesures visant à protéger les personnes d'une contamination. Nous nous apprêtons à vous livrer un rapport en direct du Centre médical luthérien de Brooklyn. »

Je repose le téléphone et m'approche de la télévision. Un journaliste se tient devant l'hôpital où travaille Maria. Penny se penche en avant comme si elle essayait de repérer sa mère. La foule amassée devant l'hôpital est impressionnante. Les gens sont allongés, debout, assis. Ils avancent lentement vers une file de bus. Chaque bus se remplit et s'éloigne immédiatement remplacé par un nouveau bus. Bus municipaux, des bus scolaires, les autocars Greyhound… tout ce qui a plus de quatre sièges a été réquisitionné pour l'opération.

« Ils enfournent tous ces gens dans les bus pendant des heures, mais il y en a toujours qui continuent d'arriver et qui prennent la place. On vient de nous informer qu'on allait être déplacé dans une zone à quelques blocs d'ici, pour notre sécurité. Nous allons continuer à suivre la situation depuis ce poste. À vous les studios ! »

Nelly baisse le son quand le présentateur énumère à nouveau les centres de traitement.

Penny soupire. « Et bien, malheureusement, je doute que ta mère puisse rentrer chez elle avant un moment. Il y avait au moins cinq cent personnes dans cette file d'attente. J'espère juste qu'ils vont donner des antiviraux aux infirmières. »

Penny saisit à nouveau son portable et marche jusqu'à la fenêtre, elle essaie de joindre sa mère. Sa bière tombe sur le parquet dans une explosion mousseuse qui nous fait tous sursauter. Les yeux rivés sur la fenêtre, elle se couvre la bouche d'une main et tend l'autre vers la rue.

Chapitre 7

Ils sont maintenant quatre devant l'immeuble au bout de la rue, accroupis dans un recoin obscur. Parmi eux, il y a notre cher demi-cou, qui contre toute attente est toujours vivant, la tête pendant sur la gauche. Il y a aussi une vieille dame vêtue d'une robe de ménagère à fleurs et coiffée d'un chignon gris, un hipster à lunettes d'aviateur et un homme d'apparence latine portant une chemise à moitié rentrée dans son jean.

La vieille ménagère s'éloigne d'un pas hagard, révélant un amas de chair rose et brillant. Seuls les mains et les pieds ont été épargnés, révélant qu'il s'agissait d'un être humain. Les quatre créatures sont couvertes de sang frais, et aller autour de leur bouche et dégoulinant de leurs mains. Le sang coule le long du trottoir point mon estomac se retourne, et je dois m'appuyer contre le rebord de fenêtre.

« Ici le 911, quelle est votre urgence ? » demande une voix au bout du fil.

« Il y a quatre personnes infectées dans la rue en bas de chez moi. Je crois qu'elles sont en train de dévorer quelqu'un ! J'habite au… »

La voix me coupe la parole. « Madame, dites-moi, la personne qu'ils attaquent, est-ce qu'elle est morte ? Vous pouvez le voir d'où vous êtes ? »

Drôle de question tout de même. « Oui je crois que la personne est morte mais… »

« Madame, on ne peut pas vous envoyer la police tout de suite. Si vous me donnez votre adresse, ils viendront récupérer les malades dès que possible. »

Je lui donne l'adresse. « Quand vont-ils arriver ? J'ai peur qu'il fasse du mal à quelqu'un d'autre. »

« Je ne sais pas, Madame. » répond-elle de cette voix affairée tant prisée des fonctionnaires new yorkais. « Mais s'il vous plaît, restez chez vous. La police ne va pas tarder. Ils seront équipés pour faire face à la situation. »

« Oui bien sûr, merci… » Je raccroche et je marmonne. « Pour rien. »

Je retourne à la fenêtre. « Ils ne se donnent même pas la peine de revenir. »

« Et bien, réplique James sans détacher le regard du spectacle, au moins cette fois, ils nous ont répondu. »

Moi non plus je n'arrive pas à détacher le regard. L'horreur de la scène est telle qu'à la minute où je cesse de l'observer, je me dis que ça ne peut être vrai, et j'ai besoin de revérifier.

« Ils ne se contentent pas d'attaquer, ils dévorent » constate Nelly en secouant la tête, ébahi.

Il se dirige vers la cuisine et s'assied à la table. Je le suis pour aller chercher du sopalin pour nettoyer la flaque de bière. Je ne l'ai jamais vu aussi pâle, mais sa bouche exprime toujours la même fermeté. « Je sais que tu as promis à Éric que tu partirais si la situation dégénérait. Et sur le moment, j'ai trouvé ça un peu exagéré. Mais j'ai changé d'avis, je crois. Qu'en penses-tu ? »

La scène à laquelle on vient d'assister n'est pas une simple bagarre entre individus fiévreux et violents. Je ne veux pas paraître parano, mais j'avoue que j'ai très peur. Et il y a la promesse que j'ai faite à Eric. « Je veux partir d'ici. » dis-je.

James s'approche de la porte, le bras autour des épaules de Penny. « Ils n'ont aucun contrôle de la situation. C'est incroyable, il y a un groupe qui dévore quelqu'un au coin de la rue, et ils ne considèrent même pas ça comme une priorité. Ils nous cachent la vérité. Pendant ce temps, les gens se croient toujours en sécurité. »

Il a raison. J'entends résonner la musique et des éclats de rires à quelques encablures.

« D'accord », dit Nelly, les poings serrés sur la table. Son visage est toujours hébété d'incrédulité, mais il hoche la tête d'un air décidé. « On va décamper en vitesse. Je n'en crois pas mes yeux. Quelle histoire dingue. »

J'ai toujours secrètement rêvé qu'un jour, une fois au moins, Nelly croit totalement à nos délires paranoïaques. Sauf que cette fois, je donnerais tout pour savoir que j'ai tort.

Chapitre 8

Soudain, un hurlement déchirant nous tire de notre silence. Cinq jeunes types armés de battes de baseball et de barres d'acier s'approchent du groupe de malades, si occupés par leur proie qu'ils ne les voient pas venir.

Un coup est asséné avec un long cri vengeur au porteur des lunettes d'aviateur, dont la tête éclate dans un grand craquement, qui résonne dans toute la rue et fait vibrer les vitres. Bizarrement, peu de sang se déverse, ce qui n'empêche pas mon estomac de se retourner. Un autre attaquant matraque le vieil homme. Demi-cou et la vieille ménagère se tournent alors vers les jeunes types. Il n'en reste que trois.

« À nous, maintenant ! » crie le plus baraqué.

Demi-cou et la ménagère n'ont pas l'ombre d'une chance. Ils tombent au bout de quelques secondes sous les matraques qui ne laissent de leurs crânes que de vagues souvenirs. Le grand type se redresse les vertèbres et s'essuie le front avec un bandana tiré de sa poche arrière. Sans réfléchir, j'ouvre grand la fenêtre de la cuisine.

« Hé, ho, les gars ! Merci ! » je leur crie.

Ils lèvent la tête et regardent dans tous les sens avant de me repérer, puis ils viennent se poster sous notre fenêtre. Penny se penche de la fenêtre du salon et leur fait coucou.

« Oh, salut ! Tu es la fille de Maria Diaz, non ? » s'écrie le leader. Penny acquiesce.

« Écoutez, il faut que vous restiez chez vous. Ils sont partout, vous savez. » Il nous lance un regard viril de grand frère protecteur.

« Mais ils sont tous comme ça ? Aussi violents, je veux dire ? fais-je. On nous dit qu'ils attaquent les passants, mais on dirait plutôt qu'ils veulent les bouffer, non ? »

« Oh, oui, ils les dévorent, réplique-t-il avec une grimace. Il n'y a pas de doutes à avoir là-dessus. Et il faut leur dégommer la tête, sinon ils ne sont pas faciles à neutraliser. Vous devez les décapiter, quoi. Un truc de fous. Vous savez, comme avec des zombies. »

Un gamin coiffé d'une casquette de base-ball s'incruste avec des grands yeux fascinés. « C'est vrai, les mecs. Ce sont de vrais zombies. Ils sont exactement comme dans le jeu. Vous savez, celui où il faut... »

« Bon sang, Carlos, s'écrie le type baraqué. Ce n'est pas un jeu. Tu vois ce cadavre, là ? Ce pourrait être toi, ou ta mère, ou ta sœur. » Il nous regarde tandis que Carlos contemple gravement les restes humains.

« Bon, sur ce, on doit vous quitter. Je récupère ma petite sœur chez son amie. Ne sortez pas. Restez en sécurité. Dites à vos mamans que Guillermo leur passe le bonjour. »

Penny lui répond qu'elle le fera. Nous les regardons s'éloigner dans la rue et marquer des pauses devant chaque porte d'entrée.

« Des zombies, hein, murmure James. Bon sang. »

Le silence s'installe. C'est finalement Penny qui relance le débat. « Je suis plutôt portée à croire que ce virus échappe à tout contrôle. Je vais quitter New York dès que ma mère sera rentrée de l'hôpital. Elle pourra m'expliquer la situation telle qu'elle est vraiment. Mais aller jusqu'à parler de zombies... non, domptez votre imagination, les gars. »

Elle croise les bras, son visage se ferme. Penny a l'esprit pratique, et la tête sur les épaules comme sa mère, mais je perçois une pointe de doute dans son regard tandis qu'elle persiste à refuser cette possibilité. Aussi fou que cela puisse paraître, on l'a tous vu de nos yeux, ils la mangeaient bien, leur victime.

« Tu les as vus pourtant, Pen, réplique James en montrant la fenêtre, avant de lui presser doucement l'épaule. Moi je ne peux rien exclure après ce que j'ai vu, toi oui ? »

Penny secoue la tête, les bras toujours croisés. D'une petite tape adroite, il extrait une cigarette de son paquet. Je n'ai pas fumé depuis que j'ai arrêté le tabac une énième fois il y a un an, mais exceptionnellement je m'autorise à faire une entorse à la règle.

James fume à la fenêtre, car personne ne songerait à l'envoyer faire ça dehors, et donc je tire une chaise vers lui. Il sait ce qui m'amène et me tend sa clope, pour en allumer une autre.

« Merci », dis-je en prenant une grande bouffée. La nicotine descend avec des picotements jusqu'au bout de mes doigts et de mes orteils. « Je peux bien fumer, si c'est l'apocalypse. De toute façon, on va tous y passer… J'en ai encore peut-être pour une semaine, voir deux ? »

James s'étouffe sur sa clope à entendre mes blagues grinçantes. « Tu es timbrée. »

« L'humour est le dernier refuge des damnés. C'est ce que disait toujours ma mère. » Je prends une autre bouffée. « Je ne sais pas quoi faire d'autre. »

James ferme les yeux. Je jette un coup d'œil au trottoir en bas, où gisent les vestiges de Demi-cou et sa vieille copine. Tout le voisinage est attroupé derrière les fenêtres de l'immeuble d'en face. Une fillette à couettes me salue de la main, et je lui retourne son geste. Je n'ose pas imaginer ce que lui racontent ses parents pour expliquer le chaos qui règne.

James ouvre soudain les yeux. « Est-ce si important de le savoir, après tout ? Je veux dire, je sais que ce ne sont pas de vrais zombies. Mais ils se comportent pareil. Si l'épidémie se propage aussi vite, il va falloir déguerpir avant que le reste de la ville n'ait la même idée que nous. On ne peut pas se permettre de rester là à attendre. »

Il a raison. L'idéal est de partir avant les autres.

Ana erre aux quatre coins du salon. « Des zombies ? »

J'écrase ma cigarette et je réponds. « Ouais, on dirait bien que ce virus donne quelque chose qui y ressemble fortement. »

« Beurk », grimace Ana, pas à cause des zombies, mais de ma clope. Elle agite les mains devant elle pour dissiper la fumée, pourtant loin de l'atteindre au fond de la pièce. « Alors qu'est-ce qu'on est censés faire ? »

« Quitter la ville, déjà. » réplique Nelly. Il va rejoindre Penny, qui se ronge un ongle en tapotant sur la place libre à côté d'elle sur le canapé.

« Ah oui, pour aller où ? » demande-t-elle.

« À la campagne, au nord, chez mes parents, dis-je, si on y arrive. »

Ana pince les lèvres. « Sérieux ? »

« On va en parler à maman d'abord, Ana. Et elle viendra avec nous. Ne t'inquiète pas. » Penny passe le bras par-dessus Nelly et serre la main de sa sœur.

« Je vais essayer de la joindre, dit Ana en sortant son portable. Oh, elle vient de m'envoyer un texto. Elle nous l'a envoyé il y a une heure, mais je viens de le recevoir. »

Je me demande pourquoi personne ne semble paniquer à l'idée que passer un simple coup de fil est devenu un vrai parcours du combattant. Mais j'imagine que c'était la même histoire le onze septembre avec le blackout. Peut-être qu'on s'est habitués à ce genre de pannes.

Penny jette un œil à son téléphone et secoue la tête. « Non, je n'ai rien reçu. Qu'est-ce qu'elle te raconte ? »

« Virus très dangereux. Te rejoins chez Cassie après le boulot. Amène vêtements. On part ce soir. T'expliquerai plus tard. Je t'aime, Maman. »

Les yeux de Penny semblent immenses derrière ses lunettes. Ana secoue la tête. « Ca alors. Ma mère est encore pire que vous ! »

J'éprouve une sorte de soulagement. Pas de savoir que la crise est plus grave qu'on ne l'imaginait, James et moi. Mais d'avoir enfin la permission d'écouter nos tripes. Peut-être qu'on n'est pas si fous que ça, après tout.

CHAPITRE 9

PENNY ET ANA font leurs sacs et préparent des affaires pour leur mère pendant qu'on les attend sagement. Nelly me sourit, mais les coins de ses lèvres ne remontent pas jusqu'aux yeux.

Je me laisse tomber à ses côtés sur le canapé. « Qu'est-ce qu'il y a ? Bon, la question est un peu bête vu le contexte. Je veux dire, à quoi tu songes, en particulier ? »

Il regarde ses mains jointes entre ses genoux. Cela fait des années qu'il ne travaille plus dans son ranch, mais ses mains n'ont rien perdu de leur vigueur. Il lève les yeux. « Tous ces gens ameutés devant l'hôpital. S'ils sont tous comme les quatre zombies, comment vont-ils les mater ? »

« Je sais. Il est encore trop tôt pour le dire. Il y a peut-être une solution… » Je change de sujet. « Tu as parlé à tes parents récemment ? »

« Ma mère m'a envoyé un email avant qu'on quitte le bureau tout à l'heure. Ils vont bien. Ils n'ont que quelques cas là-bas. Ils sont ensemble, je ne m'inquiète pas trop pour eux. »

Les parents de Nelly et ses cinq frères et sœurs vivent tous dans le même coin. Ils ont un troupeau et des tas de fusils. La première fois que je leur ai rendu visite, Nelly les a fait parader et montrer à la citadine comment tenir une arme à feu. Alors j'ai pris un fusil de calibre 20 et j'ai dégommé une canette posée sur une souche d'arbre. Ils sont restés scotchés là bouche ouverte, avant que Nelly n'éclate de rire, et finisse par leur expliquer que mon père m'avait appris à tirer quand j'étais petite.

« D'accord, j'ai acquiescé. Tout ira bien pour eux. » Je pose la tête sur son épaule. J'aimerais moi aussi avoir des parents à appeler.

Mon père était toujours préparé face aux urgences. Quand j'étais plus jeune, c'était d'ailleurs une source infinie de distractions, entre le tir sur cible, les activités de pionniers, la fabrication de conserves, les théories du complot. Puis en grandissant j'ai commencé à comprendre à quel point il était excentrique, d'un genre plutôt attachant. Et la vie a continué à défiler sans crises majeures, hormis quelques tempêtes de neige de trois jours, et j'ai peu à peu cessé de croire que quelque évènement apocalyptique pouvait se déclarer à tout moment. Rien de plus grave n'était envisageable que leur mort simultanée. À ça, il aurait été impossible de me préparer.

La voix de James me tire de mes réflexions. « Bon, je vois qu'il y a maintenant deux cent mille personnes infectées à New York. Le gouvernement doit être au bout de ses capacités à ce stade. D'autant plus que le reste du pays fait face au même problème. »

Mon père m'a toujours dit qu'il valait mieux être trop préparé que pas assez. Qu'il ne se sentirait pas bête si rien de mauvais n'arrivait, et que cela ne fait que quelques années que l'opinion publique dénigre cette idée de prévoir son filet de sécurité.

James pianote sur sa tablette. « Les villes qui ont été les premières touchées par le virus ont maintenant un taux d'infection de quarante pour cent. Ce qui veut dire que si la tendance se poursuit, nous allons avoir ces taux-là dans quelques jours. Tout dépend bien sûr de l'efficacité des mesures de quarantaine pour les malades. »

C'est presque la moitié de la ville. Je n'ose même pas imaginer ce que ça pourrait donner dans les faits. Peut-être que ces sites sont alarmistes et que le ministère de la santé dit vrai.

« Ils vont peut-être réussi à endiguer l'épidémie, dis-je. J'imagine qu'ils ont tiré des leçons de ce qu'il se passe dans le Midwest et qu'ils vont faire le nécessaire pour éviter la même chose ici. »

James émet un grand rire sardonique, et j'avoue qu'il a sans doute vu juste.

Mon père me manque. J'ai toujours cru que rien ne pouvait arriver s'il était là pour me protéger. Je me souviens encore du jour où j'étais avec lui à la cave, et qu'il me montrait fièrement comment il avait organisé les poubelles.

Il m'avait tendu un lourd sac à dos. « C'est pour toi. »

« C'est quoi, une enclume ? »

« Très drôle. C'est ton SEU. Ton Sac d'Évasion d'Urgence. Il contient tout ce qu'il te faut pour quitter la ville en vitesse. »

Je l'ai serré dans mes bras et j'ai rigolé. « D'accord, mon petit papounet givré. »

Il m'a embrassé en souriant, mais il était on ne peut plus sérieux. « Garde-le bien dans ton placard. J'espère que tu n'auras jamais à t'en servir. Mais quand j'ai songé au fait que tu n'en avais pas un sous la main maintenant que tu vis de ton côté, je n'en ai pas dormi de la nuit. »

J'ai caressé ses cheveux broussailleux. Il essayait de les dompter de son mieux, mais ils poussaient en mèches rebelles et en masses touffues, à leur bon vouloir.

« Bien sûr, je comprends. Qui pourrait trouver le sommeil sans un sac à dos bourré de matériel de survie à ses côtés ? »

Il sourit mais secoua la tête devant ma désinvolture. « Tout ceci, dit-il, en montrant les poubelles, les conserves, je l'ai mis de côté pour toi et Eric. Et j'espère que vous n'en aurez jamais l'utilité. Ma plus grande crainte, c'est de ne pas pouvoir protéger mes enfants. C'est un cauchemar, à vrai dire. Un jour, tu comprendras. »

Je l'ai embrassé. « Eh bien, merci papa. J'apprécie ce que tu fais. Vraiment. Et je garderai ce sac avec moi. »

Je savais que cela lui donnait l'impression de tenir les rênes, et il n'y avait rien de mauvais à cela, en fin de compte. Il n'était pas du genre à attendre passivement la fin du monde. Il se sentait plus rassuré lorsqu'il était préparé au pire. Ce sac est à présent à la cave, il contient toujours ces objets qui selon lui me sauveront la vie. À mon retour, j'irai tout de suite en examiner le contenu.

« Bon, les amis. C'est génial qu'on quitte la ville, et tout ça. Mais comment on compte s'y prendre ? » demande Nelly.

« Je me suis dit qu'on pourrait emprunter l'une des camionnettes du boulot », je propose.

Il y a deux minibus pour dix personnes garés à l'arrière du bâtiment. Nelly et moi les avons déjà conduits.

« J'ai eu la même idée », approuve James.

Un grondement résonne dans le couloir. Ana entre dans le salon, tirant une valise à roulettes et des ballerines.

« Euh… » fait Nelly, le visage impassible.

« On dirait que tout le monde n'a pas saisi la gravité de la situation. » murmure James à Nelly.

Je tente de garder un ton indolent. « Ana, tu n'as pas de sac à dos ? »

« Si, j'ai toujours mon sac de collège, pourquoi ? »

« Peut-être que tu devrais prendre ce sac-là. » Je pose le regard sur mes pieds nus. « Et des chaussures avec lesquelles tu peux courir, ce ne serait pas du luxe non plus. »

Elle fait la moue. « Ok. Tu veux m'aider à faire mon sac ? »

« Pourquoi pas ? » dis-je en lançant un clin d'œil à James et Nelly, qui ricanent entre eux, avant de la suivre au fond du couloir.

Ana a dû penser qu'on partait pour les Caraïbes, vu le nombre de débardeurs transparents, la taille de sa trousse de maquillage et les sandales à talons hauts que j'ai du sortir de la valise. À présent, elle est vêtue d'une bonne paire de chaussures, d'un jean et d'un sweat-shirt. Penny a opté pour la même tenue.

« J'ai la trouille, les filles. » avoue-t-elle.

Sa lèvre inférieure tremble et je la prends dans mes bras. « Bah, dis-je. Des milliers d'individus baveux veulent nous faire la peau. On ne va pas en faire tout un plat, hein. »

Son visage que je connais presque aussi bien que le mien se fend d'un sourire. On arrive toujours à trouver le moyen de se faire rigoler, quelle que soit la gravité de la situation, depuis le jour où j'ai vu débarquer dans ma classe de CM1 cette petite fille triste qui venait de perdre son père.

« Je t'aime. » soupire-t-elle en me prenant la main.

« Je t'aime encore plus. » je réplique en serrant sa main. « Tout ira bien. »

James ouvre grand les bras et elle s'y plonge. Je lance un clin d'œil à Ana qui me fait un grand sourire. Elle bataille depuis des années pour convaincre Penny de faire des rencontres, et je sais maintenant qu'elle est satisfaite, même si elle trouve que c'est un geek.

Nelly se redresse et tape dans ses mains. « Bon, on y va ? »

« Allons-y » dis-je en passant le bras autour du sien.

Chapitre 10

Les rues sont vides, pas d'infectés à la ronde, hormis les corps au sol. Les bodegas de l'avenue sont ouvertes, et les gens en sortent chargés de provisions, pressant le pas pour rentrer chez eux. Certains s'attardent un peu, ignorant les recommandations.

Le temps qu'on arrive à mon appartement, j'ai un torticolis à force d'avoir regardé derrière moi sur tout le chemin. On avance en rangs serrés dans le couloir d'entrée jusqu'au salon. Il y a quelqu'un dans ma cuisine, et pendant une seconde, je pense qu'il s'agit d'Éric. Mais c'est impossible. C'est en fait Peter.

Il se prépare quelque chose à manger, les manches relevées. Il a retiré sa cravate. Il est dans son état le plus négligé. Il semble comme un poisson hors de l'eau dans mon petit appartement au milieu des empilements de papiers, de livres et de fournitures artistiques. Non pas que j'aie vraiment fait grand usage de ce matériel ces dernières années, mais je n'arrive pas à admettre ma défaite et à les ranger dans des cartons. Je suis sûre que je fais tout aussi tache dans son loft aux grandes fenêtres et à l'architecture rectiligne. Dès que j'y pénètre je me rends compte que j'ai tendance à m'étaler allègrement partout, même quand j'essaie d'être organisée.

« Salut ma chérie. Je commençais à m'inquiéter. » Peter m'enveloppe dans ses bras et serre si fort que j'étouffe. Le souffle coupé, je fais mine de le serrer en retour. Je ne pensais pas qu'il était du genre à vraiment s'inquiéter. « On a réussi à prendre un vol pour La Guardia, voilà comment je me suis débrouillé pour être de retour si tôt. Et puis comme tu ne répondais pas à ton téléphone… »

Je sens un pincement de culpabilité devant son regard penaud et inquiet. Tout ce que je ressentais, c'était un grand soulagement de ne pas avoir à le retrouver. Je suis horrible, et je suis sans doute tout ce qu'il a au monde. Il a perdu sa petite sœur et ses parents dans un accident de voiture quand il avait douze ans. On a ça en commun. C'est d'ailleurs sûrement la seule chose qu'on a en commun. Sa grand-mère, une femme très riche et distante, l'a élevée jusqu'à sa mort. Il est maintenant seul. Moi, au moins, j'ai Eric.

Je balbutie, émue. « Je suis désolée. Je suis contente que tu aies pu revenir. »

J'ai rencontré Peter dans un bar en ville, je l'ai trouvé sans intérêt. Les types suaves et charmants de l'Upper East Side ne sont pas ma tasse de thé. Il a tenu absolument à m'offrir un verre, et j'ai fait la conversation en comptant les minutes avant de pouvoir m'échapper sans paraître impolie. Mais quand il m'a demandé si mes parents vivaient toujours à New York, et que j'ai dû mentionner l'accident, il m'a agréablement surprise en ne faisant pas cette tête mal à l'aise qui vient souvent avant un mot d'excuse ou de condoléances.

Ses yeux étaient sombres et liquides, quand ils ont rencontré les miens. « C'est un peu comme de vivre dans une maison dont le toit a été emporté par un ouragan, tu ne trouves pas ? » a-t-il dit, et j'ai senti qu'il avait attendu des années de trouver la personne à qui dire ces mots. La personne qui puisse comprendre.

J'ai acquiescé, stupéfaite qu'il ait enfin mit des mots sur cet étrange sentiment d'avoir perdu ma carapace, ce qui m'aidait à me défendre contre les évènements insensés que ce monde voulait m'envoyer à la figure. Et je me suis alors dit que je l'avais peut-être jugé un peu trop vite. Mais ce gars du bar au regard doux et au jugement pénétrant, cela fait des mois que je ne l'ai pas vu. Du moins jusqu'à aujourd'hui.

Il a fait une brève apparition. Peter lâche brusquement ce qu'il était en train de faire et nous scrute tous, ses noirs sourcils levés. Il passe si vite du chaud au froid que j'en ai le vertige.

« Mais qu'est-ce que vous fichez tous ici ? » nous interroge-t-il.

« On attend Maria, la mère de Penny et Ana, dis-je. Elle nous a conseillé de quitter la ville, on va à la maison de campagne de mes parents. »

Il laisse échapper un rire moqueur. « Vraiment ? C'est un peu excessif comme réaction. »

Ana hoche la tête pour marquer son accord. Traîtresse.

Je sens gonfler mon irritation habituelle à son égard. « Eh bien, si tu penses que c'est excessif de quitter un endroit où des gens bouffent d'autres gens, fais-moi un procès. Mais j'imagine que tu n'as pas encore eu le privilège de te faire poursuivre par un type à qui il manque la moitié de son cou ? Ou de voir quatre lépreux dévorer tout cru un passant ? »

« Cassandra, c'est une petite épidémie, tu sais. Ils ont le contrôle de la situation. J'ai parlé à des amis à Manhattan, qui m'ont dit que la police est partout, et que les rues sont vides. »

Il a l'air d'un petit garçon irritable. Un jour, chez lui, j'ai feuilleté son album de famille qui trônait sur son étagère. Les photos dataient de l'époque où ses parents étaient encore en vie. Peter était un garçon mignon, les joues maculées de taches de rousseur assorties à ses cheveux sombres. Il avait un grand sourire spontané. Aucun signe de cet enfant gâté qui semble avoir attendu l'âge adulte pour faire son apparition. Quand il est sorti de la douche et m'a vu plonger dans son album photo, il a souri mais m'a pris l'album pour le remettre sur l'étagère. À ma visite suivante, il n'y était plus.

Ana se passa la main dans les cheveux et sourit à Peter. C'est le sourire qu'elle réserve aux gens qui ne sont pas comme nous. « Tu vois ? Ils sont en train de revenir à la normale à Manhattan. Je suis sûre qu'on n'a pas besoin de partir. »

Ana a un faible pour Peter. Pour elle, notre couple relève dans grands mystères insondables de l'univers. Sa consternation a le don de m'irriter et de m'amuser à la fois. Parfois, je mentionne un lieu où on est allés tous les deux, juste pour le plaisir de la voir bouillir de jalousie.

James sourit en coin. « Je pense que je vais suivre le conseil de Maria. Cassie, il faut que je recharge mon iPad. Je peux utiliser ton ordinateur ? »

« Bien sûr. » Je me tourne vers Nelly. « On va voir ce qu'on trouve au sous-sol ? »

Chapitre 11

Les poubelles en plastique sont alignées contre le mur du fond de la cave. Je suis passée si souvent devant elles pour aller chercher une boîte de tomates ou d'autres conserves que je ne les remarque plus.

« Bon, par où on commence ? » demande Nelly.

« Et bien, cherchons les SE. Sac d'évasion, c'est le terme officiel. On y fourre tout ce qui facilite une évasion rapide. »

Nous trouvons quatre grands sacs à dos posés sur le haut du tas. Le mien doit peser au moins quinze kilos. Le contenu est soigneusement emballé dans des sacs Ziploc et des sachets.

« Tu peux peut-être commencer à vider les autres sacs ? » suggérai-je. « On n'a qu'à tout empiler devant chaque sac pour voir ce qu'ils contiennent. »

« Ça marche, patronne », répond-il.

J'épluche mon sac. J'y trouve des barres de céréales et des aliments déshydratés, des bouteilles d'eau, un filtre à eau, un kit de secours, des essentiels de toilette, et le pull le plus ringard que j'ai jamais vu, entre autres.

« Hé, Nel, qu'est-ce que tu penses de ça ? » Je tends le pull avec un gros chaton imprimé sur le devant.

« Sympa, fait-il. Tu devrais le mettre. »

Je ris. « C'est sûrement l'œuvre de mon père. Ma mère savait que j'aurais préféré faire le bagne que de porter cette horreur. Il a dû l'acheter pour qu'il y ait quelques vêtements chauds là-dedans. Au moins, le jean a l'air normal. »

Je souris toujours. Mon père était convaincu que j'adorais les chats même si j'avais passé cette phase depuis l'âge de dix ans. Il rajoutait toujours une bricole dans mes chaussons de Noël qui avait le don de me tordre de rire : un calendrier de chatons cotonneux, un carnet illustré de chats portant des chapeaux victoriens, ce genre de trucs bien kitsch. Quand j'y repense, peut-être qu'il avait percuté, mais aimait voir ma réaction. Tout à coup je trouve que ce pull est le meilleur cadeau que j'ai reçu depuis des années. Je me le passe au cou et je m'enveloppe les bras autour. C'est comme si je serrais mon père dans mes bras.

« C'est un cadeau de mon papa », dis-je. Nelly hoche la tête et sourit. Il n'a pas besoin d'explication. « Certaines de ces fringues dans les autres sacs pourraient t'aller, ou à James. »

La dernière chose que j'extrais de chaque sac est une trousse de voyage blindée d'argent en liquide et de documents, dont une carte, que je déplie. On y a tracé des itinéraires au marqueur rouge, qui mènent tous au bungalow de mes parents. Je compte le cash, il y a sept cent cinquante dollars en petites coupures.

« Ouah, dis-je, en tout cas, je ne vais pas avoir à faire un détour par le distributeur automatique. »

« J'ai la même somme dans ma trousse, observe Nelly. Entre nous quatre, cela fait déjà trois mille, si les deux autres ont pareil. » Il vérifie rapidement et acquiesce. « Ouais. »

Il ne manque qu'une chose à ces sacs : de la nourriture non avariée. Mon père avait réfléchi en détail au contenu des sacs. Je ne pense pas qu'il manque quoi que ce soit. Sauf peut-être des armes.

« Il y a toujours des armes ici ? » demande Nelly. Il fait référence à la petite cachette à armes que mon père s'était constituée en ville.

« Je crois que oui. Eric les a mis dans une poubelle étiquetée "matériel de couture".

La poubelle est cachée sous d'autres boîtes, dont l'une porte mon nom, gribouillé par Eric. Ma curiosité l'emporte, et je laisse Nelly déterrer la boîte d'armes pour vaquer à mes propres fouilles. Mon diplôme d'université est posé sur le dessus du carton. Une vieille boîte à cigares dont je croyais m'être débarrassée est là aussi. Il s'en dégage une légère odeur de fleurs séchées qu'Adrian m'avait offertes. Je trouve aussi la bague en argent avec une petite étoile qu'Adrian m'avait offerte parce qu'il savait que j'adorais les étoiles. Je ressens un réconfort chaleureux dans l'air froid de la cave. Je glisse la bague dans mon jean et je passe le doigt sur son contour circulaire dans la poche. De vieux tickets de concerts sont entassés là aussi. Je repense soudain à un détail que j'avais oublié et je commence à rire toute seule.

« Nelly, tu te souviens de la fois où on est allés voir The New Pornographers, et qu'Adrian avait fumé trop d'herbe ? »

Nelly pose la poubelle et s'esclaffe. « Quand il a cru qu'il avait marché dans des toiles d'araignées et qu'elles lui montaient au visage, et qu'il a imploré notre aide ? »

Adrian se balayait le visage dans tous les sens, complètement hystérique. Il était de nature si calme d'ordinaire que la scène n'en était que plus tordante. Nous étions pliés en quatre, certains étaient par terre, tellement on riait.

Des bruits de pas descendent l'escalier, et j'entends le rire de Penny résonner avant de la voir apparaître au bas des marches.

« Ne me faites pas croire qu'il n'y avait que du chocolat dans les barres que cette fille nous avait données ! » dit-elle en secouant la tête. « Pas possible. »

« Je ne l'ai jamais laissé en paix avec cette histoire, dis-je. J'en ris toujours d'ailleurs, à chaque fois que j'y pense. Cette expression de panique… »

Mon ventre commence à me faire mal à force de rire, et quand je réussis à me calmer, j'ai toujours mal, mais différemment. Je ne parle jamais d'Adrian. Je fixe la poubelle, l'air fasciné par ce qu'elle contient, mais je sais que mes meilleurs amis ne sont pas dupes. Penny passe le bras autour de ma taille. Je tente de réprimer les larmes qui me montent aux yeux. Je déteste pleurer devant les autres. Je pleure pour un rien, certes, à cause de chats abandonnés, de personnes âgées prenant seules leur dîner, ou d'enfants qui jouent en solo. Je suis une vraie pleurnicheuse, mais j'ai normalement la décence de pleurer dans mon coin, à l'abri des regards.

« Il me manque tant, vous savez », je marmonne.

« On le sait », dit Nelly, comme s'il n'en revenait pas que je pense qu'il s'agit d'un secret intime. J'essuie mes larmes mais plus j'y pense, plus elles reviennent au galop.

« Vous savez, j'aurais pu choisir un autre jour pour décider que j'ai fait une grosse bêtise avec lui. Il n'y a vraiment que *moi* pour choisir, entre tous, le jour de l'apocalypse des zombies. » dis-je, ce qui les fait bien rire. Je souris à travers les larmes, et la boule dans ma gorge se dissipe. « Il n'y a pas moyen de le contacter ? Juste pour être sûr qu'il va bien ? »

« S'il y a quelqu'un qui s'en sort toujours, c'est Adrian, assure Nelly. Il est sur sa ferme dans le Vermont. Je ne me souviens plus du nom du patelin, en fait. J'ai un e-mail de lui, sur mon ancienne boîte mail. »

« Je ne savais pas que vous étiez toujours en contact. » dis-je, non sans jalousie. Je dois me répéter que je n'ai pas le droit de l'être, jalouse.

« Oui, on s'est échangés quelques e-mails par-ci, par-là. La dernière fois que j'ai reçu de ses nouvelles c'était il y a environ un an. Je lui ai écrit deux fois pour lui donner ma nouvelle adresse e-mail mais je n'ai pas reçu de réponse. »

Il hausse les épaules, mais je sais qu'au fond, il est déçu. Adrian était son ami, à lui aussi. Quand nous nous sommes séparés, ça a dû être dur pour lui de jongler entre nous deux.

Je touche le bras de Nelly. « Je me sens coupable que vous ayez perdu le contact. » Cela fait une chose de plus à ajouter à ma liste mentale des plats cassés de Cassie. La liste s'allonge à vue d'œil. Je brûle de savoir ce qu'ont bien pu se dire Nelly et Adrian dans ces derniers échanges. « Est-ce qu'il a… Ou plutôt, qu'est-ce qu'il a… ? »

« Il voulait savoir comment tu allais, il a dit que tu lui manquais. La dernière fois qu'il m'a écrit, il a demandé si je pensais que tu accepterais de lui parler. J'ai essayé de t'en parler, mais tu étais si braquée au sujet d'Adrian que tu ne m'en as pas laissé la possibilité. Je lui ai dit qu'il pouvait toujours essayer, sans savoir si ça allait passer de ton côté. »

Je tripote les tickets de concert et je pense à combien la vie serait différente aujourd'hui si je n'avais pas été aussi bornée, si je n'avais pas refusé d'admettre que j'avais déconné, même face au miroir.

« J'aurais voulu que tu m'obliges à t'écouter, pour une fois », dis-je, même si je sais qu'il a essayé.

Nelly hausse les sourcils. « Est-ce que tu sais seulement à quel point tu es têtue quand tu refuses de parler de quelque chose ? Je sais que tu en as une petite idée. Tu es la plus grosse tête de mule de la planète. Restons honnêtes. »

Son visage est impassible. Je sais peut-être me mentir à moi-même, mais Nelly ne se laissera jamais berner.

« Je sais, désolée. C'est de ma faute. Je n'ai rien voulu savoir. Mais tu es la deuxième plus grosse tête de mule. » Je lui fais une grimace.

« Hé, je peux admettre quand j'ai tort. Sauf que j'ai tout le temps raison. » je lui lance. Penny grogne et roule des yeux. « Et puis, je suis plutôt du genre autoritaire. Il y a une différence de taille. »

Je lève les mains en signe de reddition.

« D'accord, trêve de nostalgie, les amis, dit Penny. Il y a des montagnes de cochonneries à trier ici avant l'arrivée de ma mère. James est devant son ordi, et Ana fait son numéro de charme à Peter, je me suis donc dis que j'allais venir vous aider. » Elle lit les étiquettes. « Duvets, matelas, lampes de poche, matos de cuisine. Mince alors. Vous ne vous êtes jamais débarrassé de rien ? »

« Non. C'est Eric qui a tout trié. C'est lui qui a mis tous ces trucs que j'avais jetés dans cette boîte. »

En fait, je suis contente qu'il ait sauvé la boîte en bois, et je me promets de le lui dire dès que je le reverrai. Je me demande ce que fait Adrian en ce moment. Si cette ferme dans la Vermont lui appartient. Le soir de notre rencontre, il y a bien longtemps, il savait déjà qu'il en voulait une.

Assise à rêvasser sur le long sofa d'une fête de club de fratrie dans mon université de New York, je me demandais ce que je fichais là. Ma coloc' de chambre, que je connaissais seulement depuis une semaine, était de l'autre côté de la pièce. Je la regardais se jeter au cou du premier venu.

« Tu n'es pas dans ton élément ? Moi non plus. » La voix venait d'un type assis à l'autre bout du sofa. Ses cheveux blonds cassés étaient en pagaille et ses lèvres formèrent un sourire sardonique quand il me vit déchiffrer avec confusion les lettres grecques imprimées sur son T-shirt. J'ai fixé les lettres puis relevé les yeux vers lui. « Ah ? »

« Je n'ai pas trop le choix, fit-il, révélant un accent plus prononcé. Je suis embourbé dans cette fratrie jusqu'au cou. Je suis un membre d'honneur. Si je n'adopte pas les us et coutumes de la fratrie, mon père me désavouera. » Il m'a tendu sa grande main. « Moi c'est Nel. Je viens du Texas. »

J'ai serré sa main. « Cassie. Enchantée. »

« Alors, Cassie. Qui es-tu et que fais-tu ici ? Tu n'as vraiment l'air d'une habituée. »

J'ai haussé les épaules et tendu le menton vers ma coloc. « C'est elle qui m'a tirée jusqu'ici. Je me suis dit qu'il faut tout explorer. Je suis de Brooklyn. J'étudie la sociologie. » J'ai haussé les épaules. « C'est très ennuyeux, non ? »

« Brooklyn, ennuyeux. Pas le moins du monde. Je vais m'installer en ville dès que j'ai mon diplôme. Ça, c'est ennuyeux. » Il parcourut la pièce des yeux. « Les beuveries et les voix de gorilles. Les filles bourrées et leurs disputes hystériques. Ces gars sont ok, pour la plupart, si on ne prend pas les choses trop au sérieux, mais ces fêtes sont nazes. »

Il savait qu'il ne correspondait pas au prototype du gars de fratrie. Ses yeux pétillaient et il se moquait de tout.

« Ma coloc passe une audition pour le rôle de la fille bourrée. » J'ai pointé le menton vers elle. Perchée sur les genoux d'un grand type, elle gloussait comme une dinde.

« C'est dans des moments comme celui-ci que je suis content de ne pas être branché sur les filles. »

Bien que le sujet ne me passionne pas plus que ça, je savais que les fratries n'étaient pas connues pour leurs pratiques féministes. « Et tout le monde ici t'acceptes comme tu es ? »

« Ouais. Surtout depuis qu'ils savent qu'ils ne sont pas mon genre. Ils pensent tous qu'ils sont des dieux vivants pour les femmes, et sont surpris de découvrir qu'ils n'ont pas le même effet sur les hommes. » J'ai rigolé en le voyant grimacer. « J'ai fait mon *coming out* durant ma dernière année de lycée et je m'en suis pris plein la tronche. J'en ai marre de me cacher. »

« Bien sûr, je comprends, ai-je approuvé. Mais au Texas, ça doit être compliqué de faire son *coming out*, non ? »

« Eh bien, le fait est que je dépasse de deux têtes la plupart de ces types qui voient d'un mauvais œil mes goûts personnels. Ça aide. » Il a fait une grimace vicieuse, immédiatement suivie d'un grand sourire joyeux. « J'étais un joueur de foot et mes potes de l'équipe étaient au courant. Ils ont pris ma défense. »

Je taquine Nelly sur le fait qu'il m'a tout de suite dit qu'il était gay, pour être sûre que je ne tombe pas amoureuse de lui. Les filles tombent toutes raides dingues de lui. Mais je n'ai pas eu le temps de me poser la question, parce qu'à ce moment de notre conversation, il a vu quelqu'un derrière moi et lui a fait signe de nous rejoindre.

Le type a avancé vers nous. Il était grand et mince, les cheveux bruns et de beaux yeux verts. C'était vraiment un regard magnifique, et avec ce teint hâlé et ses pommettes hautes, il aurait pu être qualifié de joli garçon bien lisse. Mais sa mâchoire forte et son nez un peu irrégulier lui donnaient du relief. Il portait un jean et T-shirt portant le nom d'un groupe de rock indé. Quand il souriait, une seule petite fossette profonde apparaissait.

« Adrian, je te présente Cassie. Cassie, Adrian. » a dit Nelly tandis qu'on l'appelait au loin. « Attendez, je reviens. Ils appellent toujours l'homo de service pour les jeux en rapport avec de la nourriture. Si seulement à ce stade je savais cuisiner. »

Adrian s'est posé sur le sofa. Je ne suis pas très douée pour la conversation, en temps normal, surtout aux beaux mecs. J'ai sourit nerveusement et me suis auto-consolée en pensant qu'il était avec Nelly, même s'il me plaisait bien, à moi aussi. Je n'avais vraiment aucune raison de rester plantée là comme une gamine coincée.

Adrian a tourné les yeux vers moi avec curiosité. « Salut Cassie. Tu es en quelle année ? On ne s'est jamais rencontrés, non ? »

« Première année. Je viens d'arriver à la rentrée. Et toi ? »

« Pareil. C'est une bonne fac. Les gens sont sympas. »

J'ai acquiescé en réfléchissant à ce que je pouvais lui dire pour alimenter la conversation, mais je séchais complètement. Je me suis promis de ne pas m'autoriser à ressortir en public sans un set de mémos pour handicapés sociaux. Adrian est venu à la rescousse.

« Alors, que veux-tu faire plus tard, quand tu seras grande ? » Il avait un sourire désarmant. Et bien que ce soit la deuxième question-bateau la plus récurrente dans les conversations de fac, il m'a vraiment donné l'impression de s'intéresser à ma réponse.

« Eh bien, tu veux dire, quelle matière vais-je choisir pour mon diplôme ? J'avais pensé aux Arts plastiques. Mais ça ne risquait pas de me mener à grand-chose, côté carrière, j'ai donc finalement opté pour la sociologie, avec l'art en optionnel. »

Le coin de sa bouche a tiqué. Je savais ce qu'il ne voulait pas dire à voix haute, et j'ai approuvé le non-dit. « Oui, je sais que la sociologie ne vaut guère mieux en matière de débouchés. » J'ai souri. « Mais je ne compte pas faire carrière à Wall Street. Je veux étudier quelque chose qui me passionne, ou alors, quel intérêt ? Mon idée c'est de travailler dans une ONG, quelque part. »

Il a hoché la tête. « Quel genre d'art pratiques-tu ? »

« Je peins, principalement. » Je me sentais trop timide pour élaborer, et j'ai changé de sujet. « Et toi, tu veux faire quoi ? »

« Ingénieur. »

« Oh, ça c'est un choix d'adulte. » l'ai-je taquiné. Il était si sympa que je me sentais gagner en confiance. « Alors, qu'est-ce que tu veux faire avec ça, construire des ponts et te faire un paquet de thunes ? »

Il a souri, puis secoué la tête. Ses mèches brunes lui ont balayé les yeux, et il les a rejetées sur le côté. « Pas exactement. Je fais un master de génie environnemental. Je veux inventer des choses qui serviront pour l'agronomie ou la protection des sols. »

J'ai secoué la tête. « Ah, un écolo ! »

« Ah, ne t'inquiètes pas. Je ne vais pas te servir un topo sur le fait qu'on est en train de détruire la planète et tout le tralala. » Il a lancé les mains en l'air et sa fossette est apparue sur sa joue.

« Je rigole, bien sûr. Alors tu veux vivre en autosuffisance ? Ou faire du zéro déchet ? » ai-je demandé.

« Oui, exactement. » Il m'a reluquée comme s'il me remarquait enfin et j'ai senti mon visage rougir sous son regard insistant. « J'ai passé l'été à faire du bénévolat sur un projet et j'ai appris tellement de choses que j'ai pu l'installer un système d'eau chaude chez ma mère. La prochaine étape sera d'installer des panneaux solaires pour une autosuffisance complète en énergie. »

J'ai hoché la tête et pris une gorgée de bière pour qu'il ne remarque pas à quel point mes joues étaient roses.

« J'aimerais créer une ferme qui génère ses propres aliments, son énergie, et même du biodiesel… » Brusquement, il s'est interrompu. « Pardon, parfois je me mets à déblatérer et je n'arrive plus à m'arrêter. » Il a balancé la main devant mes yeux. « Ils sont embrumés, ou pas encore ? »

« Non, c'est comme quand je parle avec mon père. » J'ai baissé mon verre en papier qui me cachait la moitié du visage. Mes joues avaient enfin refroidi. « Mes parents installent des panneaux solaires dans leur maison au nord de l'état. Leur plan est de devenir autosuffisants pour la retraite, et de produire la majorité de leur alimentation. J'aime en discuter avec mon père, jusqu'au point où ça devient un peu trop technique à mon goût, et où je sens mes vitesses patiner. »

J'ai fait un bruit de grincement qui ne sonnait pas du tout comme une boîte de vitesses, mais il a ri quand même. « J'aimerais bien discuter avec ton père, et voir ce qu'il fait. »

« Tu pourrais, si ça t'intéresse. Il est intarissable. Ma mère et moi, on l'écoute patiemment en souriant, puis on s'éloigne quand il commence à s'emballer. Maintenant que mon frère est à l'école toute la journée, il dépérit de n'avoir personne qui s'intéresse à ses projets. »

Adrian hoche la tête comme s'il envisageait sérieusement leur rencontre. Je dois reconnaître aux passionnés d'énergie solaire une qualité : leur motivation est tenace. Je reconnais bien cet air rêveur dans les yeux d'Adrian.

« Au fait, comment as-tu rencontré Nel ? » Je me demande si leur histoire est sérieuse.

« On était dans la même classe au printemps dernier, et on a tout de suite bien accroché. Il est génial, ce gars. »

« Il m'en a tout l'air. »

Juste à ce moment, Nelly est réapparue avec une assiette pleine de burgers. « Alors, j'ai loupé quelque chose ? Tu viens de rater ta coloc, qui a vomi dans les buissons avant de rentrer chez elle, Cassie. »

Je me redresse. « Peut-être que je devrais la raccompagner. » Je n'en avais aucune envie. Retenir ses cheveux en arrière dans les toilettes communes n'était pas ma priorité principale.

Nelly a salué quelqu'un. « Il y avait déjà une fille avec elle. Bethany, ou Tiffany ? Quelqu'un, en tout cas. Elle va survivre ! » Il s'est assis par terre et a tapoté le sofa. « Viens t'asseoir. Et mange. »

J'ai obtempéré. Je regardais constamment Adrian. À quelques reprises, je l'ai surpris en train de me regarder et quand nos yeux se sont rencontrés mon estomac faisait des bonds. Je me suis forcée à me ressaisir. Il était peut-être mignon et sympa, mais je ne l'intéressais pas. Aucune fille ne l'intéressait, du reste.

J'ai toujours eu l'impression d'être celle dont on oublie le nom. En général, les mecs qui s'intéressent à moi sont ceux que je connais depuis un moment. Ceux à qui je pouvais parler sans embarras. Cela ne me dérangeait pas à cette époque, d'être une fille qui inspire des sentiments et de la loyauté au fil du temps. Mais cela impliquait aussi qu'on ne me remarquait pas, du moins au premier abord. Et avec Adrian, cela m'aurait ennuyée.

« Bon, il faut que je bosse demain matin, ou plutôt que j'aille étudier à la bibliothèque », fis-je, après des heures de conversation. Nous avions discuté comme si nous avions tant à nous dire qu'il nous fallait à tout pris couvrir tous ces sujets, au prix de rester là jusqu'à l'aube. Je ne voulais pas mettre fin à l'enchantement en rentrant chez moi, mais il était sacrément tard. La fête s'était vidée et les dernières personnes autour de nous étaient dans les vapes ou en train de s'embrasser. « Je vais peut-être réussir à sortir du lit si je vais me coucher tout de suite. »

« Je ne te laisses pas rentrer toute seule, ma poule », a dit Nelly. « Laisse-moi te raccompagner. »

Je ne tenais pas à l'obliger à m'accompagner le long de ces allées calmes et sûres. « Merci, mais ça va aller. Souviens-toi que j'ai grandi à Brooklyn. »

« Marchons ensemble, proposa Adrian. Nos dortoirs sont dans la même zone. »

« Bon d'accord. Merci, fis-je. Nelly… » Je me suis soudain rendue compte que je l'avais appelé Nelly, la bière ayant sans doute délié ma langue, et j'ai rougi. Je lui avais déjà concocté un surnom mais sans vouloir l'inaugurer si vite.

« Nelly, j'aime bien ça ! » s'est écrié l'intéressé. « Comme Nellie Oleson dans *La Petite Maison dans la prairie.* »

« Je faisais semblant d'être Laura Ingalls ! ai-je répliqué. Quand je jouais aux pionniers. » Adrian m'a lancé un sourire. « En tout cas, Nelly, j'ai été ravie de te rencontrer. On se reverra peut-être ? »

Nelly a souri en coin et m'a serré dans ses bras. « Oh, tu ne va jamais te débarrasser de moi, ma demi-pinte. On se revoit tous les trois demain à midi, qu'est-ce-que vous en dites ? »

« Ça me plairait bien, ça » fis-je, souriant à pleines dents.

Je me suis reculée un peu pour leur donner une minute en privé, et après un dernier salut à Nelly, on s'est mis en route. Nous avons traversé le campus tandis qu'Adrian me parlait de sa mère, qui les avait élevés lui et sa sœur avec beaucoup d'amour et très peu d'argent. Il était intelligent, drôle, adorait sa mère et était très écolo. J'ai soupiré.

Adrian m'a donné un petit coup de coude. « Pourquoi ce long soupir ? »

« Oh, pour rien », ai-je marmonné en regardant mes pieds.

Il a tiré mon bras vers lui, le passant sous le sien. « Allez, dis-moi. »

J'ai serré les lèvres et secoué la tête. Puis je me suis dit que si je crachais le morceau ça pourrait nous faire rire et désamorcer mon début de béguin.

J'ai soupiré lourdement et lui ai donné un coup de coude. « C'est pas juste. Je ne rencontre jamais de mecs qui s'intéressent aux mêmes trucs que moi. Même mon père t'aimait bien. » Adrian a marqué un arrêt, l'air stupéfié.

« Tu sais ce que je veux dire, ai-je balbutié. Dommage que tu sois gay. » À cet instant, je me sentais vraiment très bête. Si seulement j'avais gardé ça pour moi.

« Je ne suis pas gay. »

J'ai cru discerner un faible sourire au coin de ses lèvres, mais je n'arrivais pas à soutenir son regard pour m'en assurer.

« Quoi ? » J'avais pourtant bien entendu, mais il me fallait une seconde de réflexion.

« Je te donnes cette impression ? J'essayais, au contraire, de te faire signe que j'étais intéressé par toi. »

Je n'entendais plus grand-chose, car je cherchais maintenant pour partir en courant. Il était peu probable que je réussisse à l'éviter pendant les deux prochaines années que je passerais sur le campus. Et d'ailleurs, je n'aurais pas pu courir plus de cent mètres sans me choper un point de côté, sans oublier qu'il avait toujours mon bras autour du sien. Je lui avais dit qu'il me plaisait et qu'il aurait plu à mon *père*.

Une mutinerie de bière et de burgers se déclarait dans mon estomac. « C'est juste ce que j'ai imaginé, à cause de Nelly, et puis quand tu a dis que vous aviez bien accrochés tous les deux… »

« Je m'en fiche, tu sais. Ce qui m'intéresse, par contre, c'est ce que tu voulais dire au début. »

Je l'ai regardé avec confusion. Il avait l'air très calme, tandis que tout en moi sifflait et sautait en tous sens.

« Tu sais, l'idée qu'on puisse sortir ensemble. »

« Oh. » J'étais quasi certaine qu'il connaissait la réponse à cette question, et j'ai décidé de blaguer. « D'accord, mais à condition que je ne te présente pas mon paternel avant notre deuxième rendez-vous. »

Il a souri de toutes ses dents, et j'ai souri en retour, soulagée de n'être pas passée pour une idiote complète. J'étais toujours mortifiée, mais au fond de moi brûlait soudain une flamme de joie pure. Tout ça n'était donc pas le fruit de mon imagination, il se passait bien quelque chose entre nous. Nous sommes enfin arrivés devant mon dortoir avant que ne meure d'embarras.

« Voici mon arrêt, dis-je tandis qu'il me lâchait le bras. Merci de m'avoir raccompagnée. »

Je me suis mordue la lèvre et je l'ai regardé en espérant qu'il me donnerait un rencard le lendemain.

« C'est moi. Donc, on se revoit demain à midi, et on avisera d'un rendez-vous ? »

« Ok. »

On a échangé un sourire timide et j'ai compris qu'il était grand temps de le quitter. J'ai monté les premières marches vers la porte d'entrée et c'est là que j'ai trébuché. J'ai prié pour qu'il ne soit plus là, mais en me retournant, je vis qu'il n'avait pas bougé. Il avait l'air de réprimer un sourire. J'ai essayé de prendre un air désinvolte, tout en me demandant combien de gaffes j'étais capable de commettre en une seule nuit. C'était sûrement mon meilleur record.

« Vas-y, rigoles. Je me ramasse plusieurs fois par jour, tu sais. Ou bien je renverse des trucs. Ou je frappe quelqu'un par accident. » dis-je.

Il a secoué la tête, amusé. « Bonne nuit, Cassie », a-t-il dit d'une voix douce.

Je me souviens de ce regard qu'il m'a lancé, comme si j'étais quelqu'un de spécial, d'intéressant à regarder, et qui me faisait un si grand effet que mes genoux flageolaient. Je lui ai fait un geste d'au revoir et j'ai réussi à rentrer par la porte, et non pas *dans* la porte, pour m'en retourner à ma chambre.

Nelly soulève le couvercle de la boîte de fer blanc et en respire à pleins poumons le contenu. « Ah, j'adore l'odeur de la graisse pour armes. » C'est sans doute vrai, en plus.

« Alors qu'est-ce que tu vois là-dedans, mon grand ? » demande Penny. « Non pas que j'y connaisse quoi que ce soit. »

Nelly soulève la boîte longue et la pose sur la table de ping-pong. Il ouvre chaque case et sort deux revolvers, un 9mm et un fusil. Tous sont brillants de propreté, comme si mon père les avait emballés hier. Des boîtes de munitions les accompagnent. Nelly les empile selon leur taille.

« Il n'y a rien de pire qu'un pistolet non chargé. » dit-il.

D'un geste adroit et précis, il charge chaque munition dans son arme respective. Je l'assiste. Le revolver est lourd, sa forme est étrange dans mes mains. Je n'en ai pas touché un depuis des années.

Penny recule. « La vache. » Mon père lui a appris à tirer, il y a des années, mais elle a peur des armes à feu. « Ton père était au courant que la possession d'armes à feu en ville est illégale ? »

« Bien sûr » ai-je dit avec un sourire. « C'est bien pour ça que la plupart sont encore dans leur maison de campagne. »

Penny secoue la tête et Nelly s'esclaffe.

Chapitre 12

Nous finissons nos sacs à la cave, pour l'instant. Le bungalow est à quatre heures de voiture d'ici, mais si mon père était là, il nous dirait de ne pas être trop optimistes. Nous avons besoin d'assez de provisions pour survivre si jamais le voyage durait plusieurs jours. Si jamais nous avions à marcher. Je ne suis pas du genre à voyager léger, et si on m'en laissait le choix, je prendrais absolument tout. James est sûrement la personne qu'il me faut pour y voir plus clair. Il est méthodique. Peter aussi.

Peter. Il est là, et il va nous accompagner. Je ne peux pas continuer à faire semblant bien longtemps. Je ressens chaque minute que je passe à faire encore mine de sortir avec lui comme un vilain mensonge. Je monte à l'étage. James est rivé sur mon ordinateur. Un rire retentit dans la cuisine.

« Oui, personne n'y va plus. Et… » Ana s'interrompt et me regarde.

Je souris gaiement. Peter sourit en retour. Ana regarde mon sweatshirt avec un air horrifié. Je prévois de le remettre dans mon SE pour le garder pour les grandes occasions, mais je ne sais quelle réticence m'en empêche.

« Donc, on a un peu exploré la cave, et on y a dégoté des sacs à dos pour tout le monde. Peter, tu as des vêtements ici. » Il hoche la tête. « Vous allez devoir prendre des affaires de marche, au cas où. Un jean, par exemple. » Je lance un regard perçant à Ana.

Peter me toise comme si j'étais une gamine crétine. C'est enrageant. « Alors, on part pour de vrai ? »

« Eh bien, c'est ce que Maria nous a conseillé de faire. Ana, c'est ta mère. Ce n'est pas son genre de monter la situation en épingle. » Je suis à un cheveu de lui dire qu'il peut rester à New York si partir lui pose trop de problèmes.

Ana n'a clairement aucune envie d'être d'accord, mais elle se rend. « C'est vrai. Ma mère a la tête sur les épaules. On devrait l'écouter. »

Elle sous-entend que Cassie, par contre, ne l'a pas. Et elle n'a pas tort sur ce point. Je ne vais pas la contredire. Peter sourit et me tend les mains. J'en prends une, même si je n'en ai pas la moindre envie.

« Non, Cassie n'a peut-être pas l'esprit le plus pratique, mais elle a la plus jolie frimousse. » dit-il.

Ana lui sourit, mais quand il se tourne vers moi, elle roule des yeux. Il a une peau sublime, même sous la lumière crue de la cuisine. Mais toute cette perfection aristocratique est ennuyeuse quand elle sonne creux.

« Merci », je réplique, sachant pertinemment que c'est faux. Ana me battrai à plate couture dans un concours de miss. Côté personnalité, en revanche, c'est une autre histoire. « Il est temps de faire nos bagages. »

Je tire sur sa main. Elle est lisse mais forte. Il est sportif, il fait de l'escalade et de la course, il veut des conditions météo contrôlées. La seule fois où j'ai réussi à le convaincre de marcher autour de Prospect Park avec moi, il s'est plaint des moustiques sans interruption.

J'ai jeté certaines de mes affaires sur son étagère dans mon placard. Peter retire ses vêtements de dessous les miens en maugréant et les jette sur l'édredon. Puis il ferme la porte et se tourne vers moi en souriant. J'enfonce la tête dans le placard et marmonne à propos de bottines pour le tenir à distance, mais il vient par derrière m'embrasser dans le cou. Je me raidis un peu, réprimant le réflexe de repousser furieusement ses mains d'où elles viennent.

Je me tape la tête contre la barre de la penderie en me retournant. « Peter, on a encore beaucoup à faire. »

Il sourit et me tapote la tempe. « Alors, même pas le temps pour un petit bisou ? Allez, quoi, je ne t'ai pas vue depuis des jours. »

Je lui donne un semblant de baiser du bout des lèvres, suivi d'un petit sourire, et j'espère qu'il n'a pas l'air aussi pingre qu'il ne l'est. « Ok. Bon. On a du pain sur la planche. »

Je n'arrive pas vraiment à déchiffrer la signification du regard qu'il me lance, mais clairement il n'est pas très content. « J'imagine que oui. »

J'expire enfin, soulagée, et je commence à me trouver des vêtements.

CHAPITRE 13

PETER AIDE À organiser la cave, même si son visage exprime sans détours à quel point tout ça lui paraît ridicule. Nous avons de la nourriture, de l'eau et des filtres à eau. Des compas, du ruban adhésif, des torches, une radio, un petit camping gaz et sa recharge, deux tentes légères, et d'autres trucs de rando. Peter a fait une liste et vérifie tous les éléments qui ont été ajoutés aux sacs. Qu'il pense ou non que nous sommes ridicules avec nos sacs, il exécute son job avec professionnalisme. C'est un vrai bébé. Il faut lui donner un truc à faire, sinon il boude et ennuie tout le monde.

« On doit se dépêcher d'aller chercher le camion. » dis-je. « Le charger et puis ficher le camp en vitesse. »

« Je ne sais pas trop, dit Penny en fermant le zip de son sac. J'aurais l'impression de commettre un vol. Peut-être qu'on devrait plutôt aller à l'aéroport en taxi puis louer une voiture. »

Je tente de la rassurer : « Julio m'a déjà dit que je pouvais emprunter le camion. Si un jour j'avais besoin d'aller à Ikea ou un truc du même genre. On sera de retour avec dès que le boulot aura repris. Mais là, étant donné les circonstances, il serait content qu'on s'en serve, je pense. »

« Julio s'en fiche complètement, qu'on emprunte le van, Pen. » ajoute Nelly.

James, qui se trouve à l'étage, à étudier des itinéraires sur mon ordinateur, nous crie de monter. « Vous ne m'entendez pas de là-dessous, j'imagine. Venez ! »

Les bruits se font plus stridents à mesure qu'on grimpe l'escalier. James a ouvert l'une des fenêtres qui donnent sur la rue dans ma chambre. On regarde derrière la rambarde en fer forgé qui protège la vitre, mais ma rue est vide. Les bruits viennent de derrière le pâté d'immeubles.

« Et que pillages commencent ! » dit Penny, par-dessus un boucan lointain de vitrines cassées. « Et si on montait sur le toit pour aller vers l'avenue ? »

On se fraie un chemin le long des hautes maisons de briques alignées jusqu'au bout de la rue et nous tenons contre le rebord du toit, à l'angle.

Du verre brisé étincelle au pied d'une boutique, sous les lampadaires. Des dizaines de personnes houspillent et hurlent de joie en passant divers butins à leurs complices. Un type danse au son de sa radio en remplissant sa voiture à ras bord de tout ce qui lui tombe sous la main.

On voit d'autres silhouettes s'avancer vers l'attroupement. On dirait d'autres pilleurs, au début, mais ils n'ont pas l'air intéressés par les magasins. Ils se mettent à se bagarrer avec les premiers groupes. Ce sont sûrement des gens infectés.

« Merde alors. » fait James en comprenant ce qui se passe.

Ils se dirigent vers les pilleurs qui se trouvent en bas de notre bloc, et qui n'entendent pas les hurlements qu'on distingue à peine du haut du toit. Enfin, un adolescent remarque les malades, et son visage se défait à mesure qu'ils s'approchent de lui. Les bruits de bagarre disparaissent derrière les hurlements de terreur. Il attrape un ami par le col de sa chemise et lui montre les créatures qui viennent vers eux.

Certains arrivent à s'enfuir. Ceux qui n'ont rien vu venir ou ne savent pas à quoi les malades ressemblent, ou qui pensent avoir le temps de prendre encore une ou deux choses se retrouvent vite encerclés. Les infectés fondent sur eux en pluie de mâchoires et de griffes. Des râlements montent dans l'air, brutalement interrompus.

« Bon sang, dégommez-les à la tête ! » murmure James à côté de moi.

C'est un vrai massacre. Le sang gicle sur la chaussée et les corps sont déchiquetés. Quelques-uns parviennent à s'échapper après s'être fait mordre. J'espère juste qu'ils ne vont pas rentrer chez eux et infecter toute leur famille, mais je suis à peu près sûre qu'ils se dirigent droit vers leur bercail. C'est ce que tout le monde fait quand il est blessé.

Peter se penche par-dessus le rebord du toit, tout pâle. Peut-être qu'il comprend enfin ce qui se passe.

Très vite, les cadavres jonchent la rue. Certains malades tournent en rond comme s'ils avaient oublié ce qu'ils étaient en train de faire avant tout ça. D'autres dévorent. Certains se baladent bêtement, portés par un vent hasardeux. Les seuls sons qu'on entend à présent sont les gémissements terrifiants qui sortent du plus profond de leurs entrailles. Je suis sûre que j'arrive à sentir cette odeur de sang monter jusqu'à nos narines. Je place vite ma main froide sur mon front et je ferme les yeux.

« Tout ce bruit les a attiré, c'est certain, dit James. Ils ont entendu les hurlements, regardez-les. » On scrute le groupe qui se trouve juste en bas. Je ne sais pas trop ce que je suis censée voir à part des corps et une mare de sang. Il pointe du doigt vers la rue. « Regardez ce qu'ils portent ! »

Plus de la moitié d'entre eux portent des tenues de patients hospitaliers. Le genre de pyjamas qu'on vous met quand on vous admet à l'hôpital. Mais ils ne vous laissent pas partir avec, en tout cas pas s'ils peuvent vous stopper dans votre élan. Penny laisse échapper un cri.

« Oh, merde. » fait-elle. Mon cœur sombre à terre, aussi bas que la rue sous nos pieds.

CHAPITRE 14

PENNY FAIT DES va-et-vient dans le couloir, collée à son téléphone. On s'assied dans le salon, en silence, on n'entend plus que les infos à la télé et les doigts de James qui pianotent sur le clavier de l'ordi. Quand mon téléphone fixe retentit, je me précipite pour répondre.

« Dieu merci, Cassie, dit Maria au bout du fil. Ça fait une heure que je cherche à vous joindre. »

« Maria ! » je crie. Penny accourt. « On a eu ton message. Tu es toujours à l'hôpital ? » J'entends des cris et comme des bruits d'objets lourds qu'on traîne en fond sonore.

« Oui. Cassie, tu as un haut parleur sur ce téléphone ? »

Je trouve le bouton et lui dis de continuer.

Maria prend une grande inspiration et dit : « Penny, tu dois quitter la ville immédiatement. Il y a un homme ici de FEMA. Je t'appelle de son téléphone d'urgence, là. Il nous a dit que les autorités projettent de détruire toutes les voies d'accès à New York ce soir ou demain. Ils n'arrivent pas à endiguer la propagation alors ils vont nous faire tous passer direct en phase de quarantaine. »

« Comment ça, *détruire* ? » demande James, interloqué.

Maria émet un court rire. « Ils appellent ça la quarantaine, mais en réalité, ils laissent l'infection suivre son cours. Bart, le type de FEMA, m'a expliqué qu'ils veulent bombarder ou bloquer les ponts et tunnels. Pour éviter que des millions de malades se déversent hors de New York. Il était censé partir ce soir. »

Je n'aurais jamais imaginé une seconde qu'ils puissent nous coincer dans la ville comme ça. Du moins en sachant que tant de gens étaient encore intacts. S'ils font ça, ils signent notre arrêt de mort.

« Mais quoi, ils vont nous laisser crever sur place ? » s'écrie Penny, abasourdie.

Maria soupire, et quand elle reprend la parole, sa voix tremble. « Oui, c'est exact, *mija*. C'est ce qu'ils vont faire. Et l'autre nouvelle, c'est qu'ils n'ont pas de traitement. Ils tuent les malades. Jusqu'ici on les euthanasiait avec un mélange de médocs injectés dans le tronc cérébral. Mais c'était trop peu, trop tard. L'hôpital a vite été saturé et les patients sont en train de retourner en masse dans les rues. En ce moment, on est cachés dans le sous-sol. »

« On les a vus. Je suis si inquiète pour toi. Ce sont des cannibales, Maman. » dit Penny, laissant échapper un sanglot, et elle pose une main devant sa bouche. Ils sont tous par terre dans la rue, morts. »

« Oh, *mija*. Le truc, c'est qu'ils ne sont pas forcément morts. Tous les malades sont morts-vivants, ils sont aussi morts qu'il est possible de l'être, mais ils se déplacent toujours. »

James croise mon regard. Je n'y lis pas de surprise, mais une sorte de stupéfaction. Semblable nulle doute à celle qu'a ressenti la population mondiale le jour où l'homme a posé le pied sur la lune ou quand le premier humain conçu en labo. À la différence bien sûr que ces humains-là ne cherchaient pas à bouffer leur prochain.

« Le virus fonctionne en tandem avec un parasite. Le cerveau est l'hôte du second. On ignore comment, cette dynamique stimule tous ces processus primaires : les déplacements, l'instinct de bagarre, la faim. Je ne connais pas tous les détails. Le CDC étudie tout ça depuis un mois. »

Un mois et ils n'ont toujours aucune idée de la façon dont ils vont stopper cette hécatombe. On entend un autre bruit assourdissant à l'autre bout du fil et on sursaute. Ils doivent être en train d'empiler tout ce qu'ils trouvent derrière la porte pour se barricader.

« Je suis là, je suis là. Je dois y retourner. D'autres personnes ont besoin du téléphone. On a encore la morgue et la cafétéria. On a un générateur. On est en sécurité ici. Mais il faut que vous partiez tout de suite, partez au nord, et dès maintenant. » Maria est au courant de tout ce qui est stocké dans ma cave et de la maison à la campagne.

« Tu veux dire, nous tous. Tu viens ! » rectifie Penny.

« Penny, je ne vais pas pouvoir partir d'ici avant que les malades se soient éloignés ou soient éliminés… Tout va bien ici. J'ai besoin de savoir que tu es en sécurité. »

« Alors on est supposés te laisser ici ? Pas question ! » Penny crie d'une voix perçante. Sa bouche est figée en "o".

« Vous n'avez pas le luxe de perdre du temps. Bart nous a ordonné de dire à nos familles de mettre les voiles. Dans quarante-huit heures, New York va être infectée au-delà de toutes proportions. »

« Ça ne me rassure pas, maman ! »

« Je sais, mais il faut que tu comprennes à quel point vous êtes en danger. Une petite morsure, une égratignure suffit à t'infecter. Je sais m'occuper de moi. Dès qu'on sera sortis de là, j'irai à l'appartement de Cassie. S'il y a un moyen de sortir de New York, j'irai vers le Nord. Cassie ? »

Penny me regarde comme si elle était prisonnière d'un cauchemar et que j'ai le pouvoir de la réveiller. Manque de bol ce n'est pas un cauchemar.

« Je suis là, Maria, dis-je au téléphone. Je vais glisser la clé sous le paillasson. On va te laisser une carte vers la maison. »

J'imagine Maria toute seule ici, encerclée de morts-vivants dans tous les coins du quartier. Maria a toujours été une seconde mère pour moi, même avant le décès de mes parents. Quand ils sont morts, Eric et moi étions pétrifiés de douleur, et c'est elle qui a organisé les funérailles. Elle nous a aussi accueillis cette année-là pour Noël et nous a rendu cette période tolérable. Elle a toujours été là quand j'avais besoin d'elle. Je ne peux pas l'abandonner là pour une fois que c'est elle qui a besoin de nous. « On va prendre une camionnette au travail. On passe te récupérer… »

« Non, non ! répète-t-elle doucement. C'est beaucoup trop risqué. Je suis désolée, mais il faut que je vous laisse. Je vous aime, mes *mijas*. S'il vous plaît, faites comme j'ai dit. »

« D'accord, on te le promet. Fais très attention à toi, maman. Je t'aime », sanglote Penny.

« Promis. Je t'aime, Penny. Je t'aime, Ana. Plus que tout au monde. »

Penny lui répond en chuchotant, les joues trempées de larmes.

Ana s'agrippe à la table, ses phalanges sont blanches. « Je t'aime, maman. C'est Ana. Je t'aime aussi. »

« Je t'aime, mon cœur. Prenez soin les unes des autres, toutes les trois, d'accord ? Je sais que vous le ferez. » Sa voix se brise et elle disparaît.

CHAPITRE 15

Nous restons plantés devant le téléphone, en silence. Ce sont vraiment des morts vivants. Ils ont perdu tout semblant d'ordre. Ils vont faire péter les ponts. Maria ne vient pas avec nous.

Nous pensons tous la même chose, mais James est le premier à mettre des mots dessus : « Putain de bordel de merde. »

Peter se laisse choir dans un fauteuil et fixe le vide. Penny et Ana tournent autour du combiné comme s'il allait sonner à nouveau.

Je cligne des yeux pour réprimer les larmes qui montent et je pose la main sur l'épaule de Penny. Je ne sais pas quoi dire. C'est peut-être la dernière fois que je parle à sa mère. Maria n'a pas précisé combien de temps il faudrait attendre que le virus finisse par s'épuiser. Il y a assez de provisions ici pour subvenir aux besoins d'une personne durant un long siège, mais il faudrait déjà qu'elle arrive à se faufiler jusqu'ici. Or j'ai le sentiment que c'est plus facile à dire qu'à faire.

Penny fait un geste les désignant, elle et Ana. « On ne vient pas. » Ses yeux sont rouges et brillants, semblant nous défier de la contredire.

Nelly secoue lentement la tête. « Quoi ? »

« C'est notre mère. Comment peut-on l'abandonner ici ? Je sais que j'avais promis le contraire, mais je veux l'attendre. Quand elle arrivera ici on partira avec elle. »

Je réagis avec prudence. Je sais que je ne voudrais pas laisser ma mère ici, moi non plus. Mais je sais aussi que Maria ne supporterait jamais que ses filles puissent avoir risqué leur vie à cause d'elle.

« Pen, je te promets que nous allons revenir la chercher dès que nous le pourrons. » dis-je.

Elle et Ana échangent un regard. Penny me lance un regard d'excuses et secoue la tête.

James se racle la gorge. « Eh bien, je reste avec vous, les filles. L'union fait la force, pas vrai ? On trouvera un moyen de sortir de là quand votre maman arrivera. » Il hausse les épaules mais son visage le trahit.

On devrait tous partir. Il n'y a rien que je ne souhaite plus que de me trouver dans la camionnette, roulant vers le Nord. Mais je ne peux pas partir sans les personnes qui comptent le plus au monde pour moi. Ce n'est peut-être pas la décision la plus judicieuse, mais elle me semble être la bonne.

« Je reste aussi, dans ce cas, si vous insistez pour rester, dis-je, tandis que Nelly acquiesce. « On va passer la nuit et demain matin à rassembler autant d'affaires et de provisions possibles. On devrait quand même aller chercher la camionnette, pour qu'elle soit près de nous quand on aura besoin de décamper. Ramenez tout ce que vous trouverez comme nourriture chez vous. On ne part pas sans vous. »

Peter secoue la tête et se tourne vers le mur, exaspéré.

Le regard de Penny se promène de James à Nelly, puis à moi. « Je ne vais pas vous faire courir le risque à tous de rester coincés ici. Vous êtes cinglés. J'aimerais par-dessus-tout que vous restiez ici, mais hors de question que ce soit au péril de votre vie. » Les derniers restes de rébellion quittent son visage. « Je vous rappelle ma mère, non ? »

« Oui, je confirme. Tu multiplies ça par mille et tu comprendras à quel point elle veut que tu fiches le camp. Nous autres, on doit rester parce que quand elle va débarquer ici et qu'elle te verra toujours plantée là elle voudra te tuer de ses mains. »

« C'est complètement ridicule, s'écrie Ana. Moi je pense qu'on devrait attendre ici quelques jours et voir comment la situation évolue. »

Penny ouvre la bouche pour parler, mais Ana ne la laisse pas en placer une. « Je sais ce que maman a dit, Penny. Mais ce type de la FEMO pourrait raconter n'importe quoi, tu sais. Tu crois vraiment qu'ils vont aller jusqu'à faire sauter les ponts de New York ? C'est le genre de conneries qu'on entend normalement de la part de Cassie. »

C'est toujours réjouissant de voir cette pimbêche rouler des yeux quand elle prononce mon nom. Rassurant de constater que la vraie Ana est toujours là, prête à casser du sucre sur votre dos à tout instant.

Penny a séché ses larmes. « Ana, tais-toi maintenant. On y va, comme on le lui a promis. Ce soir. On prend nos affaires et on se fait tous la malle en vitesse. »

Son pragmatisme sans détours fait son effet sur Ana. Elle nous rappelle vraiment sa mère.

CHAPITRE 16

NELLY ET JAMES s'auto-désignent pour aller chercher la camionnette. Je me porte volontaire, mais ils refusent, sans doute motivés par une galanterie déplacée. Je décide de ne pas m'offusquer, même s'il est clair qu'après Nelly, c'est moi la meilleure tireuse du groupe. Ils se sont chacun équipés de battes de baseball dénichées dans les affaires de sport de mon père et d'un pistolet.

Je les rappelle à l'ordre : « N'oubliez pas, les gars, de n'utiliser vos flingues que si vous n'avez plus le choix. Ils ont l'air d'être attirés par les bruits, ces… » Je me tais. Le mot reste bloqué en travers de ma gorge.

« Zombies ? suggère James. Il a cet air d'anticipation nerveuse qu'ont les mecs quand ils s'apprêtent à faire quelque chose de dangereux et de probablement stupide, quand au lieu d'être effrayés ils trépignent d'impatience.

« Écoutez. » Je pointe un doigt autoritaire vers eux en prétendant qu'il ne tremble pas. « Ne jouez pas les héros. Prenez la camionnette, celle qui a le réservoir plein, si possible. Et ramenez votre fraise illico. Point barre. »

Nelly m'envoie un salut militaire. « Oui chef ! »

Je les serre dans mes bras et referme le portail. Difficile d'oublier la grosse boule qui enfle dans ma gorge. Ils vont revenir. Je m'occupe en montant les sacs à dos à l'étage. La pile monte. Entre les sacs et les équipements divers qu'on veut charger dans le camion, quitte à se délester en cours de route, on dirait qu'on prépare une expédition sur l'Everest. J'espère que la camionnette va nous emmener au moins jusqu'aux frontières de la ville.

Je glisse la main dans une poche de mon jean et je fais courir l'index sur les contours de la bague d'Adrian. C'est devenu mon nouveau talisman. Tant que je l'ai sous la main, rien de bien mauvais ne peut m'arriver. Peter entre dans la cave.

« Tu veux m'aider à monter tous ces trucs en haut ? » je lui demande.

Il fait mine de ne pas m'entendre. « Mais à quoi tu joues ? Tu as perdu la boule ? »

« Comment ça ? »

Il me regarde de son air supérieur et dédaigneux, les bras croisés. Je l'ai déjà vu faire ça, mais jamais avec moi.

Son visage se tord. « Qu'est-ce qui t'a pris de dire que tu ne partirais pas sans Penny ? Incroyable que tu sois prête à compromettre notre sécurité à tous comme ça, pour quelqu'un qui va très probablement y passer de toute façon ! »

Je prends une ou deux profondes, mais tremblantes, inspirations. Ça n'aide pas du tout. Il y a deux heures, il pensait qu'on se montait le bourrichon avec cette histoire de virus. Maintenant il m'accuse de mettre en danger tout le monde. Quand tout ce qui lui importe, c'est lui. Et peut-être moi, parce que je suis son ticket vers le bateau de sauvetage. Je suis son échappatoire. Je ne sais pas pourquoi cela me surprend venant de lui, à vrai dire. J'imagine que dans ma tête, les gens sont peut-être égoïstes, mais que mis au pied du mur, ils font le choix du bien, font preuve d'humanité. Mais Peter, non. Ma rage déborde, je la repousse au fond de moi, et ce qui sort de ma bouche est froid et fataliste.

« Tu sais, Peter, parfois on fait des choix qui mettent en danger notre propre sécurité parce qu'on aime quelqu'un. On aime ces personnes à tel point qu'on est prêt à rester auprès d'eux coûte que coûte, même si cela implique qu'on va passer un sale quart d'heure. Et même si cela implique de s'exposer au risque. Je ne m'attends pas, bien sûr, à ce que *tu* comprennes ça. Et en ce qui concerne le risque que je *nous* fais courir à tous les deux, rassure-toi : à partir de maintenant, il n'y a plus de « nous ».

Sa mâchoire en tombe. J'éprouve un plaisir cruel à voir le sourire se décomposer derrière une bouche livide.

« Je ne veux pas que tu restes ici si c'est trop dangereux. Tu peux venir avec nous. Ou partir de ton côté, puisque tu penses qu'on est tous cinglés. Mais tu n'as pas intérêt à juger Penny ou Ana. Toi-même tu sais, tu devrais savoir qu'elles veulent s'assurer que leur mère reste saine et sauve. »

C'est un coup plutôt bas, j'avoue, et il a maintenant l'air penaud. « D'accord, oublie ce que j'ai dit. » dit-il, avançant les bras en signe de réconciliation.

Son visage s'est recomposé, il essaie de me faire son numéro de charme. Il doit se dire que cette bécassine de Cassie n'est pas sérieuse. Je croise les bras. Jamais je n'ai autant rêvé de frapper quelqu'un en pleine tronche.

Il expire bruyamment. « Cassandra, arrête tes bêtises. Je m'excuse. Ce n'était pas ce que je voulais dire. »

Je sais bien, pourtant, que c'était bien ce qu'il voulait dire. Mon corps tout entier se met à trembler, mais j'ai l'impression aussi qu'un grand soulagement m'envahit lentement mais sûrement.

« Non, c'est fini entre nous. Ne me dis pas que tu ne l'avais pas vu venir. Et puis ce n'est pas vraiment le moment d'en discuter. Désolée que ça se fasse comme ça. »

Je l'écarte de mon chemin et je monte en courant l'escalier.

CHAPITRE 17

JE SUIS PLANTÉE au milieu de ma chambre, les poings serrés, j'entends Penny et Ana déplacer des affaires vers la porte d'entrée. J'enfile mes bottes de cuir usé et je jette mes pantoufles dans le placard avec plus d'énergie que nécessaire. La peur et la transpiration n'ont rien fait pour dompter mes frisettes, alors je me fais deux longues tresses brunes. Je ne veux pas voir Peter, mais je ne peux pas non plus rester éternellement enfermé dans ma chambre. Je me dirige vers le salon et je me plante juste devant la télé, ignorant les regards noirs de Peter, posé derrière moi sur le canapé.

Le virus semble être sous contrôle, aux dires du présentateur. Maintenant que je sais qu'ils nous mentent, je comprends pourquoi tout le monde est barricadé chez soi, dans l'attente que les choses se décantent d'elles-mêmes. À moins de vraiment les chercher, on peut tout à fait éviter les mauvaises nouvelles.

Les autorités mettent en place des couvre-feux, ostensiblement pour stopper les pillages. Ce qui veut dire que les routes devraient être plutôt dégagées, et que si personne ne nous bloque le passage nous avons de bonnes chances d'arriver à destination. Tandis qu'ils énumèrent les nouveaux centres de traitement ouverts au public, je ne peux m'empêcher de penser à des cimetières de masse. Mes pieds trépignent sur le parquet. Je ne sais pas à quelle heure ils vont faire sauter les ponts, bientôt en tout cas, car "demain" commence officiellement à minuit. Une portière de voiture claque à l'avant de l'immeuble. C'est Nelly et James qui sont de retour avec la camionnette bleue.

Je me précipite vers la porte. « Alors mes potes, ça s'est passé comment ? »

« Pas mal, réplique Nelly. Sauf qu'au premier tournant, on est rentrés dans un zombie. Il nous a fichu une sacrée trouille, mais

James et moi on est sortis et on lui a mis une raclée avec les battes de baseball. »

Il fait mine de me donner des coups de batte et sourit fièrement.

« Beurk » dis-je, en repensant au bruit du métal craqué des lunettes de l'aviateur.

« Ouais, fait James, qui n'a plus l'air enthousiasmé par leur aventure pleine de testostérone. C'était plutôt dégueu, en fait. Sur le chemin du retour, on est tombé sur un grand groupe. Ça risque d'être dur, pour ne pas dire impossible, de traverser le Queens. Il faut mettre les voiles maintenant, tant que les rues sont encore vides. »

Le seul Plan B qu'on a, c'est de traverser le pont Verrazzano vers Staten Island puis de partir en direction de Jersey. Dans les rues, ils n'ont pas vu beaucoup de voitures. Les gens sont toujours chez eux, ils font sagement ce qu'on leur a conseillé de faire. C'est sans doute pour ça qu'ils ont prévu de bombarder les ponts ce soir. La panique va commencer demain sans doute, et alors ce sera trop tard.

Chapitre 18

Je jette un dernier coup d'œil circulaire à mon appartement. J'ai l'impression d'y sentir la présence de mes parents. J'espère que je fais ce qu'il faut, ou du moins ce qu'ils auraient fait à ma place.

« Jusqu'à la fin du monde » je murmure en traversant le couloir vide.

« Et au-delà », réplique Penny derrière moi.

Je me retourne et je souris. Quand j'étais petite fille je taquinais mes parents pour savoir qui aimait qui le plus. Je t'aime autant que l'univers entier. Toujours et à jamais. À l'infini et au-delà. Jusqu'au bout du monde et au-delà. À présent, ce jeu me paraît prendre tout son sens.

Mon quartier est toujours calme, et on profite de ce répit pour charger la camionnette rapidement. Nelly prend le volant et on se dirige vers le Queens. Des silhouettes sombres semblent attroupées au loin. Nelly continue à conduire jusqu'à l'avenue suivante, mais c'est toujours le même spectacle autour de nous : un défilé terrifiant qui se dirige lentement vers nous dès qu'il nous repère.

« Bon, dis-je, direction Jersey. »

À chaque coin de rue, je vois des petits groupes de personnes infectées. Certaines ont presque l'air normal, mais leur corps raidis et leurs yeux hagards ne trompent pas. D'autres ont l'air mort, ou en décomposition. Je me demande pourquoi je n'ai pas compris que Demi-cou était un mort-vivant... Cela me semble si évident après coup. Effectivement quand quelqu'un vous a arraché l'artère de la carotide avec les dents, difficile de continuer comme si de rien n'était.

Dès qu'on a quitté les rues pour atteindre la bretelle d'autoroute, je commence à me sentir beaucoup mieux. Les personnes infectées n'ont pas encore atteint cette zone, et le pont se trouve à quelques minutes de nous. Je commence à me détendre quand soudain l'intérieur de la camionnette se met à clignoter sous la lumière de gyrophares. Un véhicule de police nous colle. Une fine couche de sueur se forme sous mes vêtements et mes jambes se mettent à trembler. On n'a encore rien fait qu'ils nous stoppent déjà dans notre élan.

« Et merde ! » s'écrie Nelly en se rangeant sur le bas-côté de la bretelle.

Quatre voitures de police approchent. Je prie pour qu'on s'en tire avec un avertissement… Les véhicules nous dépassent sans nous prêter la moindre attention. Je laisse tomber ma tête en arrière et j'entends tout le monde lâcher un grand soupir tandis qu'on retourne sur la bretelle pour traverser le pont.

Le Verrazzano a toujours été mon pont préféré parce qu'il est sculptural, élégant et peint d'un bleu ciel argenté, de la même couleur que la rivière qu'il surplombe, et du ciel à l'aube. On dirait qu'il a poussé là tout seul de manière naturelle, que l'eau s'est changée en métal. Je n'ose imaginer à quoi il ressemblera demain, sans doute à une carcasse tordue, un fatras de câbles et de bouts de béton suspendus au-dessus des eaux impassibles.

Notre échappée a été si facile jusqu'à présent. Je me retourne dans mon siège pour regarder derrière, sur les côtés… les routes sont presque vides, loin derrière nous. Je regarde à l'avant tandis que l'on approche du péage. Un officier de police se tient derrière la vitre du péage. On dirait ce genre de type qui devient policier pour pouvoir déverser son trop-plein d'hostilité sur les gens en toute légalité.

« Qu'est-ce que vous faites là, vous ? demande-t-il. Sur son badge est inscrit "Spinelli". Il nous dévisage avec ses yeux totalement inexpressifs.

« Bonjour monsieur l'agent, dit Nelly. Nous voulons aller à Jersey, nous avons de la famille là-bas. »

L'agent regarde Nelly sans ciller. « Je vois… Et je suppose que vous n'avez pas entendu parler du couvre-feu qui a été annoncé partout ? »

« Et bien si, mais vous connaissez le trafic à New York. Je me suis dit que c'était le seul moment de ma vie où j'allais pouvoir prendre un peu d'allure sur le périph' ! »

L'agent Spinelli se détend un petit peu. Pas jusqu'à sourire, mais une sorte de courant de solidarité masculine passe entre eux et il semble baisser sa garde.

« Bon d'accord. Écoutez, je ne tiens pas à vous arrêter. On est censé le faire, mais après cette garde je rentre chez moi. Je ne suis pas d'humeur à retourner à la station pour remplir des paperasses si ce n'est pas indispensable. Je suis le seul de mon équipe ici de toute façon, je ne sais pas trop ce qu'ils attendent de moi. Si on vous pose la question, dites que vous j'avais pris l'autoroute à Staten Island, on s'est bien compris ? »

« James se penche en avant vers la fenêtre passager. « Merci monsieur l'agent. Vous comptez rester chez vous ce soir où aller quelque part ? »

« Je reste chez moi, évidemment ! Et vous aussi vous devriez rester chez vous ! Pourquoi vous me demandez ça ? »

« On a entendu de source sûre que New York allait être barricadé dès demain. Presque toutes les voies d'accès vont être bloquées, et les ponts vont être dynamités. Ils veulent laisser l'infection suivre son cours. »

L'agent Spinelli a soudain l'air de vouloir changer d'avis et de nous enfermer. Il est clair qu'il nous prend pour des illuminés. Je sais que James essaie d'être sympa, mais il ne sert pas notre cause.

« Cette info nous vient d'un gars haut placé à la FEMA. Je vous conseille de quitter la ville ce soir. » lui dit James.

Spinelli ne sourcille pas. « Je suivrai les conseils de ma hiérarchie. Bonne continuation. » Il lève le bras en direction de la route et nous fait un dernier salut.

« J'étais sûr qu'il allait m'écouter », fait James, visiblement déçu.

Je me retourne et je constate que son bras est toujours levé. Quelques voitures ont ralenti à son niveau et il les laisse circuler. Puis il retourne à son véhicule garé en bord d'autoroute.

« Je crois qu'il t'a entendu, dis-je. Regarde. » J'espère qu'il va récupérer sa famille à temps.

CHAPITRE 19

NELLY AVAIT RAISON. Je n'ai jamais foncé à cette allure-là sur l'autoroute de Staten Island. Je croise les doigts quand on prend la route du pont de Goethal.

« Mince, ils ont barré la route », s'écrie Nelly.

Deux voitures de flics sont garées en travers de la route, entourées de barrières ? Un policier apparaît derrière le barrage et avance en boitillant vers nous, tirant derrière lui sa jambe droite. Nelly ne décélère pas, mais le flic lève les bras et les agite dans l'air. La jambe de son pantalon est déchirée. Il se penche sur la porte de Nelly en haletant.

« On a été attaqués par un groupe de types, dit-il. L'un d'eux m'a mordu, mais je lui ai tiré dessus, pile à la tête. J'ai essayé d'appeler des renforts, mais je n'ai eu aucun retour pour l'instant. Mon collègue est mort, et je ne peux pas conduire avec cette jambe. » Il désigne les voitures du doigt.

« La garde nationale est venue, mais l'équipe a été rappelée d'urgence. Vous ne devez pas passer. » Sa moustache épaisse rebondit quand il parle. « Couvre-feu oblige. Et puis j'ai besoin de secours. Il faut que vous m'ameniez à l'hôpital. »

Ils doivent avoir raconté les mêmes conneries aux flics qu'à la population. Il ne sait pas qu'une simple morsure signe votre arrêt à mort.

« Désolé, on ne peut pas faire ça, dit Nelly. Nous allons à Jersey. On peut vous amener là-bas, si vous voulez. »

« Vous ne pouvez pas aller à Jersey. Je viens de vous le dire. Restez ici, je vais chercher mes affaires. » Il se traîne jusqu'à son véhicule.

James se tourne vers Nelly. « Vas-y, décolle, mon pote. »

Je sors le revolver de mon sac et je le pose sur mes genoux. Il faudrait peut-être que je m'en serve, si possible sur quelqu'un qui n'est pas déjà KO. Je sais qu'il sera bientôt mort. Un mort vivant, qui voudra lui aussi me bouffer toute crue.

« Attends », dit Nelly.

Il roule sur les cônes et dans une barrière à rayures orange avec un grand bruit avant de rebondir dans l'herbe. Le flic agite les bras et hurle. Sa silhouette s'amenuise bientôt à l'horizon tandis qu'on fonce vers le pont. Je suis désolée pour ce pauvre gars. Il ne se doutait pas qu'on le lâcherait si vite.

James se tourne vers moi, qui suis assise juste derrière lui. « Il n'était même pas au courant que le virus est incurable pour l'instant. J'hallucine ! »

Peter n'a pas bronché depuis le début du périple, mais subitement, il n'y tient plus. Je l'entends pester derrière moi : « S'ils leurs avaient dit qu'ils s'engageaient dans un combat perdu d'avance, et qu'ils allaient se retrouver prisonnier, avec toute leur famille, d'un ghetto sacrifié à une infestation généralisée, combien de flics seraient restés dans les rangs, à ton avis ? »

« Pas faux. » admet James, en se calant bien droit dans son siège. « Tu crois qu'on va avoir droit à d'autres barrages de ce genre, du coup ? »

« Ca m'étonnerait que ce soit le seul, rétorque Peter. Mais qui sait ? Peut-être que tous les citoyens informés se sont déjà fait la malle. Si j'avais su dans quel pétrin je me fourrais, je n'aurais jamais pris ce vol de retour. J'aurais sauté sur la première moto venue avec un sénateur et je serais maintenant dans le Montana ou un coin tranquille de ce genre, à me la couler douce, bien pépère. »

Je sens son regard réprobateur me percer la nuque. Comme ça, on est deux à vouloir qu'il soit parti au fin fond du Montana. Jusqu'ici, il réagit plutôt bien à notre rupture.

« Eh bien, puisqu'ils n'ont pas le pouvoir d'empêcher les contaminés de bouffer des innocents en pleine rue, je vous parie qu'ils n'ont pas non plus la capacité d'empêcher les gens de filer sur l'autoroute vers des horizons plus cléments, dit Nelly. Ce flic a dit que la Garde nationale avait été appelée ailleurs. Ca devait être une affaire plutôt sérieuse s'ils sont prêts à lâcher un barrage routier majeur. »

Mes épaules descendent d'un centimètre vers l'autre côté du Goethal, et je desserre ma prise sur le revolver. Je m'attends à tout moment à une explosion sous les fondations de la route. Il y a quelques voitures sur le Turnpike, mais ça n'est pas inhabituel à cette heure avancée de la nuit. Un convoi de véhicules militaires nous dépasse, roulant droit vers le Sud. Ils vont peut-être vers le pont. Ce sont peut-être ceux-là qui sont chargés de poser les explosifs.

« Il nous reste à peu près trente kilomètres jusqu'à la route des Palissades », commente James.

Les seuls bruits à présent sont les reniflements de Penny et d'Ana. Je ne peux pas y faire grand-chose pour les consoler. À part l'une et l'autre, Maria est toute la famille qu'il leur reste. Je sais très bien ce qu'elles ressentent.

La camionnette ralentit à l'approche du pont George Washington. L'autoroute de l'autre côté de la sortie est bloquée. On descend vers la rampe d'accès, et on se retrouve bloqués à l'intersection.

Ce qui ressemble à un enfant en uniforme de soldat nous braque une torche en plein dans les mirettes. « Monsieur, le pont de New York est fermé au public. Où allez-vous ? »

« On est au courant, mais nous, on va aux Palissades. » explique Nelly.

« Monsieur, cette route est fermée. Nous demandons à tout le monde de rentrer chez soi et d'y rester jusqu'à nouvel ordre. Un couvre-feu a été mis en place dans le New Jersey. »

« C'est que, comme nous sommes de New York, nous voulons aller ailleurs. On n'a nulle part où aller par ici. On rentre chez nous vers le Nord. »

Le soldat acquiesce. « Monsieur, nous avons des logements temporaires ici pour les personnes en déplacement. Prenez à gauche, et dirigez-vous le long de cette route sur un kilomètre environ, et vous verrez de grandes tentes et un bâtiment de bureaux. Toutes les personnes qui n'ont pas de carte d'identité valide sur elles ont l'obligation de s'y rendre jusqu'à demain matin. »

Génial, me dis-je. *Ils nous parquent dans leurs camps gouvernementaux.* Voilà le genre de commentaires que feraient mon père et son ami John, notre voisin le plus proche.

« Allez, discute Nelly, soyez compréhensif. Nous avons un endroit où aller. Nous essayons justement de nous y rendre. Je suis sûr que vous pourriez utiliser cet espace pour loger des gens qui eux n'ont nulle part où se réfugier, pas vrai ? »

« Monsieur, ce sont mes ordres. » Il s'avance vers un homme qui parle dans sa radio. « Ces gens me disent qu'ils vont au Nord. Ils ne veulent pas se rendre dans les locaux d'accueil. »

Son supérieur hiérarchique, qui n'est qu'un gamin, réplique : « Il faut y aller tant que le couvre-feu est en place, messieurs dames. D'autant plus que les routes sont pour le moment réservées à l'usage des véhicules officiels. Vous n'irez pas très loin. » Il passe une main sur sa coupe militaire et sourit avec un air d'excuses. « Désolée, je ne peux pas vous aider. Nous avons beaucoup de malades par ici. On ne prend pas de risques. Tournez à gauche et descendez. Vous ne pouvez pas le rater. »

Nelly soupire et remet le moteur en route.

Chapitre 20

Quelques tentes entourent l'immeuble de bureaux de périphérie à deux étages. La route est bloquée par des plots et de la signalisation. Un soldat âgé et barbu nous dirige vers un parking puis nous demande sèchement les clés du véhicule. On le regarde bouche bée.

« Nos clés ? s'écrie James. Vous êtes dingue ou quoi ? »

« Je vous donne une étiquette, j'en met une aussi dans la camionnette, et vous me donnez vos clés. Vous récupérerez vos clés quand vous partirez », dit-il, comme si nous n'avions pas tout compris.

« En résumé, vous réquisitionnez notre camionnette, dit James. Vous n'avez aucun droit de nous prendre ce qui nous appartient »

Le grand type soupire, comme s'il avait déjà entendu la même chose une centaine de fois. « Écoutez. Les clés sont placées dans la tente d'accueil, là-bas, dit-il en désignant l'entrée du camp. On a en besoin au cas où on doive déplacer ces choses. Considérez-nous comme des valets. »

Nelly finit à contrecœur par lui tendre les clés. Le soldat acquiesce et nous indique le bâtiment où nous sommes censés passer la nuit. Quatre soldats montent la garde devant l'entrée. Heureusement, ils ne demandent pas à inspecter le contenu de nos sacs.

« Vous savez quand on pourra repartir ? » demande Peter. Il a pris sa voix de VIP, mais le soldat se contente de hausser les épaules et nous invite d'un geste sommaire à le suivre à l'intérieur.

Le lobby se resserre en un couloir à moquette épaisse saturé de portes. Il nous guide à passer l'une d'elles, et nous entrons dans un espace vaste et inachevé. Une douzaine de personnes s'y trouvent déjà, allongées dans des lits pliables disposés le long d'un mur, sous des couvertures d'armée. Des chaises sont groupées à l'avant de la pièce.

Je laisse tomber mon sac à dos et je m'assieds. Il y a des gens aux tables à tréteaux au fond de la pièce. Une femme assise là tient sur ses genoux un petit garçon aux cheveux bouclés. Près d'eux, une fillette loquace mange des cookies en balançant les pieds. Pour elle, tout ceci est une aventure synonyme de cookies à volonté, et c'est tout ce qu'elle a besoin de savoir. La femme lui sourit tendrement. Surveillant sa table, elle semble calme, mais ses pieds trépignent frénétiquement en dessous. Sous la lumière crue des néons, je vois ses joues se contracter d'effort à force de sourire et de résister à la panique ambiante.

Contre le mur du fond, quelques tables sont chargées de nourriture. Mon estomac gronde à ce spectacle, assez fort pour que Nelly se tourne vers moi.

Le soldat qui nous a conduits jusqu'ici fait un geste vers les tables de ravitaillement. « Il y a plein de choses à manger ici. Quelqu'un viendra bientôt vous expliquer tout ça. »

Chapitre 21

« Tu n'aurais pas une cigarette ? je demande à James. Désolée de te taxer comme ça. Je ne peux pas courir au bureau de tabac, pour le moment. »

On se tient devant le bâtiment, après un souper composé de bagels et de charcuteries industrielles. Il y avait aussi, détail plutôt incongru, des paniers de fruits. On se serait crus à un symposium d'affaires, à la pause déjeuner.

« J'ai récupéré ce qu'il restait dans mon carton au bureau, répond-il en me tendant la clope et un briquet. J'en ai encore plein. »

Je l'allume et exhale avec délectation. Je pourrais retomber dans cette vieille habitude dans la seconde.

« Je t'en piques une aussi. » dit Nelly. Il a une gueule de cowboy des pubs Marlboro avec la cigarette qui pendouille sur le coin de ses lèvres.

« Ça fait combien de temps que tu vous n'avez pas fumé ? » demande James.

« Au moins cinq ans. » répond Nelly. Il s'adosse contre la façade et exhale la fumée, les yeux fermés. « Vous pouvez me dire pourquoi c'est toujours aussi bon, après tant d'années ? »

« C'est pas bien ce qu'on fait ! » dis-je en sentant la fumée atteindre mes poumons.

« Mais si bon », réplique James, qui contrairement à nous, n'a clairement pas une once de culpabilité.

J'éclate de rire, mais Peter apparaît dans le cadre de la porte, interrompant nos réjouissances. « Je peux te parler une minute ? » me demande-t-il, l'air légèrement dégouté de me voir fumer.

Je suis contente d'avoir ma clope. Si elle ne suffit pas à apaiser mes nerfs face à Peter, je peux toujours la lui écraser dans l'œil.

On marche un moment, et quand il s'arrête, je m'arrête aussi, attendant qu'il parle enfin.

Il secoue la tête. « J'arrive pas à croire que tu fumes. »

« C'est ça que tu voulais me dire ? Parce que je pense que je peux fumer une cigarette sans avoir à te rendre de comptes, non ? »

« Peu importe, Cassie. Ce n'est pas ce dont je voulais te parler. » Ses yeux sombres pétillent et ses lèvres s'affinent. « Je crois que je vais m'en aller de mon côté. Merci de m'avoir aidé à quitter la ville, je pense pouvoir me débrouiller tout seul à partir de maintenant. »

Je sais que ça doit être dur pour lui d'être ici au milieu de mes amis, mais c'est bien son genre de me faire des reproches à propos de cette cigarette parce qu'il est frustré. Il espère peut-être que je vais le supplier de rester à mes côtés. Ça ne risque pas d'arriver.

« Bon, très bien, dis-je. Bonne chance. »

Il me regarde avec froideur et hausse les épaules. « À toi aussi ».

Il se retourne et s'éloigne. Maintenant je me sens coupable. Quelqu'un doit relever le niveau de cet échange. On se comporte comme des enfants.

« Peter ? Il se retourne, son visage ne trahit aucune émotion. Je prends une grande bouffée de ma cigarette avant de l'écraser sur le mur du bâtiment. « Allez, c'est idiot. Tu ne vas pas partir tout seul dans ton coin. Juste parce que nous… eh bien, on peut rester amis, quand même, non ? »

Il hausse les épaules. Je ne vais pas *non plus* me mettre à genoux.

« Alors, qu'est-ce que tu en dis ? On reste ensemble pour l'instant ? » je lui demande.

« On verra, mais j'ai des doutes. Je suis sûr que je serai tranquille ici jusqu'à mon retour en ville. »

Il tient la tête bien droite et agite la main vers le bâtiment. Il pourrait tout aussi bien me dire qu'il réside au Plaza jusqu'à ce que le décorateur d'intérieur ait terminé son appartement. Je le regarde s'éloigner, fascinée de le voir adopter si facilement cette nouvelle réalité, comme si elle ne bouleversait en rien les règles ordinaires. Nelly et James me regardent avec curiosité et je retourne auprès d'eux, rallumant promptement ma cigarette écrasée.

« Alors, qu'est-ce qu'il te voulait ? » demande Nelly.

« J'ai rompu avec lui quand on était chez moi, avant de partir. »

« Vraiment ? s'écrie Nelly. Ils essayent de dissimuler leur joie. « Parfait le timing, comme d'habitude. »

« Oh, taisez-vous. Je n'en pouvais plus. Il dit qu'il va rentrer par ses propres moyens. Et je me sens coupable, du coup je lui ai demandé de rester avec nous, et il a dit qu'il devait vérifier son emploi du temps. »

Un soldat s'approche de nous. Il a le nez retroussé, l'air bonhomme. « Tout va bien, messieurs dames ? » On hoche la tête en synchro. « Je suis le sergent Grafton. »

Nous nous présentons également.

« À votre avis, quand allons-nous pouvoir continuer notre route vers le Nord ? » demande Nelly.

Grafton réfléchit une seconde. Son visage poupon aux grosses joues roses me rappelle celui du petit garçon sur les genoux de sa maman.

« Demain matin, j'imagine. On n'a que de mauvaises nouvelles qui nous arrivent, vous savez, donc je ne peux rien vous promettre. En fait, il y a un arsenal à Teaneck, où se sont rendus nos deux lieutenants pour un briefing. On a perdu tout contact avec eux. On a même envoyé une équipe pour aller les chercher. » Il a l'air de regretter de s'être montré trop bavard, et lève les mains en l'air pour se montrer rassurant. « Enfin, on peut sans problème rester dans ce bâtiment et le protéger si nécessaire. Jusqu'à l'arrivée des renforts. »

La question est de savoir si les renforts vont bel et bien arriver. Je sais qu'on a tous la même pensée.

Il regarde au loin, pensif. « Je ne sais pas trop s'ils se sont retrouvés dépassés par les Lexers, mais l'absence de signal radio m'inquiète. »

« Les Lexers ? »

« Oui, vous savez, les personnes contaminées par le virus LX. Pour Bornavirus LX. L'armée les appelle comme ça. Ce n'est pas le terme officiel. »

« Et vous savez à combien ils estiment le nombre de personnes infectées ? » je lui demande. « Ils ne publient plus les chiffres. »

Le sergent renifle un coup et une sorte de colère semble l'animer. « C'est un peu le noyau des discordes par ici. Ils ont essayé de nous empêcher de contacter nos familles, pour qu'on ne leur révèle rien. Ça a duré dix minutes. » Il souffle de l'air par ses narines. « Ils pensent que dix à quinze pour cent de la ville de New York sera infectée à l'aube. Les grandes villes du Midwest en sont déjà à soixante pour cent. Le reste des habitants se cachent chez eux.

« Je ne devrais pas vous le dire, mais je sais qu'en ce moment ils se concentrent sur les petites agglomérations, celles qui ne comptent pas beaucoup de malades. J'espère qu'ils vont pouvoir créer des zones sécurisées, et quitter les villes jusqu'à ce qu'on arrive à les débarrasser les Lexers. Je ne vois pas trop l'intérêt de priver les civils de ces informations. »

Il hausse les épaules, mais son expression en dit long sur la quantité d'infos qu'il nous cache. Il nous prévient juste que le contrôle de la crise leur a échappé depuis un moment, sans le dire explicitement. Il pense qu'on n'était pas au courant.

« C'est pour l'instant leur plan le plus sensé. Oh, regardez là-bas. » Il pointe du doigt vers le bâtiment. « En matière de défense, c'est peut-être léger, mais on a quand même les Palissades à l'arrière du bâtiment. Donc pas d'inquiétude à avoir sur notre capacité de protection dans les quatre directions. Les clôtures sont en train d'être surélevées au moment où je vous parle. »

« Les Palissades. Vous voulez bien sûr parler de l'autoroute juste derrière nous ? » je demande. C'est une info utile.

Grafton montre du doigt les arbres alignés derrière la tente. « Oui, si vous allez par là derrière, à trois cent mètres, il y a une grande clôture de trois mètres, et derrière, c'est l'autoroute Parkway. »

James hoche la tête et prend un air désintéressé.

La radio de Grafton se met à grésiller. « Il faut que j'y retourne. »

Chapitre 22

Nous retournons dans la salle d'attente. Peter est assis dans un coin plein de chaises, mais Ana l'a rejoint et ils chuchotent entre eux. Je suis trop fatiguée et tendue pour faire autre chose que rester assise là. Nelly épluche le contenu de son sac. Il en tire un paquet de cartes à jouer et me le tend. Papa disait toujours que l'ennui pouvait tuer.

« Hein ? » fait-il.

Toute distraction est bonne à prendre.

« Pourquoi pas, dis-je. Tu coupes ? » Nelly et moi avons toujours une partie de bataille inachevée.

Il tire les cartes de leur paquet au moment où Grafton fait son apparition dans la salle et lève la voix. « Nous venons d'apprendre qu'un large groupe de personnes infectées avancent actuellement dans notre direction. Veuillez rester où vous êtes et garder vos affaires près de vous au cas où nous aurions à évacuer le bâtiment. »

La femme avec les enfants choisit le lit le plus éloigné des fenêtres et de la porte. Elle les borde d'une couverture et les berce contre elle.

On prend nos sacs à l'épaule. Dans la panique qui s'ensuit, personne ne remarque que nous quittons la pièce pour repartir vers l'entrée. Des quatre-quatre et des jeeps sont garés tout autour du périmètre du parking devant le bâtiment, derrière la haute grille de sécurité qui vient d'être érigée. Ils encerclent notre groupe.

Des lumières aveuglantes, du genre qu'on trouve sur les chantiers de nuit, sont orientées vers l'extérieur. Une trentaine de soldats montent la garde dehors. Un garde dans l'entrée tente de nous faire retourner vers l'intérieur. Je ne suis pas très chaude pour aller bêtement là où je ne serai pas en mesure de voir ce qui se passe. Nelly non plus, et on le suit tandis qu'il ouvre la première porte du couloir.

Le soldat se penche en avant. « Il va falloir que vous coopériez, et que vous retourniez dans la grande salle », nous ordonne-t-il.

Nelly se tourne après avoir acquiescé, notant que les fenêtres donnent sur le parking. « Grafton nous a donné l'autorisation. Allez lui demander. » Il bluffe bien sûr.

Le soldat baisse sa garde. « Ok ».

Cinq soldats s'alignent le long des fenêtres. Nous sommes dans la salle d'attente d'une société de crédit immobilier. Il y a des chaises rembourrées avec ces motifs moches qui permettent de dissimuler toutes sortes de tâches. L'un des soldats éteint les lampes des tables éparpillées.

Les éclairages à l'extérieur fournissent assez de lumière pour s'orienter dans la salle. Nous nous rassemblons au fond de la pièce. Je m'assieds par terre, pose mon sac devant moi, les mains derrière les cuisses.

Nelly s'assied à côté de moi. « Prend ton flingue, au cas où. »

Je le sors. Ça va m'occuper les mains. Les autres sont assis derrière nous sur des chaises. Penny murmure à James.

James se penche vers moi. « Penny ne pense pas qu'elle saura utiliser un flingue. On ferait mieux de le passer à Peter, non ? »

Nelly se tourne vers l'arrière. « Pete », l'appelle-t-il à voix basse. Je suis étonnée qu'il nous ait suivis jusqu'ici, mais quelque part je suis soulagée.

Peter détache les yeux de la fenêtre. « Quoi ? »

« Tu sais tirer au pistolet ? » Nelly mime le geste.

« Euh, j'ai jamais essayé. Mais ça ne doit pas être sorcier. »

« Eh bien, si… ce n'est pas donné à tout le monde. Le plus dur est de savoir viser », répond Nelly avec un sourire de travers.

Peter plisse les yeux, méfiant, mais Nelly ne se moque pas de lui, et il le sait. « Je ne suis pas contre. Tu as des conseils ? »

Nelly s'agenouille et lui donne une petite explication de deux minutes sur les armes à feu. Quand Peter s'est montré convaincant pour mettre en joue et tenir le revolver correctement, la leçon est terminée. La seule chose qui manque, c'est une séance de pratique sur cible, et on espère qu'elle ne se concrétisera pas.

Grafton passe la tête par l'entrebâillement. « Vous êtes prêts ? demande-t-il aux soldats. Il semblerait qu'ils se trouvent maintenant à un kilomètre de nous, ils avancent dans notre direction, de toute évidence. On va éteindre les éclairages dehors, au cas où ça puisse les attirer. »

« Prêts, Sergent », réplique un jeune soldat latino. Les autres acquiescent.

« Souvenez-vous qu'il faut viser la tête. » répète Grafton.

Le soldat qui vient de répondre lance un regard à la ronde. « Si je me fais mordre, les gars, je veux que vous me descendiez sur le champ. Ne traînez pas, hein. Même si je suis toujours vivant. »

Un soldat au teint sombre lui donne une petite tape de la paume à l'arrière du crâne. « Rodriguez, ça fait un bail que je rêve de te trouer la peau. Je me porte volontaire. »

Tous s'esclaffent, et Rodriguez renvoie un coup à son collègue. « Je m'occuperai de ton cas aussi, Park. T'inquiète. »

Ils grimacent tous avec connivence. C'est la dernière chose que je vois avant que les lumières s'éteignent et que la salle se trouve plongée dans l'obscurité totale. Une petite lueur filtre près de la fenêtre. La silhouette noire de Grafton s'approche de nous. Sa mâchoire est serrée, mais il sourit toujours tandis qu'il scrute la pénombre. Nous dissimulons nos armes. Le fusil que tient Nelly est caché sous la chaise derrière lui.

« Vous avez des armes ? » nous demande-t-il. Nelly, avec réticence, hoche la tête. « Eh bien, on est censés les confisquer, mais je ne vais pas faire ça. »

Je me relâche. Je doute qu'on parvienne à récupérer notre camionnette, mais ce flingue, lui, ne me quittera plus.

« Vous allez peut-être en avoir besoin. On a vu les vidéos, les Lexers ne sont pas faciles à abattre. Ils n'en démordent jamais, si vous me passez le jeu de mots. » dit-il avec une sorte de fascination malsaine en regardant par la fenêtre.

« Il y a des chances qu'on arrive à les tenir à distance. Si les choses tournent mal, et qu'on n'arrive pas à les mater, le mieux reste de fuir, si on trouve une voix libre. Ou de monter à l'étage, rejoindre les gars postés sur le toit. On m'a dit qu'ils sont capables de ramper dans les escaliers, mais ils ne peuvent pas ouvrir les portes à moins de les casser. Les portes et leurs cadres sont en métal, ici. Ça risque d'être très dur pour eux de les démolir. À Chicago, un groupe a réussi à les bloquer comme ça pendant toute une semaine. On pourrait y arriver, nous aussi, sans problème. »

Sa voix s'est tarie en murmure. On dirait qu'il se parle à lui-même maintenant.

« Peut-être qu'une guerre avec le Moyen-Orient vaudrait mieux que ça. Au moins l'ennemi serait humain. »

Et j'imagine qu'il connaît la vérité sur l'épidémie, ou qu'il a fini par deviner.

« Ok. Je vais retourner auprès de mes hommes. » Il hoche la tête et s'éloigne.

Chapitre 23

Ma bouche est comme pétrifiée, je bois de l'eau mais rien n'y change. Je plisse des yeux pour tenter de discerner les formes réelles des formes imaginaires dans la pénombre. Je vois du mouvement, une masse d'infectés comme ceux qui ont attaqué les pilleurs. Sauf que je ne suis pas bien planquée sur le toit, cette fois, avec des provisions pour des mois et un accès à l'eau potable. Tout ce qu'on a maintenant, c'est nos vêtements. On a deux endroits où nous réfugier : les Palissades et le toit de ce bâtiment. Les Lexers ne vont peut-être pas réussir à y accéder, mais là-haut il n'y a pas d'eau, et tous ces gens seront morts dans une semaine, ou dans des jours, coincés là-haut.

Après ce qui semble être des heures d'attente, l'une des radios se met à grésiller. « Une centaine de Lexers se dirige vers nous. Temps estimé : deux minutes. Soyez prêts, les gars. »

Les soldats guettent, alertes. Une silhouette se détache dans le noir, s'approche du grillage. Elle est rejointe par une autre, puis une autre encore. Les éclairages se rallument alors, et je m'étrangle devant l'horreur du spectacle.

La route principale est remplie d'infectés, de Lexers. Ils avancent en trébuchant sur la pelouse, et pénètrent dans le parking. La présence des soldats armés ne leur fait ni chaud ni froid. Elle semble même les attirer.

Des coups de feu retentissent. Un homme dépourvu de mâchoire tombe, touché à la tête. Une femme portant une robe drapée violet vif chute au sol suite à un tir bien placé. Un petit garçon, qui n'a pas plus de neuf ans, rampe jusqu'à la grille. Sa bouche pend, béante, et sa casquette de baseball a glissé sur l'un de ses yeux, ce qui lui donne un air désinvolte. Ses parents doivent être inquiets pour lui. Ses parents sont sans doute ceux qui lui ont fait ça, me dis-je soudain, et ma bouche se fait encore plus sèche.

Mes jambes flageolent. Ces gens sont des morts. Des morts qui n'en sont pas. Si j'y réfléchis trop, j'en perds la raison… Je repousse ces pensées dans un coin de mon esprit. Je regarde le petit garçon tituber après avoir reçu une balle, et quand il tombe au sol, la tête la première, je vois que son T-shirt n'a pas toujours été brun. Avant tout ce sang, il était blanc.

Il y a une vieille dame qui a l'air d'une secrétaire, un docteur qui porte toujours sa veste blanche, deux ouvriers avec leurs gilets jaunes. Tous tombent sous les balles, mais la marée d'envahisseurs continue de plus belle, en provenance de la route.

Il y en a tant. Ils s'avancent vers la grille, où ils poussent, tirent et arrachent. Je les entends derrière la fenêtre, et derrière les détonations des fusils. C'est une cacophonie de cris sourds, grinçants, de gémissements longs. Des cris de faim, sauf que la nourriture, c'est nous. Je résiste à la tentation de mettre mes mains sur les oreilles pour les garder bien serrées autour de mon pistolet. La grille se balance de manière alarmante, mais elle tient bon.

Un flash de lumière sur la route principale illumine la pièce. L'explosion nous fait bondir. Pendant quelques minutes, ils sont abattus aussi vite qu'ils sont aperçus. Mais Rodriguez se met à hurler, en montrant la fenêtre. Je suis des yeux son index pointé et ce que je vois me coupe la respiration. Mes mains en sueur agrippent plus fermement mon flingue.

Une foule compacte d'infectés se déverse par-dessus la première qui est au sol. Ils titubent et s'amassent pour passer les barricades de la route qu'ils ont abattues. Toutes ces détonations ont dû les attirer. Rodriguez, Park et les autres ont une conversation vive au-dessus des coups de feu.

Rodriguez se tourne vers nous en courant. « Il faut décamper, hurle-t-il, on va buter ces saletés de Lexers ! »

Les Lexers sont agglutinés au pied de la grille et poussent. Leurs doigts se glissent à travers le grillage, nous appelant à eux. La grille se déforme aux jointures des panneaux. Elle n'est pas faite pour résister à la force de centaines de corps appuyés contre elle. Je recule, trébuchant sur Penny, qui a les yeux écarquillés.

On se croirait au moment du bouquet final du Quatre juillet. Mon cœur bondit et mon estomac tambourine. Je chante intérieurement en cadence : *S'il vous plaît, s'il vous plaît, s'il vous plaît.* Mais quand le deuxième groupe se retrouve le premier à la grille, celle-ci se plie par le haut et la partie basse grince sur le tarmac. La jointure entre deux panneaux craque. Un Lexer allongé par terre se glisse par en-dessous. Il lui manque un bras, et sa chemise grande ouverte révèle un torse lacéré couvert de sang coagulé.

« Non ! » chuchote Penny.

Quand elle attrape mon bras, je cesse temporairement de trembler. Je ne peux pas flancher maintenant. Elle n'a pas d'arme. Et si l'armée ne peut pas nous protéger il va falloir qu'on se protège nous-mêmes.

Le Lexer qui est passé sous la grille attrape le pied d'un soldat et se hisse vers sa cheville, à l'aide de son unique bras. Ses dents s'enfoncent dans la botte. Le soldat réagit en lui fendant le crâne avec le manche de son fusil, avant de tirer sur un infecté qui a suivi le premier.

Les lumières aveuglantes donnent à leur peau une lueur blanche spectrale, qui contraste avec le sang séché de leurs vêtements. Certains ont l'air de siffler comme des serpents venimeux. Ils ne sont plus qu'instinct brut. Leurs regards sont vides, sans âme.

Les soldats se retirent vers le bâtiment. On entend leurs bottes frapper le sol et certains monter vers le toit, et les tirs reprennent sans attendre. La grille s'abaisse encore et on entend à présent un bruit de métal cisaillé. Les Lexers fondent alors sur le parking et se faufilent entre les véhicules. Maintenant que le pire est advenu, je me sens plus calme que je ne l'imaginais. Il ne reste plus qu'une chose à faire.

« On y va, dit Nelly. Prenez vos sacs. »

Je lance ma bretelle de sac par-dessus mon épaule. Les autres mettent leurs sacs lourds sur le dos et regardent Nelly.

« On passe par l'arrière, par les Palissades ? » suggère-t-il en nous regardant, James et moi. On acquiesce.

Les soldats dans le hall d'entrée empilent des bureaux et des chaises derrière les portes vitrées, tandis que d'autres dirigent les civils vers les escaliers. La mère porte son petit garçon dans ses bras, et un soldat porte la fillette, qui hurle à pleins poumons.

Grafton se plante devant nous. « Vous allez où comme ça ? » hurle-t-il.

« Aux Palissades », répond James.

Grafton semble approuver. « Je ne sais pas quand les renforts vont arriver, mais je ne peux pas les abandonner. »

Il montre les gens en panique. La grande baie vitrée à l'entrée éclate soudain en mille morceaux. Un bras pâle couvert de poils noirs se fraie un passage à travers les meubles. Les morceaux de verre coupent la chair, mais le bras continue d'avancer.

« Partez maintenant ! crie Grafton. On va les retenir aussi longtemps que possible. Passez par les sorties au bout du couloir. La voie est libre derrière. »

La ceinture de mon sac autour de ma taille est ouverte, et me fouette et me tape dans les côtes à chaque pas. Une sirène perçante hurle dans nos oreilles quand on passe la porte battante. On passe tous sauf Peter. Il hésite.

« Allez, Peter ! » je hurle.

Ses yeux sont écarquillés, et il sursaute au bruit d'un objet lourd qui s'écroule. « J'avais dit que je… »

Je n'en reviens pas qu'il envisage de rester. Il faut déguerpir illico. Pas le temps de discuter.

Ana se penche vers lui et le tire par le pull. « Peter ! »

Son sac très lourd le déséquilibre, mais il se redresse et titube vers la porte. Je la referme avec force et je les rattrape en courant à travers la pelouse.

James lève son flingue et hurle plus fort que l'alarme. « Par ici ! »

Trois infectés ont tourné au coin du bâtiment. Nelly et moi visons leurs têtes, mais avant de tirer nous les voyons s'affaler comme des masses par terre. Je regarde Nelly avec confusion.

« On vous couvre jusqu'aux arbres. Filez ! » crie une silhouette perchée sur le toit. Je n'en suis pas certaine, mais je crois reconnaître la voix de Rodriguez. Je suis contente qu'il soit toujours en vie.

Chapitre 24

Nous avançons en trébuchant sur les grosses racines dans la pénombre du sous-bois, jusqu'à parvenir au grillage métallique. Penny tire rapidement sa torche et éclaire pour nous les voies d'accès par le Sud aux Palissades. Aucune voiture. Pas d'infectés non plus.

Nelly croise les mains pour me faire la courte échelle. J'enjambe la grille et saute de l'autre côté avec un bruit sourd. Penny et Ana m'emboîtent le pas. L'herbe sèche s'écrase sous nos pieds à mesure qu'on recule pour que les garçons nous rejoignent. James nous fait signe de nous taire, mais on n'entend aucun bruit autour de nous. S'ils nous suivaient, je pense qu'on les entendrait approcher. Les Lexers n'ont pas la capacité d'être discrets.

Sous la lueur de la pleine lune, nous courons à travers la portion de pelouse qui rejoint les voies d'accès à l'autoroute du Nord. Les tirs résonnent encore, mais plus espacés. Je ne sais pas si c'est bon signe. Les autres bruits sont nos souffles haletants et nos pas. J'ai le souffle court et mes muscles sont crispés, mais je pense que je pourrais continuer à marcher sur cette route d'asphalte sans jamais au grand jamais m'arrêter. Je ne sais pas combien de temps on passe à avancer, mais on aperçoit au bout d'un moment une lumière clignotante de phares.

James examine la carte à la lueur de la torche que Penny reflète dans ses mains jointes. « On dirait une rampe d'accès. On peut descendre jusqu'à la route d'Hudson par ici. Qu'est-ce que vous en dites ? »

« Oui, on devrait peut-être faire ça, dis-je. Plus on s'éloigne de ce cirque, mieux ça vaut. »

On avance en ribambelle sous l'ombre des arbres. Il n'y a personne dans les voitures de police ni à proximité. Les flics ont sûrement été appelés quelque part. Ou ils sont morts. Ou bien morts mais vivants, même si cela me paraît toujours inconcevable. Penny repère un chemin dans les bois, que nous suivons sur quelques mètres jusqu'à ce qu'on tombe sur un panneau affichant une carte.

Nous sommes sur le "long chemin" qui est censé mener au sommet des Palissades, et jusqu'au comté de Rockland. Nul ne dit mot. Chaque décision qu'on prend semble monumentale, et je n'ai aucune envie d'être celle qui mène le groupe dans la mauvaise direction. À l'idée de la distance qu'il nous reste à parcourir, de tout ce qui pourrait mal tourner, l'énergie me quitte, comme si mes pieds avaient du caoutchouc antidérapant qui m'empêche d'avancer. Les phares clignotent derrières les troncs d'arbres, éclairant nos visages de rouge, bleu, blanc rouge bleu blanc. Ça me fiche le tournis.

« Il faut qu'on s'éloigne de l'entrée. Et pourquoi on ne resterait pas sur le chemin, les gars ? » suggère James. Il pointe un endroit sur la carte. « Regardez. Là et là, il y a les chemins qui mènent à la rivière. Le mieux c'est de continuer à marcher. »

Dur de croire, en traversant cette forêt, qu'on est toujours entourés d'une agglomération. Encore un kilomètre et je ne rêve plus que d'une chose, me rouler en boule dans un coin et dormir. Ana titube un pas sur trois, et tout ce qui la fait tenir debout, c'est la main de Peter qui la tient par le coude.

Le chemin débouche sur une vue dégagée entre les arbres offrant une vue sur le pont George Washington et sur Manhattan. Il fait plus sombre que d'habitude. Je distingue les silhouettes pointues de l'Empire State Building et du Chrysler Building, mais un détail me coupe le souffle. Ils sont éteints.

« Il doit y avoir des pannes de courant là-bas. » dit Nelly.

« Ou bien les centrales ont été stoppées. » ajoute James.

Penny frissonne. « Je suis bien contente qu'on n'y soit plus. » Un autre frisson la secoue. Sans doute qu'elle pense à Maria, ou qu'elle sent la froide brise portée par la rivière en contrebas, d'autant plus que l'adrénaline est retombée depuis longtemps.

« Arrêtons-nous ici », plaide Ana. Sa queue de cheval est toute défaite, et des mèches en désordre collent à son visage.

Je laisse tomber mon sac à terre et entreprend de masser mes épaules douloureuses. Ce petit parc n'est pas le pire endroit où passer la nuit. Les lampadaires nous permettent de voir venir tout suspect, et on peut se tapir dans l'ombre, en restant niché au pied des arbres. Tout le monde pose son sac et se laisse choir avec épuisement. Nous n'avons que quatre duvets. Peter et moi étions censés en partager un. Avant que la situation ne devienne gênante, je défais le mien et le fais rouler vers Peter.

« Tiens, je partagerai avec Nelly. »

Peter me remercie, mais sa voix est teintée d'une émotion qui n'a rien à voir avec de la reconnaissance.

Nelly pointe un doigt méfiant vers moi. « Ok, mais tu n'as pas intérêt à gesticuler toute la nuit, ma poulette. Et ne tente rien sur moi, on est d'accord. »

Le monde pourrait s'écrouler et c'est d'ailleurs peut-être ce qu'il se passe vraiment en ce moment, mais rien n'empêchera jamais Nelly de blaguer à tout bout de champ. C'est peut-être ça que j'aime le plus chez lui.

« Je ne sais pas si je vais réussir à me retenir, dis-je, soulagée qu'il ait désamorcé si facilement la situation. Mais je vais essayer, étant donné qu'on a le premier tour de garde. » Il grogne et baille. « Ce n'est que quarante-cinq minutes. On a tous besoin de sommeil. »

Penny et James acceptent de prendre le deuxième tour de garde. Nelly et moi nous adossons contre un arbre assis sur une couverture de secours et enveloppés dans le sac de couchage dézippé. Je me blottis contre lui. Nelly a toujours cette odeur de rando, de vêtements qui ont séché au soleil. Il a peut-être baigné dedans quand il était petit. On scrute la pénombre longtemps, et mon cœur reprend son rythme régulier.

« Tu te souviens de notre conversation sur ce qu'on ferait si la fin du monde arrivait ? » me demande-t-il.

« Bien sûr. »

C'est un sujet excitant et inépuisable quand on se trouve assis autour de quelques bières dans un bar douillet. Et nous y voilà maintenant. Au milieu de nulle part. Je suis crevée. Je suis à bout de nerfs, secrètement terrifiée. Je me sens crade, et au bord du désespoir.

« Je suis contente qu'on soit tous ensemble dans cette galère. Je savais que ça allait être payant un jour de bosser avec toi. Même si tu ne me laisses rien faire. » Il me pince, et je devine son sourire dans la lueur qui perce avant l'aube, puis retomber. « J'ai l'impression qu'on m'a jetée au milieu d'un film d'horreur, tu vois ? Mais on ne s'en est pas trop mal tirés jusqu'à présent. »

« Mouais, sauf que ce n'est pas aussi tordant qu'on nous le fait croire. Mais au moins on a réussi à se faire la malle. »

Je contemple l'horizon de Manhattan qui se découpe au loin sur un fond orangé et je pense à tous ces gens qui attendent qu'on leur vienne en aide. Les gens ne méritent pas ce qui les attend. Les gens comme Maria, qu'on aime.

Le temps s'écoule vite. James et Penny sautent comme des ressorts quand je les effleure pour les réveiller. On remonte la fermeture éclair de leur duvet bien chaud, et je m'endors dans les bras de Nelly.

Chapitre 25

Le bruit du tonnerre au loin me tire de mon sommeil, mais je sens aussi la chaleur du soleil sur mon visage. J'entrouvre un œil. Ma paupière est lourde, empoussiérée, elle me réclame du repos, mais j'ouvre quand même les yeux pour voir le ciel bleu au-dessus de nous. D'un vif mouvement, je redresse le dos, oubliant que je suis dans un duvet que je partage avec un autre humain, et je retombe en arrière. Nelly grogne mais ne se réveille pas tandis que je m'extrais du sac de couchage. Ana et Peter dorment comme des loirs au creux de leur arbre. C'est tout naturel, étant donné les évènements de la veille.

Des nuages de fumée s'élèvent au-dessus de Manhattan. Je vais au bord de l'esplanade panoramique du parc, et j'ai le souffle coupé par la vue. On dirait un champ de guerre. Un autre grondement retentit, et cette fois je comprends qu'il ne s'agit pas du tonnerre. Un autre nuage montre lentement vers les autres et flotte en brouillard épais sur la ville. J'entends des exclamations à mesure que chacun se réveille et vient me rejoindre. Ana et Peter échangent un regard coupable, gênés de s'être endormis durant leur tour de garde.

James s'appuie sur le mur rocheux qui borde la falaise et regarde au loin. « Les ponts. C'est qu'ils le font vraiment ! »

Venant répondre à sa question, un hélicoptère provenant du côté du New Jersey s'immobilise au niveau central du pont George Washington, avant de s'écarter à quelques mètres. Le milieu du pont devient flou à la suite de l'explosion. Mon cœur tambourine de la poitrine aux pieds.

On crie tous d'effroi. Neuf millions de personnes vont bientôt comprendre qu'on les a jetés aux loups. La terreur me saisit, en même temps qu'une sorte de soulagement glacé. Nous sommes en sécurité, ici. Plus qu'eux, en tout cas. Les câbles de suspension du pont sont toujours là quand la fumée s'est dissipée. Ils n'ont fait que dynamiter l'autoroute. L'hélico retourne vers Jersey.

« Peut-être qu'ils s'imaginent capables de réparer tout ça à un moment donné, observe Nelly d'un ton froid. Peut-être que de pauvres zouaves vont réussir à traverser ce qu'il en reste. »

Je sais bien ce qu'il ressent. Ça pourrait être nous là-bas. C'est nous, là-bas, des gens comme nous. Peter, stupéfait, reste bouche bée. Il ne croit pas que de telles choses peuvent vraiment se produire. Je lui touche la main. J'ai tellement l'habitude de le toucher que cela ne me paraît pas bizarre, jusqu'à ce qu'il retire sa main. J'aimerais qu'il me dise que tout va bien finir, mais cette fois, je n'en croirais pas un mot. Je crois que c'est ce qui le foudroie de stupeur.

James farfouille dans son sac à la recherche de son iPad. Il n'a pas pu accéder à Internet depuis hier, et nos portables n'ont plus de réseau. J'essaie d'envoyer un message télépathique à Eric. *Nous allons bien. Je suis en route vers la maison.* Il doit devenir fou.

« J'ai compris ! » hurle James. Il s'assied sur l'un des bancs et nous l'encerclons. Sur la page d'un journal en ligne, on peut lire les gros titres :

Les grandes villes américaines sont laissées à l'abandon
Le président, depuis un lieu confidentiel, appelle les citoyens
à se préparer pour un long siège
Les experts médicaux déclarent que les infectés pourraient
être déjà morts

James lit tout ça à voix haute, « Le président a annoncé aujourd'hui que les grandes métropoles des États-Unis ne sont actuellement *"pas en mesure d'être débarrassées du virus"*. » Toutes les grandes villes du pays comptent à présent un nombre alarmant de malades incurables. Les hôpitaux sont vides. Les malades sont actuellement dans les rues, propageant le Bornavirus LX.

« Ce virus, qui se propage via les fluides corporels, a bouleversé nos vies. Hier, nous avons perdu contact avec la Chine et une grande part de l'Europe. Ces deux régions ont été touchées par le Bornavirus LX quelques jours avant les États-Unis.

« La police et la garde nationale ont été déployées aux limites de leurs capacités. Beaucoup ont abandonné leurs postes pour protéger leurs familles, en conséquence, il ne reste personne pour répondre aux appels à l'aide.

« Selon les estimations, les villes de la Côte Ouest, où l'infection est moins sévère, sont à quinze pour cent infectées ce matin, malgré les couvre-feux mis en œuvre. La décision a été prise d'abandonner les villes et de concentrer les efforts sur les régions moins densément peuplées.

« "Ça n'a pas été une décision facile," a déclaré le président ce matin. "Nous ne vous avons pas oubliés. Je suis sûr que vous comprenez tous que nous devons désormais maintenir cette infection en vase clos. Nous vous demandons donc de ne quitter votre domicile qu'en cas de force majeure. Regrouper nos forces pour lutter contre le virus ne prendra que quelques jours. Dieu vous bénisse."

« Les grandes artères de nos villes ont été barricadées ou détruites. Ce qui a conduit les détracteurs du président à s'interroger sur la nature exacte des plans militaires : comment vont-ils revenir une fois les forces "regroupées" ?

« "Elles ne vont pas revenir," a répliqué une source gouvernementale haut placée. "Ces villes ont été rayées de la carte, jusqu'à ce que l'infection disparaisse d'elle-même." Lorsqu'on lui demande combien de temps vivent les personnes infectées après leur contamination, la source répond, "C'est le hic. On n'en sait rien. À ce stade, d'ailleurs ils ne sont même plus vivants."

« Depuis hier, une rumeur circule, selon laquelle les personnes infectées ne seraient pas vivantes, malgré les apparences. Cette idée stupéfiante a été déniée par le CDC, mais défendue par des professionnels médicaux traitant des patients atteints par le virus. Le CDC a par ailleurs fait une déclaration hier soir, dont voici un extrait :

À l'heure actuelle, il n'existe aucun traitement connu contre le Bornavirus LX. Le taux de transmission s'élève à cent pour cent pour les personnes exposées au virus, et le taux de mortalité est également de cent pour cent. Nous demandons à tous les citoyens de prendre leurs précautions et de rester chez eux, de ne pas tenter de venir en aide à leurs proches infectés par le virus.

« Nous avons contacté le CDC pour savoir combien de temps une personne infectée pouvait survivre. "Nous n'en avons aucune idée," a déclaré Marcia Dreyer, une chercheuse, et la seule personne dont nous avons pu obtenir un commentaire. "Les tests ont montré que les corps ne se décomposent pas à un rythme normal. Seules des blessures au cerveau, ou des incendies, ont tué nos sujets-témoins jusqu'à présent." Mme Dreyer a ensuite été priée de passer le combiné à un supérieur hiérarchique, qui a refusé d'en révéler davantage.

« Quel que soit les cas de figure, il est désormais évident que le Bornavirus LX est généralisé et incurable. La seule action possible est de trouver un lieu sécurisé où attendre que le virus s'épuise de lui-même. »

James avale une grande gorgée d'eau de sa gourde et clique sur un lien audio en direct. Je reconnais la voix du présentateur des infos matinales sur NY1 news. Son sourire rappelle celui d'un petit garçon malicieux. Parfois, quand il doit lire une annonce particulièrement ridicule, il a cette expression amusée qui veut dire, *Vous croyez à ces conneries, vous ? Qu'est-ce qu'ils trafiquent, ces gens ?*

Sa voix, d'ordinaire joviale, semble exténuée. J'imagine les grosses cernes sous son maquillage. Il fait enfin son âge. La terreur qu'il tente vainement de tenir à distance. Je l'imagine menacé, peut-être avec un flingue pointé dans sa direction, de prononcer ses phrases pré mâchées, tout en devant se montrer rassurant.

« … et tous les points d'accès à la ville de New York ont été bloqués pour les rendre infranchissables par les personnes infectées. Nous sommes priés de rester à l'intérieur jusqu'à la fin de l'épidémie. La FEMA prévoit des distributions aériennes d'aliments pour ceux qui en ont besoin. Nous allons annoncer sous peu les lieux de dépôt des provisions dès qu'elles nous seront communiquées. Tous les services collectifs vont rester disponibles dans les jours à venir. Le président nous a assurés que l'aide est en route. Veuillez restez en sécurité et suivre ces instructions. »

Je relève le ton sceptique de sa voix et je lui imagine ce sourire résigné et amer, qui demande *Vous y croyez, à ces conneries ? À ces mensonges ?* Et bien non, bien sûr. Je n'y crois pas une seconde.

Chapitre 26

Nous attachons nos sacs de rando et reprenons la route. Je porte l'étui d'épaule de ma mère, où se loge mon précieux flingue. Je ne pense pas me faire arrêter pour port illégal d'armes à feu en ville. Quand il est calé dans ma ceinture j'ai toujours peur de me retrouver avec une balle dans les fesses, même si c'est peu probable. Je mâchonne une vieille barre de céréales jusqu'à ce que je sente ma mâchoire se fatiguer et me lâcher. C'est dur d'avaler à cause de cette boule d'angoisse dans ma gorge, et je l'écluse avec quelques lampées d'eau.

De temps à autre, une ouverture entre les denses rideaux de la forêt nous offre le spectacle de la majestueuse rivière Hudson s'écoulant à travers les imposantes falaises rocheuses. C'est presque surprenant qu'elle ne coule pas dans le sens inverse ou qu'elle se soit immobilisée en un jour aussi apocalyptique qu'aujourd'hui. Je suis étonnée aussi qu'avec toute cette folie, le soleil brille dans un ciel d'une beauté radieuse.

À présent, plusieurs colonnes de fumée noire s'élèvent en tourbillons au-dessus de la ville. On dirait que l'ensemble de New York est à feu et à sang.

Ma poitrine se serre quand je pense au meilleur qu'offre New York. Aux loulous au cœur d'or de Brooklyn qui n'hésitent jamais à prêter main forte à un inconnu. À ces New Yorkais qui savent se rassembler quand ils en ont besoin. Aux musées dans lesquels j'ai grandi, où j'ai passé tant d'heures à admirer momies, fossiles et têtes réduites. À Prospect Park. À la bibliothèque. Aux tramways et aux quartiers remplis de toutes les couleurs de peau imaginables, de tous les pays, de toutes les langues, de tous les vêtements, de tous les plats.

Et je pense aussi au pire : aux caissières qui ignore votre main tendue et balancent la monnaie sur le comptoir. Aux gens qui estiment que faire la queue comme tout le monde, c'est facultatif. Aux hipsters. À la saleté. Au métro F. Au ministère des transports.

Et je pense aussi au pire : aux caissières qui ignore votre main tendue et balancent la monnaie sur le comptoir. Aux gens qui estiment que faire la queue comme tout le monde, c'est facultatif. Aux hipsters. À la saleté. Au métro F. Au ministère des transports.

CHAPITRE 27

Bientôt, nous tombons sur un autre panneau d'itinéraire. Le vent secoue les branches nues des arbres. Il amène jusqu'à nous la fumée de la ville, mais bien au-dessus de nos têtes. Seule l'odeur de brûlé nous parvient. Des explosions, des sirènes et de grands bruits nous parviennent aussi du lointain. Certains sont familiers : camions de pompiers, coups de feux. D'autres, il faut deviner : une grenade ? une explosion de conduite de gaz ? Godzilla ?

Il y a un groupe de constructions dans le parc, dont un commissariat de police, à quelques kilomètres d'ici. On marche à pas lents, ralentis par nos sacs pesants et la fatigue. Penny a le visage pâle, les yeux assombris par des cernes. Je rythme mon pas sur le sien. Elle regarde ses pieds en marchant, puis lève les yeux vers moi. Ils sont rougis.

« Ma mère », fait-elle. Elle s'essuie le nez du revers de la main.

« Elle a de bien meilleures chances de s'en sortir que tous les autres là-bas », dis-je, cherchant les mots les plus susceptibles de la réconforter.

« Je sais. » Mais nous savons que ces chances, meilleures soient-elles, sont minces.

Nous arrivons aux bâtiments du parc dans l'après-midi, il y a là une construction en pierre aux vitres anciennes et aux cheminées imposantes. On en fait le tour jusqu'à ce qu'on trouve l'entrée bien éclairée du commissariat. Il y a là un bureau d'accueil, mais vide.

Nelly ouvre la porte et crie : « Hello ! Y a quelqu'un ? »

Silence. James pose son sac à terre et se faufile derrière le bureau pour inspecter le couloir. Il revient en secouant la tête. Il y a un moniteur de PC sur le bureau, et je fais le tour pour jeter un œil à l'écran. Une tasse de café et un sandwich à moitié entamé trônent juste devant. Je touche la tasse.

« Eh bien la tasse est froide, dis-je. La personne qui était là est partie depuis un bon moment. »

« Et quoi d'autre à signaler, Sherlock ? » demande Nelly.

« Je peux déduire, au vu des nombreuses clés qui pendouillent au tableau, qu'on va peut-être trouver un nouveau moyen de locomotion, mon petit Watson. Si bien sûr ça ne vous pose pas de problème éthique de piquer une voiture de police, hein ! » J'agite un trousseau de clé sous son nez.

« Au contraire, ça nous enchanterait », dit Penny, qui semble maintenant avoir perdu tous ses scrupules à l'idée de voler le véhicule d'autrui.

J'acquiesce. « Bien sûr ! »

Après quelques délibérations, on opte pour un 4X4 qui porte en gros l'inscription « Police du Parc » sur les côtés. Ceux qui seront assis à l'arrière, derrière la cage, seront presque à l'aise.

On achète des snacks de toutes sortes au distributeur. J'imagine qu'on pourrait les piquer, tant qu'à faire, mais on fait docilement glisser nos pièces dans la machine.

« On pourra se servir de ça comme preuve de notre honnêteté pour notre défense si on se fait choper pour le vol de la voiture, dit James en riant. On risque d'avoir besoin de plus de bouffe si on est bloqué une fois de plus. »

« Ouais, enfin, j'appelle pas ça de la bouffe », dis-je. Notre énorme sac militaire trouvé à l'étape précédente bruisse de sachets de chips, de cookies et de snacks aux fruits secs.

Il sourit en coin, fidèle à lui-même, à travers la boue de son visage et les plis fatigués de ses yeux. « Hé, parle pour toi. Je survis grâce à ces cochonneries, moi. »

On fait route vers les Palissades, avec Nelly au volant et moi à l'arrière. Étonnamment, personne ne m'a contesté cette place de choix.

Des rangées de maisons de banlieue sont visibles à travers les arbres, et quelques voitures commencent à nous rejoindre sur la route. On reste sur les grandes artères parce que les petites routes serpentent à travers les faubourgs et villages, qui pourraient se trouver bloqués.

La route des Palissades pivote pour rejoindre le périphérique New York State Thruway, et quelques minutes plus tard, une mer de phares nous entoure. Il y a un péage pour les véhicules commerciaux devant nous, mais rien qui pourrait filtrer le passage des voitures. Le bouchon a l'air de s'étendre sur des kilomètres.

« Eh bien, les enfants, dit Nelly, on va devoir repartir dans l'autre sens, à la prochaine sortie. »

« Je ne pense pas que ça va s'arranger, approuve James. Les gens cherchent à fuir, comme nous. Il pointe le doigt vers une sedan bleue devant nous, chargée de cartons défoncés et de sacs attachés sur le toit avec de la ficelle double, qui rentre dans le 4x4 devant elle. C'est juste un léger accroc, mais la portière du 4x4 s'ouvre direct, et un homme à la coupe militaire en saute. Son chino et son t-shirt lui collent à la peau. Il se penche vers son siège et en ressort avec une torche métallique à la main.

« Non mais ça va pas ? » hurle-t-il.

Il postillonne dans toutes les directions en fonçant sur la sedan bleue. Un petit homme au teint foncé en sort. Il lève les mains et montre la voiture du gars au chino. Nelly baisse discrètement sa vitre pour mieux entendre.

« Désolé, monsieur, sincèrement désolé. » dit le petit homme d'une voix calme, reculant d'un pas.

Le gars au chino s'avance, le visage bouffi, virant au violet. Ses phalanges sont blanches à force de serrer sa lampe torche, qu'il brandit d'un air menaçant.

« Écoutez, votre voiture n'a pas une égratignure. Venez voir vous-même ! » dit le petit homme, avec un geste vers le pare-chocs.

« Vous ne pouvez pas regarder où vous allez ? C'est pas compliqué quand même, surtout à l'arrêt ! » hurle le type au chino. « Faites gaffe, bon sang ! »

Il lève encore plus haut la torche. Il y a une tache sombre sous son bras. Une sorte de blessure striée de marques rouges, et ronde, comme une morsure.

« Vous avez-vous ça ? » je m'écrie. Les autres acquiescent et regardent la scène en silence.

Le petit gars ferme sa portière et contourne la voiture en discutant avec chino. Il prend une voix fluette, le genre de voix qu'on prend pour calmer une bête sauvage. Il ne s'est pas encore rendu compte que ce type n'a rien à perdre. Il s'arrête, et Chino agit rapidement, la torche levée en l'air.

« Oh putain ! » fait Nelly.

Il attrape le fusil qu'il a posé dans l'étui glissé dans la sangle d'armes de notre voiture de flics, et sort. Pointant l'arme vers chino, qui s'immobilise.

« Monsieur l'agent », dit-il. Il sourit comme s'il l'attendait avec impatience, et n'avait pas la moindre intention de battre à mort le petit type. « On a juste eu un petit accroc. Rien de bien méchant. »

James sort à son tour de la voiture et s'appuie derrière la portière ouverte. Il semble soudain très malvenu que quelqu'un se trouve piégé comme ça entre deux voitures. Nelly s'avance vers Chino.

« Lâchez votre torche », ordonne-t-il. Chino obéit et lève les mains en l'air. « Comment vous êtes-vous fait cette blessure ? »

Chino regarde de part et d'autre et sa langue sort pour s'humecter les lèvres. Il baisse un peu les bras pour tenter de la rendre moins visible.

« Je travaillais dans mon garage. Le tournevis m'a glissé des mains. » Il émet un rire aigu. « Ce n'est pas le bon moment pour me rendre aux urgences, comme vous vous en doutez, alors j'ai décidé de faire avec. Je mets de la crème antiseptique. Pas de quoi fouetter un chat. » Il se lèche de nouveau les babines et fait un pas en arrière.

« Monsieur. » dit Nelly, qui a l'air si respectable et calme. « Vous devez voir un médecin sans attendre. Allons aux cabines de péage là-bas, pour vous trouver de l'aide. »

« Vous avez raison, dit Chino, en hochant vivement la tête, les yeux alertes. « Vous avez vraiment raison. Il faut que quelqu'un m'examine. Je vais… » Il saute brusquement par-dessus la médiane et part en courant à travers les files de voitures. Nelly baisse son flingue et se tourne vers le petit homme.

« Ça va, monsieur ? » demande-t-il. Le type acquiesce en silence, suivant des yeux Chino, qui disparaît derrière des arbres.

Enfin, il sort de son mutisme. « Il était infecté, vous croyez ? » Nelly hoche la tête, les yeux grand ouverts. « Merci d'être intervenu. »

Il serre la main de Nelly et le reluque de bas en haut. « Vous êtes policier ? »

Nelly sourit. « Non, pas tout à fait. Il va falloir qu'on sorte cette voiture du chemin. Peut-être qu'on peut l'amener de l'autre côté des péages. On n'a qu'à utiliser la sirène pour dégager la voie. »

« Je m'en occupe. Ma femme nous suivra. »

James met en route la sirène. Les voitures se poussent et s'écartent jusqu'à ce qu'on arrive à la bande d'arrêt d'urgence. On passe à droite des péages, dans un parking pour camions routiers.

Le petit homme s'approche de notre vitre après avoir parqué la voiture de Chino. Il a la trentaine bien sonnée, les cheveux coupés courts, et les mains et le visage d'un homme qui a l'habitude de faire de longues et dures journées de labeur. Mais cet air un peu lessivé disparaît quand il se met à sourire et remercie une fois encore Nelly.

Il lui tend la main, que Nelly serre vigoureusement. « Je m'appelle Henry. Henry Washington. »

« Nel Everett. Pas de quoi, mon pote. Vous allez où comme ça ? »

« Vers le Nord. On va faire du camping longue durée dans un endroit qu'on connaît bien. » Henry pointe son pouce dans une direction vague.

« On retourne vers les Palissades. Direction Nord-Est. Si vous voulez nous suivre, vous aurez droit à l'escorte policière. » propose Nelly, avec un sourire en coin.

« J'apprécie votre offre. Je veux juste mettre mes gosses en lieu sûr. Vous entendez des choses sur la fréquence radio de la police ? »

« On n'a pas encore pensé à l'allumer, à vrai dire. » dit James, tournant le bouton de l'autoradio.

Une voix de femme répète qu'elle a besoin d'agents aux alentours d'un certain coin. D'autres voix appellent à l'aide. « Des coups ont été tirés. » « Un policier a été abattu. » Un homme hurle quelque chose que je n'arrive pas à comprendre, mais je perçois la détresse dans sa voix. On dirait qu'il est sur le point de mourir, et ça me serre les entrailles. James éteint la radio, mais les cris semblent toujours résonner dans nos oreilles.

Penny tend l'index. « Oh putain. Ils sont arrivés ! »

Quelques dizaines de Lexers sortent des bois et se dispersent entre les files de voitures. Ils ont tous des blessures, tenues, visages divers et variés, et pourtant, ils se ressemblent tous, avec leur mâchoire molle et leur démarche traînante. Deux d'entre eux tapent aux fenêtres d'une berline dorée. Le couple à l'intérieur, la bouche grande ouverte, hurlent à pleins poumons, même si on ne les entend pas.

Les klaxons au son rare retentissent maintenant à tue-tête, accompagnés de hurlements. Mais aucune échappatoire n'est en vue. Un homme se penche à sa fenêtre et hurle pour que les gens avancent. Tout ce qu'il y gagne, bien sûr, c'est d'attirer l'attention des Lexers. Il remonte vite sa vitre. Une dame corpulente ouvre sa portière et saute par-dessus la médiane pour traverser la voie de l'autre côté de l'autoroute. Et dès lors, toute la file derrière se retrouve bloquée. Une voiture monte sur le bas-côté où nous sommes stationnés, suivie d'un camion. Ce parking va se retrouver tout aussi bloqué que la route.

« Je connais un itinéraire alternatif vers Bear Mountain », dit Henry. « Vous me suivez ? »

Nelly approuve, et Henry saute au volant de sa voiture. Il monte sur le trottoir pour s'insinuer entre les deux poteaux qui bloquent le passage des voitures venant de la rue. Nous le suivons dans une ruelle longée de maisons de banlieue.

Un Lexer dont l'abdomen voltige à l'air libre comme un bol se tient sur l'une des pelouses bien nettes, nous regardant passer. Les maisons sont toutes identiques, je ne sais pas comment Henry s'y retrouve dans ce labyrinthe. Mais il doit savoir ce qu'il fait, parce qu'on réussit à rejoindre un grand axe, avant de prendre le prochain tournant à gauche.

Quelques Lexers descendent le long d'un pâté de maisons, et un groupe sérieux de civils armés de barres de métal et de battes de baseball se précipitent dans leur direction. Tandis qu'on les dépasse, je regarde la bagarre, mais un tournant serré me fait tanguer sur le côté, et je les perds de vue. Je me redresse et je m'accroche à une poignée. J'espère que ce type sait où il va.

Chapitre 28

Nous suivons Henry vers deux terrains de campings adjacents au fond d'une aire de camping vide. Il y a là une table de pique-nique et une aire de grillade sur chaque emplacement. Penny me libère de la cage à l'arrière et je me dégourdis les jambes sur la terre compactée, pour me défaire de mes crampes. Une femme et deux enfants sautent de la sedan et rejoignent Henry là où il se tient.

« Voici ma femme, Dorothy. Dottie. »

Dottie est petite et menue, ses yeux bruns d'un bel éclat doré contrastant avec son teint foncé. Son sourire est chaleureux. Quand elle parle, on entend un doux accent des Caraïbes.

« Je ne sais comment vous remercier de nous avoir secourus. J'étais sûre que… » Elle s'interrompt, regardant les enfants.

« Voici Corrine, qui a douze ans », annonce Henry. Il pose la main sur l'épaule de sa fille, une pré ado mince et jolie qui ressemble à sa mère, avec le même regard doré. Elle nous adresse un petit sourire. « Et voici Henry Junior, on le surnomme Hank. Il a neuf ans. »

S'il y a bien un gamin qui n'a pas une tête à s'appeler Hank, c'est celui-là. Il est minuscule, comme le reste de sa famille, et n'a pas la force compacte de son père ni la vitalité de sa mère et de sa sœur. Il a les cheveux coupés à ras, ce qui fait ressortir davantage la taille de ses lunettes et de ses grands yeux. Au premier coup d'œil, on lui donnerait l'air frêle et chétif, mais il me regarde droit dans les yeux quand il me salue, ce qui m'indique qu'il est très perspicace.

« Merci à vous de nous avoir amenés jusqu'ici, dis-je. On serait toujours bloqués là-bas sans vous. »

« Pas de problème, dit Henry. Je me suis perdu une fois ou deux par là-bas, mais j'ai travaillé à l'installation électrique de certaines de ces maisons, donc j'avais des chances de retrouver mon chemin. »

Il est si soulagé qu'il m'adresse un sourire rayonnant, et je ne peux m'empêcher de lui sourire en retour. Après ces dernières heures à serrer les dents, j'en ai presque des crampes. Nous décidons de passer la nuit là et de réfléchir à la suite du voyage demain matin. Nos deux petites tentes sont rapides à monter. Je ne sais pas si on va réussir à y rentrer à six. Je me dirige vers les robinets à quelques mètres, mais il est trop tard dans la saison pour que l'eau soit toujours disponible.

« Il est à sec ? » demande Henry derrière moi. Je hoche la tête. « Il y a une petite rivière de l'autre côté du camping. On devrait y aller avant qu'il fasse trop sombre. »

« On a un filtre de randonnée », dis-je.

On prend toutes nos gourdes et ses deux containers pliants, et on se dirige vers ladite rivière. On trouve un petit ruisseau, mais il se dirige droit vers un coin où la berge s'élargit en un bassin idéal pour y nager. Je m'assieds sur un rocher à proximité et je plonge le filtre dans l'eau.

« J'imagine que tu es déjà passé par là ? » je demande à Henry.

« On passe par là tous les étés. On nage dans ce ruisseau. Étrange de se retrouver ici en cette saison. »

C'est toujours un paysage d'hiver, la neige en moins. Il commence à faire froid. L'eau de la rivière est glaciale.

« Pourquoi as-tu décidé de partir aujourd'hui ? » je lui demande.

Il s'agenouille près de moi et passe la main sur son front. « Je suis parti au travail ce matin. Je ne savais pas à quel point tout avait dégénéré. Je pensais que je serais autant en sécurité là-bas qu'à la maison. Le couvre-feu n'était imposé que jusqu'à l'aube, et je suis parti juste avant le lever du soleil. Je n'ai pas reçu la circulaire. Dottie m'a appelé au travail. On a un gros boulot à faire et les électriciens sont payés le double le week-end. Elle a dit qu'il fallait qu'on parte sur le champ, qu'ils allaient faire péter les ponts et que certains de nos voisins étaient déjà infectés. Qu'il y avait des gens dans la rue qui avaient l'air de junkies.

« Si Dot me dit que c'est grave, c'est que c'est grave. Donc je suis parti direct. On vit dans une résidence, avec des espaces verts et un parking, vous voyez ? »

Je hoche la tête. Avec le filtre, je pompe toujours l'eau de la rivière, et j'accélère le mouvement. Je me rends compte que je me sens nerveuse pour lui.

« Je me suis garé à notre place habituelle, et là j'ai vu fondre sur moi des gens venu de je ne sais où. Cela se voyait qu'ils étaient dans un état irrécupérable, couverts de sang, et j'ai donc vite fait marche arrière. L'un d'eux était derrière moi, je lui ai rentré dedans. Le bruit que ça a fait, oh mon dieu. » Il ferme les yeux une seconde.

« Bien sûr je ne pouvais pas sortir de ma voiture, je savais que j'allais me faire mordre direct. J'ai continué à reculer, en espérant que cette femme n'avait rien eu. Son pied était écrasé, complètement écrasé. Mais elle s'est levée en traînant la jambe derrière elle. Ça ne l'avait pas arrêté, ça n'avait même pas l'air de lui faire mal.

« J'ai appelé Dot et je lui ai dit de descendre me rejoindre par les fenêtres arrière, et j'ai roulé sur la plate bande de gazon. Je ne voulais pas courir le risque de les faire marcher ne serait-ce qu'un mètre. Elle avait déjà tout emballé, après m'avoir appelé elle s'y était mise direct.

« Ils faisaient le tour de notre immeuble, en poussant des gémissements horribles. Vous avez déjà entendu ça ? Je ne saurais pas vraiment le décrire. »

Quand il lève les yeux vers moi, ils sont rouges et effarés. Je sais exactement de quoi il parle. Ce sont des cris d'outre-tombe, de faim béante. Tant de mots peuvent décrire ce son, mais aucun ne lui fait justice. Un bébé qui crie éveille en chacun l'instinct de venir le réconforter. C'est un cri précisément calibré par Dame Nature pour inciter à protéger son espèce. Les sons dont il parle provoquent l'effet inverse. Une nature primale s'éveille, qui gratte sous la surface pour émerger et prendre le dessus, avec l'instinct d'un petit lapin qui tente d'échapper à un rapace. Je frissonne et je hoche la tête.

« Dieu merci, les rues étaient dégagées pendant la majeure partie de notre trajet. Nous n'avions aucun plan, alors nous avons fait un détour par notre site de stockage, un espace qu'on loue. On a tapé le code, on est rentrés et pendant quelques minutes, je me suis dit qu'on devrait rester là à se cacher. C'est un endroit clôturé, et chaque unité a sa porte en métal… Et puis j'ai compris qu'on pourrait quand même se retrouver encerclés. Alors on a pris nos affaires de camping et on a mis les voiles vers le nord de l'État. »

Je me sens soudain si contente de cette vie que je me suis construite ces dernières années. Adrian et moi aurions pu avoir un bébé, une petite vie fragile à protéger férocement. Le petit garçon que j'ai vu hier avec sa mère avait le même âge que Hank. Je me mordille l'intérieur de la joue, avant de tourner le regard vers Henry.

« Tu sais où tu vas ? » je lui demande.

« J'ai passé plusieurs étés dans des camps YMCA. On va aller dans l'un d'eux, qui est assez éloigné. Et vous ? »

Je lui parle de la maison de mes parents.

« Ça me semble la cachette idéale. » Il me prend le filtre des mains pour me remplacer au pompage de l'eau, et reprend. « Hank a des théories plutôt intéressantes sur ce qu'il se passe. Tu n'y croirais pas si je te racontais. »

« Je parie que si. »

Henry lève les yeux vers moi avec défiance. « Selon lui, ces sont des morts. Des zombies. Pas les zombies des Caraïbes, plutôt comme dans les films d'horreur. C'est vrai que ça y ressemble, mais c'est invraisemblable. »

« Il a raison. »

Henry me lance un regard vif. « Mais comment serait-ce possible ? »

« Je ne sais pas. La mère de Penny et d'Ana est infirmière. Elle nous a fait promettre de quitter New York la nuit dernière. Elle savait ce qu'ils allaient faire aux ponts. »

Je lui raconte tout ce qu'elle nous a dit, et que le CDC renie toujours. Lorsque je me tais enfin, son visage est défait.

De retour à notre camp de fortune, on trouve la table de pique-nique recouverte de nouilles au ramen, d'aliments secs de rando, et des sucreries du distributeur. Ces dernières sont couvées des yeux par Hank et Corrine, qui sautent sur les sacs quand Penny les invite à fouiller dedans. Elle a installé le réchaud et a mis une casserole d'eau sur le gaz.

Dorothée prépare quelque chose sur une cuisinière à deux plaques. Nous déclinons poliment son offre de nourriture fraîche. On a beaucoup de provisions, même si elles sont pour la plupart dépourvues de vitamines. Elle regarde ses enfants prendre chacun une friandise et hoche la tête quand ils nous remercient. Dottie est calme, a un sourire doux, mais sous ce vernis, il y a une femme qui ne laisse rien ni personne faire du mal à sa famille. Elle me plaît.

Une voix à la radio solaire nous rappelle de rester calmes, et cloîtrés chez nous. Elle énumère encore et toujours les adresses des centres de traitement, sans jamais mentionner le fait que les infectés sont morts, ou expliquer combien de temps cette histoire va durer. James maudit la radio et tourne le bouton, en quête de vraies informations. On tombe sur la fin d'une annonce publique expliquant que les bureaux gouvernementaux seront fermés jusqu'à samedi, avant qu'un grésillement continu ne vienne couvrir la bande radio.

« Poulet saveur King ou nouilles ramen ? » je demande à la ronde.

Les nouilles l'emportent. Nelly tire de son sac les petites écuelles et les dispose sur la table. Je sers les nouilles dans les bols et on n'entend bientôt plus que des déglutitions bruyantes. C'est délicieusement chaud et rassasiant. Même Peter, qui est un snob culinaire, a l'air d'apprécier.

« Je vais nettoyer », propose-t-il quand tout le monde a vidé son bol.

« Je vais t'aider », dis-je.

Je le suis jusqu'à l'un des containers d'Henry. Il racle et rince les écuelles, faisant comme si je n'étais pas là.

« Écoute, Peter, dis-je. J'aimerais qu'on reste amis. »

Je sais que ça fait cliché, mais je ne vois pas comment le dire autrement. La lampe torche décalée plonge son visage dans l'ombre, mais la rancœur est perceptible dans sa voix.

« Je ne pas qu'on soit amis, Cassandra. » Je grimace. « C'est si difficile à comprendre ? »

Je ne sais plus quoi répondre. En général, lors d'une rupture, on panse sa plaie et on s'en va. On n'est pas forcé de partager une tente 1 personne. Il ne répond pas, et on termine notre corvée en silence.

Henry insiste pour prendre le premier tour le garde, parce qu'il a à peine dormi la veille. Nelly, Peter et moi on se serre comme des sardines dans la minuscule tente. Lorsque je frôle accidentellement Peter, il se recroqueville comme si je l'avais piqué. Je me fais aussi petite que possible et me roule contre Nelly. Qu'est-ce que je ne donnerais pas pour cette troisième tente restée dans la camionnette.

CHAPITRE 29

JE NE VEUX rien tant que dormir contre Nelly lorsqu'il rentre dans le duvet et me réveille pour mon tour de garde. Il ne doit pas faire plus de quatre degrés dehors. J'aimerais pouvoir faire un bon gros feu de bois, mais cela attirerait l'attention, évidemment. Je retourne à la tente pour y piocher une paire de chaussettes plus chaudes et la fourrure polaire de Nelly. Quand j'en ressors, je vois Penny zipper la fermeture éclair de sa tente en baillant. Elle porte un chapeau et la vieille veste d'Eric sur la sienne. Je mets de l'eau à chauffer pour me faire un thé, et on se regarde dans l'obscurité, en frissonnant. On ne peut pas exactement dire qu'on y voit grand-chose dans la pénombre, c'est donc un peu idiot de qualifier ce qu'on fait de garde. Il s'agit plutôt de tendre l'oreille, et dieu soit loué, les bois sont calmes. Si calmes, d'ailleurs, que lorsque Penny commence à me parler, je sursaute.

« Je suis tellement crevée, je pourrais dormir pendant trois jours de suite. »

« Et pourquoi tu ne va pas dormir, alors ? dis-je. Je peux faire le guet toute seule. »

Elle secoue la tête. « Non, pas question. » Je suis soulagée. J'aurais pu continuer toute seule, mais j'aurais flippé tout du long. « Je ne te laisse pas ici toute seule. En plus, ça pourrait être amusant, de passer un bon moment post-apocalyptique entre copines. »

Je rigole et m'adosse contre elle. « Ca va, toi ? »

« Non, oui. Je n'ai pas trop le choix, hein. Et Ana, c'est trop lourd à porter pour elle. D'abandonner ma mère à ses propres moyens. »

Ana a échappé aux tours de garde, parce qu'elle se comporte de manière erratique, et qu'on ne lui fait pas confiance pour faire ça correctement. Personnellement, je l'en crois tout à fait capable, si elle voulait, mais je garde ça pour moi. Penny a donné à chacun le bénéfice du doute, moi y compris.

Elle trépigne doucement sur le sol pour se réchauffer. Je me sers de la torche pour nous servir le thé. Avec le lait en poudre et le sucre, ce n'est pas mauvais, et surtout, ça réchauffe, et c'est l'essentiel. La couverture de survie bruisse à chaque petit mouvement, et on se fait mutuellement signe de se taire, en gloussant tandis qu'on l'étale sur nous.

L'humeur s'est allégée, et j'ose enfin lui poser la question qui me taraude. « Alors, qu'est-ce qui se passe au juste entre toi et James ? »

« Oui, moi et James. Cassie, je dois t'avouer que je l'aime beaucoup, vraiment. »

« Eh bien, on est déjà au courant, avec Nelly. On s'est toujours dit que vous feriez un joli couple, vu que vous êtes aussi geek l'un que l'autre. » Elle m'envoie son coude dans le flanc. « Ok. Vous êtes tous les deux intelligents, drôles et bien élevés. »

Elle renifle. C'est vrai, au demeurant. C'est une fille naturellement bien. On se complète.

« Alors vous en êtes à quel stade ? » Je lui demande. Je commence à l'ennuyer.

« Stade ? On est où, là, au CM1 ? » Mais elle n'est pas étrangère à cette question. Je la lui pose depuis… eh bien, le CM1.

J'essaie de ne pas m'esclaffer. « Ben oui, enfin, tu me connais. Donc, alors ? »

« Et quel stade tu crois qu'on est ? Voyons voir. Hier, on s'est embrassés. Et la nuit d'avant, on a fui des hordes de mort-vivants. Et puis ce soir, il est dans une autre tente avec ma sœur. C'est plutôt romantique, pour l'instant. Et pourquoi est-ce que je m'embête à te répondre, en fait ? » dit-elle en riant.

« Bon, d'accord ! Mais sérieusement, quel stade ? » je chuchote avec un sourire goguenard. Elle m'ignore.

Dans un silence complice, nous regardons le ciel s'éclaircir. Je mets la radio à très faible volume. Il y a une annonce en direct, une vraie.

« … s'est déclarée dans la ville de New York. Des corps de personnes ayant tenté de rejoindre d'autre rive à la nage ont été retrouvés. Des émeutes et des pillages de masse ont actuellement lieu dans des grandes villes, de la Floride jusque dans le Massachusetts, et le trafic apparaît bloqué sur l'ensemble des grandes agglomérations. Des voitures abandonnées sur la chaussée compliquent le travail de la police pour dégager les routes. Le président a déclaré que la Garde Nationale à l'autorité de stopper les activités illégales par tous les moyens qu'elle juge nécessaires.

« Le président a demandé aux Américains de rester calmes jusqu'à ce que le Bornavirus soit éradiqué. Selon lui, une semaine devrait suffire à rétablir la situation, mais la mise en quarantaine des principales villes a incité les gens à fuir vers des villes moins peuplées. Selon certains rapports, des routes sont bloquées par des groupes de personnes infectées. Les autorités insistent sur l'importance de rester en sécurité chez soi, solution la plus sûre pour ne pas être contaminé. Restez à l'écoute pour de prochaines mises à jour. »

J'éteins le poste.

Nelly sors la tête de notre tente. « Bon, eh bien c'était déprimant tout ça. »

« Désolé, on a essayé de ne réveiller personne », dis-je.

« Non, j'étais réveillé. »

Il refuse de reprendre sa veste, quand j'essaie de la lui rendre. Il porte l'une des chemises de flanelle de mon père, et j'ai du mal à croire qu'elle lui tient assez chaud, mais je conserve la veste avec gratitude.

Il s'assied près de nous et passe le bras autour des épaules de Penny. « Alors, comment te sens-tu ? »

Penny hausse les épaules et la ride entre ses sourcils se creuse. « J'espère juste que ma mère va bien. »

L'expression d'inquiétude sur son visage la rajeunit, on dirait presque qu'elle a seize ans et qu'elle sort d'une soirée pyjama. Pendant un moment, je voudrais que ce soit le cas, bien qu'en temps normal l'idée de retourner au collège me donnerait plutôt envie de m'enfoncer un crayon dans l'œil. Au moins en ce temps-là on était un cocon bien douillet.

« Je l'espère aussi, ma chérie. » Il la serre contre lui et me remercie pour le café exécrable que je lui tends. « Et comment ça se passe avec ton nouveau boyfriend ? »

Elle remonte ses lunettes, rougissant un peu. « Tout va bien ».

« Je me demandais si James était enfin passé en deuxième base ? » demande-t-il malicieusement, en essayant de ne pas sourire. Elle soupire et nous fixe tandis qu'on s'esclaffe.

Les Washington nous adressent un salut quand on les croise en chemin vers les toilettes. Je me demande s'ils ont un plan et je me promets de leur poser la question après le petit déjeuner. Il va falloir qu'on décide de notre prochaine destination.

CHAPITRE 30

HANK ET CORRINE reluquent envieusement notre coin petit-déjeuner composé de cookies et de viennoiseries sous plastique, en s'efforçant de manger leurs œufs bouillis sur des tartines. On n'apprécie pas les vrais aliments à neuf ou douze ans.

« J'aimerais beaucoup savoir où vous avez prévu d'aller à la prochaine étape. » dis-je, quand tout le monde a fini.

James déplie la carte et promène le doigt du parc à la maison. Peter regarde la carte d'un air irrité, comme si le bruit avait interrompu son activité d'observation de la forêt, et retourne vite à ses moutons. Ana ne s'est pas encore réveillée.

« Nous avons fait à peu près cent cinquante kilomètres, peut-être plus si on inclut les petites routes », explique James.

« Et donc, que dites vous de continuer à rouler ? dis-je. Tôt ou tard ? »

« Dot et moi on s'est dit qu'on allait attendre quelques jours pour repartir, dit Henry. C'est la loterie. Il y aura sûrement plus de malades en circulation, mais j'espère que d'ici là, la plupart des gens auront réussi à atteindre leur destination. J'espère aussi que la situation se sera améliorée. »

Il se frotte les sourcils d'une main. Quand il l'abaisse, je vois qu'il n'y a pas l'ombre du doute dans son regard.

Nelly hoche la tête. « Je ne veux pas rester bloqué dans un autre de ces centres de traitement ou dans un bouchon. On a déjà de la chance de s'être tirés de là. »

« Et moi j'ai le feeling que les choses ne peuvent qu'empirer, dit James. Mais attendre quelques jours pourrait être une bonne idée. Henry, tu ne connais pas un endroit où on pourrait acheter du matériel de camping ? »

Les traits de Henry se plissent tandis qu'il réfléchit. « Il y a quelques magasins, des petites boutiques spécialisées. On a besoin de choses, nous aussi. »

« Et bien, que dites vous d'une expédition groupée, les amis ? » suggère Nelly.

« J'espérais que vous le proposiez. » Les rides de son front se lissent légèrement. « Et nous serions contents d'avoir de la compagnie pendant quelques jours. »

On a peut-être quelques jours devant nous avant que d'autres personnes ne débarquent. C'est plutôt isolé ici, ce qui justement risque d'attirer du monde, quand tous ces gens se seront enfin échappés des bouchons. On prévoit de partir en quête d'un magasin choisi par Henry dans quelques heures.

Il commence à faire chaud. Je quitte la veste de Nelly en rêvant d'une bonne douche chaude. Mon jean est dégueu, et après quelques tentatives de nettoyage j'abandonne. Je refais ma natte. Heureusement que j'ai ma brosse à dents et mon déo. Quand je me sens à peu près sortable, je m'assieds à la table et j'écoute la radio, où bien sûr ils répètent toujours les mêmes sornettes.

« Je déteste ces émissions ! » gémit Corrine.

Elle colle ses écouteurs sur ses oreilles et s'avachit sur le banc. Hank soupire, se pousse un peu pour laisser de la distance entre eux, et continue de bouquiner. Nelly, James et Henry sont allés chercher plus d'eau, et Penny est dans la tente avec Ana. La fascination de Peter pour la forêt voisine ne s'est pas encore érodée. Je songe un instant à aller lui parler, mais je n'ai pas la patience de me faire rembarrer de nouveau.

« Hank, dis-je. Qu'est-ce que tu lis ? »

Il lève les yeux vers moi. « Oh, juste un manga. »

« Ça parle de quoi ? »

« Eh bien… Il hésite, regarde autour de nous et se rapproche de moi. Il s'agit de zombies. Je sais que tout le monde pense qu'ils n'existent pas, mais j'ai pris celui-là avec moi, au cas où. »

J'approuve. « Ton père m'a dit ce que tu lui a raconté sur les infectés. »

Ses grands yeux semblent méfiants derrière ses lunettes épaisses. « Il m'a dit que j'avais sûrement raison hier soir. »

« Oui, tu as raison. »

Il sourit mais reprend vite son air impassible, parce que le sujet ne prête pas vraiment à sourire.

« Je ne pensais pas que ça pourrait vraiment arriver. » Il se gausse un peu, puis redevient solennel. « Mais ce que ça veut dire, c'est qu'on est très, très mal barrés. C'est sérieux, Cassie ! »

La façon qu'il a de m'interpeller par mon prénom est si mature que j'ai du mal à ne pas le traiter comme un grand. »

« Oui, Hank. C'est sérieux. »

Chapitre 31

Dottie interrompt Hank dans une effusion d'explications et de récits sur les zombies et leurs caractéristiques, pour l'emmener avec sa sœur prendre leur douche. Je ne sais pas ce qui est applicable à la réalité dans tout ça, mais ça ne coûte rien d'en savoir un peu plus. Et puis, il me plaît ce gamin.

Je range un peu notre camp et je m'apprête à me plonger dans un livre quand tout le monde débarque, de retour de la rivière. J'appelle doucement Penny vers moi et lui explique qu'on va partir.

« Mais où est Peter ? » demande Nelly.

« Dans la tente. Il se repose. » Non pas qu'il ait monté la garde la nuit dernière. Nelly me lance un regard interrogateur, et je lève les mains au ciel.

Henry a gardé le pistolet qu'on lui a passé pour la garde de nuit, et il l'inspecte attentivement. On vérifie que les autres revolvers sont bien chargés et prêts à être utilisés. Je tends l'un d'eux à Penny et elle le prend avec réticence.

Hank me fait sourire quand il met un grand coup à une tête imaginaire avec un vieux bâton. J'essaie de ne pas l'encourager, mais il est si drôle avec sa petite frimousse déterminée que je n'arrive pas à cacher mon amusement. Et puis, je pense qu'il sait ce qu'il fait. Il ne va pas rejoindre Ana ou Peter dans leurs mondes déconnectés de la réalité.

« Attends », dit James, alors qu'on commence à se mettre en route. Il a l'air indécis. « Je pense que je vais rester. Penny et Dottie sont là avec les enfants. Je me sentirais mieux si elles n'étaient pas seules. »

« Je croyais que ton ami Peter restait ici », remarque Henry.

« Oui, moi aussi », dit James, avant de sortir de la voiture.

J'envisage une seconde de rester, mais je veux partir. Je n'ai aucune envie de rester à attendre le retour des mauvaises nouvelles que je pressens.

La route du parc serpente et tourne, jusqu'à nous amener à une route à deux voies bordée de champs parsemés çà et là de maisons solitaires. Après quelques kilomètres les maisons sont plus fréquentes, bien qu'il n'y ait pas âme qui vive autour.

« C'est dans quelques centaines de mètres, maintenant, sur la gauche », dit Henry.

La pancarte indique « Sam's Surplus » et il semble que Sam habite à l'arrière de la petite maison bleue à la peinture qui s'écaille. Nos pas font grincer les marches de bois du porche, tandis qu'on scrute l'obscurité derrière la fenêtre. Il y a là un comptoir de verre poussiéreux jonché de couteaux et d'autres objets divers. Des sacs et des vêtements pendent à des crochets au plafond et aux murs.

Nelly frappe à la porte. « Allo ? Il y a quelqu'un ? »

Une silhouette s'avance dans la pénombre. Nelly et Henry se reculent de la porte d'entrée quand elle s'ouvre. Un homme bien enrobé d'une quarantaine d'années, vêtu d'un jean et d'un tee-shirt Smith et Wesson, nous dévisage avec circonspection. Ses cheveux châtains sont parsemés de mèches grises, et ce qui ressemble à une barbe de quelques jours lui recouvre la moitié inférieure du visage et le cou.

« Oui ? Z'êtes pas des poulets, vous. » Il a l'air d'émettre des constatations plus que des questions, les yeux rivés sur notre véhicule « Parkway Police ».

« Non, on n'est pas des poulets, dit Nelly. On espérait vous acheter un peu de matériel. On campe dans la région. »

« Il n'y a pas de saison pour faire du camping. »

« Oui, enfin, on vient de la ville, et on va vers le nord. Mais on a besoin de différentes choses. »

« Où ça ? » On le regarde tous d'un air impassible. Il réessaie, avec un soupir, comme s'il avait tous les jours affaire avec des gens plus stupides les uns que les autres. « De quelle ville vous venez ? »

« Oh. New York. Brooklyn », répond Nelly.

Le type nous toise l'un après l'autre, et finit par ouvrir la porte d'un geste nonchalant. « Allez, entrez. Je n'accepte que les espèces. »

L'intérieur du magasin sent la poussière et les vieux vêtements. Les étagères croulent sous les boîtes. On va avoir besoin de son aide si l'on veut trouver quoi que ce soit ici.

« Qu'est-ce que vous cherchez en particulier ? »

De toute évidence, avec ce type, moins on s'étale, mieux ça vaut. Donc je sors notre liste de courses. « Duvet, fioul, siphons, lanterne. »

Il passe derrière le comptoir et en tire des bouteilles de fioul et une lanterne. Après quelques questions bourrues, il nous montre un duvet et des sacs à dos à Henry. Une autre minute s'écoule avant que Nelly ose enfin aborder la question des armes.

« Est-ce que par hasard vous auriez des machettes ? »

Le type l'ignore et sa tête disparaît à nouveau sous le comptoir. Nelly me regarde et hausse les épaules. La porte menant à l'arrière de la maison est entrouverte. J'entends un son familier à la radio. Je m'approche de l'endroit où il farfouille sous le comptoir. J'espère que j'ai raison.

« C'est Radio Préparation que vous écoutez, monsieur ? » je demande.

Il se relève et nous regarde avec surprise, avant de comprendre que cette voix vient de moi. « Ouais… Vous connaissez radio Prepper ? » demande-t-il, suspicieux.

« Bien sûr. Mon père était un prepper. » Il hausse les sourcils. « C'est là qu'on va, chez lui. »

« Comment avez-vous réussi à quitter New York ? »

« Eh bien, nous savions qu'ils allaient bombarder les ponts… et qu'il fallait foutre le camp en vitesse. »

Il hoche la tête. Je sens qu'il aime l'expression "foutre le camp". « Elle est comment, sa maison ? »

Je reste évasive. « C'est une baraque en bois, sur un terrain de vingt acres, avec un acre de jardin clôturé. Il y a là une année de provisions pour quatre adultes. Des constructions autour, un ballon d'eau surélevé, de l'énergie solaire. On y accède par une route de terre. C'est la seule maison du coin. »

« Et comment a-t-il stockés ses aliments ? » Il me teste. Mais je sais répondre.

« Absorbeurs d'oxygène et couvercles gamma. Pour ce qui est des conserves maison », dis-je comme s'il n'y avait pas d'autres façons de faire.

Il a l'air impressionné. « C'est un bon système. » Il n'est pas exactement sympathique, mais au moins il ne nous regarde plus comme des extra-terrestres.

« Oui, c'est vrai. »

J'ai tellement hâte d'y être, de retrouver la sécurité, l'odeur si familière de cette maison, de toucher ces objets au milieu desquels j'ai grandi.

« Votre père a l'air de savoir ce qu'il fait. »

« Il savait bien, oui. Il est mort il y a quelques années. » Je déteste dire ça.

« Désolé », dit-il simplement. Il a l'air d'être sincèrement désolé qu'un autre *preppy* ait quitté ce monde. Il étale les mains sur le comptoir et se penche vers nous avec un air complice. « Donc, vous aurez besoin d'autre chose, messieurs dames ? »

Et sésame s'ouvre.

Dix minutes plus tard, il y a des machettes sur le comptoir, et le type, qui se dénomme Greg, et pas Sam, nous raconte ce qui se passe dans son bled.

« Ils vont mettre en place une sorte de barrage routier, apparemment. Il y a une assemblée municipale ce soir. » Il agite une photocopie. « Voyez, ça parle de la répartition des ressources. Ce qui veut dire, en gros, qu'ils vont réquisitionner tout ce que contient mon magasin. Moi je m'évade ce soir, pendant qu'aura lieu leur assemblée. J'ai une cachette dans les collines avec un tas de provisions. Pas aussi impressionnant que la vôtre, mais ça fera l'affaire. »

Il hausse ses épaules étroites. « Je ne peux pas emporter grand-chose, donc je suis content de vous les vendre. Cela fait des années qu'ils se foutent de moi parce que je suis un prepper. J'ai même un type assez stupide pour accepter de vendre quelques trucs contre du liquide en chemin. D'ailleurs, vous n'avez pas de l'or plutôt ?

Je secoue la tête. « Si on en a, il est à la maison. »

Il n'y a pas d'or à la maison. Mon père était intéressé par tout ce qui est capable de produire de l'énergie ou de la nourriture, à ce titre l'argent ne sert à rien. D'ailleurs, j'ai le pressentiment que l'or va bientôt être aussi insignifiant que du gravier. Le ragoût d'or, ça n'existe pas.

« Eh bien, comme je l'ai dit, je connais un gars qui est convaincu que l'argent vaut mieux que tout le reste. »

« Ce dont nous avons vraiment besoin, c'est de plus de nourriture, dit Nelly. Nous ne savons pas combien de temps on va mettre à arriver à notre destination. Vous avez une idée d'où on pourrait en trouver ? »

Greg lève les yeux vers le plafond, avant de les poser sur moi. « Amenez votre voiture à l'arrière. Le voisinage n'a pas besoin de vous voir ici.

Nelly s'exécute et revient rapidement. Greg verrouille la porte d'entrée et se dirige vers son salon.

« Allez, entrez », dit-il. J'ai l'impression que Greg n'a pas beaucoup de visiteurs. Il referme la porte derrière nous et ouvre une porte de l'autre côté de la cuisine. « C'est la cave. »

Les escaliers sont poussiéreux, mais le sous-sol est incroyablement bien rangé. Des boîtes et des seaux de cinq gallons sont alignés en piles bien droites contre les murs. Une station de radio amateur trône sur un bureau dans un coin.

« Voyons ce que j'ai comme réserves. Normalement elles sont ici. Ça ne vous débecte pas, les RPM ? J'en ai quelques-uns.

Il tire un carton d'une pile et le laisse tomber par terre. Je me rends compte que tous ces cartons sont remplis de RPM et j'éclate de rire. Il doit y en avoir des centaines là-dedans.

« RPM ? » demande Henry.

« Repas Prêts à Manger », je réponds. « C'est que qu'ils filent aux soldats des forces armées. Il y a même des sachets chauffants à l'intérieur.

« Votre père a fait du bon boulot avec vous », commente Greg. Il gratte nonchalamment une portion découverte de son bide, qui dépasse entre son jean et sa chemise, et me regarde. Je lui souris. « J'ai là des œufs, des burgers à la viande hachée, du bœuf *stroganoff*, des tortellini, du poulet. Je peux vous donner six caisses. Ça devrait vous permettre de tenir jusqu'à votre destination. Je vais embarquer le reste. Pas question d'en laisser une miette à tous les vautours du patelin. »

Son visage s'assombrit. Je sens bien que Greg est sans doute un peu plus déglingué qu'il n'est sain de l'être, mais je compatis. Des gens qui l'ont traité comme un illuminé tant années prennent désormais son magasin pour leur garde-manger personnel. Mais, d'un autre côté, je dois reconnaître qu'il réagit avec brio à la situation. Il met six cartons vides à notre disposition que nous remplissons de plats de notre choix. Chaque fois que je fais un commentaire, je le vois hocher la tête comme si je venais de révéler à tout le monde le sens de la vie. Il ajoute même une brassée d'aliments lyophilisés dans l'un des cartons.

« Cadeau de la maison, dit-il. Remontons faire nos petits comptes. »

Nelly et Henry prennent chacun deux cartons, et je m'apprête à les imiter, quand Greg me les reprend en secouant la tête. « Une dame ne devrait pas avoir à porter de cartons quand il se trouve un gars dans les parages pour le faire à sa place. »

Greg monte les escaliers avec un grognement. Nelly suit, après s'être retourné vers moi avec un regard malicieux qui me demande si je suis intéressée par la marchandise. Je lui jette un regard meurtrier en retour. Dans la cuisine, Greg propose un prix groupé honnête et nous lui remettons l'argent. Nous chargeons la voiture à bloc. Il me reste à peine la place de me glisser sur la banquette arrière.

« Merci beaucoup, Greg, dis-je. Nous apprécions vraiment votre aide. Vous nous avez sauvé la vie. »

Il rougit. « Eh bien, ça aussi ça peut vous aider. Je vous ai dessiné un itinéraire, pour pouvoir sortir du bois sans passer par le village.

C'est tracé au dos du dépliant pour l'assemblée municipale. Nelly et Henry lui serrent la main et le remercient. Nelly m'attend assis côté conducteur. Greg me tend le dépliant avec un autre bout de papier.

« J'ai rajouté aussi mon adresse. Au cas où ça se passerait mal avec vos compagnons. » Il pose les yeux sur la voiture.

« Oh. Merci. » J'essaye de sourire. J'ai un don pour toujours plaire aux types bizarres.

« Je n'ai pas assez pour accueillir plus d'une personne. Mais je pourrais me serrer un peu la ceinture. Si vous avez besoin de moi, vous savez où me trouver. » Il sourit. Ça ne va pas trop avec son visage, et je vois à quel point il doit se sentir seul. Il a été très gentil avec nous, et j'essaie de ne pas lui faire de peine.

« Merci, Greg. J'apprécie vraiment votre aide précieuse. Je vais garder cette carte précieusement, ici. Je plie le papier et le glisse dans ma poche de jean, près de la bague, et tapote. « Elle sera là si j'en ai besoin. Je lui tends la main et, en guise d'au-revoir, il la serre avec lenteur.

« Vraiment ravi de vous avoir rencontré, Cassie. » Il ne me lâche pas.

Je retire doucement la main de sa prise en m'efforçant de faire preuve de tact. « Vous aussi, Greg. »

« T'as pris son numéro, j'espère ? » dit Nelly pour me taquiner, quand on a repris la route.

« J'ai son adresse, je réponds. Je crois qu'il m'a proposé d'habiter avec lui. » Nelly éclate de rire.

Henry secoue la tête. « Ce gars était dingue. »

« Oui, un peu, j'admets. Mais en attendant, il y en a qui sont prêts et d'autres non. »

« Certes, n'empêche qu'il était sacrément perché ! » dit Nelly.

« J'ai trouvé qu'il avait l'air triste et seul », dis-je.

Je ne sais pas pourquoi je défends Greg, étant donné que je suis soulagé de pouvoir m'éloigner de lui à vitesse grand V. Peut-être parce qu'il nous a fait une énorme faveur… et voilà qu'à peine l'avoir quitté, on le mitraille de moqueries en retour. Il était inoffensif, malgré toutes ses fanfaronnades.

« Cassie Forrest, l'amie des solitaires et des fous du monde entiers », dit Nelly. « Je reconnais qu'il s'est montré follement généreux. Bien joué, Henry. »

« Merci, il nous a bien tirés d'affaire. Il avait absolument tout », dit Henry. Il tambourine des doigts sur son accoudoir et me regarde. « Et nous n'aurions pas eu tout cela sans toi, Cassie. Comment sais-tu tout ça ? »

« Mes parents étaient des *preppies*. Tu sais, ces gens qui stockent toutes sortes de provisions et d'objets utiles pour voir venir, en cas de pépin ? Ils n'étaient pas du genre timbré militaire, plutôt scouts ou fermiers. Bon, cela dit, c'est vrai que mon père était aussi un tantinet cinglé. J'ai développé le gène au fil des années.

« C'est clair, dit Nelly. Tu as un charmant petit grain. »

Je lui tire les cheveux depuis ma banquette arrière.

« Et bien, j'imagine que ton père était un homme astucieux et fort intelligent » dit Henry.

« Il l'était. »

Je regarde défiler la forêt, en rêvant de tout mon cœur qu'il soit encore parmi nous.

Chapitre 32

Les deux tables de nos emplacements respectifs ne forment désormais plus qu'une. Cela signifie sans doute qu'à présent, nous formons un groupe, et l'idée me réjouit. Penny et James nous aident à décharger les provisions. Ana et Peter restent à distance.

« Ouah, dit Penny. C'est un joli butin. »

« Comment ça s'est passé ? » demande James.

« Eh bien, super. Cassie a reçu une demande en mariage et nous avons obtenu un énorme paquet de nourriture, dit Nelly. Donc, dans l'ensemble, ça s'est plutôt bien déroulé. »

Penny et James me regardent d'un air intrigué, mais je hausse les épaules et continue de décharger les cartons en écoutant Nelly leur déblatérer nos aventures. Bien sûr, il en rajoute des louches. Il va bientôt raconter que Greg s'est mis à genoux. On est en milieu d'après-midi, et tout est revenu au calme maintenant qu'on a réparti les provisions entre nous. Lassée d'écouter la radio, je fouille dans mon sac et en tire mon livre.

« Et bien sûr, tu as pensé à apporter un livre », observe Nelly.

J'ouvre mon vieil exemplaire de *A Walk in the Woods*. « En fait, j'en ai même pris deux. Ça m'a paru malin. Et ça fait du bien, un peu de légèreté dans ce monde de brutes. »

Je lance l'autre livre à Nelly, qui lit le titre à haute voix. « *Guide de survie en milieu sauvage par Tom Brown*. »

« Celui-là m'a semblé pertinent », dis-je.

Pour l'instant, il n'y a personne au camping. Henry et les enfants sont partis récolter du bois de chauffage pour faire un feu ce soir. Les Washington ont un sachet de chamallows à griller. Les enfants sortent des bois en trébuchant et déposent leurs fagots sur le petit bûcher. Henry leur emboîte le pas et fait un sourire à Dottie.

« Quel boucan vous faites, mes chéris, leur lance-t-elle. Nous devons prendre le réflexe de rester discrets. » Sa voix est grave, mais elle l'adoucit d'un sourire. Ils hochent la tête avec obéissance.

Corrine glisse les écouteurs de son iPod dans ses oreilles avant de se mettre à pleurnicher. « Ah zut, il est KO ! Papa a dit que je ne pouvais pas utiliser la voiture pour la recharger. Qu'est-ce que je fais maintenant ? »

« Lis un livre ! » suggère Hank. Corrine écarquille les yeux comme s'il lui avait dit de croquer dans un cloporte. « Oh, c'est vrai, ajoute-t-il, tu es trop bête pour lire. »

Elle roule des yeux. « C'est toi le crétin, Hank. Qui se croit entouré de zombies. »

« Et oui, parfaitement ! Et j'*avais* raison. D'ailleurs papa me l'a dit. Ils ne veulent pas te dire la vérité parce qu'ils savent que tu vas chouiner comme un bébé et crier toute la journée dans leurs oreilles "Papa, maman, j'ai trop peur, ouin, ouin !". » Il sourit triomphalement tandis qu'elle tourne la tête vers son père, terrifiée.

Henry lance à Hank un regard noir et se baisse vers la fillette. « Corrie, ma chérie, nous pensons que c'est peut-être vrai, ces histoires de morts-vivants. Même si on ne sait pas comment c'est possible. Tu vois, au départ, c'est à cause du virus, c'est un parasite. » Les grands yeux de Corrine se remplissent de larmes, et elle secoue la tête.

Henry lui parle d'une voix douce mais ferme en la tenant dans les bras, il la regarde droit dans les yeux. « Ce n'est pas très différent d'avant. Je sais que cela te paraît plus effrayant, mais c'est toujours la même situation. Et tout ira bien. Je te le promets. »

Elle se serre dans les bras de son père et sanglote. Puis elle se ressaisit brusquement, en se rendant compte qu'elle ne se comporte pas du tout comme l'adolescente qu'elle rêve d'être, et elle se dégage de leur étreinte. Elle veut paraître calme, mais ses mains tremblent.

« Je pense qu'on peut tout de même faire une petite exception pour recharger ton iPod », concède Dottie, et elle conduit Corrine à la voiture, le bras autour de ses épaules en la réconfortant à voix basse.

CHAPITRE 33

ARMÉE D'UN COUTEAU de poche, Penny ouvre un carton de RPM et jette sur la table une poignée des sachets-repas et une pile de bols en cartons.

Elle soulève les sachets un à un en lisant à haute voix les étiquettes. « Sloppy Joe, et pain de burger à la farine de blé. » Elle regarde au dos du sachet plastique de forme carrée. « Comment font-ils rentrer le pain là-dedans ? Brownie au fondant caramel. Oh visez-moi ce truc ! »

Elle ouvre un petit sachet contenant des couverts, une serviette en papier, des allumettes et du chewing-gum, et en tire une minuscule bouteille de Tabasco. « C'est pas mignon, ça ? » C'est une bouteille pour maison de poupée, et nous nous extasions tous devant.

« Roooh, je peux en manger un, maman ? » demande Corrine.

Dot secoue la tête. « Nous devons d'abord manger les choses qui vont se périmer avant le reste. Et puis je te garantis que tu en auras vite assez de ces aliments sous plastique.

Corrine fait la moue, pas convaincue, mais Penny la console en lui tendant la bouteille de Tabasco avec un clin d'œil. La fillette la remercie et s'assied en souriant, admirant l'objet dans sa paume.

« Ils ne sont pas terribles du tout. J'en ai déjà mangé il y a longtemps », je souffle à Corrine. Mon père en avait acheté quelques-uns et nous voulions à tout prix y goûter, Eric et moi. Il avait fini par céder. « Juré craché. »

Mes tortellinis au fromage ont le goût des boîtes de conserve Chef Boyardee, mais l'odeur est moins écœurante que celle des raviolis à la viande. Je leur dis que ça me rappelle la nourriture pour chien, et James me contredit farouchement. Je ne veux pas savoir pourquoi il connait aussi bien le goût de la nourriture pour chien. En tout cas, c'est drôlement utile d'avoir de la nourriture qui ne gaspille pas nos précieuses ressources en fioul. Il suffit d'ajouter de l'eau dans le sachet et de déposer le sac dans une pochette, et la réaction chimique le réchauffe.

« C'est dégoûtant. » Ana pousse un cri écœuré. « Je ne touche pas à ce truc. »

« Certains de ces plats n'ont pas l'air si mauvais », dit Penny. Elle farfouille dans le sac de MRE d'Ana et lui donne une barre énergétique au chocolat et de la compote de pommes.

Ana les jette sur la table. « J'ai dit que je n'y toucherai pas ! »

Elle se lève et file vers les toilettes, suivie de Penny qui tente de la raisonner. Nous les regardons s'éloigner, sauf Peter, qui mâchonne quelques bouchées de son Sloppy Joe avant d'abandonner. « Je ne peux pas dire qu'elle a tout à fait tort », dit-il. Puis il se lève et laisse sa nourriture en plan, s'attendant sans doute à ce qu'une bonne poire parmi nous autres nettoie pour lui.

Nous sommes à l'orée du bois bordant le camping. J'ai emmené les enfants avec moi pour trouver les bâtonnets parfaits pour faire griller nos chamallows tout à l'heure.

« Le bois doit être vert, pour ne pas brûler. Et plus fin qu'un crayon. Je les taillerai en pointe avec mon couteau suisse à notre retour », dis-je tandis que nous scrutons du regard le sol et les arbres.

Ces deux-là semblent s'être rabibochés. Je me souviens à quel point nous pouvions nous tirer violemment dans les pattes, Eric et moi. Mais une demi-heure plus tard, on se remettait à jouer ensemble comme si de rien n'était. Penser à Eric m'aide à rester calme.

« Est-ce que ça va, Cassie ? » demande Corrine.

« Je vais bien. » Ses jolis yeux sont aussi observateurs que ceux de son frère. « Je pensais à mon petit frère. J'espère qu'il va bien. Il va venir me rejoindre, là où nous allons.

Elle pointe au loin. « Est-il là-bas ? »

« Oui. » Elle a l'air soucieux. « Je suis sûr qu'il va bien. Eric s'en sort toujours, c'est impressionnant. Il se débrouillera pour me trouver.

Elle hoche la tête comme si elle n'était pas inquiète, mais quand on retourne au camp, elle prend la main de Hank pendant une minute, et il la laisse faire. Le feu brûle joyeusement pendant que je taille la pointe de leurs bâtons, et ils empalent leurs guimauves bien droites pour obtenir une brochette parfaitement homogène. Nous profitons de la chaleur pendant que le soleil se couche, léchant la guimauve qui colle à nos doigts. J'aimerais qu'on puisse garder ce feu en activité toute la nuit.

Nelly et moi prenons le premier tour de garde. « Peut-être que c'est *eux* qui devraient partager une tente », je lui souffle à propos de Peter et d'Ana. « Il va falloir que Peter commence à se comporter comme un être humain. Je ne sais plus quoi faire. »

« Sérieusement, dit Nelly. Je suis à un cheveu de le prendre à part pour un petit tête-à-tête entre hommes. »

« Tu veux dire pour une conversation d'homme à morveux ? »

Ma sympathie pour Peter s'érode à un rythme alarmant. Je sais que j'aurais pu trouver une façon plus diplomatique de mettre fin à notre relation, mais je fais de mon mieux pour rester amicale. Chaque sourire, chaque parole que je lui adresse est accueilli par un regard froid, un roulement d'yeux au ciel, ou pire, par l'indifférence. Maintenant je suis à bout de patience. Il a trente ans, mais agit comme un gamin de trois ans.

« C'est ce que je pensais, acquiesce Nelly. Ne serait-ce que pour sauver sa peau, il devrait mouiller un peu sa chemise. »

Après cette heure de garde, je me sens un peu mieux. On réveille James et Penny et rampons dans notre sac de couchage. Il y en a un de plus maintenant, mais je l'ai laissé dehors pour ceux qui sont de garde. De toute façon, j'aime bien dormir avec Nelly. Je ne veux pas me peler les doigts de pieds toute seule dans mon sac de couchage. Et je soupçonne Nelly d'avoir les mêmes motivations, même s'il n'est pas du genre à l'admettre.

Chapitre 34

« Qu'est ce qu'il y a de si drôle ? » me demande Nelly.

« Hum ? » Je dis, bien au chaud dans notre duvet. Les parois de la tente se teintent de bleu dans la lueur du petit jour. Je me sens enfin reposée, malgré un caillou sous la tente qui m'a tourmenté les côtes toute la nuit. J'ai encore rêvé d'Adrian.

« Tu a rigolé dans ton sommeil. »

Je souris, encore à moitié endormie. « J'ai rêvé d'Adrian. Le même rêve que la semaine dernière. Nous étions à la maison. »

Un petit truc me triture dans les côtes et je m'éloigne une fois de plus de ce maudit caillou. « Il me manque. Si au moins je savais qu'il allait bien, je… Aïe ! »

Cette fois, c'est Nelly qui me pince, juste à temps… J'entends Peter remonter d'un geste vif la fermeture éclair de la tente et en sortir en coup de vent.

« Merde, dis-je. Merde. Merde. Merde. » Je m'enfonce sous le duvet dans l'aisselle de Nelly. « Tu crois qu'il m'a entendu ? » J'imagine que oui, mais j'espère un miracle.

« Oui, chaque mot. »

Je peux faire confiance à Nelly pour me livrer la vérité pure et dure. Et parfois, j'aimerais bien qu'il mente un peu. Mortifiée, je m'enfonce plus profondément dans son aisselle, jusqu'à ce qu'une odeur nauséabonde m'assaille les narines.

« Nelly, tu pues des aisselles. »

« Tu ne sens pas la rose non plus. »

Je renifle et grogne. Pas faux. Je me caresse le front de la paume et pousse un long soupir. Il secoue la tête, comme habitué à mes faux-pas intempestifs.

« Qu'est-ce que je fais, maintenant ? Je lui dis quelque chose ? » Je lui demande, hagarde. Nelly est l'homme de ce genre de situations.

Il hausse les épaules. « Je ne sais pas, Cass. C'est un de ces moments où il vaut peut-être mieux laisser faire. Qu'est-ce que tu vas lui dire de toute façon ? Désolé d'avoir rêvé de mon ex ? Ça ne fera qu'aggraver la situation.

« Tu ne m'aides pas beaucoup, Nels.

Je replonge la tête contre son aisselle, mauvaise odeur ou pas. La boule de nerf se serre dans mon estomac. J'ai encore manqué une occasion de me taire. Si j'étais Peter, je sais que ça m'aurait blessé. Et je me sens archi-stupide d'avoir dit ça tout haut à côté de Peter. Tous ces sentiments que j'ai gardés pour moi pendant deux ans, je les lui sers maintenant sur un plateau, et lui balance le tout en pleine poire. Je serre les dents à cette idée. Je voudrais rester planquée ici toute la journée, mais j'ai vraiment envie de pisser, alors autant prendre le taureau par les cornes.

Nelly me fait une grimace de soutien et je me hisse hors de la tente. Je vais à la rencontre de Peter qui se brosse les dents aux bidons d'eau. J'avance, pataude, en serrant ma brosse à dents dans mon poing et me creusant la tête pour trouver quelque chose à dire. Finalement, je décide de rester simple mais sincère.

« Je suis vraiment désolée, Peter, dis-je. Je… »

Je sais qu'il entend parce qu'il me regarde droit dans les yeux. Il crache son dentifrice comme si c'était du venin et s'essuie la bouche avant de s'éloigner. J'ai l'impression que je passe ma vie à m'excuser auprès de lui. Je me sens merdique. Au fond, je suis peut-être quelqu'un d'horrible… il semblerait que je fous toujours tout en l'air.

CHAPITRE 35

« Tu n'es pas une personne horrible et tu ne fiche pas toujours tout en l'air », me rassure Penny tandis qu'on remplit les jerricans d'eau à la rivière.

« Bien sûr que tu vas me dire ça, tu es ma copine. »

« Pas vrai. » Du bout du pied, elle m'asperge d'eau. « En tant que copine, je suis obligée de te dire quand tu dépasse les bornes. Et ce n'est pas le cas. Tu ne peux rien changer à ce que tu ressens. C'est vrai qu'il n'avait pas besoin de savoir à quoi tu as rêvé cette nuit. Mais il s'est comporté comme un gamin avant ça. Tôt ou tard, tu allais rompre, de toute façon. Tu ne vas quand même pas rester avec lui si tu n'en a pas la moindre envie, juste parce que tu te sens coupable. »

Je retire mes chaussettes et plonge les pieds dans l'eau. Je sens mon odeur et je me sens encore plus crade. « J'imagine que tu as raison. Je déteste ce genre de tension, surtout quand c'est simplement. La vache, cette eau est glaciale ! J'ai amené du savon pour me laver mais honnêtement je crois pas que je vais y arriver. »

« Tu devrais peut-être le laisser gérer ça tout seul, Cass. Sois juste très gentille avec lui quelque temps. On ne sait jamais, Peter va peut-être subitement devenir un gars normal, tu ne crois pas ? »

« Bah, ça m'étonnerait, Cass. Mais je vais essayer ça. » Je joins les mains en prière. « Je vais être comme Mère Theresa. »

Penny éclate de rire et prend le savon. « J'y vais. Je vais laver mon corps puant. Viens avec moi. J'ai besoin d'encouragements. »

Elle a perdu la boule. L'air est assez chaud, mais l'eau est fraîche comme de la neige fondue, et je suis un vrai bébé en ce qui concerne la température de l'eau.

« Tu peux te servir de la serviette avant moi. Elle sera douce et chaude. S'il te plaît ? » dit-elle d'un ton enjôleur. « Je serai ta meilleure pote. Jusqu'à la fin du monde. »

En général, elle n'a pas trop de mal à me convaincre, il lui suffit de me supplier un peu, et elle le sait. Je cède parce qu'après tout, ce n'est que de l'eau froide, et que je lui suis reconnaissante de m'avoir remonté le moral.

« Bon d'accord. Je vais le faire. Mais seulement parce que je t'adore. »

J'enlève mes vêtements. Très vite, je ne sens plus mes jambes tandis que j'enfonce vite les pieds dans le lit de cailloux du petit bassin de la rivière.

Penny plonge sous l'eau et refait surface dans un hurlement. « Allez, plonge ! L'eau est bonne ! »

Je secoue la tête. « Je t'adore, mais pas à ce point. »

Je m'asperge par petits gestes timorés, pour rincer la mousse du savon, avant de me précipiter vers la serviette. Elle est chaude, certes, mais comme je ne sens plus ma peau, ça ne change pas grand-chose. Je me sèche à la va-vite. Pendant ce temps, Penny se savonne soigneusement, et va même jusqu'à se laver les cheveux. Elle doit être amoureuse. J'étale la serviette sur un rocher chaud et j'enfile tant bien que mal mes vêtements sales sur ma peau humide.

Penny me rejoint, enveloppée dans la serviette, respirant bruyamment. « Ouah, ça décoiffe ! »

« Tu es une malade. »

Mais je dois avouer que maintenant que je suis un peu plus propre, je me sens beaucoup mieux. Je hisse le jerrican d'eau dans mes bras tandis qu'elle finit de se rhabiller en chantonnant. Bon dieu que je l'aime. C'est l'antithèse de sa sœur. L'anti-Ana.

Chapitre 36

Je change de chemise et colle mon aisselle propre sur le nez de Nelly. Il me lance un vague commentaire sur mon niveau de maturité, mais la bave du crapaud n'atteint pas la blanche colombe. J'offre à Peter un sourire hésitant, qu'il ignore. Ça ne me dérange pas. Je vais lui sourire jusqu'à ce que mes mâchoires grincent.

« … plus rien maintenant », marmonne Henry.

« Quoi ? » demande James, adossé contre un arbre avec l'iPad, la tête couronnée d'un nuage de fumée de cigarette. On a chargé l'iPad dans la voiture sur le trajet vers Sam's Surplus, mais bien sûr, il n'y a pas de réseau ici, ni nulle part ailleurs peut-être, à ce stade. Penny s'assied à côté d'Ana à la table, peignant ses cheveux mouillés.

Henry tient la petite radio en l'air et continue à rouspéter en tournant le cadran. « Il n'y a pas d'infos aujourd'hui. Juste les vieux enregistrements qu'ils nous repassent en boucle, sauf que maintenant ils nous parlent de "zones de sécurité" et non plus de "zones de traitement". »

« Hé, je me souviens que le sergent Grafton à Jersey nous a dit qu'ils allaient transformer ces zones de traitement en zones de sécurité », dis-je.

James lève les sourcils. « Oui, et visiblement ça a marché comme sur des roulettes. »

« Il n'y a rien ni sur la bande AM ni sur FM, déplore Henry. Peut-être que je pourrais trouver quelque chose si nous avions une radio à ondes courtes, mais ça fait depuis ce matin je l'écoute et je n'ai pas entendu une seule nouvelle information. »

Henry passe la radio à James et le regarde tourner le cadran en secouant la tête. Ils tentent ensuite leur chance avec la radio de police, mais n'en tirent rien d'autre qu'un long grésillement.

« Peut-être que le courant est coupé. On ne peut rien diffuser sans électricité », dit Penny.

Henry se frotte le menton. « Si c'est la panne de courant générale, alors c'est pire que je ne le pensais. »

« Eh bien moi, ça ne me surprend pas, dit Penny. Tout le monde est en train de paniquer et de quitter la ville ou bien de se barricader à la maison. À votre avis, il y a encore des gens qui vont au travail ? »

« J'ai lu quelque part qu'une centrale lambda sans personnel pouvait fournir de l'énergie pendant douze à vingt-quatre heures. Après ça, elle commence à s'arrêter d'elle-même », dit James, toujours à la pointe de l'information.

« S'il n'y a pas d'électricité, il n'y aura plus d'eau non plus, et la nourriture va finir par se détériorer, dit Henry. Les gens vont être affamés. On peut s'attendre à ce que les magasins soient dévalisés. Les gens sont capables de tout quand ils ont faim. Ils n'hésiteront pas longtemps à tuer pour se nourrir, ils prendront… »

« Attention, les petits ont de grandes oreilles », dit Dottie, coupant Henry.

Nous nous tournons vers les enfants, qui sont assis par terre, jusqu'ici occupés à feuilleter mon livre de survie en milieu sauvage. À présent ils nous regardent avec de grands yeux, le livre étalé sur les genoux de Hank. Corrine semble au bord des larmes.

« Papa ? » dit-elle, avec une voix plus aiguë que jamais. « J'aime bien ce camping, moi. On ne pourrait pas rester ici en sécurité ? »

Henry s'assied sur le banc et leur fait signe de s'approcher. Les rides de son visage semblent s'être creusées ; il voudrait sans doute pouvoir retirer ses dernières paroles. Corrine et Hank semblent si innocents, et les joues rondes de Corrine couvertes de poussière portent des traces de larmes.

« Moi aussi ma louloute, je me sens en sécurité ici. Mais nous allons quand même devoir partir, bientôt. Il faut s'attendre à ce que de plus en plus de gens arrivent ici, en quête d'un endroit sûr. Et certains pourraient vouloir nous prendre ce que nous avons. »

« Mais nous avons rencontré Penny et Cassie et tout le monde. Ils sont tous gentils », dit Corrine.

Henry sourit. « Oui, c'est sûr ! Mais sans doute avons-nous eu de la chance ! Et je te parie que beaucoup d'autres personnes sur le chemin seront très gentilles. Mais nous ne pouvons pas prendre de risques. Parce que ce qui compte le plus pour moi, c'est de vous protéger, toi et ta mère, et Hank. Nous devons trouver un endroit plus sûr que celui-ci. »

« J'ai peur, papa. »

Henry la serre contre lui avec un bras et ferme les yeux. « C'est normal, ma chérie. Mais on peut être courageux et avoir peur en même temps. Il faut simplement faire ce qu'on doit faire. »

Hank se penche vers son père et hoche la tête. « Moi aussi j'ai peur, Corr. Mais je peux tout vous apprendre sur les zombies et sur comment les combattre. Il faut les viser à la tête, parce que le cerveau… »

Je ne pense pas qu'une description aussi graphique soit très utile à entendre à ce stade, et je m'immisce rapidement entre eux. « Hé, les mômes, je vous ai vu en train de lire mon livre. Vous avez vu le CHAPITRE qui parle de la marche tranquille dans les bois et du pistage des animaux ? » Ils hochent la tête. « Et pourquoi n'essayez-vous pas ? C'est une très bonne corde à avoir à son arc, le pistage. Tiens, je viens de me souvenir d'un truc que j'ai dans mon sac qui pourrait vous être très précieux. C'est un vrai outil de survie. Je vais vous le chercher. »

Au hochement de tête d'Henry, ils retournent récupérer le livre et le lisent en avançant prudemment dans les broussailles, roulant des pieds à chaque pas. Quand je sors de la tente, Henry se tient devant l'entrée.

« Merci », dit-il. « Je ne voulais pas réprimander Hank, il veut juste nous aider. Mais bon, Corrine n'a pas besoin d'un compte rendu détaillé sur la façon de les tuer. Il faut qu'on discute de la suite, maintenant. Peut-être quand tu auras fini avec les enfants ? Il désigne la longue pochette que je tiens en main. « Qu'est-ce que c'est ? »

« Je vais te montrer. C'est vraiment génial. »

J'avais oublié que j'avais mis ce truc au fond de mon sac. Non sans hésitation car il prend beaucoup trop de place, mais je n'ai pas pu le laisser derrière moi. Je vais m'agenouiller à la bordure de notre emplacement et j'époussette une motte de terre du revers de la main. Puis je sors de la pochette un bâton pointu, un bout de bois carré, une pierre et ce qui ressemble à un petit arc. Corrine et Hank accourent pour s'agenouiller face à moi.

« Ça ressemble à un petit arc, dit-elle. Qu'est ce que tu fais avec ? »

« Oui tu as raison, c'est un petit arc. C'est ce qu'on appelle un foret à archet. Ça sert à démarrer un feu de bois quand on n'a pas d'allumettes sous la main. Seuls les vrais experts de la survie en milieu sauvage savent l'utiliser avec succès », dis-je, en prenant un air très sérieux.

Les yeux de Hank s'écarquillent derrière ses lunettes. « Tu sais t'en servir ? »

« Bien sûr que oui ! » dis-je, en prenant un air scandalisé. « C'est mon petit foret à archet. C'est mon papa qui me l'a donné. C'était un as de la survie en pleine nature. Il n'y en a pas beaucoup, des gars débrouillards comme lui. On a même vécu tout un été dans une cabane en bois qu'il avait construite dans la forêt. Juste pour s'amuser. »

Ils ouvrent la bouche, ébahis, l'air de me scruter pour savoir si tout cela est bien vrai, et quand ils comprennent que je ne leur raconte pas de bobards, ils ont l'air fortement impressionné. On a vraiment vécu dans cette cabane, mais je suis loin d'être l'experte en survie que je prétends être. Et mon père non plus, en fait, même s'il connaissait un bon nombre de tours de passe-passe.

Je leur montre les éléments du kit. « Ce bâton, c'est le foret, qui creuse. Il faut enrouler le fil de l'arc autour du foret. Un seul tour. Puis on positionne la pointe du bâton dans le cube de bois. »

Je tiens l'arc dans ma main droite. Le foret est calé dans le cube de bois au sol. Je retourne le caillou plat pour leur montrer le creux en dessous.

« Donc on tient l'arc comme ceci, et avec l'autre main, on place le caillou sur l'autre bout du foret pour te retenir. Il ne faut pas trop appuyer sinon le bâton ne tourne pas bien quand on déplace l'arc. »

Je commence à faire des mouvements latéraux avec l'arc. La corde serrée autour du foret est tendue et le fait pivoter rapidement, dans un sens puis dans l'autre. Je continue quelques minutes, jusqu'à ce que de petites volées de fumées apparaissent au point d'intersection.

« Ça s'appelle la friction ! » déclare Hank.

« Merci, monsieur Je-Sais-Tout, on est au courant », réplique Corrine, qui a retrouvé la forme. Il lui donne un coup de coude, et ils éclatent de rire, surexcités par leur nouveau jouet.

« Ok, dis-je. Pour vraiment lancer le feu, il nous faut du petit bois. Des petits copeaux, des brindilles, de l'écorce, ou des fougères sèches. Bref, tout ce qui est petit et sec. J'en ai là. »

Je leur montre une petite boule de poussière et le creux à la base du foret. Je reprends le rythme avec l'arc et bientôt, des volutes légères de fumée s'élèvent. Les enfants regardent, fascinés. Je hoche la tête en continuant, jusqu'au moment où je suis à peu près certaine d'avoir formé un petit tas de charbon. Je soulève le bâton et effectivement, il y a là un petit morceau scintillant.

« C'est le bout de charbon », dis-je, le faisant délicatement glisser dans le ballot de matériaux sec. « Il faut y aller doucement à ce stade, ça s'éteint facilement. Il faudrait tout recommencer. » Je soulève le ballot et souffle doucement au creux de celui-ci jusqu'à ce que de la fumée apparaisse.

« Il faut ensuite ajouter progressivement des brindilles et branchettes plus grosses, qu'on a préparées à l'avance, pour former un vrai feu. Mais en gros, voilà le secret. » J'entends des applaudissements autour de moi et constate qu'un public s'est formé. Je fais une révérence.

« Et qu'est-ce qu'il y a d'autre dans ton sac ? demande Nelly. Des bouquins, des forets, quel autre objet bizarre vas-tu nous sortir de là ? »

« J'ai mis tous les trucs objets dans ton sac pour avoir de la place. » Il grimace.

« Eh bien moi, je suis épaté, lace James. Je veux apprendre à faire ça moi aussi. »

« Ouais, parce qu'il n'y a ni briquets ni allumettes nulle part », s'esclaffe Anne. Peter gousse.

Je lui fais un grand sourire, digne de mère Theresa. « La survie, c'est pas pour tout le monde, c'est sûr, dis-je d'un ton doucereux, moins digne de mère Theresa. Je me tourne vers les enfants. « Vous deux, vous brûlez d'essayer, non ? »

Ils acquiescent vivement, et tendent les mains vers les outils. Je les supervise jusqu'à ce qu'ils comprennent comment placer les différents éléments. Plus dur, en revanche, d'obtenir un charbon. J'ai passé des heures à m'entraîner, petite.

Je m'assieds dans un petit coin de soleil à la table de pique-nique. Nelly vient se percher près de moi, et Henry en face. Ana se laisse tomber à côté de Penny et pose son menton sur sa paume.

Je caresse le bras d'Ana de l'autre côté de la table. Je sais qu'elle a peur. Moi aussi, mais je crois que j'ai moins de mal à le cacher, ou à faire avec. Je devrais essayer de me mettre à sa place. Pas évident, cela dit, car elle a le genre de personnalité pour laquelle il est dur d'avoir de la sympathie. Elle me regarde avec ce qui ressemble à de la colère, et je ne saisis pas pourquoi.

« Ma petite banane, je murmure. Je peux faire quelque chose pour toi ? »

Ses yeux se rétrécissent. « Commence par arrêter de te comporter comme une connasse. »

Je recule la tête, comme si elle m'avait balancé une gifle. Hébétée, j'essaie de comprendre ce que j'ai pu lui dire pour la vexer. Bien sûr, certains de ses commentaires m'ont énervée, mais c'est habituel avec elle. Elle énerve tout le monde, et elle a l'air de s'en ficher royalement.

Je m'apprête à lui répondre quand Henry prend la parole. « Dot et moi avons décidé de partir demain. J'ai peur qu'on se retrouve coincés ici si l'on reste plus longtemps. Ce serait peut-être mieux de prendre la route avant que d'autres groupes en quête de provisions commencent à débarquer ici. »

Je fulmine toujours du commentaire d'Ana, et je mets une bonne minute à entendre ce qu'il a dit. Cela ne fait que deux ou trois jours qu'on les connait, mais je suis triste de les voir partir de leur côté.

« J'ai réfléchi à tout ça, et je n'en ai parlé à personne pour l'instant, mais je me disais que peut-être nous ferions tout aussi bien de rester tous ensemble. Il y aura plein de places et de provisions à la maison. Vous allez en zone inconnue. Et puis, pour trouver assez de nourriture dans les mois à venir, et surtout en hiver, vous allez peut-être avoir des difficultés. Vous êtes les bienvenus chez nous. »

Tout le monde approuve, sauf Ana, qui me fixe toujours avec hostilité. Peter lâche un bâillement bruyant. Je me fiche de ce qu'il pense, celui-là.

« On ne peut pas vous suivre, répond Dorothy avec un air de regret. C'est vraiment gentil de proposer ça, et j'aimerais tellement que ce soit possible. Ça parait terrible de dire ça. » Elle regarde Henry, qui explique leur situation.

« Quand nous étions à notre espace de stockage, l'autre jour, Dottie a envoyé des textos pour expliquer à des personnes de la famille où nous voulions aller. Et il semblerait que les textos aient été reçus… Ce qui veut dire que nous avons peut-être des proches qui vont nous retrouver là-bas. Les chances sont minces, mais… »

Nelly a l'air déçu. « Et donc vous devez y être, bien entendu. »

J'aimerais rappeler à Dot et Henry qu'il est très peu probable que leurs proches aient reçu les messages, et encore moins probables qu'ils réussissent à les retrouver là-bas. Mais ce n'est pas comme si je leur apprenais grand-chose. Si c'était Eric qui m'attendait quelque part, peut-être, j'irais le rejoindre, moi aussi.

James brise le silence en dépliant bruyamment la carte. « Ok. Donc on part tous demain ? » demande-t-il, avant de continuer quand il nous voit acquiescer. « Je suis d'accord avec Henry. On devrait y aller. Il y a un blackout médiatique. Si le virus se propage aussi vite qu'on le craint, on devrait aller se mettre en sécurité avant de croiser plus de malades qu'on ne peut gérer. »

Il promène les doigts dans ses cheveux et gémit quand les mèches retombent illico devant ses yeux. « J'ai tracé un itinéraire que je pense assez judicieux. La camionnette a encore un tiers de plein, on va donc avoir besoin d'essence sous peu. On pourrait se servir dans des véhicules abandonnés avec les siphons qu'on a récupérés au surplus. Je… »

Il s'interrompt. On retient tous notre souffle en entendant au loin le bruit d'un véhicule se rapprocher sur le chemin de gravier.

Chapitre 37

Je tire mon pistolet de mon sac à dos. Nelly pose nonchalamment le fusil sur son épaule, mais je sais qu'il est capable de le mettre en joue à tout moment. Une voiture rouge bordeaux traverse les bois, la lumière des phares clignote. Le conducteur ralentit en nous apercevant et s'approche prudemment. Nous nous tenons en grappe, prêts à nous défendre. Même Peter, qui serre dans son poing une machette.

Un jeune type qui porte une casquette de baseball sort la tête de la fenêtre. Il nous examine tous, tentant de juger si nous sommes dignes de confiance. Sa compagne de route, une fille aux cheveux courts emmitouflés dans une doudoune blanche sans manches ornée de fourrure, nous adresse un sourire timide.

« Salut, dit-il à Nelly et à son fusil. On ne vient pas conquérir votre espace. On cherche juste un endroit où se reposer un jour ou deux. On vient du nord de Paramus, et on va vers… euh, on ne sait pas encore vraiment où on va. »

Nelly hoche la tête. « Eh bien trouvez-vous un autre espace. » Sa voix est cordiale, mais il garde un visage dur. « Vous pouvez choisir le site que vous voulez. On aimerait avoir des nouvelles de ce qui se passe là-bas, si vous pouviez nous en dire plus. Ça fait quelques jours qu'on est ici et on ne capte rien à la radio depuis hier. Moi c'est Nel. »

« Brian et Jordan. Écoutez, il faut qu'on se dégourdisse les jambes. Je vais me garer par ici, et si ça vous convient, on viendra discuter plus tard ? »

Il se gare à quelques emplacements et reviennent à pied vers nous. Nelly fait les présentations. Brian et Jordan se tiennent devant nous, l'air un peu mal à l'aise.

« Désolée, dit Penny, avec un geste vers les tables. Vous voulez vous asseoir ? Je sais qu'on n'a pas eu l'air très accueillants tout à l'heure, mais on n'a vu personne depuis des jours et on ne savait pas sur quel pied danser. »

Jordan s'assied sur le banc, et Brian reste debout, inspectant le site. « Personne n'a mis les pieds ici ? » demande-t-il, incrédule.

Penny secoue la tête. « On a pensé qu'il y aurait plus de monde, mais jusqu'à présent, niet. »

« Ouais. Les autoroutes sont bloquées par des voitures abandonnées. Au début, on était à mobylette. On a dépassé des gens qui marchaient, mais ils ne vont pas arriver ici avant un bon moment. Quand on est arrivés à la campagne, il n'y avait plus beaucoup de personnes infectées, et puis tout le monde était cloîtré. Les gens n'ouvrent plus leur porte. Ou alors, ils sont tous allés se réfugier dans les zones de sécurité. »

« Ils passent leur temps à énumérer les zones de sécurité à la radio, maintenant », dit James.

Brian acquiesce. « Hier on a entendu que tous les centres de traitement étaient des zones de sécurité. Sous protection, c'est ce qu'ils disent à la télé. On est allés au lycée près de chez nous. » Il éclate d'un grand rire amer et regarde Jordan, qui n'a pas encore pipé mot. Elle le fixe avec inquiétude, ses mèches décolorées tombent en ficelles sous son bonnet, les yeux charbonneux sous trop de mascara. Outre la doudoune, elle porte un jean moulant à broderies rentré dans des bottes en peau de mouton. Une tenue idéale pour camper sur un plateau de séances photo. Dans des circonstances plus clémentes, ce serait presque amusant, mais là, j'éprouve un peu de gêne pour cette fille. Personne parmi nous ne veut être ici. Elle passe les bras autour de sa taille comme pour protéger ses organes vitaux.

« En arrivant là-bas, on a compris que la plupart des gens qui étaient passés par là, les soldats ou autres, étaient repartis ailleurs. Mon frère et sa femme et leurs mômes étaient là aussi. Ils sont arrivés avant les bouchons. Parce que, voyez-vous, tout le monde a compris que c'est bien plus grave que ce que les médias ont décrit. Comment osent-ils nous raconter qu'il n'y a aucun problème alors qu'il suffit de jeter un coup d'œil par la fenêtre pour rendre compte de ce qui se passe dehors ? Ils ont fait péter les ponts de New York. Vous saviez ça ? »

Ses yeux sont grand ouverts, bordés de rouge. Il se les frotte avec le pouce et les doigts.

« On était à Brooklyn. On est partis avant leur explosion. » explique Nelly.

Brian fait retomber sa main. « Ah ouais ? Eh bien, vous faites partie des chanceux. Si vous aviez vu les images de la ville vue du ciel… »

« Qu'est-ce qu'il se passe là-bas ? » intervient Penny, les traits froncés.

« Vous êtes de Brooklyn ? »

Penny acquiesce, et fait un geste vers Ana. « Notre mère… »

Brian hoche la tête, comme s'il comprenait déjà ce qu'elle veut lui dire. Et comme ces deux-là sont les seuls à avoir réussi à venir jusqu'ici, j'imagine qu'effectivement, il comprend très bien.

« Manhattan est sous les flammes. Les gens sortent en courant des immeubles, directement dans des groupes de Cannibales. Mais bon sang, qu'est-ce qu'on peut y faire ? Dans un incendie, on brûle. Et dehors, au moins on a une petite chance de survie. À condition de savoir grimper ou courir très, très vite. Il faut être rapide. »

Il cherche l'approbation de Jordan, mais celle-ci fixe ses pieds, les bras toujours serrés autour de sa taille.

« Brooklyn n'allait pas si mal. Il y avait des zones qui brûlaient, mais c'était rien à côté de Manhattan. L'infection est tout aussi élevée, mais au moins les gens se cachent, du moins ceux qui n'ont pas l'appel du vide. »

J'imagine les rangées de maisons de briques dans notre quartier en flammes, la foule qui se déverse des paliers, pour tomber direct dans les bras des infectés. Je les vois courir sur les toits pour échapper aux flammes et scruter les rues en-dessous d'eux à la recherche d'un passage sûr pour s'échapper.

« Ok », dit Penny. L'inquiétude ne la lâche pas.

Ana s'assied lourdement sur le banc près de Jordan. Je regarde Peter, mais il fixe le sol à nos pieds, en traçant une espèce de cercle du bout de sa chaussure dans la poussière. Il fait ça en boucle comme s'il était en train de résoudre un problème de maths compliqué, mais on dirait un robot détraqué.

« Et donc, qu'est-ce qu'il s'est passé dans le lycée ? » je demande à Brian.

Son visage se ferme, et je sens qu'il va me dire de m'occuper de mes oignons. Mais toute sa hargne semble l'abandonner. Il soupire et semble rapetisser de quelques centimètres dans tous les sens. Il explique d'une voix monocorde :

« Eh bien, on était tous là, mon frère Chris, sa femme Jess, et mes neveux. On s'est trouvé un repère près des estrades. Une dame m'a dit qu'il y avait des pannes d'électricité dans les villes, que les lignes de téléphone étaient coupées, et je me dis qu'il y a trois jours, trois putains de jours seulement, tout était normal. »

Il cherche tous les regards, en quête d'approbation.

Quand il croise mon regard, j'acquiesce. « Oui, tout allait bien. » Et tout en disant ça, je me rends compte à quel point ça sonne faux. Non, tout n'allait pas bien, évidemment. « Tout avait l'air en ordre, sur la côte est, c'est ce qu'on croyait tous. »

Sa panique à l'idée qu'il est peut-être en train de péter les plombs, semble s'atténuer. « Après un moment, on a compris que nos parents n'allaient pas réussir à sortir de leur banlieue. On a décidé d'attendre une nuit pour aller les rejoindre au matin. Le lycée commençait à se remplir sérieusement, à ce stade, et on entendait un raffut pas possible à l'extérieur. Des gens coincés dans le trafic, qui klaxonnaient. Et puis mon petit neveu, Ty… »

Il réprime un sanglot et retire sa casquette de baseball, puis la renfonce sur sa tête, en tiraillant la visière de gauche à droite jusqu'à ce qu'elle soit bien stabilisée. Puis il la retire encore, la plie en deux à la bordure, comme s'il cherchait à faire un pli parfait au centre.

« Tyler. Il voulait aller faire pipi. Donc Jess les a emmenés aux toilettes. Les klaxons résonnaient à tue-tête et puis aussi des coups de feu. Et les gens se sont rués vers les portes pour voir ce qui se tramait, quoi.

« Donc Chris nous a dit de rester où nous étions, et est parti s'assurer que Jess et les garçons s'en sortaient. Les hurlements résonnaient de plus en plus fort, et ils ont essayé de fermer les portes. C'était trop tard, des tonnes de Cannibales sont entrées dans le gymnase. On ne voyait rien, et on est montés plus haut sur l'estrade au moment où Chris et Jess et les gamins sont revenus dans le gymnase. »

Brian fixe les arbres, sans les voir. J'arrive à voir ce qu'il voit. Je vois les néons du gymnase qui projettent une lumière jaune acide, les estrades alignées contre les murs carrelés, les fenêtres couvertes de grilles de protection contre les ballons errants. Je vois tout le monde courir en rond, les hurlements qui résonnent contre le carrelage.

« Je leur ai hurlé de repartir. Ils auraient pu se cacher dans les casiers du couloir, par exemple. Ils se sont retrouvés vite encerclés, alors ils ont couru vers nous. Je voulais tellement les sauver, mais Jordan m'a retenu par la chemise. » Il lui lance un regard accusateur. « Elle m'a dit que j'allais me faire mordre. Et ils ont… ils ont attrapé Jess en premier, ils l'ont emportée, puis Thomas. Jess s'est mise devant Thomas et a essayé de le protéger. Mais elle n'a pas pu tenir longtemps. »

Je sais bien où il en vient, et je regrette de lui avoir demandé des explications, mais il est trop tard pour le faire taire. Il s'est passé son propre film d'horreur en boucle dans sa tête, interminablement, et maintenant il recrache tout ça, il essaye de s'en débarrasser une bonne fois pour toutes, en vain.

« Chris tenait Tyler dans ses bras. Il est plus grand que moi, et il arrivait à repousser les Cannibales sur les côtés. Tyler avait les bras passés autour de son cou. Je pensais qu'il allait s'en tirer. Et donc je me précipite au bord de l'estrade, prêt à attraper Ty.

« Et là, je le vois déraper. Sans même chercher à le faire tomber, il y a un de ces salopards qui fait trébucher mon frère et je le vois tomber. Mais il aide quand même Ty à se redresser. Il lui hurle de courir vers moi. Tyler, il essaie. Il saute sur ses jambes, et il hurle, « Onc' Brian, Onc' Brian ! » Je m'avance prêt à sauter, je voulais juste l'attraper, mais ces salopards étaient juste sous mes pieds. Ils avaient dû continuer à s'infiltrer tout ce temps. Oh, ses yeux ! Il courait, avec de grands yeux effarés, et puis je vois Tyler courir droit dans les bras ouverts de l'un d'eux, et… »

La casquette est maintenant pliée jusqu'à un point de non retour. Brian a les yeux bouffis, et de la morve commence à lui couler du nez. Il a l'air si désemparé, comme s'il était retombé en enfance, et je pose la main sur son épaule.

« Tu ne pouvais rien faire, dis-je. C'était une situation sans issue. Tu n'aurais pas pu revenir en arrière après ça. Au moins tu as essayé. »

Il acquiesce, mais ses yeux disent qu'il pense le contraire. Tout ce qu'il voit maintenant, c'est ce petit gars qui court vers lui, le suppliant de l'aider, sans qu'il n'ait été capable de rien faire. Il lève les bras et j'ai un instant l'impression qu'il va me pousser, mais il m'attrape et me serre dans ses bras, au point de presque m'étouffer. Je tente de résister à cette masse de cent cinquante kilos, les jambes tremblantes sous l'effort. Ses sanglots sont rauques et saccadés, ce qui me rappelle les jours qui ont suivi le décès de mes parents, quand je pleurais toute seule.

Jordan se lève, les yeux brillants derrière son maquillage à moitié effacé. Elle lui frotte le dos de sa main ornée d'une bague de fiançailles, où brille un solitaire.

« Bri », murmure-t-elle d'une voix douce. Elle penche la tête par-dessus mon épaule. « Brian ? Elle a raison, tu sais. Tu n'aurais pas pu le sauver, mon chou. Je sais à quel point tu… Je ne voulais pas… »

Il retrouve son souffle et son corps se tend. Il me lâche brusquement, et je trébuche en arrière, rattrapée de justesse par James qui me remet d'aplomb.

« Si j'étais arrivé plus tôt, si tu ne m'avais pas retenu, j'aurais pu. Mais tu m'as retenu. C'est ta faute s'il est mort. Ta faute, s'ils ont pris Tyler. » Il grimace maintenant comme s'il avait avalé un truc dégoûtant.

Les yeux de Jordan se remplissent de larmes et elle secoue vigoureusement la tête. Elle a changé de couleur sous son autobronzant. « Brian, c'est faux. Tu sais qu'ils t'auraient attrapé, toi. Tu ne crois pas que moi aussi, je voulais sauver Ty ? Je l'aimais tellement. Tu le sais… »

Il serre les dents. « Tais-toi Jordan. Ferme-la. »

Elle court à leur voiture en pleurant et claque la portière. On se tourne tous vers Brian, qui la regarde avec des yeux vides. Je pense qu'il est en train de craquer, comme il le craignait.

« Désolé, dit-il. Il faut que j'aille la voir. »

Il s'éloigne, les bras ballants.

CHAPITRE 38

Nous tenons une ébauche de plan. On va partir aux premières lueurs du jour. On devra se séparer immédiatement, car nous allons dans des directions différentes. Je pense que les Washington ont de bonnes chances, ils pourront filer sur de petites routes calmes. Nous allons traverser l'Hudson, qui passe au pied du parc, et emprunter également un réseau de routes secondaires.

Après quinze minutes de délibérations enflammées, Nelly, Henry et James s'accordent enfin sur le meilleur emplacement pour le petit bois et bientôt, un beau feu de camp s'embrase. Dottie insiste pour partager avec nous ce qu'il leur reste de hamburgers non congelés. Nous protestons, mais elle nous rappelle sur le ton d'une mère intransigeante que la viande va se périmer si nous ne les aidons pas à les finir. Je glousse quand Nelly bredouille : « Oui, madame », même si elle n'est pas beaucoup plus âgée que nous.

Hank et Corrine assistent avec de petits visages désabusés le tourbillon de préparatifs depuis leur coin près du feu. On dirait qu'ils voient le monde dans tout son chaos pour la première fois, et qu'ils sont drôlement déçus. Ils voient juste. Le monde vient de passer de merdique à un niveau bouseux jamais atteint auparavant. Je finis d'empaqueter mes dernières affaires dans mon sac et je le ferme. Ensuite, j'en retire quelques trucs et je vais les rejoindre.

« Alors, z'avez fait vos sacs, prêts à décoller demain ? » je leur demande.

Corrine hausse les épaules et regarde les flammes en se mordant la lèvre inférieure l'empêcher de trembler. Hank lève les yeux après avoir taillé son nouveau bâton de guimauve et me fait un sourire sérieux.

« Prêt. Et toi ? »

Je souris. « Plus prête que jamais. Mais je me suis dit que vous auriez besoin d'un truc pour vous aider dans les bois, et je veux que vous l'ayez avec vous.

Je leur tends mon livre de survie en milieu sauvage et le kit allume-feu.

Hank, les yeux brillants, prend la pochette avec gratitude. « Vraiment ? On peut les garder ? »

« Non, Hank », dit Corrine. Elle lui reprend le tour et me le rend. « Nous ne pouvons pas accepter. C'est son père qui les lui a donnés, c'est spécial. »

« Et c'est pourquoi je vous les donne, mes amis. Ce sont des objets spéciaux, oui, mais vous aussi, vous êtes spéciaux à mes yeux, et je tiens à ce que vous les ayez. Et puis j'en ai d'autres à la maison, ainsi que de nombreux briquets et d'allumettes. Vous en aurez plus besoin que moi, et dès maintenant, le kit est à vous. Et le livre aussi. Je serai absolument vexée si vous ne les prenez pas. »

Corrine se moque de ma moue boudeuse et prend finalement le livre, avant de se pencher en avant pour me faire un câlin. « J'aimerais que tu viennes avec nous », murmure-t-elle.

Je la serre fort. « Moi aussi ma chérie. »

CHAPITRE 39

CES HAMBURGERS N'ONT absolument rien à voir avec les Alpo, à mon plus grand soulagement. Peter, qui me répond maintenant par des grognements et monosyllabes et non plus par des regards noirs, sort exceptionnellement de sa coquille pour remercier Dorothy. Jordan et Brian apparaissent à la lueur du feu. Ils ont passé les dernières heures dans leur voiture, et nous avons passé les mêmes heures à essayer de ne pas être trop curieux.

Brian a l'air de se repentir. « Salut la compagnie. Je suis vraiment désolé pour tout à l'heure. Je suis allé trop loin, et je me suis excusé auprès de Jordan, je veux juste que vous le sachiez. Je ne veux pas que vous pensiez que je suis un sale type ou quoi que ce soit, ce n'est pas mon genre du tout. Enfin, en général.

Il sourit timidement et serre la main de Jordan.

Jordan recule. « C'est vrai, c'est un gars bien. On a vécu une chose affreuse. Juste… horrible. »

Penny désigne une place libre sur les couvertures. On leur offre des burgers, et ils mangent un peu. Dottie nous raconte des histoires sur son enfance dans les Caraïbes, et Penny enchaîne sur ses années passées à Porto Rico. Je me demande si les îles s'en sont mieux tirées que le continent. Je pense rêveusement au soleil chaud et aux mangues fraîches, à l'absence de zombies, quand James me tire de ma rêverie.

« Loin de moi l'intention de plomber l'ambiance, mes amis, mais j'ai fait quelques calculs aujourd'hui et ça a l'air plutôt mal barré pour nous. Bon, aujourd'hui c'est lundi. Tout a commencé, à notre connaissance, vendredi dernier. Samedi, ils ont fait péter les ponts, et à ce moment-là, il y avait à peu près quinze pour cent d'infectés dans la population. Cela signifie qu'il a suffit d'une journée pour que le virus se propage à vitesse grand V. Dans les

États du Midwest, il y avait déjà soixante pour cent d'infectés samedi, et je vous parie qu'ils en sont maintenant à quatre-vingt pour cent au moins. »

« Dans le pire des cas, dans les villes et les grandes villes, nous allons avoir des taux de l'ordre de soixante pour cent à partir de demain. Les petites villes et les zones rurales ont un peu plus de temps devant elles. D'après Brian, la plupart des gens sont coincés dans les embouteillages. Cela ne veut pas dire qu'ils vont abandonner, mais ils vont devoir marcher pour atteindre ces endroits. Et certains infectés y parviendront aussi. Et ils amèneront le virus.

« L'infection va finir par se répandre partout. Je pense qu'elle va stagner à quatre-vingts pour cent pendant un certain temps. Pour l'instant, ceux qui ont trouvé des endroits sûrs ou qui ont des provisions résistent. Tout dépend aussi de la durée de vie des personnes infectées…. La plupart des gens vont devoir tôt ou tard quitter leur domicile pour trouver de quoi se nourrir ou se désaltérer. Et c'est à ce moment-là qu'ils se feront contaminer. La meilleure façon de s'en sortir, c'est de faire ce qu'on fait : partir se réfugier dans un coin reculé et se terrer comme des petits mammifères jusqu'à ce que tout ça se termine. »

Ana et Peter le regardent avec des visages fermés, et quand il se tait, ils murmurent quelque chose entre eux. J'imagine qu'ils ne croient pas un mot de ce qu'il a dit.

« Et quand est-ce que ça va se terminer, à ton avis ? » demande Jordan, déjà à bout de patience.

Le visage de James, très animé pendant qu'il parlait, se défait. « C'est là tout le problème. Personne n'en sait rien. Peut-être qu'ils ne meurent pas avant de s'être complètement décomposés. Peut-être qu'ils ne pourrissent pas aussi vite que, disons, n'importe quelle autre viande… Cela semble fou, mais pas plus que tout le reste. Je compte là-dessus et j'espère être agréablement surpris si je me trompe. »

Brian et Jordan échangent un regard entendu. Elle lui fait un petit signe de tête et pose la tête sur son épaule tandis qu'il lui caresse les cheveux.

« Vous avez un plan, tous les deux ? » je leur demande.

« Nous partons demain nous aussi », répond Brian les yeux fixés sur les flammes. « On va essayer de retrouver nos parents. Nous prévoyons de partir avant vous, en fin de nuit. »

Jordan fait tourner sa bague de fiançailles autour de son doigt, et Brian pose doucement une main sur la sienne pour la stopper. « Tout ira bien. Nous sommes ensemble, après tout. »

Elle sourit, au bord des larmes et acquiesce. Je me demande comment il arrive à rester aussi calme, aussi confiant. Mais si ce gars qui a vu les Cannibales emporter la moitié de sa famille pense que tout va bien se passer, alors on a peut être raison de garder espoir.

Le feu s'éteint lentement. Je ne suis pas pressée de partir à l'aube, mais bientôt, Henry bâille et dit qu'il va se coucher, et tout le monde suit.

« Merci tout le monde », dit Jordan d'une voix calme. « Merci d'avoir partagé vos victuailles avec nous. Cela me donne de l'espoir en l'humanité, il reste encore de la bonté ici bas, si des gens comme vous existent encore. » C'est tout ce qu'elle a dit de la soirée.

« Et toi aussi, dit Penny. N'oubliez pas, vous avez réussi à venir jusqu'ici. »

Jordan sourit, mais la tristesse a refait surface dans son regard. « Oui. On va survivre à tout ça. »

CHAPITRE 40

IL FAIT PRESQUE noir quand je sens une main ferme secouer mon épaule. Penny pose la lanterne derrière elle une fois qu'elle est sûre que je suis bien réveillée. Je commence à rouler mon duvet. Le concert de bruits de nylon et de fermetures éclair autour de notre tente me berce doucement. Je ramasse toutes mes affaires en vrac et tente d'ignorer la puissante sensation de faim au creux de mon estomac. Quand je sors de la tente, quelques rayons de jour percent déjà. Des volutes de brume flottent dans l'air frais, et j'arrive tout juste à repérer la voiture de Brian et de Jordan toujours garée sur leur emplacement. J'imagine qu'ils dorment encore.

Ce qu'il nous reste de nourriture repose sur la table prête à être divisée une dernière fois. Après m'être brossé les dents, je me dirige vers l'endroit où se tiennent Nelly et Henry, et je jette un œil aux trois dernières boîtes de RPM.

« Quoi, personne ne les veut ? » dis-je sur le ton de la plaisanterie, et ils rient.

Nelly se tourne vers Henry. « Vous êtes certains que vous ne voulez pas venir avec nous ? »

Henry soupire. « Tu n'imagines pas à quel point j'aimerais vous suivre. Mais nous avons décidé d'accorder un mois à notre famille pour nous rejoindre, et puis nous nous dirigerons vers vous. Si c'est toujours d'accord ? »

« Bien sûr que oui, dis-je. Si pour une raison quelconque nous ne sommes pas là, passez par le chemin à gauche de la maison. Il y a là un vieil érable et ce qui reste d'une cabane dans les arbres, pas très loin. C'est notre arbre à messages. Au pied du tronc, il y a un trou, et dedans, une boîte à café. J'y glisserai un mot, avec l'itinéraire qu'on a suivi. »

Henry hoche la tête. « C'est compris. Maintenant… »

Il a un regard vers la table. Nelly, toujours sur la même longueur d'onde que moi, prend une boîte de RPM et pousse les deux autres vers Henry. La lueur matinale est maintenant suffisante pour voir ses yeux battre d'étonnement.

« Ah non, mon ami », proteste-t-il. « Je ne peux pas prendre tout ça. Qu'allez-vous manger, vous ? »

« Henry, là où nous allons, il y aura beaucoup de provisions, dis-je. Et nous n'avons pas d'enfants à nourrir. Ces boîtes ne vous dureront pas si longtemps, alors s'il te plaît, ne discute pas. » Je sors un revolver. « Et ne dis pas non plus à ça non plus. Je vais te donner aussi quelques boîtes de munitions. »

« Je ne sais pas quoi dire, bredouille-t-il, à la fois réticent et fou de reconnaissance. C'est très généreux de faire don d'une arme à feu par les temps qui courent. Je… mais je ne peux pas refuser, c'est vrai. Merci. »

« Je ne te le donne pas », dis-je. Je lève un sourcil et je vois un petit sourire en coin se dessiner sur son visage amical. « Considère ça comme un prêt. Tu dois me le rendre en personne, voilà la contrepartie. On se retrouve dans un mois ou deux ? »

Un grand sourire fend les joues d'Henry pendant une seconde, puis son visage reprend son expression sérieuse habituelle tandis qu'il me serre dans ses bras. « Je te le rapporterai. On ne se connait que depuis quelques jours, mais je… » Il s'interrompt et donne une grande tape dans le dos à Nelly.

« Hé », dit James, occupé à démonter la deuxième tente. « Vous avez vu que leur voiture est toujours là ? Brian avait dit qu'ils partaient avant nous. »

Soudain, je pense comprendre pourquoi Brian et Jordan nous ont paru si paisibles la nuit dernière. Je sens quelque chose de bizarre émaner de la voiture. Plutôt l'absence de quelque chose.

« Henry, garde les enfants éloignés », dis-je.

Je m'avance vers la voiture, le cœur battant la chamade. Au début, je me dis que je délire, qu'ils sont juste en train de dormir sur le siège arrière. Brian a le dos calé contre la portière et ses jambes étendues sur la longueur de la banquette. Jordan est recroquevillé sur ses cuisses, la tête de Brian reposant sur celle de Jordan, comme s'il voulait sentir une dernière fois son shampoing. Ses bras, qui étaient sans doute lovés autour d'elle, tombent ballants de chaque côté.

Je respire un grand coup et ouvre la portière, juste pour vérifier qu'ils ne sont plus en vie. J'entends des pas derrière moi. Les autres se tiennent tous immobiles, pétrifiés, jusqu'à ce que Dottie se penche sur la banquette et leur prenne le pouls.

Elle secoue la tête. « Des médicaments, peut-être. Je ne sais pas. »

« Est-ce que… On devrait les enterrer ? » demande Penny.

Je suis soulagée de ne pas être la seule à secouer la tête, même si j'ai la désagréable sensation d'être indifférente.

« Non, on doit y aller », dit Henry.

« On peut faire une prière rapide », suggère Dottie. « Jordan portait une petite croix en or. Je l'ai vue hier soir. »

« Bien sûr », dit-il. Il commence à réciter une prière au Seigneur.

CHAPITRE 41

HENRY FERME LE coffre et vérifie que la ficelle avec laquelle il a attaché les boîtes au toit est solidement fixée, puis il prend une profonde inspiration.

« Donc, il est temps de se dire adieu », dit-il.

Hank et Corrine nous regardent à travers la vitre en se donnant des visages courageux. Mais ils ont l'air terrifiés, avec des cernes sous leurs grands yeux.

« Non, c'est juste un au-revoir ! »

Son regard est chaleureux et il acquiesce, avant de monter en voiture. Nous les suivons jusqu'à l'entrée du camping. Nelly conduit et j'ai été promue copilote. La capacité à tirer avec précision l'emporte sur le gabarit, et Peter et James sont serrés sur la banquette arrière entre Ana et Penny. Personne ne s'assied derrière le grillage, car on pourrait s'y trouver coincé au mauvais moment. Au niveau où la route se divise, on s'arrête à côté de leur voiture.

Dottie baisse sa vitre et nous adresse un grand sourire. « Prenez soin de vous. »

« Toi aussi, répond Nelly. À bientôt. »

Nous conduisons en silence. La cabine du gardien au niveau du pont est vide. Il y a quelques voitures sur le parking du centre d'accueil, mais globalement, tout est vide.

« Il nous faut de l'essence, pas vrai ? suggère Peter. Pourquoi ne pas en siphonner à ces voitures là ? On ne risque pas d'en trouver à une station service. »

Nelly se gare sur le parking. J'aurais voulu qu'on pense à dire à Henry de venir faire son plein ici. J'espère qu'ils ne vont pas s'arrêter dans un coin trop dangereux. James et Peter s'y mettent tout de suite, en ouvrant les bouchons des réservoirs tandis que Nelly monte la garde, fixant les moindres recoins du bâtiment non loin. Penny et moi marchons vers la route, d'où on regarde couler l'Hudson sous le pont.

« C'est quoi ce truc là-bas ? » demande Penny, après un instant.

Une silhouette semble ramper à travers la chaussée de l'autre côté du pont. Je pose la main sur mon flingue. À ce rythme, elle ne va pas arriver près de nous avant dix bonnes minutes, mais la panique me prend à la gorge.

Penny marmonne d'une voix étranglée. « Euh, les gars ? Il y en a un qui vient vers nous. »

Deux autres Lexers apparaissent à la suite du premier.

« Bon, je rectifie, il y en a trois. » dis-je, en sortant mon flingue. Ils sont trop loin pour risquer un tir, mais je me tiens prête.

« On a ce qu'il nous faut, dit James. Fichons le camp. »

Nelly conduit sur le pont, roulant à gauche, aussi loin que possible des infectés. Quand on les croise, ils se retournent comme des bêtes enragées pour nous suivre.

À l'autre bout du pont, James pointe du doigt quelques Lexers qui avancent vers le pont. « Ils doivent venir de Peekskill, c'est à une dizaine de kilomètres au Sud. Une bonne chose qu'on aille vers le Nord. »

Chapitre 42

Il nous reste deux cent cinquante kilomètres de petites routes sinueuses à parcourir avant d'arriver à la maison. On aura de la chance si on y arrive dans cinq heures. Tandis qu'on s'engage sur la première de ces nombreuses routes de terre battue, je soupire. Nelly me jette un coup d'œil.

« Brian et Jordan… Pourquoi ont-ils fait ça ? dis-je. Pourquoi ne pas attendre que tout espoir soit vraiment perdu, pour de bon, avant de se foutre en l'air comme ça ? »

« Moi aussi je veux mourir la tête haute, me battre jusqu'à la fin. Mais tout le monde n'est pas aussi costaud que nous, Cass. »

Je crois que Nelly a commis une erreur de jugement en nous regroupant tous. Il ne laisse personne le démonter. Je n'arrive même pas à rompre avec un gars sans m'être préparée mentalement pendant trois mois. Mais je ne peux pas mettre ce sujet-là sur la table, avec Peter assis juste derrière, même avec la radio à plein volume débitant en boucle la liste des zones de sécurité.

« Tu te souviens quand mes parents sont morts ? je lui réplique. J'ai perdu la boule à l'époque. Je n'en menais pas large. »

« C'est vrai, mais comment aurais-tu pu faire autrement, ma chérie ? D'ailleurs, tout le monde traverse ces passages à vide à un moment donné. »

« Ah oui, quand est-ce que ça va t'arriver à toi ? »

« C'est déjà fait. L'été avant ma dernière année de fac, quand j'ai fait mon *coming out*. J'avais le choix entre dire à ma famille qui je suis vraiment ou me foutre en l'air. Et je ne rigole pas, je voulais vraiment en finir. Je me sentais rejeté de toutes parts, et j'en avais marre de faire semblant. Une nuit, j'étais au lit et je n'arrivais pas à cesser de penser aux armes de mon père entreposées au sous-sol. Ç'aurait été très facile d'en prendre une et de presser la gâchette. »

Il regarde calmement la route, mais ses mains se crispent sur le volant. Il ne m'a jamais raconté cet épisode.

« Je ne savais pas que tu allais si mal. » J'ai envie de pleurer pour ce gamin qui voulait en finir avec la vie. Et je comprends aussi combien ma vie serait vide sans la présence lumineuse de Nelly, et je lui caresse la main.

« Oui, c'est fini tout ça. Je savais aussi que j'étais un battant, et que je m'en sortirais toujours, à condition de ne pas faire semblant d'être quelqu'un que je ne suis pas. Et en fin de compte, je n'ai pas pris ce flingue, et j'ai dit la vérité à tout le monde. De toute façon, tu as peut-être craqué, mais tu es quelqu'un de solide. Tu ne choisirais jamais la solution de facilité, la sortie de route, parce que ce n'est pas ton genre. »

J'ai mis deux années à comprendre que j'avais fait fausse route avec Adrian. Je suis terrifiée à l'idée d'une confrontation. Pour ne citer qu'un exemple, je n'ai pas demandé à Ana pourquoi elle était en colère contre moi, parce que j'ai peur d'ouvrir la boîte de Pandore… J'aime bien les boîtes fermées.

Je sais que ce n'est pas vraiment ce qu'il a voulu dire. Avant j'étais courageuse, avant que le monde s'effondre autour de moi. C'était ce dont j'étais le plus fier, et je déteste la mauviette que je suis devenue. J'ai passé les dernières années à me contenter de survivre, et je ne mérite pas exactement une médaille pour ça.

Je croise les bras et je regarde les jeunes arbres défiler derrière ma vitre. « Eh bien, je ne vois personne dans cette voiture s'enfiler une boîte de médocs, donc je ne dois pas être si spéciale que ça. »

Nelly soupire. « Tu pourrais convaincre un chat qu'il porte des écailles. »

Je souris. « C'est quoi cette expression, un dicton texan ? »

« Non, je viens de l'inventer. Ça te plaît ? » dit-il, et il s'esclaffe quand je roule des yeux.

Il doit croire en ce qu'il raconte. En tout cas, il a raison sur un point : je ne me laisse pas facilement abattre.

CHAPITRE 43

TROIS HEURES PLUS tard, la radio diffuse toujours le même refrain, notre atlas routier de l'État de New York est tout déchiqueté et nous ne sommes qu'à mi-parcours de notre périple.

« Bon alors, soupire James, d'une voix lasse, désormais assis à la place du copilote. La départementale sept mille trois cent quarante-deux est la prochaine à gauche. »

Toutes ces routes ont leur charmant petit nom : départementale 42 ou route postale Albany-Jingletown. Elles sont bourrées de crêtes, de creux, et de nids-de-poule, et nous faisons au maximum du cinquante km/h. Je suis agréablement surprise du fait que nous n'ayons croisé aucun obstacle jusqu'à maintenant, mais on commence à se sentir à l'étroit à quatre sur notre banquette arrière… D'autant plus que personne, et moi non plus, ne sent la rose. Mais nous sommes toujours en vie, c'est le principal. C'est un peu débile de focaliser sur ma fesse droite engourdie quand la fin du monde est imminente.

J'oscille entre l'inquiétude et la terreur qui m'oppresse la poitrine. Toutes ces petites choses commencent d'ailleurs à m'oppresser : l'atmosphère étouffante, les mecs qui ouvrent grand les jambes comme si c'était leur droit fondamental, obligeant les trois filles à serrer les genoux.

Il me faut un certain temps pour me rendre compte que je ne suis pas seulement grincheuse, mais que je ne me sens vraiment pas bien. Chaque fois qu'on prend un virage, je ferme les yeux pour lutter contre le ballottement dans mon estomac, mais ça ne fait que l'aggraver. J'appuie ma tête sur la vitre froide de la fenêtre.

Penny se tourne vers moi. « Ça ne va pas ? »

« Je ne sais pas, dis-je entre deux accès de nausée. J'ai l'impression que je vais vomir. »

« Nels, tu ferais mieux d'arrêter la voiture. Cass va vomir », dit-elle.

Il se range sur le bas-côté. L'air frais me parvient enfin et la nausée s'estompe un brin. Je m'appuie contre le camion et ferme les yeux, heureuse que le monde ait arrêté de me secouer dans tous les sens. C'est là que les crampes d'estomac me prennent.

« Mon sac » je hoquette, pliée en deux, à cause du truc qui me tord les boyaux. Ils me regardent tous avec des visages impassibles. « Du papier toilette »

Penny se précipite vers l'arrière et attrape le rouleau. Je m'écarte en trébuchant dans les bois. Quand je reviens dix minutes plus tard, tout le monde se tient devant le camion.

James écrase soudainement sa cigarette. « Je me sens un peu nauséeux moi aussi. »

« Tu veux le PQ ? » je demande faiblement. « C'était très amusant là-bas. Je ne voudrais pas que tu manques ça. »

Il me fait un sourire blême et se perche sur le siège avant, la tête pendante dans ses mains. Mes jambes tremblent et je m'effondre sur le sol en respirant fort. La nausée revient.

« Je ne me suis pas senti bien de toute la journée, dit Peter en fronçant les sourcils. On n'aurait pas mangé quelque chose de bizarre ? »

« Tout était emballé, répond Penny. Je suppose qu'on a pu avaler un truc périmé. On a filtré toute l'eau, donc ce n'est pas ça. »

Ana et Peter échangent un regard bref.

« Quoi ? fait Penny. Il y a un souci ? »

Elle semble comprendre, et je me souviens à cet instant que Penny leur a confié la corvée d'eau hier. On leur a même montré comment utiliser correctement le filtre. Ana regarde Penny avec douceur.

« Ne me dites pas que vous n'avez pas filtré l'eau ? Dis-moi que tu as utilisé le filtre, Ana », crie Penny d'une voix montante.

« On ne pensait pas que ça changerait grand chose. L'eau était claire, très propre. Et ça nous prenait tellement de temps », réplique Ana, croisant les bras comme si elle jugeait son explication satisfaisante.

« Et pleine de microbes, Ana. Tu connais ? L'explication est dans le nom. Ils sont microscopiques. Et qu'est-ce que tu avais d'autre à faire de ta journée ? Du shopping ? Je n'y crois pas ! »

Elle secoue la tête, dégoûtée, les bras sur les hanches. Je lève les yeux sur leurs visages et ça suffit à me redonner le vertige.

« Je suis désolé », dit Peter, qui a l'air plus ennuyé que désolé. « Si j'avais su ce qui allait arriver, j'aurais fait plus attention. »

Leur dispute s'assourdissent, le soleil devient aveuglant. Je veux fermer les yeux et m'allonger sur place. Une autre vague de nausée m'assaille. J'essaie de m'éloigner, mais je vomis violemment sur les chaussures de quelqu'un. Je me recroqueville sur la poussière et les cailloux durs de la route et je gémis.

Chapitre 44

J'entends des bruits des tentes qu'on monte. Ils m'ont déplacée quelque part, mais jusqu'à présent je n'ai pas pu ouvrir les yeux sans me remettre à vomir. J'entrouvre un œil et j'aperçois un éclat d'herbe dans une clairière avant que tout ne recommence à tourner. Cette fois, je vomis sur mes mains en rampant vers les bois. Penny s'accroupit près de moi avec un verre d'eau et me ventile la nuque. J'espère que c'est de l'eau filtrée.

« Oh, la vache », je gémis. Je m'enfonce dans ma flaque de vomi, en proie à de violentes crampes d'estomac. Je sais que c'est dégoûtant, mais je m'en fiche. « Je dois aller aux toilettes. »

Les toilettes. La bonne blague. Ce que je ne donnerais pas pour une salle de bain en ce moment. Même les toilettes sèches du camping me manquent cruellement.

« Viens, je t'aide », dit Penny.

Je trébuche sur elle jusqu'à ce qu'on trouve un coin tranquille sous les arbres, puis elle m'emmitoufle dans un duvet et me met dans une tente. Je voudrais savoir où nous sommes et si c'est un endroit sûr, mais je sombre dans un sommeil fébrile.

Je vomis encore, plusieurs fois, et j'en suis au point où je préfèrerais la mort à cette torture des boyaux. En plein milieu de la nuit, j'entends des gémissements et je rêve que les infectés me poursuivent inexorablement. Comme je ne peux pas courir, je me cache et espère qu'ils passeront leur chemin. Dans mon rêve, Penny essaie de me faire boire, mais je lui arrache le gobelet des mains et le jette, car je sais que c'est comme ça qu'on est contaminé. Finalement, je me réveille toute contorsionnée et en sueur au son des chants d'oiseaux. Penny dort à côté de moi. De l'autre côté, il y a la longue masse du corps de James.

Penny se redresse avec un froncement de sourcils inquiet. « T'as besoin d'un truc ? Ça ne va pas ? »

« Si si, ça va. » Ma voix est sèche et rauque. « T'as pas de l'eau ? »

Elle me tend une bouteille. Je bois et j'attends que mon estomac se retourne, mais finalement ça a l'air d'aller. J'ai tellement soif que je veux tout, mais je prends des gorgées prudentes à la place.

« J'ai dormi toute la nuit ? » Ma tête tourne encore, et je me rallonge.

« Tu as dormi toute la nuit, deux nuits d'affilée. » Penny me scrute intensément, puis doit penser que j'ai l'air guérie, car ses traits se détendent.

« Vraiment ? J'ai perdu toute une journée ? »

Elle hoche la tête. « Pas seulement toi. James et Peter sont eux aussi tombés malades. Nelly a chopé la même chose hier, mais il n'est pas aussi malade que vous, et Ana et moi allons bien. Nous avons pris soin de tout le monde. »

Notre dernière conversation, avant que je tombe dans les vapes, me revient alors. « Alors c'était l'eau ? »

Je n'arrive pas croire qu'Ana et Peter ne l'ont pas filtrée. Je leur avais pourtant dit à quel point c'était vital. Mais je pense, j'espère, qu'ils n'ont rempli que nos conteneurs. S'ils ont rendu les Washington malade par négligence, les obligeant à s'arrêter quelque part pour récupérer, ceux-ci pourraient être morts à l'heure qu'il est. Nous aussi, d'ailleurs, nous pourrions être morts à l'heure qu'il est… Dans ce bivouac paumé. Où qu'on soit.

« C'est l'explication la plus probable. Ana m'a finalement dit qu'ils en avaient filtré une partie. Avant que ça devienne trop laborieux pour eux. Elle grimace. « J'ai eu de la veine de boire dans le bidon non contaminé. Nous avons nettoyé tous les conteneurs aussi soigneusement que possible et les avons remplis d'eau filtrée. Ana sait comment utiliser le filtre maintenant, crois-moi.

Elle a l'expression triomphante d'une mère qui a donné une leçon à son vilain gosse.

Je m'esclaffe. « Merci de prendre soin de moi, chica. »

Elle sourit. « C'est normal. Même si tu as été mal lunée, et que tu as envoyé systématiquement valser tous les verres d'eau que je te donnais. Tu n'arrêtais pas de dire que ça nous ferait gémir nous aussi. J'étais drôlement inquiète. »

« J'ai fait des rêves délirants. Désolée de t'avoir mené la vie dure. Ça a dû être amusant. Penny hausse les épaules avec un sourire. Je désigne James du menton. « Comment va-t-il ? »

« À peu près comme toi. Peter aussi. Ça les a frappés un peu plus tard, je pense qu'ils se sentiront mieux d'ici ce soir. Si toi tu vas mieux, c'est bon signe pour tout le monde. »

J'acquiesce. « En fait, même un petit creux. Un tout petit. »

« Je vais voir si je peux trouver quelque chose que ton estomac supporte. » Elle ouvre la fermeture éclair de la tente, puis s'immobilise et se tourne vers moi avec un petit sourire diabolique. « Oh, ça va te faire rigoler. Tu te souviens quand tu as vomi, la première fois ? Eh bien, c'était sur les chaussures de Peter. Il était furieux. C'était extra. Il n'a pas cessé de se plaindre de la mauvaise odeur, malgré tous ses efforts pour les nettoyer… jusqu'à ce qu'il tombe malade.

Les chaussures de Peter lui ont coûté plusieurs centaines de dollars. Cette idée me donne encore plus la pêche. C'est drôle, quand même, à quel point un petit coup de pouce au moral peut vous remettre d'aplomb.

Je souris et ferme les yeux. « Super. J'espère que l'odeur de gerbe ne partira jamais. »

Chapitre 45

Trois jours de vomissements n'ont pas arrangé l'odeur dans la camionnette. Un savon et de l'eau froide en quantité limitée ne changent pas grand-chose à l'affaire, lorsqu'on est allongé dans son propre vomi. On campe dans une clairière en contrebas d'une route de terre battue. Penny et Ana ont entendu des voitures passer sur la route principale. À quelques reprises, elles ont même entendu des coups de feu lointains et de vagues bruits d'explosions.

On a plusieurs jours de retard sur notre trajet. Je suis maintenant au volant, nerveuse comme chat dans un salon rempli de fauteuils à bascule, comme dirait Nelly. Je n'ai pas eu beaucoup d'occasions de conduire récemment, je suis plutôt une citadine non véhiculée depuis quelques années. Et puis mon père m'a toujours dit que je conduisais comme une grand-mère. Ma tête est à quinze centimètres du pare-brise, et j'ai peur de ce que me réserve chaque tournant. Nelly, qui se repose à l'arrière, entrouvre enfin un œil et me demande si je veux qu'il me remplace.

« Je peux conduire », propose James.

Il s'est requinqué ces dernières heures et il se glisse sur le siège passager. Il est presque squelettique maintenant. Penny lui offre un goûter toutes les quinze secondes, picorant autour de lui comme une mère poule. Je suis quasi certaine que ça n'est pas pour lui déplaire.

« Non merci, je me débrouille », je grommelle, et tente de relaxer une de mes mains crispées sur le volant.

« Tu tiens le volant comme dans une prise de mort en kung-fu », dit James.

Je laisse échapper un gloussement teinté d'hystérie. Je me suis proposée pour conduire parce que Penny et Ana ne conduisent presque jamais et que tout le monde allait encore moi bien que moi, mais c'était sans doute une erreur de jugement. Il faut l'avoue, je ne suis pas en état de conduire, mais j'insiste quand même. Peut-être que je suis faible et à demi inconsciente après ma crise de foie, ou que je crois dans le fond que la seconde partie de notre voyage ne va pas être aussi tranquille que la première heure, ou que j'essaie de me convaincre que je n'ai rien à prouver en conduisant cette camionnette puante. Et puis moi, je n'ai pas passé les derniers jours à pleurnicher et à refuser de faire ce qui est attendu de moi, contrairement à certaines personnes ici présentes.

« D'accord, je te passe le volant dans quelques minutes. Dès qu'on tombe sur un endroit où on peut faire un arrêt. »

La route serpente à travers les forêts, les fermes, des champs ponctués de bicoques et de caravanes délabrées. Quand nous avons commencé notre périple l'autre jour, il y avait encore des signes de vie : une personne dans un champ, de la fumée s'échappant des cheminées. Aujourd'hui, tout semble dépeuplé. Je ne saisis pas ce qui a pu pousser les occupants à quitter leurs habitations relativement sûres pour rejoindre l'une de ces "zones de sécurité".

Je suppose que je l'envisagerai peut-être moi aussi, si nous n'étions pas déjà passé par l'une d'elles et entendu parler de l'assaut d'une autre. Occupée que je suis à chercher un endroit pour m'arrêter, je ne remarque que de justesse, après un virage, une personne qui se tient au milieu de la route.

« Merde ! » J'appuie à fond sur le frein et pile à deux mètres du type. Vague de protestations colériques à l'arrière quand tout le monde se cogne la tête contre les sièges avant. « Pardon ! Ca va tout le monde ? »

« Euh, ça va », dit Penny en fixant la route devant nous.

L'homme nous tourne le dos. Ses cheveux gras forment des épis. De dos, il a presque l'air normal, mais aucun de nous n'est surpris lorsqu'il se retourne, par son visage flasque. Un réseau de vaisseaux sanguins violacés se détache sur son teint de cendre. On dirait la carte routière que nous suivons depuis quelques jours. Il se traîne jusqu'à notre capot et se penche vers nous. Ses yeux sont troubles et exorbités, comme de vieilles billes sales.

« Écrase-le ! » hurle Ana.

Sa voix porte à travers les vitres. Il gémit et se hisse sur le capot en claquant des dents. Je n'en ai jamais vu un d'aussi près, et si calme, en plein jour. Il y a une matière brune entre ses dents, comme s'il ne se les était pas brossées depuis des années. Je suis presque sûre que c'est du sang. L'os d'un de ses bras ressort, un éclat blanc dans un désordre de chair.

« Cassie, souffle James d'une voix calme. C'est le moment d'agir. »

Je me ressaisis. Il y a un mort vivant sur le capot de la voiture. Ses mains tâtonnent la peinture noire brillante à la recherche d'une prise, et j'ai peur qu'il rebondisse et craque le pare-brise. J'appuie timidement sur l'accélérateur, même si je voudrais appuyer à plein pot.

« Bon sang, Cassie, décolle ! » hurle Peter, et la créature sur le capot émet une sorte de gargouillement de frustration.

« Je ne veux pas qu'il nous défonce le pare-brise, dis-je, accélérant. Accrochez-vous, tout le monde ! »

Je fais une embardée et le Lexer glisse enfin du capot. On lui roule dessus dans un terrible bruit. Mon souffle est saccadé. À présent nous filons à toute allure sur la petite route, et je n'ai pas l'intention de m'arrêter, plus jamais. Je suis si crispée sur le volant que j'en ai mal aux mains et au cou. Tout le monde parle en même temps, mais je me tais, me préparant mentalement au prochain accident.

« Désolé, tout le monde, dis-je enfin. J'aurais dû réagir plus vite tout à l'heure. » Je me sens bête, comme si personne ne pouvait plus me faire confiance pour assurer la sécurité de tout le monde. Je sens mes joues brûler.

« Tu rigoles, j'espère ? » me lance Penny.

« Si j'avais été au volant, on y serait encore, à essayer de me faire appuyer sur le champignon. Et puis au final, je l'aurais envoyé valser, et il aurait probablement craqué le pare-brise », dit Nelly. Peter tousse un peu. « Et toi aussi, tu voulais foncer, Pete, pas vrai ? C'est pour ça que tu lui as crié de partir ? » Il y a une défiance dans sa voix.

« Pas si vite qu'il aurait cassé le pare-brise », se défend Peter.

Je le regarde dans le rétroviseur serrer la mâchoire. Il déteste qu'on l'appelle Pete, et Nelly le sait parfaitement.

« Merci, dis-je à l'attention de tous, sauf de Peter. Je ne vais pas être aussi longue à la détente la prochaine fois. Je pensais qu'on était protégés, dans cette voiture, mais si ce type se promène tranquillement comme ça… »

« Oui, c'est mauvais signe, dit James. Je peux te remplacer quand tu veux. »

Chapitre 46

Les maisons vides paraissent désormais presque menaçantes. Leurs yeux morts nous regardent passer devant eux. Je sursaute à chaque fois que je vois l'un de ces visages blêmes, ou une de ces silhouettes derrière les fenêtres, attendant de pouvoir enfin sortir. Je m'attendais au bout d'un moment à ne plus me sentir chamboulée, mais le corps reconnaît toujours une menace, et ne laisse pas mon cerveau me convaincre du contraire. Maria a dit que le virus évolue dans le cerveau, cet épicentre de toutes nos réactions primitives. Je viens de comprendre que si je laisse mon cerveau suivre son petit cheminement reptilien naturel en réaction à tout ça, j'ai des chances de survivre.

Je suis serrée à l'arrière et mon flingue me rentre dans les côtes. C'est très inconfortable. Je n'ai jamais été très fan des armes à feu. Elles m'ont toujours fait flipper, malgré mes nombreuses séances d'entraînement. Mon père avait une arme. C'était presque une extension de son corps, un outil. Comme un marteau. J'ai l'impression d'utiliser une scie sauteuse sans coque de sécurité, sans gants ou lunettes de protection, les yeux clos. Et à tout moment, elle pourrait se déclencher violemment, irrésistiblement, malgré mes efforts pour la contrôler.

Mon père disait toujours que j'avais un vrai don pour atteindre mes cibles, et j'en étais fière. Mais je ne suis pas Nelly, qui sait tenir un flingue avec confiance et aisance, qui ne fronce pas les sourcils en sentant son poids dans sa main, et ne le tient pas comme un serpent venimeux. Je n'ai jamais voulu de pistolet pour me sentir protégée, je suis bien plus terrifiée par les accidents potentiels que générera ce truc que par les pires embûches que pourrait me réserver la providence au quotidien. Pour l'instant, je suis juste contente enfin de l'avoir sur moi. Sa pesanteur me donne une contenance, un ancrage, et me rappelle qu'à tout moment, je pourrais avoir à m'en servir. J'espère juste que je sais toujours tirer correctement.

Il nous reste un peu plus de cinquante kilomètres à faire. Ça parait peu, mais ça pourrait être impossible. Il y a des gens par ici qui parcourent cette distance juste pour acheter un gallon de lait. Du moins, avant tout ça. Les deux petites épiceries qu'on croise sont plongées dans la pénombre.

Plus que quinze kilomètres avant Bellville, la petite ville où nous allions certains soirs, avec ma famille, prendre une glace ou regarder les feux d'artifice du quatre juillet. Ce n'était pas sur notre itinéraire, mais j'ai vécu assez longtemps dans le coin pour reconnaître cette route. Bientôt la ferme avec la boîte aux lettres sur la roue de charrette m'indique que nous sommes à moins de huit kilomètres du but. Je leur annonce ça à voix haute. Tout le monde acquiesce mais le silence persiste.

Peter est assis à l'autre bout de la banquette arrière. Son profil est immobile, et il suit des yeux les objets du paysage qui défile. Ce matin il a marmonné à mon intention une sorte d'excuse, et j'ai tenté d'apparaître magnanime. *C'est pas grave, c'était juste une erreur*, ai-je dit, en essayant de lui sourire. Il m'a renvoyé une sorte de sourire amer, et on est retourné charger la camionnette. Il a tant de rage envers moi, ou peut-être envers tout. Peter n'a jamais manqué de rien, sauf des choses qui importent vraiment. Il a toujours eu de l'argent, et du charme pour le tirer d'affaires, jusqu'à maintenant. Son armure superficielle s'est désintégrée.

Peut-être que quelque part au fond de lui, il y a encore ce gars généreux qui me traitait avec douceur, et qui ne correspond à rien de ce qu'il projette pour le reste du monde. J'aimerais pouvoir lui rendre la vie plus simple. Mais peut-être que ce n'est pas possible. Il est là, en tout cas, et malgré mon envie puissante de l'envoyer au diable, je suis contente, quelque part. Il me déteste sans doute, mais moi, je tiens encore assez à lui pour lui souhaiter de rester en sécurité.

CHAPITRE 47

UN PANNEAU PEINT à la main nous accueille à Bellville. Un véhicule de police est garé sur le bord de la route, entouré d'une mêlée de voitures. Trois hommes en sortent. L'un d'eux pose une énorme mitraillette sur le toit tandis que les autres lèvent les bras pour nous stopper.

« Ok, crie l'un d'eux, un blond. Tout le monde sort de la camionnette. »

« On sort ? demande James. Peut-être qu'il vaudrait mieux repartir d'où on vient. Y'a pas d'autre chemin ? »

« On a encore cinquante kilomètres de route, au moins, dis-je. Et rien ne garantit qu'on va pas tomber sur un autre barrage. » Le positif dans tout ça, c'est qu'ils ont sûrement barricadé le village, et que la population est sans doute saine.

Tandis qu'on sort de la camionnette, deux hommes s'approchent et laissent celui qui tient la mitraillette nous tient en joue. Le deuxième type est gros, avec des cheveux bruns qui semblent avoir été coupés avec un couteau à beurre, et des yeux rétrécis, malveillants.

« Où allez-vous comme ça ? » nous demande le grand blond.

J'avance de dix centimètres. « On va chez mes parents. À trente kilomètres au Nord. »

« Il y a des malades parmi vous ? »

On secoue vigoureusement la tête. Une bonne chose qu'on n'ait pas essayé de passer ce genre de barrage au moment où on a tous chopé le bug de l'eau de rivière. Ils nous dévisagent comme s'ils voulaient nous tirer dessus en premier puis nous poser les questions. Il faut dire qu'on a toujours de sales mines, et qu'on a fait un nombre incalculable de pauses pipi aujourd'hui, mais ce qui est sûr c'est qu'on n'a pas des têtes de zombies.

192

« Bon, on ne laisse personne entrer dans le village. Vous allez devoir passer votre chemin, les amis. »

« On a juste besoin de traverser. On doit longer Bell Street, c'est tout, je plaide. Ça nous fera gagner cinquante kilomètres… On n'a plus beaucoup d'essence. Vous pourriez nous escorter. »

Il secoue la tête. « On n'a pas le temps ni les moyens d'escorter les gens à droite et à gauche. Plus de la moitié des habitants se sont réfugiés en zone sécurisée à l'extérieur d'Albany. La garde nationale est venue il y a quelques jours et a dit aux gens que c'était leur seule chance de rester en vie. Et ils ont suivi. »

Le gros rétrécit davantage ses petits yeux. « Et vous, pourquoi vous n'allez pas en zone sécurisée ? »

« On en vient, justement. À New Jersey, dit Nelly. On en a réchappé de justesse, car il a été envahi par des malades. Je parie que vous n'y êtes pas non plus pour les mêmes raisons. Vous vous êtes dit que vous alliez protéger votre famille tous seuls, je me trompe ? »

« C'est vrai. Mais on ne va pas vous laisser passer pour autant, les gars. Les ordres du shérif. »

Mon cœur se gonfle d'espoir. « Sam ? Le shérif Price ? » je lance à tout hasard.

Le grand blond soulève un sourcil. « Vous connaissez le shérif ? »

« Absolument. Et il connaît mon nom. Vous pouvez lui dire que Cassie Forest est ici ? »

Celui aux petits yeux pince la bouche, et l'autre répond avant. « Bon, je vais l'appeler. Attendez-moi ici. »

Ils se dirigent mollement vers leur véhicule et marmonnent dans leur radio. J'essaie de ne pas les fixer, craignant qu'à tout mouvement suspicieux ils changent d'avis et refusent de nous aider. De plus, on a toujours nos armes sur nous.

« Ce n'est pas un jeu, les enfants », dit Nelly. Il s'adosse à la camionnette, l'air nonchalant, et incline la tête légèrement vers la ville. « Ne regardez pas. Il y a des gens sur les toits. J'en ai déjà vu deux. »

« Ils ne rigolent pas, on dirait, approuve James. On devrait siphonner plus d'essence s'ils ne nous laissent pas passer. Je veux vraiment partir d'ici en vitesse. »

Je hoche la tête. Tout ça ne vaut pas la peine de prendre des risques. Je m'apprête à leur dire le fond de ma pensée quand le grand blond ouvre la portière et revient vers nous l'air souriant, suivi au trot par le gros aux petits yeux.

« Bon, Cassie Forrest, dit-il la main tendue vers nous. Sam est content que vous soyez là. Moi c'est Will Bishop, au fait. Désolé pour l'accueil un peu brutal, mais on a eu plein de voitures avec des infectés. »

Il pointe du pouce vers son collègue. « Et voici Neil Curtis. »

Neil nous adresse un salut de tête, et quand il nous toise, ses yeux s'attardent un peu trop longtemps sur moi, et sur Penny et Ana. Son regard est sans profondeur, comme celui d'un chien imprévisible. Certains de ces chiens sont mauvais, tandis que d'autres sont si amoureux de leurs balles de tennis qu'il n'y a de place pour rien d'autre dans leur cœur. Ce chien-là, c'est clair, il est mauvais. Je l'ai repéré tout de suite.

James s'avance pour lui bloquer son champ de vision. J'apprécie l'intention, mais il n'a jamais été aussi frêle et squelettique que cette semaine. Il pourrait s'envoler à la première brise. Neil s'en rend bien compte, et cache vite son expression un peu trop énervée. *Chien méchant.*

« On va déplacer la voiture pour vous laisser passer, dit Will Bishop. Sam est à la mairie en ce moment. Vous connaissez le chemin ? »

« Oui, merci beaucoup. »

CHAPITRE 48

SAM SE TIENT devant la mairie, et lève les sourcils en nous apercevant au volant de notre tas de ferraille. Je saute de la camionnette dès qu'on s'est mis à l'arrêt et je cours vers lui.

Il me prend les deux mains et me serre dans ses bras. « Cassie, ça fait un bail ! Comment allez-vous ? Vous êtes indemnes ? »

C'est si réconfortant de voir enfin un visage familier, que je n'arrive pas à me défaire d'un grand sourire bêta. Je lui fais un bref compte-rendu de notre périple et tout le groupe nous rejoint.

« Venez vous asseoir à l'intérieur », dit Sam. Il quitte son chapeau et nous ouvre la porte. « Les commissariats d'état ne sont plus des lieux sûrs. C'est là que finissent tous ceux qui se sont fait mordre, et tous ceux qui ont pris peur et sont venus ici, pour s'y faire mordre… Heureusement, peu de gens sont arrivés jusqu'ici pour le moment. »

Sam nous guide vers une pièce aux fenêtres hautes où brillent les derniers rayons du matin. Il s'assied sur un banc en bois et nous invite à en faire de même. Il n'a pas changé depuis la dernière rencontre, il y a trois ans, quand il est venu m'annoncer l'accident. Les rides profondes, lourdes de son long visage sont toujours là, plus creusées. Ou peut-être qu'elles sont revenues récemment. Cette crise-là est d'une toute autre échelle qu'un accident de voiture.

« On a bloqué la principale intersection, poursuit-il. Tout le monde ou presque est allé se réfugier au collège-lycée. Il y a là un générateur. On déplace aussi notre équipement vers l'école. »

« Ça doit en faire, du bazar, dit-je. Je sais que la moitié du village a fui, mais il reste quand même au moins mille personnes. »

« Mille ? Mais d'où sors-tu cette drôle d'idée ? La plupart des gens ont filé. On doit être deux cent, c'est tout. »

« C'est ce qu'ils m'ont dit au barrage. Ils ont dit que la moitié du village avait été évacué. »

« Bah, c'est ce qu'ils racontent pour décourager les gens de tenter un passage. Je suis content que tu aies pensé à me faire appeler. Ils n'ont laissé personne rentré, jusqu'à présent. Un seul de ces… Comment les appelles-tu, déjà ? Lexers ? Ici on les appelle les mordeurs. S'il y en a eu un qui réussit à se faufiler, on est tous cuits. En tout cas, on fait de notre mieux avec nos barrages. Tout le monde est terrifié. »

Il pose les coudes sur ses genoux et joins les doigts sous son menton. Il y a matière à réflexion, et il a l'air épuisé, le regard rougi d'inquiétude et d'anticipation.

« Il y a ce type, là-bas, Neil. C'est bien son nom ? Je comprends le principe de leur accueil, mais lui, c'est autre chose… » lance James avec un haussement d'épaules.

Sam se frotte le menton et soupire. « Oui, la famille de Neil vit ici depuis de nombreuses générations. Ce sont un peu les pitbulls du village, vous voyez ? Ils se reproduisent entre eux et empirent à chaque fois. Neil fait du bon boulot au barrage, mais il peut causer des ennuis. Il a eu des démêlés avec la justice. Je le tiens à l'œil, celui-là, ne vous inquiétez pas. »

Il se tourne vers moi. « Vous pouvez dormir à l'école, si vous voulez. On aurait bien besoin d'aide supplémentaire là-bas. Il nous reste beaucoup de familles… Un quart des effectifs sont des enfants. »

Je ne veux pas le décevoir, mais l'idée de me retrouver coincée là-bas m'angoisse. Je ne veux pas lui dire le fond de ma pensée… qu'ils sont des proies faciles.

« La maison est toujours remplie de provisions, Sam. Et Eric… tu te souviens de mon frère ? Il me rejoint là-bas. Je me sentirais mieux si on restait là-bas. Je m'excuse. »

Il acquiesce. « Je savais que tu allais me dire ça. Écoute, tu n'as dit à personne où se trouvait la maison, n'est-ce pas ? » On secoue la tête. « Gardez bien ça pour vous. Il y a des gens qui pourraient être tentés de se joindre à vous. Je viendrai voir si tout se passe bien de votre côté dans quelques jours. L'équipe de la Garde Nationale qui est venue l'autre jour nous a dit que la crise serait passée dans un mois. Ils ont dit que les Mordeurs allaient se… désintégrer, pour reprendre l'expression du gars. On peut survivre tout ce temps, pas vrai ? »

« Bien sûr qu'on le peut », dis-je. C'est une très bonne nouvelle. Dans un mois, espérons que le cauchemar soit terminé.

La radio accrochée à la taille de Sam se met à grésiller. Je ne comprends pas un mot, mais il répond. « Je dois accompagner un groupe vers le quartier nord, et j'arrive. »

Il raccroche sa radio à sa ceinture tandis qu'on se tient autour de lui. « Vous avez assez d'essence ? »

Il y avait du carburant à la maison, pour le générateur, mais je ne veux pas trop compter dessus. Je regarde James, qui réplique, « Il nous reste un quart de réservoir. »

« Ça devrait suffire à vous amener en centre ville une ou deux fois. On conserve l'essence pour le générateur, mais la prochaine fois que vous venez, on pourra sûrement vous donner un peu d'essence qu'on tire des voitures abandonnées. »

Quand on ressort de la mairie, le soleil nous éblouit presque. Je me tourne vers Sam, une main en visière. « Pourquoi n'es-tu pas parti avec la Garde quand elle est venue chercher tout le monde ? »

Sam a remis son chapeau et je distingue mal son regard dans l'ombre, mais ses lèvres se serrent. « J'étais à Albany dimanche. C'était un bordel de tous les diables, pardonne mon langage. Les gens n'avaient rien à carrer du couvre-feu, il y avait des infectés à tous les coins de rue. J'écoute la radio de la police depuis une semaine et honnêtement, Cassie, j'ai l'impression… ou plutôt je *sais*, qu'ils sont complètement dépassés. Quand j'ai entendu que leur plan était de nous déplacer vers une zone plus densément peuplée, je me suis dit qu'ils avaient vraiment perdu la boule. J'ai proposé d'accueillir les gens ici ; on aurait eu besoin de petites mains. Mais ils avaient leurs ordres à suivre. J'ai tenté de convaincre plus de gens de rester ici, mais ils se sentaient plus en sécurité avec l'Armée. » La décision lui pèse.

« On a fait un petit séjour dans l'une de ces soit disant zones de sécurité. Je dirais que c'est l'endroit le moins sûr qu'on ait rencontré jusqu'à présent. Tu as fait le bon choix. »

Même si ça risque de ne pas suffire, c'est toujours le meilleur choix. Ils ont dit un mois, je me répète. Ça devrait le faire.

« Ah, Cassie, je l'espère plus que tout. »

Chapitre 49

Nous suivons la route pavée qui sort de la ville, pendant une trentaine de kilomètres avant un tournant. J'ai déplacé ma bague à étoile dans la poche d'un jean propre, et quand je dis propre, il ne faut pas me prendre au pied de la lettre. Un jean sans vomi, disons. Je caresse le contour de la bague à travers la toile en repensant à la première fois où j'ai amené Adrian à la maison de campagne.

On est arrivés tous les deux à l'heure du déjeuner, quand les dernières notes de la chanson *Take Me Home, Country Roads* disparaissaient sous le crissement des graviers. La tradition avait commencé avec la cassette de John Denver qui appartenait à ma mère, et que je leur faisais passer sur la dernière route qui menait à la maison. Au tournant, j'avais retiré le CD du lecteur pour passer le fameux Denver. Adrian s'était moqué de moi et de ce choix kitsch, avant de se mettre à chanter avec moi, à tue-tête. Après plusieurs mois ensemble, il s'était habitué à mes idiosyncrasies.

Assis là dans la voiture, on a écouté une minute le son du moteur qui refroidit, des bruits émanant de la maison, des piaillements de poules, du vent dans les arbres, du choc des couverts dans la cuisine.

« Tu es prêt ? » l'ai-je interrogé.

Je savais qu'il était nerveux. Il avait rencontré mes parents quelques fois, mais là, on allait passer un long weekend dans leur maison. Une tout autre histoire.

« C'est exactement comme je l'avais imaginé. » dit-il.

J'ai essayé de la voir avec ses yeux. La construction en bois usées, les baies vitrées installées par mes parents, le porche courant sur toute la longueur de la façade avant, avec la grande table et les chaises, la balançoire à l'autre bout. Les massifs fleuris que bichonnait ma mère et qui formait un écrin de couleurs vives. Mais tout ce que je voyais, c'était la maison de mon enfance. Et j'espérais qu'Adrian allait l'aimer autant que je l'aimais.

Mes parents sont apparus sur le porche quand on sortait nos sacs du coffre. Mon père m'a donné un câlin de grand ours, sa barbe me piquait le cou. Ma mère a serré Adrian dans ses bras. Ses longs cheveux étaient tressés, et ses charmantes fossettes se creusaient tandis qu'elle lui parlait. Elle avait une personnalité chaleureuse, qui attirait les gens.

« On entend toujours Cassie arriver sur la route. » a-t-elle dit, chantonnant quelques notes légères de sa chanson préférée. Le chanteur, comme elle, venait de l'ouest de la Virginie. En tendant bien l'oreille, on entendait presque l'écho des montagnes dans sa voix. « Le repas est prêt. J'ai préparé quelques petits plats comme je n'étais pas sûre de ce que tu aimes manger, Adrian. »

J'ai fait la traduction. « Ça veut juste dire qu'il y a de quoi nourrir quinze personnes à l'intérieur. »

« Non, non. Je suis une adepte de la frugalité. Il y en a pour à peine dix. » Elle se mit à rire en repoussant mon père tandis qu'il rectifiait, du bout des lèvres : « Quinze. »

Les murs et parquets étaient en bois, d'une couleur de miel, qui diffusait une lumière chaude dans tout l'appartement à l'étage. Enfant, j'y passais des heures à peindre, avec un grand sérieux, j'y travaillais comme s'il s'agissait d'un atelier d'artiste. Il y avait toujours le matériel de peinture là-haut, à cette époque.

La grande table de ferme trônait toute proche de la cuisine, laquelle était ouverte sur le reste de l'habitation. Eric et moi avions l'habitude de taquiner notre mère sur sa tendance à toujours surestimer les quantités de nourriture à préparer. Elle nourrissait les dix chaises, plutôt que les personnes présentes. Ce jour-là, elle avait couvert la table de charcuteries, d'houmous, d'une salade de pommes de terre maison, de trois types de pain qu'elle avait sans doute cuits elle-même, de yaourt, de pâtes, de deux tartes et d'un grand bol de fruits.

« Il y a des frites et des… » a-t-elle commencé, avant qu'Adrian ne l'interrompe.

« Ça a l'air vraiment délicieux, M… »

Elle le coupe, une main tendue devant elle. « Tu ne vas pas m'appeler Madame Forrest, j'espère ! Parce que je refuse de répondre, hein ! J'ai déjà assez de mal à l'entendre toute la journée à l'école. S'il te plaît, appelle-moi Abby. »

Elle place une assiette devant lui en souriant et il promet de ne jamais lui refaire ce coup.

« Eh bien, moi, tu peux m'appeler Pat, ou Patrick, ou ce que tu veux. Tant que tu ne m'appelles trop tard pour le dîner », a blagué mon père. Ma mère et moi avons grogné d'embarras. Il adorait faire l'idiot.

Je sentais Adrian commencer à se détendre. Mes parents savaient vous mettre à l'aise. Papa s'est servi une montagne, comme s'il n'avait rien mangé depuis des jours, ce qui était techniquement improbable avec ma mère à proximité. Je voulais goûter à tout, et j'ai essayé de décider par où commencer.

Ma mère avait posé une fourchette et un bocal de pêches en sirop devant mes trous de nez. Plus besoin de réfléchir. Rien n'égalait des pêches au sirop maison. C'est comme un concentré d'été dans la bouche. J'ai piqué ma fourchette dans les fruits avant de les enfourner goulûment dans ma bouche. Leur saveur sucrée et fleurie pétillait sur le bout de ma langue.

« Morfale ! s'est-elle exclamée en riant, elle adorait qu'on s'empiffre avec ses spécialités. « C'est presque le dernier pot de la récolte de l'année dernière. J'ai fait quelques bocaux hier mais je me suis dit qu'on pourrait en faire plus demain. Si vous voulez. Vous pouvez en amener, d'ailleurs. »

« Avec joie. »

J'ai tendu une moitié de pêche au bout de la fourchette à Adrian, qui l'a avalée en une bouchée sous nos yeux scrutateurs. Une sorte de test.

« Oh la la, c'est délicieux. Non, absolument divin », a-t-il décrété, remportant le test, car il était clairement convaincu.

« On va les manger avec de la glace au dîner », a dit papa en essuyant la barbe avec sa serviette, puis en se frottant l'estomac.

« J'ai hâte d'y être », répliqua Adrian.

Il échangea un sourire avec ma mère. Mon père nous a ensuite parlé d'un problème qu'il avait avec ses capteurs solaires, et dès qu'ils ont commencé à discuter convertisseurs et matrices, j'ai décroché. Je savais qu'il fallait faire un petit effort pour écouter, mais il y a toujours eu d'autres sujets qui détournaient mon attention. Les pêches, par exemple.

« Eric voulait vraiment venir, mais il n'a pas réussi à s'échapper », m'a dit ma mère. J'aurais aimé voir Eric, mais cela aurait peut-être fait trop de Forrest d'un coup pour Adrian.

« Je lui ai parlé hier, ai-je dit. Il parle sans arrêt d'une certaine fille, et on dirait que c'est une dure à cuire. Elle l'a devancé à plate couture quand ils sont allés escalader une montagne. Je crois qu'il l'aime beaucoup. »

« Ce n'est pas cette fameuse Rachel ? » J'ai acquiescé. Elle a applaudi d'excitation. « On l'a rencontré à la réunion parentale, avec son groupe d'amis. Elle a l'air sympathique. Le genre de filles qui m'évoque des chevaux, si tu vois ce que je veux dire. »

Je ne voyais pas du tout ce qu'elle voulait dire et elle le savait. Il ne fait pas de doute que c'est de ma mère que je tiens mon côté excentrique.

« Elle n'a rien d'un cheval, ni physiquement, ni mentalement, s'est-elle expliquée. D'ailleurs, elle est plutôt jolie. Mais elle a ce côté soigné et élégant. Bronzée, la taille musclée, souple, les dents blanches, et une longue crinière châtain clair. On dirait qu'elle sort de je ne sais quelle expédition, et elle pourrait très bien revenir de l'épicerie du coin. »

Ce qui est drôle, c'est que je voyais tout à fait ce qu'elle voulait dire, après cette explication insensée. J'ai toujours pensé que j'étais l'exact opposé de ce genre de filles, d'une autre espèce, avec leurs joues roses et leur enthousiasme débridé. Je crame au soleil, et les zillions de taches de rousseurs sur mes bras ne semblent jamais fusionner pour me donner un teint bronzé. Mes cheveux ne sont ni fournis, ni brillants, ils frisent et gonflent sous l'effet d'ondulations indécises qui ne forment jamais de jolies boucles. Mes cuisses tremblotent comme de la gélatine, et personne ne m'a jamais dit que j'avais l'air sportif ou dynamique, alors que je fais tout plein de trucs en extérieur. Dans la nature, j'ai l'air d'un pauvre animal traîné là par un chat plutôt que d'une pub pour Décathlon. Mais je l'aime déjà, cette fameuse Rachel. J'ai le plus grand respect pour toute personne capable de botter le derrière d'Éric. Il est tellement bon en tout que c'en est presque insupportable. Mais c'est aussi ce qui le rend si difficile à détester.

Papa et Adrian nous jetaient des coups d'œil furtif tandis que mon père essayait de dessiner un schéma électrique sur son calepin.

J'ai secoué la tête tristement quand ils m'ont regardée à nouveau. « Vous n'avez qu'une envie, c'est d'aller voir cette installation électrique. Ça vous démange, non ? »

« Eh bien c'est vrai que… balbutie mon père, ce serait plus facile de lui montrer concrètement à quoi il ressemble. »

J'ai fait mine d'abandonner, mais j'étais en fait contente qu'ils se soient trouvés une passion en commun. « Allez, déguerpissez ! » Je les ai éventés de la main. « On te fera visiter plus tard, Adrian. On va débarrasser, nous. »

Ils se sont levés aussitôt dit, dans un grincement de chaises, et sont passés par la porte vitrée qui menait au salon du fond. Maman les a regardés avec tendresse et s'est mise à placer les interminables boîtes de nourriture au frigidaire.

Elle est ensuite venue se poster près de moi quand je faisais la vaisselle. « Tu l'aimes », a-t-elle tranché.

Ma mère était la seule personne qui parvenait à me faire parler de mes sentiments intimes. J'ai maintenu le regard fixé sur l'éponge et souri. « Je crois, oui. »

Elle a serré mon épaule avec jubilation. « Je suis si contente. »

Plus tard, j'ai erré dans toute la maison, jetant un coup d'œil dans toutes les pièces, retrouvant les livres, mes photos préférées. C'était comme retrouver de vieux amis après une longue séparation. Ma chambre sentait les fleurs sauvages du bouquet que ma mère avait posé sur ma commode. Je me suis assise sur le lit et j'ai joué avec l'oreille unique du petit chien en peluche à tête de rat que j'avais gagné à la fête foraine il y a plusieurs années.

J'ai ensuite jeté un œil à la cour arrière. À droite de la maison, il y avait une rangée d'arbres, le hamac en-dessous qui me suppliait presque de venir y bouquiner. La petite grange se trouvait juste derrière, à l'ombre des arbres fruitiers. Elle n'accueillait pas d'animaux, mais les parents attendaient la retraite pour se procurer quelques chèvres et peut-être un cochon pour faire du petit salé. Le poulailler, en revanche, était plein. À l'automne, ils donneraient les poules à nos voisins, John et Caroline, qui en étaient ravis.

Devant la petite barrière de bois et de grillage qui cerclait le potager, il y avait mes buissons de myrtilles et un tapis de fraisiers à leurs pieds.

Je suis sortie dehors et j'ai levé la tête vers le soleil, écoutant le chant des grillons qui titillent les oreilles et se taisent quand on s'approche. On n'arrivait jamais à les attraper quand nous étions petits, peu importe l'agilité avec laquelle nous rampions dans les herbes hautes. Je suis entrée dans le jardin. Les courgettes qui avaient poussé hors des regards mesuraient alors une trentaine de centimètre, et les premières tomates étaient presque mûres. J'ai tripoté les feuilles odorantes du plant de tomate et respiré le parfum vert, tenace, qui m'a rappelé la menthe.

J'ai entendu un rire et je me suis dirigée vers l'abri de jardin, qui accueillait les batteries du système de chauffage solaire. Adrian et mon père se trouvaient là, penchés sur un boîtier métallique, hochant la tête d'un air entendu. J'ai frappé des doigts sur la coque de métal, comme un mécanicien avec une carcasse de voiture, et j'ai fait mine d'avoir une idée précise de ce qui se tramait dans l'engin.

« Alors, les garçons, vous avez trouvé la solution ? »

Ils se sont redressés. Ils étaient si différents. Mon père était large d'épaules, le teint rose, et Adrian était élancé, tanné. Mon père n'avait jamais bronzé de sa vie, mais Adrian avait un merveilleux teint hâlé. Et malgré ça, j'ai aussi été frappé par leurs similitudes. Non seulement ils se passionnaient tous deux pour des sujets d'un ennui insondable comme l'autosuffisance et les systèmes électriques, mais ils avaient le don génial d'être infiniment patients. Des gars costauds. Toujours partants pour un rire convivial et empreints de gentillesse envers leur prochain. Mais il y avait derrière cette bonhomie une solidité d'acier. S'ils se sentaient provoqués, il fallait s'attendre à une tornade. Je n'aurais pas dû être surprise par cette révélation, mais je le fus.

Adrian a pris un air malicieux. « Si, je crois qu'on a enfin trouvé le problème. C'est à cause du convecteur temporel. Il est temps d'en installer un neuf, les amis. »

J'ai roulé des yeux. « Tu sais que comme tout le monde, j'ai vu *Retour vers le futur*. Bien essayé. » Ils se sont esclaffés. « Je vais en ville avec maman. On va acheter des pêches et les couvercles de bocaux sont en promo. Vous avez besoin de quelque chose ? »

« Encore des couvercles ? On va en avoir pour les prochains siècles, à ce rythme ! » a réagi mon père, qui au fond n'avait rien contre.

« Tu sais que c'est grâce à ces couvercles que tu dégustes des pêches tout l'hiver. Nos pêches ! » je lui ai rappelé.

Ses yeux pétillaient. « Tu as raison, ma petite Cassie. Dis-lui d'en prendre pour les deux prochains siècles et c'est tout ! »

Je les ai embrassés tous les deux et les ai laissés à leurs convecteurs temporels.

Cette nuit-là, nos voisins, John et Caroline, nous ont rejoints pour le dîner. On était à une centaine de mètres à peine de leur maison, de l'autre côté du bois. Au fil des ans, on avait tracé un sentier.

Contrairement à mes parents qui étaient de vrais hippies, John et Caroline étaient des libertaires croyants, ce qui donnait de la saveur à nos échanges. Les gens trouvaient leur amitié insolite, mais ces deux-là faisaient quasiment partie de la famille.

John s'était assis à l'une des extrémités de la grande table, et dégustait du gratin derrière son épaisse barbe. « Si vous pensez que FEMA va agir quand ce genre de choses finira par arriver, vous vous fourrez le doigt dans l'œil, mes braves. Suffit de voir le nombre d'endroits qu'ils ont laissé tomber. » Il a tourné son attention vers Adrian. « Qu'en penses-tu, Adrian ? »

Adrian a hoché la tête. « J'avoue que je n'ai jamais songé à faire des réserves de nourriture pour quoi que ce soit. Mais j'imagine que je choisirais des produits transformés de ma ferme imaginaire. De la viande séchée. Je conserverais mes récoltes et je ferais des bocaux qui me dureront dans l'idéal jusqu'à la saison de culture suivante. »

« C'est exactement le principe, dit John, en tapant du poing sur la table pour souligner son propos. Les gens pensent que c'est débile de conserver des provisions, mais ce n'est pas un phénomène nouveau, quand même. Ça fait des lustres que les peuples font des réserves pour les périodes de vaches maigres. »

« Ce qui est insensé, ajoute mon père, c'est de s'en remettre à une chaîne complexe pour se nourrir au jour le jour, et de croire que cette chaîne sera toujours là pour nous approvisionner. Jusqu'à présent, ça a fonctionné, parce qu'en cas de rupture de stock, il y a toujours un autre marché qui comble les lacunes. Mais il ne faut pas grand-chose pour que le système se casse la figure… Des pénuries dans plusieurs états en simultané, et c'est la dégringolade assurée. »

« Et on se retrouve à faire la queue à la banque alimentaire de la FEMA, à espérer qu'ils auront assez de nourriture pour qu'on puisse nourrir nos gosses. » conclut John.

Ce fut une conversation de dîner assez pesante, dans l'ensemble. J'avais l'habitude, à ce stade, mais je n'étais pas certaine qu'Adrian supporte une énième leçon de morale dès sa première visite, quand bien même il prenait un air intéressé.

« Vous savez, je crois que vous ne faites que prêcher des convaincus à cette table. » ai-je pesté avec un sourire. Puis j'ai vite changé de sujet. « Comment vont Tom et Jenny ? » On a passé nos étés d'enfance à jouer avec leurs gosses. Caroline m'a renseigné.

« Je crois qu'on va aller m'asseoir sous le porche un moment », ai-je annoncé à mes parents, une fois Caroline et John partis.

Ma mère a baillé et nous a serrés dans ses bras. « Et nous, on va se coucher. »

Mon père avait l'oreille collée à la stéréo. « Vous voulez que j'éteigne le poste, les amis ? Si vous voulez, je peux mettre une chanson ou deux pour vous ? »

« Oui, choisis. » dis-je, en l'embrassant. « Je t'aime, papounet. Jusqu'à la fin du monde. »

Il a souri. « Et au-delà, ma Cassie-Lassie. Bonne nuit, Adrian. Merci pour ton aide, aujourd'hui. Tu as résolu en deux heures un problème qui m'a hanté toute la semaine. »

« Pas de problème, a répondu Adrian. Ça m'a amusé. »

« Amusé ? Décidément, vous êtes aussi barjos l'un que l'autre ! » a lancé ma mère, en m'adressant un clin d'œil.

Nous sommes sortis dans la nuit d'été. L'air était encore chaud sur la colline, il avait dû faire une chaleur torride en ville. On s'est assis sur la balançoire du porche en écoutant la musique qui venait de la fenêtre. La chanson *This Magic Moment* de Jay and the Americans, nous berçait.

J'ai serré la main d'Adrian. « C'est officiel. Mon père t'adore. »

« Comment le sais-tu ? »

« C'est la chanson préférée de mes parents. Il ne la partagerait pas avec n'importe qui, tu sais. C'est du code de père. Il nous fait comprendre qu'on peut l'avoir. »

Il a éclaté de rire. « Du code de père ? »

« Oui. Je le comprends assez bien. »

« Je l'aime bien, dit-il d'un air nostalgique. Et ta mère aussi. »

Le père d'Adrian a quitté sa mère quand il était enfant. D'après ce qu'il m'en a dit, ce fut une bonne chose, mais il lui a évidemment donné une figure paternelle en grandissant.

« Je peux le partager, ai-je proposé. Plein de gens adoptent mon père quand ils ont besoin d'un papa. »

Il m'a serré la main. « Qu'est-ce que tu lui as dit, toute à l'heure, quand vous vous êtes quittés ? Jusqu'à la fin du monde ? »

« Oui, ça a commencé quand j'étais petite. Tu connais la comptine qui dit *Je t'aime plus que toutes les étoiles dans le ciel* ? » Adrian a hoché la tête. « Ça vient de là. Un jour, je lui ai dit "Je t'aime jusqu'à la fin du monde et au-delà." Et c'est resté. »

On est restés à écouter la musique s'amplifier. Adrian a regardé nos mains enlacées et a tracé des petits cercles sur ma paume avec son pouce. « Alors, tu penses qu'un jour tu finiras par me dire la même chose ? »

On s'était dit "Je t'aime", mais j'avais du mal à exprimer mes sentiments sans me sentir extrêmement gênée. Je n'avais pas beaucoup d'expérience en relations amoureuses. À vrai dire, c'était mon premier amour.

« Te dire quoi, au juste ? » ai-je demandé tout en ayant parfaitement compris.

« Que tu m'aimes jusqu'à la fin du monde et au-delà. »

J'ai regardé son pouce qui tournait en rond. Je n'arrivais pas à relever les yeux vers lui. Les mots lui venaient si naturellement.

Je me suis forcé. « Je le dis déjà, mais pas à voix haute. »

Il a approché sa bouche de mon oreille. « Cassie Forest. Je t'aime. Jusqu'à la fin du monde. »

J'ai frissonné, et je ne sais pas si c'était à cause de son souffle dans mon oreille ou des mots qu'il murmurait. Je me suis demandée ce qu'on avait pu faire tous les deux pour mériter ce moment, cette rencontre. On s'était trouvés si facilement.

Je lui ai souri en croisant son regard, et les mots sont sortis tout seuls. « Et au-delà, Adrian Miller. »

Ses mains étaient emmêlées dans mes cheveux quand je l'ai attirée plus près de moi sur la balançoire grinçante. La chanson nous enveloppait de ses dernières notes, ce cadeau de mon père, qui dans ce moment magique devint notre chanson.

« Je ne me souviens plus si le bon tournant. » me demande brusquement Nelly.

Je sursaute, comme si je venais de tomber de la balançoire. « Oh, euh, ouais. » Il emprunte la route de terre battue, ce qui signifie que nous y sommes presque. J'appuie du pied sur un accélérateur imaginaire. Je veux tellement y être, plus que tout, et pourtant j'ai peur. Je me demande si les fantômes de mes parents y demeurent, s'ils vont me hanter quand j'irai d'une pièce à l'autre.

Je repère enfin l'arbre ceinturé d'un réflecteur, c'est à cet endroit que je peux mettre ma chanson. Je chantonne doucement, en pensant que personne ne m'entend derrière le bruit du moteur. Mais Nelly a l'oreille fine, et se met à m'accompagner. Ce qui m'oblige à chanter plus fort.

« Super, un karaoké, peste Ana. Il ne manquait plus que ça. »

Penny gémit. Elle n'est pas étrangère à cet air-là, ayant passé la plupart de ses étés ici, dans ce qu'elle surnommait sa "villa de campagne", et je me sens égoïste de l'avoir privée de sa retraite ces dernières années.

La voix de Penny est douce et claire, intentionnellement portée vers l'oreille de sa sœur. James la regarde d'un air rêveur que j'interprète sans mal. Adrian aussi me regardait comme ça. Puis il ouvre la bouche et se met à chanter, et ma mâchoire tombe quand j'entends sa voix résonner, posée et grave. Nous le regardons d'un air étonné.

James rougit et hausse les épaules. « Star de chorale au collège ».

Soudain je me souviens de la dernière fois que j'ai longé cette route, et ma voix s'évanouit. Je n'avais pas mis la chanson. Mes parents étaient sur la banquette arrière, mélangés dans une boîte. Je pensais que leurs cendres ressembleraient à des cendres de cigarettes, mais ce n'était pas le cas. Elles étaient moins fines, un peu plus physiques, et elles ne s'étaient pas dispersées dans le vent comme l'auraient fait des cendres de cigarette. Elles étaient tombées au sol et allaient lentement s'incorporer à la terre. Une fois la surprise de cette découverte digérée, j'y ai trouvé du sens.

Penny et James entonnent le dernier couplet à l'unisson tandis qu'on prend l'allée de la maison. J'entends presque la musique les accompagner. Ils nous ont complètement mis sur la touche, Nelly et moi.

« Frimeurs ! » lance Nelly vers le siège arrière, avant de me prendre victorieusement la main. Nous nous garons enfin devant la maison familiale.

Chapitre 50

Elle a un air désolé. Les meubles du porche ont été remisés, et la balançoire est de guingois. Eric n'est peut-être pas venu ici de tout l'hiver. Il ne m'en parle pas, parce que je ne tiens à pas tout savoir en détail, même si j'aime l'idée qu'il vient toujours ici.

« Tu es prête ? » demande Penny.

« Oui », dis-je.

Le gravier crisse sous mes pas. Les massifs fleuris de ma mère ont succombé à notre négligence. J'aurais dû venir de temps en temps, pour désherber et tailler, entretenir ces parterres et buissons du devant. De petites flaques de glace s'attardent dans les parties ombragées de la cour. Le printemps arrive un peu plus tard ici, mais les crocus et les jonquilles percent quand même le sol de leurs minuscules doigts verts.

J'ai les mains qui tremblent. *N'est-ce pas juste une maison ?* J'ouvre la porte et pénètre à l'intérieur. Tout est resté tel quel, si ce n'est poussiéreux, recouvert de silence, comme quand nous y revenions après de longs mois en ville. Tout ce dont cette maison a besoin, c'est de vie, pour remplir ces espaces. Sauf que ce n'est pas qu'une maison. Tout ce temps, j'ai appréhendé ce retour, craignant de me sentir submergée par les souvenirs rejaillissant. Voire hantée par des fantômes, si j'avais fait quelque cauchemar la veille. Mais mes souvenirs ne sont pas obsédants. Il y a le poêle à bois où nous faisions sauter le pop-corn avant nos soirées cinéma, la table où nous prenions nos repas gargantuesques, le plaid sur le canapé dans laquelle je m'enroulais par des journées froides et humides, les étagères croulant sous les livres, et le panier à tricoter de ma mère. Des objets ordinaires, dans une maison ordinaire, mais tout cela a son importance, sa signification.

Je me mords les doigts, comprenant tout à coup que j'ai perdu trois ans à m'angoisser pour rien, au lieu de revenir me ressourcer dans cet endroit qui m'a tant manqué. Il semble que ce soit devenu une habitude pour moi, de fuir ce qui m'offre du réconfort.

« C'est vraiment sympa ici », dit James.

Son souffle se transforme en vapeur. Il faut faire un feu. J'ai l'impression que nous n'avons pas été vraiment au chaud depuis des lustres.

« Merci. » je réponds.

Tout le monde visite, touchant à tout, regardant par les fenêtres. Pour l'instant, cette maison, ce sera aussi la leur. Je veux qu'ils s'y plaisent, qu'ils l'adoptent. J'ai réfléchi à l'attribution des chambres, mais je veux vérifier ça avec Penny.

Je lui fais signe d'entrer dans la cuisine. « Bon, je murmure, pour les chambres on fait comment. Est-ce que James et toi allez prendre la même chambre, ou dois-je te mettre avec Ana pour le moment ? »

Elle tripote les couteaux qui trônent dans un bloc sur le comptoir sans se tourner vers moi. « Euh, je crois qu'on va plutôt partager la même pièce. »

« D'accord. » Je lui donne un coup de pied et j'essaie de ne pas trop sourire. « Est-ce qu'il va atteindre la deuxième ba… »

« Cassie, je te jure qu'au prochain commentaire sur les bases de baseball, je te tue » me coupe-t-elle avec des gros yeux, faisant mine de saisir un couteau. « Mais si tu tiens absolument à le savoir, oui, j'espère en tirer un monumental sous peu. » On se retrouve pliées de rire.

« Qu'est ce qu'il y a de si tordant, les filles ? » demande James derrière nous.

« Oh, rien du tout », marmonne Penny. On échange un sourire au bord des larmes.

Je me racle la gorge. « Bon, pour les chambres, je pensais donner la chambre de mes parents à Penny et James, et Peter… » Il lève les yeux des étagères de bouquins. « Tu peux prendre la chambre d'Eric. Quand il arrivera, nous trouverons une autre solution. Ana et Nelly, l'un de vous peut dormir avec moi dans ma chambre et l'autre peut avoir le bureau qui fait chambre d'amis. Ou bien, puisqu'il y a deux lits jumeaux dans la chambre d'Eric, l'un de vous peut y dormir avec Peter.

Nelly et Ana se regardent. Il est clair qu'Ana veut la chambre pour elle-même, et Nelly capitule.

« Il faut croire qu'on est destinés à dormir ensemble, me dit-il. Mais tu m'as prouvé que tu savais contrôler tes mains. »

« Ha ha, très drôle. Sur ce, je vais à la cave pour allumer les disjoncteurs. »

J'actionne les interrupteurs, mais rien ne se passe. Heureusement, le réseau d'eau est alimenté par gravité et le chauffe-eau solaire fonctionne indépendamment du réseau électrique. Ce qui veut dire qu'on va pouvoir prendre des douches chaudes. Je renifle ma main, elle sent toujours le vomi. J'arpente les recoins de la cave. Il fait plus chaud là-dessous qu'à l'étage, au moins dix degrés, et la lumière filtre par les lucarnes.

Mon père était l'électricien en chef, mais c'était ma mère l'experte en menuiserie. Des étagères en bois remplies de conserves tapissent les murs. Il y a des bocaux de tomates, de pêches, de haricots verts, de confitures de toutes les couleurs, de compote de pommes et d'innombrables autres conserves de produits cultivés, récoltés, puis transformés par eux deux. Chez nous, l'été et l'automne étaient deux saisons de mise en bocaux, marquées par une succession de grandes marmites sur nos plaques de cuisson. C'était un travail laborieux mais qui en valait la peine, disait toujours ma mère. Et c'était le cas, en janvier.

Des boîtes de conserve et de grands seaux d'aliments secs bordent deux murs. Ils contiennent de la farine, du blé, de l'avoine, du sucre, du riz, du maïs soufflé, des haricots et des aliments déshydratés, entre autres. Maman en a fait une science et a tout organisé pour que rien ne pourrisse jamais. Elle savait ce que signifiait avoir faim ; gaspiller de la nourriture était pour elle un anathème. Une autre étagère contient des couvercles de conserves, des bougies, de la cire, des piles, des lanternes, des lampes de poche, un pot de médicaments, du shampoing, du savon, un revitalisant, des rasoirs et tout ce que nous trouvions à la pharmacie du coin.

Je suis habitué à cette abondance, mais quand j'entends un soupir, je me souviens qu'il n'est pas normal de voir autant de nourriture au même endroit.

« On se croirait dans un entrepôt », dit James. Il passe la main sur les seaux. « Il doit y avoir des milliers kilos de nourriture ici. J'ai toujours rêvé d'avoir une cave comme ça.

Il est aussi fou que moi. Je suis reconnaissant de ne pas me donner l'impression d'être bizarre d'aimer tout cela.

« Les parents de Cass étaient préparés pour les urgences » commente Penny. Elle et moi avions l'habitude de venir ici chercher des friandises intéressantes, c'était une sorte de chasse au trésor.

Derrière nous résonne la voix de Peter. « Je ne savais pas que tes parents étaient des accumulateurs compulsifs. »

J'imagine mille façons de le trucider, celui-là. Peut-être qu'il ne se rend pas compte qu'il les insulte. Peut-être.

Je m'efforce de répondre avec tout mon sang froid : « Ils n'étaient pas accumulateurs ! Ils étaient prévoyants, voilà tout. Rien à voir avec des accumulateurs qui entassent plein de trucs dont ils n'ont pas vraiment besoin, sans jamais rien partager. Mes parents ont fait pousser eux-mêmes la plupart de ces aliments. Ils les ont aussi redistribuées. Ils ont fait don aux banques alimentaires et ils en ont gardé juste assez en réserve pour nous nourrir pendant les hivers rigoureux ou au cas où quelque chose de terrible arrive. »

J'ai envie de lui dire que ma mère était si pauvre dans son enfance qu'elle ne mangeait pas toujours à sa faim. Qu'elle chassait l'écureuil après l'école, pour qu'il ait un dîner sur la table quand son père rentrait du travail, sale et épuisé. Qu'elle n'aurait jamais accepté de laisser autrui crever de faim quand elle avait à manger. Mais il ne mérite pas toutes ces explications, ni de savoir ces choses intimes sur ma mère. Et puis de toute façon, même si je lui disais tout ça, il n'y comprendrait rien. Peter ne s'est jamais retrouvé dans le besoin.

Je tourne en rond. Il me regarde avec une expression ennuyée, comme s'il attendait patiemment que je finisse, n'écoutant pas un mot. J'insiste : « Imagine une telle chose, aussi fou que ça puisse sembler… que quelque chose de terrible arrive ? Impensable, non ? »

Mes mains tremblent de fureur tandis que je le fixe. Il est le premier à baisser les yeux. Voilà le point où nous sommes. C'est comme ça entre nous désormais. Rien de ce que je dis ou fais ne sera jamais juste. Au moins je sais à quoi m'en tenir avec lui.

CHAPITRE 51

Nos maigres affaires sont rangées et un tas de linge nauséabond a été empilé dans un coin. La maison commence à se réchauffer. Peter, assis à la table de la cuisine, et mange des craquelins avec du beurre de cacahuètes et de la confiture maison. Je note en passant que les réserves de confitures « accumulées » descendent à vive allure, grâce à lui.

« On devrait peut-être aller voir John ? » suggère Penny.

« Il a rendu visite à sa fille la semaine dernière », dis-je. « Il prévoyait de rappeler sur le chemin du retour et de venir me voir en ville. » C'est vraiment le pire moment pour se trouver loin de ses affaires, mais au moins, il est avec Jenny.

Je me dirige vers le hangar solaire. Mauvais signe, je repère un trou au bas de la porte. À l'intérieur, les batteries sont éparpillées partout. L'une des vitres est cassée et des fils sont grignotés. Des nids duveteux de souris sont logés dans les monticules débris, mais un animal plus gros encore a dû entrer puis mâcher pour ressortir par la porte, sans doute un raton laveur ou un porc-épic. Ce petit fouineur doit être l'auteur de la pagaille qui règle ici. Une alimentation électrique aurait été drôlement pratique, mais il y a un nombre incalculable de lanternes, et les deux réservoirs de GPL de la cuisinière sont pleins.

J'entends du bruit dans les bois au moment où je sors du hangar. Mon flingue est toujours dans la maison, la machette aussi. C'était bête de sortir seule et sans protection. J'attrape une barre de métal et j'avance courbée dans les herbes sèches, jusqu'à la maison.

Un raffut de branches qui claquent me fait accélérer la cadence, jusqu'au moment où j'entends un aboiement joyeux qui m'arrête net. C'est Laddie, le chien de John. Un gentil clebs au museau gris, qui boite les matins froids. Il vient danser autour de moi avec son sourire canin.

« Laddie ! » Je m'agenouille pour le serrer dans mes bras et sa langue baveuse vient me lécher la bouche. « Que fais-tu perdu ici ? Où est ton papa ? »

Il s'assied à mes pieds, sa queue balaie les feuilles derrière lui. Je m'inquiète pour John ; il n'aurait jamais laissé Laddie tout seul ici.

« Bonjour tout le monde ! » Une voix retentit.

John apparaît au détour du chemin qui raccorde nos maisons. Il a l'air beaucoup plus en forme que la dernière fois que je l'ai vu. Caroline est décédée il y a un an, d'une crise cardiaque, dans son sommeil. Ça l'a durement frappé, et on a même cru, pendant quelque temps, qu'il avait l'intention de lui emboîter le pas. Sa large silhouette est toujours mince, maintenant que Caroline n'est plus là pour le nourrir, mais ses yeux pétillent et ses dents luisent sous sa barbe poivre et sel.

« John ! » Je me jette dans ses bras d'ours, ma joue posée sur sa chemise de laine rêche.

Il me saisit par mes épaules et me tient à courte distance, pour m'examiner de haut en bas. « Tu vas bien ? Vous avez enfin réussi à venir jusqu'ici ? » me demande-t-il, incrédule, comme face à un mirage.

« Oui, je vais bien. Nous allons tous bien. Nelly et Penny et sa sœur et, eh bien, viens les rencontrer. Que fais-tu ici ? Pourquoi n'es-tu pas chez Jenny ? »

« Le jour de mon départ, Jenny a appelé pour me dire que les enfants avaient attrapé un virus et que je devrais reporter une semaine environ. » Je sursaute, et il secoue la tête. « Non, non, c'était un gros rhume. Fièvre, écoulement nasal, toux. Dieu merci. » Mais une expression inquiète passe tout de même sur son visage. « La dernière fois que je leur ai parlé, c'était ce week-end. J'ai essayé de t'appeler, d'ailleurs, mais les lignes à New York étaient coupées. Tu sais que Jenny, comme sa mère d'ailleurs, est du genre à fermer les écoutilles et à rentrer dans sa coquille. Ils sont plutôt ruraux. Je prie pour qu'ils soient sains et saufs. »

« Oh, John, je l'espère aussi de tout mon cœur. » Je serre l'une de ses mains calleuses. « Mais je suis si contente de te voir ici, vraiment. Entre, je t'en prie ! »

CHAPITRE 52

LE RIRE TONITRUANT de John remplit la maison tandis qu'il embrasse Penny et Ana, serre la main à Nelly et se présente à chacun. Ses questions vont droit au but.

« L'un de mes amis d'armée, un gars haut placé au Pentagone, m'a appelé le week-end dernier, dit-il. Selon lui, une rumeur circule, voulant que tout ceci soit le résultat d'une arme biologique qui a mal tourné. Une arme de notre invention, un projet qui s'appelle "BornAgain". Il ne savait pas comment cette chose s'était propagée si vite dans le monde entier. Il m'a appelé sur une ligne sécurisée, depuis un endroit souterrain… si cela ne prouve pas à quel point c'est grave, alors je ne sais pas ce qui l'est.

Il passe ses mains dans ses cheveux striés de blanc. « Il m'a dit de me planquer et d'attendre. Je lui ai demandé : attendre quoi et pendant combien de temps ? Il a dit qu'il n'en savait rien. Le parti s'était fixé une durée d'un mois, mais c'était un chiffre arbitraire. Qui suffisait juste à rassembler un semblant de réponse militaire et suffisamment court pour que les gens ne paniquent pas. »

Mon cœur se ratatine. Je fais partie de ceux et celles qui s'étaient sentis rassurés par cette estimation. Sam aussi. Et je parie qu'une grande partie de la Garde nationale comptait dessus.

John remarque mon air dépité et je lui explique ma pensée : « Ils ont dit la même chose à Sam. Si tout le monde part du principe que nous n'avons à tenir bon qu'un mois, les gens vont avoir tendance à se montrer moins prudents. »

Penny et James acquiescent frénétiquement, chacun pense à sa mère, j'en suis sûre. Plus tôt dans la semaine, j'ai vu Penny avec James dans les bois. Elle tentait de le calmer, tandis qu'il levait les épaules, visiblement agité. Quand je lui ai demandé, plus tard, ce qui le tracassait, elle m'a dit qu'il venait d'essayer de convaincre ses parents de prendre au sérieux le Bornavirus, mais qu'ils n'avaient rien voulu entendre, le prenant comme d'habitude pour un illuminé. Il est certain qu'ils sont maintenant morts, ou au mieux infectés.

À première vue, James ne donne pas l'impression d'être un dur à cuire, mais à mon avis, il est plus robuste que le commun des mortels. Il a tenu le coup jusqu'à maintenant, sans céder à la panique. Je n'ai jamais eu à me demander si ça allait. On a tous peur, mais cela ne l'a jamais arrêté. Il est différent, et très intelligent.

Une lumière s'allume dans ses yeux. « Je me souviens d'avoir lu des articles en ligne sur la théorie du complot, où il était question d'une arme biologique. À l'époque, tout le monde avait toutes sortes de théories plus ou moins farfelues, et j'ai survolé l'article. J'aimerais pouvoir me souvenir des détails… »

Il ferme les yeux et met une main sur son front comme pour mettre en route un vieux lecteur de pensées. « Je crois bien qu'il était question de la mutation d'un virus militaire, qui aurait engendré ce Bornavirus LX. Une sorte d'invention morbide qui voulait permettre aux soldats tués sur les champs de bataille de continuer à se battre, même morts. De se relever et de se battre de plus belle. D'où le nom "BornAgain", je suppose. Ça m'a semblé d'une absurdité totale à ce moment-là, mais mois maintenant… »

« C'est peut-être vrai, conclut John. Et les infectés vont durer bien plus de trente jours, d'après ce que m'en a dit mon ami. »

« D'ailleurs, il se fiche toujours de moi et de mon obsession pour le stockage de denrées. Du coup, quand il m'a demandé si j'avais toujours de bonnes réserves, j'ai pensé qu'il me charriait. J'ai ri et lui ai dit que j'avais assez de bocaux pour plusieurs années, et des récoltes abondantes en perspective. "- Je sais, John, qu'il m'a dit. Et je suis heureux que tu l'aies fait !" La façon dont il m'a lancé ça, très doucement, m'a glacé le sang.

« Des années, dis-tu ? » répète James. Il laisse retomber sa main de son front et écarquille les yeux. Et c'est à ce moment-là que je l'ai enfin vu vraiment livide.

Chapitre 53

Malheureusement, John n'a aucune idée de la façon dont fonctionne l'installation solaire. Il prévoyait de se faire aider par mon père pour en installer une chez lui, mais son projet a été annulé à la mort de mon père. Cela dit, il possède une grosse réserve de fuel et un générateur. Il le met en marche quelques heures la nuit pour maintenir la glace dans ses congélateurs. Et encore mieux, il a une machine à laver. Il insiste même pour s'occuper de notre linge sale, pendant qu'on s'installe.

« Eric a emprunté votre générateur pour l'hiver », dit John.

Eric et Rachel louent une maison sujette à de nombreuses pannes de courant en hiver, cela ne me surprend donc pas. John m'explique qu'Éric l'a appelé au moment où ils ont fait péter les ponts, pour lui dire qu'ils avaient décidé de foutre le camp. Ils prévoyaient de marcher jusqu'ici si les routes se retrouvaient bloquées. Il lui a demandé de me chercher, sans savoir bien sûr si j'allais réussir à venir. J'essaie d'imaginer ces deux-là en train de traverser à pied les forêts, d'un pas assuré, sans se laisser intimider pour les centaines de kilomètres qui les attendent. Cette pensée, qui me serre l'estomac, me réconforte aussi, quelque part. Je visualise les sentiers caillouteux, je les vois remplir leurs gourdes, profiter du paysage et se serrer dans leurs duvets à la belle étoile, tandis que je trace leur itinéraire sur une carte imaginaire. Je me dis que si j'y pense fort, ça pourrait peut-être arriver.

« On a de la chaleur, un four, des lampes de poche et de l'eau », dis-je. On est sans doute les gens les plus chanceux du monde à l'heure actuelle. « Je crois qu'on va pouvoir s'en sortir correctement. Et pour couronner le tout, on a même l'option d'envoyer nos vêtements au pressing. C'est comme en ville, en fait. »

John éclate de rire.

« Mais tu viendras dîner avec nous, j'espère, John ? demande Penny. On va te remplumer un peu. »

« Je ne dis jamais non à de bons petits plats maison. Et en bonne compagnie. Mes congélateurs sont remplis de viande. J'ai besoin de votre aide pour écouler mon stock. Je vous apporterai du bœuf pour demain. » Il hisse le sac de linge par-dessus son épaule, comme un Père Noël porterait sa hotte. « Bon, j'y vais, je lance votre machine. Je vous ramène ce qui est propre à l'heure du dîner. »

CHAPITRE 54

JE PASSE TANT bien que mal une brosse dans mes cheveux emmêlés. On rationne les douches, mais ces courtes minutes d'eau chaude ont été pour moi un pur bonheur. J'ai regardé avec satisfaction la saleté et la crasse accumulées toute la semaine s'écouler sous mes pieds et je me suis mise à songer à Adrian. Il y a un an, il était quelque part dans le nord du Vermont. S'il s'y trouve toujours, je parie qu'il se porte bien. Le connaissant, il a sûrement érigé des fortifications et rassemblé une armée autour de lui.

Ça me réconforte de savoir que je suis moins éloignée de lui qu'avant, même si dans la réalité, il pourrait aussi bien être parti à des milliers de kilomètres de la région. Je veux juste savoir qu'il va bien. Il y a des gens qui prétendent savoir instinctivement si un proche est mort. Je ne sais pas si j'y crois, mais si une telle chose est possible, je sens qu'il est toujours en vie. Je sens sa présence jusqu'ici.

J'enfile un jean et un tee-shirt, qui traînent dans mon placard depuis des années, et je descends vers le rez-de-chaussée. Ana, Peter et Nelly sont affalés sur le canapé et sur les fauteuils ultra-rembourrés, affublés d'un patchwork indescriptible de vêtements dégottés dieu sait où. Il va nous falloir d'autres vêtements, aux bonnes tailles.

Il y a une grande casserole d'eau et des tomates en conserve qui mijotent sur le feu. James chantonne en remuant la sauce, tandis que Penny jette les spaghettis dans la casserole. Une scène domestique tout à fait ordinaire, si l'on veut bien faire abstraction du jean trop court et moulant que porte James, et de la jupe tie-dye de Penny, dégotée dans les affaires de ma mère. Je retiens un gloussement et essaie de les aider, mais ils m'écartent de leur territoire. Le soleil se couche. Je dispose les couverts sur la table, ajoutant deux petites lanternes solaires à manivelle. Je pose ensuite deux lampes à huile de chaque côté du canapé.

On entend frapper à la porte, et voilà John qui entre, le gros sac de lessive dans les bras, et le pose près de l'entrée. « Voilà la première moitié. Je m'occuperai du reste plus tard. »

« Oh, tu tombes du ciel, lance Ana. J'ai trop hâte de sortir de ces fringues. »

Personnellement, je trouve que le treillis militaire retroussé de ma mère lui va plutôt bien. Je suis un peu vexée qu'elle ne soit pas plus reconnaissante pour ces vêtements qu'on lui prête. Même s'il est vrai qu'elle a l'air un peu ridicule avec. Elle farfouille dans le sac puis file dans le couloir. Je la suis et je toque à sa porte.

« Ouais ? Entre »

« Salut Ana. Je ferme presque complètement la porte. On peut discuter une minute ? »

Sa voix n'est pas très aimable. « Ouais, j'imagine. »

« Tu es fâchée contre moi ? »

Ana jette la chemise de ma mère dans un coin et enfile son t-shirt adoré. Elle déboutonne son pantalon et arrête. « Peter m'a raconté ce que tu lui as dit l'autre jour. Bon je sais que tu n'aimes pas beaucoup mais je n'arrive pas à croire que tu ferais un truc pareil. »

Je rembobine. C'est vrai que j'ai rompu avec Peter et que je lui ai fait des reproches à cause de son comportement égoïste, mais je ne comprends pas bien où elle veut en venir.

Je croise les bras et je m'adosse contre le bureau de l'ordinateur. « Je ne vois pas du tout ce que tu veux dire ».

« Peter m'a dit que tu lui avais demandé de ne pas venir avec nous, sur le prétexte que vous aviez rompu. Et c'est pour ça qu'il n'est pas venu quand on a dû partir en courant. C'est fou ce que tu peux être égoïste, quand même ! »

Elle retire le pantalon de ma mère et le jette sur la vieille chemise. Je me repasse en boucle ce qu'elle vient de me dire et j'écoute avec attention parce que je dois vivre dans une réalité parallèle ou alors c'est Peter qui est dans son monde. Et dans cet univers parallèle c'est Ana qui m'accuse d'être égoïste. J'ai l'estomac qui bout et je vire au rouge écarlate.

« Ce n'est pas vrai du tout… Je bredouille. C'est *moi* qui ai rompu avec Peter quand on était encore à Brooklyn. Il m'a dit qu'il n'allait pas venir avec nous dans la zone de sécurité, alors ce que justement je lui ai proposé de se joindre à nous. J'ai essayé d'être gentil avec lui. Et maintenant voilà qu'il te ment à toi. Mais bien sûr, c'est lui que tu crois sur parole. »

Elle baisse la lèvre inférieure et aussi les épaules tout en boutonnant son jean, évidemment elle s'en fiche de tout ça, tout comme elle se fiche des vêtements qui s'empilent dans le coin. Pourquoi prendre soin de vêtements qui ne sont pas à elle, qu'elle n'a porté qu'une heure ou deux ? Que lui importe que John fasse des allers-retours dans la forêt avec nos vêtements, qu'il soit assez altruiste pour nettoyer et plier tous ses vêtements, pour utiliser son propre gasoil et mettre en route son générateur ? Que lui importent tous ces autres petits ou grands sacrifices qui rendent possible le nettoyage de nos vêtements ?

Je me penche et ramasse le pantalon et la chemise de ma mère, et je les plie avant de les poser sur le lit. Je voudrais lui ficher mon point dans la figure à cette pimbêche. Dur de croire qu'elle n'a pas du tout changé au cours des derniers jours, mais si. C'est bien la vieille Ana qui se tient devant moi en ce moment, fidèle à elle-même : une peste égoïste et une enfant gâtée.

« Ouais, si tu le dis… » répond-elle, jamais dupe, même quand elle devrait l'être. De toute façon on ne va pas rester plus d'un mois ici n'est-ce pas ? Je suis sûre qu'on peut s'entendre jusqu'à ce qu'on puisse enfin retourner à nos vies respectives. »

Elle m'adresse un demi-sourire plutôt faux-cul. Elle n'a pas du tout écouté ce que je lui ai dit. Je ne sais pas trop à quoi elle s'attend, au fond. Elle espère sans doute retrouver New York intact, dans un mois, une fois l'infection passée.

Chapitre 55

« Ce n'est pas mauvais finalement, les haricots verts en saumure », conclut Nelly à la fin du dîner. Il se tourne vers Penny et James. « Merci les amis. »

Tout le monde a l'air exténué. J'ai l'impression que des jours se sont écoulés depuis le moment où on a traversé la ville alors qu'en fait c'était ce matin.

« Bon, vous avez tous besoin d'aller vous coucher, dit John. Je vais dormir sur le canapé cette nuit. Laddie nous préviendra si quelqu'un s'approche. Demain on pourra commencer à réfléchir à un système d'alarme pour la maison. J'en ai déjà installé un chez moi. »

« Ah ouais ? Ça marche comment ? Tu as attaché des cailloux à un réseau de boîte de conserves qui pendouillent au bout d'un fil ? » plaisante Penny.

« Oui, c'est à peu près ça ! » réplique John avec un rire. « C'est sûr qu'on peut trouver plus de gadgets à Albany, mais pour le moment, on devra se contenter d'un peu de fil de pêche et de fil barbelé. »

Un peu plus tard dans la soirée, Nelly et moi sommes allongés sur le lit à regarder la lune danser sur le sommet des arbres, et je lui raconte mon échange de tout à l'heure avec Ana.

« Je n'arrive pas à croire que Peter lui raconte ces imbécilités. C'est complètement faux ! » s'écrie-t-il.

« Je sais, dis-je. Je n'arrive même plus à le regarder sans m'énerver. »

Des larmes de rage me montent aux yeux, et je me tais pour que Nelly n'entende pas l'émotion dans ma voix.

« J'aimerais que tu me laisses lui parler, Cassie. »

« Ah non, je n'ai aucune envie d'envenimer la situation. Peut-être que ça finira par se régler tout seul. Avec le temps. »

« Tu peux attendre. Peter n'est pas du genre à évoluer. Je garde ça pour moi en attendant, je te promets. Mais tu ne devrais pas le laisser te traiter comme ça, tu sais. »

Je soupire et je me tourne sur le côté. « Je sais, je sais. Je t'avais dit que je n'étais pas si costaud que j'en ai l'air ! »

Il expire longuement. Un instant, je crois qu'il s'est endormi et puis je l'entends dire : « En tout cas nouveau visage que tu nous présente, ces derniers temps… »

« Quel visage ? »

« Celui que tu as quand tu menaces les gens de leur botter les fesses. J'aurais aimé te voir passer à l'action, d'ailleurs. »

« Oh, chut, enfin » dis-je tout en souriant. Il y a quelques minutes, j'étais trop tendue pour m'endormir, mais maintenant je me sens tomber doucement dans les bras de Morphée.

Je me réveille à l'aube. J'ai assisté à de nombreux levers de soleil ces derniers jours. Et je sens que j'en ai encore tant à découvrir à l'avenir, étant donné nos efforts pour économiser les piles et la paraffine. J'adore cette lumière gris-bleuté presque sous-marine qui perce juste avant l'apparition du soleil. Quand je contemple l'aurore, j'ai cette nouvelle impression d'être connectée avec le soleil comme si nous étions de vieux amis. Une impression que je ne ressentais pas avant, car je me levais quand il brillait déjà de mille feux. Pour la première fois depuis des années j'ai la folle envie de saisir un pinceau de mélanger les couleurs jusqu'à trouver la parfaite tonalité de bleu pour capturer l'instant.

John a mis en route un feu dans la cheminée, et il y a de l'eau chaude dans la bouilloire. Il s'est souvenu que j'aimais prendre le thé le matin. Quel homme adorable. Je prends place à la table tandis qu'il écrit quelque chose sur une feuille de papier.

« Qu'est-ce que tu fais ? » je l'interroge.

« C'est un plan de notre périmètre. On va faire passer un fil tout autour, ce sera notre premier système d'alerte. Ce que certains appellent un système de boîtes de conserve. » Son sourire est malicieux. « C'est à bonne distance, mais assez près pour qu'on entende du bruit. Le fil barbelé sera placé à l'intérieur de cette délimitation, à hauteur de poitrine. En théorie, il devrait permettre de stopper tout ce qui passe à travers le réseau de boîtes de conserve et à le maintenir à distance jusqu'à ce qu'on arrive pour voir de quoi il s'agit. La colline derrière le jardin est assez pentue, donc on va garder cette zone pour plus tard. Il vaut mieux faire avec ce qu'on a. Selon ce qui va se passer, je pense qu'il va falloir aussi creuser des tranchées. On verra ce qui est le plus efficace. »

Il me rappelle mon père. Lui aussi aimait être assis à la table, immobile comme un rocher, toujours occupé à échafauder quelque plan secret. Ça me pince le cœur. John se trouve être la personne de mon entourage qui ressemble le plus à mon père. « Tu es génial, John. Merci pour tout ce que tu fais. »

Je blottis mes doigts contre la tasse de thé. Les chambres sont encore froides. Il faisait à peine zéro degrés la nuit dernière dans la mienne.

« Allons, ça me fait plaisir, et puis ça m'occupe l'esprit. » Son regard bleu brille à la lumière de la lampe quand nos yeux se rencontrent. « Je n'imaginais pas que tu allais réussir à venir jusqu'ici, ma petite. Pas après ce qu'ils ont fait de New York. Un vrai champ de bataille. Quand j'ai vu la fumée s'échapper de la cheminée, j'ai d'abord cru qu'Éric était de retour, et je n'ai pas été surpris. C'était pour toi que je m'inquiétais. Si tu savais comme je suis soulagé de te voir ici. C'est presque aussi bien que si Jenny était de retour. »

Je pose la main sur la sienne, et nous restons assis tous les deux à regarder le soleil s'élever dans le ciel.

Chapitre 56

« A ce stade, je ne veux plus voir de boîte de conserve jusqu'à la fin de mes jours », dit Penny, en étalant de la crème désinfectante sur les coupures qu'elle s'est faite en attachant des boîtes de conserves aux fils de fer.

« Une bonne journée de travail se conclut pour tout le monde », commente John, qui a passé la sienne à fixer du fil barbelé aux arbres. Il jette un coup d'œil à Peter et Ana, qui ont certes contribué à l'effort collectif, mais deux fois moins efficacement que les autres. J'ai fait mon possible pour les ignorer.

Nous avons allumé le barbecue pour cuire les steaks décongelés. Il fait frisquet sur la terrasse, mais nous sommes toujours réchauffés par nos activités. James fait passer les quelques bières qu'il a trouvé à la cave. Eric a sans doute profité des dernières bières artisanales de mon père, il n'y a plus en bas que des bouteilles vides.

James lève sa bouteille en l'air. « C'est une journée mémorable. » Nous le dévisageons avec curiosité tandis qu'il tire son iPad de sa pochette, et nous montre l'écran fissuré de bas en haut.

« Eh oui, c'est enfin arrivé. L'iPad est mort. Kaput. Je suis quasi certain qu'il va être difficile de faire valoir la garantie chez AppleCare. » Un gloussement amusé parcourt le groupe. « Au début, l'idée de faire sans me terrifiait, et puis j'ai compris qu'il était beaucoup plus utile de faire des ribambelles de boîtes de conserve que de chatter en ligne. Et sans doute plus amusant. » Il fait un clin d'œil à Penny, sa complice de jeu, et elle s'empourpre.

« Et numéro deux. » Il sort un paquet de cigarettes de sa poche. « C'est mon dernier paquet. Je l'ai gardé en réserve pour le fumer avec une bonne bière. Je ne force personne, mais si vous en voulez une, c'est le moment. »

« On ne veut pas fumer tes dernières cigarettes, mon pote », lance Nelly, même si c'est archifaux.

« Et moi, je veux que vous fumiez avec moi. Plus longtemps je les garde, plus je suis triste. Je veux les finir d'ici ce soir, et je veux les fumer avec mes amis. Et surtout des amis qui se souviendront de mon accès de générosité quand je me comporterai comme un trou du cul lorsque je serai en manque. »

« Il retourne le paquet avec une mine séductive, comme si nous avions besoin d'encouragement. Nelly et moi en prenons une et nous adossons contre nos chaises. Même Penny, plutôt une fille comme il faut qui n'a pas fumé depuis le lycée en prend une. On laisse tous échapper un "Oooh" et elle nous répond par un doigt d'honneur. Peter secoue la tête, et Ana, en soupirant, déplace sa chaise vers le bord de la terrasse.

« Allons, pourquoi pas ? » fait John, en faisant glisser une cigarette du paquet. « Ca fait bien vingt ans, mais elle sentent toujours aussi bon ! »

On dirait qu'il ne va pas tarder à pleuvoir. Je me sens bien, comme si j'avais enfin fait quelque chose de productif, quelque chose d'autre que fuir ou me cacher.

Tôt ce matin, John et moi avons conduit jusqu'à la boîte aux lettres sur la route principale, et nous l'avons sciée au niveau du sol. On a caché le socle de béton sous un tas de cailloux. Effacer ce dernier vestige de civilisation m'a fait l'effet de capituler, de dire adieu au monde.

Je regarde la fumée monter en douces spirales vers la cime des arbres, et je lance un regard à Nelly. Il a les yeux fermés, les pieds étalés devant lui. Ses chaussures sont mouillées et boueuses. James et lui ont de grands pieds, et pas de seconde paire de chaussures. Je rajoute ça à ma liste de choses à trouver en ville, dès qu'on le pourra.

Pour l'instant, on va rester planqués par ici. Sam a dit qu'il passerait nous voir dans quelques jours, et qu'il nous donnera des nouvelles du reste du monde. J'avale ma dernière gorgée de bière et inspire ma dernière bouffée de cigarette, espérant que ce ne sera qu'un au revoir, même je n'y crois plus trop.

Chapitre 57

Je lève les yeux de table où je trie quelques graines. Un grondement de tonnerre vient de retentir. On a passé les quatre derniers jours à organiser nos fournitures, à couper du bois, à cuisiner, nettoyer et perdre quelques heures de sommeil à cause du régime militaire qu'on s'impose.

Ana et Peter sont assis sur le canapé. Ces derniers jours passés en leur compagnie coincés à l'intérieur ont été une vraie torture. Chaque jour, je trouve une excuse pour aller rendre visite à John pour ne pas avoir à les écouter gémir et pleurnicher.

L'autre jour au dîner, quand nous avons discuté d'un projet de potager, ils avaient l'air au bord de la crise de nerfs. John a tenté de leur expliquer que si même tout revenait à la normale aujourd'hui, au moins au moins de la population mondiale n'allait jamais revenir, elle. Ce qui impliquait que la nourriture manquerait toujours, les légumes frais seraient quasi introuvables. Or ce n'est pas ce que ces deux-là souhaitaient entendre. Depuis, ils semblent bouder dans leur coin, comme si refuser de nous aider permettait d'éviter que tout cela advienne.

Penny a essayé de faire entendre raison à sa sœur, mais celle-ci a l'air de s'être convaincue toute seule des idées les plus farfelues. Je reconnais que la réalité fait un choc au système. On a tous nos moments de doute, mais douter de tout, à l'heure actuelle, ça ne garde pas en vie. Le tonnerre gronde à nouveau, plus fort cette fois.

Nelly, occupé à enfourner des bûches dans le poêle, lève les yeux un instant. « L'orage se prépare. »

John secoue ses lourdes bottes sur le paillasson de l'entrée, l'air grave. « Ce sont des explosions. Je suis prêt à parier qu'elles proviennent de Bellville. Je ne pense pas qu'on les entendrait venir d'Albany ou de Pittsfield, trop loin. Il y a une énorme citerne de

LP à l'école, et la dernière fois que j'ai croisé Sam, ils y ajoutaient encore plus de fuel. Mais j'imagine qu'ils ont aussi stocké quelques explosifs là-bas aussi. »

Nous nous attroupons autour de lui près de l'entrée, mais on ne distingue rien d'autre que les silhouettes d'arbres et le ciel orageux. Difficile de faire sauter des réservoirs de carburant par accident. À moins que ça fasse partie du plan, ce qui implique qu'ils ont peut-être été attaqués. On tend l'oreille, mais le silence est revenu. Je retourne m'asseoir à la table.

« Ce serait pratique d'avoir une bonne antenne », dit John.

Tous les jours, on allume la radio à ondes courtes. Outre les annonces d'urgence, on capte parfois des émissions d'autres pays. Mais en général, elles ne sont ni en anglais, ni en espagnol, les deux seules langues qu'on peut comprendre. La seule chose qu'on comprend, c'est la panique et l'urgence dans leur voix.

Une fois, une annonce d'urgence a annoncé une allocution imminente du président des États-Unis, et puis au final, elle n'a jamais eu lieu. Depuis deux nuits, j'intercepte çà et là quelques bribes de paroles en anglais, mais la qualité du son est abominable.

« Il va falloir qu'on aille en ville, tôt ou tard », dit Nelly. Cette idée n'a pas l'air de le réjouir. « On a besoin de certaines choses, non ? Et il faut qu'on se renseigne plus sur ce qui se passe. Je ne veux pas de mauvaises surprises. »

J'attrape un carnet et un stylo. « Il faut trouver des chaussures pour toi et James. »

Peter me lance un regard amer. « Moi aussi, j'ai besoin de chaussures. Tout ce que j'ai, ce sont ces baskets. »

« Ok, Peter aussi. » je rétorque.

Penny réprime sourire. Je lui envoie un coup de pied sous la table, et il laisse échapper un bruit étranglé. Je me pince la cuisse pour ne pas me mettre à pouffer, et je fixe mes notes. Je sais que si je croise le regard de Penny, je vais perdre mon self contrôle. C'était notre problème, à l'école.

« Et si nous attendions quelques jours, avant de se jeter droit dans la gueule du loup, suggère John. Il s'est passé quelque chose là-bas, je préfèrerais attendre que ça se décante. »

Chapitre 58

Il fait beau dehors quand nous grimpons dans la camionnette. Nelly, John et moi nous rendons en ville. Depuis les explosions de l'autre jour, plus rien à signaler, hormis des nuages de fumée noire dans le ciel. J'ai pris mon pistolet et la machette, que je porterai en bandoulière dans mon dos.

« Faites attention à vous, dit Penny, le visage crispé d'inquiétude. Revenez si vous sentez que c'est dangereux. Ne faites pas les malins, on peut survivre sans ces trucs. »

« Ouais, ajoute James. Ne nous abandonnez pas trop longtemps avec les deux autres, s'il vous plaît. »

Il penche la tête en direction d'Ana et Peter derrière lui sur le porche. Peter a les bras croisés. Il boude parce qu'il voulait venir. C'est la première chose pour laquelle il se porte volontaire, d'ailleurs. Mais John a insisté pour qu'il apprenne d'abord à se servir d'un flingue.

Les maisons semblent toutes vides, le long de la route. Sûrement parce que tout le monde a trouvé refuge en ville. Le barrage sur Bell Street est abandonné. Les bâtiments de deux et trois étages avec des boutiques au niveau de la rue sont fermés, et les trottoirs scintillent sous les bouts de verre des vitrines brisées.

On se dirige vers l'école. Le seul mouvement qu'on détecte vient des détritus balayés par le vent. Au loin, on aperçoit deux murs latéraux de l'école, toujours debout, tandis que le reste semble avoir été soufflé dans une explosion. Ça fume toujours, à moins que ce soit un nuage de centre qui s'élève dans le ciel. Difficile à dire. J'espère juste qu'il n'y avait personne à l'intérieur.

John se gare sur le parking, où nous attend une scène de dévastation totale. Un chaos de briques, de planches défoncées, de matériaux d'isolation. Sous et sur le tas de débris, on reconnaît des corps qui ont été projetés par l'explosion. Des grands, des petits, un tout petit même, qui me fait porter ma main à la bouche d'horreur. Ils sont couverts de mouches. Ma bouche devient sèche, amère quand l'odeur me parvient.

John a une jambe hors de la camionnette et l'autre à l'intérieur. Il crie : « Y a quelqu'un ? »

On attend en silence, quelques minutes. Les lumières d'un véhicule de police percent derrière un mur fissuré, et on s'avance. Sam se trouve là, par terre, mort, derrière la portière criblée de balles.

« Attention, John », dis-je. Il y a des mouches qui s'envolent en essaim de son cadavre avant de se poser dessus à nouveau. Je manque de vomir. On ne voit pas de mouches sur les corps des Lexers, me dis-je, parce qu'ils ne se décomposent pas normalement.

« Tué par balles, constate John. Regardez sa poitrine. »

La chemise de Sam est incrustée de sang séché. Il était si inquiet d'avoir pris la mauvaise décision quand il a choisi de rester pour protéger sa ville. Et on dirait qu'il l'a finalement payé de sa vie.

« Dieu du ciel, soupire Nelly. Il fallait que ça tombe sur des innocents. Des gens en vie. »

« Partons, dit John. Ils sont peut-être toujours dans le coin. »

Le parking n'est plus vide quand on se tourne pour repartir. Une vingtaine de Lexers y circulent, mais ils se trouvent suffisamment loin pour qu'on puisse atteindre la camionnette avant eux, même si cela implique de courir droit vers eux. Nelly et John doivent penser la même chose, parce qu'ils se mettent à courir en même temps que moi. Mais on s'arrête quand quatre Lexers supplémentaires sortent de derrière la camionnette. J'ai mon flingue à la main, prête à m'en servir. Je ne sais pas comment il a atterri là, mais ça me va comme ça.

Je m'arrête et je regarde, comme me l'a appris mon père. Respire. Calme-toi. Je vise la tête d'une femme que je crois reconnaître. Elle me montre ses dents et se jette vers moi. C'est là que je me souviens qu'elle travaillait à la cafète, elle nous montrait ses dents exactement comme ça quand on venait vers elle, ados, même quand on laissait des pourboires.

La main gauche sous la droite pour la stabiliser. Utilise la droite pour viser. Aligne-les. Expire. J'appuie sur la gâchette. Un bruit puissant résonne, mes mains sont projetées vers le haut. Mais la cible tombe. Sa tête disparaît à moitié dans une éclaboussure brun gore. John en touche deux, et Nelly atteint le dernier. Mais cette interruption a donné le temps aux autres Lexers de s'interposer entre nous et notre camionnette.

John garde une voix calme. « Vous prenez ceux qui sont de votre côté en premier. »

C'est si rassurant d'avoir un leader que je me fais une joie d'obéir. Le premier Lexer tombe à la deuxième balle, le suivant dès le premier coup. Je loupe la tête du troisième, et après avoir été projeté en arrière par l'impact, il se redresse et avance. J'appuie à nouveau sur la gâchette et j'entends un clic. Six coups de feu. Je ne compte plus.

Un flot constant d'injures me sort de la bouche tandis que glisse le pistolet dans son étui et que j'extirpe la machette dans mon dos. Tout ce que je peux faire à présent, c'est attendre qu'il s'approche assez près de moi pour passer à l'attaque. J'entends ses râlements horrifiants, mais je reste tranquille. Il n'y a plus rien d'autre qui compte que moi et cet homme d'âge moyen avec son début de calvitie. C'était peut-être un comptable avant qu'il se fasse arracher les boyaux. Ses entrailles pendouillent, couvertes de poussière et de miettes de feuilles mortes. Sa bouche est béante, ses yeux vides, mais il s'approche de moi comme s'il avait une vue irréprochable.

Je lève la machette en l'air, des deux mains, comme la batte de baseball que mon père m'a appris à manier l'année catastrophique où j'ai joué au softball, où la seule victoire de mon équipe a été due au forfait de l'équipe adverse. Je me mets en position, et je frappe de toutes mes forces, comme si je visais un *"home run"*. La machette s'enfonce sur son cou avec un grand bruit de claque, qui résonne et vibre dans mes bras. Je n'arrive pas à la ramener pour lui donner un autre coup. Elle doit s'être logée dans sa colonne vertébrale. Mais c'est suffisant. Il tombe par terre. Je tombe presque moi aussi, et desserre à temps ma prise sur le manche. John et Nelly se tiennent toujours debout, en position de tir, mais les restes de nos agresseurs forment à présent un tas, couvert de leurs crânes.

« Il y en a un nouvel arrivage », dit John, le regard tourné derrière nous.

D'autres Lexers accourent en trébuchant sur les cadavres et les briques, ce qui nous laisse l'opportunité de monter dans la camionnette. John démarre avant qu'on ait fermé les portières. Elles se ferment d'un coup quand il tourne rapidement pour éviter les ruines de l'école et les personnes qui y ont trouvé refuge.

« Que dieu nous protège, les amis », fait-il en scrutant la scène qui se joue dans son rétroviseur. Quelques morts-vivants rampent derrière nous. Certains semblent avoir déjà oublié notre venue et reprennent leurs errances aléatoires.

« Je sais, dit Nelly, à bout de souffle. C'est inimaginable. »

John secoue la tête. « Vous m'aviez prévenu, pourtant. Mais tant qu'on ne voit pas les choses de ses propres yeux... des morts qui marchent. »

Je charge mon pistolet, la boîte de munitions sur les cuisses. La prochaine fois, je prendrais de double étui. Quelque chose me dit qu'il y en aura une, de prochaine fois. Et sûrement d'autres.

Nelly se retourne dans son siège. « Ca va Cass ? C'était quelque chose, ce coup de machette ! »

Avec un petit clic, je remets le cylindre en place. « Il faut que je m'exerce avec mon flingue. Ça fait longtemps. Et il nous faut des lames mieux acérées. La machette a fonctionné, mais elle s'est coincée dans l'os et je l'ai perdue. » Je sais que ce n'est pas une réponse à sa question, mais c'est tout ce qui me vient en ce moment. Il faut gagner cette guerre dans laquelle on est coincés.

Nelly me scrute de près. Son regard est nerveux. « Bon, ok. Mais tu es sûre que ça va ? »

« Elle va bien », fait John. Il n'a pas l'air très inquiet, et ça me rassure, parce que j'ai l'impression que je devrais peut-être faire de l'hyperventilation. Mais rien de tout ça ne m'arrive. « Cassie est une dure à cuire. »

CHAPITRE 59

NOUS CONDUISONS JUSQU'AU petit magasin de produits agricoles, sans croiser personne, ni vivant, ni mort. On y trouve des talkie-walkies, des bottes, et des vêtements. Je reste dehors à monter la garde, mais je ne vois que deux Lexers, tout au bout de la route, sous un arbre, occupés à je ne sais quelle activité malveillante. Ils attendent peut-être le bus.

Notre prochaine étape est l'épicerie du coin. Les vitres sont brisées, et le réfrigérateur à bières est complètement vide. Je me demande qui sont ces gens qui, confrontés à un danger de mort, se précipitent d'abord sur la bière et les téléviseurs.

Tandis qu'on parcourt les étagères, je repère un régime de bananes qui a vu de meilleurs jours dans un panier sur le comptoir. Je l'attrape, ainsi que toutes les pommes que je trouve, qui n'ont pas mauvaise mine. Je songe un instant à prendre quelques paquets de clopes pour James, mais c'est peut être un peu cruel, vu qu'il vient d'arrêter. Et de toute façon, je m'aperçois vite que l'étagère est vide.

On ne repart pas follement chargés. Il faut penser aux autres après nous, qui auront peut-être davantage besoin de ces maigres vivres. Ce qu'on est venu chercher ici se trouve à l'arrière. John force une porte verrouillée et nous mène vers le bureau. Il y a là une grande radio.

« Richard Morgan, le propriétaire de cette épicerie, est un opérateur radio amateur. Il m'a montré une fois ou deux comment ça fonctionnait. J'ai toujours voulu faire ça, me trouver un bon poste, mais je reporte toujours ça à plus tard. » John hausse les épaules et nous fait un sourire chagriné. « Mais je crois que c'est un signe du destin. Ce qu'il nous faut plus que tout, c'est cette antenne fixée là-haut, pas vrai ? »

Il sort dehors et nous montre un câble qui monte le long d'un poteau dressé sur le toit. Nelly grimpe sur la camionnette et tire

235

sur les agrafes qui fixent le câble à la façade. Avec un grognement sourd, il dévisse le dernier boulon et abaisse le poteau. John l'attache soigneusement au toit de la camionnette. Nous chargeons également une partie du matériel de radio.

Quelques silhouettes s'avancent vers nous en rampant. Nous voulions prendre un peu d'essence aux voitures autour de nous, mais on peut faire le plein avec la réserve de John, et on décide de retourner à la maison. Penny et James se tiennent sur le porche quand on se gare. Ils ont l'air soulagés de nous voir sains et saufs.

« Alors, comment ça s'est passé ? demande James. Quoi de neuf en ville ? »

On secoue la tête. Il acquiesce, comme s'il s'attendait à cette réponse.

« Vous en avez vu ? » demande Penny.

« Ouais, dis-je. Au moins vingt, à l'école, qui n'est plus qu'une ruine, d'ailleurs. Il a fallu les abattre. »

« Ouah », fait James.

Penny écarquille les yeux et me touche l'épaule. J'ai encore mal à cause de l'impact de la machette dans l'os. Mon sentiment de calme s'est émoussé, et tout à coup, je me sens terrifiée. Je m'effondre sur les marches du perron et je laisse tomber ma tête entre mes mains. La brise fraîche me donne des sueurs froides, et mes dents se mettent à claquer. Penny se penche sur moi.

« Tout va bien, dis-je. Je n'étais pas comme ça, tout à l'heure. »

Je regarde mes mains sales, j'essaie en vain d'identifier la nature de toutes les tâches que j'y trouve. Il y a des traces brunes, noires, une sorte de poussière couleur rouille. Le Lexer que j'ai butté avec la machette a peut-être répandu du sang contaminé sur moi. Peut-être qu'il m'a déjà contaminé, que le sang a pu s'infiltrer dans une minuscule coupure. Je ravale ma terreur et je lance en me levant : « Faut que j'aille me laver. »

Je ne cèderai pas à la panique. Pas après coup. J'entends Penny derrière moi me redemander si je vais bien, mais je file vers la salle de bains.

« Cassie va vite s'en remettre », dit John.

Il a beaucoup plus confiance en moi que moi-même.

CHAPITRE 60

Au dîner, John demande s'il peut réciter le bénédicité. Il baisse toujours la tête au moment du dîner, et nous suivons tous son exemple, croyants ou pas. Je fais ma prière pour qu'Eric parvienne à nous rejoindre en toute sécurité. Je demande à mes parents de veiller sur nous, où qu'ils soient. Je remercie cet esprit là-haut ou où qu'il se trouve d'avoir veillé sur nous jusqu'à maintenant, parce qu'il faut bien admettre qu'on a été vernis. Si je peux tirer une bonne leçon de cette journée interminable, c'est qu'on n'est jamais à l'abri nulle part.

« Je sais que nous avons tous à cette table des croyances diverses et variées », dit John. Il incline la tête vers moi avec un sourire. « Qu'on soit agnostique, chrétien ou… »

« Ou membre du Peuple élu » complète James en souriant. « Vous savez que James Gold se dénommait James Goldfarb il y a cent ans ? »

John glousse. « Ou juif, bien sûr, je veux juste vous remercier. Je ne cherche à offenser personne. »

« Ne t'inquiètes pas, tu ne pourrais offenser personne, John », dis-je.

John est profondément croyant, mais il a le bon goût de ne jamais faire de prosélytisme. Il tire sa force de ses croyances, et c'est quelque chose que j'admire, mais je n'ai jamais pu me rattacher à un clan, à des convictions, à un groupe religieux organisé.

Il baisse la tête. « Seigneur, nous te remercions pour cette nourriture sur notre table et ces bons amis avec qui la partager. Nous prions pour que nos proches soient eux aussi en sécurité et qu'ils aient également un repas à partager avec des amis. Nous vous prions de nous protéger dans les prochains jours. Et, enfin, nous prions pour que les âmes de ces corps qui parcourent le monde soient en sécurité dans tes bras, Seigneur. Amen. »

« Amen » répétons-nous en chœur.

Penny s'essuie les yeux, et même Peter a l'air altruiste.

Nous avons du gâteau aux bananes pour le dessert, confectionné avec notre butin du jour. John m'a donné son surplus d'œufs de ses poules, car il en a suffisamment dans son incubateur fait maison. Il a huit poules, et jamais il n'accepterait de faire un sort aux "fifilles" de Caroline, même si en été, il ne sait plus que faire de tous leurs œufs.

« Demain, nous irons faire un tour tous ensemble, dit John. Séance d'entraînement au tir pour tout le monde. Il ne faut pas faire ça ici. Le bruit attire les bestioles. »

« Il faut que je vous annonce une mauvaise nouvelle, dis-je. Sam a été abattu. Ce qui signifie que les Lexers ne sont peut-être pas nos seuls ennemis. »

Tout le monde est choqué par la scène que nous leur décrivons. La ville était pleine de Lexers, certes, mais il y avait certainement quelqu'un d'autre sur place. Quelqu'un qui a tué Sam. Sam, un gars bien qui n'avait d'autre but que de protéger sa ville. Difficile d'imaginer que quelqu'un ait voulu sa peau.

« Je tiens à ce que chacun d'entre vous sache utiliser une arme à feu de manière sûre et précise, dit John. Et donc, demain matin, je passerai vous chercher et nous partirons dans les deux camionnettes. Et puis, j'ai peut-être une surprise pour vous. »

CHAPITRE 61

Nous traversons la forêt domaniale environnante jusqu'à déboucher sur une clairière. Si quelqu'un nous repère au bruit, il ne saura pas où nous vivons. Ana trouve toutes ces précautions un peu excessives et nous le fait remarquer, mais Penny ne prend pas la peine de lui répondre.

« On récapitule, les amis, dit John, l'air sévère. Règle numéro un : ne pointez jamais, je dis bien jamais, une arme sur quoi ou qui que ce soit si vous n'avez pas l'intention de tirer. Qu'elle soit chargée ou pas, peu importe. On est bien d'accord ? »

Il se tient devant Penny, Ana, James et Peter, les mains croisées dans le dos comme un instructeur militaire. Ils acquiescent en silence et tiennent leurs armes avec précaution.

« Règle numéro deux : traitez toujours votre arme comme si elle était chargée. »

« Numéro trois : gardez votre doigt éloigné de la gâchette jusqu'au moment de tirer. »

« Numéro quatre : nettoyez toujours votre arme après utilisation. Ceci pour vous assurer qu'elle sera prête à fonctionner quand vous en aurez besoin. Vous nettoierez vos armes plus tard. Des questions ? »

« Dis-moi John, je ne vois pas de cran de sécurité sur mon revolver, c'est normal ? » demande Penny.

« Les revolvers n'ont pas de cran de sécurité, du moins pas du genre auquel tu penses. » Il tapote sa tempe. « Ceci, entre vos deux oreilles, c'est votre meilleur cran de sécurité. Utilisez-le à bon escient et vous ne pourrez pas vous tromper. »

Ils se mettent devant les cibles qu'il a suspendues. Nelly et moi nous tenons derrière pour aider à se positionner et à viser. Au signal de John, ils tirent chacun à leur tour.

Quand elle a fini, Penny tient l'arme sur le côté et à bout de bras. « Je n'aime vraiment pas tenir ce machin. Ni tirer avec. »

« C'est ton droit, répond John en la regardant recharger. Tu n'es pas forcée d'y prendre goût, au contraire. Tu dois juste être capable de viser et d'atteindre ta cible. Vous devez tous savoir faire ça. On continue. »

À la grande surprise est Peter, chacune de ses balles atteignent leur cible.

« Oh génial ! Tu les as eues dans le mille ! je lui lance, enthousiaste. Tu as un don. »

John regarde sa cible. « Tu disais que tu n'avais jamais tiré d'arme à feu ? »

« Jamais » réplique Peter.

John lui donne une tape sur l'épaule et sourit sous sa barbe touffue. « Eh bien, tu as l'air de te débrouiller, fiston. Continue comme ça et tu seras vite meilleur que moi. »

Peter s'efforce de garder son air impassible, mais ses yeux se mettent à briller. Je suis contente pour lui, il s'est enfin trouvé un talent. Je lui adresse un sourire. Les coins de sa bouche retombent.

« Je vois pas ce qu'il y a de sorcier là-dedans, marmonne-t-il pour que je sois la seule à entendre. Il suffit juste d'aligner les mires et d'appuyer sur la gâchette. N'importe qui avec un semblant de jugeote en est capable. »

Je le regarde s'éloigner pour aller recharger son flingue. Je sais qu'il est fier de lui. Je l'ai lu dans ses yeux. C'est peut-être parce que je lui ai fait une remarque. Je prends un fusil et j'imagine le pointer sur Peter. Mais cela enfreindrait la règle numéro un, à moins que je ne lui tire dessus. C'est tentant, mais faute de passer à l'acte, je m'imagine que ma cible c'est lui et je ne le rate jamais.

John et Nelly montent dans la camionnette de John et s'éloignent vers une ferme voisine tandis que nous rentrons tous à la maison. John s'est contenté de nous dire où ils allaient, mais pas quelle était la surprise. Il a expliqué qu'il ne voulait pas qu'on soit déçu s'il revenait les mains vides. De retour à la maison, James est encore galvanisé par la séance d'entraînement et tout fier de ses performances de tireur. Même Ana semble avoir passé un bon moment. J'imagine qu'ils ont l'impression d'avoir enfin un semblant de maîtrise sur leur destinée.

Et ils n'ont pas tort. Après tout, nos armes nous ont sauvé la vie, hier. Des silencieux auraient été encore mieux, certes. Si l'on peut éviter d'inviter plus de Lexers à la fête, ce n'est pas plus mal. Même si j'ai compris hier que j'étais capable de me défendre, je ne me sens pas plus courageuse ou rassurée face à la situation. D'ailleurs, je suis sûre et certaine que l'imbécile qui a décrété qu'affronter nos peurs nous rendait plus courageux n'a jamais eu à se coltiner une armée de morts-vivants.

CHAPITRE 62

JOHN REVIENT ENFIN avec sa surprise, à l'arrière de son pick-up. Il s'agit d'une petite chèvre et de son chevreau, qui ont un ravissant pelage brun caramel parsemé de taches blanches. Elle nous regarde avec des yeux doux, et le bébé se cache derrière elle entre quelques tétées frénétiques.

John caresse la tête de la chèvre. « J'avais prévu de l'acheter ce printemps. Le lait de chèvre me manquait, et comme mes petits-enfants venaient passer ici la majeure partie de l'été, j'ai pensé que ça leur plairait aussi d'apprendre à traire. Le bébé est une chevrette, née il y a quelques semaines. Je pensais les installer toutes les deux dans votre petite grange. »

Je n'y connais rien en chèvres, ni même en matière de lait de chèvre. Mais je me doute bien que ça doit être autre chose que le lait lyophilisé qu'on se coltine, qui a un goût de lait séché il y a trop longtemps, aux arômes bizarres. Il détache les cabris et les prend dans ses bras.

« Ah super, mais qu'est-ce qui est arrivé au fermier qui te les a vendus ? » s'inquiète James.

« Oh, ils vont très bien. Lui, sa femme et ses trois adolescents. Leur nom de famille est Franklin. Tu te souviens peut-être de lui, Cassie. Ils tenaient un petit parc animalier pour enfants il y a longtemps. Je me suis mis d'accord avec eux pour qu'on se voie une fois par semaine, histoire de vérifier que tout va bien. »

Je me souviens de ce zoo pour enfants, de toutes ces petites chèvres qui nous faisaient bien rigoler. Elles mâchonnaient tout et n'importe quoi, y compris nos lacets de chaussures ou le bout de mes manches.

« Elles sont mignonnes à croquer. » Je ris en voyant la chevrette s'approcher vaillamment de moi pour mordiller ma manche exactement comme elles le faisaient dans mon enfance. « Il va falloir que tu nous montres comment en prendre soin. Je n'y connais rien en chèvres. »

La mère s'appelle Flora, et James propose d'appeler la chevrette Fauna. John a ramené du foin, et nous en étalèrent une couche épaisse dans le petit enclos de la grange. Le fermier a donné quelques sacs de nourriture, mais John décrète que les chèvres mangent n'importe quoi, et maintenant que le printemps est arrivé, elles trouveront leur bonheur dans les buissons.

C'est vrai que le printemps est enfin là. Chaque jour, je surveille nos pieds de fraises et aujourd'hui, j'ai repéré un premier bourgeon qui nous donnera de bonnes fraises en juin. Les arbres fruitiers sont en pleine floraison. J'ai l'eau à la bouche à imaginer tous ces fruits frais. Les pommes du magasin et de la cave à légumes de John ont été écoulées depuis un moment. Je panique de voir à quelle vitesse disparaissent nos pêches en conserve ; ce sont les derniers fruits que ma mère a mis en conserve. Je m'autorise un petit pêché mignon, pour ainsi dire, en dissimulant un bocal dans mon placard.

Nos bacs à graines recouvrent tous les rebords de fenêtres disponibles. De minuscules pousses vert tendre pointent leur nez hors du terreau. Je leur chante une berceuse quotidienne. Je ne sais pas si ça aide, mais c'est un truc de ma mère. Elle chantait des chansons idiotes à ses plantes pour nous faire rigoler. Elle prétendait que ça les faisait pousser plus vite et que cela donnait des plantes énormes et en excellente santé.

La vieille ferme de John ressemble elle aussi à une jungle, et il se bat quotidiennement contre la queue enthousiaste de Laddie qui les renverse les uns après les autres. Je lui propose tout le temps de venir habiter avec nous, mais il refuse. Il dit que ce serait trop à l'étroit ou que ses ronflements nous réveillerait tous, mais je pense qu'il veut être là au cas où Jenny reviendrait. Tom est actuellement affecté quelque part en Allemagne et John espère qu'il est en sécurité dans sa base.

Ce soir, nous allons mettre en route le générateur et écouter la radio grâce à notre nouvelle antenne. L'autre jour, nous avons entendu des actualités en provenance de l'état du New Hampshire, mais le son se brouille tout le temps. James a noté quelques fréquences prometteuses à essayer.

Nous marchons vers la ferme de John en fin d'après-midi. Un nuage de jeunes feuilles vient colorer les arbres, et les oiseaux chantent sur notre passage le long du sentier. On entre dans la grande cuisine de John, où nous le trouvons occupé à régler le poste radio. Il y a une grande marmite de ragoût qui mijote sur le feu, composée de carottes en conserve et de pommes de terre. Ça sent délicieusement bon.

James tourne tous les boutons et les cadrans. Le combiné ne fonctionne pas, mais on arrive toujours à entendre. Nous sommes tous penchés vers le son comme des aiguilles de boussole pointant vers le nord. Ana est sans doute la plus impatiente d'entre nous. Elle en a parlé toute la journée, convaincue d'être confortée dans son idée que la situation n'est pas si catastrophique que ça. Sous l'insistance de Penny, elle a accepté de m'aider à semer les graines, jusqu'à ce que je craque, excédée, et lui demande de se trouver une autre occupation. Au lieu de les semer avec précaution, elle les enfonçait dans la terre comme si elles lui avaient fait un tort quelconque. Ça m'a horripilé.

Je fais de mon mieux pour rester polie avec Ana et Peter. J'essaie de leur parler sur le même ton bienveillant qu'avec les autres, sauf que ça me demande un effort surhumain, puisqu'il est clair qu'ils ont un mal fou à tolérer ce que je leur dis. Ils font leur strict minimum et sont intarissables sur New York et sur la première chose qu'ils feront à leur retour en ville. Ils ont ce jeu stupide que Nelly et moi avons surnommé Zombie Zagat. L'un d'eux nomme un restaurant ou un bar et l'autre énumère la meilleure nourriture, les meilleures boissons et tous les gens agaçants qu'on y trouve, et qu'ils pourraient avoir en commun dans leur cercle de connaissances.

La radio émet un grésillement puis soudain une voix, américaine, retentit.

« Bingo ! » crie James, extatique.

Nous nous pressons autour de lui pour tendre l'oreille. Il s'agit d'un direct, et ce sont les premières informations qu'on entend depuis plusieurs semaines. « … le 157e escadron de ravitaillement, qui est maintenant situé à l'aéroport régional de Mount Washington à Whitefield, dans le New Hampshire. Nous demandons à tous les citoyens de ne pas tenir compte des émissions préenregistrées qui définissent la base de la Garde nationale aérienne de Pease à l'aéroport international de Portsmouth dans le New Hampshire, comme la zone de sécurité officielle. Cette base a été abandonnée en raison de seuils incontrôlables d'infections par le Bornavirus. »

« Le reste de la Garde nationale s'est retiré de l'aéroport régional de Mount Washington et a établi là une nouvelle zone de sécurité. Tous les citoyens non infectés sont invités à s'y rendre s'ils ont besoin d'un refuge sécurisé. Nous avons été en contact avec d'autres localités dans le nord-est qui ont également été reclassées en zones sécurisées. Ce sont des regroupements civils qui ne sont pas affiliés au gouvernement des États-Unis. Nous ne connaissons aucune autre zone de sécurité gouvernementale dans un rayon de cinq cents kilomètres. »

En d'autres termes, toutes les autres zones de protection sont tombées. J'attrape la main de Nelly en comprenant ce que cela implique : presque tout le monde dans le Nord-est est mort. Peut-être que certains sont terrés comme des rats, comme nous, mais combien ont assez de provisions pour ne pas avoir à partir ?

« Les lieux suivants ont été classés zones sécurisées dans le nord-est des États-Unis : les villes sœurs de Moose River et de Jackman, dans le Maine. Ces villes sont desservies par l'aéroport de Newton Field, si vous avez accès à des avions légers. Tolland, dans le Massachusetts, peut accueillir trois cents personnes et aider à en déplacer d'autres vers une autre zone de sécurité. Suivez les panneaux sur la route 57 jusqu'à la zone barricadée. »

« La ferme Kingdom Come dans le Vermont. Situé à vingt kilomètres au nord de Lowell sur Kingdom Road. Prenez la 105 nord, à droite sur Trunk Road, à gauche sur Kingdom Road. »

La main de Nelly se resserre sur la mienne comme un étau. Je le regarde et il secoue la tête pour me rassurer, mais un courant de malaise passe entre nous. Le diffuseur répertorie quelques autres zones sûres et continue.

« D'autres zones de sécurité sont susceptibles d'exister ou de se créer, mais pour le moment, nous sommes en communication avec ces cinq zones. Veuillez vous y rendre si vous avez besoin d'aide. Notez que toutes les personnes seront testées à leur arrivée et se verront interdire l'accès si elles sont infectées. Ceux et celles qui présentent des signes évidents d'infections seront abattus à vue. Le dernier contact que nous avons eu avec le gouvernement des États-Unis remonte à la semaine dernière. On nous a assuré que la situation ne durerait que quelques semaines de plus. »

Jusqu'à présent, la voix du journaliste semblait calme, mais j'entends à présent l'émotion monter.

« Ceci semble toutefois de récents rapports qui nous ont été transmis, indiquant que les personnes infectées pourraient rester actives et contagieuses durant plusieurs mois, voire des années, avant de succomber au virus. Nous vous exhortons donc tous à demeurer vigilants si vous tentez de rejoindre une zone de sécurité. Cette émission sera rediffusée toutes les heures et mise à jour tous les jours à dix-neuf heures EST. »

Il marque une pause puis ajoute d'une voix presque murmurée. « Soyez prudents. Ne prenez aucun risque. Voyagez armé et léger. Déplacez-vous en silence. Dieu vous bénisse tous et Dieu bénisse l'Amérique. »

Le silence et le grésillement reviennent.

Nelly me tient toujours la main et la tire vers lui. « Viens avec moi. »

Je le suis jusqu'au porche. Il a l'air en transe. Ses cheveux semblent se dresser sur son crâne et il passe une main sur ses joues.

« Tu as entendu ? Cette ferme qu'ils ont mentionnée ? La ferme Kingdom Come ? » Il me fixe tandis que je hoche la tête. « Je pense… Non, en fait, je suis quasi sûr que c'est le nom de la ferme d'Adrian. Je ne suis pas absolument certain, mais je sais que c'était dans le nord-est du Vermont, et il y avait aussi Kingdom dans le nom. J'en mettrais ma main à couper, Cass. »

Il y a comme un courant d'air dans mes oreilles et je n'entends plus rien. Bien sûr, qu'Adrian a créé une zone de sécurité. Je regarde les bottes de chantier de Nelly qui trépignent sur les lattes de bois du porche.

« Je ne veux pas te faire de fausses joies. Je me trompe peut-être », ajoute-t-il.

« Oui, bien sûr », dis-je, mais maintenant je rayonne, parce que je sais en mon for intérieur qu'il dit vrai. C'est tout ce que j'avais osé espérer. Et maintenant je m'imagine Adrian, avec son visage sévère et concentré quand il est sérieux, et cette chaleur au fond du regard. Il a sûrement vu tout ça venir ; il a commencé à s'organiser bien avant nous. Et si la ferme ressemble un peu à ce dont il a toujours rêvé, elle doit être autosuffisante, ou presque.

« Tu n'as pas écouté un mot de ce que j'ai dis, je me trompe ? »

Nelly claque des doigts devant mon visage, mais je suis ailleurs. Je suis déjà avec lui, là-bas, dans son Éden. Adrian est en vie.

Chapitre 63

L'ambiance autour de la table s'est massivement refroidie. Au début, je suis sur mon petit nuage, mais je ne tarde pas à retomber dans la réalité. Savoir —ou plutôt soupçonner— qu'Adrian est encore en vie, pas si loin, suffit à me remonter à bloc pour le moment. Mais mon espoir d'arriver à le rejoindre se dissipe petit à petit tandis qu'on prend la mesure de la situation et des niveaux astronomiques de contamination.

Peter et Ana se laissent tomber sur des chaises, abattus, et nous écoutent faire nos calculs et frissonner à l'idée de ce qui se joue à quelques kilomètres à peine de chez nous. Je sais que Penny essaie de ne pas le montrer, mais l'angoisse de ce qui est arrivé à Maria pèse lourdement sur elle en ce moment. J'espère juste qu'elle pourra tenir le coup aussi longtemps que possible.

Et il paraît assez clair maintenant que tout ça va être plus long que nous ne l'aurions imaginé dans nos pires cauchemars. Cela vient confirmer ce que l'ami de John lui a dit. Je ne sais pas comment c'est possible. Un corps, c'est organique. Et ça se décompose. S'ils sont morts, il semble impossible qu'ils ne pourrissent pas.

« C'est vraiment le truc le plus difficile à expliquer dans toute cette histoire de zombies. Et je me sens un peu débile de me référer à la culture pop pour un semblant d'explication, pointe James. Mais il y a toujours une scientifique dans ces histoires qui vient expliquer que les microbes qui permettent normalement la décomposition ont tendance à éviter la chair infectée. Les Lexers qu'on a vus jusqu'ici ont bien l'air de se décomposer, mais pas assez rapidement. Alors peut-être que certains vont durer six mois. Ça dépend peut-être aussi du climat. Possible qu'en hiver ils gèlent et que leurs muscles ne fonctionnent plus au printemps. »

« Oui, comme de la viande au congélateur, ajoute Nelly en brandissant un morceau de bœuf qu'il a embroché sur sa fourchette. Ce bœuf est musclé, tout comme nous. Les cellules s'ouvrent quand c'est gelé, n'est-ce pas ? Si c'est le cas, au moment où ils vont décongeler, ils ne pourront peut-être plus bouger. Et puis, nous pourrions aussi les tuer pendant qu'ils sont gelés. »

Ana laisse échapper un petit gémissement de dégoût et court se réfugier dans le salon de John. Penny la suit.

« Désolé, dit James. J'oublie que tout le monde n'est pas encore prêt à en parler. »

« Eh bien, il va pourtant falloir qu'ils s'y habituent, dis-je, évitant soigneusement de regarder Peter. Si on en croit ce que le type à la radio a dit, il faut se rendre à l'évidence, et comprendre que rien ne sera plus jamais pareil. »

John reste silencieux, adossé en retrait sur sa chaise. Maintenant, il se lève pour débarrasser, mais je remarque que ses yeux sont rougis. Je le rejoins près de l'évier, où il fait semblant d'être absorbé par la vaisselle.

« Je te paries que Jenny va bien », dis-je.

Il me serre la main avec sa main pleine de savon et acquiesce. J'aurais parié la même chose sur Eric. Mais il n'est pas là, alors qu'il devrait l'être depuis belle lurette. J'essaie de sentir sa présence, sur le chemin, comme je le fais concernant Adrian, mais tout ce que je sens au fond de moi, c'est une boule à l'estomac.

CHAPITRE 64

TOUT LE MONDE adore Flora et Fauna. Leurs tours et pitreries ne manquent jamais de me faire sourire. Il me semble avoir lu quelque part qu'avant la télévision, les gens regardaient leurs poules pour se divertir. John a proposé de mettre la moitié de ses poules dans notre poulailler, ainsi que les poussins qui vont bientôt sortir de leur coquille. Comme ça, nous aurons deux sources de nourriture.

Nous n'avons pas de réfrigérateur, à part ce que le générateur garde au frais chez John, donc nous y stockons le lait. Ce lait est excellent. Pour l'obtenir, par contre, c'est toute une histoire. Il faut cinq à dix minutes à John pour traire Flora, tandis qu'il nous en faut trente.

Nous sommes la troisième semaine de mai, mais désormais, les dates n'ont plus vraiment d'importance. Notre calendrier tourne autour de la récolte des fraises : il reste quelques semaines avant qu'elles soient prêtes, et nous comptons les jours. L'autre jour, nous avons planté les épinards et d'autres légumes verts. Les pieds de pois ont commencé à s'attacher sur le treillis avec leurs jolies vrilles bouclées. J'ai retrouvé les plans des potagers des années précédentes, gribouillé par ma mère, avec des annotations sur chaque plante. J'ai l'impression qu'elle se tient derrière mon épaule, et qu'elle me dirige à sa manière douce.

On a tous nos tâches à remplir, et on s'en acquitte volontiers. Les seuls qui ont réellement besoin de se voir attribuer des tâches sont Peter et Ana, qui se traînent comme des robots depuis le jour où a entendu cette émission à la radio. Depuis, nous l'écoutons religieusement tous les soirs. Le journaliste mentionne toujours la ferme Kingdom Come, ce qui signifie que ça va toujours bien de leur côté. Quelques zones de sécurité supplémentaires ont aussi été ajoutées à la liste. Chaque soir, je guette, mon cœur battant la chamade, ces trois mots : "Kingdom Come Farm". Puis en pensée je dis bonsoir à Adrian et je nous félicite tous les deux d'avoir survécu un jour de plus.

Nous n'avons aucun moyen de communiquer. James dit que le cordon est peut-être court-circuité. En revanche, on peut toujours écouter. Nous avons capté d'autres émissions. Selon un groupe en Virginie, Washington DC est complètement détruite. La ville aurait été bombardée lors d'une dernière tentative infructueuse pour stopper la propagation.

Chaque jour, nous captons de nouveaux témoignages de survivants qui ont trouvé le moyen d'accéder aux radios et aux antennes. Des gens qui veulent s'assurer qu'ils ne sont pas les seuls survivants à la ronde. L'autre jour, on a entendu un homme dans le Kansas dire qu'il ne se portait pas si mal depuis qu'il avait abattu la plupart de ses voisins, mais qu'il aimerait avoir de la compagnie. Il a conclu par un morceau de guitare et quelques sanglots avant de rendre l'antenne.

Peter sait que nous soupçonnons Adrian de se trouver dans le Vermont. Ces dernières semaines, j'ai senti que mon bonheur affectait négativement le sien. Plus je suis gaie, plus il est en colère. Il me fixe d'un air renfrogné, et se montre irrité par tout le monde sauf par Ana. Je sais que Peter et Ana n'ont jamais eu le rêve de vivre sur une ferme à pelleter du fumier de chèvre, mais tout ça vaut certainement mieux que d'être six pieds sous terre. Pour être honnête, ils m'horripilent tellement que j'ai envie d'hurler dès je les vois.

Je me dirige vers la grange pour prendre des nouvelles de nos chèvres, et pour déverser mon trop-plein de haine sur un mur après un énième commentaire odieux de la part de Peter, quand je vois Nelly m'emboîter le pas.

« Tu veux aller te promener ? » demande-t-il.

« Non, je préfère de loin retourner du crottin de chèvre avec ma fourche. » Je me détourne à mi-chemin et continue.

Lorsqu'on arrive à l'arbre à messages, Nelly me fait monter sur la plate-forme en bois, la seule partie restante de la cabane perchée là-haut. Assis là, on balance les jambes en regardant les tamias courir sur les branches avec leurs queues dressées comme des mâts.

C'est agréable de faire une pause. Pendant la journée, nous sommes toujours occupés. Le dernier défi que s'est lancé John consiste à creuser une tranchée autour des clôtures que nous avons fixées. Une méthode qui me rappelle celle avec laquelle mes parents attrapaient les limaces du jardin. Il fallait creuser un monticule de terre et placer une petite tasse de bière au centre. Un jour ou deux plus tard, la coupe était pleine de limaces noyées. Mais les limaces sont petites. À l'échelle où nous travaillons, il faudrait creuser à la main sur deux mètres de profondeur et presque autant de large. À ce rythme, on aura terminé dans une douzaine d'années.

À force de creuser et de couper du bois de chauffage, mes bras sont beaucoup plus costauds qu'avant. La prochaine fois que j'aurai besoin de dégommer un Lexer, je n'aurai pas de courbatures après coup. À mon avis, il en y aura une, de prochaine fois, parce que nous allons en ville demain. John est en train de monter une lame sur un long manche dans son atelier, et je pense que cela pourrait s'avérer plus pratique qu'une machette.

Nous déplaçons les plantes tantôt au soleil, tantôt à l'ombre, les arrosons, sans oublier de leur chanter des berceuses. Enfin, Penny et moi chantons. Selon Nelly nous sommes timbrées. Nous remplissons le générateur de diesel, cuisinons, nettoyons le poulailler et trayons Flora. Et, surtout, on creuse. Et puis le soir venu, nous nous asseyons à la lumière de la lampe à huile pour discuter ou lire, ou jouer au Scrabble ou au Monopoly avant d'aller au lit, quand nous sommes si fatigués que nous nous endormons en plein milieu de nos phrases.

Penser aux jeux de société me remet en mémoire le projet de Nelly et de John et je me tourne vers eux :

« Au fait, où en êtes-vous avec votre de bière maison ? On a besoin d'une nuit bien arrosée, d'une vraie soirée de débauche et de jeux de boissons. »

Les ingrédients de brassage de mon père sont toujours là. Il reste quelques dizaines de bouteilles à la cave, qui attendent tranquillement qu'on les débouche. Je meurs d'envie d'en ouvrir une. Ces gens qui se ruent en premier sur la bière dans les moments de crise ne sont peut-être pas si fous.

« On le saura dans quelques jours, réplique Nelly. Une bonne nuit de bringue ne me déplairait pas non plus. Et je ne suis pas pressé d'aller en ville. »

Nous avons besoin de quelques pièces pour notre radio, et je veux trouver quelques trucs pour un projet que j'ai en tête. Cette fois, tout le monde se joint à l'expédition. John, non sans malice, a dans l'idée de montrer le spectacle de la ville anéantie à Ana et Peter pour leur mettre un peu de plomb dans la tête.

« Ce que tu es contemplatif ces derniers temps, dis-je à Nelly. Pourquoi fais-tu cette tête de croque-mort ? Le monde s'est écroulé, ou quelque chose du genre ? »

Nelly sourit et s'allonge sur les planches de la cabane, le visage baigné de soleil. Je m'assieds en tailleur, la tête penchée sur lui, et je le regarde contempler le bruissement des feuilles.

« Je suppose que je suis juste en train de m'habituer à cette nouvelle vie, répond-il. Tu sais, quand je pense que je suis enfin fait à tout ça, et puis que je vais faire un truc tout à fait banal comme de couper du bois, il m'arrive de me dire que mince, tout cela est bien réel. C'est comme si la plupart du temps, j'étais dans un état de transe, ou dans un rêve, tu vois ce que je veux dire ? »

J'acquiesce. Pour moi c'est pareil. Parfois, en creusant le fossé ou en désherbant le potager, je m'immobilise, et je me demande si Adrian pense à moi. Ce sont de bons moments, où je ressens une lueur d'espoir.

Et puis il y a les moments où je pense à Eric et Rachel, ou à Maria, et je me sens malade, et désespérément impuissante. Je vois toujours dans le regard d'une personne quand elle pense à ses proches. Il y a de l'espoir, du désespoir, et un mélange d'horreur et de résignation. Peter est le seul dont l'expression reste opaque : il n'a personne pour qui s'inquiéter. Je ne sais pas trop si c'est préférable.

« Et toi ? me demande-t-il. Ça te fait quoi d'être l'ennemi public numéro un ? »

Je hausse les épaules. « C'est super, merci de demander. J'ai toujours rêvé d'être celle que tout le monde déteste. »

Nelly se tourne sur le côté et pose sa tête sur sa main avec un sourire ironique. « *Tout le monde* ne te déteste pas. Peter et Ana ont décidé de te tenir responsable de tous les malheurs du monde, c'est tout. » Il hausse les sourcils. « Je sais que ça te dérange plus que tu ne veux le montrer. Donc, puisque tu es incapable de demander de l'aide, je vais intervenir. Tu veux que j'aille parler à Peter ? »

Ce que je veux, c'est que Peter change de disque et commence à se comporter en adulte, de lui-même, et non sous la menace. Essayer de faire faire aux gens ce qu'ils ne veulent pas faire, non seulement ça ne fonctionne pas, mais ça finit presque toujours par se retourner contre vous.

« Ils s'acquittent de leurs corvées comme de bons petits soldats maintenant, je réponds. Qu'est-ce que tu veux faire, leur ordonner d'être gentils ? Ana n'a jamais été une fille sympa, à ma connaissance. Et Peter, je suppose qu'il a eu ses moments, et qu'il s'est montré gentil avec moi, à ses heures. Comment comptes-tu forcer quelqu'un à ne pas être égoïste ? »

J'enroule l'une de mes nattes autour de mon index. Je me sens méchante quand j'y pense, mais il m'arrive de penser à ce qui se serait passé si Peter n'était pas revenu à mon appartement cette nuit-là. S'il faisait partie de ces gens qui se trouvent maintenant hors de portée, à des lieues de moi en ce moment. Je ne souhaite pas sa mort, juste qu'il ne soit pas là, mais je me sens coupable quand même.

« Eh bien, je suppose que ce n'est pas possible, Demi-pinte. » Nelly tire sur mon autre natte avec son grand sourire coutumier. « Mais je peux toujours lui casser la gueule de ta part, qu'en dis-tu ? Histoire de lui remettre un peu les idées en place. »

« Allez, avoue que tu meurs d'envie de lui faire sa fête, non ? » Ses yeux s'illuminent. « Arrête de faire ton macho. »

Je serais contente d'accepter son offre, mais il est clair que ça ne ferait qu'aggraver le ressentiment de Peter. Il pense déjà que tout le monde est contre lui.

« Si seulement ça marchait comme ça, vous auriez pu remettre les idées en place il y a deux ans, après ma rupture avec Adrian. Je n'aurais jamais rencontré Peter. Je me demande où je serais en ce moment… Probablement dans une ferme du Vermont, comme nous l'avions prévu. »

« Ouais, et pendant que tu coulerais des jours heureux à la campagne, à peindre et à vivre comme Laura Ingalls, moi je serais un zombie qui erre dans les rues de New York. »

Je lui ébouriffe la tignasse. « Toi ? Jamais ! »

Mais ce scénario n'est pas impensable. Sans James et moi pour le stopper dans son élan, il serait sûrement sorti à Manhattan cette nuit-là, et dieu sait comment ça se serait terminé pour lui. Il est du genre à ignorer les signaux d'alerte jusqu'à ce qu'il soit trop tard, comme la plupart des New Yorkais bon vivants.

Il s'assied. « Je te parie un million que tu te fous le doigt dans l'œil. » Il me fait tellement penser à un gamin que je m'attendrais presque à ce qu'il me tire la langue.

Il a ce sourire en coin, un peu asymétrique, et ses yeux se plissent. Je suis toujours charmée par mon ami, chevalier-servant, ce grand type qui vient toujours me botter les fesses quand j'en ai besoin. Je suis tellement content qu'il soit avec moi dans ce trou paumé. C'est un peu de ma faute, s'il est là, mais ça ne me cause pas l'ombre d'un regret, même si nous nous trouvons très loin de là où j'aimerais être.

« Eh bien, alors, la prochaine fois que tu secoues la tête parce que j'ai fait quelque chose de débile, souviens-toi que ma stupidité t'a sauvé la vie au moins une fois », dis-je, avec un regard narquois.

Ses yeux se plissent davantage. « Bon, c'est vrai, *une fois* peut-être. Une fois sur combien, mille… choses débiles ? Les statistiques ne jouent pas en ta faveur, ma poule. »

Fidèle à ma maturité légendaire, je lui tire la langue.

CHAPITRE 65

« JE CROYAIS QUE tu ne faisais jamais ton shopping chez Wal-Mart », dis-je à John pour le taquiner, à l'approche du gigantesque bloc de parpaings gris.

« J'ai dit *quand les poules auront des dents* », rectifie-t-il. « Je pense que ça équivaut à peu près à *quand les morts marcheront*, non ? Et puis, je ne viens pas faire du shopping, moi, je viens piller. » Il me fait un clin d'œil et se remet à scruter la route.

Ana et Peter sont côte à côte sur la banquette arrière et Nelly, tandis que James et Penny occupent le fond de la camionnette police. Les deux camionnettes et les barils de carburant de John sont remplis d'essence que nous avons siphonnée sur le chemin. L'opération a pris quelques heures, même avec la pompe motorisée. Impossible de savoir si le réservoir d'essence d'une voiture est vide ou pas sans essayer de la pomper, et par conséquent, on perd pas mal de temps à ce petit jeu.

« Je crois que ce n'est plus du pillage, s'il n'y a plus personne pour nous voir », dis-je.

« Je suppose que tu as raison. »

Des centaines de voitures jonchent le parking, comme si leurs propriétaires, après s'être garés, étaient partis en courant. Le détecteur des portes d'entrée est en mode sieste prolongée, mais on pourra entrer facilement par le trou béant dans la vitrine démolie.

« Quelqu'un est déjà passé par là », note John, tandis qu'on s'approche de l'entrée.

« Bien vu », siffle Ana.

Elle est là pour se procurer un après-shampoing. Apparemment, celui qu'on a chez nous lui plaque les cheveux sur la tête. J'ai été affreusement peinée d'apprendre que l'accueil n'était pas satisfaisant à son goût.

John saute du camion et nous fait signe. Je me dirige vers les mottes de boue sur lesquelles il est penché. « Tu vois ces traces de chaussures ? Elles sont encore humides mais pas mouillées. Je dirais qu'elles datent de vingt-quatre heures, mais pas des dix dernières non plus. Trop sec. Le danger est passé, je pense, mais restons très prudents. Faisons des équipes de deux. Un qui achète, l'autre qui surveille. Et deux qui restent ici pour monter la garde.

Il vérifie nos armes. On a la touche hétéroclite d'un groupe paramilitaire amateur. James, Penny et John installent des écouteurs radio dans leurs oreilles et les testent. Un étui de revolver, une machette ou les deux pendent à chaque hanche ou épaule. John insiste pour que nous portions nos armes au quotidien, même à l'intérieur, pour nous habituer à tout faire armés. Et puis, on ne sait jamais ce qui peut sortir des bois quand on s'y attend le moins.

J'ai mon fidèle revolver d'un côté de mon étui, un neuf millimètres de l'autre et une machette affûtée dans mon dos. Penny passe un fusil sur son épaule et inspecte nerveusement le trou de la vitrine.

On tape contre la porte en criant, mais l'écho de nos voix résonne dans le magasin. C'est la méthode immanquable pour attirer les indésirables, certes. Appelez-les, ils viendront en courant, ou du moins en titubant. Mais cette fois, rien ne vient.

John fait équipe avec Peter pour rester dehors et nous envoie James et moi au rayon cosmétiques. Nelly et Penny se dirigent vers les vêtements, parce que creuser toute la journée, ça n'aide pas à prendre soin de sa garde-robe. Ana se tient près de la porte, prête à aider en cas de besoin.

Nous allumons nos lampes de poche en pénétrant dans le hall d'entrée. Les lignes des caisses semblent interminables, sombres et vides. Elles ont déjà pris cette apparence désuète, comme une relique d'un monde ancien. Tout est calme et étrangement vide, et j'avance, sans qu'un poil ne se hérisse sur mes bras. Mais la puanteur est présente. Il y a ici quelque chose de très, très mort. Dans toute autre situation, cela me rassurerait.

Nous nous enfonçons plus loin dans la pénombre du supermarché. La grande allée centrale est en ruine. Des boîtes de biscottes et de céréales jonchent le sol, mélangées à des vêtements et des liquides douteux qui ont durci en un gel brun. Penny et Nelly se dirigent vers l'arrière, en grignotant des Triscuits et des Cheerios. Je me tourne vers Ana, qui se tient derrière nous, ses grands yeux noirs forment deux ronds parfaits et son visage pâle semble presque phosphorescent. Elle est à portée de vue et d'oreille de John, mais elle est la seule à être isolée. Elle serre son arme à la main, le doigt posé sur la détente.

« Ana, fais attention à ton doigt, je la préviens. En cas de pépin, crie, et on revient dans les dix secondes, je te promets. La voie est libre de notre côté. Tout ira bien. »

Elle déplace son doigt, le blanc de ses yeux luit dans l'obscurité, et elle hoche la tête. « Dépêchez-vous. » Je suis sur le point de dire quelque chose de rassurant quand elle continue. « Je veux prendre mon tour pour aller chercher ce dont j'ai besoin. »

Je fais signe à James et me détourne avant de soupirer. « Allons-y. »

Nous descendons l'allée principale à pas de loup. Mais nos pas semblent résonner si fort dans le silence. Je ne me rendais pas compte à quel point le monde était bruyant, avant qu'il ne disparaisse. Les grilles métalliques de la pharmacie sont défoncées, tordues. Des boîtes et des bouteilles gisent en pêle-mêle au sol. Des étagères entières sont complètement vidées.

« Je parie que toutes les bonnes choses sont parties », murmure James tandis qu'on les longe en les épluchant du regard.

Je transpire tant que mon jean me colle aux jambes, même si l'air n'est pas si étouffant que ça. Mon cœur bat si fort que je m'étonne que James ne l'entende pas.

Je remplis mon cabas en bandoulière de trucs utiles comme des gants en latex autres fournitures de ménage pendant que James surveille les allées autour de nous. L'odeur de pourriture est encore pire ici, et il y a d'énormes taches noires sur le carrelage. Je suis presque sûre que c'est encore du sang séché, mais c'est difficile de le déterminer à la lumière crue de nos torches LED, qui transforment tout en noir et blanc. On dirait du sirop Hershey, celui qui est utilisé sur les tournages de films d'horreur pour imiter le sang. Ça a dû être une sacrée bataille de nourriture qui s'est déroulée ici. Je porte ma main à ma bouche pour étouffer le gloussement nerveux qui me saisit à cette blague peu évoluée.

James me regarde avec curiosité. « Qu'est-ce-qui te prends ? »

« Oh rien, dis-je en toute franchise. C'est juste les nerfs qui lâchent. »

« Bon sang, ce que ça schlingue ! C'est encore pire ici. » Il replace son écouteur sur son oreille. « Allons voir le rayon automobile. John dit que la voie est libre, mais qu'il faut se dépêcher. »

Il y a une pièce qui mène au rayon jardinerie sur notre gauche, où sont entreposées les marchandises saisonnières. La puanteur ici est intense, tenace : elle prend à la gorge et recouvre tout d'une couche de bave. Nous nous bouchons le nez et respirons par la bouche. Mais maintenant je crois sentir le goût, qui est bien pire que l'odeur. Je prends appui sur une étagère et j'ai des haut-le-cœur, mais rien ne sort. Lorsque je relève la tête, ma frontale éclaire une scène horrifiante.

« Doux Jésus », murmure James.

Il doit y avoir une quarantaine de cadavres entassés là, dans une mêlée de bras et de jambes désaxés et écartés, au point qu'on ne saurait dire où finit l'un et où commence l'autre. Nous nous rapprochons, prêts à détaler au moindre mouvement. Lorsque James allume sa grande torche, on distingue leur peau grise et des plaies ouvertes, non cicatrisées. Chaque corps sur le tas porte des blessures à la tête : quelqu'un a tué tous les Lexers dans ce magasin.

« Doux Jésus, répète James, avant de parler à la radio. Quelqu'un est venu ici et a tué tous les infectés. Il y a une grande mêlée devant la jardinerie. Maintenant on va vers le rayon automobile. Cinq minutes à tout casser. »

Qui que soit ce noble justicier, je lui suis reconnaissante à jamais. Quel immense soulagement de savoir qu'il y a d'autres survivants par ici, qui se battent, comme nous. Et avec succès. J'aimerais les voir débarquer, maintenant. Je remarque deux corps qui semblent avoir été à part et je m'avance vers eux en tenant ma torche à bout de bras.

Il s'agit de deux filles, âgées de dix-huit ans à peine, à moitié redressées contre les étagères, à moitié nues. L'une ne porte plus qu'un débardeur déchiré et taché, l'autre a encore sa veste sur le dos. Leur peau n'a pas cet aspect gris et coagulé qu'ont les autres.

Leurs cuisses et leurs visages sont meurtris, enflés, mais j'arrive à voir qu'elles ne sont pas mortes depuis très longtemps. Je me demande si elles ont été infectées ou mordues récemment, mais je rejette immédiatement l'idée. L'une d'elles est assise sur un tapis de sang, la balle l'a touchée à la poitrine, pas à la tête. L'autre semble avoir été étranglée avec une corde encore nouée autour de son cou. Leurs corps sont les seuls à être entourés de mouches qui volent et se posent dessus. Soudain, je comprends qu'il vaut mieux que l'auteur de cette boucherie ne soit pas là, car il est fort probable que ce soit lui qui ait fait un sort à ces pauvres ados.

Je veux les traîner quelque part, loin du tas d'infectés. Couvrir leurs corps à moitié nus et préserver ce qui leur reste de dignité humaine. Mais le temps nous manque, maintenant. Une boule de colère se forme en moi, et un torrent de haine envahit chaque parcelle de mon corps. Elles ont survécu à tout ça si vaillamment, pour finir violées et assassinées par un monstre, un vrai psychopathe. Comme si ce monde ne leur avait pas assez servi d'inhumanité.

« Partons », crie James en me tirant par la manche. Nel et Penny ont fini. Ils nous attendent. »

On déniche des gants de conduite dans la section automobile et on s'empresse de quitter les lieux. Ana, Penny et Nelly nous attendent devant la vitrine brisée, leurs sacs sont pleins à craquer. J'inspire l'air frais à l'extérieur et je fouille dans ma poche pour trouver un truc, n'importe quoi qui me fera oublier ce goût dans ma bouche. Je dégote un paquet de Life Savers à la menthe et la bague d'Adrian. Je frotte la bague et fourre le bonbon dans ma bouche. J'en propose un à James, qui a l'air d'en avoir autant besoin que moi. Il l'accepte avec gratitude et recrache la gorgée d'eau qu'il gargouille.

John se doute de ce que nous avons vu, et ne veut pas perdre de temps : « Tout le monde dans les camionnettes, et foutons le camp. »

Ses yeux n'ont pas cessé de bouger et sa bouche semble scellée. Nous reprenons la route. Au sommet de la colline, je me retourne et j'aperçois une camionnette rouge cabossée et une voiture de sport entrer sur le parking de Wal-Mart.

« Ce sont peut-être eux », dis-je, frissonnant à l'idée qu'on ait échappé de peu à un face à face avec ces violeurs et tueurs de jeunes filles.

« J'avais l'intuition qu'il ne fallait pas traîner » dit John.

Chapitre 66

« Ana a le culot de se plaindre que tout le monde sauf elle a ramené quelque chose du supermarché. À l'en croire, on se serait tous rué sur les parfums et les boîtes de chocolats alors qu'elle n'a rien eu le temps de prendre », lance Penny d'un ton agacé. Elle lève les yeux de sa corvée et grimace. Elle est en train de découper des morceaux d'une veste en cuir qui appartenait à ma mère sur les planches de la terrasse à l'arrière.

« Ah, ta sœur… » Je laisse le reste en suspend. On s'est comprises.

« Je sais, je sais. J'ai essayé de lui parler. Elle est tellement butée. Ma mère dit toujours que la photo d'Ana devrait être à côté du mot "obstiné" dans le dico. »

Moi je pense à d'autres mots à côté desquels pourrait figurer la photo d'Ana.

Penny lit dans mes pensées et éclate de rire. « Oui, "obstiné" est un euphémisme. Je ne sais plus quoi faire, à vrai dire. Je n'arrive pas lui en vouloir. Ce qui nous arrive est terrifiant et invraisemblable. Mais ce n'est pas une excuse, je le sais bien. On doit tous faire des efforts, j'imagine.

« Oui, j'imagine. » Je passe le fil de la machine à coudre dans l'aiguille. « Je ne sais pas, Pen. Tu sais, Ana est comme une petite sœur, pour moi, du moins elle l'était, à l'époque où elle me parlait encore. Mais elle a rejoint le camp de Peter. Tous les deux ils forment leur petit clan du déni. »

J'aligne des rubans élastiques et des lanières de cuir sous l'aiguille, avant de tourner la manivelle sur le côté de la machine. Cette méthode ne vaut pas la bonne vieille pédale, mais cela me permet de coudre plus proprement, solidement et rapidement que si je le faisais à la main.

« Bon, qu'est-ce qu'on fait exactement, au juste ? » Penny demande.

« C'est une sorte d'armure. Je vais la fixer aux gants. On y enfilera nos bras pour les protéger des égratignures ou des morsures. Ça devrait nous protéger la peau d'une contamination. Les Lexers ont des dents normales comme les nôtres. Elles ne pourront pas passer à travers le cuir.

Je pense à l'horreur que j'ai ressentie après avoir tué mon dernier Lexer à coup de machette, à cette peur que le virus ait pénétré dans mon sang. En général, je ne me soucie guère des germes, mais je crois que je commence à développer un TOC sévère.

« D'accord. On est en plein délire, dans un de ces moments surréalistes dont je viens de parler. Je suis assise au soleil dans une clairière en train de fabriquer une armure anti-zombies. »

James franchit la porte-fenêtre coulissante de la terrasse. « Tu ne sais pas qu'on n'est pas censés les appeler des *zombies* ? » Il agite un doigt de professeur vers elle. « Tu n'as pas remarqué que dans les livres et les films, ils sont toujours appelés autrement ? »

« Tu sais, dis-je, les *preppies* appelaient *zombies* tous ces gens qui ne sont pas préparés. Les gens qui ont besoin des provisions des autres quand tout s'est cassé la figure. Mais tu as raison, les livres utilisent rarement ce mot de "zombies". C'est bizarre. »

Quand j'ai vu ces filles à Wal-Mart, j'ai vraiment compris qu'il y avait vraiment d'autres monstres à craindre.

« Nous aussi, on a d'autres petits noms pour ces bestioles, réplique Penny. Qu'avons-nous déjà ? Lexers, Mordeurs, Marcheurs blancs, Infectés, Morts-vivants, Créatures rampantes, Trébucheurs, Zeds. Je suis sûr qu'il y en a plein d'autres auxquels nous n'avons pas pensé. Et puis, malheureusement, on n'est pas un film, c'est la réalité. »

« C'est si vrai », dit-il, amoureux. Puis s'assied et étend ses longues jambes. Son corps s'est un peu regarni en bossant toute la journée ici, et son teint pâle s'est un peu réchauffé, mais quoi qu'il fasse, il restera toujours un grand dadais.

Il frotte le cuir sur la table entre ses doigts. « C'est une armure, j'ai cru comprendre ? Une sacrée bonne idée, à mon avis. On ne sait pas à quel point ils sont contagieux. Une simple égratignure peut suffire, alors autant être à l'épreuve des griffures. Il nous faudrait des gants en cuir longueur XXL, ou mieux, des gants en néoprène ? Ce serait parfait, non ? »

« On est d'accord, dis-je. Mais où veux-tu trouver des gants en néoprène à la campagne ? J'imagine que si par bonheur on tombe sur un magasin d'articles de sport quelque part, on pourrait jeter un coup d'œil. » Je lève les yeux de la machine à coudre. « Je dois dire que je suis assez déçue que mes parents n'en aient pas mis quelques paires de côté. Comment n'ont-ils pensé à ça ? »

« Tout le monde devrait être prêt pour l'apocalypse des zombies. » James sourit à Penny en détachant les syllabes du mot tabou. « Et les gants en néoprène sont un must absolu. Et puis, les océans auraient pu monter d'un cran de plus pour qu'on ait une propriété en bord de mer et qu'on puisse surfer un peu. »

« Voilà deux possibilités très, très plausibles, réplique Penny, amusée. Quoique, je suppose qu'il n'y en a qu'une qui est vraiment tirée par les cheveux. Tout cela est complètement surréaliste. Ma raison ne suit plus. »

Mon premier gant terminé, je l'enfile allègrement et m'assure que l'élastique est bien ajusté. Les longues bandes de cuir s'attachent au gant au niveau du poignet et remontent jusqu'au coude. Ils seront chauds à porter, tout en laissant une grande liberté de mouvement. Je m'entraîne à sortir mon revolver de l'étui et à le pointer vers les bois.

« Hé bien, dit James. Ils sont vraiment cool, au final, ces gants. Ils te donnent un look de super-héros. Je veux les mêmes, pour me la péter ! »

Je pose les mains sur mes hanches et regarde vers l'horizon, à la manière d'un super-héros. « Fermière le jour, tueuse de zombies la nuit ». Je pointe mon doigt ganté vers lui. « Je vais t'en faire une paire. »

« Cool. »

Penny lui tend le patron et du cuir. « Tiens, *papi*, rends-toi utile. »

« Oui, *mamie* », répond-il avec un accent espagnol peu crédible.

Penny et moi rions, et il prend une paire de ciseaux et commence à couper, la bouche bizarre. La photo de James devrait être presque utile dans le dictionnaire.

CHAPITRE 67

J'AI ENFIN RÉUSSI à coudre des armures pour tout le monde, et on a prévu d'aller s'entraîner à tirer avec. Avec la saison qui se réchauffe, la terrasse et le porche se sont transformés en jungle. Nos minuscules plantules grandissent presque à vue d'œil, et nous fourniront bientôt des fruits et légumes frais. On les repiquera au potager dans un jour ou deux. Pour le moment, on les habitue aux conditions extérieures pendant la journée, pour qu'elles puissent s'adapter et prospérer dehors tout l'été. Ana pose l'arrosoir et se dirige vers la camionnette. Je m'aperçois que le travail au jardin ne lui déplait pas autant qu'elle le prétend. D'ailleurs, je suis quasi certaine de l'avoir vue parler aux plantes l'autre jour, même si bien sûr elle ne l'admettrait jamais.

La porte à moustiquaire claque et Peter fait son apparition sur la terrasse. Il porte des bottes de travail et l'une de deux paires de jeans de marque qu'il a pris avec lui. Sans doute qu'ils coûtent une fortune, mais je dois dire qu'ils ont bien résisté. Mon jean noir un peu cheap, comparativement, a l'air d'avoir vieilli de trois ans. Ça pourrait faire un bon argument de vente si le monde revient un jour à la normale. Une sorte de slogan post-apocalyptique pour les jeans à quatre cents dollars.

S'il y a bien une chose qui ne me manque pas, c'est ce déferlement de pubs qui nous donnent le désir d'en accumuler toujours davantage, de ne jamais être satisfait de ce qu'on a. Non pas que je me satisfasse non plus de cet état de pénurie quotidienne. Mais il y a une partie de moi qui émerge, et qui a toujours aimé cette vie simple. C'est ce que j'ai toujours voulu, je crois. J'aime être dans les bois, cultiver mes fruits et légumes, subvenir à mes propres besoins, concevoir et fabriquer les objets dont nous avons besoin au lieu de les acheter. J'aimerais juste pouvoir fabriquer autre chose que des machettes affûtées et des armures de zombies.

Peter évite mon regard en descendant les marches du perron. Ses cheveux sont devenus plus longs, hirsutes, mais ça lui va bien. Il a toujours été si lisse, si soigné. Il vérifie son étui et passe les doigts sous la sangle de son fusil.

On a jamais été des âmes sœurs, mais on a passé de bons moments ensemble. Et parfois, comme cette nuit où nous nous sommes rencontrés, nous avons eu de vraies conversations. Un soir, après quelques verres, il s'est mis à se plaindre d'avoir à se rendre à une soirée chic pleine de gens hypocrites. Il y aurait plein de photos dans la presse people locale le lendemain. Je me souviens que je suis tombée des nues d'apprendre que les pages mondaines existaient toujours. Je pensais que ça s'était terminé avec la fin de la prohibition. Il m'a ensuite montré les pages en question, et j'ai passé un bon moment à lire tout ça, en me moquant des noms et des légendes, tandis qu'il me regardait avec un demi-sourire et des yeux brillants.

« N'y va pas, si tu n'aimes pas ça. Viens chez moi regarder une *romcom* », ai-je plaisanté. Pourquoi dois-tu y aller à tout prix ? »

Il savait que je n'avais pas la moindre intention de l'accompagner et au bout de quelques semaines, il avait cessé de tenter de me convaincre. Il baissa les paupières et posa la tête sur le dossier de son canapé.

« Si tu ne fais pas une apparition, ils oublient que tu existes, Cassie, a-t-il expliqué. Tu ne comprendrais pas. Je ne veux pas devenir invisible. »

Quand il a fermé les yeux, il a eu l'air si vulnérable. J'ai tendu la main et passé mon doigt sur les ombres hérissées que formaient ses cils sur ses joues. « Peter, tu n'es pas du genre qu'on oublie. Ce ne sont pas ces gens qui te rendent visible. Je te vois parfaitement, moi. »

Il a gardé les yeux fermés et sa respiration est devenue plus régulière. Je ne sais même pas s'il m'écoutait vraiment. Le lendemain matin, je me suis assise en tailleur sur son canapé avec ma tasse de thé. Il était assis dans le grand fauteuil et regardait par les hautes baies vitrées de son appartement hérité, qui datait de l'avant-guerre. Je lui ai souri, pensant que nous étions peut-être entrés dans une nouvelle phase de notre relation.

« Je ne me souviens pas de ce que j'ai fait la nuit dernière. Le trou noir complet. J'ai dû m'évanouir », a-t-il dit, avant de détourner furtivement le regard. Je crois y avoir discerné une pointe de fausseté, une peur d'en avoir trop dit, de s'être trahi.

« Eh bien, tu es tombé de sommeil et je t'ai mis au lit. » Mais j'ai tenté de le raisonner une nouvelle fois. « Tu es sûr que tu veux aller à cette fête ce soir ? »

Son visage était désinvolte, mais ses yeux semblaient tristes. C'était difficile à dire dans toute cette lumière qui baignait l'appartement. « Oui, je dois y aller. Absolument. »

Le Peter qui descend les marches aujourd'hui a l'air différent mais agit de la même manière. Peut-être parce qu'il n'y a personne ici pour le faire se sentir visible. C'est peut-être pour ça qu'il lutte contre tout ça. Peut-être que la raison pour laquelle il me déteste à ce point, c'est que j'en sais tant sur lui.

Il passe devant moi comme un courant d'air et saute à l'avant de la camionnette. Il a également un privilège d'accès spécial aux armes depuis qu'il s'est révélé excellent tireur. Je monte dans le pick-up de John. Sans vouloir faire de la psychanalyse à deux balles, je dois dire que Peter se comporte comme un crétin. Et pour reprendre ce que quelqu'un m'a dit un jour : quand une personne décide de vous montrer qui elle est vraiment, croyez-la. Et je me dis à présent que ces moments, qui définissaient pour moi le vrai Peter, ont été trop rares et trop espacés dans le temps pour vraiment compter.

Chapitre 68

Il faut se rendre à l'évidence, nous gâchons plus de munitions qu'il n'est raisonnable de le faire. Même si au départ, le stock de mon père et de John semblait suffisant pour conquérir un petit pays. John demande à Ana de refaire quelques essais avant qu'on boucle la séance d'entraînement. Il a l'air de comprendre pourquoi certains de ses tirs partent dans tous les sens.

Ana replace son pistolet dans l'étui à sa ceinture, et croise les bras. « Non, basta. Je n'en peux plus de tirer, je suis fatiguée. »

« Je sais que tu es fatiguée, mais nous n'aurons pas l'occasion de faire ça tous les jours, Ana, dit John. « Donc, il vaut mieux régler ça tout de suite. Ensuite, on pourra partir d'ici. »

Il tend la main vers son pistolet, mais elle recule avec la même moue qu'elle faisait à dix ans quand on lui disait qu'il était l'heure d'aller se coucher. Elle lève les mains au ciel et s'assied sur un rocher. « Non ! J'en ai ma claque. »

Penny s'agenouille pour la raisonner, mais Ana détourne la tête. « Je n'en ai rien à faire, dit-elle. Je ne veux plus tirer. Je ne veux plus faire ça. Je veux juste que les choses redeviennent comme avant. C'est fini, j'arrête ces trucs. »

Il va falloir mettre fin à ces caprices. Qu'elle veuille faire son bébé à la maison pour éviter les corvées, c'est une chose. Refuser tout bonnement d'apprendre à se protéger, ça en est une autre. Cela pourrait nous mettre en danger, si c'est elle qui assure notre sécurité. J'en ai vraiment assez que tout le monde marche sur des œufs avec elle. Il est temps qu'elle et Peter grandissent une bonne fois pour toutes.

« Sauf que plus rien n'est comme avant ! j'interviens. Et on ne risque pas de retourner à la normale avant un très long moment. »

Peter s'incruste dans le débat. « Laisse-la tranquille. Tout le monde ne partage pas ton trip Laura Ingalls, tu sais. »

Ça m'énerve, car ce n'est pas faux. Il me connaît et utilise ces infos intimes pour me blesser, et c'est insupportable de savoir qu'il me connaît assez bien pour se le permettre. S'il est sincère, alors quel genre de personne croit-il que je suis ?

« Oui, j'aime le jardinage, la couture et la cuisine, Peter. Et ce genre de vie me convient très bien. C'est un crime ? »

Il me fixe avec des yeux cruels, les yeux d'un inconnu, puis il hausse les épaules avec une indifférence feinte. Je vois clairement à quel point il m'a dans le collimateur en ce moment, et cela me blesse plus que je ne veux l'admettre.

« Tout ce que je veux dire, poursuit-il, c'est que certains d'entre nous veulent que les choses reviennent à la normale. Qu'on espère tous que ça se finisse bientôt. Ce n'est pas fou de l'envisager, quand même. Vous êtes juste un peu trop contents de vivre comme ça, c'est comme si vous n'attendiez que ça, de vivre une vie de Amish. »

Non mais quel abruti ce type. Je veux lui répondre qu'il a complètement perdu la boule s'il croit vraiment que les choses pourraient bientôt revenir à la normale. C'est loufoque. Le sang me monte au visage et j'ai les mains qui tremblent de colère. « Bravo, Peter, tu m'a si subtilement cernée. Sauf que jamais dans mes rêves les plus fous je n'ai imaginé deux grands enfants gâtés qui conspirent dans mon dos du matin au soir. Désolée de ne pas me traîner en pleurnichant toute la journée parce que toutes ces choses à faire sont des corvées insurmontables. »

À entendre mes reproches, Ana me lance un regard venimeux, mais je n'en ai plus rien à carrer. C'est la vérité, et il est grand temps que quelqu'un se dévoue pour crever l'abcès.

« Est-ce que tu ne t'es jamais douté que je pouvais m'inquiéter pour Eric ? Mon frère est dieu sait où, à essayer de nous retrouver. » Ma voix monte. Je me tourne vers Ana. « Et Maria ? Tu penses vraiment que je ne m'inquiètes pas pour elle ? »

Des sanglots traîtres commencent à monter en surface. Aux dernières nouvelles, personne ne prend quelqu'un qui pleure de rage au sérieux, et c'est si frustrant que ma colère soit directement reliée à mes canaux lacrymogènes. J'essaie de trouver vite un truc méchant à leur dire, au lieu de rester impassible comme à mon habitude. Et je trouve. C'est ce que fait Peter tout le temps, à mon tour d'être mauvaise. « Peut-être que tu penses ça de moi. Peut-être que tu ne sais même plus ce que ça fait, d'avoir des gens à qui tu tiens. Et qui tiennent à *toi*. »

Je suis contente de voir sa mine se décomposer. Je veux qu'il souffre. Autant le traiter comme le ferait la personne qu'il m'accuse d'être.

Il se recompose vite et un éclat noir brille dans son regard. « Eh bien, moi au moins je ne fantasme pas sur quelqu'un qui ne m'aime plus depuis des années. »

Je suis un peu confuse sur le coup, puis je me rends compte qu'il parle d'Adrian. La mâchoire de Penny en tombe. Je fais un pas en avant, la main levée.

Nelly me retient en passant le bras autour de moi. « Bon, allez. On arrête, maintenant. Peter, tais-toi. Maintenant. »

Il a un visage calme, sans expression, et des yeux de glace. Peter prend un air triomphant, avant de voir l'autre main de Nelly, serrée et prête à partir. Il recule.

Vous deux, dis-je en les menaçant du doigt. Vous ne voulez peut-être pas croire que le monde a changé. Mais c'est la réalité. Et si vous continuez à faire comme si de rien n'était, je ne donne pas cher de vos vies ! »

CHAPITRE 69

JOHN A PROGRAMMÉ notre entraînement sur cible le jour de sa visite hebdomadaire chez le fermier Franklin. Je suis plutôt contente quand il insiste pour que Nelly et moi l'accompagnions. Je ne suis jamais pressée de retourner à la maison retrouver cette ambiance de douches froides et de silences gênants qui s'installe systématiquement après une dispute, quand on est allé un peu trop loin.

Je me sens déjà coupable de ce que j'ai dit à Peter, sur le fait que personne ne l'aime. Quelle chose horrible à dire à quelqu'un. Évidemment, j'ai mérité son retour de bâton. Je m'assieds sur la banquette arrière en ébouriffant la fourrure de Laddie et je repasse la dispute dans ma tête. Peter a sans doute raison. Après tout, cela fait deux ans. Cela a donné largement le temps à Adrian pour passer à autre chose.

« Il n'y connait rien, tu sais », me dit Nelly par-dessus le craquement des pneus sur le chemin de terre battue.

Nous débouchons vers un l'endroit où la vallée s'éclaircit, un coin de plaines parsemées de fermes nichées dans d'épais bosquets d'arbres. Comme je ne lui réponds pas, Nelly se retourne pour me regarder. Je hausse les épaules et souris faiblement.

« Il savait précisément quoi dire pour me faire le plus de mal, observe Nelly. Et il l'a dit. »

« J'ai fait pareil. C'était de bonne guerre. Mais ça ne veut pas dire qu'il a tort. »

« Regarde-moi. » Je détache mes yeux de Laddie et rencontre son regard très sérieux. « Il a faux sur toute la ligne. »

Je voudrais le croire, mais comment pourrait-il le savoir avec certitude ? Je hausse à nouveau les épaules. Cette journée qui a démarré si lumineuse a désormais viré à une vague purée de pois. La brume s'épaissit et mon cœur est soudain lourd.

Peter a raison sur le fait que je vis dans un monde fantasmé, mais il s'est trompé sur la nature du fantasme. Comme une gamine qui croit au prince charmant, je pensais qu'Adrian et moi finirions ensemble, heureux, pour toujours. Cette croyance m'a donné le tout mince espoir en un dénouement positif, si nous arrivions à survivre assez longtemps. Or maintenant je me rends compte à quel point j'ai été bornée et naïve. Je devrais me focaliser sur le présent, et pas sur quelqu'un qui songe sans doute à moi comme à un vague souvenir de jeunesse. S'il songe même à moi.

John s'engage sur la longue allée qui mène à la bâtisse. « C'est ici. Richard, le fermier Franklin, a dit qu'il me donnerait du foin et de la nourriture pour les chèvres. Tiens, la porte est ouverte. »

Nous passons le portail et arrivons devant une grande propriété jaune. Le porche à l'avant est spacieux, une couronne orne la porte d'entrée. Une jardinière en terre cuite a été renversée au sol et du terreau recouvre les marches. Le cadre en bois de la porte derrière la moustiquaire a été défoncé. Des morceaux de verre scintillent dans l'herbe. Il y a aussi une grange ouverte et un enclos de pâturage vide pour les animaux.

« Ça ne m'inspire pas confiance », dit John. Il fait le tour de la maison sur l'herbe cahoteuse, mais il n'y a personne, même si les voitures des Franklin sont toujours garées là. « Je vais voir à l'intérieur. »

« N'y vas pas tout seul », dit Nelly.

« D'accord, allons-y lentement. Je vais passer par le couloir principal de la maison jusqu'à la cuisine. Nelly, tu peux aller à gauche, c'est le salon familial. Cassie, tu prends à droite, vérifie la salle à manger. Il y a une entrée indépendante dans la cuisine à l'arrière. »

Nous hochons la tête et ouvrons nos portes. Laddie s'arrête en bas des marches et émet un gémissement guttural. John pose une main sur sa tête et la caresse. « Assis, Laddie. Reste ici. »

Laddie nous regarde monter les marches avec des yeux inquiets. John s'adosse à la moustiquaire pour ouvrir le passage et nous fait signe de le suivre. Immédiatement, une odeur de décomposition trop familière nous assaille. J'entends le gloussement lointain des poules de Franklin, mais la maison baigne dans un silence de mort.

« Richard ? » crie John. Nous restons au milieu de l'entrée à attendre une réponse qui ne vient pas.

Il y a un petit vestibule avec un banc à chaussures, mais la plupart des gens ici utilisent le vestiaire pour se déchausser de leurs bottes boueuses, un coin généralement situé à côté de la cuisine. C'est là qu'on trouve des rangées de bottes de caoutchouc, des bleus de travail et autres vêtements maculés de terre et de foin. Je pénètre dans la salle à manger. Les parquets peints grincent sous mes pieds lorsque je passe devant la table et les chaises.

Il y a quelques bouteilles d'alcool vides sur les comptoirs de la cuisine, ainsi que des assiettes de nourriture durcie et moisie. Une véranda longe aussi l'arrière de la maison, mais je me rends compte par un rapide coup d'œil par la porte qu'elle est vide.

« Cassie, me lance John en se précipitant dans la cuisine par le couloir. Nous les avons trouvés. Certains d'entre eux, du moins. »

Je le suis jusqu'au salon. Les deux pièces de ce côté-là sont meublées de canapés, d'un tapis et d'un bureau d'ordinateur. Une télévision est accrochée au mur, entre des photos et des peintures. C'est le genre de lieu de vie confortable où l'on peut prendre ses aises et regarder un bon film.

Enfin, c'était. Maintenant, les coussins multicolores sont éparpillés partout, et les parents Franklin sont assis là, adossés sur leur chaise de cuisine, morts depuis plusieurs jours. Les cordes qui les retenaient alors qu'ils étaient vivants s'enfoncent dans leur chair gonflée, mais je distingue toujours les nœuds autour de la chaise. Un adolescent est allongé face contre terre sur le parquet en chêne, indiquant qu'il a été tué au moment où il sortait en courant. Les corps ont l'air d'être dévorés de l'intérieur, et à certains endroits, la peau se détache en lambeaux.

C'est frappant qu'à chaque fois que je pense avoir vu quelque chose d'une horreur absolument indépassable, je tombe sur un détail encore pire, quelque chose que je n'avais jamais imaginé possible. Je tiens mon fidèle bandana contre ma bouche comme j'en ai pris l'habitude et je respire profondément. La seule chose qui est claire, c'est qu'ils ont été assassinés, mais sont si putréfiés qu'il est impossible de savoir comment.

« Ils ont deux filles. Allons voir l'étage », dit John.

Tout est vide là-haut. Quelqu'un semble avoir fouiné dans les tiroirs et a éparpillé le contenu tout autour. En descendant, je remarque que les murs de l'escalier sont saturés de photographies. J'y vois un bébé blond grassouillet et une photo de famille à Disneyworld dans un cadre en papier doré gaufré, daté de l'année dernière. Je fixe la photo jusqu'à ce que les visages me reviennent.

« Ces filles, ce ne sont pas les ados de Wal-Mart ? » Je demande. John et Nelly se tiennent au pied des marches et hochent la tête. « L'un d'elles au moins. »

Je leur montre du doigt la fille aux longs cheveux blonds et aux dents blanches bien droites. Toute la famille se tient debout, les bras passés l'un autour de l'autre, ils rient.

« Et l'autre ? » demande John.

Je suis généralement assez douée pour me souvenir des visages, mais l'ado avait été étranglée et son visage était trop taché pour que je distingue clairement ses traits dans la pénombre. Sur la photo, elle rit, le regard tourné vers son père, qui porte des oreilles de Mickey mouse, et fait le pitre.

« Elle avait les cheveux bouclés, tout comme sa sœur. Mais je ne peux pas vous l'affirmer avec certitude. »

Le visage de John s'assombrit. Je ne sais pas si je lui ai déjà vu cette expression. Ses sourcils se froncent sur ses yeux et sa mâchoire se crispe.

« Allons-y, dit-il. De toute évidence, il y a quelqu'un de très dangereux dans le coin. Il ne sait pas encore qu'on existe, et je veux que ça reste comme ça. »

On ressort dans la cour et John ouvre le poulailler. Nous n'avons pas le temps d'attraper chaque poule et de les ramener à la maison, mais peut-être qu'elles survivront en liberté pendant un certain temps. On reprend la longue allée, en soulevant un gros nuage de poussière, et quand celui-ci retombe, je vois les petites poules picorer dans l'herbe, profitant de leur nouvelle liberté.

Chapitre 70

Nelly s'enfonce dans le canapé, une bière à la main. « Ah, ça fait du bien de se détendre. » Il prend une gorgée et fait une petite grimace.

« C'est à notre compagnie que tu fais référence, où à la bière ? » cingle Penny.

Ana et Peter dorment chez John ce soir. Il leur a promis un film pendant les quelques heures de fonctionnement de son générateur. Je suis sûre qu'ils sont aussi heureux d'être ici que moi de les avoir à proximité immédiate. Après avoir écouté les infos du soir à la radio, on s'est mis en chemin vers John tous les quatre. La radio n'a rien annoncé de neuf, mais quand ils ont mentionné la ferme de Kingdom Come, je n'ai pas ressenti cet habituel sentiment de réconfort. Cette évocation ne rappelle juste à quel point je suis bête.

Penny tend sa bouteille vers nous. James, Nelly et moi trinquons et savourons nos bières. Je frissonne en sentant l'amertume me descendre dans le gosier. Pas ma boisson préférée, mais c'est mieux que rien.

« C'est censé avoir ce goût-là ? » Je m'interroge à voix haute.

Nelly secoue la tête avec regret. « Pas le moins du monde. Mais maintenant je sais ce qu'il faut faire pour la prochaine cuvée. »

Je porte la bouteille à ma bouche et descend le reste. Je ne vais jamais être bourrée si je ne vois pas sérieusement. Et ce soir, je veux faire ça sérieusement. Je veux en finir avec cette journée de malheur, me saouler jusqu'à l'inconscience, car ça me semble être la seule solution pour réussir à m'endormir. La dernière goutte de bière avalée, je tourne les yeux vers mon entourage pour me rendre compte qu'ils ont tous les trois les yeux rivés sur moi.

« Ça nettoie bien la tuyauterie, non ? » je leur fais remarquer. Je m'essuie la bouche du revers de la main et sans transition, je me ressers.

« Oui, enfin, ça agresse plutôt que ça nettoie, selon moi », répond James. Il avale quelques gorgées prudentes. « Mais plus on en boit, plus le goût paraît meilleur. »

J'acquiesce sans répondre, car je suis en pleine descente de la bière suivante. Nelly tient sa bouteille qui repose sur ses genoux. Je lui fais un signe d'encouragement. « Allez, Nels. Bois un peu. »

Penny et lui échangent un regard entendu, puis il me regarde par en-dessous, le front plissé. Penny fait une moue asymétrique.

Je les dévisage. « Eh bien quoi ? »

« N'oubliez pas qu'on est de garde ce soir », me rappelle Nelly.

Il est vrai qu'on s'est un peu relâchés ces derniers temps, mais le danger est toujours présent, y compris la nuit. Les Franklin étaient en pyjamas, après tout. Nos talkies walkies fonctionnent entre les deux maisons, et nous les laissons allumés toute la nuit.

« J'ai la dernière garde. D'ici là, j'aurai largement cuvé. » Je hausse les épaules et décide de changer de sujet. « Vous savez ce qu'il manque à cette soirée ? De la musique. C'est bizarre de rester assis à boire sans fond sonore, vous ne trouvez pas ? »

Nelly a l'air de vouloir dire autre chose, mais il abandonne, à mon plus grand soulagement. S'il veut parler d'Adrian me fait penser à lui une seconde de plus, je crois que je me mettrais à hurler.

« Tu as raison, répondit-il rêveusement. Ce que je ne donnerais pas pour brancher mon iPod et écouter toute une liste de lecture. »

« Je suis si fatiguée d'avoir ces chansons de variété pourries qui passent en boucle à la radio et dans ma tête », dit Penny, qui effectivement se promène en chantonnant des jingles de pubs et des tubes ringards une bonne partie de la journée.

Nous le faisons tous, à vrai dire. Je n'ai aucune idée de la raison pour laquelle le générique de la série télé *Les Craquantes* a élu domicile dans ma tête, mais il semble que ce soit un phénomène inévitable qui se produit quand on se voit retirer toute possibilité d'écouter autre chose.

« Vous savez qu'il y a un tourne-disque à manivelle au sous-sol ? dis-je. Sauf que bien sûr il ne joue que des 78 tours. Mon père avait prévu de le bidouiller pour qu'il puisse jouer ses 45 tours. Il y en a des centaines. »

Je me redresse et frappe ma bouteille vide sur la table, renversant presque la lampe à huile juste à côté, que Penny stabilise prestement. « Allons le chercher ! Allez viens, James. »

Je sais que je suis à moitié folle, mais je dois faire quelque chose. Je m'arme d'une troisième bière et me dirige vers l'escalier de la cave. James me suit avec une lanterne. Je repère vite la grande boîte en bois posée sur une étagère dans le coin le plus éloigné de la cave.

« Le voilà. Je tire doucement le tourne-disque vers moi et je pointe le menton vers les nombreux cartons de disques sur l'étagère en surplomb. « On va aussi prendre les 78 tours. »

De retour à l'étage, nous ouvrons la malle du vieil appareil et plaçons le premier disque. Un grincement retentit quelque part à l'intérieur, mais rien ne bronche.

James inspecte l'appareil. « Je pourrais peut-être le démonter pour voir s'il peut être réparé. Il va me falloir un meilleur éclairage, par contre. »

Nos nuits sont sombres, comme elles l'étaient pour tout le monde avant que la fée électricité ne débarque dans les chaumières. Nos lampes fournissent juste assez de lumière pour qu'on puisse bouquiner, mais pas assez pour effectuer des tâches manuelles minutieuses. Et pas question, évidemment, de gaspiller des piles pour des tâches qui peuvent attendre la journée. Je soupire et finis ma bière. Mon nez est engourdi, signal qui ne trompe pas : l'ivresse me gagne.

« Je voulais juste danser un peu, ce soir » dis-je à Penny. Elle remonte ses lunettes sur son nez et sourit avec compassion. « Juste une petite soirée dansante de rien du tout. »

Je suis consciente de passer pour une pleurnicharde, mais comme je ne peux pas avoir les grands plaisirs qui comptent, je m'accommoderais d'un plaisir modeste. Je décapsule ma quatrième bière.

« Cass et moi, on organise des soirées de danse depuis notre enfance, et jusqu'à, eh bien, maintenant », explique Penny à James. Elle me sourit et lève sa bouteille.

« À nos soirées de danse ! » Je lui crie.

Je fais tinter ma bouteille contre celle de Penny et lèche la mousse qui a coulé sur ma main. Je bois plus franchement que toute à l'heure, et la bière est déjà à moitié vide. C'est ainsi que je verrai les choses désormais : comme une bouteille à moitié vide et non plus à moitié pleine.

« Vive la fiesta ! » crie-t-elle en retour.

« Doux Jésus », fait Nelly.

C'est le fou rire général, qui se transforme mystérieusement en sanglots.

Nelly me lance un regard inquiet.

« Arrête » dis-je en essuyez une larme. Je ne veux pas qu'on me plaigne, ou qu'on me fasse sentir que j'ai été faible. « S'il te plaît. J'ai déjà eu ma seule crise de nerfs, tu t'en souviens ? Tout va bien. On ne pourrait pas simplement boire un coup et oublier notre vie, l'espace d'une minute ? »

On dirait qu'il va dire quelque chose, et je me prépare à tout, mais il finit par céder. « Ouais. Je pense que ça peut s'arranger. »

Il porte sa bière à sa bouche, Penny et moi l'encourageons.

« C'EST TON TOUR », murmure James.

Je me gratte le coin des yeux et m'assieds sur le rebord de mon lit. « Je suis réveillée. Tu peux aller te coucher. »

Le feu est toujours actif dans la cheminée et le salon est baigné de chaleur. Je me verse une tasse de thé et m'assieds à table. Je me sens un peu mieux après ce court sommeil. Je n'irais pas jusqu'à recommander de boire régulièrement pour résoudre ses problèmes, mais pour une fois, j'ai senti que cela m'avait aidé ; mes sentiments ne sont pas aussi vifs et douloureux. Quand je pense à Adrian, à cette drôle de certitude que j'avais de pouvoir le retrouver, à ma folle conviction qu'il voudrait forcément reprendre notre histoire là où j'y avais mis un terme, je sens tout mon corps se consumer d'embarras. Je suis une imbécile. Et je suis folle de rage que tout le monde le sache. Je suis sûre que Peter jubile d'avoir eu le dernier mot, de m'avoir révélée dans ma stupidité aux yeux de tous.

Je crois discerner une chose pâle qui bouge derrière la fenêtre et je me fige, prête à tirer le signal d'alarme, quand je réalise qu'il s'agit juste de mon reflet. La nuit ne semble peuplée que de tueurs, de violeurs et de morts-vivants. Soudain je n'ose plus regarder par les fenêtres de crainte d'y voir apparaître le visage blanc spectral d'un monstre déterminé à me faire la peau. Il ne s'agit pas d'une nouvelle phobie : je me raconte ce genre de trucs depuis ma plus tendre enfance. La grande différence, c'est que maintenant, ces fantasmes tombent dans le champ du possible, et qu'il est quasi certain, en fait, qu'ils vont se concrétiser.

Je décide de m'occuper au lieu de rester plantée sur ma chaire à trembler et à me faire peur toute seule. Je vais faire du pain. J'adore pétrir, même si parfois, mes bras se fatiguent, et que je pense alors avec nostalgie à la machine bien-aimée de ma mère qui était équipée d'un crochet pétrisseur.

Je sors la farine, la levure et le sel, je mesure les quantités que je connais par cœur. Je dépose la pâte sur le plan de travail en bois dans un grand nuage de farine. Je la plie et la fais claquer, puis la replie à nouveau, ne pensant plus qu'aux sensations physiques dans mes mains, et à la transformation de sa consistance, qui passe de grumeleuse, collante, à lisse et élastique. Puis je dépose la boule dans un grand bol que je laisse reposer au chaud, près du poêle, et je vais me laver les mains.

J'ai envie d'appeler John avec le talkie walkie, mais il y a une chance assez mince qu'on me réponde, et j'abandonne mon idée. Je me sens seule au monde. Nous sommes séparés de nos familles, du reste de la planète, complètement isolés. On n'est pas les seuls dans ce cas, évidemment : on entend des gens comme nous à la radio tous les soirs. Mais à la vérité, on ne reverra peut-être jamais personne. Tout ce que nous pouvons faire, c'est lutter et finir comme les Franklin, et personne ne saura jamais à quel point nous nous sommes battus pour rester en vie.

J'entends soudain un bruit dehors, et je sursaute, agrippant mon talkie walkie, mais je reconnais vite le grattement des griffes de Laddie sur le porche. Il remue la queue et gobe joyeusement sa friandise quand je le laisse entrer. Il sait que je fonds toujours devant sa petite tête de chien battu, et il a perfectionné ses talents de comédien depuis qu'on se connaît. Il monte à côté de moi sur le canapé et blottit son corps contre mes jambes. Je me calme en lui caressant la tête. Maintenant, j'ai beaucoup moins peur, car je sais que Laddie m'alertera au moindre craquement dans les bois avant que les zombies ne pointent le nez à la fenêtre. Nous restons assis en silence un bon moment.

« Tu es un bon vieux garçon, lui dis-je. Sa queue bat l'air deux fois. « Ça doit être sympa d'être un chien, non ? Vous n'avez pas à vous prendre la tête avec les gens. Vous les aimez ou pas, point barre. Il me regarde dans les yeux comme s'il comprenait tout. Je lui gratte le dos des oreilles. « Et tout le monde t'aime, toi. Comment imaginer le contraire ? Tu es si beau. Tu es le plus beau chien du monde. Oui, t'es le plus beau des petits chiens. Oui ! »

La voix de Nelly m'interrompt dans mon délire gâteux. « Tu sais, il y a des humains par ici à qui tu pourrais dire ça. »

Je ne me retourne pas, mais je sais qu'il sourit. « Je préfère la thérapie canine. »

Il s'enfonce dans le fauteuil en face de moi et bâille. « Bien sûr que tu préfères les chiens. »

La pendule mécanique sur la cheminée indique cinq heures du matin.

« Qu'est-ce que tu fais debout à cette heure-ci ? Retourne te coucher, profite de ta nuit. »

« Je n'arrivais pas à me rendormir, dit-il avec agacement, les larmes aux yeux. Je crois que je me suis habitué à avoir de la compagnie dans mon lit. Bien sûr, ce n'est pas du tout la compagnie qu'il me faut, mais n'empêche que je n'arrête pas de me réveiller en espérant sentir près de moi une voleuse d'espace et de couverture. »

Je taquine toujours Nelly sur le fait qu'au fond, il adore partager son lit avec moi sans jamais le reconnaître. J'applaudis et ris. « Bam ! J'en étais sûre ! »

Il fait mine de ne pas m'entendre. Je vais vérifier le bol de pain pendant qu'il fait du café. La pâte a levé : je la jette sur le plan de travail, je la tape dedans pour la faire dégonfler, je la retourne et la divise pour former trois pains ronds. Je les place sur la planche de bois pour qu'ils lèvent en attendant que le four se réchauffe.

« Mmm, quelle bonne odeur de pain », s'écrie Nelly. Il se penche et inhale l'odeur de levure. Je m'appuie sur le comptoir et essaie de ne pas rire. « Ouais, ouais, je suis secrètement amoureux de toi. Je ne peux pas vivre sans toi. Veux-tu m'épouser, belle jeune fille ? »

Il tombe à genoux, la main tendue.

« Oh, tais-toi donc, dis-je en repoussant sa main d'une claque. Tu es pire que moi. Est-ce si dur d'admettre que tu as besoin d'un peu de tendresse dans ce monde de brutes ? Moi au moins, j'y arrive. »

Il se lève. « Tu es une fille. Et puis, tu es aussi nulle que moi pour exprimer tes sentiments. »

Nous nous retournons en voyant John faire irruption par la porte d'entrée, vêtu de son pyjama. « On a un problème. Peter et Ana sont partis. Ils ont piqué ma camionnette et m'ont laissé une note expliquant qu'ils allaient en ville. »

Chapitre 72

Lorsque Penny relève la tête de ses mains, son visage habituellement placide est tendu et tiré. Les premiers rayons de soleil percent par la fenêtre, éclairant ses rides inquiètes. Elle fait soudain l'âge de sa mère, grâce à Ana.

« Je suis vraiment désolée, dit-elle. Je sais qu'Ana peut se montrer égoïste, mais je ne pensais pas qu'elle pouvait être aussi stupide. Qu'est-ce qui a pu leur passer par la tête ? »

« Tu n'es pas responsable de ses actes », lui rappelle John. Il s'assied à la table à manger et secoue la tête. « J'ai un peu discuté avec eux hier soir. Je leur ai dit que nous n'allions pas retourner en ville avant un bon moment. Que c'était trop dangereux. Ana s'est mise en colère et s'en plaint d'être toujours la dernière à obtenir ce dont elle avait besoin. Mais je pensais qu'ils avaient compris. »

« Quand sont-ils partis ? » demande James. Il attrape la main de Penny et la serre dans la sienne.

John hausse les épaules. « Il y a au moins une heure. Ils étaient censés me réveiller à quatre heures. Je me suis réveillé pour trouver la maison vide. Laddie a dû venir ici quand ils sont partis. Ils ont déjà dépassé la ville, à l'heure qu'il est. »

« On va les chercher, dit James à Penny. Il faut les ramener ici. »

Elle secoue la tête. « On ne sait pas où ils sont allés. Si on part sur les routes, on pourrait attirer l'attention. Je ne veux pas nous faire courir ce risque. Je ne veux pas que l'un de vous se retrouve blessé ou tué à cause d'elle. » Après une pause, elle s'emporte. « C'est incroyable ! Je pourrais la tuer maintenant ! »

Nelly se tient près de la porte d'entrée, les yeux rivés sur l'allée. « Laissons-leur quelques heures. Il y a de fortes chances qu'ils soient en vie. S'ils ne reviennent pas bientôt, nous partirons à leur recherche. »

John se rend chez lui pour se changer. Je mets le pain au four, mais quand il en ressort, croquant et doré à souhait, aucun de nous n'a d'appétit. Les cimes des arbres balancent et bruissent, rappelant le crissement de pneus de voiture sur la route, et nous restons tous aux aguets, l'oreille tendue, avec l'impression fugace qu'ils sont de retour. Sauf qu'ils ne reviennent pas.

Après quelques temps, nous nous décidons enfin à enfiler nos armures et nos étuis de revolvers. Nous descendons en silence l'allée pour rejoindre le chemin de terre. Je suis d'une fureur sans nom, mais je suis inquiète. Car au fond, malgré moi, j'aime vraiment Ana, et même Peter, d'une certaine manière. Je les préférerais ici, avec nous, pas trop près de moi de plus, mais en sécurité. Car je sais qu'il n'y a nulle part d'autre où ils peuvent l'être.

Au dernier tournant avant la route goudronnée, nous évitons de justesse la camionnette de John. On voit Ana et Peter retournés sur leurs sièges, surveillant la route principale. John ralentit pour s'arrêter à leur niveau. Le visage de marbre, il pointe son index potelé vers eux, puis vers la maison, pour leur faire signe de rentrer. Ana et Peter ont la mine déconfite de deux adolescents hagards pris en plein délit de fugue.

De retour à la maison, Penny bondit de la camionnette et attend Ana, qui la rejoint avec une mine coupable et effrayée.

« Je suis désolée », bredouille Ana.

Penny n'a que faire de ses excuses. « Je ne sais même pas par où commencer, Ana ! J'ai supporté tes conneries toute ma vie, d'abord parce que papa est mort et ensuite parce que, eh bien… » Elle fait le signe d'ouvrir des guillemets : « Parce que tu es *comme ça*, Ana. Mais je te le dis tout de suite, ça doit s'arrêter. Ça suffit les conneries. Vous allez arrêter ça aujourd'hui. Compris ? »

Ana écarquille ses grands yeux noirs. Elle fixe Penny comme un chevreuil ébloui par des phares de voiture.

« Ce n'est pas de la rhétorique ! » s'emporte Penny, les joues rouges de colère. « C'est fini ! Est-ce- qu'on s'est bien COMPRISES ? »

« Oui. » murmure Ana.

Elle passe devant sa sœur sans broncher et continue vers la maison. Mais Penny n'en a pas fini avec elle. Elle se tourne maintenant vers Peter, qui a le bon goût d'avoir l'air honteux. Il ne détourne pas le regard, comme s'il était prêt à recevoir sa sentence.

« Je ne suggère pas que tout ça était ton idée. Je connais suffisamment ma sœur pour savoir qu'elle obtient toujours ce qu'elle veut. Mais tu n'as pas intérêt à l'aider à refaire un truc pareil. »

Peter hoche la tête une fois et regarde ses pieds, en se dirigeant vers la maison. Il est toujours aussi imperturbable, mais cette fois il a quand même l'air secoué et repentant. S'il s'agissait d'un autre, j'aurais peut-être de la sympathie.

Chapitre 73

Le soir, je me rends à la grange pour traire Flora. La traite impose un autre rythme, c'est une activité paisible, presque méditative, quand on a pris le coup de main. J'aime l'odeur du foin, le soleil qui filtre en rayures à travers les planches, faisant ressembler les chèvres à de petits zèbres. J'ai presque fini quand j'entends Ana et Peter se disputer de l'autre côté de la grange. Ils ne savent pas que je me trouve juste dehors, dans la zone abritée de la grange, où j'ai l'habitude de faire la traite.

La voix de Peter est ferme. « Nous devons leur dire, Ana. Ce n'est pas quelque chose que nous pouvons leur cacher éternellement. Et s'ils comprenaient où nous sommes allés ? »

« On a bien regardé, répond Ana. Personne n'est passé. Je suis sûr qu'ils n'ont rien vu. Et puis, on n'est même pas sûrs nous-mêmes de ce qu'ils étaient. Est-ce que tu as la moindre idée de ce qu'ils nous feraient s'ils découvraient ce qu'il se passe ? Ma sœur est déjà à deux doigts de me tuer. »

Je prends le seau de lait et me glisse lentement vers la porte entrebâillée.

« Ana, le shérif a dit qu'il était dangereux. Nous ne pouvons pas prendre de risque. »

Ana est en position de combat. Elle ne reculera pas tant que Peter n'a pas capitulé. Je me racle la gorge. Ana sursaute et se tourne, les yeux plissés.

« Je faisais la traite », dis-je, en soulevant mon seau. Un peu de lait se renverse à cause de la rage que j'essaie de contenir. Je ne peux pas croire qu'ils essaieraient de nous cacher quelque chose d'aussi important. « Vous allez nous dire ce qu'il s'est passé. »

Chapitre 74

Ils nous avaient dit que le voyage en ville s'était déroulé sans incident et que les magasins étaient vides. Nous n'avons pas poussé plus loin l'interrogatoire. Or il s'avère qu'ils ont rencontré des gens sur leur chemin.

« Nous ne sommes pas allés à Wal-Mart, mais il y a une commune de l'autre côté. » Peter a l'air de se tirer tout seul les vers du nez. Il se tient au milieu du salon et regarde par la fenêtre. « On voulait voir ce qu'il y avait là. On a trouvé un salon de beauté. On a attendu et comme rien ne se passait, on a fini par aller voir à l'intérieur. »

Eh bien, je suppose qu'Ana a fini par le trouver, ce satané après-shampoing. Existe-t-il plus noble cause pour laquelle risquer sa vie ? Bien sûr, ils n'avaient pas vu les choses sous cet angle. Ils voulaient nous faire un pied de nez, nous prouver que personne ne pouvait leur dire ce qu'ils pouvaient faire et ne pas faire.

« Alors qu'on remontait dans la camionnette, un véhicule s'est garé à notre niveau. Il y avait deux types dedans. Celui assis sur le siège passager, on l'avait déjà croisé au barrage routier de Bellville. Le petit type. »

Il doit parler du chien méchant. Neil Curtis. Je prononce son nom à haute voix et John hoche la tête.

« Il y a quelques années, Neil a trempé dans des affaires louches. Il aurait agressé une femme. Je ne connais pas tous les détails, mais je sais que Sam a tenté d'en savoir plus, sans rien obtenir de concret sur lui. Ils ne conduisaient pas une camionnette rouge ? »

C'est une camionnette rouge qui s'est garée devant Wal-Mart lorsqu'on est partis.

Peter acquiesce. « Ils nous ont demandé où nous allions, et j'ai essayé de rester vague, comme si nous ne faisions que passer, mais il a repéré Ana. Il a dit qu'il se souvenait de nous, qu'il nous avait croisés quand nous nous dirigions vers le nord. Nous avons dit que c'était notre intention de départ, mais que maintenant, on continuait notre route, qu'il n'y avait rien par ici pour nous. »

Son regard se tourne vers moi quand il dit ça. Je me mets à scruter les étagères que ma mère a construites, et je fais mine de lire les titres des livres, les répétant dans ma tête pour réprimer mon besoin pressant de hurler ma rage. Ils n'ont pas seulement rencontré des gens, ils ont rencontré des meurtriers.

« Il a eu l'air de nous croire. Il nous a demandé où était notre équipement. On a répondu qu'on le ramassait au fur et à mesure. Il nous a dit de passer par le Wal-Mart si cela ne nous dérangeait pas de revenir en arrière, et a dit que c'était sûr de ce côté-là, que les Mordeurs étaient tous morts. Il a ensuite proposé de nous emmener, car il connaissait le plan du magasin et il faisait sombre à l'intérieur. On l'a remercié en disant qu'il fallait qu'on continue notre route. Ils nous ont regardés nous éloigner, longtemps. On a fait un long détour en voiture, pour être sûrs qu'ils ne sachent pas où on allait. Ensuite, on s'est garés dans un coin dissimulé, et on a attendu pour voir s'ils suivaient, mais ils ne sont jamais passés par la route principale. »

Il nous dit tout ça la bouche en cœur, comme s'il s'attendait à nos félicitations pour son imparable technique d'espionnage.

« Ça ne change rien à l'affaire », dis-je, peinant à contrôler ma colère. Il détourne le regard, les lèvres pincées. « Il connaît mon nom depuis l'épisode du barrage routier, et maintenant il se souvient de nous. Tout ce qu'il a à faire c'est d'ouvrir un annuaire pour trouver le nom de Forrest. Ou bien les registres de la mairie, ou tout autre registre, en fait. »

« Oui, enfin, s'il se souvient de ton nom, argumente Ana. Tu n'es pas la seule à avoir essayé de le passer le barrage, tu sais. Pourquoi se souviendrait-il de ton nom en particulier ? »

En même temps, elle fait de grands moulinets de la main, pour suggérer que ce barrage était tellement hyperactif que les deux types ne pourraient jamais se souvenir de quelqu'un.

Nelly nous pointe du doigt, moi, Ana et Penny. « Eh bien beau boulot. Grâce à vous, un sale type qui viole et assassine des adolescentes, qui a sans doute buté le shérif et fait exploser une école pleine de civils, va se souvenir de trois jolies filles qui pourraient encore être en vie, et à proximité de lui. »

John est assis en retrait, le bras déroulé sur la table devant lui, les narines dilatées. « Il existe dans ce monde un certain genre de type qui prennent du plaisir à tuer leur prochain. Certains rejoignent l'armée pour tuer en toute légalité. Certains deviennent juste des meurtriers. Et d'autres encore saisissent toute opportunité, que ce soit ici ou au Soudan, de céder à leurs pulsions les plus viles. Neil Curtis me paraît être un salopard de ce genre. Il ne va pas lâcher, pas quand il a trouvé la proie qu'il cherchait, et qu'il n'y a personne pour le stopper dans son élan. Il prendra le temps de tout mettre au point et puis ils viendront. Mais ce jour-là, nous lui réserverons un accueil digne de ce nom, les amis. »

C'est un peu comme vivre dans le Midwest et apprendre qu'une tornade se dirige droit vers votre ville. Une tornade qui vient de tracer une bande d'un kilomètre de large à travers les trois villes précédentes. Et qu'il est trop tard pour prendre la fuite. Et que d'ailleurs, il n'y aurait nulle part où se réfugier. Alors on se prépare du mieux qu'on peut, et on espère que la tornade n'arrachera pas tout ce qu'on aime sur son passage.

CHAPITRE 75

LE LENDEMAIN, NOUS plantons les légumes. Deux d'entre nous font la sentinelle, et les autres enfoncent les plantules dans la terre noire et humifère, sur des bandes prédéterminées. Tomates, haricots, melons trouvent chacun leur place dans le potager. Le moindre craquement dans les bois nous fait sursauter, et nous sommes constamment sur nos gardes jusqu'à l'arrivée de John.

« Tout est sous contrôle, annonce-t-il d'une voix ferme. Je ne pense pas qu'ils se montreront à la lumière du jour, de toute façon. Ils attendront la nuit. »

L'été est là, je le sens à la force du soleil dans mon dos. L'herbe dans la cour est longue et douce sous mes pieds nus. Adrian avait l'habitude de dire que j'avais des sabots plutôt que des pieds, car dès qu'il fait assez chaud, j'ai la manie de me déchausser pour courir pieds nus, qu'importe le terrain. Mes pieds détestent être serrés dans des pompes.

Nous y passons toute la journée, mais nous arrivons à mettre en terre et arroser toutes nos plantes. Après le dîner, nous nous asseyons tous à la lumière de la lampe, à attendre et à guetter, parlant à voix basse jusqu'à l'heure du coucher.

Le lendemain nous offre une autre journée glorieuse, suivie d'une autre. John nous donne toutes sortes de choses à faire sur la propriété, qui pourraient nous donner un ascendant si les zombies débarquent… ou plutôt lorsqu'ils débarqueront. Nelly et moi dormons à tour de rôle dans la grange avec John. Je suis épuisée et pleine de démangeaisons à force de dormir sur mon tas de foin.

Peter et Ana travaillent dur. Nous sommes tous en colère contre eux, mais je sens que ce sentiment commence à retomber. Ma colère reste intacte. Cette maison était notre seul refuge, notre îlot de sécurité, et elle est maintenant aussi exposée que n'importe quel autre endroit. C'était le refuge de mon enfance, de ma vie, et ils me l'ont pris.

« Peut-être qu'ils ne viendront pas, en fin de compte », dit Penny au bout de quatre jours de préparatif, un soulagement évident dans la voix. Elle lance un regard d'espoir à John.

« J'en doute fortement. » Il penche la tête comme s'il pouvait les entendre. « Je pense qu'ils viendront ce soir. »

CHAPITRE 76

UN BREF JAPPEMENT me tire de mon sommeil. Le bruit vient de l'intérieur de la maison, suivi de la voix de Nelly dans le talkie walkie.

« Ils sont là. »

La tension est intense, palpable, dans cette bribe d'information. Je jette ma couverture au sol, instantanément alerte, et me faufile en vitesse vers la porte de la grange, me postant près de John. Le métal du fusil est gluant dans ma main. Il fait encore nuit, mais la lune est basse dans le ciel.

« Attendons qu'ils se montrent », chuchote-t-il.

Il tient un fusil équipé d'une lunette de visée. Il veut comprendre le plan des intrus avant d'entreprendre quoi que ce soit. Il me tend l'autre fusil. Les fusils sont les meilleures armes pour un tir à distance. Je range mon pistolet.

« Je vois quatre hommes pour l'instant, dit Nelly dans le talkie walkie tandis que John insère ses écouteurs. Deux viennent juste de repartir par derrière. »

Le clair de lune éclaire suffisamment la scène pour nous permettre de voir les deux hommes faire le tour de la maison par les côtés opposés. L'un se poste devant la terrasse de bois, tandis que l'autre se glisse dans les buissons.

« Lumière ! » ordonne John dans le talkie walkie en s'agenouillant.

Le projecteur solaire inonde la terrasse de lumière et éclaire la silhouette d'une créature qui tente, avec un pied de biche, de faire céder les portes coulissantes de la baie vitrée. L'autre spot devrait permettre de voir clairement celui qui se tient devant nous. John met en joue et appuie sur la gâchette. Dans une détonation assourdissante, l'homme tombe au sol dans un cri, se contorsionnant un moment avant de se figer. Je cherche l'autre dans ma lunette de visée, mais il n'est toujours pas sorti des buissons.

Une balle frappe le bois au-dessus de nos têtes. John bondit. « On retourne à l'intérieur ! »

Je me dirige vers le portail de l'enclos extérieur où Flore et Faune passent la plus grande partie de leurs journées. Deux autres balles touchent la grange, mais il semble que le tireur vise toujours notre emplacement d'origine. Je me faufile dans l'enclos, John se glisse derrière moi et rampe par terre. Je m'agenouille et porte la lunette de visée à mon œil.

« Il va remonter, m'avertit John en levant son fusil. Attends-le. »

La forme dans mon champ de visée ressemble à une masse de feuillage, jusqu'à ce qu'elle bouge. John et moi tirons en même temps, le corps tombe.

S'ensuit alors un déferlement de bruits de verre éclaté, de coups de feu provenant de la façade avant de la maison. Ma respiration se fait saccadée, mais mes jambes tiennent le coup quand je me redresse.

« Je vais à l'avant. Dirige-toi vers l'arrière et rentre à l'intérieur si ça te paraît sûr » me souffle John.

Nous sautons la clôture et courons dans l'herbe. Sur la terrasse, John nous quitte pour se diriger vers l'avant de la maison, où règne désormais un calme inquiétant. Je regarde l'homme que John a abattu, assez longtemps pour être sûr, qu'il est bien mort, et je le contourne pour accéder aux portes coulissantes.

Un cri provenant de l'intérieur me fige sur place. J'arrive à voir dans le salon, mais pas dans le hall, où quelque chose est en train de se passer. Nelly tient son pistolet devant lui, prêt à tirer. Dans la pénombre, il a l'air furieux. Peter, derrière une fenêtre de la façade avant, est lui aussi prêt à tirer, jetant des regards frénétiques vers la scène derrière lui. Penny retient Laddie par le collier, l'air complètement désemparé. Je ne vois Ana nulle part. Quelqu'un a dû l'attraper. Le verre brisé témoigne du fait que quelqu'un est entré dans le couloir. Une attaque surprise.

Une voix crie : « Je vous dis de lâcher vos putains d'armes ! Posez-les maintenant ou je la tue. Ne m'obligez pas à le faire. »

Ana hurle. James grimace devant la scène, tout en continuant de serrer son arme inutile. Laddie rugit de colère, mais Penny ne lâche pas prise. Si elle le laisse s'échapper, Ana pourrait se faire tirer dessus.

Je me dirige vers l'autre côté de la maison. La porte vitrée cassée. Peut-être que je peux entrer par là, et me frayer un chemin dans le couloir derrière lui. Je me mets à courir en position courbée juste au moment où une balle passe en sifflant là où se trouvait ma tête, faisant voler mes cheveux, pour traverser la vitre. Des éclats de verre viennent me piquer le visage et les mains. À peine ai-je quitté la terrasse pour me réfugier derrière les buissons qu'un autre coup de feu me rate de justesse. J'entends un seul coup de feu à l'intérieur, puis la voix de Nelly résonne.

Je n'ai pas assez d'espace dans le feuillage épais pour manier correctement mon fusil. Je le laisse tomber au sol et je pointe mon pistolet vers la façade latérale de la grange, d'où j'imagine que les tirs proviennent, mais je ne distingue pas le moindre mouvement de ce côté-là. Difficile de comprendre où se trouve l'agresseur, chaque bruit fait écho dans les bois. Je rampe à travers les buissons, le cœur battant, attendant ce coup fatal, celui que j'entendrai trop tard, lorsqu'il m'aura déjà frappé.

Soudain, je sens sous mes pas une masse molle, et pousse un cri de terreur, avant de me taire rapidement. C'est l'homme que John et moi avons tué, et s'il n'est pas mort, il n'est pas loin de l'être, à moins qu'il ne soit inconscient. Toujours rampant, je me rue hors de là, grimaçant tandis que mes genoux s'enfoncent dans son torse. Au moment où je me précipite en courant vers le coin de la maison, un homme saute par la fenêtre brisée et court vers la route, poursuivi par Nelly. Je veux tirer mais je ne peux pas risquer de manquer la cible.

Je vois Laddie filer à travers la pelouse arrière jusqu'à la grange en poussant des aboiements furieux. Nous voulions le garder en sécurité à l'intérieur, mais il s'est échappé par le trou de la baie vitrée.

À l'avant de la propriété, les coups de feu recommencent, et je reste figée, indécise. Je voulais suivre Nelly, mais maintenant je me dirige lentement vers l'avant de la maison, le dos collé aux bûches, sans perdre de vue que quelqu'un près de la grange veut ma peau.

Deux hommes sont dans les arbres de l'autre côté de l'allée, leurs armes à feu clignotent tandis qu'ils font feu sur l'autre coin de la maison, où John les tient à distance.

Ils se sont positionnés de manière à ce qu'il n'y ait pas d'angle de tir dégagé pour John ou pour quelqu'un qui se trouverait aux fenêtres de la maison, mais je trouve le moyen d'aligner l'un des deux dans ma ligne de mire. Je vise son gros tonneau à bière. Je ne réfléchis pas, je ne pense pas au fait que je suis en train de tuer quelqu'un, parce que sur le coup, je m'en contrefiche. Je ne veux qu'une chose, le voir tomber et s'étouffer dans son propre sang.

Avant que le tir ne soit parti, je sais déjà que je l'ai touché. Comme la dernière fois, à l'école, avec ma machette. En pleine terreur, j'ai soudain trouvé ce refuge de sérénité en moi. La balle et moi avons un pacte : je lui dis où aller et elle fait ce que je lui demande. L'homme tombe quand la balle le percute et je mets fin à ses hurlements par un autre tir.

Son partenaire commet alors l'erreur que j'espérais voir, détalant de l'autre côté de l'arbre. Le porche s'illumine soudain sous des flashes des pistolets, et John s'avance. Quatre, cinq, six coups de feu atteignent le deuxième type dans un boucan assourdissant. Il fait une petite valse et tombe à reculons.

Peter sort de sa cachette sur le porche quand il me voit sortir de l'ombre. Il tourne son arme sur moi. Je me fige.

« C'est moi, c'est Cassie ! » Je lui hurle.

Peter baisse son arme, le regard effaré.

« Et Ana ? » Je lui demande.

« Elle va bien » dit-il.

Je soupire de soulagement. « Il y en a un autre, voire plusieurs, cachés derrière la grange. Nelly en a chassé un dans l'allée. Je vais voir où il est. »

« Je t'accompagne », dit John. Il se tourne vers Peter. « Nous allons aider Nel, et on s'occupe de celui derrière la grange. Deux à l'arrière, deux à l'avant. Et restez à l'intérieur. Je vous appelle sur les talkies walkie. »

Peter hoche la tête et rentre à l'intérieur. J'entends des sanglots quand la porte se referme. John et moi avançons le long de l'allée à l'orée des bois. J'aimerais être pieds nus ; mes bottes font trop de bruit sur le sol de la forêt. Les bois me paraissent plus silencieux et immobiles que d'ordinaire. Toutes les créatures qui devraient vaquer à leurs activités ordinaires se sont cachées, attendant le retour au calme.

On entend soudain un bruit de tôle au bout de l'allée et deux coups de feu éclatent. Un cri résonne, mais je ne distingue ni la voix ni les mots sous le bruit de moteur rugissant. On ne peut pas les laisser partir ; tout ça doit se terminer ce soir. J'accélère ma course, en fonçant en diagonale à travers le bois, sautant par-dessus les obstacles que j'arrive à peine à discerner dans l'obscurité.

Je saute par-dessus un grand fossé et j'aperçois Nelly debout sur la route, pointant son arme vers une camionnette qui se dirige vers lui. Le pare-brise se fissure quand il tire deux coups vers la tête du conducteur, avant de s'écarter en trébuchant.

« Nelly ! » je murmure, assez bas pour ne pas le faire sursauter.

J'attrape son bras pour le stabiliser. La camionnette nous dépasse à toute vitesse, et je crois un instant qu'il a manqué sa cible, jusqu'à ce que le véhicule dévie vers les arbres et termine sa course dans l'un d'eux. Je m'avance.

Il me retient par la chemise. « Non, pas tout de suite. »

La portière du fourgon reste fermée. Nelly se tient penché, faisant reposer tout son poids sur sa jambe gauche. Il est blessé. John s'approche de la camionnette et ouvre la portière tout doucement. L'éclairage intérieur révèle un cercle parfait sur le front du conducteur. Un cri strident venant de l'intérieur du camion nous fait tous bondir. Quel que soit l'animal qui se trouve là-dedans, il est absolument terrifié.

John se déplace vers le siège vide côté passager. Je monte du côté du conducteur mort et pointe mon arme vers l'arrière du véhicule, qui est jonché de canettes de bière et d'emballages vides. Au fond, dans un coin, quelque chose bouge. C'est une petite fille recroquevillée. Ses mains sont crispées sur sa tête et poussent des cris interminables.

John se fraie un chemin dans ce chaos pour aller la récupérer pendant que Nelly ouvre les portes arrière. Elle n'a pas plus de sept ans. Elle est pieds nus et porte une chemise de nuit en polyester élimée qui a peut-être été rose à une époque. Sa longue crinière est ébouriffée, pleine de nœuds. Elle lutte vaillamment, criblant les bras de John de coups de poing, mais il ne s'en formalise pas.

« Allez, ça va aller, lui répète-t-il. On ne va pas te faire de mal, ma petite. »

Elle finit par se calmer et nous scrute attentivement tous les trois. Quand elle me voit, on dirait qu'elle commence à croire John. Ses yeux bleus s'écarquillent, gigantesques et effrayés, mais secs. Malgré la faible lueur à l'intérieur de la camionnette, je distingue une multitude de taches de rousseur qui ressortent sur ses petites joues pâles.

Je tends les mains vers elle. Elle s'éloigne de John et se jette dans mes bras. Elle est plus légère que je ne le pensais, car tout est menu chez elle, les bras, les jambes et la cage thoracique. Elle s'enroule autour de moi si intensément que j'ai presque du mal à respirer. Elle sent la pisse, la sueur, l'alcool. Je me demande ce qu'ils ont pu lui faire.

« Celui qui a capturé Ana est parti par là. » Nelly pointe le doigt vers le bois qui mène à la grange et à l'arrière de la maison. Il se fige et halète quand son poids se déplace sur l'autre jambe. « Mais je voulais choper celui dans la camionnette pour qu'ils ne puissent pas s'enfuir. »

« Ta jambe » dis-je. Il a une blessure au mollet, une sorte de trou déchiqueté entouré d'une tache sombre.

Nelly hausse les épaules. « Ce n'est qu'une écorchure. »

Nous devons débusquer le dernier type, et Nelly ne va pas pouvoir avancer vite dans cet état.

« Nels, emmène-la à la maison. »

J'essaie de lui mettre la petite fille dans les bras, mais elle enfonce ses ongles et enfouit la tête dans mon épaule. Il ne faut pas qu'elle se remette à crier, et je ne peux la prendre avec moi.

« Ma puce… » Je me penche en arrière pour voir son visage. « Regarde-moi, ma chérie. Comment tu t'appelles ? »

Elle me regarde dans les yeux avec méfiance et murmure : « Elizabeth. Beth. »

Elle essaie de baisser la tête, mais je la soulève pour la forcer à me parler. « Beth, est-ce que tu as une meilleure amie ? »

Elle hoche la tête. « Alana. »

Je parle vite. « J'ai deux meilleurs amis. Il y a Penny. Elle se trouve à la maison, derrière nous. L'autre est juste ici. Il va t'emmener à la maison retrouver Penny. D'accord ? »

Je désigne Nelly du menton. Il est échevelé et tient une arme à feu, mais à part ça, il a l'air plutôt amical quand il lui sourit.

Je fais mine de lui confier un secret : « Il s'appelle Nelly. Un nom de fille ! C'est rigolo, non ? C'est moi qui lui ai donné ce surnom ! »

Nelly réplique par une grimace rancunière, et je vois se dessiner dans le visage apeuré de la petite un sourire furtif.

« Beth, il faut que tu ailles avec Nelly et que tu restes aussi silencieuse que possible, d'accord ? Nous devons rattraper les hommes qui t'ont amenée ici pour qu'ils ne nous embêtent plus. »

Son étreinte se relâche imperceptiblement. « Vous allez les attraper ? »

« Oui. Je te promets qu'ils ne feront plus jamais de mal à personne. »

Elle me laisse la remettre à Nelly. Elle a l'air d'un petit oiseau tombé du nid dans ses gros bras. John passe un appel radio à la maison pour les prévenir de l'arrivée de Nelly et de notre plan.

« Allons-y », me dit-il.

« Attention à vous », nous lance Nelly.

Il déplace Elizabeth sur son flanc et prend son revolver dans sa main libre. Je sais qu'il préférerait que je rentre à la maison, et moi, je suis contente qu'il y retourne à ma place.

Je lui fais un petit sourire. « Comme d'hab. »

Il se détourne et remonte l'allée en boitant, en parlant doucement à la petite créature recroquevillée dans ses bras.

CHAPITRE 77

QUAND NOUS ÉTIONS enfants, mon jeu préféré était la chasse à l'homme. C'était comme un cache-cache dans les bois, sauf que lorsque le chasseur attrapait un joueur, celui-ci se joignait à la chasse pour trouver les autres joueurs. Le dernier devait réussir à revenir à la base sans se faire prendre. Ou plutôt la dernière, parce qu'à ce jeu, je gagnais quasiment à tous les coups. J'aimais ce jeu, parce que c'était la seule activité physique, à mon expérience, où je me sentais des jambes solides, une respiration profonde. Dans les gymnases et les terrains de sports, je ratais toujours le ballon, j'avais des points de côté, j'arrivais la dernière. Alors que dans la forêt, et en particulier dans ma forêt, j'étais dans mon élément, et personne ne pouvait me capturer. Je savais me recouvrir de feuilles, me recroqueviller dans un fossé, ramper dans la boue, je n'avais plus de limites. Mon corps savait où aller et quoi faire, même si ce n'était qu'un jeu.

Maintenant, hélas, ce n'est plus un jeu et cela fait des années que n'ai pas joué à la chasse à l'homme, mais je m'y retrouve toujours, dans cette forêt, mon alliée. La végétation change perpétuellement, mais l'impression générale, les repères restent les mêmes. La grosse souche, le pin foudroyé, tous mes vieux amis sont encore là.

Cela ne doit pas faire plus de cinq minutes que nous avons quitté la maison, John et moi, mais il est temps pour nous, les derniers joueurs, d'échafauder notre plan de survie. Nous sautons par-dessus la tranchée, enjambons le fil tendu et nous faufilons sous les barbelés, jusqu'à parvenir près de la bordure de la cour. Le projecteur a été tourné vers l'extérieur, nous ne pouvons donc voir personne dans la maison, derrière.

John repère du mouvement vers la gauche et m'indique le coin à surveiller ; c'était peut-être l'homme qui tenait Ana. Soudain, un bruit sourd se fait entendre à droite, près de la grange. Je lui fais signe que je vais jeter un œil. Il hoche la tête et se dirige à gauche. Mes cheveux collent à mon visage et mon cœur bat la chamade. Je me fige quand j'entends les voix qui proviennent du côté de la grange, où il y a une cachette dans les buissons.

Je me glisse sous les arbres fruitiers, qui viennent juste de perdre leurs inflorescences et sont en train de former leurs fruits. Mes pas sont étouffés par le tapis de pétales qui recouvre le sol. Je distingue deux hommes accroupis près de la grange, mais la scène reste obstruée par les branchages.

« Foutons le camp d'ici », suggère l'un des types.

« Tu as entendu les coups de feu sur la route aussi clairement que moi, dit l'autre. Il n'y a pas d'autre endroit où aller. Nous devons prendre cette baraque. Je vais t'éclairer et te couvrir. Toi, tu cours. »

Je me déplace vite, mais ça ne suffit pas. Une silhouette longue et fine se relève. Dans un grand craquement et la torche du type s'éteint. Je ne vois plus celui qui est resté accroupi ; mes yeux sont trop habitués à la lumière pour s'adapter assez vite. J'entends de grands pas sur la terrasse en bois, suivis d'une salve de coups de feu. Quand mes pupilles s'élargissent enfin, je vois James et Penny dressés derrière la baie vitrée brisée, leurs armes à feu allumées.

L'autre type détale. Je pars à sa poursuite. Il est gros et disparaît dans les bois à grand bruit comme un éléphant. J'entends des coups de feu derrière moi. John. Je me rends compte que le gros type est à moins de six mètres de moi. Le ciel ne semble plus aussi sombre et les étoiles ont disparu. Or si je tire maintenant, la balle finira sans doute dans un arbre et il saura que je suis là.

Il bifurque vers la route, ayant vraisemblablement oublié son propre plan de rester et de se battre. La façon dont il balaie aveuglément ses bras potelés à travers les broussailles m'indique qu'il n'a aucune idée du périmètre que nous avons tracé. Ces deux types ont dû descendre l'allée, où nous avons préalablement déplacé les canettes pour qu'ils ne sachent pas que nous les attendions, pour aller se cacher dans les bois. Je sais que je peux l'arrêter si j'avance vite. Ça me permettra aussi de ne pas entrer dans sa ligne de mire.

L'air froid me brûle les poumons. Je déteste courir. Je me glisse sous le barbelé, je m'immobilise derrière un arbre et j'attends.

Il y a des bruits derrière moi, au loin, quelqu'un d'autre le suit. Une seconde, je prie pour qu'il s'agisse de John. L'homme est près de moi, maintenant, je l'entend souffler. J'ai l'impression que ma respiration est bruyante, et je tente de la calmer, même si je sais qu'il ne l'entend pas. Je serre le revolver dans mes mains, et je le relève au niveau de ma poitrine. Je vais l'avoir, je dois l'avoir. S'il dépasse la ligne, je lui tirerai dans le dos en pleine trajectoire.

Mais il ne passe pas. Un hurlement retentit, accompagné d'un bruit de métal tordu, quand le piège de fil barbelé lui déchire les vêtements et la peau. Je sors de ma cachette en position de tir. Sans surprise, je reconnais Neil Curtis. Il a laissé tomber son arme au sol et s'acharne à décrocher ses vêtements du fil barbelé. Il parvient à s'extirper, tombe à la renverse, et farfouille autour de lui pour retrouver son flingue.

« Arrête-toi ! » je lui hurle.

Il se fige et me regarde en clignant des yeux. Il a toujours ces petits yeux vides, cette fois teintés d'une touche de méchanceté et d'une forte dose de démence.

Il lève les mains en l'air avec un petit sourire flippant. « D'accord, tu as gagné. Je m'en vais, je ne reviendrai plus. »

Il pense que parce que je suis une fille, je n'oserai pas le buter. Il a tellement l'habitude d'obtenir ce qu'il veut des femmes, peu importe les moyens, cordes, flingues, ce cochon ne recule devant rien.

« Non, tu ne reviendras plus. » dis-je, sentant mes mains trembler.

Il remarque ce détail et se penche vers son arme, échouée à un mètre de lui. Mon doigt se resserre sur la gâchette et il se fige.

« Personne n'a été blessé chez vous, que je sache. » dit-il, d'un ton presque gémissant.

J'ai envie de rire. Il pense vraiment que c'est tout ce qui importe au bout du compte ? Il en a blessé d'autres. Je viens de sortir l'une de ses victimes d'une camionnette, qui empestait la saleté et le mâle. Je pense aux deux filles Franklin, et à leurs parents, à Sam ; à ce petit corps à l'école, enroulée dans une petite couverture de naissance doublée de flanelle rose bonbon. Je secoue la tête, et mes mains cessent de trembler. Toute cette agitation en moi retombe et semble se recouvrir d'une fine couche de neige.

Il doit s'en rendre compte, et il bredouille : « S'il te plaît. »

Une lueur de malice traverse furtivement son regard. C'est la peur. Il bredouille encore, sa voix craque. Il se mord les lèvres. J'entends l'autre personne s'approcher de nous. Je dois agir vite.

Cette fois, il me supplie. « S'il te plaît ? »

Je vise sa poitrine, pas pressée. Puis je relève un peu le revolver, le pointant vers sa tête. Après tout, il ne vaut pas mieux qu'un zombie.

« Non », je réplique. Et je répète, plus fort, le regard bien planté dans le sien. « Non. »

Il a peut-être bougé d'un centimètre, vers son flingue. Ou c'est ce que je me dis à cet instant pour ne pas reconnaître cette force sombre qui s'épanouit en moi. Quelque chose qui se délecte de prendre la vie d'une personne absolument abjecte. J'appuie sur la gâchette.

Chapitre 78

John me trouve en train de contempler ce qu'il reste de la tête de Neil et m'annonce que le problème est réglé, que nous avons gagné. Nous retraversons les bois, bras dessus bras dessous. Nous passons devant le corps de l'autre type, auquel John a réglé son compte. Il a une barbichette rose au menton. James et Peter apparaissent de l'autre côté de l'allée quand nous atteignons les marches.

« On a fini, il n'y avait que ces deux types dans les bois, dit James. La petite fille, Beth, nous dit que c'était tout ce qu'il y avait. »

« Bien », dit John.

J'imaginais retrouver la maison dans un sale état, mais ce n'est pas si mal. Les morceaux de verre de la porte-fenêtre scintillent au sol tandis que Penny les balaie, et une vitre avant est également cassée. Il doit y avoir des impacts de balles dans les murs et des objets fissurés ou cassés, mais je m'en occuperai plus tard. Nelly est assis sur le canapé, la jambe reposant sur la table basse. Beth est blottie à côté de lui, enveloppée dans une couette, les yeux fermés. Je ne sais pas si elle dort, mais je veille à ne pas la déranger. Il me sourit, mais les coins de ses yeux sont crispés de douleur.

« Laisse-moi voir ça », dis-je doucement en m'agenouillant. La balle ne l'a pas seulement effleuré ; elle lui a traversé le mollet et est ressortie de l'autre côté. Comme l'impact est près de la peau, il se peut que le muscle n'ait pas été trop endommagé. Quelqu'un lui a nettoyé la plaie et étalé de la pommade désinfectante dessus. « Je parie que ça fait un mal de chien. »

Nelly rit. « On peut dire ça. »

« C'est pour ce genre d'imprévus que mes parents ont stocké du Vicodin. Je vais t'en chercher. »

« J'adore tes parents », dit Nelly. Il laisse aller sa tête en arrière et ferme les paupières.

Quand je reviens avec les pilules, Penny est en train de jeter une pleine pelle de bouts de verre dans un sac en papier que lui tient James. Je vérifie que Nelly a de l'eau à portée de main et je rejoins Penny pour l'aider. Pas besoin de lui demander comment elle va ; d'un simple regard, je comprends que tout va bien de son côté.

« Où est Ana ? » Je lui demande. Je veux la voir de mes propres yeux, m'assurer qu'elle est toujours vivante.

« Au lit. Avec une grosse migraine, répond Penny. Si tu voyais son visage. Assieds-toi une minute. On se débrouille très bien. Raconte-moi ce qui s'est passé pendant que je te nettoie tout ça. »

Une fois assise à la table de la cuisine, je tombe d'épuisement. J'ai l'impression que mes cuisses sont collées à la chaise. Ma course poursuite n'a pas duré plus d'une heure, mais je jurerais que j'ai couru toute la nuit. Je me demande ce que Penny veut nettoyer, puis je vois l'état de mes bras. Je suis couverte d'égratignures et d'éraflures des épaules au bout des doigts. J'ai dû quitter ma veste sans m'en rendre compte.

Bien sûr, maintenant que j'en prends conscience, ça commence à brûler. J'ai peut-être couru à travers des ronces ; ce genre d'épines ne pardonne pas. J'ai les mêmes sensations sur le visage et le cou, qui doivent avoir la même allure que mes bras, mais je n'ai pas la force de quitter cette chaise pour aller constater les dégâts. J'entends les voix de Peter et de John sur le porche, qui discutent en faisant du rangement. Tout le monde parle à voix basse pour ne pas réveiller Beth. Une sorte de respect s'est instauré. *Tout va bien, on a survécu.* J'entends ce message à demi-mots dans les échanges. Je ferme mes yeux. *Laddie.* Je les rouvre.

« Où est passée Laddie ? » Je demande à Penny, qui s'est installée à côté de moi avec une pommade antibiotique et un chiffon propre.

Elle regarde autour d'elle. « Je ne sais pas. Il n'est pas encore revenu. »

Je me force à me lever, me souvenant de l'avoir vu courir vers la grange. Penny tend les mains pour me faire signe de rester tranquille, mais je secoue la tête et franchit le seuil de la porte. Dehors, je me mets à siffler et à l'appeler, mais je ne suis pas surprise du silence qui suit. C'est au fond de la grange que je retrouve son corps.

Sa douce fourrure brune est mêlée de sang. Il pourrait dormir. Je m'effondre près de lui et caresse sa tête immobile, souhaitant entendre ses petits jappements de contentement.

« Je suis désolée, mon garçon », dis-je. Les larmes inondent et brûlent mes joues. « Tu voulais juste nous aider. »

Il va tant me manquer, celui-là. Je fulmine de rage contre les hommes qui l'ont tué, et qui nous auraient tués si on les avait laissés le faire.

John et Peter arrivent derrière moi. John s'agenouille à terre. Il promène la main sur le flanc de Laddie et le gratte derrière l'oreille. La peau ridée autour de ses yeux est devenue douce et rose.

« Bon chien » dit John. Sa voix est rocailleuse sous l'effort de retenir ses larmes.

Peter lève la main, comme pour la poser sur l'épaule de John, puis la laisse retomber à ses côtés. « John, je suis vraiment désolé. »

John se passe les doigts sur ses yeux et se relève, essuyant la poussière sur ses genoux. « Je sais, mon garçon. Mais Dieu merci, on est encore là. C'est l'essentiel. Ce n'est de la faute de personne. »

Peter regarde fixement le corps de Laddie, les lèvres serrées. Il a attendu trop longtemps pour être désolé. Il fallait se réveiller avant. Il ne s'est pas posé de questions sur les conséquences de ses actes. Il s'en fichait, convaincu qu'il s'en sortirait, lui, comme toujours. Même en pleine apocalypse, il agit comme si tout lui était dû.

Je lève le doigt vers Peter. « Et bien si. C'est ta faute, Peter. Je t'ai dit qu'on risquait nos vies avec cette histoire. Mais, comme d'habitude, tu n'en as fait qu'à ta tête. Tout ce dont tu te soucies, c'est de toi-même. »

« C'est faux », répond calmement Peter.

Je réplique par un rire amer, je me sens d'humeur violente. Je veux me venger pour ce risque qu'il nous a fait courir. Pour m'avoir mis dans une situation où j'ai été obligée de faire exploser la tête de quelqu'un. Pour m'avoir dit qu'Adrian ne m'aimait plus. Pour avoir raconté des mensonges sur mon compte. Pour me détester à ce point.

« J'aurais vraiment dû te dire de ne pas nous accompagner à Jersey. » Ses yeux s'écarquillent, trahissant son mensonge.

J'acquiesce, je suis maintenant lancée. « On n'a vraiment pas besoin de toi ici pour venir tout gâcher. Tu n'es pas à ta place ici. »

« Cassie, je sais que tu es bouleversée… » commence Peter. Son visage semble sincère, il essaie peut-être de se racheter. Mais il m'a déjà servi ce couplet, avant tout ça.

Je lève les mains pour le stopper dans son élan. « À ce stade, je suis plus que bouleversée. C'est d'un autre niveau. Je ne veux plus te voir, Peter. »

À ces mots, je repars en courant vers la maison, regrettant presque que ce soit Peter, et pas ce gentil Laddie, qui se soit pris cette balle dans le flanc.

CHAPITRE 79

LE VISAGE D'ANA est en piteux état. Son œil droit est enflé, sa joue a doublé en taille et présente trois nuances de violet.

« Ouh là ! » je m'écrie lorsqu'elle fait son entrée dans le salon, où je suis assise sur le canapé aux côtés de Nelly et d'une Beth endormie.

Elle sourit, puis porte une main à sa joue et grimace. « Vous devriez voir la bosse sur ma tête. Je voulais dormir, mais Penny vient toutes les dix secondes s'assurer que je ne fais rien de tel. »

Sa remarque n'a rien du ton plaintif habituel qu'on lui connaît. Elle pose la main sur celle de Penny, sur l'accoudoir du fauteuil, et se tourne vers moi.

Son seul œil intact se remplit de larmes. « Cass, j'ai complètement merdé. Je sais que vous êtes tous en colère. Et vous êtes en droit de l'être. Mais je m'en veux terriblement, sincèrement. »

Je veux bien la croire. Je me lève et la serre doucement dans mes bras, repoussant ses cheveux qui balaient ses plaies vers sa nuque. J'ignore pourquoi j'arrive à lui pardonner si facilement alors que cela m'est encore impossible avec Peter. C'est comme ça.

« Allez Banane, c'est du passé. » lui dis-je, en souriant, sentant mon visage écorché me tirailler douloureusement. Ne nous fais plus jamais un coup comme celui-là. »

Son visage se fait grave. « Promis, plus jamais. »

Il se pourrait que la petite Ana ait enfin grandi.

CHAPITRE 80

LORSQUE NOUS REVENONS à la maison, après nous être débarrassés des corps, on est en début d'après-midi. À la sueur de nos fronts, et grognant d'efforts, nous les avons soulevés jusqu'à la camionnette, que John a amenée au bas de la colline tandis que James, Peter et moi l'avons suivis à pied. On a laissé la camionnette dans une ancienne prairie en contrebas de la route principale. Je pensais que John allait vouloir les enterrer, et puis il nous a confié qu'il ne se sentait pas l'âme très chrétienne envers ces types pour le moment. J'ai été soulagée de l'entendre dire ça. Ensuite on est repartis, pour procéder à l'enterrement de Laddie dans la cour.

De retour à l'intérieur, je trouve Nelly assis tout seul dans le salon à bouquiner, et je vois bien que rester immobile n'est pas dans sa nature.

À ma vue, les coins de sa bouche se relèvent. « Beth s'est enfin réveillée. Je l'ai vu filer en coup de vent derrière le canapé et se mettre à courir comme une dératée, jusqu'à ce qu'elle comprenne où elle se trouvait. »

« Où est-elle, maintenant ? » Je demande.

« Elle fait sa toilette. Penny lui a dit qu'elle laverait sa chemise de nuit, mais Beth ne veut plus jamais la porter. Je pense qu'elles sont en train de lui chercher des vêtements. »

« Oui, je comprends. » Cette chemise de nuit sale, délavée, il faut la détruire. « On ira lui trouver des vêtements dès demain. »

« Et de nouvelles vitres pour les fenêtres et les portes, ajoute John, qui grignote près de l'évier. Si vous êtes prêt à retourner là-bas. »

« Je le suis, dis-je. Je veux sortir d'ici, même si cela implique de rendre visite aux Lexers. »

Beth et Penny entrent dans le salon, main dans la main. Les cheveux mouillés de Beth sont peignés dans son dos et ses grands yeux s'agitent dans leurs orbites. Elle porte l'un de mes vieux t-shirts, qui tombe jusqu'à ses genoux. Les coins de sa bouche remontent timidement en réaction à mon sourire.

« Salut, Beth, dis-je. Tu te sens un peu mieux ? »

Elle hoche la tête.

« Tu as faim ? » Nouveau hochement. « Viens t'asseoir à table avec moi. J'ai une faim de loup, moi aussi. »

Je tire toutes sortes de choses des placards, du beurre de cacahuète et de la gelée, de la compote de pommes, des pêches au sirop, du houmous et du pain cuit maison. Elle s'est hissée sur une chaise, ses petites jambes maigres se balancent.

« Moi, c'est Cassie, au cas où tu l'aurais oublié. »

Elle secoue la tête pour m'indiquer qu'elle s'en souvient. Selon Nelly, elle a sept ans, mais elle est petite et frêle pour son âge, l'air plus jeune, d'autant plus que ses yeux apeurés semblent immenses.

Je lui souris. « Bon. Je vais préparer un peu de tout, et tu peux choisir ce qui te fait envie. »

Elle avale goulûment quelques pêches puis un bol de compote de pommes, avant d'engloutir un demi-sandwich en quatre secondes. J'ouvre des bocaux et j'étale des confitures sur des tartines, pour qu'elle continue à manger. Je lui parle de la maison, du jardin et des plantes pendant qu'elle se tape la cloche avec des yeux ronds. La méfiance semble s'évanouir à mesure que je lui parle, alors je lui raconte comment nous avons préparé la confiture qu'elle déguste, et à quel point les chèvres ont l'air bête quand elles caracolent dans la cour. Quand elle commence enfin à ralentir le rythme, je lui demande si elle veut visiter le jardin.

Elle hoche la tête mais hésite. « Je n'ai pas de chaussures. »

À ces mots, je retire mes bottes et remue mes orteils. « Tu as bien de la chance ! Je déteste mes chaussures ! »

Elle m'adresse son premier vrai sourire de la journée, et peut-être son premier vrai sourire depuis un bout de temps.

Beth se promène sur le sol chaud du jardin, ses cheveux sèchent au soleil, en un joli brun caramel, bouclés aux extrémités. Je ne lui pose pas trop de questions. Au lieu de cela, je lui raconte comment nous sommes arrivés ici. Bien sûr, je passe sous silence les nombreux passages effrayants. Et puis quand je lui parle de notre idée d'aller faire un tour en ville, elle sort de son mutisme.

« Ma mère et moi, on s'était réfugiées à l'école. Et puis elle a explosé et les Mordeurs sont arrivés. Je les ai entendus dire qu'ils l'avaient fait. C'est là qu'ils nous ont emportées, ma mère et moi. »

Je comprends qu'elle parle de Neil et de sa bande. Ils ont sans doute tiré parti de la confusion qui régnait pour arriver à leurs fins. Je me demande ce qui est arrivé à sa mère, mais je ne lui demande rien. Je m'agenouille pour cueillir quelques herbes folles, et je la regarde de biais.

« Ça a dû être très effrayant, tout ça. »

Elle détourne le regard. « Oui. » J'aimerais la serrer dans mes bras, mais elle n'a pas l'air prête à ça. « Ils sont tous les deux morts. Mes parents. » Elle se fige sur place, telle une petite statue de pierre. Inatteignable.

Je lui tends la main. « Je suis vraiment désolée pour toi, Beth. » Je comprends ce que cela fait, de perdre ses parents. Mais pas quand on n'est pas encore assez grand pour se débrouiller tout seul.

Elle pose sa petite main sur la mienne et garde les yeux tournés vers le fond du jardin, vers la forêt qui couvre la colline. Le « plat pays » comme le surnommait mon père. Son corps tremble, jusqu'au bout de sa main chaude, que je serre tandis qu'elle commence à sangloter avec rage. Elle ne veut pas que je voie ses larmes. Après ces terribles dernières semaines, elle a sûrement peur de montrer des signes de faiblesse, ou de faire confiance à quiconque. D'être trahie de nouveau. Et ça, par contre, je peux le comprendre.

CHAPITRE 81

LE LENDEMAIN MATIN, John propose à Beth de l'amener chez elle pour récupérer quelques affaires. Je le prends à part pour dire que c'est trop dangereux, mais il me rappelle qu'elle a vu bien pire que nous, et que cela pourrait l'aider de s'entourer de quelques jouets et objets familiers, surtout la nuit, quand elle se réveille en criant, comme elle l'a fait à plusieurs reprises la nuit dernière. Ça ne me dérange pas d'aller la rassurer, parce que de toute façon, je dors mal moi aussi. Hier j'ai quand même passé la moitié de la nuit éveillée. J'ai encore rêvé d'Adrian. Et de la main morte de Neil, qui s'était glissée sous les marches du palier et m'a attrapé la cheville pour me faire tomber. Dans ma chute, j'ai vu son sourire méprisant sur ce qui restait de sa tête.

Elle est assise à l'arrière de la camionnette, entre James et moi. Peter est à l'avant. Pour quelqu'un qui a réussi à m'éviter ces derniers temps, il a été très présent ces dernières vingt-quatre heures. Bellville n'a pas beaucoup changé depuis notre visite il y a quelques semaines, à un détail près : on n'y voit pas un seul Lexer. John se gare et part en repérage dans l'école. Les corps des infectés que nous avons tués se dessèchent lentement sur l'asphalte. Nous contournons le bâtiment, sautant par-dessus les débris, avant de tomber sur un tas de cadavres de Lexers dans le parking de derrière.

« Il n'y a pas de Lexer ici, dit John, en scrutant le terrain de l'école. Je me demande où ils sont allés. »

« Ils les ont tous tués », dit une petite voix. Le visage de Beth est pincé. « Ils ont organisé un jeu, balbutie-t-elle d'une voix étranglée. Qu'ils ont appelé le "jeu de l'appât". Ils attachaient quelqu'un au milieu, puis les Mordeurs arrivaient. Et eux, ils tiraient sur les Mordeurs pendant que… ils m'ont obligée à regarder, une fois. »

Je passe mon bras autour de ses frêles épaules. Des larmes coulent sur ses joues, en petits sanglots spasmodiques. Peter regarde tour à tour Beth et la pile. Son visage est sombre, il fronce les sourcils et serre la mâchoire.

« On peut partir, maintenant ? » Je demande.

John met le camion en marche.

La maison de Beth est une belle demeure coloniale en briques. Vivre dans cette maison devait être agréable. La cuisine fait face à la balançoire dans l'arrière-cour, le réfrigérateur est couvert d'images et de dessins, qui dépeignent la vie d'une famille occupée et heureuse.

J'ai apporté une valise, mais quand nous arrivons dans sa chambre à l'étage, elle en sort une de son placard. Elle ouvre les tiroirs et en sort silencieusement des vêtements.

« Est-ce que tu veux que je te laisse tranquille pendant que tu te changes ? » Je demande.

Elle hoche la tête. Elle porte maintenant mon sweat-shirt à chat en guise de robe. Quand je le lui ai offert ce matin, ses yeux se sont illuminés, tout comme les miens l'auraient fait quand j'avais sept ans.

Je me promène dans le bureau puis dans la chambre de ses parents, où le lit est soigneusement fait. Tout l'endroit est propre et rangé, comme prêt à accueillir des invités à tout moment, mais ça m'évoque aussi un musée : la vie quotidienne à l'époque de l'homo-Sapiens pré-apocalyptique.

Beth a enfilé un jean et un t-shirt. Elle glisse dans son sac à dos quelques livres et une peluche. Elle a des gestes lents et douloureux, et je me garde bien de la presser. Je me contente de rester assise sur le couvre-lit clair, à l'attendre.

Des décalcomanies de fées et de fleurs recouvrent les murs. Une moustiquaire pend au-dessus de la tête du lit. C'est la chambre rêvée d'une fillette de sept ans. Une photo de Beth et d'une femme aux cheveux blonds qui lui ressemble, en plus âgée, est posée sur une étagère.

« Beth, dis-je doucement pour ne pas la contrarier, veux-tu prendre cette photo avec toi ? Ou d'autres photos ? »

Beth la loge délicatement dans sa valise. Son angoisse semble croître à mesure que les minutes passent. Je la regarde prendre puis reposer certaines affaires, ne sachant pas quoi prendre.

« Tu n'es pas obligée de tout prendre avec toi maintenant. Commence juste par ce à quoi tu tiens le plus. Tant que la zone est en sûreté, on pourra revenir et prendre d'autres affaires. »

Elle frôle des doigts une paire de chaussettes. « Qui me ramènera ici ? Et où allons-nous ? » murmure-t-elle, l'air complètement perdue.

Les larmes me montent aux yeux. Elle pensait qu'elle venait chercher ses affaires pour qu'on puisse ensuite se débarrasser d'elle, d'une manière ou d'une autre.

Je pose une main sur son épaule. « Oh ma chérie. Tu restes avec nous. Nous voulons prendre soin de toi. Je suis vraiment désolé de ne pas te l'avoir expliqué. Je pensais que tu savais. J'espère que ça te convient ? »

Son corps se relâche de soulagement. « Oui, ça me va. »

Voilà pourquoi elle bougeait si lentement : elle avait peur de ce qui l'attendait ensuite. Elle désigne mon sweat-shirt chaton qu'elle a replié. « Je te rends ton pull, Cassie. »

Je le pose sur ses vêtements dans la valise. « Veux-tu le garder ? Il te va mieux qu'à moi, en tout cas. Moi, les chatons ne me vont pas. »

Elle rit et referme son sac. Un joli son clair, ce rire, et j'aimerais l'entendre plus souvent.

Je tends un doigt étonné vers sa maison de poupée, ses Barbie et ses jeux. « Tu ne prends pas quelques jouets ? »

Elle les regarde d'un air blasé. « Non. Je n'ai plus envie de jouer avec ces trucs. »

J'aimerais prendre cette petite dans mes bras et lui dire qu'elle est en sécurité avec moi. Je voudrais qu'elle sache qu'elle n'a pas à grandir si vite. Je me contente d'acquiescer avec compréhension, parce qu'elle est grave et distante. Je soulève sa valise tandis qu'elle fait glisser les bretelles de son sac à dos sur ses fines épaules. Il est plein à craquer et tendu sur son dos comme une carapace de tortue. Une fois qu'elle a quitté sa chambre, je saisis par la poignée une valisette rose en vinyle du genre que j'avais quand j'étais petite, qui servait à ranger les poupées Barbie et leurs accessoires. Qui sait, peut-être se décidera-t-elle bientôt à redevenir une petite fille.

Chapitre 82

John termine l'installation de la nouvelle porte coulissante juste après le coucher du soleil. Il retire le ruban de la vitre et tout le monde applaudit.

« Merci, John », dis-je en lui tendant une bière. Nous en avons aussi trouvé un stock aujourd'hui.

« Quelle drôle de journée en ville », dit John. Il avale une gorgée de bière et s'essuie la barbe.

On attend que Beth soit au lit pour en parler. La frénésie des derniers jours a dû enfin la rattraper, car elle s'est endormie la tête sur mes genoux à peine dix minutes après le dîner.

« Et alors, vous n'avez pas vu d'infectés ? » demande Nelly.

Il aurait aimé nous accompagner et à notre retour, il s'est mis à circuler de partout en boitant pour prouver qu'il allait bien. Quand il a commencé à grimacer à chaque pas, il a fini par s'asseoir et a fait semblant de lire. Nous avons fait mine de ne rien remarquer.

« Pas un seul, dit John. Ceci dit, il y a sûrement des gens cachés chez eux, par-ci par-là, qu'ils ont ratés, mais ils ont dû en tuer des centaines d'autres, peut-être des milliers. C'est peut-être la seule bonne action de ces deux types. »

« Oui enfin, si on oublie la façon dont ils s'y sont pris » je rectifie.

John leur rapporte ce que Beth nous a raconté sur leurs méthodes. Un silence horrifié s'ensuit. Tout le monde s'imagine à la place de l'appât dans leur jeu infâme.

Ana serre ses genoux contre sa poitrine. « Eh bien, si vous vous demandiez encore si on a eu raison de descendre ces salopards, vous l'avez, votre réponse. » Ses ecchymoses sont toujours impressionnantes, mais son œil est moins gonflé. Elle se tourne vers John. « On pourrait peut-être aller au champ de tir demain, John ? Je veux rattraper mon retard. »

« Attendons d'abord que ton œil guérisse, ma petite. Je te promets que je t'y emmène dès que tu verras mieux, d'accord ? »

Ana prend une mine déconfite et John rit. « Je te le promets, Ana. Nous allons commencer un entraînement régulier. Et puis j'ai presque fini de fabriquer mon outil, j'aurais bientôt du temps. En attendant, tu as besoin de te reposer. »

Ana a l'air déçue mais ne se plaint pas, comme elle l'aurait fait avant. Penny la regarde avec confusion et tourne les yeux vers moi. Je hausse les épaules, mais je suis presque sûre qu'Ana a une nouvelle idée en tête. Elle a toujours montré de la détermination, même si jusqu'à présent c'était surtout en rapport avec les vêtements ou l'argent, plutôt que l'art de la guerre. Tout ça va être intéressant.

« Beth ne savait pas qu'elle allait vivre avec nous, leur dis-je. Je ne sais pas trop où elle croyait devoir aller, en tout cas on doit lui faire savoir qu'on tient vraiment à prendre soin d'elle. Elle essaie tellement d'être forte, mais elle a peur que quelque chose de terrible ne se produise à nouveau. »

« Ce n'est guère étonnant, après ce qu'elle a vécu » commente James depuis le tapis où il est assis en tailleur, Penny entre les genoux.

Elle hoche la tête. « Moi aussi, j'ai peur que quelque chose de terrible se produise. C'est presque garanti, d'ailleurs. Entre les infectés et ce qu'ils racontent en ce moment à la radio… »

Les diffusions nocturnes se sont étoffées ces derniers temps. Ils ne diffusent plus seulement la liste rudimentaire des zones de sécurité, mais nous abreuvent maintenant d'informations et de descriptions du fonctionnement de ces zones. L'émission est toujours transmise depuis l'aéroport de White Mountain à Whitefield, mais il y a quelques jours, un témoignage a été retransmis d'une zone de sécurité du Maine. Il semblerait aussi que certaines des zones de sécurité ont des avions légers et survolent les zones dangereuses pour faire des échanges et se ravitailler en carburant.

Ce soir, Matt Burns, le diffuseur de la radio de Whitefield, a recommandé aux groupes de personnes de moins de quarante de ne rien révéler sur leurs emplacements. Les avions récupèrent des survivants dans des lieux qui ont été attaqués à cause des informations partagées à la radio.

Tous mes espoirs de retrouver Adrian sont à présent anéantis, mais j'en suis presque soulagée. Parvenir à contacter Adrian, c'était accepter de savoir ce qu'il pense de moi, pour le meilleur ou pour le pire. Et puis chaque fois que je commence à reprendre espoir, les paroles blessantes de Peter me reviennent en tête et je me mets à rougir d'humiliation. Mais je ne peux pas cesser d'aimer Adrian juste au cas où il aurait cessé de m'aimer. C'est d'ailleurs ce qu'il a dit la nuit où j'ai rompu.

Je promène le doigt sur la bague dans ma poche. Il y a une légère empreinte sur le tissu, à son endroit. J'ai envie de la passer à mon doigt, mais je n'en ai pas le droit. Je ne la porterai que lorsque je serai sûre de mon coup. Ou bien je m'en débarrasserai une bonne fois pour toutes. Je pense alors à l'autre bague, celle que je lui ai rendue, malgré son insistance pour que je la garde au cas où je changerais d'avis.

C'était près d'un an après la mort de mes parents. On avait passé la majeure partie de l'année à distance l'un de l'autre, d'une part parce qu'il terminait ses études supérieures dans le nord-est, et d'autre part, parce que je m'étais retirée dans une petite vie maussade et incolore. Je me contentais alors d'en faire le moins possible. Je me présentais au bureau tous les jours. Je sortais boire un verre le vendredi s'il le fallait. Adrian revenait en ville au volant de sa vieille caisse le week-end, quand il n'était pas en stage, et voulait m'inciter à sortir, à faire quelque chose, n'importe quoi, mais avec lui. Et je refusais systématiquement. Nos voyages à la campagne, les visites de terres et de fermes avaient cessé. Je ne voulais jamais quitter la ville. À vrai dire, je ne voulais même pas quitter mon appartement. Je ne tirais plus le moindre plaisir à me projeter dans l'avenir. Je sais maintenant que j'avais sombré dans la dépression, mais à l'époque, il me semblait que tout le monde était sur terre juste pour me pousser à faire des choses que je ne voulais pas faire. Je ne comprenais pas pourquoi je ne pouvais tout simplement pas rester seule, tranquille. Quand j'étais seule, j'allais très bien, du moins c'était ce que je pensais. Eric m'appelait tout le temps pour me demander comment s'était passée ma semaine.

« Bien, répétais-je invariablement. Et la tienne ? »

« Cassie, fit-t-il un jour, je sais bien que ça ne va pas. Qu'en est-il de ton exposition ? Tu ne m'en as jamais reparlé. »

J'avais été contactée par un galeriste dans le nord-est, qui se montrait intéressé par mes peintures. C'était une galerie renommée, et dans une autre vie, cette offre m'aurait transportée de joie. Mais à cette époque, je n'avais pas touché un pinceau depuis un an, et je n'avais pas la moindre envie de m'y remettre. Les appels ont cessé.

« J'étais trop occupée. » ai-je menti.

« Mais non, ça j'ai du mal à le croire. Adrian me dit que tu ne lui parles presque plus, et que tu ne l'appelles pas, que c'est à lui de le faire. Tu n'as même pas l'air de vouloir le voir plus que ça. Crois-moi, je sais ce que tu traverses, et je sais que c'est dur, mais tu es en train de repousser tout le monde. Je crois que tu devrais aller en parler à quelqu'un. »

J'étais vexée qu'Adrian et lui discutent de moi comme si j'étais une sorte d'ado à problèmes.

« Je ne veux pas parler à quelqu'un, Eric. Ce que je veux, par contre, c'est que vous arrêtiez de parler de moi. Je vais très bien. Je suis juste différente en ce moment, point barre. Ça ne t'a pas effleurée ? »

Il répond par un autre soupir. « D'accord, Cass. Tu es différente. C'est juste que ta vitalité semble t'avoir quitté, et ça m'attriste. Pense à ce que je t'ai dit. Tu sais que je t'aime, pas vrai ? »

« Oui, je sais. Je t'aime aussi. Adrian vient d'arriver, je dois te laisser. »

Adrian est entré dans le salon et a posé son sac sur le tapis du salon, avec un sourire. Il a ouvert les bras et je me suis serré contre lui, mais j'avais cette sensation étouffante. Je me suis toujours sentie en sécurité et réconfortée dans ses bras, mais cette fois, j'avais juste envie d'espace. Je me suis écartée après une seconde.

« Tu n'as pas faim, toi ? ai-je demandé sans le regarder. Tu veux qu'on commande quelque chose ? »

Ses bras étaient toujours en l'air. Il les a laissés retomber et j'ai tenté d'ignorer sa mine déconfite. « Je me suis dit qu'on pourrait sortir. On peut inviter Nel à nous rejoindre ? »

Je ne voulais aller nulle part et ne parler à personne. « Euh, je pense qu'il est occupé. »

Son regard vert brillait, empli de défiance. « C'est faux. Je l'ai appelé en route. »

« Restons ici, c'est peinard. »

« Peut-être que moi, j'ai envie de sortir et de le voir. »

« Eh bien vas-y, ne te prive pas pour moi. Ça ne me dérange pas. »

« Je suis sûr que ça ne te dérange pas, murmure-t-il, si bas que j'avais presque du mal à l'entendre.

S'il voulait la bagarre, il allait l'avoir. Je fulminais toujours du fait qu'ils s'appelaient tous les deux à mon sujet.

Je me suis dressée bien droite sur le tapis, les mains sur les hanches. « Et ça veut dire quoi, ça, au juste ? »

« Simplement que tu ne veux jamais me voir, ou me parler. Tu ne veux même plus discuter de notre projet de mariage. Je sais que cette année a été horrible pour toi. Je ne dis pas que tu n'as pas le droit d'être triste et en colère, et déprimée… »

« Je ne suis pas déprimée ! ai-je hurlé. Eric m'a dit que vous passiez votre temps à discuter de ma dépression. Je vais très bien ! »

« Oui, c'est vrai, nous avons discuté. Parce qu'on t'aime fort, tous les deux, et qu'on veut que tu redeviennes celle qu'on connaît. »

Sa voix était douce, même quand la mienne s'élevait. Son visage, plein de compassion. C'était absolument intolérable.

« Eh bien, ai-je dit en écartant les bras. Peut-être que vous avez devant vous une nouvelle Cassie. Et si vous ne l'aimez pas, eh bien… » Je me suis éloignée vers la fenêtre.

Il s'est figé, les épaules ballantes, les yeux brillants. « Eh bien quoi ? Que veux-tu que je fasse ? J'ai le sentiment que tu ne veux plus de moi près de toi. »

C'était vrai. Je ne voulais plus le voir, et depuis des mois, j'essayais de comprendre pourquoi. Je savais à quel point je l'avais aimé, à quel point j'aimais être avec lui, mais tout cela semblait lointain, inaccessible. Je sentais ces souvenirs remonter en surface, parfois. Comme après un mal de dents, quand on tâte du bout de la langue pour s'assurer que la douleur a bien disparu. Je l'ai regardé fixement, sans me décider à prononcer les mots qui me trottaient sans cesse dans la tête.

« Alors ? Que veux-tu que je fasse ? » a-t-il répété. Il s'est rassis dans le canapé et m'a regardé avec impuissance. « J'ai besoin de savoir. Je veux savoir si tu as encore besoin de moi. Si tu m'aimes toujours. »

C'est là que j'aurais dû lui dire que oui, *bien sûr que je t'aime. Sois juste encore un peu patient.* Parce que quelque part au fond de moi je savais que peut-être mon amour pour lui n'était pas mort. Mais dire cela à voix haute, cela impliquait que je fasse l'effort surhumain de le retrouver, cet amour, et du même coup, de laisser le champ libre à tous ces sentiments que j'avais enfouis avec lui.

« Je… » Il attend, suspendu à mes lèvres. « Je crois que je ne t'aime plus. »

C'est comme si je lui avais asséné le coup de grâce. En fait, je lui avais bel et bien asséné le coup de grâce. Il s'attendait à tout, sauf à ces mots. Les larmes n'ont pas tardé à couler. « Pourquoi ? Est-ce que tu peux au moins m'expliquer ça ? »

« Je ne… » J'étais bien en peine de lui répondre. « C'est fini, je ne ressens plus… rien. »

Il a repris, amer. « Plus rien. »

J'ai jeté un œil au petit solitaire qui brillait à mon doigt. Il était parfait. Il avait épluché les bijouteries et antiquaires de partout pour trouver une bague qui m'irait. Je ne voulais pas qu'il claque son argent durement gagné pour une bague, mais il m'avait juré qu'il l'avait eue pour un prix dérisoire. « En plus, elle est exactement à ta taille, avait-il dit avec satisfaction. Elle est faite pour toi, comme moi. »

Je l'ai fait tourner sur mon doigt et j'ai tiré dessus jusqu'à ce qu'elle en glisse. Je me sentais horrible de causer tant de souffrance à Adrian, mais il faut l'avouer, le soulagement que j'éprouvais prévalait sur le reste. J'avais l'impression à l'époque que c'était la meilleure décision. Et finalement, j'ai compris trop tard que j'étais juste soulagée de pouvoir continuer à rester dans mon coin, à fuir la vie. Soulagée de ne pas avoir à admettre que quelque part au cours de cette année de malheur, j'avais oublié qui j'étais, et comment être moi. Je lui ai tendu la bague.

Il avait l'air sonné. « On ne peut pas discuter un peu ? Je n'arrive pas à croire ce qui se passe… »

« On peut parler », dis-je avec réticence, ne voulant pas lâcher ce nouveau sentiment de soulagement. « Mais cela fait déjà un moment que je ressens ces choses-là. Je ne vois pas vraiment ce qu'il reste à dire. »

Je ne sais pas d'où m'est venue cette cruauté ignoble. J'ai mis fin à toutes ces années par quelques phrases vides de sens, sans nous laisser d'échappatoire. À l'issue de ces dix minutes, il avait l'air défait, désespéré. Je me détestais déjà d'avoir agi de la sorte, tout en me disant que c'était ce qu'il y avait de mieux à faire. Après tout, je ne l'aimais plus. Je tenais encore la bague.

« Garde-là, dit-il, me regardant comme si j'étais déjà une étrangère à ses yeux. Elle était pour toi. Peut-être que tu voudras la remettre, un jour. »

J'ai serré la bague dans ma paume, et nous nous sommes regardés en silence, pendant quelques secondes. Son visage ordinairement ouvert, honnête, s'était fermé. Enfin il a secoué la tête, sonné d'incrédulité, et s'est relevé du canapé.

« Bon, je vais devoir y aller, j'imagine. »

Je voulais en finir. « D'accord. »

Il a ramassé son sac et est resté planté là une seconde, comme s'il s'attendait à ce que je lui dise que tout cela n'avait été qu'une méchante blague.

« Je suis désolée, ai-je répété. Vraiment désolée. »

Il a haussé les épaules comme s'il n'était plus dupe de rien, et a passé son sac sur son épaule. En avançant vers le couloir, il a fini par se retourner une dernière fois. Je ne lui avais jamais vu cette tête, j'ai voulu tout effacer, retirer ce que j'avais dit. Mais je n'ai rien fait, bien sûr.

« Je t'aime toujours, moi, a-t-il dit. Jusqu'à la fin du monde. »

Et il a refermé la porte.

Chapitre 83

La main potelée de Neil apparaît sous une marche du perron et m'attrape la cheville, puis je vois ce qu'il reste de son visage grimaçant. Je hurle, mais il ne sort de ma bouche qu'un soupir étouffé. Adrian regarde vers les arbres, il n'entend pas mon appel à l'aide. À mon réveil, je vois le visage de Beth penché sur moi, dans la pénombre.

« Cassie ! » crie-t-elle pour me ramener à la réalité.

Je l'ai effrayée. Dans mon rêve, je murmurais avec peine, mais en m'éveillant, j'ai entendu le vrai cri que j'étais en train de pousser.

« Je vais bien, dis-je, en tentant de retrouver mes esprits. Désolée, c'était juste un cauchemar, mon chou. Je ne voulais pas t'effrayer. »

Je lui serre la main et je tapote le coussin pour l'encourager à se rallonger. Quelques minutes plus tard, elle est à nouveau endormie, ses bras jetés en arrière avec abandon. Je vais au salon et je propose à James de le remplacer pour la garde de nuit. De toute façon, je ne me rendormirai pas, alors autant servir à quelque chose.

J'ai toujours le cœur qui bat fort dans ma poitrine. J'aurais dû trouver une excuse pour garder James auprès de moi, le lancer dans un débat sans queue ni tête, histoire de me calmer les nerfs. Parce que même en sachant pertinemment que Neil est mort, archi-mort, je sens toujours sa main glacée sur ma cheville. Si Laddie était toujours parmi nous, il saurait me réconforter, lui.

Les fraisiers produisent à plein régime ces jours-ci. Je décide d'écraser des fraises dans un saladier pour faire de la confiture. On s'en régale depuis plusieurs jours. Entre le jardin de John et le nôtre, on a déjà fait des douzaines de pots. Beth saute d'excitation à chaque "pop" quand les pots sortent de la machine à bocaux. Elle et Peter parient sur quels pots vont claquer en premier.

Peter propose son aide et assiste John pour tout et n'importe quoi. Tout le monde est beaucoup plus bienveillant à son égard. Ils peuvent lui pardonner, eux, car leur brouille n'est pas personnelle. En ce qui me concerne, comme je sais ce qu'il pense de moi, je ne peux pas lui pardonner pour ce qu'il a fait, ni pour ce qu'il a dit.

Ana veut à tout prix avancer dans son entraînement, et lorsqu'elle n'est pas en train de tirer ou de s'acquitter de ses corvées, elle pratique dans son coin avec la nouvelle arme de guerre de John. Nous l'avons surnommée le « couperet ». Elle a un manche de soixante-dix centimètres et se termine par une lame de couperet destinée à décapiter instantanément. Elle tranche tout ce qui bouge, y compris, espérons, le cou d'un Lexer. De l'autre côté, elle se termine par une pointe, conçue pour être enfoncée dans le cou ou dans une orbite. Quand John nous a expliqué tout ça, Penny est devenue toute pâle, mais a tenté de faire bonne figure.

J'incorpore la pectine à ma compote de fraises et place la marmite sur le gaz. Puis je mesure le sucre et lance la cuisson des flocons d'avoine. L'avantage de ces cauchemars, c'est qu'ils me donnent le temps de faire plein de choses. Quand tout le monde est enfin réveillé, on s'assied autour de la table pour déguster le porridge qui est accompagné bien sûr de confiture de fraises.

Beth me lance un regard. « Cassie, est-ce que je pourrais aller dormir dans l'un des lits de la chambre de Peter ? Parce que... »

Je sens mes joues s'empourprer. « Bien sûr ma puce. Si ça ne l'embête pas. Je suis désolée de continuer à te réveiller. »

« Pas de problème. Moi aussi je fais des cauchemars, toutes les nuits, dit-elle d'un air solennel. Tu es d'accord, Peter ? »

Il sourit. « Bien sûr, Bits. »

C'est son nouveau surnom, Bits. Quand elle s'est présentée la première fois, Peter a compris « Little Bits » au lieu de « Elizabeth », et c'est devenu son surnom. Elle semble s'être entichée de lui, et même si je ne peux toujours pas le voir en peinture, je peux comprendre cet attrait. Lui l'adore, la taquine sans cesse, et tient à donner un surnom à toutes ses taches de rousseur.

Il lève la main vers elle pour sceller leur accord. « Soirée pyjama tous les soirs ! Mais tu vas devoir demander à Nel, c'est son lit. »

Bits s'esclaffe et lui tape dans la main. Peter est peut-être la dernière personne que j'aurais imaginée initier un *high five*. Je ne sais plus sur quel pied danser avec lui.

Nelly fait un grand sourire, et va de ce pas déplacer ses affaires. « Je suis de retour, baby ! » claironne-t-il à mon attention.

Je sais que je ne pouvais pas m'attendre à ce que Bits supporte éternellement de partager ma chambre, mais j'ai l'impression d'être un monstre. Nelly pourrait vouloir commencer à dormir sur le canapé.

« Prépare-toi à la torture, je le préviens. De toute évidence, aucune personne sensée n'accepterait de partager une chambre avec moi. »

« Mais qui a dit que j'étais sain d'esprit ? » réplique-t-il, en me pinçant le bout du nez.

CHAPITRE 84

« ON FAIT UN petit tour le long du périmètre ? » me demande John.

Je me relève du massif fleuri de ma mère et s'essuie les mains sur mon jean. « Oui, pourquoi pas ? »

On marque un premier arrêt sous l'arbre aux messages. John enjambe une racine noueuse et s'agenouille devant le creux du tronc. Il ouvre la vieille boîte de fer blanc toute cabossée et me montre une feuille de papier pliée en quatre.

« J'ai écrit une lettre aux enfants et à Eric, avant l'arrivée de Neil ici, m'explique John. Je leur ai dit où on pourrait aller, si nous étions forcés de partir. Mais bien sûr, il vaudrait mieux qu'on se mette d'accord sur l'endroit où nous allons, pour qu'ils sachent où nous trouver. »

Je m'émerveille de sa prévoyance. Chaque fois que je commence à comprendre ce qui se trame, il a déjà trois longueurs d'avance sur moi.

« Je veux mettre une lettre là-dedans pour Eric. »

Cela fait plus de deux mois que je n'ai plus de nouvelle. Je ne peux m'empêcher de penser qu'il est tombé sur un obstacle auquel il n'a pas pu échapper. Eric a gravi des montagnes, parcouru le sentier des Appalaches ; il n'est pas facile à stopper. Il doit forcément être en vie.

Je me doute bien que John avait une idée derrière la tête en proposant cette promenade, et j'attends qu'il trouve les mots. « Alors, Cassie, si nous devions nous évader, tu penses qu'on devrait se rendre à Kingdom Come ou à Whitefield ? Nous sommes à égale distance de deux, et les deux se valent de mon point de vue, mais je pense que tu pourrais avoir ta préférence. »

Il me rend service en tripotant la boîte de fer blanc, sans me regarder. Je lui réponds d'une voix étranglée. « Personnellement, je pencherais plutôt pour le Vermont. »

324

Il hoche la tête une fois. « Eh bien, la question réglée. Vérifions notre clôture. »

Nous avançons dans les bois, en nous assurant que le barbelé est toujours tendu et que rien n'est pris dans le piège ou tombé au fond de la tranchée. John repère des excréments de cerfs et un nouveau nid, mais je ne pense qu'à une chose, ma dernière course-poursuite dans cette forêt. Tandis qu'on approche de l'endroit où a fini la course, ma bouche s'assèche et j'ai l'impression que je vais tomber sur le corps de Neil coincé dans le fil barbelé. Mais rien n'a changé dans ces vieux bois. Seules quelques taches de saleté apparaissant à travers les feuilles indiquant discrètement que quelque chose s'est passé ici.

John pose une main sur le fil de fer barbelé et me regarde dans les yeux. « Tu as fait ton devoir. »

Il pense que je suis en proie à un dilemme moral, mais ce n'est pas tout à fait ça. J'essaie d'expliquer. « Je sais, et d'ailleurs je n'ai aucun regret. Je le referais cent fois si c'était à refaire. Mais cela ne m'empêche pas de le voir réapparaître dans mes rêves, et d'y penser encore et encore. »

« Cassie, moi aussi, j'ai déjà tué. Des hommes méchants, qui méritaient leur punition. Et d'autres, au Vietnam… Des hommes qui ne méritaient pas ça. Chacun d'entre eux, je les porte en moi pour toujours. Ils me hantent. Tu aurais préféré ne pas avoir eu à le faire, mais tu n'as pas eu le choix, et il va falloir trouver un moyen de vivre avec. »

« Sauf que je voulais le tuer, John. Ce n'est pas comme si c'était une nécessité absolue, je voulais vraiment le tuer. J'y ai trouvé du plaisir. Juste un peu. »

Je regarde un instant l'endroit où ça s'est passé, puis je lève les yeux vers lui, m'attendant à lire de l'effroi dans son regard, mais je n'y trouve que de l'empathie.

« Je ne crois pas que c'était le plaisir de tuer. C'était de la joie de voir un type aussi pourri cesser d'être une menace. Tout le monde n'en aurait pas été capable. Tu sais ce que ton père disait à ton sujet ? »

Mon cœur bondit, je secoue la tête. Parfois, le plus dur à supporter, c'est de savoir que les souvenirs sont tout ce qu'il me reste.

« Ton père m'a dit un jour que s'il avait besoin de renfort pour une bagarre dans une ruelle sombre, il choisirait Eric. Puis il a ajouté que pour appuyer sur la gâchette, ce serait toi qu'il choisirait. Il savait que tu ferais ce qui doit être fait. Il était comme toi. Pourquoi penses-tu que je t'ai demandé de venir avec moi dans la grange, ce jour-là ? »

Je me tais un instant. Je n'ai jamais douté du fait que mon père était capable de tout pour nous protéger, mais j'ignorais que j'avais hérité de ce trait de caractère. Soudain, l'impression d'être une tueuse de sang froid me quitte. Je suis juste quelqu'un qui protège ce à quoi elle tient. Je me sens beaucoup mieux.

CHAPITRE 85

JOHN, PETER ET Ana reviennent avec un véhicule tout neuf, après avoir passé la journée en ville à siphonner de l'essence et à récolter des fournitures. John saute de la camionnette noire et tape sur le capot.

« Notre nouveau bolide, fait-il avec contentement. On devrait tous tenir dedans. Avec un bon stock de provisions. Comme ça, on sera prêts à partir à tout moment. »

« Génial », s'écrie Nelly. Il se dirige vers le véhicule avec un léger vestige de boitement. « Il me rappelle le van qu'on avait en quittant la ville. »

« Peter a repéré un concessionnaire d'occasions et a eu l'idée de trouver quelque chose de plus volumineux. Celui-là est parfait, et le réservoir est rempli », explique John.

Il donne une tape dans le dos de Peter. Ana lui adresse un sourire, qu'il lui retourne. Cette façon dont ils se regardent me laisse supposer qu'il y a plus que de l'amitié entre eux. Complices, ils le sont : ils tiennent toujours à faire leurs corvées ensemble, et vont se promener en tête à tête. Ils passent leur temps à glousser. Et ils ne jouent même plus à Zombie Zagat.

Un drôle de truc qui ressemble à de la jalousie s'éveille en moi, et j'essaie de me convaincre qu'il n'en est rien. Ils ont l'air heureux. Je m'efforce de ravaler mon sentiment et je plaque un sourire hypocrite sur mon visage. Je reste là aussi longtemps que ça me paraît supportable puis je m'en retourne à la maison.

Ce serait génial de mettre un peu d'ordre dans mes émotions, mais il y a comme un trop plein en moi, ça déborde. La jalousie, la colère, le désespoir, la peur… et le reste, j'ai toutes les émotions imaginables. Je ne suis pas plus avancée dans mon introspection quand les autres reviennent, hilares. Je les entends raconter que la ville est toujours dépeuplée. Je ne m'entends plus penser, en attendant, avec toute cette agitation, et j'ai une folle envie de leur crier de se taire.

« John ? » Je me dirige vers la baie vitrée où il prend des mesures. « Je peux aller chez toi un petit moment ? »

Il se tourne vers moi, l'air soucieux. « Bien sûr, tu peux allumer le talkie walkie pour qu'on puisse te contacter au besoin. Ca va ? »

J'évite son regard. « Oui, ça va. J'ai juste besoin d'être tranquille, pour réfléchir. »

Arrivée chez lui, je me pose à la table de la cuisine et je regarde par la fenêtre. Depuis ce jour où nous nous sommes disputés, Peter et moi, les choses semblent avoir empiré. Il n'y a plus de menace imminente provenant de personnes vivantes ou infectées, et pourtant je ne ressens aucun soulagement. Tout ce que je ressens, c'est une sorte de grisaille envahissante, qui me colle aux pattes depuis le décès de mes parents. Elle sous-tend toutes les choses de la vie, et tente de ressurgir.

Et moi, je refuse de la laisser faire surface. Quand Peter m'a dit qu'Adrian ne m'aimait plus, je l'ai cru, et je ne sais pas pourquoi. Qu'est-ce qu'il en sait, au fond ? Du coup, ma haine pour Peter ne fait que croître. Il fait toujours ce qu'il veut, et il s'en sort avec des tapes dans le dos. Je me retrouve à recoller les pots cassés par lui, et tout ce que j'y gagne, à la fin, c'est ce sentiment d'isolement et de tristesse.

Je reste à méditer là jusqu'à ce que les autres se ramènent tous à l'heure de l'émission de radio. Peter, Ana et Bits sont restés chez nous, à jouer à des jeux de société. Je me demande si c'est lié au fait que je me trouve ici. Au moins, pour une fois, Peter fait ce que je lui demande et garde ses distances.

Matt Burns entame son rapport quotidien, comme d'habitude. Il nomme toutes les zones de sécurités connues, dont de nouvelles en Pennsylvanie et dans le nord-ouest de l'État de New York. Puis il parle des produits qui sont cultivés à Whitefield, du travail que cela représente d'acheminer l'eau d'arrosage et de désherber sans arrêt les parcelles.

« Nous sommes devenus des soldats-fermiers, plaisante-t-il. Heureusement qu'on a la ferme de Kingdom Come pour nous épauler avec toute cette logistique. Et nous avons ce soir l'un des directeurs ou… je ne sais pas, en fait, quel titre dois-je vous donner ? »

J'entends un rire familier et mon cœur s'arrête de battre. L'univers doit conspirer contre moi aujourd'hui, je crois que j'ai tant imaginé entendre sa voix que je l'entends vraiment à présent. Mais c'est bien sa voix, pourtant, calme et mesurée, et une octave plus grave qu'on ne se le figure à priori.

« Je n'ai pas de titre, appelez-moi juste Adrian. » dit-il.

J'agrippe le bord de la table, et tout le monde se tourne vers moi. Je fixe la radio, immobile. Il est donc vivant. J'en ai enfin la confirmation.

« Ok, Adrian. Adrian Miller est notre invité ce soir. Il nous parle de la ferme de Kingdom Come dans le Vermont. C'est votre ferme, n'est-ce pas, Adrian ? »

« Eh bien oui, enfin, la mienne et celle de mon associé, Ben Sullivan. Nous avons lancé la ferme il y a un an et demi. Nous nous sommes rencontrés à la faculté, quand nous avons décroché une bourse pour mettre en place une ferme expérimentale. Nous avons trouvé une ancienne ferme et l'avons achetée. On a commencé à travailler le premier hiver, et avons fait nos premières récoltes l'été dernier. »

Je me souviens de Ben. Je l'ai rencontré une fois, avant la mort de mes parents.

« Racontez-nous vos débuts. »

Adrian s'éclaircit la gorge. Il déteste être le centre d'attention, ça le rend nerveux.

« Eh bien, notre projet, c'était de créer un écosystème aussi durable et autosuffisant que possible. Où toute la nourriture produite alimente directement le bétail et les hommes, où les déjections animales nourrissent le sol, lequel redistribuent ces nutriments aux plantes. Un cercle vertueux dans lequel nous produisons même le carburant d'origine végétale permettant le fonctionnement des équipements modifiés pour ce fonctionnement. »

« Vous parlez de ce projet au passé. »

« Euh, en fait nous y travaillons toujours, mais pour le moment, la priorité est de pouvoir nous défendre et subvenir à nos besoins premiers. Nous avons accueilli près de deux-cent personnes jusqu'à présent, mais nous comptons être en capacité d'en accueillir davantage. Ce qui est intéressant, ici, c'est que nos terres sont isolées et entourées de montagnes. Nous avons des voisins, et ils nous aident à rendre cette zone encore plus sécurisée. »

« Comment ? »

« Nous envoyons des patrouilles éliminer les menaces identifiées, qu'elles soient vivantes ou mortes. Nous prenons les choses très au sérieux, voyez-vous. »

J'imagine très bien son visage en ce moment. Sa mâchoire est serrée, ses yeux brillent intensément. Je savais déjà qu'il était comme mon père, mais je ne voyais pas que nous ressemblions tant, lui et moi.

« Bandits de grand chemin, garde à vous ! plaisante Matt. Donc, les personnes qui parviennent à trouver refuge chez vous, que peuvent-elles espérer trouver ? »

« De la nourriture, déjà. Un endroit sûr pour vivre, une communauté solidaire, et beaucoup de travail à fournir. Et quand je vous dis ça, ce n'est pas une figure de rhétorique. »

Adrian éclate de rire et sa voix s'adoucit. « Nous accueillons toute personne qui souhaite se joindre à nous. Quand on survole les zones les plus peuplées pour voir ce qu'elles sont devenues, c'est avec une profonde tristesse que l'on constate que les réfugiés sont moins nombreux qu'on ne l'espérait. Aussi, j'espère que les personnes qui entendent votre émission vont pouvoir nous rejoindre. »

« Je ne veux pas vous retenir, car je sais que vous êtes très attendu chez vous, Adrian, dit Matt. J'ai une dernière question. Est-ce que vos proches ont réussi à vous retrouver ? »

« Ma mère était en visite chez ma sœur, dans l'ouest. Elles ont rejoint une zone de sécurité dans l'Idaho. Moi, j'ai eu de la chance. »

Je me sens soulagée. J'espérais qu'elles seraient avec lui, mais c'est toujours mieux que rien.

« Vous avez de la chance, c'est vrai. Et le reste de votre entourage ? »

J'attends une hésitation, le signe qu'il songe à moi. Mais il répond trop vite pour laisser ne serait-ce que l'ombre d'une pause se glisser là.

« Non, je n'attends personne d'autre. Tout le monde est parti au bon moment. »

« Eh bien, je vous remercie d'avoir répondu à mes questions Adrian. J'ai dû beaucoup insister pour qu'il accepte mon invitation. Mais Kingdom Come Farm espère que les auditeurs entendront son message et viendront, s'ils le peuvent, rejoindre cette communauté. »

Adrian murmure un remerciement, et Matt reprend ses énumérations. J'ignore tout le monde, je quitte ma chaise et je pars marcher dans les bois.

La maison est plongée dans l'obscurité quand je reviens. J'ai fait une entorse au règlement en restant dehors après le coucher du soleil, toute seule, mais je m'en fiche. John est de garde cette nuit, mais il se contente d'un salut du menton, et retourne à sa lecture. Je me mets en pyjama et je me couche à côté de Nelly. Je n'ai même plus l'énergie de me brosser les dents. Je m'étale de tout mon long en écoutant la respiration de Nelly.

« Cela ne veut pas dire grand-chose », dit-il.

« Peut-être que rien ne veut dire grand-chose », je réplique.

Il se tait, mais finit par prendre ma main dans la sienne, calleuse, et nous sombrons dans le sommeil. Cette fois au moins je n'ai pas à retrouver Adrian dans mon cauchemar, puisque je suis seule avec Neil sur les marches du perron.

Chapitre 86

Le lendemain, je commence ma journée par un transfert de ma bague adorée vers la poche d'un jean propre. Puis quand je comprends ce que je suis en train de faire, je change d'attitude et je place la bague dans le tiroir supérieur de ma table de nuit. J'ai fait mon lit et je devrais arrêter de me lamenter en me retournant dans tous les sens toute la nuit. Je vais à la cuisine et je me lance dans la confection de crêpes. Penny arrive avec le lait de Flora quand je suis en train de faire sauter mes premières crêpes.

Elle se tient près de moi et pose la tête sur mon épaule. « Salut, ma belle. » Je sais qu'elle veut aborder le sujet d'Adrian, mais elle ne sait pas comment. « Je t'aime. »

« Je t'aime aussi, dis-je. D'ailleurs, comment vont *tes* amours ? »

« Ils vont bien. » Son visage se ferme.

« Oh, à d'autres. Tu rayonnes et tu ne me dis rien. Je n'ai pas été une super copine ces derniers temps, et je m'en excuse. Je ne voulais pas que tu penses que ça ne m'intéresse pas. »

Elle sourit et soulève un sourcil. « Moi, je rayonne ? »

J'acquiesce. « Parfaitement. Maintenant, assieds-toi, mange une crêpe, et raconte-moi tout en détail. »

Dans le jardin, je souris en repensant aux joues empourprées de Penny quand elle m'a avoué ses sentiments pour James. J'arrache des quantités de mauvaises herbes, et je suis heureuse pour elle. Je me sens un peu mieux, comme si cela me prouvait que je n'étais pas une si mauvaise personne. Bits s'agenouille près de moi et se met à suivre mon exemple, arrachant ce qu'elle croit être des mauvaises herbes.

« Salut bits », dis-je. Ses taches de rousseur semblent s'être multipliées, et son teint auparavant blanc est plus coloré. « Tu dors mieux, maintenant ? »

« J'ai le même rêve, mais Peter m'a tenu la main jusqu'à ce que je m'endorme. »

Je ris intérieurement parce que Nelly a fait pareil pour moi. J'ai régressé à ce point.

« Tu veux discuter de ton rêve ? Parfois, quand on en parle à quelqu'un, ça s'arrête. Ou bien ça devient moins effrayant. »

Les larmes lui montent aux yeux. Puis elle acquiesce et se met à murmurer si bas que je suis obligée d'abaisser mon oreille près de sa bouche.

« Tu te souviens de ce jeu que je vous ai raconté… où ils attachaient les gens ? » Je hoche la tête et je prends sa main. « Eh bien, cette fois-là où ils m'ont obligée à regarder, c'était après notre tentative d'évasion, ma mère et moi. Et c'est ma mère qu'ils ont attaché au milieu, cette fois. C'est à ça que je rêve tout le temps. »

Je me fige, glacée d'horreur. Les salopards. Pendant une fraction de seconde, je voudrais que Neil soit devant moi, pour que je puisse le buter de nouveau. Cette fois, je ferais durer le plaisir, peu importe les rêves qui s'ensuivent. Elle est secouée de sanglots, et je la prends dans mes bras. Après un long moment, elle se calme enfin. Je prends doucement son visage entre mes mains et je la regarde dans le blanc des yeux.

« Nous ferons tout pour te protéger, tu m'entends ? » lui dis-je. Elle hoche la tête lentement, presque effrayée par mon intensité. « Tu sais qu'on t'aime très fort ? » On ne la connaît que depuis deux semaines, certes, mais c'est un fait. Elle hausse les épaules et regarde au loin.

« Nous t'aimons, je répète, tournant son menton vers moi. Et je suis si heureuse de t'avoir trouvée. »

« Tu vas peut-être faire encore plus de cauchemars maintenant », suggère-t-elle.

« Ma puce, le monde entier me donne des cauchemars. Mes cauchemars seraient pires si tu étais toujours prisonnière de ces types. »

Les coins de sa bouche se relèvent, et elle glisse sa petite main dans la mienne. « Je voudrais te montrer quelque chose, dis-je. As-tu déjà lu *La Petite Maison dans la prairie* ? »

Elle secoue la tête. « Je les ai… les avais. Mais je ne les ai jamais lus. Ma mère voulait me les lire. »

J'étudie son visage. Elle a l'air plus curieuse que triste. « J'ai toujours ma collection ici. Allons la chercher. »

Je doute que parler d'un souvenir aussi traumatique puisse faire cesser ses cauchemars, mais son cœur semble déjà plus léger après cet échange. Et le mien aussi.

« Il nous faut des cibles en mouvement », décrète Ana.

Je regarde dans la direction de Peter. Il est occupé à couper du bois, et je juge plus prudent de me taire. Je me contente d'un hochement d'approbation. Toutes ces activités à l'air frais lui ont donné un joli teint caramel. La sueur fait resplendir sa peau, quand chez d'autres, comme moi, elle coule à flots, en taches disgracieuses. Elle a la ferme ambition de maîtriser toutes les armes possibles et imaginables, et tout ce que je peux faire, c'est suivre le mouvement.

« Ah non, merci. » répond Penny, qui fait une pause, assise sur l'herbe. Elle se donne du mal, mais elle s'écoute un peu trop. Pour ne rien arranger, ses lunettes lui glissent au bout du nez quand elle transpire. Ma douce, tendre Penny n'est pas faite pour ce monde, et ça m'inquiète toujours un peu.

« Au moins j'arrive à tirer à peu près droit. » ajoute-t-elle.

Hier soir, elle a plutôt bien tiré, et ça me rassure d'y repenser. Je lève le couperet en l'air et le lance devant moi de toutes mes forces. Ma cuisse me tire après une bonne centaine de lancers.

« Ouais, dis-je à Ana, allons-y mollo… Moi, ça me convient de m'entraîner sur l'air et le bois. »

« Vous savez bien ce que je veux dire », réplique Ana, comme si elle n'y tenait pas plus que ça.

« Oui, on comprend », réplique-t-on de concert, Penny et moi, avant d'éclater de rire.

Peter vient vers nous. Son t-shirt lui colle à la peau, et même Penny lève les sourcils en voyant les muscles saillants en dessous, puis me fait une grimace quand je roule des yeux.

« Salut, dit-il à Ana. Je peux te montrer un truc que m'a appris John, si tu veux. »

« Bien sûr », répond Ana.

Il se place derrière elle et pose les mains sur les siennes autour du manche. « Tiens-le comme ça. » Il oriente ses bras vers le haut. « Tu vas sûrement avoir besoin de te relever un peu vers le haut pour que ton cou soit dans l'axe. »

Elle se recule contre lui, et il la tient dans ses bras un peu plus longtemps que nécessaire. Peter jette un regard vers moi et la tapote sur l'épaule en se reculant.

« Et voilà. » Il se tourne vers moi. « Est-ce que tu veux que je te montre ? »

« J'ai des yeux pour voir, je réplique. Ça ira, merci. »

On échange un regard tendu. Je garde mon air froid et dur, jusqu'à ce qu'il hausse les épaules et retourne sans rien dire à la cabane à bois.

Ana secoue la tête, navrée. « Vous ne pourriez pas essayer de vous entendre, tous les deux ? »

Je hausse les épaules. « On s'entraîne ? »

Chapitre 88

Nous fêtons le quatre juillet par un barbecue. John nous dit qu'il va retourner chasser à l'automne, et qu'on a tout intérêt à consommer les derniers steaks. Penny trouve de vieilles cierges magiques dans un tiroir à bric à brac, et Bits court de partout avec, dans un tourbillon d'étincelles.

« C'est quand déjà, ton anniversaire, Bits ? » demande John, quand on est assis sur la terrasse à dîner.

« Le vingt-huit novembre », répondent Bits et Peter en même temps.

Elle glousse. Je dois admettre que Peter est super avec elle. Il y a quelques nuits, elle a fait un cauchemar, mais le temps que je descende l'escalier pour la voir, Peter se trouvait déjà près d'elle, à la rassurer. Quand je suis revenue plus tard, je me suis rendue compte qu'il s'était endormi la tête sur son lit, sa main était toujours dans la sienne.

Quelque chose s'est adouci en moi après ça. Jusqu'au lendemain, quand il a décrété que la sauce tomate de ma mère ne contenait pas assez de basilic, avec ce ton agaçant dont il a le secret. Je lui ai tendu la cuillère et lui ai dit de faire sa sauce. Il a terminé le dîner à ma place et bien sûr, tout le monde a trouvé ça délicieux.

« Hé, on pourrait aller en ville demain, propose Nelly. Ma jambe est guérie et j'ai besoin de me dégourdir. Et puis, j'ai besoin de trucs intimes. »

« Moi aussi. Il me faut des produits d'hygiène et ce genre de choses. » Je fais un clin d'œil à Penny, qui me répond par une grimace pour me faire taire, et je lui fais un clin d'œil.

« C'est bon pour moi, dit John. Je peux aussi rester ici si vous n'avez pas besoin de moi. »

Ana mastique son bifteck et hoche la tête avec entrain. « Je viens aussi ! On va peut-être tomber sur un Lexer. »

Tout le monde grogne, et Nelly lui adresse un sourire en coin. « On ne peut que l'espérer. »

« J'aimerais venir », dit Peter.

Je ne peux pas rester toute une journée coincée dans la voiture avec lui. Je me ravise. « Je te donnerai une liste, Nelly. »

Peter me regarde et ses mains se crispent sur sa chaise. J'attends qu'il fasse une remarque blessante, mais ses mains se détendent et il soupire. « Vous savez quoi ? J'ai des trucs à faire ici. Peut-être que James ou John pourraient venir avec vous trois. »

Je me lève avec un sourire et je vais faire ma liste.

Chapitre 89

Tout est encore fantomatique en ville. On va à Wal-Mart, pour la même raison que les gens s'y rendaient avant tout ça : on y trouve tout.

Le supermarché est toujours dans le même état, malgré l'odeur qui a empiré. Avec Nelly, je me dirige vers l'arrière pour y trouver des munitions, tandis que John et Ana partent de l'autre côté. On ramasse ce qu'il reste et je dégote un sac à dos pour Bits, qui pourra aussi avoir son sac d'évasion. La puanteur du rayon soins de beauté est intolérable, mais cette fois je suis prête à l'affronter : j'ai un bandana imbibé de parfum. Nelly est pris de nausée et je lui tends l'autre bandana que j'ai amené.

« Il nous faut juste un truc ou deux de plus », dis-je.

J'attrape du shampoing, du savon que je fourre dans le sac de Nelly. Il faut dire qu'on en consomme de sacrées quantités, malgré le rationnement de douches. Je prends aussi toutes les boîtes de préservatifs que je trouve. Nelly lève un sourcil.

« Je me suis dit qu'on pouvait peut-être passer au stade suivant, toi et moi. » dis-je. Son bandana se gonfle sous son fou rire. « Je blague, c'est pour Penny. »

« Il y en a au moins qui prennent du bon temps. »

« Sérieusement ? » dit Ana en nous voyant revenir les mains pleines. Elle a l'air déçue que nous repartions sans la moindre altercation. Alors qu'on charge tout notre butin dans le coffre, le vrombissement d'une moto retentit au loin. John met le contact et nous saisissons nos armes. On n'a pas le temps de partir.

La moto arrive sur le parking, suivie d'un camping-car. Le conducteur de la moto fait signe au camping-car de le suivre et de se garer à proximité. C'est un grand type vêtu de cuir noir, avec une longue chevelure grise, qui a l'air relativement bienveillant.

« Bonjour, crie-t-il. Je m'appelle Zeke. Je peux m'approcher ? »
Il ouvre sa veste pour nous montrer son flingue. « J'ai un pistolet
dans son étui. Je ne peux pas le retirer, par contre. »

John acquiesce, il replace son revolver dans son étui et nous
fait signe de garder les nôtres à la main. Zeke descend de sa moto
et avance d'un pas pesant. Il semble avoir la cinquantaine.

« Vous êtes les premières personnes en vie que je rencontre
depuis des jours, dit-il avec un sourire. Ça fait plutôt plaisir à voir. »

Nous nous présentons. Zeke nous explique qu'il vient du
Kentucky. « Nous allons à Whitefield, dans le New Hampshire.
Vous savez qu'il y a une zone de sécurité, là-bas, On s'est dit qu'on
avait tout intérêt à les rejoindre. »

« Vous avez fait un sacré chemin depuis le Kentucky. » dit John.

« Ça c'est sûr. Nous avons dû rester à l'écart des grandes villes.
Le New Jersey a été un vrai cauchemar. »

« Donc rien n'a vraiment changé », dis-je avec un sourire, avant
de m'arrêter.

Zeke me fixe, et un instant, j'ai peur de l'avoir offensé avec
ma mauvaise plaisanterie. Mais il part d'un grand éclat de rire,
dévoilant de belles dents blanches, et rit jusqu'à ce que ses joues
virent au rouge et se couvrent de larmes.

« Oh, bon sang, j'avais bien besoin de rire », dit Zeke en
s'essuyant les yeux avec son bandana.

John veut inviter les compagnons de Zeke à sortir se dégourdir
les jambes. Ils sautent de la voiture comme une ribambelle de
clowns maladroits. Il y a une famille avec deux enfants, trois sœurs,
deux couples mariés et autant de célibataires. Nous échangeons
brièvement sur nos aventures.

« On a failli ne jamais arriver jusqu'ici, nous explique la mère
de famille. On a presque perdu mon mari, heureusement, Zeke est
venu à notre secours. »

Zeke apparaît dans l'histoire de chacun, et mon admiration
grandit. Ce type a récupéré tous ces gens et les a mis en sécurité.
C'est un peu l'anti-Neil. Nous leur parlons de Neil et du magasin,
les mettant en garde malgré l'abondance qu'on y trouve.

« Merci. Nous avons aussi rencontré des tueurs, des salopards finis. Alors, vous projetez d'aller dans la zone de sécurité ? » nous demande Zeke.

« On est pas mal ici, répond John. Mais nous pensons quitter les lieux si nécessaire. »

Zeke se caresse le front et acquiesce. « Pour le moment, on a été en veine. Il n'y a pas de Cannibales par ici. Mais on a remarqué qu'ils forment d'énormes groupes. On appelle ça des "bancs". Comme pour les poissons. Ils se fichent les uns des autres mais ils restent en groupe, toujours en mouvement. Ils cherchent peut-être des gens comme nous, maintenant que les villes sont plus ou moins vides. »

Ana a une mine désespérée. « Vous savez quelle est la situation à New York ? Et plus précisément à Brooklyn ? »

Zeke secoue la tête. « Non, désolé. Je sais juste qu'il y a un groupe qui émet depuis la ville. Restez bien sur vos gardes, faites attention aux bancs. On s'est dit qu'on serait plus en sécurité dans un grand groupe au nord, surtout quand il va commencer à faire froid. »

« Qu'est-ce que vous faisiez, Zeke, avant tout ça ? Je lui demande. Vous étiez militaire ou un truc de ce genre ? »

« Oh non. D'ailleurs je ne m'appelle même pas Zeke. Ils m'ont donné ce surnom comme une blague, en référence à "Zombie Killer", "Z.K." comprenez ? Moi c'est Martin George, orthodontiste, à votre service. »

« Ah, vous êtes dentiste ? »

Il éclate d'un autre gros rire. « Oui. Si vous avez des maux de dents, vous savez vers qui vous tourner. »

Nous leur souhaitons bon voyage et les regardons s'éloigner en direction du Wal-Mart avant de reprendre notre route. Je me demande si on aurait dû leur proposer de venir chez nous, mais où les aurait-on casés tous ? John doit se dire la même chose.

« J'aimerais qu'on soit plus nombreux, chez nous, dit-il. On devrait avoir une discussion sérieuse sur l'idée de rejoindre une zone de sécurité avant la venue de l'hiver. Mais le voyage est risqué, je ne veux exposer personne à ces dangers, à moins qu'on soit forcés d'y aller. »

« J'aime bien notre base », dit Ana. « J'aimerais aussi essayer toutes ces armes, mais je n'ai pas encore complètement perdu la boule. »

CHAPITRE 90

« JE PEUX TE parler, une minute ? » demande Peter.

Je relève la tête si vite que je la cogne contre le flanc de Flora et qu'elle pousse un *Baaah* de protestation. J'arrête de la traire et je me retourne. Peter est adossé au mur, les mains dans les poches.

Mes propres mains tremblent et je les serre l'une contre l'autre. « D'accord. »

« On pourrait essayer d'être amis ? »

Je me souviens lui avoir demandé exactement la même chose il n'y a pas si longtemps. « Je pensais que tu ne voulais pas qu'on soit amis. »

Son visage est impassible, mais son regard déborde d'émotions que je suis bien en peine de décoder. « Eh bien, j'ai changé d'avis. Il faut qu'on cohabite, toi et moi. Je fais de mon mieux, Cassie. »

Il a l'air agacé du fait que je reste insensible à ses efforts.

« Il n'y a que toi pour "faire de ton mieux" pour rester sympa, Peter. Tu as passé ton temps, ces dernières semaines, à te rendre utile, actif, mais ça n'efface pas la manière dont tu m'as traitée jusqu'à présent, et toutes ces méchancetés que tu m'as dites. »

« Est-ce que je peux au moins m'excuser, alors ? Tu sais, je crois qu'Adrian… »

Je n'arrive pas à croire qu'il remet ça sur le tapis. Je me relève si vite que cette fois je fais basculer le tabouret de traite. « Ne dis pas un mot de plus, Peter. Je sais déjà ce que tu penses. Tu me l'a très clairement expliqué la dernière fois, et plus de toute façon, ça ne te concerne pas le moins du monde. » Je sais que je suis rouge écrevisse, et que c'est ça ou hurler. Je plisse les yeux, j'ai des larmes noires qui montent. Mais je ne vais pas pleurer devant lui. Il se balance contre le mur, mal à l'aise. « Et puis ne me propose pas de faire tes excuses, ne me demande pas la permission de le faire. Si tu regrettes vraiment, tu t'excuses, et puis c'est tout. »

Il est tout rouge maintenant, lui aussi. Je ne sais pas si c'est de l'embarras ou de la colère, je n'en sais rien et je m'en fiche.

« Je peux recommencer du début ? »

« Tu fais ce qui te chante, Peter. Sans que jamais cela te retombe dessus. Je suis sûre que c'est un fait établi. » C'est peut-être injuste, mais je le lui dis sans détours. Pendant une seconde, il a l'air décontenancé, puis il se recompose un air normal. J'attrape le seau de lait et je retourne à grands pas à la maison.

Chapitre 91

Nelly m'apporte un nouveau plateau de pois secs. Je les verse dans un bocal puis j'utilise la pompe pour extraire l'air qui reste à l'intérieur. James coupe des haricots en rondelles et Penny les bourre dans des bocaux à mettre dans l'autoclave. Dès qu'on a réussi à vider un saladier, Bits nous en apporte un nouveau.

« Peter dit qu'il y en a encore des tonnes vers le haut, où il peut récolter. » dit-elle.

« Euh attention, Bits, tu ferais mieux de ne pas trop en manger. »

Elle a l'air coupable et sa mâchoire ralentit la cadence. « Pourquoi ? »

J'essaie de ne pas sourire. « Trop de haricots verts, ça peut te faire virer au vert. Tu ne savais pas ? »

Elle réfléchit une seconde et me scrute attentivement. « Cassie, je sais que tu blagues ! »

Nous échangeons un sourire et je lui dis : « Ma mère m'a presque eue avec cette blague quand j'étais petite. Je crois que tu as compris plus vite que moi, en tout cas. »

Elle prend une autre botte de haricots et mord sur les bouts pour les retirer, comme si elle voulait tester tout de suite leur pouvoir magique, puis elle disparaît derrière la porte avec un signe d'au revoir. En ce moment, elle et moi lisons *La Petite Maison dans la prairie*, et elle veut toujours tout faire comme Laura. Elle nous supplie de trouver un cochon pour qu'on puisse le tuer à l'automne et fumer la viande. John lui a dit qu'il verrait ce qu'il peut faire.

« J'en ai vraiment marre de ces bocaux », se plaint Penny. Elle soulève ses cheveux et s'évente le cou. « Comment faisaient tes parents pour passer leur été à faire ça ? »

« Suffit d'imaginer toutes ces conserves alignées sur l'étagère en hiver pour te refroidir », dis-je. Elle a l'air sceptique. « D'accord, tu transpires comme un bœuf, mais ça vaut le coup, au final. »

« Et puis, on a vraiment pas le choix, dit James. On va avoir besoin de nourriture. » Il coupe les derniers tas de haricots et sifflote.

« Ça ne t'arrive jamais de te mettre en colère, James ? » je lui demande. J'aimerais prendre une pincée de sa bonne composition et me la saupoudrer dessus.

Il a l'air confus : « Bien sûr que si. » Du coin de l'œil, il voit Penny secouer la tête et il pose les mains sur sa taille. « Je ne suis jamais en colère contre trop, tu es trop parfaite. »

Penny rougit. Je fais une grimace, même si au fond je trouve ça plutôt mignon. « Ah là là, vous êtes trop choux, mes tourtereaux, dis-je. Sérieusement, James. Même quand tu es énervé, tu as l'air si calme. »

Il hausse les épaules. « C'est juste que je ne me mets pas dans tous mes états pour un rien. Ce n'est pas mon genre. La vie est trop courte, surtout ces derniers temps. »

Je sais qu'il a raison. Je me répète la même chose tout le temps, en espérant que ça finira un jour par me rentrer dans la caboche.

CHAPITRE 92

JOHN A TROUVÉ un cochon amaigri et négligé pour Bits. Elle l'a surnommé Bert, et elle essaie de débarrasser nos assiettes avant qu'on les ait terminées pour donner les restes à sa pauvre bête. Je ne sais pas comment ça va se passer, en automne, quand il faudra le tuer. J'ai plutôt l'impression qu'on a un nouvel animal de compagnie.

Bits est si bien disposée qu'elle est impossible à gâter. Quand je vois une photo de Bits et de sa mère, j'essaie de ne pas l'imaginer attachée, hurlant. Ou droite, essayant de ne pas crier, ne souhaitant que quelques secondes de plus avant que les infectés ne l'entourent. Je me demande si tout cela a été d'autant plus terrible à vivre qu'elle a été contrainte de laisser Bits sans protection, à la merci de ce monde. J'espère qu'elle nous voit de tout là-haut, que son cœur est en paix. J'espère qu'elle m'entend quand je lui promets qu'on va faire de notre mieux.

Bits croit toujours aux fées. Je trouvais ça un peu étrange, au début, mais après tout, depuis qu'on vit dans un monde de zombies, ça ne paraît plus si tiré par les cheveux. Nous avons créé un jardin de fées et nous restons dans l'herbe, à attendre leur apparition. Nous n'en avons pas encore attrapée une, mais j'ai vu Peter saupoudrer des paillettes sur les plantes pour que Bits les voie là le lendemain matin.

Peter s'efforce de se montrer courtois à mon égard, même si je fais comme s'il n'existait pas, au mieux. Au pire, je suis cassante, impatiente. Aussitôt qu'une pensée méchante me vient en tête, il faut que je l'exprime. Je n'en suis pas fière, mais je n'arrive pas à m'en empêcher.

Je suis perchée sur l'échelle de la grange, en train de clouer des planches mal fixées au plancher. Ces derniers temps, elle prend de l'allure, cette grange, avec ses balles de paille et des piles de foin bien stockées pour l'hiver. Bert ronfle dans son enclos, Flora et Fauna sautillent et les poules paillent gentiment. Ça sent la ferme, dans le bon sens.

Je me tourne vers Nelly pour lui dire un truc, qui est en train de nettoyer le coin des chèvres, et l'échelle part en arrière. « Merde ! » je hurle.

Je m'agrippe vite au mur pour me stabiliser, et Peter apparaît. Il attrape la base de l'échelle et regarde vers moi. « Le sol n'est pas très régulier ici. Je te la tiens, pendant que tu finis. »

Je ne veux pas de son aide. Je ne veux pas lui devoir quoi que ce soit, même pas un merci. Je tape d'un grand coup sur un clou et je secoue la tête. « Non, je me débrouille. »

« Je ne veux pas que tu tombes », dit-il.

Je ne comprends pas pourquoi il ne me laisse pas en paix. « Peter ! Je. Ne. Veux. Pas. De. Ton. Aide ! Laisse-moi tranquille. »

Les épaules de Peter se dressent. Il lâche l'échelle et quitte la grange sans un mot, en claquant la porte. J'enfonce un autre clou avec un grand coup de marteau, et j'essaie de ne pas me sentir coupable. L'échelle est à nouveau stable, et je regarde en dessous, vers le visage impassible de Nelly. Je connais bien cette expression.

« Quoi ? » je demande.

« Tu te souviens quand tu me disais que Peter, sous ses dehors agaçants, était un gars sympa ? » J'acquiesce et je regarde ailleurs. « Eh bien, tu avais raison. Tu te rends compte, j'admets que tu avais raison. Profites-en ! »

Je hoche à nouveau la tête, mais j'ai si honte que je ne peux pas croiser son regard.

« Tu n'as jamais été rancunière, alors pourquoi maintenant ? Il faut que tu lui pardonnes ce qu'il t'a fait et ce qu'il t'a dit. Toi aussi, tu lui en as dit des vertes et des pas mûres, à ce stade. Et puis arrête de le tenir responsable de tous les malheurs du monde. Tu n'es pas dans la tête d'Adrian. Et moi non plus. Ni Peter, d'ailleurs. Et on n'a aucun moyen de le savoir. Alors arrête de faire comme si tu le savais, et arrête de te passer tes nerfs sur les autres. On a tous nos problèmes. Tu devrais déjà t'estimer heureuse du fait qu'Adrian est en vie. »

Je pense à Eric, et à tout ce que je donnerais pour le savoir sain et sauf. Et aux familles des uns et des autres, et de l'inquiétude de tout le monde. L'autre jour, j'ai dit que savoir Adrian en vie me suffisait, et j'étais sincère. Je me suis fourvoyée.

« Tu deviens méchante, Cassie, et je sais que ce n'est pas ton genre. Donne-lui une chance de te prouver qu'il a évolué, d'accord ? »

Il tend la main vers la mienne. Je l'attrape en regardant les nuages de poussière qui tourbillonnent dans les rayons de lumière. Il serre ma main. « Je t'aime, Cass. Maintenant je te laisse tranquille. »

Je le regarde partir et pose le front sur un barreau de l'échelle. Nelly a raison, j'ai refusé à Peter la seule chose que je voudrais pour moi-même : le pardon. Au lieu de comprendre qu'il n'aurait pas pu être la personne que je voulais qu'il soit, je l'ai puni, j'ai nourri mon ressentiment, et je l'ai tenu responsable de tout ça. Et j'ai peur que ce soit exactement ce qu'a fait Adrian. J'ai peur qu'il ne m'ait pas pardonné d'avoir été faible, déboussolée. Je n'ai pas réussi à me pardonner à moi-même, et j'estimais que Peter ne méritait pas non plus qu'on lui pardonne.

Il est temps de passer à autre chose. D'accepter la réalité telle qu'elle est. D'accueillir ce que j'ai, d'en profiter. C'est peu, mais je sais qu'en ce moment, c'est beaucoup.

Chapitre 93

J'ATTENDS QUE PETER soit seul sur le perron. L'air concentré, il taille un petit bâton. Je m'oblige à m'approcher de lui.

« Tu t'es mis à la miniaturisation ? » je lui demande m'efforçant de sourire.

Il laisse tomber le bâton et hausse les épaules. « Je ne sais pas, peut-être, et alors ? J'ai ton approbation ? »

Il est clairement sur la défensive, l'air absolument exaspéré. Je résiste à la tentation de ficher le camp. Je ne lui ai pas dit un mot amical depuis au moins un mois, pourquoi devrais-je lui révéler mon intention d'être sympa ?

« Je n'avais pas l'intention de… Peter, je m'en veux pour la façon dont je t'ai parlé ces derniers jours. »

Les mots se bousculent, et ma voix s'éraille. Ses yeux rivés sur le couteau de poche se relèvent vers moi, ses sourcils s'adoucissent quand il voit mon visage. Je me penche vers la marche où il est assis et il me fait de la place. Ce coin est à l'ombre et il y fait frais. Je contemple les parterres de fleurs de ma mère avec satisfaction car je les ai remis d'aplomb. J'inspire une bouffée d'air frais et je reprends.

« Je n'ai pas été très juste envers toi. Je sais que tu fais des efforts, et que je n'ai fait que te compliquer la tâche. Au lieu d'être reconnaissante de tout ce qu'on a la chance d'avoir ici, je me complais dans mes petites histoires. »

Je balaie une main vers la forêt, la maison, lui. Il reprend son bâton et le fait tourner entre ses doigts, puis jette un œil de biais, vers moi. Le coin de sa bouche remonte.

« Tiens, ce n'est pas ton genre, ça. Moi aussi, je suis désolé, tu sais. Je pensais que je m'en tirerais sans excuses, je ne sais pas pourquoi. Je ne sais pas pourquoi j'ai tant de mal à m'excuser. » Il secoue la tête.

Je hausse les épaules. « Tu étais en colère. Je n'ai pas très bien géré la situation, pas vrai ? »

« Mieux que moi », dit-il, comme si nous étions deux mômes qui se disputent.

Je souris. « Je veux dire que notre rupture aurait pu se faire avec plus de tact. C'est ma faute. »

C'est maintenant lui qui hausse les épaules. « Cela faisait un petit moment que je m'y attendais. »

« Tu savais ? »

« Je ne suis pas si bête, tu sais. Je savais que tu allais me quitter tôt ou tard. J'ai laissé traîner la situation aussi longtemps que possible, espérant que peut-être tu… mais après cette soirée, tu te souviens, avant la fête ? »

Je hoche la tête. Ainsi donc, il ne dormait pas.

« Après ça, je savais que c'était inévitable. J'ai d'ailleurs été surpris que ça traîne autant. »

« Eh bien, dis-je, je ne suis pas très douée pour rompre. »

Sauf peut-être *une fois dans ma vie*. Je sais qu'il pense la même chose. Je suis sûre qu'Ana lui a raconté toute l'histoire.

Il a l'air méfiant. « Puis-je te dire quelque chose ? À propos d'une certaine personne ? »

Je laisse échapper un grand soupir. « Allons-y, entrons dans le vif du sujet. »

« J'ai entendu ce qu'il a dit l'autre soir, à la radio, mais je crois que tu l'as peut-être mal interprété. Tu t'es tout de suite dit qu'il ne parlait pas de toi. Mais peut-être qu'en fait, il s'adressait *à toi* ? »

« Quoi ? » Peter est à côté de ses pompes. Il n'y avait aucun message subliminal là-dedans.

« Peut-être qu'il n'avait simplement pas envie d'entrer dans les détails à la radio, ou de se livrer à quelqu'un qui l'a peut-être sorti de sa tête. Mais peut-être aussi qu'il a dit qu'il n'y avait personne d'autre pour que toi, tu le saches, au cas où tu l'écoutes. Réfléchis à ça, Cassie. Il a bien dit "Il n'y a personne d'autre". »

Je regarde Peter d'un autre œil. Il a peut-être raison. Ce n'était peut-être pas le bon message que j'ai perçu, ou j'ai pris ses mots au pied de la lettre. *Il n'y a personne d'autre.* J'ai peut-être encore mes chances. Et une petite voix me rappelle que je connais Adrian, et qu'il n'est vraiment pas du genre à aimer capter l'attention en passant à la radio. Il aurait pu envoyer Ben ou quelqu'un d'autre. Alors, peut-être qu'effectivement, il voulait que j'entende sa voix. Juste au cas où. C'est une petite lueur d'espoir et je vais la protéger, sans la laisser me consumer. Peut-être qu'un jour, j'aurai le fin mot de l'histoire.

« Depuis quand es-tu si futé ? » je lui demande.

Il sourit et prend cet air arrogant que je lui connais bien, mais cette fois, c'est pour me taquiner. « Depuis peu, admet-il, regardant de nouveau le bâton de bois. Depuis que je connais Bits, depuis cette nuit atroce. »

« Je suis désolé de ce que je t'ai dit, Peter. De t'avoir dit que je ne t'aimais plus, si brutalement. Ce n'est pas vrai, d'ailleurs. Et Bits t'aime beaucoup. Je pense même qu'elle t'adore. »

« Et moi, je suis désolé de nous avoir tous fourrés dans ce pétrin, mais je dois dire que d'un autre côté, je suis heureux que ce soit arrivé. Et qu'on ait pu sauver Bits. »

Je hoche la tête. Je partage son point de vue.

« Elle me rappelle ma petite sœur. Elle avait neuf ans quand elle et mes parents sont morts. » Il fait tourner le bâton d'une main tremblante et jette un regard vers moi. « Je n'ai jamais dit ça à personne. »

Il soupire. « La nuit où ils sont morts, ma sœur se rendait à une fête d'anniversaire dans l'une de ces salles de jeux d'arcade. Tu vois le genre, avec des jeux comme Skee Ball, entre autres ? On vivait à Westchester. On n'était pas spécialement riches. Ma grand-mère était du genre à agiter des billets sous nos trous de nez et mon père la laissait nous gâter. On ne la voyait que pendant les vacances. Lui était avocat et gagnait bien sa vie. On était heureux. »

Il sourit et fixe les arbres de l'autre côté de l'allée.

« Cette nuit-là, Jane, ma sœur, voulait que je l'accompagne. Elle m'a presque supplié de venir, mais moi je ne voulais pas perdre mon temps avec un groupe de gamins de neuf ans, ou être vu là par quelqu'un de l'école. Et puis j'étais assez grand pour rester seul à la maison. Donc je lui ai dit qu'il n'en était pas question, et ils sont partis. Je ne l'ai revue qu'à l'enterrement. Durant les funérailles, j'ai entendu des conversations au sujet de l'accident. Mes parents ont été tués sur le coup, et tout le monde voulait me cacher la vérité sur la mort de ma sœur. Elle a dû rester coincée sur le siège arrière, parce qu'elle est morte en inhalant la fumée dans l'incendie. Ses ongles étaient pleins de sang, comme si elle avait tenté de s'échapper, mais la voiture était si tordue qu'elle n'avait pas réussi à défaire sa ceinture. Si j'avais été avec eux j'aurais peut-être pu la faire sortir. Mais j'ai été égoïste. »

Le bâton se tourne de plus en plus vite. Je pose une main sur la sienne. Toutes ces années, il a porté ce secret si lourd, et traîné cette colère contre lui-même.

« Non, Peter. Tu n'avais que *douze ans*. »

Il fait tomber son bâton et me serre la main. Une larme coule sur sa joue. « Après ça, la solution a été de devenir comme ma grand-mère. Égoïste, puisqu'après tout, cela semblait me correspondre. Je n'avais plus personne d'autre qu'elle. Et puis au bout de quelques années, j'ai fini par oublier que je pouvais me construire autrement. Je suis devenu ce pauvre petit gosse de riche que tu connais. »

Il a ce petit rire dépité et je secoue la tête. Ma mère disait toujours que tant de choses insoupçonnées pèsent en chacun de nous. C'était pour cette raison qu'elle était si gentille avec tout le monde. Comme d'habitude, elle avait raison.

« Bits est un peu ma deuxième chance d'avoir une famille. De protéger Jane. C'est ridicule, j'en suis conscient. »

« Non, non. Pas du tout. »

Il pose la main sur mon genou, le tapotant, et s'essuie les yeux. On reste assis si près l'un de l'autre que nos épaules se touchent. J'entends le choc des assiettes posées sur la table pour le dîner, et des pas derrière nous, à la porte d'entrée. Je ne sais pas qui est là, mais il ou elle doit nous voir côte à côte, parce que les pas reculent et le bruit disparaît.

« Nous sommes tous ta famille, Peter, dis-je, en le pensant sincèrement. Il sourit et regarde la marche en bois. Ça me rappelle mon cauchemar, sauf que bien sûr, je suis maintenant avec Peter.

« Toi et Bits, vous avez les pieds les plus sales que j'ai jamais vus. » Il se met à rire et s'essuie les yeux une dernière fois, avant de me regarder. « Je peux te dire un dernier truc ? »

« Je t'écoute. »

« Est-ce que tu aimes Adrian ? »

Gênée, je promène le regard sur les cimes des arbres, sur les corbeaux qui forment des cercles. « Je l'ai toujours aimé. Même si je lui ai dit le contraire. »

Il me donne un coup de coude dans les côtes. « Ça par exemple, je me demande pourquoi donc tu ferais un truc aussi bête ? »

« Merci », dis-je, en lui retournant le coup dans les côtes.

Son sourire retombe et il me jette un regard sévère. « Cassie, si tu tenais à ce point à lui, et qu'il le savait, vraiment ? » J'acquiesce, parce que c'était le cas, et que je suis sûre qu'il m'aimait en retour. « Alors il t'aime encore. Crois-moi, personne ne pourrait t'oublier si facilement. »

Mes joues virent au rose bonbon, mais de joie revenue plutôt que d'embarras. Je comprends qu'il est sincère, et c'est l'une des choses les plus gentilles qu'on m'ait jamais dite. « Merci. »

Il reprend son bâton et me donne une tape sur le genou. Je lui arrache et lui rends coup pour coup.

« Alors, on est potes ? » je lui demande.

« Oui, je crois qu'on est enfin potes. »

J'examine ses bottes de chantier. Elles dénotent tant des chaussures qu'il avait l'habitude de porter. Elles lui vont bien.

« Hey, Pete. » Je me mords la lèvre pour ne pas sourire. « Désolée pour tes belles pompes. Tu sais, le coup du vomi. »

Il éclate de rire et se penche en arrière vers la plus haute marche. « Je l'avais pas volée, celle-là. Mais qu'est-ce que je les aimais, ces grolles. »

Pendant un petit moment, nous restons assis là, épaule contre épaule, à écouter les sons de notre famille derrière, dans la maison, avant de nous lever pour aller les rejoindre.

Chapitre 94

Je me suis portée volontaire pour la tâche ingrate qui consiste à placer de nouvelles conserves derrière les anciennes à la cave. Nous utilisons en premier les stocks de farine et d'aliments de base que nous avons récupérés, parce que mes parents ont emballé les leurs pour qu'ils durent dix ou vingt ans. Je me demande si on sera toujours coincés ici dans dix ans. C'est une idée qui donne matière à penser, et j'essaie de la tenir à distance en fredonnant autre chose que la chanson thème des Golden Girls, donc je n'entends pas Nelly derrière moi jusqu'à ce qu'il parle.

« Que ferais-tu sans moi ? » Il se tient les mains sur les hanches et a l'air galant.

Je prends un accent de belle du sud. « Ah ça, je ne sais pas, monsieur ».

« Tu fredonnes depuis des jours et je ne peux pas m'empêcher de penser que mon sermon sur Jésus y est pour quelque chose. »

« Nelson Everett, vous êtes modeste, comme à votre habitude. » Il souffle sur son poing et le frotte sur sa poitrine. J'ajoute : « Mais tu as raison, comme d'habitude aussi. Viens m'aider mon beau chevalier servant. »

« Je savais que tu m'obligerais à travailler si je venais te voir. »

« Il y a toujours du travail en été, dis-je. Suffit de songer aux longues journées d'hiver que nous allons passer près du feu, devenant de plus en plus ennuyées et folles.

Il gémit et s'assied sur un gros baril. « Bon, être encore en vie, c'est plutôt cool, mais l'idée qu'on soit tous encore coincés ensemble ici tout l'hiver, c'est un peu déprimant. Tu penses qu'on pourrait me trouver un petit-ami avant que la neige fonde ? »

« Peut-être que l'année prochaine nous aurons rejoint une zone sûre et que tu t'en trouveras un. »

J'essaie de tempérer les inflexions de ma voix, de ne pas lui dévoiler à quel point j'aimerais être dans une certaine zone de sécurité. Ce n'est pas que je veuille à tout prix partir d'ici. Je veux juste passer cinq minutes seule avec Adrian. Cinq minutes pour discuter, et comprendre enfin ce qu'il ressent pour moi. J'affiche un sourire lumineux.

Nelly sourit et secoue la tête. « Il n'y a pas de peut-être qui tienne, chérie. Je n'en peux plus, moi. S'il faut te voir te languir pendant encore deux ans, je t'attacherai moi-même à mon dos et te porterai là-bas de gré ou de force, tout en combattant les zombies sur notre passage. »

J'éclate de rire en imaginant la scène, et je lui lance un regard inquisiteur. « Je ne suis pas énervante à ce point, si ? J'ai fait des efforts. »

« C'est vrai, tu n'as pas du tout pleurniché, mais je lis dans ton jeu quand même. »

« Le contraire m'aurait étonné, dis-je dans un soupir. Armons-nous pour un hiver de célibat. À moins que tu ne décides de changer de bord pour l'hiver, lui dis-je avec un clin d'œil lascif.

« Non, merci, réplique-t-il sèchement. Bien que tu restes mon premier choix. Tu peux peut-être me réitérer ta proposition en février. »

« Pense à tous les petits Nelson Charles Everett que nous pourrions avoir toi et moi, à jouer et courir dans les prés. » Et je tapote la tête imaginaire de l'un d'eux.

« D'accord, tu viens de me convaincre. Je rigole, plutôt mourir. » Il frotte ses cheveux énergiquement pour donner à sa tignasse un look électrocuté.

« Dans ce cas, il nous faut un projet pour nous occuper. Je ne sais pas si c'est moi qui me fais des films, mais as-tu remarqué que le courant passe bien entre Ana et Peter ? »

Il sourit. « Euh, évidemment. Même Bits l'a relevé. Elle a demandé à Ana si Peter était son prince l'autre jour. Et bien sûr, Ana s'est énervée, c'était plutôt tordant. » Il se trémousse sur le baril en gloussant, et j'entends un grincement menaçant.

« À mon avis, ce n'est pas Ana le problème, décrète-t-il. Je pense que Peter l'aime aussi, mais il la traite comme sa petite sœur, ou sa meilleure copine. Je veux débloquer tout ça. » Je l'écoute en décalant les vieilles boîtes de haricots sur le côté et j'en empile de nouvelles que je place contre le mur à leur place.

« Tu vas m'aider ? » me relance Nelly. Soudain, il bondit pour rattraper un bocal qui allait tomber au sol. Il me le tend et cherche mon regard.

Je hausse les épaules. « Ouais. Pourquoi je refuserais de t'aider ? »

« Oh, je ne sais pas, dit-il, comme si j'avais cinq ans. Certains peuvent trouver bizarre de voir leur ex sortir avec leur petite sœur. »

« Sauf que ce n'est pas ma petite sœur. De plus, Peter et moi aurions dû rompre il y a très longtemps. Je n'ai pas de sentiments pour lui, ça reste de l'amitié. »

« Eh bien, tu devrais peut-être te le garder pour le printemps, juste au cas où je ne serais pas disponible. »

Je lui ébouriffe l'arrière de la tête. « Tais-toi. Tu changeras d'avis, j'en suis sûre. »

Je prends une pose sexy, appuyée contre l'étagère, une main sur ma hanche, qui glisse maladroitement. Il éclate de rire.

« Je suis obligé d'annuler mon offre, maintenant que tu t'es moqué de ma pose sexy. Tu le regretteras. Je croise les bras et il sourit. « Quoi qu'il en soit, moi aussi je veux découvrir ce que Peter pense d'Ana. Cela nous donnera une mission plus intéressante que de déplacer des boîtes de haricots sur des étagères. » Je pointe le doigt vers les piles de bocaux qui attendent sagement qu'ils s'occupent d'eux.

« Tu es sérieuse ? » Il laisse échapper un grand soupir de lassitude avant de se diriger vers les étagères pour se mettre au boulot.

CHAPITRE 95

À MI-CHEMIN DU troisième aller-retour entre notre maison et celle de John, je marque une pause, les mains sur mes genoux. Je ne suis pas faite pour la course à pied. J'ai un point de côté et mes poumons brûlent. Je suis peut-être en train de vivre mes derniers instants. La queue de cheval d'Ana se balance avec légèreté tandis qu'elle me dépasse gracieusement. Je crois même entrevoir un sourire satisfait sur son visage. Je la déteste.

« Allez, ça ne fait que deux kilomètres », dit-elle.

« C'est toujours deux kilomètres de plus que ma performance habituelle. » Je m'effondre au sol. « J'en peux plus, je me meurs. Continue sans moi. Ne m'oublie pas. »

Elle fronce les sourcils et me pousse du pied avec des baskets. « Tu ne meurs pas. Arrête de faire ton gros bébé. »

Le nouveau hobby d'Ana tourne à l'obsession. Et même si ces dernières semaines d'entraînement m'ont mis dans une forme physique que je n'ai jamais connue, je suis loin d'être aussi motivée qu'elle. Mon objectif, c'est de pouvoir tuer des zombies, pas d'être Wonder Woman. Ou d'être une super-héroïne sans avoir à courir vingt kilomètres.

« Donne-moi juste une minute. »

Il fait doux et frais sur le sol de la forêt. Ana m'attend en sautillant sur la plante des pieds. Je sais qu'elle veut continuer mais je n'ai pas l'intention de me relever de sitôt.

« Vas-y, Ana. Je te recroiserai sur le chemin du retour. » Elle hoche la tête et se dirige vers John. « Ou jamais. »

« Hé ! J'ai entendu ! » me crie-t-elle, sautant par-dessus une racine d'arbre.

Je la suis des yeux jusqu'à ce qu'elle soit hors de vue. Ana a toujours été têtue et autoritaire, mais maintenant je perçois en elle

358

une vulnérabilité nouvelle. J'essaye de l'encourager à se révéler davantage. C'est d'ailleurs la principale raison pour laquelle j'ai bêtement accepté cette séance jogging dans les bois, me tuant à la tâche.

Je retire mes baskets détrempées de sueur et j'attends que la sensation de brûlure dans mes poumons s'amenuise. Je dois rester devant elle si je veux lui échapper, alors je me hisse d'un coup sec en prenant appui sur une branche basse. En passant devant la grange, j'aperçois Peter et James à l'intérieur. Cela doit faire des jours qu'ils essaient vainement de comprendre le fonctionnement du capteur d'énergie solaire.

« Ça avance, les gars ? » Je leur lance.

Ils lèvent les yeux et sourient. Peter n'a plus son air renfrogné quand il me voit. C'est plus facile de lui sourire en retour.

James repousse ses cheveux en arrière et repose le manuel sur la table. « Eh bien, je crois que j'ai une idée. Malheureusement, ma spécialité c'est l'informatique, ce qui est à peu près aussi utile que de parler couramment le grec ancien. Nous allons avoir besoin d'un tas de trucs, et surtout, de nouvelles piles. »

Il reste modeste. Il a quand même réparé la radio et a aidé John à rebrancher le générateur. Je parie que nous finirons par remettre l'électricité en route.

« Nous pourrions aller chercher tout ça demain » dis-je. Je m'appuie contre le mur pour me masser les jambes et je jette un œil à Peter pour voir s'il est motivé.

« Bien sûr, dit Peter, avec une drôle de grimace. L'entraînement porte ses fruits ? »

« Je ne suis pas une flèche. » dis-je, réalisant trop tard le double sens. On dirait qu'il va faire un commentaire moqueur, mais il se retient sûrement, car il resserre les lèvres et lève un sourcil amusé. Il a tant changé que je ne le considère même plus comme un ex. Je fais comme si j'avais couché avec son frère jumeau diabolique.

Je rougis et change de sujet. « Ana est intraitable. »

Au même instant, Ana passe en courant et nous fait coucou. On l'entend faire le tour de la grange, puis elle repasse devant la fenêtre en faisait un nouveau signe de la main.

« En effet, elle est vraiment déterminée », dit-il tandis que nous la regardons s'éloigner dans les bois.

« Elle fait honneur à son legging Wal-Mart, en tout cas », je note en passant. Il me lance un regard circonspect mais garde le silence. Nelly dit que je n'ai aucun tact dans ce genre de situations. J'insiste. « Elle est vraiment jolie, tu ne trouves pas ? »

« Bien sûr », dit-il.

« En plus, elle est intelligente et a un bon sens de l'humour. Mais tu t'en es sûrement déjà rendu compte, puisque vous êtes si bons amis. »

« J'ai la vague impression que tu essayes de me vendre quelque chose… » réplique-t-il.

Son visage est impassible, mais je détecte une étincelle malicieuse dans ses yeux. James se tient derrière Peter, ses épaules secouées d'un rire silencieux. Je lui lance un regard sévère.

« Bon… Je vais faire la liste pour demain », lance James, cachant mal son soulagement de nous laisser en tête à tête.

Peter me regarde avec méfiance. Nelly avait raison, je n'ai aucun tact. Je vais devoir aller droit au but. « Eh bien voilà, j'arrête de tourner autour du pot. Je pense qu'Ana et toi feriez un beau couple. Elle t'aime bien, tu sais. » Je lui souris.

Son regard part dans toutes les directions, sauf vers moi. « C'est un peu gênant quand même. Que mon ex essaye de me caser avec sa petite sœur. Qui en l'occurrence est trop jeune pour moi. »

« Mais ce n'est pas ma sœur, enfin ! Oui, on est sortis ensemble, et maintenant c'est du passé. » Je pose les mains sur mes hanches d'un air décidé. « Moi je pense que tu l'aimes bien, Peter. »

Je dirais que le rose lui monte aux joues sous son bronzage, mais c'est difficile à vérifier. J'ai toujours aimé taquiner Peter. Je ne peux pas m'en empêcher. Il est tellement sûr de lui que j'éprouve le besoin de m'assurer que c'est une personne pétrie de défauts comme tout le monde.

« Elle est très jeune, quand même. Et puis qu'est-ce que tu me suggère, de l'inviter au resto ? »

Il y a du progrès. Il n'a pas nié qu'elle lui plaisait. Maintenant, il y a matière à avancer. Je fais la grimace, rejetant d'emblée son argument.

« Elle a vingt-cinq ans, pas quatorze. Je sais que tu es un vieillard de trente ans, mais je pense qu'avec un peu d'imagination, le vaste gouffre qui vous sépare peut être comblé. Et puis, ce qui aurait pu être considéré par vos cercles d'amis comme une certaine différence d'âge il y a trois mois n'importe plus maintenant. Quant à l'absence de restos dans les environs, ça n'a jamais empêché personne de se mettre en couple dans l'histoire globale de l'humanité, à ce que je sache. »

Il hausse les épaules, l'air indifférent, mais je sens qu'une réflexion s'amorce.

« C'est la dernière chose que je dirai à ce sujet », je conclus, me retournant pour partir.

« Cassandra, je l'entends dire en franchissant le seuil de la porte. Si effectivement tu n'évoques plus ce sujet, je promets de te céder toute ma fortune, jusqu'au dernier centime, si et dès que nous sortirons de ce bled maudit. »

Derrière son air pince-sans-rire, je sais qu'il est amusé. Je détale en courant, avec un signe d'au-revoir. Une mauvaise idée, d'ailleurs, car mes cuisses me font un mal de chien. Je couine et titube en l'entendant s'esclaffer. Je lui envoie un doigt d'honneur et avance en boitant jusqu'à la maison, sous les échos de son rire gras.

CHAPITRE 96

LE PARKING DU centre commercial de Radio Shack est blindé de véhicules. Visiblement, quelqu'un a tenté de construire une barricade de fûts métalliques devant le salon de manucure : trois demi-cercles de barils se superposent devant la vitrine. Le parking est vide, cependant, et tous ceux qui se sont garés là sont partis depuis belle lurette. Nous ne nous sommes jamais aventurés aussi loin de notre repère, mais Radio Shack est notre meilleure chance d'obtenir tout le matériel électrique dont nous avons besoin.

James nous montre quelque chose derrière sa vitre. « Hé, visez ça, il y a un magasin de pièces automobiles. Je vous parie qu'on pourrait y trouver des batteries marines. Ça nous permettrait de tout nous procurer ici. »

On se dirige vers le magasin en question, un grand cube posé au coin du centre commercial, sur le même parking. Nelly coince un pied de biche entre les portes jusqu'à ce qu'elles s'ouvrent. À l'intérieur, tout semble intact. Je suppose que personne n'a besoin de pièces automobiles avant une apocalypse. Des empilements de batteries de voitures et de bateaux bordent les étagères à l'arrière de la boutique.

« Excellent ! » s'écrie James.

On peut maintenant souffler. Il n'y a rien par ici, et nous n'avons croisé qu'un seul Lexer sur notre chemin. J'oserais espérer qu'ils sont enfin, pour la plupart, décomposés, si Matt, à Whitefield, n'avait pas signalé l'autre jour avoir vu avancer dans les rues de grandes troupes d'infectés. Zeke a dû arriver là-bas, car Matt a lui aussi employé ce même terme de "bancs".

« Est-ce que certains veulent bien se dévouer pour apporter la liste à Radio Shack ? demande James. Vous pouvez prendre la camionnette et revenir me chercher. Pendant ce temps, je m'occupe de porter tout ça vers l'avant. Peter, tu veux y aller ? Tu sais ce aussi bien que moi ce qu'il nous faut. »

« Quelqu'un devrait rester avec vous ! » dit Ana. Elle se tourne vers moi. « Cass, tu veux bien ? »

Je hausse les épaules. « Pourquoi pas ? »

Je vais monter à l'avant du magasin pour prendre un chariot et les regarde se diriger vers les locaux de Radio Shack. James erre dans les allées comme un enfant dans un magasin de bonbons, jetant toutes sortes de bricoles dans le chariot. Je l'écoute marmonner quelque chose à propos d'une sorte de télécommande quand je repère du mouvement au fond du parking.

« James, je viens de voir quelque chose ! »

Nous nous précipitons vers les fenêtres de devant. Il s'agit en fait de sacs et de boîtes qu'Ana jette à l'arrière du pick-up pendant que Nelly surveille le parking.

« Désolé, fais-je. J'ai vu le sac voler et je ne savais pas ce que c'était. »

Il me tapote l'épaule, rassurant. « Mieux vaut prévenir que guérir. »

Le deuxième chariot déborde bientôt et James le contemple avec des yeux rêveurs. « Je construisais des radios quand j'étais enfant. Peut-être que nous devrions les rejoindre à Radio Shack, histoire de voir s'il y a autre chose que je pourrais utiliser… » suggère-t-il.

L'idée ne me dérange pas, à priori. Je n'aime pas trop que le groupe se soit divisé. Mes mains sont moites dans mes gants de cuir, et je n'ai qu'un souhait, charger le camion et déguerpir en vitesse.

J'entends le cri en même temps que j'aperçois la masse des silhouettes déchiquetées s'avancer. Nelly, Peter et Ana se collent contre la vitre cassée du salon de manucure, derrière la barricade de barils en métal. Des coups de feu retentissent et les premiers infectés tombent, mais des dizaines d'autres apparaissent derrière.

Les barils sont la seule chose qui fait barrage et empêchent nos amis d'être submergés. Il y a des ouvertures des deux côtés du demi-cercle, là où les barils ne touchent pas le mur, et les infectés s'y infiltrent comme des voitures dans un goulot d'étranglement.

Nelly essaie de bloquer le passage en poussant l'un des barils, mais ils doivent être pleins de liquide car ils ne bougent pas d'un pouce.

James et moi courons vers le parking, et nous planquons derrière une voiture pour leur tirer dessus. On arrive à avoir ceux qui traînent vers l'arrière du groupe sans viser ceux qui sont les plus près de nos amis, pour éviter de blesser ces derniers. Ils sont à court de munitions et ont laissé tomber leurs armes, pour attaquer leurs assaillants l'un après l'autre.

Ana hurle. Son dos heurte la vitre défoncé du salon de manucure et elle se bat pour se redresser. J'aperçois des mains à l'intérieur du salon, emmêlées et contorsionnées dans sa queue de cheval. Nelly leur donne un coup de machette mais doit vite se retourner pour repousser au autre Lexer. Peter a aussi les mains prises. Je le vois décapiter un zombie et repousser le corps sur le côté, avant de passer au suivant.

Les veines sur le cou d'Ana ressortent tandis qu'elle bouge et se débat. Son visage paraît désespéré, pire encore, éreinté. Quelqu'un doit virer ces Lexers du salon de manucure.

Je me tourne vers James. « Je m'occupe de celui qui tient Ana. »

Il approuve d'un signe de tête. Je recharge mon pistolet et lui tend mon neuf millimètre. Je ne prends pas le temps de me cacher : je sprinte aussi vite que possible vers le côté du bâtiment. La porte vitrée à l'arrière du salon est verrouillée. J'y plante mon couperet et casse les morceaux restants sur les bords.

J'enjambe des bouteilles de vernis éparpillées dans la réserve et à l'avant. Des chaises de pédicure longent le mur de gauche et des tables de manucure sont alignées contre le mur de droite. Il y a deux Lexers près de la fenêtre. Ils se gênent l'un et l'autre, ce qui est peut-être la seule raison pour laquelle Ana est toujours de l'autre côté. Il y a un bout de verre pointu dans son dos, et chaque fois qu'elle le touche, elle se redresse en hurlant. Mais elle ne va pas survivre comme ça indéfiniment.

Je fais passer le couperet dans ma main gauche et je tire mon revolver. J'aperçois le Lexer qui se rue sur moi une seconde trop tard et je me retrouve par terre sur le linoléum avec ce machin qui me rampe dessus. L'air jaillit de mes poumons et le pistolet glisse sur le sol.

Je n'arrive pas à me lever. Il doit peser au moins cent kilos, mais j'arrive à lui mettre la lame du couperet sous le menton. Il mord dans l'air, à quelques centimètres au-dessus de ma tête.

De la bave noirâtre coagulée lui tombe de la lèvre inférieure et forme une petite flasque sur ma poitrine. Mes biceps commencent à trembler à force de la repousser à chaque assaut. Je peux le repousser encore deux, voire trois fois, au plus. Et ensuite sa bouche pourrie et dégoûtante viendra se planter dans mon visage ou mon cou. Peu importe l'endroit, je me changerai en morte-vivante. Cet accès de terreur panique pure me donne un élan de force. Je hurle sous l'effort en lui envoyant un coup de tête dans l'abdomen sous lui et je roule sur le sol, libérée.

Je m'élance vers l'arrière et cogne ma tête contre un bain de pieds qui traîne. Pendant un instant, tout devient noir, et puis je sens des mains m'agripper la botte et je commence à glisser sur le lino. Je saisis les bords du pédiluve et je frappe aussi fort que je le peux. Mon pied lui brise la pommette dans un grand "crac". Il part à la renverse, mais se remet tout de suite sur ses genoux. Pas juste, cette façon dont ils se remettent de tout, insensibles à la douleur. Dont rien ne les arrête. Dont ils ne sont jamais fatigués, effrayés ni même essoufflés. Il me tend la main avec un sifflement venimeux.

« Plutôt crever, enfoiré. Pas aujourd'hui ! » Je siffle à mon tour.

Je lève le couperet comme s'il s'agissait d'un boutoir et lui plonge la lame sous le menton. Ça lui tranche proprement les vertèbres et il s'écrase au sol. Mes pieds glissent sur le liquide visqueux de sa tête décapitée, et je me dirige tant bien que mal vers la fenêtre où Ana, en mode panique, frappe aveuglément autour d'elle. Deux Lexers mordent ses bras couverts de cuir, mais l'armure fait son job. Le verre brisé entre elle et eux lui protège la tête, et à chaque tentative d'attaque, ils se font des entailles profondes et exsangues au visage.

Ils ne m'ont pas encore remarquée. Je plante ma pointe dans le tronc cérébral du premier. Je retire mon instrument tandis que l'autre lâche Ana et se jette sur moi. Je vise son orbite avec puissance mais ça ne s'avère guère nécessaire, car je l'enfonce comme dans du beurre. Ana se retourne, l'air à la fois terrifié et soulagé, et saute sur les barils. Un torrent de jurons jaillit alors de ses poumons.

Elle enfonce sans attendre la pointe de son couperet dans le sommet d'un crâne. « Sale ! » Elle grogne et poignarde le suivant. « Enfoiré ! » Avec l'autre côté du couperet, elle en décapite un autre.

La voilà qui saute comme une folle d'un côté à l'autre de la barricade, enfonçant sa pointe de dans des têtes et des orbites, l'arrachant énergiquement à chaque fois des ses victimes. Arrivée à une extrémité, du côté de Peter, elle se retourne pour aller vers Nelly. Il tente de tirer à lui sa machette tandis qu'un Lexer est embroché dans sa lame. Ses cheveux sont arrachés et la moitié de son visage lui manque, ses dents sont exposées. Ses mains se débattent et s'agitent. Il n'a plus de cerveau, ou bien il n'est plus conscient que de nous, ce qui est tout aussi terrifiant.

James, pendant ce temps, se fraye lentement un chemin vers nous, tuant les Lexers par derrière. Il arrive près de nous et enfonce son couteau dans le cou du Lexer dans un grand craquement. Ça libère la machette de Nelly qui tombe au sol. Quand je sors du salon, Ana se précipite dans mes bras. Plus qu'une embrassade, c'est une sorte de tentative jointe de rester debout.

« Merci », murmure-t-elle.

Toute la peur enfouie ressurgit d'un coup, et je déglutis avec difficulté. « Non, c'est *moi* qui te remercie. On peut dire que toutes ces séances de jogging ont porté leurs fruits. »

Ana s'esclaffe. Nous faisons le bilan des dégâts. Quelques Lexers gisent sur le tarmac du parking, mais la plupart sont entassés autour de nous. Nous montons sur les barils pour sortir de là, afin d'éviter de marcher sur les corps, ou pire, dedans, avant de filer chez nous à vitesse grand V.

Après un bon arrosage dans la cour, nous avons tous pris des douches. Les vêtements et armures trempent dans un cocktail de détergents et de désinfectants auquel aucun virus ne pourrait résister. Ana a attendu d'être la dernière à aller se doucher, et quand elle revient dans le salon, en passant une main dans ses cheveux humides, nous la dévisageons avec de grands yeux. Ses longs cheveux châtains qu'elle lissait minutieusement au fer ont laissé place à un carré qui lui descend au menton, et qui remonte dans la nuque. Il ne lui reste pas de quoi se faire une couette. Elle affiche un air nonchalant, mais il y a de la nervosité dans son regard.

« J'adore, dis-je. Vraiment. »

Cette coupe met en valeur ses pommettes hautes et son long cou. Ça lui donne un air plus âgé, plus sophistiqué. Elle sourit, tout en tirant sur le bout de ses mèches comme si elle essayait de les rallonger, tandis que tout le monde lui donne son approbation. Je note que Peter la regarde intensément, et croisant son regard, je relève le menton pour lui suggérer de dire quelque chose de gentil.

Il déglutit. « Tu es très belle. »

Le visage d'Ana s'illumine, et je me rends compte que c'était la réaction de Peter qu'elle appréhendait. Il suffit de regarder le visage béat de Peter en ce moment pour savoir qu'elle n'a guère de souci à se faire.

Penny, quant à elle, est ébahie. « Je n'y crois pas. Tu t'es coupé les cheveux. Cela te va à ravir, d'ailleurs, mais je n'en reviens pas… » s'écrie-t-elle, secouant la tête.

« Je préfère être en vie que d'avoir de beaux cheveux », réplique Ana.

« Qui êtes-vous, et qu'avez-vous fait de ma sœur ? » lui lance Penny avec émerveillement, s'approchant d'Ana pour lui caresser les cheveux.

Chapitre 97

Bits cueille les feuilles de basilic des tiges sous la surveillance de Peter. Il nous prépare une sorte de pesto. Des tomates en tranches surmontées de miettes de fromage de chèvre reposent sur un plateau. Les dîners de Peter sont toujours raffinés, et bien avant qu'il n'ait fini de les préparer, nous sommes tous dans la cuisine à tourner en rond comme des loups affamés. Je mets la table et sors une bouteille de vin trouvée à la cave. Il n'y a plus beaucoup de vin, mais ce dîner appelle à quelque chose de spécial pour l'accompagner. Et John fait brasser du vin de fraise dans sa cave.

« Ça sent bon là-dedans », commente Nelly en reniflant derrière la moustiquaire de la porte arrière. Il a creusé dans le jardin et est couvert de boue de la tête aux pieds. « Pete, peut-être que tu voudras bien m'apprendras à cuisiner un de ces quatre. »

Peter se tourne vers lui et s'esclaffe. Cela ne le dérange pas que Nelly l'appelle désormais Pete. « À quoi bon ? Tu noies tout dans de la sauce barbecue. »

« Évidemment, dit Nelly. Je suis texan après tout. »

Il pose ses bottes boueuses à côté du perron et se dirige droit vers la salle de bain. La table est bien mise, avec nos beaux verres à vin, ce qui me donne une idée.

Quand tout le monde s'est assis, je sursaute et pose une main sur ma bouche. « Oh, John, nous avons oublié d'aller voir les tomates dans ton jardin aujourd'hui ! Elles étaient sur le point d'éclater hier. »

John me regarde patiemment, convaincu que je fais tout un foin de pas grand-chose. « Eh bien, nous les récolterons demain. »

« Et si demain était trop tard ? Toute cette nourriture gaspillée ? Et si c'était notre dernière chance avant de perdre toute notre récolte, hein ? »

Il est clair que j'ai peut-être poussé le bouchon trop loin, mais personne n'a l'air de se douter de quelque chose. Je glisse une main derrière le dossier de Nelly et le pince discrètement dans le dos.

Il manque de s'étouffer avec sa tomate. « Ok, je viens t'aider » dit-il, des yeux gloutons rivés sur le pesto.

« D'ailleurs, le pesto est excellent à température ambiante », j'ajoute. Il marmonne quelque chose et je souris. « Penny, James, John vous voulez nous aider à porter ? Il y a beaucoup de tomates. »

« Ah bon, je ne me souviens pas qu'il y en a tant que ça », dit John, les sourcils froncés.

« J'en ai vu un sacré paquet », dit Bits qui estime que cinq tomates, c'est beaucoup. Mais je n'ai aucun intérêt à la contredire.

« D'accord, dit John en se levant à contrecœur. Le dîner sera toujours là à la nuit tombée, mais c'est vrai qu'il vaut mieux aller au potager maintenant, si vous y tenez. »

Je fais signe à Ana et Peter de se rasseoir. Son dos est bien amoché et nous insistons pour qu'elle récupère.

« Non, vous deux, vous pouvez rester, dis-je. Nous sommes suffisamment nombreux. Ana, tu n'as pas le droit de te pencher ! Et Peter, tu as cuisiné, tu devrais en profiter un peu. »

Il a compris. Avec un sourire serein, je verse du vin dans leurs verres. Il me lance un regard noir. Je fredonne un petit air et envisage d'allumer une bougie, mais il ne fait pas encore nuit, ce ne serait pas très subtil. Je lui fais un clin d'œil avant de glisser vers la porte. Je le vois secouer la tête et soupirer, mais un léger sourire se dessine sur son visage lorsqu'il se tourne vers elle. C'est leur premier tête à tête amoureux. Tandis que nous marchons jusqu'à la maison de John, le souvenir de mon premier baiser avec Adrian m'assaille, et mon cœur bondit comme si c'était hier.

C'est arrivé lors de notre troisième rendez-vous galant. Nous étions déjà sortis ensemble, en groupe, mais Adrian n'avait jusque là rien tenté. Je commençais à me dire que j'avais mal interprété ses signaux. Nelly m'a coincé au bar après le deuxième rendez-vous.

« Alors ? » m'a-t-il demandé, les sourcils levés.

J'ai soupiré. « Toujours rien. Il n'a même pas essayé. Pourtant il m'a proposé d'aller faire une randonnée samedi, donc j'imagine qu'il trouve qu'on passe de bons moments ensemble. En tout cas, je vais y aller, de toute façon. Peut-être que nous sommes juste faits pour être amis. »

Nelly avait l'air sceptique. « Impossible qu'il te considère juste comme une amie. Vu la façon dont il te regarde. »

« Qu'est-ce que tu veux dire ? » ai-je demandé en lui poussant le bras.

Nelly a pris une longue gorgée de bière en se donnant l'air mystérieux. « Il devient tout doux quand tu es là. Il sourit bêtement comme si tu étais un petit chaton ou un truc très mignon. »

« Oui enfin, la plupart des mecs ne veulent pas sortir avec des chatons. Peut-être que je lui rappelle l'un de ces vieux chatons galeux dont on ne peut s'empêcher de prendre en pitié. Mignon dans le genre miteux… et on leur accorde une attention particulière ? »

Nelly s'est esclaffé. « Tu as la berlue, ma fille. Trouve-toi de bonnes lunettes. Ah voilà Adrian. Je vais juste aller lui poser la question de vive voix… » Il a levé sa bière en direction d'Adrian, qui venait de s'asseoir au bar et nous a souri tout en parlant avec un type.

J'ai attrapé Nelly par le col de la chemise et l'ai fait pivoter. « N'y pense même pas ! »

Il a souri. « Je ne vais rien faire. À condition qu'il t'embrasse samedi. Sinon, il va falloir tirer tout ça au clair. »

Ce samedi-là, Adrian est venu me chercher au volant de sa vieille caisse toute cabossée. Il m'a ouvert la portière et a contourné la voiture. J'ai tendu la main et déverrouillé la portière du côté conducteur, tout comme mon père m'a appris à le faire, qui vivait encore comme dans les années 1970, quand les systèmes de déverrouillage de portières n'existaient pas encore et qu'il fallait remonter le loquet de l'intérieur. Mais la voiture d'Adrian n'était somme toute pas si vieille, et j'ai souri à cette idée. Adrian s'est excusé pour l'état délabré de sa voiture, mais étant donné que je n'avais pas de voiture moi-même, je lui ai dit que la sienne était toujours mieux que la mienne.

« Et puis, ai-je dit, j'ai un critère particulier pour les voitures : l'essentiel c'est qu'elles ne tombent pas en panne au milieu d'un chemin de campagne perdu ou d'une autoroute déserte. C'est tout. Une autoradio en plus, c'est le summum. » Sur ce, j'ai bêtement frotté la portière comme si j'essayais de me lier d'amitié avec.

« Eh bien, ça doit être la voiture de tes rêves, alors. » Il sourit en secouant la tête, ce qui m'a décontenancée.

« Qu'est-ce qu'il y a ? » ai-je demandé.

« Tu es juste différente. Mais dans le bon sens. »

Je me suis demandée si être *différente dans le bon sens* me rendait plus désirable ou au contraire me rapprochait davantage du chaton miteux.

Nous avons marché quelques kilomètres le long d'un ruisseau avant de nous arrêter pour pique-niquer. Il y avait du givre sur l'herbe tous les matins en cette fin d'automne, mais ce jour-là le soleil était venu faire fondre la gelée. Mes doigts et mes orteils étaient toutefois glacés, et je me suis servie une tasse de chocolat chaud de mon thermos. Nous nous sommes assis sur un rocher plat qui surplombait le ruisseau, c'était un petit coin idyllique. L'eau tourbillonnait et s'accumulait en dessous, et des insectes à longues pattes patinaient à la surface de l'eau. De temps à autre, un poisson remontait à la surface pour en avaler un, et éclaboussait la scène.

Adrian fouilla dans son sac. « J'ai aussi du salami et de la dinde. »

« J'aime le salami », dis-je.

Il m'a tendu le sandwich soigneusement emballé avec un sourire. « Je sais. Tu me l'as dit une fois. »

J'ai essayé de me souvenir d'une conversation où j'aurais pu lui donner la liste de mes sandwiches préférés, mais je savais que ça n'avait sans doute jamais eu lieu. Qui sait comment ou pourquoi j'avais ce détail intime avec Adrian. Mais le fait qu'il s'en souvienne m'a redonné un peu d'espoir. Se souvient-on des sandwiches préférés d'une personne à laquelle on ne s'intéresse pas ? C'est d'ailleurs une citation que j'ai déjà lu quelque part, peut-être sur une carte de vœux.

Je me suis juré de garder pour moi mes préférences en matière de race de chien et de tampons, au moins pour aujourd'hui, et je lui ai souri avec tout mon charme. « Oh, merci. »

J'ai regardé défiler sur l'eau les feuilles d'automne rouges et dorées, jusqu'à leur dernière descente dans les doux rapides, et cela m'a rappelé un souvenir.

« Tu sais, j'ai lu quelque part un truc étonnant… Les arbres n'auraient aucune raison pour que de changer de couleurs à l'automne, dis-je en posant le thermos et les tasses sur la roche. Ils puisent dans les sucres et les nutriments accumulés dans leurs feuilles pour créer toutes ces belles couleurs, au lieu de les acheminer dans leurs blanches et de les stocker. Quand j'ai lu ça, j'ai eu envie d'aller faire un câlin à un arbre. Ou de les remercier. Je suis sûre qu'ils ne font pas ça pour nous, mais peut-être juste parce que c'est un beau spectacle. »

Un ange est passé. J'ai levé les yeux, regrettant déjà amèrement de lui avoir dit un truc aussi bizarre. Il me regardait tranquillement, et c'est là que j'ai compris ce que Nelly voulait dire à propos de son regard. Il était doux, mais aussi plein de curiosité, et je me suis sentie un peu mal à l'aise de son niveau d'intensité.

« Tu sais, dit-il doucement, je crois que je t'aime vraiment, Cassie.

« Je t'aime bien aussi », ai-je murmuré.

En prononçant ces mots, j'ai senti tout au fond de moi imploser et tourbillonner. Avant de le rencontrer, j'avais pour règle stricte de garder mes sentiments pour moi dans mes relations amoureuses. D'autant plus que mes sentiments étaient toujours moins intenses, me semblait-il, de mon côté que du leur.

« J'espérais que tu me dirais ça. » Il a posé la main sur ma joue et sa fossette s'est creusée. « Câlineuse d'arbres ».

J'ai éclaté de rire. Avant que je ne puisse répondre, il s'est rapproché tout près, puis encore plus près, jusqu'à ce que sa bouche se pose sur la mienne. Ses lèvres étaient plus douces que je l'imaginais. J'ai senti mon estomac faire un grand plongeon, comme ma première fois sur les montagnes russes. Sa main a caressé ma clavicule et j'ai posé ma paume sur sa poitrine. Quand j'ai senti son cœur battre aussi vite que le mien, j'ai alors empoigné sa chemise et l'ai attiré vers moi. Je ne me reconnaissais plus. Cette fille qui attrapait les chemises et qui aurait fait absolument n'importe quoi sur ce rocher à cet instant-là m'était jusque-là totalement inconnue.

Quand nous nous sommes séparés, je sentais mes joues brûler. Ma respiration était superficielle. J'étais gênée que ce désir intense soit si visible, jusqu'à ce que je lise le même désir sur son visage et dans ses yeux flous.

« Tes cheveux ont une si belle couleur », dit-il à bout de souffle, saisissant une mèche entre le pouce et l'index.

J'ai haussé les épaules. « Ils sont châtains. »

Il tourna la tête vers les arbres. « Non, c'est la couleur des feuilles de chêne quand elles tombent. Ils sont châtains, mais il y a ce rouge profond qui se cache dessous. Ils sont roux foncé. »

« Oh. » L'idée d'avoir les cheveux roux et pas bruns me plaisait.

Adrian nous a versé du cacao. Je me suis un peu penchée en arrière pour regarder. Je voulais l'embrasser à nouveau.

Il m'a regardée par en-dessous. « À quoi penses-tu ? »

« Je n'étais pas sûre que tu m'embrasserais un jour » dis-je, surprise d'avoir lâché ça à voix haute.

« Je voulais le faire, mais je pensais aussi à ce que je t'ai dit tout à l'heure. Je t'aime bien, et je ne veux pas tout gâcher. »

Il paraissait soudain timide, mais quand ses yeux rencontrèrent les miens, leur expression était directe. Je me demandais comment il trouvait le courage de me dire ce qu'il ressentait sans être terrifié. Mais peut-être l'était-il, terrifié. Cela ne l'avait pas arrêté. Peut-être étais-je capable d'apprendre à faire ça, moi aussi. Il m'a tendu une tasse de chocolat et j'ai soufflé dessus pour me donner de la contenance, tout en réfléchissant à ce que je pouvais bien lui dire ensuite, me souvenant qu'il voulait savoir ce que je pensais.

« Tu ne gâches rien, ai-je répondu avec tout l'air que semblaient contenir mes poumons. Pas si tu m'embrasses encore. »

Et c'est ce qu'il a fait.

Bits désigne les deux petits seaux de tomates. « Tu vois ? Il y a un paquet de tomates ! »

Je ris en voyant l'air confus sur le visage de John et je lui explique franchement. « Peter n'arrêtait pas de se plaindre de ne pas pouvoir emmener Ana au resto, alors j'ai pensé que je pouvais leur offrir un succédané de dîner romantique sans que ça paraisse bizarre. Et puis l'occasion s'est présentée, et était trop belle pour que je la laisse passer. »

« J'avais l'intuition que vous manigonciez un truc pas très net », dit Penny en lançant un coup d'œil amusé à Nelly.

Le sourire de Bits s'élargit au fil de notre échange. J'ai au moins une alliée.

Nelly lève les mains en l'air. « Hé, moi je n'y suis pour rien. J'aurais été beaucoup plus subtil. »

Je manque peut-être de finesse, mais c'est louable de penser à la vie amoureuse d'autrui.

« Et si je nous préparais des sandwiches au beurre de cacahuètes chez John ? » je propose. « Juste histoire de survivre un petit moment jusqu'à notre retour. » Tout le monde gémit à l'idée des sandwiches à la cabane, qui est pourtant aussi gourmand qu'on peut l'imaginer par ici. « Oh, allez, faites un petit geste au nom de l'amour ! Vous allez toujours avoir votre délicieux dîner. »

Bits se met à tournoyer et à chanter sa chanson préférée de la Belle au bois dormant. Nelly la soulève et la fait valser. Ils me suivent tous dans la maison en grognant, mais l'amour est dans l'air, et ils descendent mes sandwichs au beurre de cacahuètes beaucoup plus facilement que je ne m'y attendais.

CHAPITRE 98

C'EST UNE BONNE chose que j'aime le jardin, car j'ai parfois l'impression qu'il faudrait planter une tente au milieu. Quand nous ne sommes pas accroupis à désherber, nous sommes occupés à arroser, cueillir, pailler, sécher, transformer nos plantes, fruits et légumes. Les plants de tomates montent à un mètre cinquante et sont chargés de beaux fruits rouges et verts. Le carré de melon sent délicieusement bon, et nous avons déjà fait mûrir quelques pastèques. Nelly a appris à Bits l'art de cracher les pépins et elle est très fière de détenir le record du monde. Faire craquer la peau épaisse de notre première pastèque a été un vrai rituel religieux. Les fruits frais, avant, on allait simplement les acheter au supermarché à n'importe quelle saison. Maintenant, on les déguste quand ils sont mûrs, c'est un plaisir rare et fugitif dont on doit profiter avant qu'il ne disparaisse jusqu'à l'année prochaine.

Aujourd'hui, toutes les filles sont réunies dans le jardin à cueillir des haricots. Les abeilles volent de fleur en fleur, profitant des derniers rayons du soleil et se préparant pour l'hiver, tout comme nous. Les mecs sont allés chercher du propane pour le poêle. Au début je voulais aller avec eux, avant de me raviser en pensant que je n'avais peut-être pas besoin de me tuer à porter un baril de deux cents livres. Je m'inquiète pour eux, cherchant des yeux la camionnette à l'horizon, derrière les vignes enchevêtrées. Je n'ai pas oublié notre dernier voyage en ville. C'est en fait la raison pour laquelle je voulais les accompagner. J'ai l'impression que si j'étais là, je pourrais contrôler le fil des évènements et les aider à mener la mission à bien en toute sécurité, même si je sais bien que c'est absolument faux.

J'essaie de mettre mon inquiétude de côté. Depuis quelques semaines, j'ai amélioré mes capacités à mettre les émotions gênantes de côté. Je ne peux pas obliger Adrian à m'aimer éternellement, je ne peux pas changer le cours de cette épidémie, je ne peux pas protéger tous ceux que j'aime, je ne peux pas éternellement enfoncer mes ongles dans mes paumes à cause du stress. Par contre je peux embêter Ana et Peter jusqu'à ce qu'ils acceptent enfin de se mettre ensemble.

« Bon, Ana, dis-je. Qu'est-ce qu'il se passe au juste, entre toi et Peter ? »

Elle reste imperturbable. « Rien du tout. » Elle recule et me regarde, les yeux écarquillés. « Je le jure, Cassie. »

Pense-t-elle que je vais être jalouse ? Je m'y suis mal prise.

Je tends une main pour calmer son bredouillement. « Ana, Ana. D'accord. Je sais que tu as toujours eu le béguin pour lui. Je t'assure que lui aussi, il t'aime. »

Son visage se détend et elle se mordille la lèvre inférieure. « Ah bon, tu crois vraiment ? »

« J'en suis sûre. Je le lui ai demandé. »

Elle baisse la tête et un rideau de cheveux tombe sur son visage. Un sourire se dessine derrière. « Tu lui as parlé ? J'ai pensé une fois ou deux qu'il était peut-être intéressé. Mais bon, il faut être réaliste. Tu m'as regardée ? »

Elle montre son débardeur tout taché et passe timidement la main dans ses cheveux courts. Ses bras sont couverts de terre et d'égratignures, elle n'a pas de maquillage. Et pourtant, elle est absolument radieuse.

« Ana, enfin, tu sais que tu es belle. Ta peau est dorée, tes cheveux sont denses, brillants. » Une lueur d'optimisme refait surface dans son regard, et je continue sur ma lancée. « Tes mains sont gracieuses, ton postérieur rebondi. Tu sens toujours la rose et... » Elle me lance un haricot en riant. « Je suis sérieuse, tu n'as besoin de rien d'autre pour lui plaire. Il t'aime et tu l'aimes. »

« Et toi, ça ne te dérange pas ? »

Curieux. En temps normal, en ce qui concerne les hommes, Ana ne se soucie jamais de quelles personnes il va lui falloir écraser pour arriver à ses fins.

« J'insiste. Vous me rendez fous, à tourner autour du pot. Tous ces regards languissants, ces frôlements persistants. Beurk. »

Je fais mine de vomir et je me prends une poignée de haricots sur la tête.

Bits déboule dans la cuisine. « Ils sont de retour, et ils ont une surprise pour tout le monde ! » crie-t-elle avant de repartir à toute allure.

L'arrière du pick-up est plein à craquer. Il y a deux réservoirs de propane attachés dans la remorque et un enchevêtrement de métal où je reconnais des vélos et un porte-vélos. Bits couine quand ils sortent du lot une bicyclette violette qui lui est de toute évidence destinée. Elle monte immédiatement dessus et fait plusieurs fois le tour de la cour.

« Il y en a un pour tout le monde, dit John. On est tombés sur un gars qui réparait les vélos et les vendait. Nous allons attacher le porte-vélos au toit de la camionnette et en garder quelques-uns là-haut. Celui-ci est pour toi, Cassie. »

Il me passe un vélo rouge. Penny regarde John, puis mon expression, et éclate de rire.

Tout le monde la dévisage avec curiosité, et elle explique : « Cassie ne sait pas faire du vélo. »

Six visages incrédules se tournent vers moi. Je dois être rouge comme une tomate. « Je tombe à chaque fois que j'essaie de monter sur un vélo. Pendant une minute, j'arrive à trouver l'équilibre, et puis tout à coup, tout part en coquillette, je perds le contrôle. »

« En *coquillette*, hein ? » répète Nelly avec un sourire de jubilation. Je suis contente que mes problèmes d'équilibre l'amusent à ce point. « Venant de toi, c'est drôlement étonnant ! »

Bits fait un autre tour de la cour. « C'est facile, Cassie, dit-elle. Tu as peut-être juste besoin de roues d'entraînement, jusqu'à ce que tu comprennes le principe. C'est comme ça que j'y suis arrivée, moi. »

Sa remarque est si drôle que je me surprends à m'esclaffer à mon tour. J'ai toujours eu envie de sauter sur un vélo et d'aller me défouler quelque part, mais ça finit à chaque fois par une grosse gamelle. Je ne comprends pas pourquoi. Au début, tout va bien, et l'instant suivant, je fonce tout droit vers le trottoir ou un tronc d'arbre, et je panique.

« Je peux t'aider, poursuit-elle. J'ai mes trucs. »

« Merci, Bits, dis-je, en tentant de garder un visage sérieux. Je vais avoir besoin de tous tes tuyaux. »

Ma première leçon de vélo sur le chemin de terre se conclut par la tragédie attendue. Je pose les pieds sur les pédales et trouve un équilibre, mais la roue avant heurte un caillou, ce qui fait partir la fourche sur le côté, et je ferme les yeux en m'envolant droit dans le fossé.

« Pourquoi as-tu peur de ton vélo ? » m'interpelle Peter depuis l'allée tandis que je me redresse.

Je me demande depuis combien de temps il m'observe. Bits se tient à côté de lui, c'est ma *pom-pom girl* à moi.

« Parce qu'il veut ma mort ! » je réplique.

Il s'esclaffe. Comme je suis mal à l'aise d'avoir un public, je décide de rentrer en vélo.

« J'ai appris à Jane à monter à cheval » continue Peter. C'est la troisième fois qu'il mentionne sa petite sœur ce mois. Pendant l'année où nous étions ensemble, il n'a jamais ne serait-ce que prononcé son nom. « Si un enfant de six ans peut le faire, tu en es capable aussi. N'oublie jamais ceci : ce vélo est ton ami. Il ne veut pas ta mort. » Mon air dubitatif le fait sourire.

Évidemment que ce vélo veut ma mort, comme tous les autres.

« Maintenant, répète ton nouveau mantra. »

« Pas question », dis-je en riant.

« Si, question. Dis-le, Cassandra. »

Ça ne va jamais marcher. Je lève les yeux au ciel et dis de ma voix la plus traînante : « Ce vélo est mon ami. Ce vélo ne veut pas de ma mort. »

« Bien. » Peter prétend que je n'agis pas comme une gamine de deux ans. « Maintenant, lance-toi. Surtout, ne ferme pas les yeux. Parce que c'est ce que tu as tendance à faire, pas vrai ? »

« Comment le sais-tu ? »

Il lance un clin d'œil à Bits. « Ma sœur faisait pareil. Allez. Vas-y ! »

Je ne veux pas qu'on me regarde. Je ne vais jamais réussir à trouver l'équilibre.

« Ne me regardez pas, dis-je. Fermez les yeux. »

Bits rigole et Peter s'accroupit devant elle pour qu'elle mette les mains devant ses yeux. « C'est bon. Je ne regarde plus. »

Je remonte sur selle et je pédale. Le vélo prend de la vitesse et j'ai tout de suite l'impression d'avoir perdu le contrôle, mais je lutte contre l'envie de fermer les yeux et d'atterrir dans un tas relativement mou. Je serre fermement le guidon et je redresse la trajectoire. Le vent vient souffler dans mes cheveux et me rafraîchir le cou. Ce doit être la raison pour laquelle les gens aiment faire du vélo. C'est beaucoup plus fun que la course à pied. Après une bonne longueur, je ralentis et descends pour tourner le vélo dans l'autre direction. Pas question de tenter une manœuvre de casse-cou pour les épater, même si Bits, comme la plupart des enfants de sept ans, en est capable, et je repars dans leur direction.

Mes yeux sont braqués sur la route, et ce n'est que lorsque j'entends leurs sifflements et acclamations que je lève les yeux vers eux. Bits est trop occupée à applaudir pour couvrir les yeux de Peter, et ils me regardent tous les deux avec excitation. Je freine à leur niveau, me sentant à la fois fière et complètement tarte.

« Je sais faire du vélo ! je m'écrie. Plus ou moins. »

« Tu t'es très bien débrouillée ! dit Bits. On va pouvoir s'entraîner ensemble ! »

Elle est visiblement sincère, et je me penche pour l'embrasser. « Merci pour ton conseil, dis-je à Peter. Ça a marché. Maintenant, tu peux peut-être suivre le mien. »

« Je vais y penser, Cassandra. À condition que tu arrêtes de m'embêter à ce sujet. »

« Marché conclu ! »

Nous savons tous les deux que je n'ai aucune intention de m'arrêter en si bon chemin. Il me regarde avec sévérité, mais je le regarde dans le blanc des yeux jusqu'à ce qu'il esquisse un sourire. Avec un geste d'au-revoir, je continue vers la maison perchée sur mon vélo, sans tomber une seule fois.

Chapitre 99

Ce matin, le soleil reste caché derrière de sombres nuages, mais je suis debout dès l'aube, comme d'habitude. La pluie a ses avantages puisqu'il y a moins de choses à faire, ce qui nous autorise à faire la grasse matinée. J'ai eu ma période où j'estimais que huit heures du matin, c'était trop tôt, tandis que onze heures était parfaitement acceptable le week-end. Ce matin, mon objectif raisonnable, c'est huit heures. Je m'enfouis sous les couvertures, mais au bout de quelques minutes, je soupire et abandonne la partie.

« Avant, à huit heures, je rentrais chez moi après une soirée, ce n'était pas une heure pour se réveiller ! » gémit Nelly.

Il regarde par la fenêtre, un bras plié sous la nuque. J'étire les bras et pointe les orteils. Ça ne me fait pas aussi mal qu'avant. Mon corps s'est habitué à tous ces exercices.

Il sort de sa rêverie. « Cela fait deux nuits sans cauchemars, pas vrai ? » me demande-t-il.

J'acquiesce. « Comment le sais-tu ? »

« Eh bien, à force de me faire rouer de coups et réveiller chaque nuit par des hurlements, je commence à m'en rendre compte. Et du coup, j'ai aussi tendance à remarquer quand je dors normalement. »

Je lui donne un coup de coude sous la couverture. Il gémit et replie ses jambes. Mes pieds sont gelés sous la couette, même en été. Adrian me laissait toujours glisser mes pieds glacés sous ses cuisses. Il serrait les dents et me souriait pendant que je soupirais de contentement.

« Je pense que les cauchemars sont finis, dis-je. Du moins pour le moment. » Je ne peux pas expliquer pourquoi, mais je suis presque sûre que c'est le cas. Je recommence à me sentir moi-même.

Je rejette les couvertures et je choisis des vêtements. Quand j'ouvre le tiroir supérieur de la commode, un éclat d'argent luit, et je prends la bague. Elle est chaude et lourde dans ma paume. Je la pose sur le lavabo de la salle de bain, et une fois habillée, je la glisse dans ma poche. C'est là qu'est sa place, c'est là qu'elle me rend heureuse. Quoi qu'il arrive. Je la tapote avec gratitude et je vais prendre mon petit déjeuner.

Notre impitoyable partie de Monopoly vient de s'achever, et nous restons assis à la table, à écouter la pluie tomber sur le toit en métal, jusqu'à ce qu'un grand bruit de vaisselle cassée retentisse dans la cuisine.

Penny se tient au-dessus de morceaux éparpillés d'un saladier. « Mer…credi ! Désolée, Cass. »

Je n'arrête pas de lui dire que c'est sa maison à elle aussi, mais je sais qu'elle se sent coupable d'avoir brisé quelque chose qui appartenait à mes parents.

« Je t'en prie, Penny, ce n'est rien. Tu te souviens quand j'ai cassé le vase de ta mère ? »

Nous avions douze ans et je montrais à Penny quelques pas de danse loufoque de mon invention. Penny sourit, se souvenant que quand Maria était rentrée à la maison et avait vu les dégâts, elle n'avait pas bronché. Elle s'était simplement dirigée vers la chaîne hi-fi et avait mis de la musique, en me demandant de lui montrer les pas. Elle s'était alors mise à danser dans toute la maison pendant que nous nous tordions de rire.

Si seulement elle était là maintenant. Si seulement nous la savions en sécurité. Ma crainte doit se lire dans mes yeux car Penny détourne le regard pour contempler la vaisselle brisée. Puis, relevant les yeux, elle esquisse un sourire.

« C'est une journée parfaite pour regarder des films, soupire-t-elle. La plupart du temps, la télé ne me manque pas, mais un jour comme aujourd'hui… »

« Oh, un film », s'écrie Bits. On dirait que quelqu'un vient de lui offrir un voyage sur la lune. « Je voudrais tant regarder un film. »

Jean part d'un grand rire. « Eh bien, les filles, si j'avais su à quel point cela vous manquait, j'aurais dit quelque chose plus tôt.

Pourquoi ne regardons-nous pas un film chez moi en mettant en route le générateur ? »

Nous ne nous autorisons presque aucun excès d'électricité. Le générateur reste chez John et fait fonctionner les congélateurs quelques heures par jour, le minimum pour garder les aliments congelés. Il alimente aussi la radio et la machine à laver, charge les batteries et les outils. Comme l'essence est une ressource très limitée, et nous voulons en garder suffisamment pour passer l'hiver.

« Oui ! » crie Bits en se jetant autour du cou de John.

Elle est devenue particulièrement démonstrative depuis quelques semaines. J'ai déjà reçu des milliers de bisous. Même si ses cauchemars n'ont pas disparu, ils semblent moins récurrents. À vrai dire, elle nous fait tant confiance que je suis terrifiée à la possibilité que nous la décevions un jour, d'une manière ou d'une autre.

« Eh bien, en tout cas, je crois qu'on n'a pas besoin de pop-corn », je la taquine.

Elle sourit. « Caaassiiie ! Si, il nous faut du pop-corn ! Et on doit aussi amener mes barbies et ton chien. » Elle court dans le couloir récupérer les jouets avec lesquels elle s'est remise à jouer.

« Ouah, s'écrie Nelly. Vous croyez que cette gamine a vraiment besoin d'un film ? »

Au générique de fin de Princess Bride, nous soupirons tous de contentement. Passer un moment plongé dans un autre monde, c'était vraiment comme un voyage sur la lune. Je regarderais des films pendant une semaine d'affilée si c'était possible.

« Bon, ça va être l'heure de la radiodiffusion de sept heures », nous rappelle John.

Nous mangeons le reste du pop-corn en attendant le début de l'émission. Je me prépare à entendre à nouveau le son de la voix d'Adrian, même si je sais que c'est peu plausible. Effectivement, on entend juste Matt, qui annonce sa liste des zones de sécurité. Sauf que cette fois, il en manque une.

« La zone de sécurité à l'extérieur d'Allentown, en Pennsylvanie, a été compromise, rapporte-t-il. Les survivants ont décrit un groupe de Lexers de plusieurs centaines de personnes. Leurs pertes exactes, bien qu'inconnues à ce jour, sont très élevées. Certains survivants se trouveraient actuellement dans la zone de sécurité de Starlight, en Pennsylvanie. »

Il rappelle aux auditeurs que des bancs de Lexers de cette taille pourraient impliquer un changement dans le comportement des infectés. Son rapport se termine une minute plus tard. Je suppose que même Matt, qui semble prendre un vif intérêt à être devenu une célébrité radiophonique, n'a pas l'énergie et la positivité habituelle.

« D'accord » dit John. Sa bouche s'affaisse légèrement. « Nous devons commencer à travailler sur nos fortifications dès demain. »

J'essaie d'imaginer le groupe de Lexers que nous avons rencontré au Radio Shack en neuf fois plus gros.

« Nous ne pourrons jamais en combattre autant à la fois » je me lamente.

« Non, répond John. C'est pour ça que nous avons notre camionnette. »

Tout l'enchantement du film s'est dissipé quand nous rentrons à la maison.

Bits me tient par la main et parle sans arrêt de la princesse Bouton-d'or. Elle ne se laisse pas miner le moral, en tout cas, et je veux qu'elle reste ainsi. L'imaginer seule et sans défense me glace et je lui serre la main un peu trop fort.

« Aïe ! » dit-elle.

Je relâche la prise. « Désolée ma puce. » Mais c'est tout ce que je peux faire pour ne pas la serrer à nouveau, tellement je suis inquiète.

Chapitre 100

John répartit des munitions dans chacun de nos sacs à dos stockés dans la camionnette. Il lui reste quelques RPM, et avec les provisions restantes récupérées à Sam's Surplus, nous avons de quoi manger pour quelques jours.

« Beurk », fait Penny quand j'en glisse dans chaque sac.

John sourit. « Ah, ils ne sont pas si mauvais. Si tu avais vu ce qu'ils nous ont distribué pendant la guerre du Vietnam. Ça avait un goût bien pire et ça pesait une tonne dans les sacs. »

« Mais ils vous donnaient aussi des cigarettes à l'époque, n'est-ce pas ? » demande James avec envie, en poussant un vélo vers le porte-vélos. Il n'a pas vu l'ombre d'une clope depuis son dernier paquet.

« C'est vrai, et c'était ce qu'il y avait de mieux dans ces sacs. »

« Eh bien, ils auraient dû accorder des primes supplémentaires ne serait-ce que pour ces horribles repas. » dit Penny. Elle ajoute un autre sac de couchage à l'arrière. « Je pense qu'il ne reste plus rien à charger. »

John s'esclaffe. « Bon, James, je vais avoir besoin d'aide pour les volets. On peut les scier chez moi et les amener ici en voiture.

Après avoir installé le vélo, James dit : « Bien sûr, patron. »

Pendant qu'ils travaillent sur les volets, je m'occupe des lettres à enterrer sous l'arbre à messages. J'en écris une nouvelle à Henry Washington, l'informant que nous allons dans le Vermont s'il ne nous trouve pas ici. Je me souviens de sa petite famille, et de m'être dit que j'avais beaucoup de chance de ne pas avoir d'enfants à protéger. Et maintenant que la situation a changé, que je suis responsable, ma crainte est confirmée. Il y a la peur de la voir mourir ou pire encore, le risque que je meure et qu'elle subisse un sort atroce, seule et terrifiée. Je pense au petit Hank au visage si sérieux et je m'efforce de l'imaginer plein de vie, batailleur, et pas affaibli, errant, mourant dans une forêt isolée.

J'écris à Éric. Je lui parle de la bague et le remercie de me l'avoir gardée. Je lui dis qu'il avait raison à propos de la bague, d'Adrian et du fait que le virus s'est révélé bien plus grave que nous l'imaginions. Je lui dis qu'il m'a sauvé la vie en me faisant promettre de quitter New York. Que je l'aime. Et je l'imagine avec Rachel à avancer dans les bois, chantant et blaguant, car c'est l'image que je me fais toujours de lui. Je lui fais promettre de nous retrouver dans le Vermont dès qu'il le pourra.

Il n'est que trois heures de l'après-midi, mais la maison est plongée dans l'obscurité. Chaque fenêtre et porte-fenêtre du salon est couverte de l'intérieur. John a construit des encadrements qu'il a placés autour de chacune permettant de suspendre les volets de contreplaqué. Ceux-ci comportent de petites portes battantes à charnières permettant de voir et de tirer avec une arme à feu.

« J'en ai fabriqué un autre pour le couloir, dit John. Je n'avais pas assez de bois pour les fenêtres des chambres, parce qu'elles sont plus hautes. On peut en faire une sorte de chambre forte jusqu'à ce qu'on obtienne plus de bois. On installera nos volets tous les soirs. »

« On se croirait dans un épisode de l'Agence Tous Risques », j'observe. Quand tout le monde me regarde avec curiosité, j'explique : « Eric et moi, on regardait tout le temps les rediffusions… Vous vous souvenez qu'à la fin de chaque épisode, ils construisaient toujours un véhicule bizarre ou une forteresse ou un autre truc du même genre ? »

Le visage de James, jusqu'ici impartial dans l'obscurité du salon que nous imaginions cerné d'ennemis, semble retrouver son sourire habituel. « C'était le moment que je préférais. »

« Dites, je peux être le Lieutenant Templeton Peck ? » demande Nelly.

« Peter et toi, vous pouvez vous battre pour rôle, dis-je. Moi en tout cas je suis Murdock, c'était mon préféré. »

« Tiens, ça m'étonne ! » cingle Peter.

Nelly et lui se tapent dans la main. Qu'est-ce que qu'ils ont tous à se faire des *high five* ?

« Eh bien, personne ne doutera que je suis Mister T. On me dit souvent que la ressemblance entre lui et moi est troublante. »

« Bien sûr. C'est ce qui m'a attiré chez toi, au début », dit Penny à James, qui croise les bras à la façon de Mister T.

« Je plains l'idiot qui osera salir mes volets en contreplaqué », dit James d'une voix grave, ce qui nous fait éclater de rire.

Bits rigole aussi, bien qu'elle n'ait aucune idée de ce dont nous parlons. Elle se met alors à imiter James et prend la pose de Barracuda, ses bras maigres croisés devant sa poitrine, forçant sa petite voix à devenir caverneuse. Le fou rire reprend de plus belle.

John fait mine d'être inquiet. « Bon. Nous ferions mieux de les ranger pour l'instant. L'obscurité n'arrange pas notre état. »

CHAPITRE 101

IL N'EST QUE sept heures du matin, mais la journée s'annonce déjà chaude, humide et calme. Nelly fait la vaisselle du petit déjeuner pendant que nous prenons nos aises dans le salon. Il y a tant de choses à faire qu'aucun de nous n'a envie de bouger.

« Il fait si chaud », gémit Bits depuis le parquet où elle est allongée à plat ventre.

« C'est vrai, approuve Peter. On dirait que tu commences à fondre. Regarde-toi, tu es en train de couler sur le bois. »

Elle rit. Je l'évente avec un vieux magazine, et elle ferme les yeux, soupirant d'aise quand l'air lui arrive au visage.

« Il fait trop chaud pour faire quoi que ce soit », dit Penny. Elle me regarde avec un œil plissé, comme elle le faisait au lycée.

« On pourrait faire l'école buissonnière, non ? »

C'est la meilleure idée que j'ai entendue de toute la matinée. « Je suis totalement d'accord. Allons faire un brin de baignade à l'étang. »

Bits se redresse sur son séant. « Il y a un étang ? Où peut- on nager ? »

J'acquiesce. « Ouais. Il faut marcher environ un kilomètre et demi pour y accéder, et c'est un peu boueux et dégoûtant, mais on peut y attraper des grenouilles et des salamandres. Et nager, accessoirement, pour ceux que ça ne dégoûte pas trop. »

« Trop bien ! On peut y aller ? » Bits bondit sur ses pieds, ayant oublié la chaleur suffocante.

Je lance un regard à John, qui hoche la tête. « Il faudrait d'abord vérifier que le périmètre est sûr, mais je ne vois pas pourquoi il ne le serait pas. Et puis, je crois me souvenir que j'ai toujours les filets à grenouilles des enfants à la maison. »

« On pourrait emporter un pique-nique ? » demande Bits. « Et, Cassie, on pourrait faire de la peinture ? En extérieur, comme tu m'en parlais ? »

« Bien sûr. » J'aime la voir excitée comme une puce. Cela me donne l'impression qu'elle vit presque une enfance normale. Je fais un signe à Nelly. « Il suffit de tout charger sur notre mule préférée. »

« Hue, dada ! » fait-il.

« C'est un âne, idiot ! » réplique Bits en riant, avant de filer dans la chambre pour trouver quelque chose à se mettre.

Un peu plus tard, John et Peter nous appellent sur le talkie-walkie pour confirmer que la voie semble libre. L'étang est un petit affluent du ruisseau qui traverse les terres de mes parents pour se terminer par un barrage de castors. À cette période de l'année, il est cerné de roseaux et grouille de libellules et d'amphibiens.

Quand on y arrive enfin, nous sommes tous dégoulinants de sueur. John et Peter se tiennent au milieu de la clairière autour de l'eau et examinent les environs. Je me mets en maillot de bain et vaporise Bits et moi-même de crème solaire.

« Hé, *blanc-bec*, dit Penny à James. Viens mettre un peu de crème. »

Tandis qu'elle vaporise James, et j'admire son bronzage avec envie. « Je te déteste » dis-je. Elle répond par un grand sourire fier.

Nelly laisse tomber les sacs dans l'herbe et retire sa chemise. « Je vais dans l'eau. Tu viens avec moi, Bits ? »

« Ouais ! » crie-t-elle. Elle court dans la vase qui borde l'étang et pivote vers nous. « Euh, c'est dégoûtant, mais pas trop non plus. L'eau est chaude en tout cas. Venez ! »

Je m'avance vers l'eau. J'adore cet endroit, même le fait qu'il est un peu loin de la maison, et sans système d'alerte, me rend nerveuse.

Bits couine de délice en voyant les grenouilles sauter dans l'eau pendant que nous pataugeons, la vase s'enfonçant entre nos orteils. « Il y en a une là, Cassie ! Et une autre ! Il y en a au moins un million ! »

Nelly passe devant nous et plonge. Il jaillit plus loin et retombe comme un thon. Bits patauge comme un petit chien autour de moi sans cesser de parler. L'eau est rafraîchissante, et me procure un effet merveilleux. Je suis sur le point de plonger dans l'eau quand ma cheville est happé sous mon corps, et j'atterris dans un grand éclaboussement, l'eau jusqu'au cou. Je cherche de l'air pour appeler au secours. En un instant, je vois les évènements futurs défiler : une morsure à la cheville, une mort lente, puis la façon dont ils vont m'achever pour s'assurer que je ne revienne pas. Je donne un coup de pied dans l'assaillant, et sa prise se relâche. Je vois Bits, et l'attrape pour la protéger, et c'est à cet instant que je vois Nelly apparaître, se frottant la poitrine, où ressort une marque rouge.

« Désolé, dit-il avec un sourire penaud. J'ai oublié que ce genre de blagues ne faisait plus rire personne ces derniers temps. Cela va sûrement me faire de beaux bleus. D'ailleurs bravo pour les mouvements de karaté. »

« Oh bon sang, Nelly ! » Je mets ma main sur mon cœur. « Tu m'as flanqué une de ces trouilles ! »

Je l'éclabousse avec toute ma hargne. Bits se joint à moi et rigole tandis qu'il accepte sa punition avec le sourire. Peter, qui a accouru en entendant mes cris, prend Bits dans ses bras et la balance de gauche à droite. Puis il la jette à l'eau dans un grand bruit d'éclaboussement.

Elle revient tout de suite en hurlant. « Vas-y, recommence, Peter ! »

John surveille l'orée de la forêt. Nous n'avons pas vu un seul Lexer dans les parages, car le terrain se situe sur une colline escarpée et isolée. Cependant rien ne garantit que la situation ne va pas changer un jour. Une fois rafraîchie, je me dirige vers les couvertures qu'on a étalées sur l'herbe, pour déballer le matériel de peinture. Bits me rejoint et je lui montre comment mélanger les couleurs. On reste assises au soleil avec nos pinceaux, calmes et concentrées.

Une ombre se profile derrière moi. « Oh, pas mal les filles », dit Peter.

Je lutte contre mon envie de cacher mon œuvre. « Bah non, c'est très mauvais. »

Il s'accroupit à côté de moi. « Eh bien, en trente minutes, tu as fait un truc beaucoup mieux que ce que je pourrais faire en un an, alors je trouve ça plutôt impressionnant. Je n'ai jamais vu aucune des tes œuvres, tu sais. »

« Mais si, voyons. Le tableau dans le salon, par exemple ? »

C'est un tableau représentant un potager en fleurs, où l'on voit une femme, ma mère, dans l'ombre, qui jardine.

« Ah, c'est toi qui a peint ça ? Ouah. Chaque fois que je passe devant, je me dis que j'aimerais bien plonger dans ce monde. Les couleurs font penser à un rêve : vives et liquides, mais tendres, douces. »

Je souris et hoche la tête. Ma mère a toujours dit que c'était exactement l'image qu'elle avait du paradis. « Merci. Je l'aime bien, celui-là, mais j'ai perdu la main, depuis le temps. Il faut qu'on s'entraîne si on veut s'améliorer. Pas vrai, Bits ? »

Elle hoche la tête et pointe du doigt sa toile, où elle a peint trois mille grenouilles assises au bord de l'eau. « Regarde le mien, Peter. »

Il s'approche d'elle et se tient la main sous le menton, comme le ferait un collectionneur d'art. « J'adore. J'aime beaucoup ce que vous avez fait avec le motif des grenouilles. On l'encadrera et on le mettra au mur quand tu auras fini. »

« Cassie a dit qu'on allait monter une galerie d'art ! Et je vais faire une exposition. » Elle nettoie sa brosse et essuie la sueur de son front. « Je peux retourner nager ? J'ai chaud. »

Nelly et Ana sont encore dans l'étang, et j'acquiesce. « Bien sûr, on déjeunera quand vous revenez. »

Peter et moi la regardons se diriger vers l'eau. On sourit en silence quand Nelly la lance en l'air.

« J'adore cette gamine, dis-je. J'avais peur qu'elle soit trop marquée par tout ça, mais elle a l'air de s'adapter. » Je secoue la tête. « Je crois qu'à sa place, je ne serais pas capable être aussi forte. »

« Je sais. » Peter la regarde rire quand Ana la tire dans l'eau. « Elle m'étonne vraiment, moi aussi. »

« Ça ne te fait pas peur ? » J'ai besoin de savoir si je suis la seule à m'inquiéter autant pour elle. « De savoir que nous ne pourrons pas toujours la protéger ? »

Il me regarde en hochant la tête, le visage décidé. « Je ferai tout ce qui est en mon pouvoir pour la garder en sécurité. Je

l'aime comme ma fille. Je ne savais pas que c'était possible… »
Il s'interrompt et détourne le regard, clignant des yeux rapidement.

Je pose ma main couverte de peinture sur son épaule. « Je sais.
Elle le sait aussi. C'est peut-être pour ça qu'elle est si heureuse,
parce que nous l'aimons tant, et qu'elle s'en rend compte. »

Peter pose sa main sur la mienne et sourit. Il a l'air heureux,
du moins autant qu'il est possible de l'être quand on réfléchit à ce
genre de choses.

« On ne peut que faire de notre mieux », je conclus, ne me
sentant moins seule dans mon angoisse. Je me hisse en tirant sur
sa main. « Maintenant, que dirais-tu d'un petit jeu de poules ? Je
sais que Nelly et Ana sont toujours prêts à jouer. »

Il sourit à pleines dents. « C'est parti, allons leur faire mordre
la poussière. »

Chapitre 102

J'ai pu faire la grasse matinée, pour une fois. Nelly a dû se faufiler en douce hors du lit pour me faire une fleur en ce jour. C'est mon anniversaire. J'ai toujours aimé avoir mon anniversaire en août, parce que comme cela, je pouvais le passer ici, dans notre maison de vacances.

Bits se tient au bout du couloir et s'éclipse en me voyant émerger, gloussant follement. Elle agit de manière suspecte et innocente depuis quelques jours, comme seuls les petits enfants en sont capables. Une pile de crêpes trône sur la table, et les volets sont empilés contre un mur au fond du salon, démontés pour la journée.

Penny est en train de nettoyer la cuisine. « Joyeux anniversaire ! » dit-elle en me faisant un câlin. « Qu'est-ce que ça fait d'être aussi vieille ? »

« Tu le sauras dans quatre mois. Pour l'instant tu es trop jeune pour comprendre. »

« Joyeux anniversaire ! Quand je serai aussi vieille que toi, je me maquillerai ! » hurle Bits sans raison apparente. On pourrait penser que c'est le sien, d'anniversaire, à la voir gesticuler et danser. « Vingt-neuf ans, c'est vieux dites-donc ! »

Je me recroqueville et fais mine de marcher avec une canne jusqu'à la table. Bits pose quelque chose sur ma tête. Je tâte mes cheveux et sens un tissu doux.

« C'est ta couronne d'anniversaire, me dit Bits. Je porte toujours une couronne à mon anniversaire. »

J'admire la couronne de feutre violet ornée d'une étoile cousue sur le devant.

« C'est absolument magnifique. Est-ce que tu l'as fait ? » je m'écrie. Elle arbore un sourire très fier et hoche la tête. Je la serre fort. « Merci beaucoup. Je la porterai toute la journée. »

Je remplis mon assiette tandis que les autres se joignent à nous, m'adressant leurs souhaits d'anniversaire. Nelly arrive avec un seau plein de lait et je le remercie de m'avoir laissé dormir ce matin.

« Merci à toi de m'avoir laissé dormir tranquille, Birthday girl », dit-il en me frottant les épaules. Cela fait des semaines que je n'entends plus tes cauchemars. »

Je trouve Ana dans le jardin. Je sais qu'elle garde l'œil sur ce qui mûrit, car elle est toujours fourrée là.

« Il y a tellement de choses à récolter, dit-elle. Nous devons relancer la mise en conserve dès demain. »

« Je vais préparer des bocaux de tomates aujourd'hui », dis-je.

« Juste une chose, sache que la cuisinière va être occupée toute la journée et que tu ne seras pas autorisée à pénétrer dans la cuisine. Je ne t'en dis pas plus, sinon Bits me tuera. »

Je rigole. « Compris. » Je renifle les tomates qu'on vient de cueillir et soupire d'extase.

« Incroyable, non ? dit Ana. Et elles sont aussi délicieuses qu'elles sentent bon. »

Je pense à la fille gâtée qu'elle était il y a quatre mois, qui jetait ses longs cheveux en arrière avec une éternelle moue renfrognée. Comme elle a changé. Elle doit lire dans mes pensées car elle secoue la tête.

« Je sais. Je suis devenue fan de jardinage. Qui l'eut cru ? »

« J'aurais juré t'avoir entendue parler aux semis. »

« Je ne vais pas le nier, c'est ce que je fais quand personne ne regarde. Je voulais leur chanter des berceuses avec toi et Penny, mais je me suis dégonflée. Chanter ouvertement, ce serait admettre l'étendue de ma déchéance. Je n'ai jamais voulu que tout change à ce point. » Elle hausse les épaules et place quelques tomates dans le panier posé à ses pieds. « Je n'y crois toujours pas. »

« Moi non plus. » Je pense aux années que j'ai perdues après la mort de mes parents. « J'aimerais revenir à la façon dont les choses étaient, mais faire certaines choses différemment. »

« Moi aussi. Mais maman dit toujours que s'attarder sur le passé ne mène nulle part, alors pour une fois, je vais écouter son conseil. »

« Elle a raison. » Une expérience récente me l'a confirmé. « Parlons plutôt l'avenir, qu'est-ce qui se passe au juste entre toi et Peter ? Et je suis totalement indiscrète, alors dis-moi tout. »

Elle tend les mains et un pli apparaît entre ses sourcils. « Mais rien, toujours rien. Parfois, je pense qu'il veut m'embrasser et puis plus rien. Aucune idée de ce qui se passe dans sa tête. Ça me rend folle. Je l'aime tellement, Cass. » Sa voix s'adoucit. « C'est le premier gars que *j'aime* vraiment, je crois… »

Ce n'est plus un scoop. « Je m'en occupe, fais-moi confiance. »

L'après-midi, Nelly et moi allons faire fonctionner le générateur, car Bits m'a ordonné de disparaître jusqu'à l'heure du dîner. La maison de John est calme et fraîche. Pendant que les congélateurs tournent, on se prélasse dans le salon.

« Au fait, j'ai quelque chose pour toi », dit Nelly depuis le canapé.

« Un cadeau ? » Je demande.

« Ouais. » Il a l'air de douter. « Mais je ne sais pas si tu vas l'aimer. »

« Comment pourrais-je ne pas aimer un cadeau qui vient de toi ? Donne-le-moi tout de suite ! »

Il tire une petite boîte à bijoux de sa poche. À l'intérieur se trouve une chaîne en argent composée de minuscules maillons torsadés à la main. Elle a un air désuet qui me plaît instantanément.

Je m'agenouille près de lui et l'embrasse sur la joue. « C'est trop gentil. Merci. »

« Je sais que tu ne portes pas beaucoup de bijoux, mais c'est pour y passer ta bague. Peut-être que tu ne veux pas la mettre à ton doigt, mais elle pourrait se perdre dans ta poche. »

Je le fixe avec stupeur, me demandant comment il a pu s'en rendre compte.

Il lève un sourcil. « On dort dans la même chambre. Et puis, je te connais, chérie. Mais tu n'es pas obligée de l'utiliser pour ça, fais ce que tu as envie de faire avec. »

« Eh bien j'en ai envie, justement. » Je passe l'anneau dans la chaîne et je serre Nelly dans mes bras. « Comment fais-tu pour toujours savoir de quoi j'ai besoin ? »

« Je me dis simplement : si j'étais gauche, girouette, créatif, qu'est-ce qui me ferait plaisir ? »

« Très drôle. » Je lui tape sur le genou en signe de gratitude. « Non, vraiment. Merci, Nels d'avoir toujours été là pour moi. »

« Toi aussi, tu es là pour moi. » Il hausse les épaules, embarrassé par cet échange démonstratif, puis revient à son état normal. « Il faut juste que tu saches que je m'attends maintenant à un cadeau d'anniversaire hors du commun. »

Je lui fais un clin d'œil. « Je vais voir ce que je peux faire. »

Chapitre 103

Bits insiste pour que je garde un bandeau sur les yeux jusqu'à ce que tout le monde crie : « Surprise ! ». Un beau gâteau trône devant nous, de guingois et couvert d'une belle épaisseur de glaçage, de toute évidence l'œuvre de Bits. Tout autour, il y a des pizzas et de la bière maison. La cerise sur le gâteau, c'est le tourne-disque à manivelle de mon père. Quand j'ouvre les yeux, James pose doucement l'aiguille sur « Happy Birthday Sweet Sixteen », qui retentit dans la pièce. Ce cachotier a adapté la platine pour qu'elle puisse jouer des 45 tours.

Bits saute de joie : « Ce soir, c'est soirée dansante ! Penny a dit que tu en rêvais. »

Je lance un regard de jubilation à Penny qui sourit. J'ai tellement de chance d'avoir des amis qui me connaissent si bien et font de leur mieux pour m'offrir ce dont je rêve. Je les embrasse tous, un par un.

« Ne l'inquiètes pas, dit James pour devancer mon inquiétude. John a vérifié le volume. On n'entend rien dans l'allée. »

Je me détends. J'ai grandi avec cette musique, comme mes parents avant moi, et l'écouter à nouveau me procure la douce sensation de retrouver mon cocon familial. Nous apprenons ensuite à Bits à danser le twist, le "Swim" et le "Mashed potato". Même John danse, parce que cette bonne ambiance est contagieuse, alors qu'il a juré qu'il ne le ferait pas. Il y a une accalmie pendant que Bits parcourt les disques et que nous mangeons.

« Celui-ci vous va ? » demande-t-elle en montrant un 45 tours. « *This Magic Moment* ? » Penny le prend des mains de Bits et me lance un regard.

J'ai un pincement au cœur, mais j'acquiesce. « C'est l'une des meilleures chansons au monde. C'était la chanson de mes parents. Vas-y, mets-le. »

Tandis que retentissent les premiers accords, mon cœur se serre davantage. Cette chanson, c'est ma mère et mon père, c'est Adrian. Mais quand Nelly me tend la main pour m'inviter sur la piste, et je me lève et m'écarte. Ça fait mal, mais je sais qu'il vaut mieux ressentir de la douleur que rien du tout. Et je trouve qu'une fois que j'accepte cela, la douleur diminue, et ce qu'il en reste, c'est de l'amour.

Peter est dans la cuisine, occupé à couper des carottes et des concombres en bâtonnets. Je me hisse sur le comptoir et balance les pieds.

Il donne une pichenette à ma couronne. « Hello, princesse d'anniversaire. »

« Salut. Alors, quand vas-tu enfin te décider à embrasser cette malheureuse fille ? »

Ses mains s'immobilisent. « Cassie, j'ai beaucoup d'argent. Beaucoup. Tout ça pourrait être à toi, si tu voulais. »

Je balaie une main. « Je me fiche de ton blé. »

« Oui je sais. » Ses yeux brillent. « J'ai toujours trouvé ça rafraîchissant, ce dédain, mais maintenant, c'est juste irritant. »

J'éclate de rire. Il recommence à couper les légumes, mais je touche son bras. « Non, sérieusement, qu'est-ce que tu attends pour aller la voir ? »

Il regarde la nuit derrière la fenêtre, puis se tourne vers moi d'un air anxieux. « Je ne veux pas tout gâcher. »

Je me souviens qu'il m'avait dit la même chose. S'il ressent ça pour elle, alors ce n'est qu'une question de temps.

« Mais vous êtes parfaits l'un pour l'autre. Tu ne vas rien gâcher. Tu n'as quand même pas peur de l'embrasser ? Tu n'as pas à t'en faire pour ça, Pete. Je suis bien placée pour le savoir. »

Le rouge lui monte aux joues. Je réalise ce que je dis et me dis que j'aurais peut-être dû éviter cette dernière bière, pourtant je ne me sens pas du tout saoule. Je me sens heureuse, et un peu bête.

« Pense à l'avenir… Vous pourriez ouvrir ensemble la première boutique post-apocalyptique au monde. »

Je forme un cadre avec mes mains pour partager ma vision.

Il glousse malgré lui. « Cassie, qu'est-ce qu'il t'arrive, ce soir ? »

« Je suis juste de bonne humeur. »

Je n'arrive pas à effacer le sourire sur mon visage. Il sourit. Peter est toujours dans la retenue, comme s'il avait peur de rire trop fort, mais ce sourire-là est sincère.

« Je suis content de l'entendre. Même si ça te rend encore plus bizarre qu'en temps normal. »

Je ne vais pas le laisser dévier du sujet qui nous occupe. « Je promets que tu ne vas rien gâcher. »

« Nous sommes de très bons amis. Et si on restait tous coincés ici pendant dix ans ? Je voulais juste être sûr que c'est une histoire qui pourrait durer. »

Il parle au passé, il doit donc déjà avoir pris sa décision.

« Mais c'est comme ça que ça marche, pourtant. Heureusement, que vous êtes aussi des amis, sinon ça ne marcherait jamais. Alors, Ana est le genre de filles avec qui tu envisages une relation sur dix ans ? »

« Oui. » Il est vraiment de plus en plus timide, et mon sourire s'élargit. Il répète : « Oui, je pense. »

« Alors n'attend plus, bon sang. Nous n'avons peut-être plus beaucoup de temps à vivre, alors ne le perd pas. C'est le seul cadeau d'anniversaire que je te demande ! » J'applaudis à cette idée.

« Si je comprends bien, en cadeau d'anniversaire, tu veux que ton ex sorte avec une autre fille. » Peter secoue la tête en emportant le plat de bâtonnets pour retourner au salon.

« Je veux ton bonheur, c'est tout. » je lâche d'une voix mélancolique, et il se retourne d'un air interrogateur. « N'avons-nous pas tous les deux perdu assez d'années de notre vie à être malheureux ? »

Son sourire est triste. « Tu n'as pas tort sur ce point. »

« Mais plus maintenant. »

« Non, plus maintenant. »

Un courant passe entre nous, une sorte de pacte. Nous nous sourions et je me rends compte que Peter est devenu l'un de mes meilleurs amis. Je suis tellement content qu'il soit là. Il hoche la tête et se retourne à nouveau.

Je saute du comptoir et lui donne une tape d'encouragement sur le derrière. « Vas-y, champion ! »

Il saute un pied en l'air. « À y réfléchir à deux fois, peut-être que j'aimais mieux quand tu me faisais la gueule. »

« Je ne te crois pas. »

« Non, je te fais marcher », dit-il avec un clin d'œil.

Au bout de quelques danses endiablées, je vais m'asseoir en soufflant. DJ Bits décide de jouer *Breaking Up is Hard to Do*.

Peter sort un disque de la pile. « Après, on passe un slow », dit-il à Ana, qui grignote une carotte couverte de houmous. « Tu me réserves la prochaine danse ? »

Elle cesse de mâcher et lui lance un sourire rayonnant. Quand il se détourne, elle déglutit la carotte avec difficulté et prend une gorgée d'eau.

Je lui fais un clin d'œil. « Peter sait danser la valse, le fox-trot, j'en passe et des meilleures. Il a dû apprendre tout ça pour le bal country. »

Il m'entend et roule des yeux. « Je ne suis jamais allé à un bal country, Cassandra. »

Je le savais, mais j'aime juste le taquiner sur son côté bourgeois.

Ana rit et se mord la lèvre. « Je ne vais pas pouvoir suivre. »

Peter lui sourit. « T'inquiètes, je me souviens à peine des pas. Tu t'en sortiras très bien. »

Je me détourne pour cacher mon sourire désormais incontrôlable. Ça va enfin arriver, et je n'ai même pas eu à les menacer avec mon arme. Je dois dire que je commençais à envisager cette option. Nelly fait tourner Bits sur la piste dès que le morceau commence. Je déguste mon gâteau d'anniversaire et je décide qu'aussi étrange qu'il soit, ce pourrait être le plus bel anniversaire de ma vie. Il y a tant de choses à célébrer, même s'il y a tant de raisons de pleurer.

« Nelly ! » hurle Bits.

La terreur dans sa voix me fait lâcher ma fourchette et me retourner. Nelly la tient dans ses bras. Elle pointe le doigt vers les fenêtres, la bouche ouverte dans un cri silencieux. Cela ressemble exactement à ce que j'imaginais, toutes ces années où j'évitais de regarder derrière les vitres à la nuit tombée, de peur d'y voir un visage fantomatique planter ses yeux dans les miens. La vitre de la fenêtre surplombant le canapé commence à grincer sous la pression des infectés amassés derrière. Ils pressent leurs bouches contre le verre, grondant et gémissant.

« Bordel ! » hurle John. Il ne jure jamais, et je ne sais pas si c'est un juron ou un appel à l'aide. « Allez chercher les volets ! »

On passe à l'action. Le bois semble d'ordinaire si lourd, mais je le soulève comme si de rien n'était. James accourt pour installer les volets et serrer les vis. Peter et Ana filent vers la fenêtre du porche et la retiennent de toutes leurs forces tandis que la pression monte derrière. L'écran a dû se déchirer.

Nelly, qui reposé Bits, tire les volets de la porte coulissante à travers la pièce. Bits se tient sur le tapis, pâle et gémissante. Je cours vers Nelly, et on arrive à fixer les planches contre la fenêtre *in extremis*, juste au moment où le verre se brise. Il doit y en avoir partout. Un vrai banc de zombies.

Tandis que retentissent les dernières paroles du tube de Neil Sedaka et que la pièce tombe dans le silence, j'entends Flora, Bert et les poules pousser des cris et glousser. Avec, bien sûr, ces geignements lancinants en fond sonore.

Les volets tressautent sous nos corps. Je me tourne, le dos serré contre ma planche pour mieux pousser, mais mes pieds glissent lentement, millimètre par millimètre sur le plancher. Enfin, au moment où je pense que je vais lâcher, Ana se met à côté de moi, et nous nous appuyons contre l'encadrement. John accourt enfin pour serrer les boulons.

Des traces gluantes de mains commencent à couvrir les autres fenêtres hautes de la pièce. Des visages apparaissent, mordant vainement contre les vitres avant de retomber. Ceux-là se tiennent peut-être sur d'autres infectés. Penny a traîné les volets jusqu'à leurs fenêtres respectives, et nous commençons à les fixer vis par vis. Cela me rassure un peu de ne plus les voir et qu'ils ne puissent plus nous voir. J'ai la bouche sèche et la sueur coule à flots le long de mon dos, avant de se transformer en glace quand je réalise que nous sommes complètement cernés par ces monstres. On s'est laissé piéger comme des bleus.

« Putain. On est foutus ! » gémit Nelly.

« On ne sait pas combien il y en a, dit John. Je vais en haut pour vérifier. En attendant, tout le monde enfile ses chaussures et armures. »

Nous obéissons. La maison entière tremble et résonne sous les coups. Une fenêtre se brise dans l'une des chambres du haut, mais ils ne parviennent pas encore à monter à l'étage et Penny a verrouillé les portes. D'un coup d'épaule, j'ajuste mon étui de flingue et je m'occupe de Bits, qui se tient au milieu, pâle et immobile comme si elle était en transe. Je lui mets ses chaussures aux pieds et zippe sa veste jusqu'au menton.

Je serre contre moi son petit corps roidi. « Ça va aller, ne t'en fais pas. »

John se penche vers nous depuis le palier du haut. « Ils sont trop nombreux, et d'autres sortent du bois. On ne peut pas aller à la camionnette. »

Je grimpe le rejoindre pour voir ça de mes yeux. Effectivement ils sont partout. Ils rampent les uns sur les autres jusqu'au perron et font les cent pas dans l'allée. Je les vois cerner la camionnette au coin de la maison.

« Si on pouvait les faire venir ici d'une manière ou d'une autre, je pourrais sortir par la fenêtre du couloir et aller direct à la camionnette », me dit John.

« On pourrait casser la fenêtre du grenier et s'échapper par le toit, leur tirer dessus avec nos armes, peut-être lancer une lampe à pétrole. Le feu pourrait les attirer » je lui suggère.

John acquiesce dans la pénombre. On redescend tous les deux et John explique le plan aux autres.

« Je vais rester à l'étage, dis-je. Dès que j'entendrai le moteur du van tourner, je jette la lampe pour faire diversion et je te rejoins en courant. »

« *On* te rejoint en courant », rectifie Nelly. Je viens avec toi. »

Penny serre Bits contre sa hanche et hoche la tête avec de grands yeux. Je tiens la lampe à huile que j'ai l'intention de jeter de l'étage. Elle projette une lueur vacillante sur nos visages, qui me rappelle celle des soirées de récits effrayants autour d'un feu de camp.

Plus de temps pour parler davantage ; le martèlement devient plus violent et les volets tiennent, mais grincent à chaque coupa asséné. Ils nous ont fait gagner du temps, mais peut-être pas tant que ça, étant donné le nombre d'infectés qui poussent derrière.

Nelly et moi montons à l'étage. Je me sers de mon couperet pour casser les fenêtres, et Nelly nettoie les morceaux de verre avec une chaise. On grimpe sur le toit du porche.

« Hé, par ici ! » Je hurle.

Agenouillés au bord du toit, nous tirons sur leurs têtes, même si le but est surtout d'attirer leur attention. Aucun moyen de tous les tuer de toute façon, et cela n'a aucun sens de gaspiller des balles. Leurs mains se tournent vers nous et s'agitent comme s'il s'agissait d'un concert de rock. L'air est infect, empli d'une puanteur de putréfaction. Ils piétinent les fleurs de ma mère, ce qui devrait être le cadet de mes soucis, mais cela me fait redoubler de haine. Nelly retire l'armure de son bras et je vois briller une lueur métallique dans sa main.

« Qu'est-ce que tu fous ? » Je lui demande.

Il fait glisser le couteau sur son avant-bras et du sang jaillit. « Je vais donner au public ce qu'il réclame. »

Il tend le bras. Le sang coule et s'égoutte sur les infectés. À l'instant où il leur tombe dessus, ils semblent complètement perdre la boule. Leurs gémissements et sifflements se font si puissants qu'ils attirent les retardataires vers l'avant de la maison, et quand l'odeur de sang leur parvient aux narines, ils se joignent à la cohue.

Le moteur de la camionnette retentit et Nelly secoue une dernière fois le bras. Je saisis la lampe à huile et cherche un endroit vide où la lancer. Je repense à mon année de softball. Cela m'aurait certainement été utile d'avoir pratiqué davantage. Jamais je n'aurais imaginé que ces compétences pourraient un jour me sauver la vie. Je pensais plutôt à l'époque, vu mes piètres performances sportives, que le softball était ce qui aller me tuer.

Je jette la lampe à huile au loin, elle se brise et l'huile prend feu juste à côté d'un des infectés. Immédiatement, nous redescendons en bas en courant, nous précipitant vers le couloir.

La camionnette est garée juste devant la fenêtre. Peter et Ana se tiennent de chaque côté pour tirer sur tout ce qui s'approche trop. Des Lexers nous ont repérés et s'avancent vers nous, la distraction du feu a été de courte durée. James aide Penny et Bits à se hisser dans la camionnette. Un fracas de bois cassé retentit, suivi des cris terrorisés de Bert et des chèvres. Bits se couvre les oreilles et me fixe avec des yeux écarquillés tandis que le reste du groupe monte dans le véhicule.

La camionnette tangue poussée de tous les côtés par nos assaillants, et nous nous cognons contre les parois comme des animaux en cage. John appuie à fond sur le démarreur. Je m'accroche à mon siège quand le camion monte sur l'herbe et laboure tout ce qui se trouve sur son passage. Je me demande si je reverrai un jour ma maison bien-aimée, et je me retourne pour y jeter un dernier coup d'œil. Et tandis que l'huile de la lampe enflamme les vêtements en lambeaux des infectés et que les flammes commencent à monter dans leur dos, jusqu'à grimper sur le porche, je me demande s'il en restera quelque chose à notre retour.

CHAPITRE 104

Nous passons la nuit dans le van. La seule qui réussit à se reposer, c'est Bits. Nous autres dormons par à-coups, dans l'attente que la lumière revienne pour reprendre la route en sécurité. Penny panse la profonde entaille sur le bras de Nelly.

« C'est ce qui les rendus fous », dis-je. Je grimace au souvenir des cris atroces qu'ils ont poussés quand le sang leur est tombé dessus. « Ca fait mal ? »

« Nan, c'est une égratignure. » dit Nelly.

Quand le ciel se strie de jaune, nous démarrons. On aperçoit une faible lueur orange derrière, en direction de la maison. Je me dis qu'on est trop loin pour voir un incendie, et que c'est juste le lever du soleil, mais cela ne me convainc guère.

James a tracé un itinéraire qui contourne Bennington, mais comme la voie semble encombrée de voitures abandonnées, nous restons sur la route principale. Celle-ci est suffisamment large pour nous laisser la place de contourner les obstacles. Nous passons devant des terres agricoles envahies de ronces et de pissenlits. À certains moments, on passe devant des lieux d'accidents et d'attaques. Des cadavres gisent à même le sol, et des voitures sont retournées sur la chaussée. Dans certains endroits, je retrouve des bois presque identiques à ceux du nord-est que j'ai parcouru toute ma vie. Sur une pelouse, un Lexer est tranquillement assis au soleil, comme s'il profitait d'une belle journée d'été. En nous voyant, il trébuche et roule par terre, mais le temps qu'il se soit remis sur ses pattes, nous sommes déjà loin.

« Il n'y a personne », murmure Penny. James lui prend la main.

Les habitations se font plus denses à mesure que nous approchons de Bennington. Nous passons devant le café Friendly's, où Eric et moi nous donnions des maux de tête à force de nous bâfrer de glace aux chocolat Reese's Pieces. On s'amusait à engloutir la glace avant d'avaler de l'eau, qui semblait brûlante en comparaison. Je souris à ce souvenir et je regarde John faufiler la camionnette à travers un ancien barrage routier où le sol est jonché de sacs poubelles noirs.

« Qu'est-ce-qui est si drôle ? » me demande Nelly.

Je m'apprête à lui répondre quand nous heurtons une bosse. Quelque chose éclate, et la camionnette se met à secouer. John avance encore de quelques mètres puis s'arrête.

« Tout le monde reste à l'intérieur », dit-il.

Il retourne quelques mètres en arrière et déchire une sorte de bâche plastique, révélant des planches de bois transpercées de clous. Il revient vers nous le visage tendu et se penche à la fenêtre. « Tous les pneus sont à plat. Ils ont dû abandonner ce barrage routier quand les choses ont mal tourné. Il va nous falloir quatre pneus ou un nouveau véhicule. »

Penny enfouit sa tête dans ses mains en gémissant. Nous sortons de la camionnette, les yeux plissés sous la lumière aveuglante. Il est tôt le matin, mais le soleil est déjà assez chaud pour me brûler la nuque. Ma chemise me colle à la peau. Je ne sais pas si c'est à cause du soleil ou du fait que nous nous tenons au milieu d'une route déserte, épuisés et sans nulle part où aller. Quelques voitures sont abandonnées devant le barrage routier et nous les essayons l'une après l'autre. Les rares véhicules qui ont encore leurs clés dans le contact ne démarrent même pas.

Peter tape du poing sur le toit d'une berline. « Bon sang ! »

James désigne du doigt les bâtiments alignés au bas d'un pâté de maisons. « Ça ressemble à la rue principale, non ? Que diriez-vous d'aller jeter un œil dans le secteur pour voir s'il y a quelque chose. De toute façon, il va falloir partir par l'ouest sur la rue principale. »

« Oui, autant amener nos affaires là-bas », dit John.

Les roues grincent sur leurs jantes tandis qu'il roule derrière nous. La rue principale consiste en une rangée de bâtiments en briques avec des devantures de boutiques en bois. On n'y voit aucune voiture, seulement une vaste étendue d'asphalte.

« James a une idée, dit Nelly. Il a repéré des camions et des camping-cars dans des jardins sur la route. Peut-être qu'on pourrait trouver leurs clés dans les maisons. On va prendre les vélos et aller voir ça de plus près pendant que vous attendez ici.

Penny regarde James avec désespoir. « Je ne pense pas que ce soit une bonne idée de nous séparer. »

« Écoute Penny, on ne peut quand même pas tous y aller, lui murmure James. On n'aurait pas assez de vélos de toute façon. On sera de retour dans une heure au grand maximum. »

Je ne suis pas fan de l'idée non plus, mais je n'ai rien de mieux à proposer. Non seulement nous avons sérieusement besoin d'une voiture, mais il nous en faut une assez grande pour qu'on y tienne tous.

Un panneau publicitaire sur le bâtiment d'angle porte l'inscription "Bennington Brew Company & Pub". C'est un bâtiment de briques sur trois étages orné de moulures blanches autour des fenêtres. J'ai l'impression de voir quelque chose bouger derrière le rideau d'une fenêtre ouverte au deuxième étage. Je le regarde le voilage flotter à nouveau dans l'air du matin, mais il n'y a rien d'autre. C'était sûrement la brise.

« On peut vous attendre dans la camionnette ou à l'intérieur de ce pub. On ferait peut-être d'aller vérifier » suggère Peter.

À l'intérieur, la lumière du soleil pénètre par d'immenses fenêtres, faisant reluire le mobilier en chêne ciré et le laiton du bar. La grande pièce avant et la cuisine à l'arrière sont vides. On commence à décharger le van et à empiler nos sacs près du bar.

« Peter et moi allons virer ces clous de la route pour qu'ils puissent passer, dit John. On en a pour un quart d'heure. Les filles, restez ici avec Bits. Allumez la radio ». John tend une oreillette à Nelly. Je pose la radio sur le bar.

« On rentre bientôt. Promis », dit James à Penny, qui hoche la tête en silence.

J'ai un drôle de pressentiment quand la porte du bar se referme, et soudain je suis sûre qu'ils ne reviendront jamais. Je les regarde s'éloigner derrière les vitres, en priant pour qu'ils ne fassent pas les malins. Lorsqu'ils ont disparu, je tourne les yeux vers Bits. Elle m'observe attentivement, l'air désespéré, et je comprends qu'elle me renvoie ma propre expression. Je me force à sourire.

« Revenez vite » je lance dans le vide, et je me dirige vers la cuisine où j'ai repéré des bouteilles de limonade au gingembre. De retour dans la salle, je sors quatre verres et me poste derrière le bar.

« Qu'est-ce que tu fabriques ? » demande Bits.

Je me donne un air mystérieux tout en versant la limonade, que j'allonge de sirop de grenadine. Je déniche une bouteille de cerises au marasquin encore scellée sur une étagère poussiéreuse. J'en fais tomber quelques-unes dans chaque verre et tends leurs cocktails à Penny, Ana et Bits.

Je lève mon verre en l'air. « Voilà des Shirley Temple. À votre santé, les filles ! »

Bits sourit. Nous trinquons et sirotons nos cocktails avec nos petites pailles rouges.

« Délicieux. Cela fait une éternité que je n'en ai pas bu un bon cocktail, dit Penny. Je vous parie qu'une petite goutte de vodka ne nous ferait pas de mal. » Je me penche et sort une bouteille bon marché, car tout l'alcool du haut de l'étagère a disparu. Elle secoue la tête et rit. « Et pourquoi pas, il est déjà huit heures du matin ! »

« Ô splendide nouveau monde, dis-je avec emphase. Huit heures du matin est la nouvelle heure officielle pour des cocktails ! »

Une rafale d'électricité statique nous parvient de la radio. « Cassie » La voix de John est énergique mais pas paniquée. « Il y a un banc qui se dirige vers nous. Soyez prêt à nous laisser entrer et à verrouiller la porte. »

« Reçu cinq sur cinq ! » répond Ana. Penny et moi courons vers la porte. Ils arrivent en courant au niveau des fenêtres et vers la porte du bar. Penny claque la porte derrière eux et la verrouille.

« Je crois qu'ils nous ont repérés », halète Peter.

Nous attendons en silence, le cœur battant. La cacophonie de gémissements qui s'ensuit confirme ses soupçons. Des têtes de Lexers apparaissent dans les fenêtres latérales. Un grand fracas retentit quand ils se jettent contre la porte. Je ne sais pas s'ils voient grand chose, mais leurs yeux laiteux roulent dans leurs orbites en scrutant la salle. Personne ne bronche. Bits est perché sur un tabouret, tenant encore son cocktail levé sous sa bouche.

Les portes commencent à céder un peu. Le verrou tient bon, mais ça ne va pas durer longtemps. Le métal du verrou envoie un éclair doré tandis que la porte s'entre bâille davantage. La pièce est maintenant plongée dans l'obscurité à cause des corps derrière des vitres qui bloquent la lumière.

« Sortons par l'arrière », dit John.

Peter cueille Bits dans un bras et deux sacs à dos dans l'autre et franchit la porte de la cuisine. Nous le suivons en emportant tout ce qu'on arrive à porter. La dernière chose que je vois, ce sont nos Shirley Temple, témoins de ma vaine tentative de retour à la normale, qui attendent sur le bar.

CHAPITRE 105

LEUR RAFFUT EST étouffé ici. Je regarde par la porte-fenêtre qui donne sur la ruelle. Il y a un parking juste derrière nous, mais il faudrait grimper par-dessus une clôture grillagée. La seule issue doit être par la gauche, où la ruelle se rétrécit et mène au bloc suivant, même si plusieurs bennes à ordures bloquent la visibilité sur ce qu'il y a à l'autre bout.

« Je vais voir où ça mène, dit John, ouvrant la porte. La voie est libre. On peut descendre la ruelle pour rejoindre la rue. Je vais juste prévenir Nelly et James. »

Il leur explique la situation dans le talkie-walkie et écoute. « Ils ont trouvé un pick-up. Ils le démarrent et reviennent vers nous. Ils seront au bout de la ruelle. Ne prenez que vos sacs à dos, au cas où nous devions courir. »

J'aide Bits à mettre son petit sac sur ses épaules et sort mon sac d'urgence de mon gros sac à dos. Il contient de la nourriture, des munitions et du matériel de premiers secours, le genre de trucs qu'il ne vaut mieux pas laisser derrière soi. On entend une explosion de verre à l'avant. Ils vont nous trouver d'une seconde à l'autre.

« Allons-y », dit Ana. Elle referme la porte tout en douceur dès qu'on est tous sortis.

« On va… » John s'interrompt, et avant même qu'on se soit mis en mouvement, il nous pousse tous au sol derrière les bennes à ordures. Les infectés sont en train de descendre la ruelle. Grâce à John, ils ne nous ont pas repérés.

« Où êtes-vous ? chuchote John à la radio. Changement de plan. Vous allez venir nous chercher au parking qui se trouve derrière le bar. On est bloqués derrière la clôture grillagée. » Il marque une pause. « On va essayer de passer de l'autre côté. »

Il se tourne vers nous. « Patientons encore quelques minutes. Ils rappelleront quand ils seront proches. »

Une poubelle s'écrase dans la ruelle et roule avec un bruit sourd. Je jette un œil entre deux poubelles et je vois une bonne douzaine de Lexers dans ce champ de vision restreint. Ils se trouvent maintenant à quarante mètres de nous.

« Comment va-t-on franchir cette clôture ? » murmure Penny, si bas que je dois lire sur ses lèvres.

Elle, Ana et Bits sont accroupies contre le mur du bâtiment. Peter est à côté de moi, contre les poubelles, la mâchoire serrée. Il me fait signe de regarder à nouveau dans la fissure. La ruelle est maintenant bondée. On n'aura pas le temps de faire passer tout le monde par-dessus la clôture. John, agenouillé de l'autre côté, surveille aussi et se passe la main sur la bouche.

« Il va falloir trouver un moyen de faire distraction », je leur suggère.

Après tout, le coup de la lampe a bien fonctionné. On réfléchit tous en silence. Je pense à divers scénarios et les rejette tous. Il n'y a vraiment rien d'autre à faire que de courir et de prier. »

Le souffle chaud de Peter arrive à mon oreille. « Tu te souviens de ce que tu m'as dit quand on a quitté la ville ? »

Ses yeux cherchent les miens. Je n'ai aucune idée de ce dont il parle, ni pourquoi il en parle maintenant. Il se rend compte que je ne le suis pas et se penche vers moi. « Parfois on fait choses qui nous mettent en danger pour le bien de quelqu'un qu'on aime ? »

Ça me revient.

« Je veux être la distraction, murmure-t-il, assez fort pour que John l'entende. Je vais sauter sur la benne à ordures et faire un boucan de fou pendant que vous grimperez la clôture. »

Ça ne va jamais marcher. Il va se retrouver cerné en quelques secondes. Je secoue la tête. « Pas question. Tu n'en sortiras pas vivant. »

Son regard reste inébranlable, et je me rends compte qu'il est conscient de la folie de la chose. Je tressaille et secoue à nouveau la tête.

« Trois minutes, murmure John. Nous n'avons qu'une minute avant que ceux du pub ne déboulent. Il peut reculer jusqu'à la clôture. »

Je me retourne vers Peter et lui envoie un cri assourdissant à l'oreille. « Non ! »

Peter regarde Bits, qui nous dévisage avec de grands yeux terrorisés. Il lui sourit, et je peux à peine distinguer les mots qu'il prononce : « *ça va aller, t'inquiète* ». Il tourne vers moi un visage résolu, mais où je lis de la peur. Ça me rappelle Neil, juste avant que je lui tire dessus, mais c'est différent. Ils brillent d'une lumière qui me rappelle les peintures des saints dans les églises. Les martyrs.

« C'est le seul moyen, acquiesce John. Mais c'est moi qui vais le faire. Vous, partez. »

Je n'arrive pas à croire qu'on a cette dispute.

Peter secoue la tête. « Non, si tu fais ça je viens te rejoindre. Ça fera plus de distractions. Toi, tu peux les amener à la ferme, je sais que tu en es capable. Ses yeux sont désespérés et ses paroles sortent étouffées. « Promets-moi que tu les y conduiras là-bas, coûte que coûte. »

« Je te le jure », dit John. Il serre le bras de Peter et le regarde dans les yeux. « Je te jure que je le ferai. »

Peter acquiesce brièvement et expire par sa mâchoire serrée.

John lève deux doigts, pointant vers la clôture. Deux minutes pour trouver une autre solution. Je regarde fiévreusement autour de moi. On ne peut pas le jeter en pâture à ces bestioles. Il doit y avoir une autre solution.

Peter est sur le point de sortir. Ses cheveux et son visage sont trempés de sueur, ses pupilles dilatées, plus noires que jamais. J'arrive à peine à le voir à travers mes larmes. Je veux me battre, crier, mais je ne peux rien faire pour changer le cours des choses.

Je tends la main et murmure d'une voix cassée : « Je t'aime. »

Il faut qu'il sache que nous l'aimons autant qu'il nous aime. Nos doigts glacés s'entremêlent un dernier instant.

« Je t'aime aussi », dit-il, les yeux rouges.

Puis, à contrecœur, je lâche prise. Ana est en face de nous, incapable d'entendre nos murmures. Ses yeux se déplacent confusément de Peter à moi et vice-versa, écarquillés d'horreur. Peter pointe son menton vers la clôture et lui fait un doux sourire. Son visage pâlit et sa mâchoire tombe. Il écarte les lèvres, sur le point de parler, mais John prend Bits dans ses bras et murmure : « Maintenant ! »

Des crissements de pneus retentissent sur le parking et un pick-up apparaît, pour se stationner au niveau de la clôture. Peter saute sur les bennes à ordures et fait résonner sa machette contre les briques du bâtiment.

« Hé oh ! crie-t-il. Par ici les charognes ! »

Les Lexers se tournent vers lui en un mouvement synchrone. C'est notre signal pour courir comme des dératés, mais Ana ne bouge pas. Sa bouche est toujours ouverte et elle reste figée en position fœtale.

Je l'attrape par le bras. « Ana ! »

Elle se lève, titube. Nous rentrons la clôture dans un bruit de tôle tordue. Ana, la plus agile, grimpe en un éclair. On hisse Bits dans ses bras et elles sautent dans la remorque du pickup. La clôture vacille sous notre poids tandis que nous grimpons tous les trois en même temps. En haut, mon jean s'accroche dans le grillage et je tombe en chute libre sur le camion, en plein sur le vélo de Nelly. J'ignore la douleur et me précipite pour m'agenouiller contre le hayon, et je me mets à tirer à travers la clôture sur les Lexers qui s'agglutinent aux pieds de Peter.

Peter se bat. Il les frappe avec sa machette, puis repart en sautillant et tire à bout portant sur leurs crânes. Ils ne peuvent pas l'atteindre et ça les rend dingues. Il y a un bref moment où je pense que nous pouvons le récupérer : il suffirait de reculer dans la clôture, qui s'affaisserait. Mais alors les Lexers afflueraient dans le parking et nous grimperaient dessus dans la seconde. James, penché par la vitre ouverte, tire sur le flot envahissant.

John martèle sur le toit du camion. « Démarre ! Démarre ! »

Les pneus crissent. Ana et moi tirons sur les infectés qui entourent Peter, mais c'est une goutte d'eau dans l'océan. Un instant, il tourne les yeux vers nous tandis qu'on s'éloigne, et je jurerais voir un éclair de joie passer sur son visage.

Nelly fonce par-dessus le trottoir dans la rue. Je m'accroche au hayon, sans détourner les yeux de Peter. Je me fiche de toutes ces saletés autour de nous. Je garde les yeux sur Peter et le regarde se battre de toutes les forces qui lui restent, jusqu'au coin de la rue, où il disparaît de mon champ de vision.

CHAPITRE 106

NELLY SE GARE dans une clairière et saute hors du véhicule côté conducteur. Ses cheveux ont l'air décolorés sous la lumière crue du soleil, et presque aussi blancs que son visage. « Peter ». C'est tout ce qu'il dit.

« C'était son idée », dit John. Il tire son grand corps du camion et saute à pieds joints sur l'herbe, les mains en l'air, comme s'il expliquait son innocence à un jury. « Il ne voulait pas me laisser y aller... »

James entoure Penny de ses bras. Elle serre Bits contre elle, les yeux fermés. Il n'y avait aucune chance qu'elle s'endorme pendant les quinze minutes qu'a duré cette course cahoteuse. Surtout après ce qui vient de se passer.

Nelly est debout, mais a l'air recroquevillé, comme s'il rétrécissait lentement. Mes genoux me font mal après ma chute sur la remorque. Je suis toujours agenouillée, toujours serrée contre le hayon, les yeux cherchant toujours dans la direction de Peter. Ana aussi. Son souffle est haletant.

Nelly ouvre la bouche. Je veux qu'il dise quelque chose, n'importe quoi, qui ferait disparaître cette terrible sensation de vide. Mais au lieu de prononcer ces mots de réconfort, il avale de l'air, comme un poisson hors de l'eau. Je ne l'ai jamais vu qu'avec des larmes aux yeux, mais maintenant le voilà qui s'appuie sur le camion, enfouit son visage dans ses mains et sanglote. Du sang s'écoule de son bras, imbibant sa chemise, et cela me sort de ma stupeur. Je rampe vers lui. Sa plaie suinte toujours. Le pansement a disparu et la coupure s'est rouverte.

J'attire sa tête contre ma poitrine, comme le ferait une mère. « Ton bras. »

Il hoche la tête et quand ses larmes se tarissent, il parle. « Nous avons dû nous bagarrer pour récupérer le camion. » Ses joues sont trempées et il utilise son bras valide pour essuyer ses larmes. « Le pansement a été arraché. J'ai laissé ma protection à la maison quand je me suis coupé le bras. »

« Réparons ça », dis-je, contente d'avoir quelque chose à faire.

Nous nous asseyons sous un arbre. Je verse de l'eau sur l'entaille, qui est profonde. Les bords sont rouges et irrités. Je dépose une noix de pommade antibiotique sur mon doigt.

Nelly me prend la main. « Mets d'abord un gant. » Sa voix est aiguë. « Ou laisse-moi le faire. »

« Nels, dis-je avec un sourire. S'il te plaît, je pense que je te connais assez bien pour savoir que… »

Il inspecte son bras et sourit faiblement pour compenser sa brusquerie, mais c'est un sourire sans fossettes. « Cass, il m'a attrapé le bras avant que je le tue. Peut-être qu'il a mis de ses fluides sur moi. En moi. »

Pendant un instant, le doute me glace jusqu'au sang. Puis je secoue la tête. Les chances sont minces. « Tu vas bien, Nelly. Mais je vais quand même mettre des gants, si ça peut te rassurer. »

Il hoche la tête avec soulagement et s'adosse contre un arbre. John a conduit Ana à l'endroit où nous sommes assis. Elle serre ses genoux contre sa poitrine et regarde dans les bois, la main sur son couperet. Bits a posé la tête sur les genoux de Penny. Quand j'ai fini de le soigner, Nelly prend les gants et les fourre dans sa poche.

« Nous devons nous éloigner de Bennington », dit John.

« Non, il faut retourner chercher Peter » dis-je. Ana me lance un regard furtif avant de scruter à nouveau les bois.

« Cassie dit John. Il n'y a aucune chance pour que Peter soit toujours… »

« Vivant ? » Tout le monde grimace. Je revois Peter adossé au mur, entouré sur trois côtés d'infectés. « Je sais, je sais. Mais nous ne pouvons pas le laisser là-bas. »

J'imagine le beau visage de Peter pourri et gris, et je ne peux pas le supporter. J'ai besoin de frapper quelque chose. Je suis tellement révoltée que, pour une fois dans ma vie, j'en ai les yeux secs.

« Et pourtant, on se doit de le faire, dis-je en arrachant des touffes d'herbes. Il voudrait qu'on… » Je ne veux pas dire le tuer, parce qu'il est déjà mort et que ça sonne vraiment affreux, « … lui règle son compte dignement. » Ana émet un sanglot étouffé et s'éloigne vers les arbres.

« Sauf que Peter ne s'est pas sacrifié pour qu'on revienne en arrière se jeter dans la gueule du loup », explique patiemment John.

Il a raison, bien sûr. Il n'y a rien d'autre à faire maintenant que repartir, continuer à courir, tout en me demandant éternellement ce qui est arrivé à cette autre personne que j'aime.

J'aperçois Ana dans les arbres et je me lève pour la rattraper. Le sol couvert de fougères étouffe mes pas, mais Ana sait que je la suis et ralentit pour que je la rattrape. J'ouvre grand les bras et elle tombe dedans avec des sanglots brisés, comme quand, petite, elle a dû se séparer de son petit lapin. Je passe une main sur ses cheveux courts et soyeux, lui murmurant des mots qui ne la réconfortent pas du tout. Je le sais d'expérience mais je les dis quand même.

Chapitre 107

John insiste pour que nous mangions un bout avant de reprendre la route. Personne n'a rien avalé de consistant depuis hier soir. Nos sacs contiennent des mélanges de fruits secs, des RPM et des barres de céréales. Je regarde tout ça d'un air absent jusqu'à ce que John me tende une barre. Je retire l'emballage et la mange méthodiquement. Mâcher, avaler, boire. Répéter. On attend depuis un moment que Bits se réveille, mais elle est toujours plongée dans le sommeil. Tant que son pouls va bien, note John, elle aussi.

Ana, Nelly et Penny sont assises dans les sièges arrière du camion. Nelly tire une chemise propre de son sac, et avant de partir, il enterre l'ancienne, toute sale et ensanglantée sous un tapis de feuilles. On installe Bits jusqu'à la banquette arrière, sa tête reposant sur mes genoux, et je lui caresse les cheveux tandis que nous remontons la route dans un roulement de cailloux.

« La ferme doit être au moins à trois cents kilomètres d'ici. » dit James. Tandis qu'il replie la carte, je remarque des sillons sous ses pommettes et ses yeux. « Le camion n'a pas assez d'essence, fait-il remarquer. Et à cette vitesse, nous n'y serons pas avant la nuit, et sans s'arrêter. »

« Le camion roule au diesel, dit John. Si on arrive à trouver une autre voiture au diesel et un conteneur quelconque, je peux en percer le réservoir par dessous. Ce n'est pas sorcier. Le plus dur est de trouver un véhicule diesel avec du carburant dans le réservoir. Faute de quoi il nous faudra trouver un nouveau véhicule. »

Le soleil brille, et je tends ma veste sur le visage de Bits pour lui faire un peu d'ombre. Ses traits se contractent jusqu'à ce que ses yeux s'ouvrent enfin. Elle les ferme, luttant pour chasser les souvenirs qui reviennent et se rendormir, mais des larmes lui glissent sur les joues. Je les sèche avec ma manche.

Elle se redresse et se rapproche de mes genoux. Je l'entoure de mes bras, et l'entends murmurer tout bas : « Peter. »

« Oh, ma puce. » Je range ses mèches folles derrière son oreille. « Il t'aimait tant. Il nous aimait tous et voulait nous protéger. » Je ne sais pas trouver les mots, mais elle hoche la tête comme si elle comprenait, comme un petit moine plein de sagesse.

Nous traversons quelques petits patelins. De jolis villages peuplés de vilains groupes d'infectés, à travers lesquels on file dans demander notre reste, sans y chercher de nouveau véhicule. Des maisons isolées défilent, la plupart n'ont pas de voitures garées dans leurs allées, ou de vieux tas de tôle. Le camion roule dans un nuage de poussière permanent qui nous recouvre la peau et empâte nos bouches. Je bois la dernière goutte de ma gourde quand le camion ralentit. Un fouillis de voitures bloque la route. Aucun moyen, cette fois, de le contourner. D'un côté de la route, il y a des bois. De l'autre, une pente qui tombe dans un ruisseau.

Nelly baisse la vitre. « On peut faire demi-tour ? »

James consulte la carte et secoue la tête. « Tu as vu les Lexers dans le dernier bled qu'on a passé ? Il y avait un groupe énorme. Non, pas question de retourner par là. »

« Eh bien alors, déplaçons ces tas de ferraille, suggère John. Je peux les mettre au point mort par en-dessous, et puis on les poussera sur les côtés. »

Cela nous prend plus longtemps que prévu. Deux heures plus tard, alors qu'on est toujours en train de pousser l'avant-dernière voiture dans un fossé, je vois Nelly grimacer de douleur.

« Essaie de te détendre, lui dis-je. Je pense que tu as besoin de points de suture, mais ce qui est sûr, c'est que tu ne devrais pas déplacer des milliers de kilos de ferraille. Comment te sens-tu ? »

« Ça fait un peu mal. »

Je vois bien qu'il s'efforce de minimiser. « Laisse-moi regarder ça. »

J'essaie de lui soulever son bandage, mais il retire son bras et le fait lui-même. La plaie est rouge vif et gonflée sur les contours.

« Ça s'infecte », dis-je. Il retire nerveusement son bras et je le regarde dans les yeux. « C'est rien qu'une infection banale, Nels.

On a de l'amoxicilline dans la trousse de premiers secours. Je vais la chercher. »

Le temps que je trouve la bouteille et que je lui donne deux gélules, la dernière voiture en travers du chemin a été déplacée. Nous allons remplir nos bouteilles d'eau au ruisseau et rinçons la poussière qui nous recouvre. L'eau froide apaise mes coups de soleil. Le visage d'Ana est placide tandis qu'elle fait sa toilette. Elle n'a pas dit un mot depuis toute à l'heure, vers les bois. Penny lui lance des regards inquiets mais ne dit rien. Tout le monde va mal en ce moment, il semble donc un peu bête de poser la question.

Bits et moi sommes assises à l'arrière avec Nelly. On fait encore deux arrêts pour déplacer d'autres voitures bloquant la route. Comme il est trop dangereux de voyager de nuit, on sait pertinemment qu'on n'arrivera pas à la ferme de Kingdom Come aujourd'hui. Jusqu'à présent, la pensée d'y arriver me remplissait à la fois d'excitation et de terreur, mais maintenant je me sens juste engourdie, indifférente. Il ne me semble même pas envisageable que nous y parvenions un jour. Je ne pense qu'aux multiples obstacles que nous pourrions rencontrer, même si je sais que c'est vraiment la pire façon de penser. Nous devons y arriver, ne serait-ce que pour venger Peter. Je ne le laisserai pas mourir en vain.

Des larmes brûlantes coulent sur mes joues. Je ferme les yeux pour les stopper et tripote ma bague, la faisant glisser le long de la chaîne. Je me concentre sur le cliquetis de l'anneau sur les maillons, jusqu'à ce que je retrouve le calme et reprenne le contrôle. Bits est recroquevillée à côté de moi, et la chaleur de son corps est comme une couverture. Je sens le sommeil me gagner, et je suis si exténuée que je me laisse aller à dormir.

Brusquement, le camion fait une embardée et je me retrouve projetée contre la portière. J'ouvre des yeux hargneux, prête à combattre tout ce qui bouge sur cette maudite route, mais il n'y a rien à la ronde.

« Pardon ! » crie Nelly par la vitre coulissante, vers les autres qui s'agrippent aux poignées avec surprise. La sueur coule sur son visage rougi et sa poitrine se soulève et s'abaisse à un rythme inquiétant.

Je me penche par-dessus Bits et approche mes lèvres du front de Nelly. Je sens la chaleur en émaner avant même de le toucher. « Nelly, tu brûles de fièvre ! Arrête-toi maintenant ! »

Il s'essuie le visage avec un bandana. « Il fait chaud dehors, je pensais que c'était juste ça. »

Il se dirige vers l'accotement. Après avoir garé le camion sur l'aire de repos, il se penche en arrière et ferme les yeux.

James parle à travers la vitre arrière. « Qu'est-ce qu'il se passe ? »

Je sors pour m'installer à la place de Nelly, côté conducteur. « Il ne se sent pas bien. Il a de la fièvre. »

John se tient à côté de moi, nous nous penchons sur la blessure de Nelly. « Comment va ton bras ? »

Nelly cligne des yeux pour se concentrer. Il soulève son bandage. La plaie ne s'est pas arrangée, bien au contraire : elle est maintenant gonflée, violette. Elle est cernée d'une tâche meurtrie et rouge qui remonte sur le bras. On dirait presque un coup de soleil. Je sais que cette traînée rougeâtre indique une infection, qui est en train de se généraliser.

« D'accord, dit John. Il va te falloir plus d'antibiotiques. Cassie, tu vas lui en chercher ? »

Je trouve la bouteille d'amoxicilline et en fait tomber quatre dans la main de Nelly. Prends-les tous. » Je lui tends l'eau. « Tu dois vraiment éradiquer l'infection. »

Nelly obéit et se tourne vers John. « C'est peut-être le virus. »

John secoue la tête et pose la main sur son épaule.

« Ca suffit les bêtises, dis-je, en colère. Ce n'est qu'une infection badine. »

Nelly se tourne vers moi d'un ton neutre. « Cass, tu te souviens de cet homme sur le périph', au début ? Tu te souviens de la morsure sur son bras ? »

J'acquiesce. Sa blessure présentait elle aussi ces stries qui partaient de la plaie comme des routes sur une carte. Penny arrive derrière moi et halète quand elle voit le bras de Nelly.

« Ça ressemblait à ça, dit-il à John. Toutes mes articulations me font mal. Tout comme ils ont dit qu'ils le feraient aux informations. »

« On ne va pas tirer de conclusions hâtives », dit John. Un petit détail trahit son doute : il se passe la main sur les sourcils. « Ce genre de symptômes se retrouve dans n'importe quelle infection majeure. Voyons si ces antibiotiques te soulagent. Maintenant tu vas te reposer pendant que je conduis. »

Nelly décide de passer à l'arrière pour pouvoir s'allonger. Penny lui construit une petite tente de fortune en drapant la chemise de John sur deux sacs pour protéger son visage du soleil.

Nous contournons plusieurs grandes villes qui sont probablement trop dangereuses pour s'y arrêter. Nelly s'endort en quelques minutes. J'aimerais jeter un œil sous la chemise pour m'assurer qu'il va bien, mais je ne veux pas le déranger. Sa poitrine monte et descend. Sa respiration est la seule chose qui m'importe. Cette angoisse a supplanté le sentiment de vide, mais ça ne vaut pas mieux. En fin d'après-midi, John aperçoit une vieille cabane sur une colline et en remonte l'allée envahie de végétation.

« Cet endroit me semble un bon refuge pour la nuit, dit-il. Il m'a l'air assez sûr. Pas la peine de continuer la route pour se retrouver dans un endroit plein d'infectés. »

Nelly se redresse et je me précipite vers lui. « Comment te sens-tu ? » Je touche son front. Il est encore brûlant.

Il m'adresse un faible sourire. « Pas beaucoup mieux, ma chérie. Mais je crois que j'ai faim. »

Je l'aide à entrer dans le cabanon. Il y a une pièce principale sommaire, avec une table à demi pourrie et deux chaises, près de la fenêtre avant à laquelle il manque une vitre. Le poêle à bois est orange de rouille. Dans la plus petite chambre, il y a des morceaux de vitre cassée au sol, où gît un matelas pour lit de bébé. Quelques couvertures militaires en laine rongées par les mites reposent sur des étagères grossièrement découpées. Elles ne sentent pas bon, mais elles feront l'affaire. Je traîne le matelas jusqu'à la pièce principale. Nelly s'assied dessus et s'adosse contre un mur taché d'eau.

Bits s'agenouille à côté de lui et lui tend sa petite gourde. « Tu en veux une gorgée ? »

Nelly a un faible mouvement de recul, qu'elle ne remarque pas. « Non merci, Bits. Et fais attention à ne jamais boire à ma gourde. Il regarde autour de lui avec inquiétude. « Où est-ce qu'elle est ? »

« Dans ton sac », dis-je en posant le petit sac près de lui. « Personne n'y a touché. »

Il le recouvre de son bras d'un geste protecteur. James amène à l'intérieur le peu d'affaires qu'il nous reste, les posant sur la table.

« Qu'est-ce que tu veux manger ? » Je me tourne vers Nelly, mais ses yeux se sont fermés. « Bits ? »

Elle regarde la nourriture sans conviction tandis que j'ouvre un sachet de RPM. Ses yeux s'illuminent lorsque je tire du sac un sachet de chocolats "Reese's Pieces" et un "Fudge Brownie".

« Tu peux les prendre. » Elle est assise à côté de Nelly, ses biscuits posés sur ses genoux, mais ne les touche pas. Je lui demande si quelque chose la tracasse.

« Peut-être que Nelly en voudra. Moi, quand je suis malade, j'aime les trucs sucrés. Je vais attendre qu'il se réveille. »

L'espoir que je lis sur son visage me donne envie de pleurer. Ce sont les seules sucreries qu'elle a eu en un mois, et elle veut les partager. « Tu es si gentille. Mais ils sont pour toi, mange-les, ma chérie. Il y en aura pour Nelly s'il en veut, d'accord ? »

Elle soulève le brownie et en prend une bouchée. Je mords dans un truc qui ressemble à de la garniture de tarte aux pommes, mais je ne m'en soucie pas assez pour vérifier les ingrédients. Le soleil se couche et nous tombons tous de fatigue sous la chaleur et l'émotion du deuil. Penny s'affaire pour nettoyer et réorganiser nos affaires. Elle essaie d'être énergique pleine d'entrain, mais c'est un soulagement quand elle se laisse enfin tomber sur une chaise.

James commence à cligner des yeux à force d'examiner sa carte routière dans la pénombre. « Il y a plus de deux cent kilomètres à parcourir et il ne nous reste plus qu'un huitième de réservoir d'essence. On va résoudre ça demain, je suppose ? Tout dépend de comment se sent Nel. »

Nelly soupire d'accablement. Ses yeux sont cerclés de rouge. Une goutte de sueur tombe de son nez quand il est secoué d'un frisson. J'attrape une couverture et l'enveloppe avec.

Il a les dents qui claquent et parle à travers, tant bien que mal : « Je vais le dire que ça vous plaise ou non. Je pense que je suis infecté. Je ne sais pas combien de temps prend la transformation à partir d'une petite égratignure, mais s'il vous plaît, ne restez pas planté ici pendant des jours à attendre l'inévitable. Vous devez partir dès demain. »

« Bon sang, Nelly ! dis-je avec fureur. Comme si j'allais simplement continuer mon petit bonhomme de chemin. Si tu crois une seconde que je vais te laisser en plan, tu es à côté de tes pompes, mon gars ! »

Tout le monde est en choc. Même Ana, assise dans son coin à regarder dans le vide, a tourné les yeux vers lui.

« Nel, tu dois délirer, dit Penny de sa voix douce. On ne sait pas ce que tu as, mais même si on le savait, on n'irait nulle part sans toi. »

Il hoche la tête en claquant des dents. Je lui donne encore six comprimés d'amoxicilline dans l'espoir que cela fasse une différence. Il y a un sachet de jus d'électrolytes dans un RPM, et j'utilise le paquet chauffant qui l'accompagne pour le réchauffer. Les mains de Nelly tremblent tellement que je dois l'aider à porter la tasse à sa bouche. C'est comme si, à présent qu'il s'est diagnostiqué malade du Bornavirus, il voulait nous montrer à quel point il est mal en point. Ou alors, c'est vraiment la descente aux enfers qui commence.

Chapitre 108

À un moment de la nuit, Nelly s'est mise à trembler si fort qu'il s'est effrayé lui-même, et il m'a laissé ramper sur son matelas. Il est brûlant comme une fournaise, mais je sais qu'à l'intérieur, il a froid, et j'essaie de le réchauffer. Mes bras enlacés autour de son grand torse semblent minuscules, mais cela semble l'aider malgré tout. Il finit par se rendormir, avec un tremblement de temps à autre.

Bits et Ana dorment sous l'autre couverture. James serre Penny dans ses bras comme un ours en peluche. John prend le premier des quatre tours de garde. Il s'assied avec une lampe de poche et vérifie l'état de nos armes. Peut-être que Peter avait raison : John sait toujours quoi faire. Nous n'aurions jamais pu enlever ces voitures qui bloquaient la route sans ses talents de bricoleur. Je ferme les yeux et je revois Peter s'agiter sur la benne à ordures, alors je les rouvre et fixe un point dans l'obscurité jusqu'à ce qu'ils se referment d'épuisement.

À mon réveil, juste avant l'aube, l'état de Nelly a empiré. Son visage est rouge et il respire avec difficulté. Quand le jour perce, je l'oblige à se réveiller et à prendre le dernier comprimé d'amoxicilline. Il arrive à peine à l'avaler, puis tourne le regard vers moi sans bouger son cou. D'autres stries roses se sont ajoutées aux premières, elles lui couvrent maintenant les biceps.

« Tu crois que tu peux avaler quelque chose ? » je demande.

Il secoue la tête. Il ne boira pas non plus, peu importe combien j'essaie de l'amadouer.

« Cassie. » Il cligne des yeux pour retenir ses larmes.

Je sais qu'il réfléchit à une sorte de discours d'adieu, mais je ne veux rien entendre. Je mourrai s'il le faut. Je coince la couverture sous son corps. « Nelson Charles Everett, si tu es sur le point de me déclarer ton amour éternel, tu peux simplement le garder pour toi, jusqu'à ce que tu sois tiré d'affaire. » Je serre sa main valide dans la mienne et j'éclate d'un rire étouffé.

« Même en ce moment grave, tu n'arrives même pas à être sérieuse une minute ? demande-t-il, parvenant à ébaucher un sourire. « Je suis sur mon lit de mort tout de même. »

« Non, je ne peux pas, je réplique en pointant mon menton vers lui. J'ai appris d'un maître en la matière. Et ce n'est pas ton lit de mort. C'est un vieux matelas taché et crado. Tu ne peux pas mourir sur un truc aussi pourri, ce serait complètement inapproprié. »

Il serre ma main avec faiblesse et replonge dans le sommeil, mais rouvre les yeux un instant plus tard. Ses yeux bleu vif ont maintenant un reflet glacé, tandis qu'il les tourne vers moi avec une grimace de douleur. Ils me rappellent les yeux brumeux des infectés. Un sentiment d'impuissance me poignarde dans le ventre. Il sourit, et c'est à nouveau mon Nelly.

« Je t'aime, ma chérie. »

Je souris et essaie de garder le contrôle de ma voix. « Je t'aime aussi, de tout mon cœur. »

CHAPITRE 109

QUAND ANA SE réveille, elle va s'asseoir dehors, sur l'herbe, ignorant Penny qui cherche à avoir une discussion. Elle n'est pas en état de choc traumatique, du moins au sens médical du terme. Si elle était une boutique, il y aurait le panneau « Fermé » derrière la porte d'entrée. Penny et James se proposent pour aller chercher une camionnette de remplacement. Je n'aime pas trop l'idée qu'elle sorte d'ici. Penny s'accroupit pour poser la main sur le front de Nelly, et quand elle se relève, ses yeux sont bouffis et résignés.

« Pen, tu devrais peut-être rester ici pendant que je sors en repérage » je lui suggère, posant la main sur sa manche. « Tu n'es pas... » Je ne veux pas qu'elle s'en aille, mais je ne veux pas non plus quitter Nelly.

« Je peux tirer sans problème. » réplique-t-elle en haussant les épaules, réajustant ses branches de lunettes. « Je ne veux pas rester ici pendant que James s'absente. »

« Vous pourriez trouver plus d'antibiotiques ? Plus puissants si possible ? » J'ai déjà clarifié cela une douzaine de fois, mais je pense qu'une fois de plus ne peut pas faire de mal. « Et faites attention à vous, s'il vous plaît ! »

Elle hoche la tête en attachant ses cheveux en chignon. Depuis l'incident des cheveux d'Ana, j'ai pris l'habitude de me faire des chignons quand nous sommes dans un endroit dangereux. Nelly m'appelle Princesse Leia, et James fait toutes sortes d'allusions comiques à Star Wars qui me passent au-dessus de la tête.

Elle sourit. « Et moi qui pensais que c'était moi, la mère poule du groupe ! Prends soin de Nelly. »

J'essaie de sourire en retour. « Compte sur moi. »

Nous nous étreignons fort et ils sortent.

CHAPITRE 110

CELA FAIT PLUSIEURS heures qu'ils sont partis, et nous n'avons toujours aucun signe de Penny et de James. Bits cueille des fleurs sauvages. Je suis assise dans l'embrasure de la porte, d'où je peux la surveiller. J'ai l'impression que tout le monde disparaît.

Nelly n'a pas parlé depuis l'aube. Il est tombé dans un état inconscient et les stries ont nettement remonté ses bras jusqu'aux épaules. La sueur luit sur tout son visage. Ses traits paraissent plus nets, il a la peau saillante sur les os, comme un vieillard. Je tapote son épaule saine.

« Ne t'inquiète pas, Nels. Tout ira bien. » J'ai l'impression de lui mentir effrontément.

Il respire lourdement. Peter a sûrement traversé tout ça, mais tout seul. Il a désespérément voulu que quelqu'un vienne lui tendre un verre d'eau, une main douce. Je ne peux qu'espérer qu'il a été si vite dévoré qu'il ne restait plus assez de lui pour souffrir longuement. Je ne dirais jamais ça à voix haute, c'est un vœu si bizarre, mais je parie que les autres pensent la même chose.

Je fouille à nouveau dans chaque sac à dos, espérant trouver un remède miracle qui guérirait Nelly. Bien sûr, il n'y a rien, et je piétine. Bits revient avec une poignée de fleurs pour Ana, qui la remercie avec un sourire distrait.

« Cassie », dit John d'une voix douce. « Est-ce que tu tiens le coup ? »

« Non, je ne vais pas bien. Ce n'est pas juste ! »

Nous avons survécu de longs mois, pour quoi ? C'est comme si nous repartions de zéro. Nous ne serons jamais en sécurité. John hoche la tête pour marquer son accord, ou une sorte de résignation, ce qui me met encore plus en colère.

« À quoi bon même essayer ? » je lui demande. « À quoi ça sert ? Peter est mort. Et Nelly... » Ma gorge se serre.

John, assis sur l'une des chaises branlantes, me regarde pendant que Bits se blottit à côté de lui. Les larmes me montent aux yeux, et je les essuie avec rage.

« Je ne comprends pas ! » je crie.

« Tout arrive pour une raison... »

Je le coupe. « Comment sais-tu ça ? Que tout arrive pour une raison ? Comment es-tu si sûr ? Parce que je suis presque sûre, moi, qu'il n'y a aucune raison à tout cela. » J'agite les bras comme pour englober le monde entier. Je me saisis du flacon d'amoxicilline vide et inutile et le lance de toutes mes forces contre le mur. Il rebondit avec un petit *blob* triste. Je cherche quelque chose de moins ridicule à lancer, mais tout ce que nous avons est trop précieux pour être détruit. Alors je fais des choses utiles. J'aligne les gourdes. J'empile nos petits stocks d'aliments et range les armes près de la porte en faisant un raffut de tous les diables. Tout le monde sursaute à chaque bruit, mais je m'en contrefiche. Nelly ne bouge pas, et c'est la seule chose qui m'importe. J'ai honte de laisser un autre ami mourir sous mes yeux, sans rien faire. Mais je ne m'avoue pas vaincue.

Une idée me vient : « Il y a un sentier de randonnée sur la carte qui traverse une autre ville pas loin d'ici. Je vais trouver une pharmacie ou un truc qui s'en approche. Je peux prendre un vélo. Je vais trouver un médoc plus fort pour lutter contre cette infection de malheur. »

Les yeux de John sont pleins de pitié. « Cassie, c'est trop dangereux de faire une course improvisée alors que James et Penny vont bientôt revenir. »

« Ce n'est pas une course improvisée, John ! Ils sont partis depuis des heures. Et s'ils ne revenaient jamais ? » Je me sens coupable de dire ça, mais c'est un argument recevable. Ana ferme les yeux pendant que je continue ma tirade : « L'amoxicilline est l'antibiotique le plus faible au monde. Il y en a des plus forts : Erythromycine, Cipro... » Je n'arrive pas à trouver d'autres exemples, alors je piétine avec frustration. « Je vais trouver quelque chose. Je ne peux pas rester assise ici à attendre une aide qui ne viendra peut-être jamais. Je ne vais pas laisser Nelly mourir. Pas question ! »

« Nous ne savons pas ce qu'il… »

« C'est vrai, nous ne savons pas ! Il pourrait juste s'agir d'une infection générale. Ce qu'on sait, c'est qu'il lui faut quelque chose de plus fort. »

« Tu as raison, Cassie. Il pourrait s'agir d'une infection traitable. Mais je ne veux pas que tu risques ta vie pour découvrir que ce n'est pas le cas. Attendons encore un peu. S'il te plaît. » Il lève et abaisse ses paumes dans un effort pour me calmer. « Je sais que tu es en colère. Nous sommes tous en colère. Cela ne semble pas juste. Mais nous ne savons pas ce que le sort nous réserve. Les voies du Seigneur sont impénétrables. »

Quelles balivernes ces histoires de sort et de Seigneur… Non, décidément, on ne me fera pas croire que toutes ces souffrances ont une logique. Que tout cela est une sorte de test. C'est plutôt une expérience cruelle conçue pour nous voir échouer lamentablement.

Je secoue la tête. Je ne veux pas survivre dans ce genre de monde, si cela implique de perdre tous ceux que j'aime, les uns après les autres. Je préfère en finir vite et une bonne fois pour toutes. Une fureur monte en moi, que je n'ai jamais ressentie avant, une sorte de rage aveugle qui s'élance dans tout mon être. Je me fiche de perdre mon sang-froid, d'être injuste, ou de me diriger tout droit vers le danger. Je dois faire quelque chose pour Nelly. Je soulève la pauvre chaise tordue et la balance violemment contre un mur. Bits crie quand elle s'écrase sur le sol, mais je ne suis plus en état de m'arrêter.

« Et donc, le Seigneur s'est réveillé un jour et s'est dit : "Oh, je sais, je vais tuer tous ces gens ordinaires, tous ces bébés et tous les enfants ? Et puis, tant qu'à faire, pourquoi ne pas les transformer en putains de zombies ?" » Je crie à l'attention de John, même s'il n'y est pour rien.

Puis je jette mon sac et prend mon couperet. John me regarde calmement. Je sais à quel point il veut que je reste, mais je ne pourrai plus jamais me regarder dans une glace si je ne fais pas quelque chose maintenant.

« Dans ce cas, je viens avec toi », dit-il.

« Non, tu dois rester avec Nelly, au cas où il se réveillerait. Reste ici et prends soin de lui. Je ne sais pas si le Seigneur existe, ni quel est son plan pour nous. Mais mon plan à moi est simple : Nelly va vivre. C'est tout. Je ne pense pas que ce soit trop demander. »

Je lève les yeux au plafond. « Seigneur, je vais en ville maintenant pour trouver des médicaments. Fais-moi une fleur et ne me complique pas la tâche. Merci d'avance. »

Je sors de la cabane et me dresse au sommet de la colline. Ma poitrine se soulève. J'ai l'impression de me noyer. Je sais que si je cède à cette tristesse, je ne m'en remettrai jamais, alors je me concentre sur ma colère. Je souffle sur les braises de ma rage et j'en nourris les flammes. Des pas s'avancent derrière moi et je prie pour que ce ne soit pas John. Je n'ai pas encore les forces de m'excuser. Mais c'est Ana, équipée de son sac et de ses armes. Son visage est fixe et sérieux.

« Personne d'autre ne meurt », dit-elle. Ses yeux sont durs et ses lèvres s'affinent en une ligne sombre. « Pas si nous pouvons l'aider. Allons-y. »

Nous empruntons le chemin de terre jusqu'au sentier. Le vélo de Nelly est bien trop grand pour moi, mais je parviens à aligner les kilomètres cahoteux et difficiles jusqu'à la ville. Je ne pense même plus à tomber et ne ferme pas les yeux une seule fois.

CHAPITRE 111

DANS UNE STATION-SERVICE à la périphérie de la ville, nous trouvons un annuaire téléphonique qui répertorie un centre d'urgence. Selon la carte touristique affichée au mur, il se trouve à seulement huit cent mètres d'ici. Avec Ana, on s'assied une minute au comptoir pour manger des Snickers qui ont fondu, durci, et refondu à la chaleur. Ils nous paraissent délicieux quand même.

Ana porte un pantalon noir, des bottes de randonnée en cuir noir et un débardeur noir. Avec son couperet et ses gants, elle ressemble à une sorte de randonneuse ninja. Je lui en fais la remarque et elle semble flattée.

« Merci d'être venu avec moi », dis-je.

« Je ne manquerais cette petite sortie pour rien au monde ! » Elle rigole, mais sa gaieté s'estompe rapidement. « Tu as raison, il faut au moins tenter quelque chose. Si nous avions pu aider… »

Elle fixe les pompes à essence derrière la vitre en clignant rapidement des yeux. Je ne sais pas combien de fois j'ai rejoué ces moments dans ma tête, tentant vainement de comprendre ce que nous aurions pu faire d'autre pour changer le cours des choses.

Je saute du comptoir et lui fais face. « Je suis vraiment désolée, Ana. C'est tellement… »

« Stupide, voilà ce que c'est. Je crois que je l'aimais peut-être. Et que lui aussi… Il m'aimait beaucoup. »

« Non, il t'aimait tout court. » Lui dire ça pourrait empirer les choses, mais il faut qu'elle le sache. « J'ai vu la façon dont il te regardait tout le temps. Il t'aimait, Ana. Tu le sais, non ? »

Je pose la main sur son genou pour attirer son attention et qu'elle comprenne que je lui dis la vérité. Elle hoche la tête et essuie ses larmes.

431

« Oui, je sais. Merci, Cass. » Elle saute du comptoir et change de sujet. « Prête ? »

« Prête, Ninja girl. »

La route qui mène à la ville est pleine de voitures abandonnées et jonchée de bouteilles vides, de sacs plastique, de canettes, et de toutes sortes de détritus d'humains en fuite. Les rues sont bordées de belles maisons anciennes sous une canopée d'arbres encore plus anciens. On s'attendrait à tout moment à y voir surgir un défilé du 4 juillet. C'est une rue de rêve américain, si l'on fait l'impasse sur les portes à moustiquaires arrachées et ou les fenêtres brisées, pleines de trous béants. Des cadavres de victimes gisent sur des pelouses abandonnées à la végétation. Elles ont été dévorées si intégralement par les Lexers qu'elles n'ont pas eu le temps de rejoindre leurs rangs. Une chance pour elles.

Nous restons prudentes en gardant nos vélos devant le centre médical d'urgence de Green Mountain, sachant que beaucoup de malades se sont rendus à l'hôpital. Et certains pourraient encore y être, bourdonnant contre les fenêtres et les portes comme des mouches domestiques prises au piège.

On se bouche fermement le nez en avançant dans le couloir à l'air vicié. Derrière la réception, on entrevoit un couloir plein de portes. Deux sont fermées, et quelque chose semble faire du bruit dans l'une d'elles.

« Dieu merci, ils sont trop stupides pour savoir ouvrir une porte, murmure Ana. Tu imagine les dégâts qu'ils feraient s'il leur restait un cerveau ? »

Je frissonne à cette pensée. Nous serions tous morts depuis belle lurette. On dépasse la porte et on marque un arrêt en entendant un bruit de chuchotements, mais rien ne sort du coin derrière le bureau des infirmières face à nous. Une autre porte fermée porte l'inscription "Pharmacie". Ana lève son couperet, je sors mon pistolet, et j'ouvre d'un coup. La pièce est vide, il n'y a que des alignements de boîtes et de flacons de médicaments. Mes jambes flageolent de soulagement. Je craignais que la pièce n'ait été mise à sac.

Nous inspectons les boîtes à la lumière de la lampe de poche. Il y a un répertoire de médicaments sur le comptoir où je découvre des noms d'antibiotiques dont je n'ai jamais entendu parler. Je parviens à en trouver plusieurs boîtes sur les étagères.

« Prends des solutions liquides », suggère Ana. Elle braque sa lumière sur de minuscules flacons et les empoche. « Elles pourraient avoir un effet plus rapide. »

Elle fourre aussi une poignée d'aiguilles dans son sac avant de ressortir dans le couloir. Des presse-papiers tombent au sol au niveau du bureau des infirmières et nous nous tournons vers le bruit. Trois Lexers s'avancent en trébuchant vers nous. Ils étaient piégés dans cette pièce depuis si longtemps qu'ils sont desséchés comme des momies. Le bruissement de leurs jambes fines comme des bâtons frottant l'une contre l'autre nous poursuit tandis que nous nous précipitons vers la porte. Nous enfourchons nos vélos et les regardons se presser contre le verre, avec leurs mains noueuses et leurs bouches béantes.

« Allez vous faire foutre, connards », grommelle Ana en décollant. Je sais exactement ce qu'elle ressent.

On est presque sorties de la ville lorsqu'on tombe nez à nez avec une petite meute assemblée sur la seule portion ouverte de la rue, entre des voitures abandonnées. Ils nous bloquent le passage.

« On peut se les faire », me lance Ana.

La seule alternative est de trouver une autre voie d'issue, il y a le risque de rencontrer un groupe encore plus gros. Nous laissons tomber les vélos sur le tarmac et tirons nos couperets de notre dos. Les coups de feu ne feraient qu'attirer davantage de Lexers.

Côte à côte, nous les laissons venir à nous. La première à se jeter vers moi est une femme aux cheveux gris vêtue d'une jupe et d'un chemisier de soie. Ses lunettes pendent toujours à son cou au bout d'une chaîne en or. Sa mâchoire est à moitié défoncée, exposant les tendons qui la reliaient au crâne, lesquels se contractent tandis qu'elle claque des dents.

Je ne vais pas me faire tuer par une bibliothécaire.

J'enfonce la lame plate dans son cou. Sa tête se détache facilement de ses épaules, ce qui témoigne une fois de plus des compétences exceptionnelles de John dans la fabrication d'armes. Le suivant est un jeune homme vêtu d'une combinaison moulante de cycliste, dont la tête tombe aussi facilement que la précédente. Il n'y a guère de sang, juste quelques éclaboussures. Un grognement s'échappe de mes lèvres. Je les déteste. Ce n'est peut-être pas de leur faute – c'était sans doute des gens normaux qui voulaient juste survivre aussi mal que moi – mais ils ont fait de ma vie un enfer.

Je retourne mon couperet et recule pour attendre mes deux prochaines victimes : des adolescentes portant des t-shirts à paillettes crado. Du coin de l'œil, je vois Ana donner un coup de pied à un petit homme tout en lui décapitant deux Lexers, puis faire tourner sa lame d'une main pour poignarder le type au sol à travers l'œil.

Les deux lycéennes sont proches l'une de l'autre comme deux copines qui se chuchotent des secrets dans le couloir de l'école. J'enfonce la pointe du couperet dans l'orbite de l'une, puis de l'autre en deux craquements humides qui se succèdent rapidement. Ana pousse un grognement en frappant sa lame contre notre dernier assaillant qui tombe direct sur le trottoir.

Nous attendons ensuite un moment avec nos couperets, prêts à relancer les hostilités, mais rien d'autre ne bouge. Je me dirige vers mon vélo et me rue sur ma bouteille d'eau. Je suis à bout de souffle après toute cette panique et ces efforts. Les yeux rivés derrière moi, Ana lève à nouveau son couperet. Ses beaux cheveux luisent tandis qu'elle fait pivoter son arme pour la planter sous le menton d'un ado portant un t-shirt de course auto "Nascar", qui vient d'émerger de derrière un minibus accidenté.

Je la remercie dans un souffle lourd et prends une gorgée d'eau tiède. « Tu es vraiment une Ninja girl » j'ajoute. Elle n'a pas une goutte de sueur sur le front.

Ana s'esclaffe. « Nous faisons une bonne équipe. »

Je suis étonnée de la facilité avec laquelle nous les avons expédiés au ciel. Toutes ces heures de pratique ont payé, en fin de compte.

« Allez, foutons le camp d'ici », dis-je, et nous enfourchons nos vélos.

CHAPITRE 112

MES CUISSES BRÛLENT sous l'effort de la remontée du retour, mais j'ignore la douleur. Chaque tour de pédales me rapproche de Nelly, qui n'a peut-être plus beaucoup de temps devant lui. Une petite voix me murmure qu'il n'a peut-être plus de temps du tout, mais je l'ignore aussi. Les ombres s'allongent quand nous regagnons la cabane, devant laquelle est garé un minibus VW. À l'intérieur, James et Penny, de retour, sont assis près de Nelly, tandis que Bits et John sont occupés à ouvrir une boîte de soupe volée.

« On s'est retrouvés à court d'essence », explique Penny après nous avoir serrées toutes les deux dans ses bras. « On a dû marcher, mais on a fini par tomber sur une vieille maison de hippies. C'est là qu'on a trouvé le minibus et le reste. Elle désigne une pile de sacs de couchage, de lanternes et de nourriture. C'est un bon coup, mais elle n'a pas l'air satisfaite. « Il n'y avait de médicaments nulle part. On s'est arrêtés dans toutes les maisons qu'on trouvait sur le chemin. La ville était trop infectée. Je suis vraiment désolée, les gars. »

« Et bien, nous, on en a trouvé ! » dit Ana. Elle sort le butin de son sac.

« Sans problèmes ? » demande John.

« Rien qu'on ne soit capables de gérer. Même les infectés savaient qu'il ne fallait pas plaisanter avec Cassie aujourd'hui. »

Je lui lance un sourire sinistre et regagne mon poste auprès de Nelly. Son état s'est aggravé. Sa blessure est maintenant violet foncé, et ça pue. La petite voix me murmure qu'elle a exactement la même odeur que les Lexers, mais je lui intime d'aller au diable. Sa peau est sèche ; il a transpiré jusqu'à la dernière goutte d'eau de son corps. Ana vide son sac et je commence à écraser des pilules quand elle m'arrête.

Elle tient une aiguille. « On devrait les injecter. »

« J'ai juste peur que ça n'aide pas si on ne le fait pas comme il faut. »

« Je m'en occupe, répond-elle, le visage déterminé. Je sais faire. »

Elle prend une bouteille et décapsule l'aiguille. « Quand j'étais petite, ma mère m'emmenait aux cours de premiers secours qu'elle donnait. J'ai vu les infirmières apprendre à s'injecter l'aiguille et à prélever du sang. Elle enfonce la seringue dans un flacon et la remplit d'un liquide transparent.

« Certains s'évanouissaient, mais j'étais fascinée, même si je savais que je ne serais jamais infirmière. » Elle presse le piston pour chasser l'air. « Mais je me souviens des étapes : d'abord, trouver la veine. »

John serre ses mains autour du bras valide de Nelly pour faire un garrot et les veines se gonflent.

Ana hoche la tête. « Bon, maintenant on enfonce à cet angle, et on pousse. » D'un geste ferme, elle glisse l'aiguille dans la veine. Un petit tourbillon de sang remonte dans le liquide de la seringue. « On y est. Et maintenant, on injecte. »

Elle pousse lentement le piston. Lorsqu'elle retire l'aiguille, je presse un tas de serviettes en papier sur la goutte de sang. Je tiens la main de Nelly et je sursaute à chaque fois qu'il est secoué d'un tremblement. J'ai gardé mon flingue sur moi parce que je sais que je rêve un peu. Il faut garder la tête sur les épaules.

John suggère de déplacer Nelly dans l'autre pièce pour ne pas le déranger, mais je me doute bien du fond de sa pensée : si Nelly se change en Lexer, on pourra l'enfermer avant qu'il ne fasse de dégâts. Je me demande combien de temps cela prend. Meurt-on d'abord avant de renaître plusieurs heures plus tard, ou est-ce immédiat ?

Tout le monde s'acquitte de son tour de rôle avec Nelly et moi. On lui essuie le front avec un chiffon frais. Penny me tend une tasse de soupe, que je délaisse après une cuillère. Je fixe Nelly : sa poitrine se soulève. Ana lui donne une autre dose d'antibiotiques avant d'emmener Bits au lit. Penny embrasse Nelly sur le front et lui murmure quelque chose que lui seul peut entendre. Puis elle m'embrasse sur la joue et s'en va.

John s'assied près de moi. « Je vais prendre le premier tour de veille. »

« Réveille-moi si… » Je m'arrête lorsqu'il hoche la tête. « C'est juste que… je sais que ce ne sera pas vraiment lui, mais il mérite que quelqu'un… soit là, tu comprends ? »

« C'est promis. »

John pose la main sur mon épaule. Il est si gentil que je me sens coupable pour ce que je lui ai dit ce matin. « Je suis désolée pour tout à l'heure, John. J'aimerais avoir une foi inébranlable, comme toi, en une force divine. »

Il secoue la tête. « Oh, tu sais, ma foi a été mise à l'épreuve. Mais si je crois… si je fais confiance à quelque chose de plus grand que moi, je peux gérer tout ce qui se présente à moi. Et c'est comme ça que je m'en suis sorti après la mort de Caroline. Quelqu'un m'a dit un jour qu'il y a des milliers de chemins pour arriver au ciel. Et j'y crois. »

« Je n'arrive à croire à rien de cette façon. » Et pourtant, je donnerais tout en ce moment pour croire à quelque chose.

« Tu n'as pas à te raccrocher à une seule croyance. Je ne pense pas que Dieu s'en soucie. Ce que tu as fait aujourd'hui…. risquer ta vie pour un ami, il n'y a pas plus chrétien. »

« "Il n'y a pas de plus grand amour que donner sa vie pour ses amis." Jean XV :13. » Il fait référence à Ana et moi, pourtant je sais que nous pensons tous les deux à Peter. « Va dormir. Je m'en charge. »

Je l'embrasse sur la joue et vais me blottir dans mon sac de couchage. Avant de fermer les yeux, je me couvre en m'excusant aussi auprès du Seigneur. Juste au cas où.

Chapitre 113

Je me réveille en sursaut dans une lumière trouble et je me tourne vers Nelly, toujours allongée sur sa paillasse. John dort adossé contre le mur près de la tête de Nelly. Il s'est endormi pendant son tour de veille ; il n'a jamais fait ça. Nelly est pâle, les traits flasques. Je guette la montée de sa poitrine, mais je ne vois plus de mouvement.

J'étouffe un sanglot et me rapproche, dégainant mon pistolet d'une main tremblante. Impossible de savoir depuis combien de temps il est mort, et quand il va ressusciter, si cela doit se produire. On va devoir s'occuper de lui.

Ce n'est pas Nelly. Ça lui ressemble, mais n'est pas lui.

Je le pousse doucement du bout du pied. Son œil palpite. Il est en pleine mutation. Je sors mon arme, le doigt sur la détente.

Ce n'est pas lui, pas lui, pas lui.

« Cassie. » La voix de John est douce, il essaie de ne pas me brusquer. « Pose ton arme. Il va bien. Nel va bien. »

J'entends ce qu'il dit, mais ça ne rentre pas. Mes doigts sont serrés sur la poignée du pistolet. « Quoi ? »

Enfin, je vois la poitrine de Nelly se soulever. Puis refaire le même mouvement. Il bouge à peine, mais il respire. Il ouvre les yeux et tourne vers moi son beau visage pâle, absolument vivant.

« Dieu : zéro. Cassie : un », croasse-t-il, et les coins de ses lèvres gercées se relèvent.

Je reste abasourdie un instant et me jette sur lui. Je heurte accidentellement son bras quand j'embrasse sur son front chaud, mais plus fiévreux, et il grimace.

« Pardon, pardon ! » je m'écrie, mon visage souriant à quelques centimètres du sien. Je l'embrasse à nouveau sur le front, juste pour être sûre.

« Soif. »

Je porte la gourde à ses lèvres et il boit avidement. Penny, Ana et Bits se précipitent dans la pièce. La vue de Nelly les interloque, puis ils s'avancent. James se tient dans l'embrasure de la porte, un grand sourire aux lèvres.

« J'ai remarqué quelques heures après la deuxième dose d'antibiotiques qu'il se portait mieux, dit John. J'ai su qu'il était tiré d'affaires quand il a dit quelques mots et bu un coup. Je suis allé demander à James de le surveiller. Je ne voulais pas te réveiller. Vous aviez tous les deux besoin de sommeil. »

Nelly me laisse inspecter son bras. Il a toujours l'air mal en point, mais les stries rouges s'estompent. J'ai l'impression d'avoir gagné le loto. Pour une fois, les médocs ont vraiment fonctionné.

« Merci, Demi-pinte », murmure Nelly. On dirait qu'il est au bord des larmes, et ça suffit pour me faire chialer comme une madeleine.

« Alors, ça te va, ce cadeau d'anniversaire un peu précoce ? » je lui demande dans un sanglot. « Ça décoiffe assez pour t'impressionner ? » Il glousse faiblement. « C'est Ana qui t'a envoyé la dose. Elle a fait du bon boulot. »

Nelly lui adresse un baiser, qu'elle lui renvoie. « Mais c'est grâce à Cassie que nous sommes allées te trouver des médicaments », dit-elle.

« J'ai cru comprendre. » Nelly me regarde avec des yeux brillants. Ils ont retrouvé leur bleu normal, et ça me donne envie de le serrer encore dans mes bras, mais je me contente de lui embrasser la main. « Je pense que tout le monde dans un rayon de deux kilomètres l'a entendu. Elle ne s'énerve pas souvent, mais quand elle le fait, même Dieu tout puissant ne se risquerait pas à la contredire. »

« Désolé », dis-je avec embarras.

Je tends mon autre main vers Bits et l'attire sur mes genoux. Elle tient encore, tout froissé dans sa main, le sachet encore à moitié rempli de Reese's Pieces qu'elle gardait pour Nelly.

Je la serre fort. « Je ne voulais pas t'effrayer, Bits. Je ne sais pas ce qui m'a pris. »

Elle secoue la tête comme si c'était de l'histoire ancienne.

Les premiers rayons du soleil traversent la fenêtre sale, éclairant les empâtements de poussière, les toiles d'araignée et des tâches dont je ne veux rien savoir, mais tous ces recoins décrépits ont leur beauté, maintenant que Nelly est guéri. Il ferme les yeux, mais je ne m'inquiète plus. Je sais qu'il va les rouvrir.

« Tu es comme ta mère, me souffle John. Lente à te mettre en colère. Mais les flammes lentes font les meilleures fournaises. Ce n'est pas toujours une mauvaise chose. »

Il a raison : ma colère n'a pas été vaine. Nous avons ramené Nelly d'entre les morts, et pour une fois dans ce monde abandonné des dieux, on a fait quelque chose de bien.

CHAPITRE 114

« J'ADORE CETTE VOITURE », dis-je, au volant de la VW toujours à l'arrêt. Tout est en bois lustré à l'intérieur, avec un petit réfrigérateur, un évier et deux banquettes. L'extérieur est d'un blanc et bleu pétrole immaculés, avec du chrome. Il est clair que quelqu'un d'autre avant moi a adoré cette voiture.

« Ce n'est pas une *voiture*, dit Nelly. C'est un *minibus,* ou un *camping-car,* à la rigueur une *camionnette.* »

« Peu importe. Je l'aime. Il a une étagère à épices, tout de même ! Combien de personnes ont ça dans leur voiture ? Si nous parvenons à notre destination, tu crois qu'on pourrait le garder ? »

« Évidemment. On pourra faire des road trips. Visitez la campagne peuplée de zombies, par exemple. »

Il est toujours pâle et son bras est enflé, mais après trois jours supplémentaires d'antibiotiques, il est requinqué. Nous avons repoussé notre départ jusqu'à ce qu'il soit assez fort pour reprendre la route.

« Petit malin. » Je m'apprête à lui donner une petite tape et puis je change d'avis, lui tâte le front. Toujours frais.

Il recule la tête. « Quand vas-tu arrêter de me toucher le front toutes les dix minutes ? » Cela fait deux jours qu'il n'a plus de fièvre.

« Jamais. Il va falloir t'y faire. Tu es sûr que tu es assez en forme pour qu'on parte demain ? »

Il pose son bras valide sur la vitre et soupire. « Absolument. Demain est un jour aussi bien que les autres pour mourir. » Il lève les sourcils vers moi. Je n'arrive pas à savoir s'il est sérieux.

Un petit vestige de tristesse et de rage accablante me traverse. « Non ! Tu n'as plus le droit de mourir. Je ne t'ai pas sauvé la peau pour que tu puisses bêtement les laisser faire. Promets-moi que tu vas faire attention. »

Il garde les sourcils levés. Je sais que c'est un peu ridicule de lui faire promettre une chose sur laquelle il n'a aucun contrôle, mais je m'en fiche.

« D'accord, Cass. Je promets de ne pas mourir. Jamais. »

« C'est mieux comme ça. » J'ignore son sarcasme. Cela me réconforte, ce qui est sans doute encore plus stupide que cette promesse que j'exige de lui. Penny sort de la cabane et lance des sacs à dos à l'arrière. « On est prêts à partir demain à la première heure. »

Ses cheveux gras et mous pendent de sa queue de cheval. Je donnerais tout pour une bonne douche. Arriver devant Adrian sale et les cheveux gras n'est pas ce que j'espérais pour ces retrouvailles, deux ans après notre dernière entrevue. Je sais que cela reste un détail dans l'histoire de l'humanité mais s'il n'était pas spécialement ravi de me voir, ce serait mieux de ne pas me sentir repoussante pour commencer.

Penny monte à l'arrière et s'extasie. « J'aime trop cette voiture. »

James débarque avec une caisse de nourriture au même moment. « C'est un minibus, ma chérie. Pas une voiture. »

J'ignore le regard victorieux que me lance Nelly.

Chapitre 115

« Plus que soixante-dix kilomètres à parcourir », répond patiemment James à la dixième relance de Bits.

Elle nous a servi de l'eau au compte-gouttes depuis le début du trajet, juste pour avoir une raison de faire couler le mignon petit robinet du minibus sans relâche. Nous avons dû sortir à quelques reprises pour aller pousser quelques voitures sur le bas-côté, mais comme le paysage tend à se vider, il y a aussi moins d'obstacles sur la route.

C'est une belle route, qui plus est. Adrian et moi rêvions de vivre ici un jour. Les montagnes sont verdoyantes, comme dans le Vermont, mais elles sont aussi plus escarpées, plus sauvages. Il semble qu'il suffit de sortir une minute d'un sentier pour se perdre à jamais. Mais c'est aussi un paysage de vallées alanguies et de parcelles agricoles soignées. Ces parcelles où la nature a déjà repris ses droits, où les fermes semblent à l'abandon. Je compte les kilomètres et les traduit en minutes. Il reste quarante-cinq minutes. Trente cinq. Ma bouche est sèche, mes mains sont si étroitement jointes que mes avant-bras me font mal.

« Tu veux plus d'eau ? » me demande Bits.

Je me force à sourire et hoche la tête. Elle fait une pirouette jusqu'à l'évier pour remplir le verre. Elle est presque aussi sale que la nuit où nous l'avons trouvée, mais tout a changé à l'intérieur : elle n'est plus terrifiée, apathique, elle jubile. Elle pleure et appelle Peter dans ses rêves, et comme c'était lui qui venait la rassurer la plupart des nuits, c'est un nouveau coup dur pour elle quand elle se réveille et réalise que son cauchemar est bien réel. Mais elle fait preuve de résilience. J'espère qu'elle en aura toujours suffisamment pour affronter ce monde.

Trente minutes. L'eau glisse sur ma langue desséchée sans l'imbiber. J'aimerais noyer les papillons qui s'agitent dans mon ventre. Vingt-cinq minutes. Vingt.

« Quelqu'un est déjà passé ici et a déplacé les voitures pour nous », dit John, nous montrant les fossés où reposent les voitures abandonnées.

La route bordée de fermes cède la place aux pelouses et aux villas urbaines de la ville située avant Kingdom Come. Nous nous préparons à voir surgir les infectés. Il y a toujours au moins un groupe dans chaque petite ville, et ils sortent dès qu'ils entendent un bruit de moteur. Nous dépassons la mairie et un petit parc, mais aucun Lexer ne nous suit. L'épicerie générale affiche un symbole de sandwich dans sa devanture. À côté se trouve un tambour en métal avec une pompe manuelle et un tuyau, et une affiche portant l'inscription suivante :

ESSENCE DANS LE RÉSERVOIR.
NOURRITURE À L'INTÉRIEUR DU MAGASIN.
PRENEZ CE QU'IL VOUS FAUT AVEC MODÉRATION.
PENSEZ AUX SUIVANTS S'IL VOUS PLAÎT.

« Ouah, s'écrie James. Ils ont nettoyé la ville et ont même fait une station de ravitaillement. Putain... » Il regarde Bits, qui sourit, « ... purée, ils sont organisés ! »

Nous empruntons un chemin de terre qui serpente à travers bois pour déboucher sur une petite ferme. Un panneau porte l'inscription "Cob Creek Farm", mais nous ne voyons pas de ferme : l'allée bordée d'arbres se termine par une haute clôture de bois qui encercle la propriété et ses dépendances. Des champs de maïs entourent la clôture. Nous passons devant des fermes plus fortifiées. L'une d'elle a une clôture grillagée, une autre un mur de parpaings. À côté, nos barbelés et nos volets de bois nous paraissent bien dérisoires.

John plisse les yeux pour déchiffrer le panneau devant lui. « Route de Kingdom Come. C'est par ici. »

Il prend le tournant et s'engage sur la petite route. Une cabane perchée sur une charpente de pilotis se dresse au milieu d'une clairière. Une échelle monte vers une plate-forme qui s'étend devant la porte de la cabane. Un homme sur le quai lève la main vers John, qui ralentit pour s'arrêter. Une femme blonde descend l'échelle, un fusil au bras, mais elle sourit en nous voyant et nous fait signe de sortir de la camionnette.

« Salut. Désolé pour les armes. » Elle remarque le bras bandé de Nelly et son sourire s'efface. « Est-ce que l'un d'entre vous est infecté ? »

« Non », dit Nelly. Il retire la gaze pour montrer sa blessure, qui est manifestement en train de guérir. « Je me suis juste pris un méchant coup de couteau. »

Elle relâche sa prise sur le fusil. « D'accord, nous voulons être prudents, c'est tout. Moi c'est Shelby. Bienvenue à Kingdom Come. Remontez la route sur environ cinq cent mètres, vous verrez la porte. Je vais les prévenir de votre arrivée. »

Le portail en tôle ondulée doit mesurer au moins trois mètres de haut. Deux types en jeans et t-shirts se tiennent à côté d'une porte encastrée dans le mur à côté. Une clôture à mailles losangées s'enfonce dans les arbres à perte de vue. Je me demande comment ils ont réussi à construire tout cela, mais je suppose qu'avec un nombre suffisant de personnes, on peut tout faire.

L'un des deux, au beau visage rugueux et aux yeux bleus, pose le bras sur la vitre de la camionnette. « Salut. Je m'appelle Dan. Vous êtes ici pour un moment ou vous êtes juste de passage ?

« On espère rester, répond John. Nous sommes des amis d'Adrian Miller. Vous le connaissez ? »

Dan s'esclaffe. « Bien sûr. C'est sa ferme, et celle de Ben. Nous ne sommes que des visiteurs. »

Il m'adresse un clin d'œil et Bits sourit, lui retournant un clin d'œil de travers. Le portail s'ouvre sur une allée encore plus arborée.

« Vous verrez un petit portail un peu plus haut. Maureen vous attendra là-bas, dit Dan. On se reverra bientôt. Soyez les bienvenus. »

Penny se penche vers moi et pose une main sur les miennes, crispées. « Tout va bien se passer. »

J'aimerais avoir le dixième de sa confiance.

Chapitre 116

Un hangar dont sort un tuyau de poêle se dresse de guingois au tournant de l'allée. Une femme plus âgée souriante et ronde en sort et nous salue.

« John ? Je m'appelle Maureen. Vous pouvez me suivre après le portail, j'y vais à vélo. Je vous montrerai où vous garer, et ensuite on verra le reste. Ça vous va ? »

John acquiesce. « Après vous. »

La vue de la ferme nous coupe le souffle. Une immense ferme blanche au porche imposant se dresse au centre d'une belle clairière entourée d'érables. Un verger de pommiers tordus par l'âge s'étend sur la gauche. Il y a aussi une serre et deux gigantesques granges foisonnant de bétail couché dans des enclos au soleil. Des cabanes et des tentes parsèment l'arrière-plan, et derrière elles, j'aperçois le plus grand potager que j'aie jamais vu. Une clôture brille au loin, derrière laquelle s'étendent des champs agricoles.

La ferme elle-même est magnifique, avec ses granges rouges, sa grande bâtisse blanche et ses bosquets d'arbres, mais le plus époustouflant reste cet écrin de montagnes dans lequel elle se niche. Nous sommes entourés d'un cercle verdoyant protecteur, au milieu duquel je me sens minuscule, insignifiante, et en sécurité. Je comprends ce qu'a pu ressentir Adrian en voyant cet endroit pour la première fois, et j'aurais tant aimé être à ses côtés. C'est le paradis.

Nous nous dirigeons vers l'arrière de la maison, vers un bâtiment de poutres et de poteaux et nous garons à côté d'une ambulance. Je tire la toile de mon jean qui colle à mes cuisses en posant les pieds à terre. Un claquement des casseroles résonne derrière les portes arrière du bâtiment.

Maureen fait un geste vers le bruit. « Nous appelons cette partie le restaurant, c'est là où nous préparons la plupart des repas. Vous avez faim ? Le déjeuner commence officiellement dans quelques heures, mais il y a toujours moyen de grignoter quelque chose. »

Nous secouons la tête. La seule chose que je veux, c'est savoir où se trouve Adrian, mais ma gorge se serre et je n'arrive pas à ouvrir la bouche.

« D'accord. » Ses yeux sont emplis de gentillesse tandis qu'elle nous présente les lieux. « Ça ne vous dérangera pas d'être ensemble dans une grande tente ? Nous en avons une de vide. Elles sont plutôt sympas, vous savez. Je parie que vous apprécierez une douche chaude, je me trompe ? »

« Je dis oui à tout ce que vous proposez, madame », dit John, devenu notre porte-parole.

Les joues de Maureen s'arrondissent encore plus quand elle sourit. « John, ne m'appelez plus jamais madame. Et je ne connais pas encore vos prénoms, à vous autres. »

Nous nous présentons en la suivant jusqu'à la tente. C'est confortable et lumineux à l'intérieur, avec des lits pliants, des lits superposés, une petite étagère à livres et un poêle à bois avec sa cheminée s'échappant par le toit.

« Hum, dit Maureen. C'est peut-être un peu serré. Nous construisons des cabanes en ce moment, mais elles ne seront pas prêtes avant plusieurs semaines. Il y a des places dans d'autres tentes si vous voulez plus de place. »

L'idée d'une séparation ne m'enchante pas des masses, et, à en juger par les vigoureux signes de tête dans le groupe, je ne suis pas la seule. Je suis presque sûr qu'on serait capables de s'entasser tous les sept dans une tente de deux personnes si nécessaire.

« C'est parfait, dit Nelly. Vraiment. »

« D'accord. Considérez-moi comme votre guide de croisière. » Nous rions. « Aujourd'hui, vous n'aurez qu'une vue d'ensemble du terrain. Demain, nous parlerons des boulots qu'on vous propose et tout le reste. D'où venez-vous ? »

« New York », répond James.

Ses yeux s'écarquillent. « Ah bon, vous avez réussi à en sortir ? » James explique que nous sommes partis tôt. « Eh bien, je suis contente pour vous. Plus tard, vous rencontrerez certaines des personnes qui vivent ici. Tout le monde est super. Nous formons une grande famille. »

J'ouvre la bouche, mais Nelly me devance. « En fait, nous sommes de bons amis d'Adrian Miller. Est-ce qu'on pourrait le voir ? »

« Adrian est à Whitefield. Son avion devrait revenir avant l'heure du dîner. On échange notre expertise et nos produits avec les gens de là-bas. Elle joint les mains et nous sourit. « Il va être si content d'apprendre que vous êtes venus. »

Je me sens à la fois déçue et infiniment soulagée, car ces retrouvailles me terrifient depuis un moment, et mon stress avait atteint son pic. J'espère juste qu'effectivement, comme dit Maureen, il va être content de la nouvelle.

Maureen nous emmène, Penny et moi, trouver quelques vêtements pendant que les autres font la queue aux douches. Une salle construite contre le bâtiment du restaurant contient des bacs de vêtements classés par taille. Je trouve un jean, un débardeur et un sweat à capuche pour moi, et diverses tenues pour les autres. Maureen et moi attendons les bras chargés de vêtements tandis que Penny cherche un pantalon pour James.

« Merci pour les vêtements, lui dis-je. C'est tellement génial d'être ici. »

« N'est-ce pas ? Quand je suis arrivée ici, il n'y avait encore rien de tout ça, maintenant nous avons un système bien rôdé. »

« Adrian est très organisé. »

Elle s'appuie contre une table. « Oui il l'est. Tout le monde l'aime ici. Comment l'as-tu connu ? »

« Nous nous sommes rencontrés à l'université. » dis-je sobrement. Je ne veux pas entrer dans les détails. S'il n'est pas content de me voir, je vais être cataloguée comme l'ex-fiancée.

« Tu le connais bien ? » J'acquiesce en regardant les gens passer à l'extérieur. « Alors tu dois savoir qu'il est plutôt réservé, mais qu'il se débrouille très bien pour obliger tout le monde à faire ce qui doit être fait. Je crois qu'on ne veut pas le décevoir. »

J'hésite, mais Penny est toujours occupée, alors je pose la question qui me taraude. « Est-ce qu'il a quelqu'un dans sa vie ? »

je lance enfin, d'un ton badin, comme si j'étais amatrice de potins. Ça doit lui plaire, car elle se penche d'un air conspirateur, les yeux écarquillés.

« Personne ! Bon, certes, il y a plus d'hommes que de femmes par ici, mais je l'ai vu refuser des offres plutôt claires. »

Mon cœur se remet à battre la chamade. *Personne d'autre.*

« J'ai entendu dire que l'été dernier, il a eu une aventure avec une stagiaire saisonnière, poursuit-elle. Ça a été une saison torride et lourde pendant des semaines, puis l'été a pris fin, et l'aventure aussi. »

Ma jalousie monte en flèche. Je sais que je n'ai absolument pas le droit d'être en colère, mais cela ne m'empêche pas d'imaginer Adrian passer un été *torride et lourd* avec une autre. J'ai envie de vomir.

Maureen pose sa main sur la mienne dans un geste maternel. « Mais j'ai l'impression que vous n'aviez pas besoin d'entendre ça. Je suis désolée. J'ai tendance à me montrer un peu trop bavarde. Trop plein d'informations, comme dirait ma fille. »

Je lui serre sa main et ravale mon amertume. « Vous n'avez pas à vous excuser. C'est moi qui ai voulu savoir. Elle vit ici, votre fille ? »

Ses yeux se remplissent de larmes, et elle cligne pour les retenir, en souriant. « Non, elle vit en Floride. Je n'ai aucune nouvelle d'ailleurs. J'ai perdu mon mari en venant jusqu'ici. »

« Je suis désolée. Nous avons aussi perdu quelqu'un en chemin. Et mon frère était censé me rejoindre, mais il n'est jamais arrivé. »

Maureen soupire. « Je ne connais personne ici qui n'a pas perdu un être cher. On fait ce qu'on peut pour continuer, n'est-ce pas ? »

Sa voix douce me rappelle tellement celle de ma mère que j'ai envie de la serrer dans mes bras. Je crois que cela ne la dérangerait pas, d'ailleurs.

Penny nous rejoint. « Bon, j'ai trouvé un jean pour notre haricot vert de service. Merci Maureen. »

Chapitre 117

La douche est un simple ballon d'eau chaude relié à une pomme de douche, mais c'est un plaisir incroyable. Je fais mousser mes cheveux et ceux de Bits et j'ai l'impression que toute l'horreur de la semaine passée coule avec la mousse et disparaît sous cette palette sur laquelle nous nous tenons. Avant de nous quitter, Maureen m'a demandé si je voulais qu'elle vienne me voir au restaurant quand l'avion d'Adrian serait en chemin. Quand elle a accepté d'un signe de tête, elle m'a serré la main.

Nous déballons nos affaires sous la tente puis allons déjeuner. La salle à manger est une longue salle aux poutres apparentes avec un assortiment profus de tables, bancs et chaises. Des employés de cuisine circulent continuellement pour réapprovisionner les tables au fond de la salle. L'été est à son pic, et par conséquent, tous les aliments sont frais. Je verse un grand verre de lait de vache à Bits, qui le boit d'une traite et m'en demande un autre.

« J'ai l'impression que tu aimes ce café plus que tu moi », dit James à Penny, qui déguste une tasse de café crème avec une dévotion religieuse.

Elle ouvre un œil et le referme en souriant. « Tu as sans doute raison. »

Ma nourriture a l'air délicieuse, mais je suis toujours si anxieuse que je ne peux rien avaler. L'agitation du déjeuner est retombée, mais la salle grouille toujours de monde. Ces gens semblent avoir entre vingt et cinquante ans, bien qu'il y ait aussi quelques enfants et personnes âgées.

La façon dont ils discutent et rient me donne l'impression que tout le monde ici s'entend à merveille. Chaque fois que je croise le regard de quelqu'un, j'ai droit à un sourire ou à un petit signe de la main. Les gens qui passent à notre table veulent nous souhaiter la bienvenue, sans se montrer trop curieux non plus. C'est peut-être parce que nous avons l'air décontenancé par le nombre de personnes qui défilent, et cette incroyable nouvelle réalité de nous trouver lieu sûr. Nous n'avons plus à guetter en permanence les cliquetis de canettes ou les bruits de craquements dans les bois.

Soudain Maureen apparaît dans l'encadrement de la porte d'entrée et je me redresse. Elle secoue la tête. Pas encore signe de l'avion.

Elle tire une chaise à elle et sourit. « Vous avez bonne mine, tous. Vous vous êtes bien installés ? »

« Très bien, répond John en passant une main dans ses cheveux humides. Dites, vous pourriez nous expliquer un peu comment cela se passe ici, pour le travail ? »

« Eh bien, nous essayons d'amener les gens à faire ce qui les intéresse le plus. Par exemple, il y a les jardins et les cultures, bien sûr. Ensuite, il y a la construction, la gestion du système électrique, les gardes et les patrouilles, l'eau, le bétail, la cuisine et la transformation des aliments. Beaucoup de gens font un peu de tout. Il y a un emploi du temps où chacun s'inscrit. »

« J'aimerais travailler au jardin, dit Ana. C'est possible de faire ça, tout en étant garde ? »

« Bien sûr. La plupart de nos membres font des tours de garde. Ce sont les patrouilles qui sont les plus dangereuses. » Les yeux d'Ana s'illuminent à cela.

« Alors, tu t'y connais un peu en jardinage ? »

John lui parle des jardins que nous avons laissés derrière nous.

Maureen a l'air impressionnée. « Pas étonnant que vous ne vous soyez pas rués sur les produits frais. C'est ce que font la plupart des gens quand ils débarquent ici, vous savez. Vous avez l'habitude de bien manger, vous savez plein de choses. Tout le monde sera content de vous avoir dans son équipe, c'est sûr. Je m'y connaissais un tantinet en fleurs avant d'arriver ici, mais j'ai beaucoup appris depuis. Je savais surtout ouvrir les conserves, pas les préparer et les cuisiner. »

Elle glousse et se tourne vers Bits. « Et toi, c'est Beth, n'est-ce pas ? »

« Oui, répond Bits tout en mâchant son biscuit. Mais on me surnomme Bits maintenant. »

« Eh bien, Bits, je connais au moins deux enfants de ton âge qui aimeraient beaucoup jouer avec toi. Ça te dirait de venir avec moi après le déjeuner pour les rencontrer ? »

Bits hoche la tête et vide le fond de son verre lait. Maureen fait signe à quelqu'un de nous rejoindre. Il est petit mais musclé, avec des cheveux bruns bouclés et un visage amical, dont je crois me souvenir. Il s'agit de Ben, le partenaire d'Adrian.

« Ben, voici les amis d'Adrian qui sont arrivés aujourd'hui », dit Maureen.

« Salut, fait-il avec un grand sourire. J'ai entendu dire qu'il y avait des nouveaux venus mais je ne savais pas que vous connaissiez Adrian. Il serre nos mains tandis que Maureen nous présente. Elle arrive à moi en dernier.

« J'ai déjà rencontré Cassie », dit-il. Quelque chose scintille dans ses yeux quand il me sourit. C'est peut-être de l'incertitude. *Bienvenue au club, Ben.*

« Salut, Ben, dis-je. Cet endroit est absolument magnifique. Je comprends pourquoi vous l'avez choisi. »

Il me remercie et nous parle une minute de plus avant que quelqu'un l'appelle. Son regard s'attarde sur Ana alors qu'il nous dit au revoir. Elle lui renvoie un sourire cordial et plonge les yeux dans sa serviette en tissu. Je suis certes nullissime en matière de flirt, mais Ana se pose là. Elle ne relève pas les yeux jusqu'à ce qu'il soit sorti de la pièce.

Nous allons à la cuisine pour rapporter nos assiettes. Encore une pièce immense, avec plusieurs poêles à bois et un garde-manger. En chemin vers l'évier, je m'attarde à regarder par la fenêtre. La vue sur les montagnes est splendide. Je n'ai jamais rien vu de tel.

Maureen réapparaît. « L'avion va arriver dans une trentaine de minutes. La piste d'atterrissage n'est pas loin. Il y a un hangar pour l'équipement qui sert également de repaire aux pilotes. Tu peux l'attendre là si tu veux. »

Mes pieds sont collés au sol. Nelly m'arrache ma pile d'assiettes des mains, la pose dans l'évier et revient. « Tu veux que je t'accompagne ? » me demande-t-il.

Je secoue la tête. J'aime Nelly, mais je ne veux pas qu'il soit témoin de ce qui va probablement être la pire honte de ma vie. Un moment qui n'aura pas de témoin et dont je ne parlerai jamais à qui que ce soit.

CHAPITRE 118

MAUREEN ME GUIDE le long d'une allée secondaire jusqu'à un hangar surmonté d'un petit grenier et des fenêtres.

« Je te laisse, j'ai quelques trucs à faire dehors, dit-elle. Mais si tu as besoin de moi, n'hésite pas. Je laisse la porte ouverte ? »

J'acquiesce. « Merci. »

Du hangar, je regarde la piste, une large bande brune découpée dans un champ. J'arpente la pièce et regarde les cartes accrochées au mur sans les voir. J'essaie de m'asseoir, mais je ne peux pas rester en place plus d'une minute sans me relever et de faire à nouveau les cent pas.

Je m'imagine toutes les réactions possibles d'Adrian à ma vue. Chaque scénario ou presque me fait grincer des dents. Je ne peux qu'espérer qu'il ait toujours des sentiments pour moi, et qu'il finisse par me pardonner et me refaire confiance. Après tout, il faut bien reconnaître que je lui ai brisé le cœur.

Je porte ma bouteille d'eau à la bouche d'une main tremblante. Mon cœur bat la chamade, un bruit blanc bourdonne à plein régime dans mes oreilles et j'ai des sueurs froides. Tant pis pour la douche. « On croirait que je vais à la guillotine », dis-je à voix haute. Super, me voilà qui parle toute seule.

J'ai déjà vécu sans Adrian, mais était-ce vraiment une vie ? Je tuais le temps. Et maintenant, plus que jamais, je veux vivre à fond chaque instant de bonheur qu'il m'est donné de vivre. Il y a trois ans, j'ai découvert que ce bonheur était fragile et fugace, mais je n'ai pas été assez maligne pour en tirer ma leçon : à savoir qu'il aurait fallu me raccrocher à ce qu'il me restait de précieux. Au lieu de cela, je l'ai poussé à me quitter.

Je pense à Peter, au fait qu'il n'a jamais eu la possibilité de dire à Ana ce qu'il ressentait pour elle. Ce qui compte, au fond, ce n'est pas que la réponse d'Adrian me plaise ou non, mais que j'aille à sa rencontre, que je lui pose la question.

J'entends le moteur avant de voir l'avion et me dirige vers la porte pour le voir atterrir. Le petit aéroplane blanc apparait au loin, pivote et s'avance vers la piste d'atterrissage. Les roues touchent rapidement le sol et il file le long de la piste pour s'arrêter cinquante mètres plus loin. La porte s'ouvre.

Pour la centième fois, je me repasse ce que je vais dire et j'essuie mes paumes sur mes cuisses tandis qu'Adrian apparaît. Il porte un jean, des bottes de travail noires et une veste qu'il enlève pour révéler un t-shirt vert olive. Il se retourne vers l'intérieur de l'avion pour dire un truc à quelqu'un, puis fait un signe d'au revoir et descend l'escalier.

Il a toujours la même allure : des pommettes hautes, une barbe de deux jours brune et un nez gracieux qui donne de la noblesse à son visage. Je connais chaque centimètre carré de sa belle personne, ses orteils tordus dont je me moquais, sa cicatrice à la tempe, vestige d'une varicelle à l'âge de cinq ans. Mais cela fait si longtemps qu'on ne s'est vus qu'il a l'air différent, nouveau. Un étranger.

Je vois Maureen s'avancer vers lui, son râteau à la main. Elle parle, il lui touche l'épaule. Adrian n'est pas du genre à vous faire croire qu'il écoute chacun de vos mots, il le fait vraiment. Elle pointe le hangar du doigt et il semble se figer. Je me demande ce qu'il se passe dans sa tête. Je sais que c'est le moment d'aller à sa rencontre, mais mes pieds sont collés au sol.

Je le vois dire quelque chose, hocher la tête, puis sa veste lui glisse de la main et tombe sur la terre battue. Le voilà qui se dirige vers moi. Je recule dans le hangar et j'écoute ses bottes marteler le sol. Ce moment tant redouté où il entre et s'immobilise, où je suis censée lui servir le petit discours que j'ai répété. Je veux tout expliquer avant même qu'il n'ait le temps d'ouvrir la bouche. Que je regrette, que j'ai honte de l'avoir blessé, que je n'ai jamais cessé de l'aimer.

Je prends une profonde inspiration tandis qu'il entre dans le hangar. Ses yeux lumineux sont assortis à sa chemise, et ils sont pleins d'incrédulité.

« Adrian, je suis… » Il continue à marcher vers moi d'un pas ferme, jusqu'à ce qu'on se trouve nez à nez, avant de me prendre dans ses bras. Je sens son cœur battre aussi vite et fort que le mien.

« Tu es là. » Sa voix est calme, comme s'il récitait une prière. « Je n'arrive pas à croire que c'est toi. »

Il prend mon visage et l'approche du sien. Ses mains sont rugueuses et craquelées, elles sentent l'essence. Je crois n'avoir jamais ressenti une chose aussi merveilleuse que ces mains tenant mon visage.

« Je regrette vraiment ce qu'il s'est passé entre nous. Je… » Je bredouille, avant que sa bouche ne vienne m'embrasser si subitement que je ne peux que l'embrasser en retour. Je ne me souviens même plus de ce que j'avais l'intention de lui dire, car je suis perdue dans ce baiser que jamais je n'aurais osé imaginer en deux ans de séparation. Ses sentiments n'ont pas changé, ses baisers non plus. Ils ont le même goût, et j'ai l'impression d'être une exploratrice de retour au pays natal.

Je ne mérite rien de tout ça. Pourquoi croyais-je qu'il me détestait ? Moi, je suis si différente. Je suis rancunière. Il est un livre ouvert. Toute sa joie de me retrouver est dans ce baiser, dans la façon dont ses mains me serrent comme si je risquais à nouveau de disparaître, comme un objet précieux. Je laisse échapper un sanglot et il recule, sans me lâcher.

« Ça ne va pas ? C'est à cause de… ? » Ses mains retombent. Je veux qu'elles reviennent vers moi, même si je ne les mérite pas.

« Je m'en veux tellement, dis-je alors. Pour ce que je t'ai dit. Pour ce que j'ai fait. Je veux juste que tu me pardonnes. »

Son front se plisse et sa voix s'adoucit. « C'est déjà fait. Depuis longtemps. Je t'aime. »

Comme cela achève de me faire fondre en larmes, il m'enveloppe dans ses bras. Nous restons l'un contre l'autre un bon moment. Il pose le menton sur ma tête, comme avant.

« Je n'ai pas pu m'empêcher de penser à toi le jour de ton anniversaire. » J'ai l'oreille collée contre sa poitrine, où sa voix résonne. « Je me demandais où tu étais, si tu étais en sécurité, et puis le lendemain j'ai eu l'idée de les envoyer survoler ta maison.

Nous ne sommes pas censés gâcher du carburant pour ce genre de choses, mais cela m'importait peu, je n'en pouvais plus de ne pas savoir… Ta maison… » Sa voix se brise, « … a été réduite en cendres. Le terrain était envahi de Lexers. Je leur ai fait faire des cercles autour, pour essayer de voir si l'un d'eux était toi, et… » Il s'interrompt, tremblant.

Je lui frotte le dos. « Je vais bien. »

« Au fond de moi, j'étais sûr que tu t'en étais sortie. Une intime conviction. Je savais que tu allais sortir de New York. Mais quand j'ai vu ta maison, je me suis dit qu'il était trop tard. Je me suis reproché de ne pas être venu plus tôt. »

C'est lui qui se blâme, alors que s'il y a une coupable dans l'affaire, c'est moi. Je secoue la tête contre son torse. « Non. C'est moi qui aurais dû te contacter d'une manière ou d'une autre. J'avais trop peur que tu ne veuilles pas me parler, alors je n'ai rien fait. »

Il desserre son étreinte et soulève mon menton du bout du doigt. « Je ne voudrais jamais… »

« Adrian ! » Un jeune blond entre dans le hangar. « Oh. Désolé mon pote. » Il a l'air plus curieux que désolé.

« Quoi de neuf, Marcus ? » demande Adrian, sans bouger, et me serre plus fort pour que je ne puisse pas m'échapper.

« Hum, il y a de la fumée dans le hangar électrique. On a besoin de toi. »

« Où est Janine ? »

« Elle est à Cob Creek pour la nuit. Nous avons entendu l'avion, et ils m'ont envoyé te chercher. » Maintenant, il a vraiment l'air navré de nous déranger.

Adrian soupire. « D'accord. Je vous rejoins dans une minute. »

« D'accord », dit Marcus, me lançant un œil curieux avant de s'éloigner.

Je souris à Adrian. Je n'arrive toujours pas à croire qu'il me tient dans ses bras.

« Alors, tu vas bien ? » demande-t-il.

Je vais mieux que bien. Je me tiens sur la pointe des pieds, la tête dans les nuages, et je l'embrasse doucement en tenant sa nuque en coupe. Il a ce regard doux, ce doux regard dont me parlait Nelly, il y a, me semble-t-il, un milliard d'années.

« Je t'aime, dis-je. Je t'aime vraiment. »

« C'est bien. » On rit, parce que c'est ce qu'on se disait avant.

Une fille à la tête rasée passe la tête dans l'encadrement et fait la moue comme si elle avait hérité d'une corvée dont personne ne voulait. « Salut, Adrian. Désolée de vous interrompre, mais il y a vraiment beaucoup de fumée. »

Adrian hoche la tête. « J'arrive tout de suite. Je te retrouve là-bas. »

Je lui donne un petit coup de coude. « Le devoir t'appelle. Va éteindre ce feu. On est tous dans l'une des grandes tentes à l'arrière du campement. »

Il me regarde avec surprise et me prend la main. « Certainement pas sans toi. Tu viens éteindre le feu toi aussi. Et puis, qui c'est "tous" ? »

Il me tire vers la porte et nous remontons l'allée à grands pas tandis que je lui explique la situation.

CHAPITRE 119

ADRIAN ME TRAÎNE derrière lui tout l'après-midi, pas littéralement mais presque. Quand il va aux toilettes, je dois presque me retenir de le suivre et je fais les cent pas devant les sanitaires jusqu'à ce qu'il en ressorte. Nos mains liées en permanence attirent des regards curieux tandis me présente tout en s'occupant des millions de tâches qui lui incombent. Je dois avoir l'air d'une folle. Je n'arrête pas de sourire.

Il m'emmène vers les cabanes en construction et me tire derrière une porte. Les murs sont couverts de matériaux isolants, et la pièce est équipée d'un poêle à bois fait d'un tonneau de métal. Le reste du monde s'est effondré, mais cet endroit est en pleine effervescence.

« Comment as-tu fait tout ça ? » je demande avec émerveillement. « C'est incroyable. »

« Non ce n'est pas. » Il secoue la tête et s'assied sur une étagère basse reposant sur un mur fini. « Pendant que tout le monde essayait de se mettre en sécurité, j'étais déjà en lieu sûr. Il m'a simplement fallu reconnaître ce qui se passait et trouver une réponse constructive. »

« Si, *c'est* incroyable. Au lieu de te barricader à la ferme, tu as choisi d'ouvrir ta porte. Tu as accueilli des gens. Tu les as inspirés à faire tout ça. » Je fais un geste vers la fenêtre sans verre.

Il hausse les épaules et baisse les yeux. Il pense vraiment que n'importe qui serait capable de faire ce qu'il a fait. Il ne réalise à quel point cet acte de générosité est rare. Je pense à la chance que j'ai, n'ayant jamais trouvé que je méritais quelqu'un d'aussi bien. D'ailleurs, peut-être que personne ne sera assez bien pour lui.

« Je t'aime », dis-je.

Il garde la tête baissée, mais je vois sa fossette se creuser et je sais qu'il sourit. Il m'attire à lui et passe son petit doigt dans l'anneau qui pend à mon cou.

Il le fait courir le long de la chaîne. « Alors comme ça, tu le portes toujours. Pourquoi l'as-tu mis à ton cou ? »

Je suis gêné d'avouer ma superstition. « Je me sentais gênée de le passer à mon doigt. Comme si je n'avais pas le droit de le porter avant de savoir. »

Il me jette un coup d'œil. « Tu veux le remettre, maintenant ? » Je sais ce que sa question implique.

« Oui », dis-je dans un murmure.

Il retire la bague et la glisse sur mon annulaire gauche.

« Elle te va toujours », dit-il, et il m'embrasse la main. « Tout comme moi. »

L'émotion me noue la gorge au point que je peux lui répondre. Je porte sa main à ma bouche et embrasse ses doigts, un à un. Quand je croise son regard, ses yeux semblent plissés, affamés, et cela me coupe le souffle. Il se lève et me soulève sur l'étagère. Je l'attire vers moi et goûte ses lèvres, sa langue, son cou. Il tord une poignée de me cheveux derrière ma nuque.

« Tu es si belle », murmure-t-il dans ma bouche.

Partout où son corps est au contact du mien, tout est chaud, liquide, comme si nous fondions l'un contre l'autre. Sa main passe sous la ceinture de mon jean et je me cambre contre lui. La peau sous sa chemise est chaude, infiniment douce. Rien ne peut plus m'arrêter, me dis-je, jusqu'à ce que la paroi de la cabine derrière moi commence à vibrer sous le martèlement des marteaux. Je sursaute de surprise et me tape la tête contre celle d'Adrian.

Je souris et me frotte le front. « Aïe ! Pardon. »

Adrian a l'air hébété, l'œil encore fermé, et j'éclate de rire. Il porte une main à sa tête et sourit.

« N'y a-t-il pas moyen d'avoir un peu d'intimité dans cet endroit ? » je m'écrie, sans cesser de sourire.

Il me prend la main. Nous passons la porte dans la lumière de la fin de journée, et il fait signe aux types qui martèlent le revêtement de la cabane ; le bruit cesse.

« Pas vraiment. Mais être l'un des propriétaires a ses avantages. J'ai ma propre chambre dans la ferme. J'avais pensé l'offrir à un jeune couple, mais… »

Je lui serre la main. J'aimerais qu'on y aille, mais le moment est passé… Je me sens timide et je n'arrive pas à lui dire ce que je veux. Je ne suis pas en territoire inconnu avec Adrian, mais je me sens comme une jeune vierge la nuit de ses noces. Une cloche sonne quelque part.

« C'est l'heure du dîner. Peut-être qu'on va enfin trouver Nelly et Penny », dit-il. On est passés devant la tente un peu plus tôt, mais ils étaient partis faire un tour.

Nelly nous repère au moment où nous entrons et tire la manche de Penny. Il se précipite à travers la foule et, en voyant nos mains entrelacées, me fait son sourire sain qui parvient à transmettre quelque chose de méchant. Lui et Adrian se serrent dans les bras et se tapent dans le dos.

Penny serre le visage d'Adrian dans ses mains et dépose un baiser sur les lèvres. « Je n'aurais jamais espéré revoir cette belle frimousse ! »

Adrian s'esclaffe et la fait tourner. Nous attirons toutes sortes d'attentions, mais la plupart des gens sourient. Certains ont l'air mélancolique. Je pense à la façon dont Maureen a dit que nous avons tous perdu quelqu'un, et je me sens un peu coupable que nous ayons été retrouvés.

CHAPITRE 120

LA SALLE À manger est presque vide. Quelques personnes jouent aux cartes ou discutent, mais la plupart sont retournées dans leurs pénates pour la nuit. Nous sommes sortis de table pour aller nous asseoir à la lumière d'une lanterne. Bits s'est fait une amie du nom de Jasmine, et elles sont toutes deux restées assises sous la table à rire jusqu'à ce que Jasmine aille se coucher. Maintenant, Bits est sur mes genoux, toute tombante de sommeil. Nous nous sommes levés à l'aube aujourd'hui, et elle est épuisée.

Nelly s'est chargé de raconter à Adrian notre périple complet : Brooklyn, Jersey, les Washington et le camping, le gang de Neil et même Zeke, qu'Adrian connaît. Il nous dit que Zeke est arrivé à Whitefield, comme il l'espérait.

Quand il raconte l'histoire de Peter, sa voix baisse et il vérifie que Bits est endormie. Il parvient à inclure Peter dans le récit sans mentionner qu'il a été mon petit-ami. Je n'ai pas l'intention de garder ça pour moi, de toute façon, mais c'est quelque chose que je dois dire à Adrian en privé.

« Il avait l'air d'un gars formidable », commente Adrian. Il remarque les joues humides d'Ana et lui tend une serviette en papier avec un sourire de compassion. « J'aimerais pouvoir le remercier pour ce qu'il a fait. »

Il pose la main sur mon genou et ses yeux se tournent vers Bits. Ça lui a peut-être fait un choc de me voir débarquer avec une gamine de sept ans dont je suis responsable, comme nous tous, mais il est visiblement déjà conquis. Je l'ai vu lui glisser un précieux paquet de chewing-gum quand il pensait que personne ne les regardait.

Quand Nelly et Ana lui racontent à quel point j'ai insisté pour aller trouver des médicaments pour Nelly, je baisse les yeux vers le parquet. Ils me décrivent comme un ange vengeur, tandis que Nelly m'imite en train de balancer les meubles à travers la pièce.

Je roule des yeux. « Tu étais dans les vapes à ce moment-là, Nelly », je proteste. « Je n'étais pas violente à ce point », dis-je à Adrian, qui a quand même l'air impressionné.

« Si, elle était déchaînée à ce point », dit Nelly avec un clin d'œil. Il se penche en arrière et bâille.

John se frotte les yeux. « Je tombe de sommeil, les amis. Ça a été une longue journée. »

Il prend Bits et la berce comme un bébé, tandis que tout le monde se lève.

Adrian me prend la main. « Tu es prête ? »

J'acquiesce. Nous marchons dans le noir et disons bonsoir à tout le monde. Ça me fait drôle de dormir à l'écart des gens avec qui j'ai passé mes jours et mes nuits pendant de longs mois.

« Attends », dis-je à Adrian, et je cours pour les rattraper.

« Je voulais vous souhaiter une bonne nuit encore une fois, dis-je. Vous allez me manquer les gars. »

Je dépose un baiser sur le front de Bits, toujours endormie. Je les serre dans mes bras, gardant Nelly pour la fin. J'ai tellement l'habitude de coucher avec toi », je murmure à son oreille. « Tu vas me manquer. »

Son rire résonne dans la nuit et je distingue tout juste son sourire narquois dans les faibles rayons de soleil couchant qui jalonnent le chemin. « Chérie, si je te manque cette nuit, c'est que vous le faites mal. »

CHAPITRE 121

L'intérieur de la ferme est charmant, avec de hautes fenêtres et des moulures à l'ancienne. Les escaliers grincent tandis que nous montons les marches. Adrian me montre la salle de bain et ouvre une porte au bout du couloir. « C'est ma chambre », dit-il.

D'immenses fenêtres bordent deux des murs. Il doit avoir une vue superbe pendant la journée. Il actionne un interrupteur et une ampoule au plafond s'allume. Je me précipite dessous comme un papillon de nuit.

« Ouah, un bon vieil éclairage comme avant », dis-je. La lumière me paraît si vive, à présent que je suis habituée aux petits cercles sombres des lampes à huile.

« Un autre avantage. Nous allons bientôt en mettre dans la salle à manger, elles fonctionneront à l'énergie solaire. »

Il y a là un lit queen-size et un bureau couvert de piles de paperasse bien rangées. Une bibliothèque croulant de livres. Une armoire qui contient, j'imagine, des vêtements soigneusement accrochés derrière ses portes en bois. Adrian est aussi ordonné que je suis bordélique. Un tableau accroché entre les deux fenêtres attire mon attention et je m'en rapproche.

C'est celui que j'ai peint pour lui, qui représente l'endroit où nous nous sommes embrassés pour la première fois. Je l'ai peint tel qu'il était, juste après. Tout y est fluide, les contours flous, comme quand la vision est embuée. Les couleurs en sont plus vives. Les jaunes et rouges des feuilles d'automne, le gris de la roche se mélangent à l'argent mousseux de l'eau.

« Tu l'as remis au mur », dis-je, étonnée que ma peinture n'ait pas fini au fond d'un carton. Je pense à la poubelle qui n'existait que grâce à Eric, et ça me fait mal.

« Bien sûr. » Il s'approche derrière moi et passe les bras autour de ma taille. Je laisse tomber vers lui et ferme les yeux.

« Je ne voulais pas t'oublier. » Ses bras se resserrent. « Je suis venu à New York au printemps dernier pour te voir. Je voulais savoir si tu avais changé d'avis. J'ai pensé que si c'était le cas, tu n'étais peut-être pas prête à… »

« L'admettre ? M'excuser ? » dis-je. J'aimerais me botter les fesses.

« Eh bien, oui. Je me suis dit que tu te punirais peut-être en te convainquant que je ne voudrais plus être avec toi. »

J'acquiesce. Il me connaît vraiment bien.

« Mais quand je suis arrivé, c'était un vendredi, et je t'ai vu monter dans la voiture de quelqu'un. La voiture d'un type. Il t'a embrassé sur le dessus de la tête et tu as souri. Je pensais que tu étais à nouveau heureuse, et je n'ai pas voulu venir tout gâcher. »

Je me souviens que Nelly m'a dit n'avoir plus eu de nouvelles d'Adrian depuis environ un an. Ça a dû coïncider avec cette période.

« Mais je crois qu'en vérité, c'est plutôt que… » Il se raidit et sa voix est tendue. « J'étais en colère contre toi. Je t'en voulais d'être passée à autre chose alors que j'en étais incapable. Je ne pensais pas que tu le ferais, pas vraiment. Alors j'ai décidé de croire à ce que tu m'avais dit. Quand je ne fulminais pas, j'espérais que tu étais heureuse avec ce gars aux cheveux noirs et à la belle voiture. »

Le gars aux cheveux noirs avec la belle voiture. « C'était Peter. » Je lâche ça à voix haute sans même m'en rendre compte. Ses bras se rétractent et il s'éloigne. Mais je veux qu'il le sache. Je ne veux pas mentir. Même pas par omission.

« C'était Peter ? Ce même Peter qui… ? »

Son visage est complètement vide, à l'exception de son regard brûlant, presque incandescent. Je sais ce qu'il doit penser de moi en ce moment. Que maintenant que j'ai perdu mon petit-ami, je viens retrouver mon ex, qui, commodément, se trouve être dans un lieu sécurisé. Adrian a peut-être confiance en moi, mais il est fragile, comme tout le monde, et jusqu'ici, je ne peux pas dire que je me suis montrée digne de confiance.

Je me tourne pour lui faire face. « Nous sommes sortis ensemble pendant un certain temps. Mais j'ai rompu avant que nous quittions New York. »

Il ne veut plus me regarder. Son visage s'est assombri, comme cette nuit terrible où je l'ai vu pour la dernière fois. Cette fois encore, j'en suis la raison. Cette journée s'effondre comme au réveil d'un conte de fées.

« C'est vrai, pourtant. Peter et Ana s'étaient rapprochés, ils formaient presque un couple. Nous n'étions plus que de bons amis, lui et moi. »

J'attrape sa main, mais ses bras sont étroitement croisés, et il ne les relâche pas.

« Adrian, je n'ai jamais… » Je suis sur le point de lui dire que je ne lui ai jamais menti, mais ce serait un mensonge. Au début, je ne lui mentais jamais, mais ensuite je l'ai fait, et c'était énorme. « Je ne t'ai menti qu'une seule fois. »

« Ah oui ? » Sa voix est plate. « Et je peux savoir quand, Cassie ? »

Je déteste la façon dont il prononce mon nom, comme si c'était une malédiction. Je veux qu'il me regarde. Je tire son bras et il se retourne à contrecœur. Je ne sais pas comment me faire entendre, alors je lui dis juste la vérité.

« C'était quand j'ai dit que je ne t'aimais plus. »

Je prie pour qu'il comprenne que je suis sincère, tout en attendant qu'il me dise de ficher le camp. Mais enfin la dureté quitte ses yeux, et il m'écrase contre lui. Nous nous embrassons, et cette fois il n'y a plus personne pour nous interrompre.

Mon estomac tombe dans mes chaussettes, comme la première fois. Les couleurs de ma peinture tourbillonnent derrière mes paupières. Son corps tremble tandis que je retire sa chemise. Mes vêtements se dissolvent sous ses mains rugueuses. Et tandis que nous nous dirigeons vers le lit, je me demande comment diable j'ai pu abandonner tout ça de mon plein gré.

Ce qui est certain, c'est que cette nuit, Nelly ne va pas me manquer.

Je me réveille à l'aube et me glisse vers la salle de bain. Mes yeux brillent et mes lèvres sont gonflées par la barbe d'Adrian. Quand je reviens dans la chambre, il dort toujours, un bras levé au-dessus de sa tête. Je rampe sous les couvertures et pose la tête sur son torse.

« Je t'aime », je murmure, ne voulant pas le réveiller.

Son bras me caresse le dos. « Redis-le », dit-il, la voix endormie.

« Je t'aime. »

« Encore. »

J'entends un sourire dans sa voix et relève la tête. Il me regarde avec des yeux lumineux, les coins de sa bouche recourbés.

« Je t'aime », dis-je.

« Répète. »

Je m'assieds. La vue par les fenêtres est aussi superbe que je l'imaginais hier soir. Je suis la courbe de sa joue du bout de mon doigt. « Je t'aime. Jusqu'à la fin du monde. »

Son sourire s'élargit. « Et au-delà. »

Je me tourne vers les fenêtres et songe à ce qui se cache au-delà de ce magnifique cercle de montagnes. Puis je reviens à lui et lui souris, tandis qu'une vague sueur froide remonte le long de ma colonne vertébrale. « Et au-delà, pour toujours. »

ÉPILOGUE

Je suis dans la cuisine, occupée à blanchir et à éplucher des tomates pour les mettre en conserve. Cette récolte a été phénoménale, et si nous voulons en avoir assez pour l'hiver, il va falloir travailler à la mise en bocal toute la semaine prochaine. Le vent d'automne amène déjà le froid de l'hiver, qui pour une fois n'est pas malvenu. Nous espérons que le froid va geler les infectés pour nous offrir la possibilité de les achever. On espère aussi que ceux qui nous échappent finiront leurs jours congelés, les muscles paralysés au moment du dégel printanier.

C'est un travail répétitif mais réconfortant. Penser que ces délicieuses conserves vont nous aider à traverser les heures sombres de février rend la perspective de l'hiver moins pénible, comme le disait souvent ma mère. J'ai parfois l'impression de la sentir ici près de moi, quand je mets des tomates dans les bocaux, comme nous avions coutume de le faire à chaque automne. Je suis consciente du fait que je vis la vie dont je rêvais, en compagnie d'Adrian, et mon cœur se soulève à cette pensée comme un petit nuage rose. Je sais que mes parents seraient heureux de nous voir réunis, dans cette vie paisible, si l'on met de côté bien sûr les hordes de morts-vivants errant de par ce monde désolé.

Bits se tient à côté de moi et m'aide à peler les tomates. Peut-être que je suis en train de créer en elle ces mêmes souvenirs réconfortants, qui nous font nous évader un temps de ce climat de fin du monde. Elle a maintenant une ribambelle de mères adoptives, et nous l'aimons tous farouchement. C'est notre mascotte, notre espoir pour l'avenir, notre raison de construire un avenir meilleur. Je lui souris et son visage s'éclaire. Peut-être que toutes ces horreurs qu'elle a vues n'ont pas complètement réussi à détruire son innocence. C'est ce que j'espère.

Une radio est posée sur un rebord de fenêtre à côté de l'une des cuisinières. Nous en avons partout au cas où il y aurait une urgence et où nous devions aller vers les clôtures. Des voix crépitent à la radio, annonçant à tout le monde ce qui a besoin d'être réparé, réclamant de l'aide pour diverses tâches, et partageant parfois quelques plaisanteries. Il faut noter ce fait incroyable : l'humour a survécu et tout le monde fait son possible pour s'entendre. J'ai maintenant une grande famille.

Presque tous les jours, on reçoit un appel radio nous informant que les gens sont derrière le portail, des gens qui ont entendu les émissions et sont venus jusqu'ici. Mais il y en a tellement moins que nous l'espérions. À chaque fois, il n'y a qu'une ou deux personnes. La semaine dernière, une famille est arrivée, avec des enfants. On était si heureux qu'ils soient tous vivants, heureux de voir au moins une famille intacte parmi des millions de familles brisées. J'ai tout de suite pensé aux Washington et j'ai prié désespérément pour qu'ils fassent eux aussi exception à la règle.

Selon les infos, la situation a empiré là-bas. Vraisemblablement, les gens ne vont pas pouvoir pas venir ici en hiver. Ce qui implique que beaucoup seront morts d'ici la fin de l'hiver à cause du froid, de la faim ou des maladies. Je suis si absorbée par mes pensées qui sont si fortes que je n'entends pas le dernier appel radio, noyé sous le tintement des pots et des bocaux.

« Qu'est-ce qu'il a dit ? J'ai cru entendre mon nom. » je demande à la ronde.

« Oui, je crois aussi l'avoir entendu. Il y a quelqu'un dehors pour toi, apparemment, mais je ne suis pas sûre », déclare Mikayla, une fille pétillante à la peau caramel, qui était venue ici pour un stage d'agriculture biologique lorsque l'épidémie de Bornavirus a frappé.

Mike, qui se trouve au bas de la propriété, au premier portail, continue à parler dans sa radio : « Le type se dirige maintenant vers le deuxième portail. On dirait Rambo, mais Shelby m'a informé que son jean coûtait quatre cents dollars. Il rit avec bonhomie. « Un type sympa, qui a besoin d'un bon bain et d'une sieste de deux jours. »

Mon cœur s'emballe. Je veux rappeler Mike. Clarifier. Mais je me fige. J'ai trop peur qu'on me dise que je me trompe. Je veux y croire, juste une minute de plus.

Je saisis la main de Bits et me tourne vers tout le monde. « Je pense que c'est quelqu'un que je connais. »

« Va voir ! » me crie-t-on avec des sourires d'encouragement.

Tout le monde rêve qu'un jour, la personne derrière le portail sera là pour eux. J'attrape nos pulls et cherche mes chaussures dans le gros tas près de la porte. Je ne les trouve pas, alors je pars sans. Bits me regarde comme si j'avais deux têtes tandis que je la traîne dehors et l'oblige à me suivre en courant dans l'allée en gravier. Je sais qu'Ana et les autres n'ont peut-être pas encore entendu l'annonce à la radio. Je ne veux pas leur donner de faux espoirs, mais c'est plus fort que moi.

Je me tourne vers Bits. « Va chercher Ana. Dis-lui de venir au portail. »

Elle hoche la tête, les yeux écarquillés, et part pour le jardin. Je continue à descendre l'allée, sous les feuilles d'automne qui tombent ; un tapis orange, jaune et rouge qui crépite sous mes pieds nus. J'entends mon souffle. Je n'ai pas couru comme ça depuis plusieurs mois, quand j'ai couru pour sauver ma peau, littéralement… maintenant je cours d'espoir.

Je passe le deuxième portail en courant et salue Maureen. Arrivée au tournant, je le vois. Il marche avec Dan, qui lui parle probablement de la ferme. Je m'arrête, haletante, tandis qu'il lève les yeux vers moi. Sa chemise est sale et froissée, ses cheveux lui tombent sur les yeux et son jean est plus marron que bleu. Un pistolet se balance sur sa hanche, un fusil sur son épaule et une machette est accrochée à l'autre hanche. Effectivement, voici Rambo.

« Peter ! » Je hurle en accourant vers lui.

Ses dents sont aussi blanches que son visage est maculé de boue. Je ne crois pas l'avoir jamais vu aussi heureux. Ou peut-être qu'il avait ce même sourire dans son album photo. Il ressemble vraiment à ce gamin maintenant, sans les taches de rousseur.

Je le renverse presque en arrivant devant lui. Son sac tombe au sol et il me serre dans ses bras. Je n'en crois pas mes yeux. C'est Peter, revenu d'entre les morts ! Nous étions tous absolument convaincus qu'il n'était plus de ce monde. Je me souviens de son visage alors qu'on s'éloignait, de cet air profondément heureux qu'il avait alors, et je le serre plus fort. Je ne réalise pas que je suis en train de pleurer à chaudes larmes, jusqu'à ce que j'essaye de parler. « Comment est-ce possible ? » Je croasse, sans pouvoir en dire davantage.

« Il y avait des gens dans le bâtiment. À l'étage. Ils ont fait descendre l'une de ces échelles qui s'accrochent aux montants de fenêtres. »

Alors c'était bien quelqu'un, caché derrière ce rideau à la fenêtre. Et pas la brise. Je secoue la tête, incrédule de sa chance incroyable, de notre chance, et je pleure de plus belle.

Les yeux de Peter brillent. « Depuis quand es-tu pleurnicharde à ce point ? La dernière fois que je t'ai vu, tu pleurais déjà. Et nous revoilà… à pleurer comme des madeleines. »

Impossible de stopper mon flot de larmes, mais je ne vais pas le laisser me mettre en boîte aussi facilement. « Ça doit remonter au jour où tu t'es trouvé un sens de l'humour. »

Il éclate de rire. « Ah, maintenant je te reconnais bien. »

Enfin, mes larmes se tarissent et je lui fais un sourire radieux. « Et pourtant, j'ai changé. Ta dulcinée est au jardin, en train de venir à ta rencontre. Nous sommes tous arrivés ici sains et saufs. Et cela, c'est grâce à toi. »

Il avait peur de me poser la question, et la dernière ombre d'inquiétude quitte son visage. J'ai envie de lui raconter comment nous sommes arrivés ici, ce qui est arrivé à Nelly, et comment Ana m'a aidé à le sauver. Mais nous allons avoir le temps pour ça. *Plein de temps*. C'est l'une des choses que nous ne tenons plus pour acquis.

Je bous de joie, et je la lis aussi dans ses yeux. Il rit et me prend dans ses bras, me faisant tourner l'air comme si nous étions sur une piste de danse, avant de s'interrompre tout net en voyant Bits et Ana arriver au détour de l'allée. Bits se précipite dans ses bras avec un cri de joie et s'enroule sur lui comme une pieuvre.

Il l'embrasse sur le nez et lui examine la frimousse. « Bits, tu as tant de taches de rousseur maintenant ! J'en vois un nommé Morris, ici. »

Elle répond avec un grand sourire lumineux, agrippant fermement ses bras avec ses doigts tachés de tomates. « Peter, tu m'as tellement manqué ! »

Peter la serre dans ses bras. « Tu m'as manqué aussi, gamine. Follement. »

Le reste de notre groupe et Adrian arrivent maintenant, embrassant Peter et lui posant un million de questions en même temps.

Je présente Adrian, qui serre la main de Peter en souriant. « J'ai beaucoup entendu parler de toi. Je suis content que tu sois arrivé jusqu'ici. »

Peter n'adresse à nouveau son sourire de géant. Je lui fais un clin d'œil et cherche du regard Ana. Elle se tient un peu en retrait, coiffée d'un chapeau à large bords qui protège parfaitement son visage du soleil quand elle travaille au potager. Elle y passe toutes ses journées, quand elle ne cherche pas à m'entraîner dans l'un de ses exercices épuisants ou de chercher des Lexers à dégommer. Elle se mord la lèvre, l'air incertain, fixant Peter en attendant de croiser son regard.

Je vois Peter murmurer quelque chose à l'oreille de Bits. Elle saute par terre avec un signe de tête malicieux. Peter marche vers l'endroit où se tient Ana et s'arrête à quelques pas d'elle. Puis, dans un geste courtois, il lui tend la main.

« Tu sais, dit-il en esquissant un sourire, j'aimerais vraiment apprendre cette danse. »

Ana rit et lui prend la main. Son chapeau vole en arrière l'attire à lui et qu'ils se mettent à valser. Peter n'a pas oublié les pas, mais Ana continue à les lui montrer, comme promis.

« Ce soir, c'est soirée dansante ! » déclare Bits, d'une petite voix claire qui résonne à travers les arbres.

Elle prend la main d'Adrian et celle de Nelly dans l'autre et danse comme si elle aussi entendait la musique. Parfois, à la maison, mon père invitait ma mère à danser, et nous les regardions tournoyer dans toute la pièce, Eric et moi. Si nous protestions, il répliquait : *Il y a toujours de la musique quelque part. Il suffit de tendre l'oreille.*

Il faut encore y croire. Que la musique résonne encore. Quelque part ailleurs, il y a des gens qui dansent. Et, tandis que Nelly me fait tournoyer, je crois entendre un faible tintement au loin. Penny et moi sautillons en ronde, avant d'éclater de rire en voyant Nelly et Adrian nous imiter. Bits a embrigadé Dan dans notre petite fête. Il la lance entre ses jambes et la jette en l'air.

Ça doit être un drôle de spectacle vu d'en-haut, tous ces fous qui danser sur un chemin de terre. Mais quelle importance, on entend la musique, et elle devient de plus en plus claire, de plus en plus belle. Elle étouffe les gémissements de tous ces corps brisés qui errent ici-bas, dans l'ignorance qu'ils sont en train de détruire tout ce qu'ils ont aimé. Cette musique, elle apaise la douleur de nos familles brisées, et des cœurs brisés.

James finit toujours par marcher sur les pieds de Penny, mais je sais qu'il entend aussi la musique. Même John hoche la tête en cadence. Adrian m'attrape et me serre contre lui, il fait tournoyer Bits, qui crie de joie, vers Nelly. Je nage dans le bonheur et le désespoir en même temps, passant sans arrêt du rire aux larmes. Je ne sais même pas à qui vont ces larmes et pourquoi. Adrian sourit et les essuie du coin de son pouce.

Tout ce désespoir commence à s'évaporer. Je peux pleurer le monde que j'ai perdu, mais je sais qu'il renaîtra de ses cendres. Quand, enfant, je déclarais à mes parents les aimer jusqu'à la fin du monde et au-delà, c'était censé être ridicule. Impossible. Quand le monde toucherait à sa fin, tout serait fini, pour de bon. Et il est possible de tout perdre. L'humanité ne pourrait être qu'une simple parenthèse sur l'écran radar de l'Histoire.

Mais je n'en suis plus si sûre, parce que le monde a déjà pris fin, et que nous sommes toujours là.

Podium

DISCOVER MORE

STORIES UNBOUND